KB097601

용을 그리는 아이

지은 장편소설

용을 그리는 아이 2

고즈넉 이엔티

용을 그리는 아이 2

개정판 1쇄 발행 2022년 12월 28일

지은이 지은
펴낸이 배선아
편 집 박미애
디자인 엄인경
펴낸곳 고즈넉이엔티

출판등록 2017년 3월 13일 제2022-000078호
주소 서울시 중구 남대문로9길 24, 패스트파이브 시청1호점 904호, 1007호
대표전화 02-6269-8166 팩스 02-6166-9199
이메일 gozknockent@gozknock.com
홈페이지 www.gozknock.com
블로그 blog.naver.com/gozknock
페이스북 www.facebook.com/gozknock
인스타그램 www.instagram.com/gozknock

ISBN 979-11-6316-825-6 04810
ISBN 979-11-6316-492-0 (세트)

표지이미지 Designed by Freepik
내지 Illust. Heemom

"……서하야."

서하야. 나의 서하야.

"…"

내 옆에 있어 다오. 어디로 가려 하지 말고.

어디서 혼자 울지 말고. 그저 내 곁에서.

"평생 나와 함께 해줘."

늘 가슴 떨리게 웃어다오.

43화
용의 아이

알고 있었다. 좀 과하게 마셨다는 것을. 방바닥이 빙글빙글 도는 것도 같고, 천장이 불룩하게 솟았다 꺼지는 것도 같고.

"여봐라."

경상에 가만히 기댄 채 명은 곁에 선 누군가를 불렀다.

"예, 전하."

대답을 듣고 나서야 상선이라는 것을 깨달았다. 명은 씩 웃으며 말했다.

"매화주를 가져오라."

"전하, 지금도 벌써 많이 취하신 듯하온데……."

"어디서 감히 말대꾸를 하느냐."

"송구하옵니다. 죽을 죄를 졌사옵니다."

"가서 매화주 한 병을 더 가져오거라. 어서."

상선이 어쩔 수 없이 총총히 뒷걸음질을 쳐 나가고, 명은 지독하게 고요한 공간에 남아 매화주 향이 어서어서 풍기기를 기다리고 또 기다렸다.

향긋하고, 취해도 취한 것 같지 않게 아름답고, 가끔 어디로 튈지 몰라 기대가 되기도 하고, 예측이 불허한 만큼 불안하기도 하지만 손에 잡히지 않아 더 움켜잡고 싶은…….

"전하, 매화주 대령했사옵니다."

서하의 향을 가진 술.

명이 몸을 일으켜 주안상을 받으려 할 때였다.

"전하, 홍문관 저작이 뵙기를 청하옵니다."

순간 술이 확 깼다. 몸 구석구석에 돌던 술기운이 한 순간에 모조리 날아가는 기분이었다.

"누가 뭘 청한다고?"

"홍문관 저작 한석준이옵니다."

그 이름을 듣자마자 명은 헛웃음을 지었다.

명은 자꾸만 눈가가 일그러지려는 것을 가까스로 참는 중이었다. 납작 엎드려도 모자랄 판에 고개를 빳빳이 들고 앉아 있는 위인의 얼굴을 보자, 솟구치는 화가 한계치를 넘어가기 일보 직전이었다. 취중이라는 핑계를 빌어 검을 뽑아 들고 미친놈처럼 휘두를까, 하는 충동이 일었다.

"지금 뭐라 하였더냐."

"모든 게 잘 풀려 다행이라 하였사옵니다."

석준의 뻔뻔한 말투가 대전 내부를 울렸다. 관자놀이에 선 핏대가 분노로 터질 것만 같았다.

"그래. 네 말이 맞다. 몹시 다행이지. 과인의 하나뿐인 아우가 돌아왔고, 결백을 밝혔고, 대군으로 복권까지 되었으니 말이야. 조금 전에 있었던 연회에선 다들 우에게 잘 보이려 혈안까지 되어 있더군. 하! 덕분에 후사가 없는 과인에게 벌써부터 세제를 정해야 한다는 상소가 빗발치고 있다 하니, 참으로 다행이지 뭐냐."

〔신첩이 회임을 하였습니다.〕

순간적으로 인혜의 목소리가 떠올랐지만, 명은 지워버리려 고개를 흔들었다. 그리고 입가에 경련이 일도록 활짝 웃었다.

이 버러지 같은 게 어디까지 날 시험하나, 두고 볼 생각이었다.

"왕권을 승계할 자가 반드시 있어야지만 종묘와 사직이 단단해지고 왕권이 흔들리지 않는 법이니, 과인에겐 우가 나타나 준 것이 그야말로 하늘의 계시만큼이나 고맙구나. 아니 그러하냐?"

말속에 가시가 촘촘히 박혀 날아들어도, 석준은 눈 하나 깜짝하지 않았다.

"해서 세제로 올리실 생각이십니까?"

오히려 태평한 물음이나 내뱉는 그 배짱에, 명은 박수를 쳐주고 싶은 심정이었다.

"하! 별 수 있느냐? 안 그러면 아바마마처럼 보위에 눈이 뒤집혀 의심병이 돋아 날뛴다는 소리나 듣겠지."

"그럼 무현 세제가 되겠군요."

기어이 명의 인내심이 바닥을 드러냈다. 보료를 찢어발길 듯 움켜쥔 그는 분노로 이글거리는 목소리를 억지로 눌렀다.

"그런 말이나 하려거든 물러가거라. 과인이 과음을 하여 좀 쉬어야겠으니."

"송구하옵니다만, 무헌대군이 세제가 되는 것이 싫으신지요, 아니면 좋으신지요?"

이번에는 석준이 빙긋 웃었다.

언제나 저렇게 여유 있는 얼굴로 나타나 사람의 속을 긁어대는 재주가 비범하기까지 해서 괘씸하긴 해도 궁금증 때문에 차마 쳐내질 못했던 것인데, 지금만큼은 한 손으로도 녀석의 목을 간단히 비틀어 버릴 수 있을 것 같았다.

"과인이 널 너무 봐줬나보구나. 이리 까부는 것을 보니."

"좋으시다면 당장 세제 책봉 교지를 내리심이 마땅하나, 싫으시다면 다른 교지를 내림이 가할 줄로 아옵니다."

화가 머리 꼭대기까지 났음에도 불구하고, 그의 단 한마디 말에 구미가 당겨버리다니. 정말이지 비범하다는 말이 딱이지 않느냔 말이었다.

어쩔 수 없이 명의 눈썹이 꿈틀 일었다.

"……다른 교지라니."

"무릇 용상에 앉은 임금이 사는 궐에 장성한 왕자가 오래 머무는 것은 보기에도 좋지 않을뿐더러 법도에도 맞지 않사옵니다."

그제야 석준이 찾아온 이유를 알아챈 명은 눈을 가늘게 치켜떴다.

"해서 우를 장가보내라, 이 말이냐?"

"십 년 만에 돌아왔으니 어쩔 수 없는 일이라지만, 원래라면 한참 전에 가례를 치르고 궐 밖으로 나갔어야 할 분입니다."

틀린 소리는 아니었다. 하지만 그게 지금 시점에서 의미가 있느냐가 문제였다.

"장가를 갔다 해서 세제가 되지 못하는 것도 아닌데, 무슨 의미가 있단 말이냐."

흥분한 탓인지, 아니면 아직 몸속에서 날아가 버리지 못한 술기운 때문인지 마음에 가둬 둔 진심이 조금 새어버리자 명은 아차 싶었다.

"우선은 궐 밖으로 내보내야 수를 써도 쓸 수가 있습니다. 게다가 지금 찾으시는 물건이 있지 않으십니까?"

명은 아무런 대답도 하지 못했다. 석준이 어떻게 알았는지는 몰라도, 여기서 대답을 해버리면 용의 아이를 잃어버려 초조하다고 외치는 것 같아서 입을 다무는 쪽을 택했다.

"복권된 지 얼마 되지도 않은 대군의 처소를 무턱대고 뒤졌다간, 전하의 명성에 흠집이 생기실 겁니다. 전하께서도 누구보다 잘 아시기에 지금껏 참고 계시는 것일 테지요."

"내가 찾는 물건이 그곳에 있는지 없는지 아직 알지도 못하거늘, 내가 왜 우의 처소를 뒤진단 말이냐."

"뒤져야 찾으실 수 있을 테니까요."

명은 내심 놀랄 수밖에 없었다. 슬그머니 웃음기를 머금은 목소리로 보아, 무언가 확실히 알고 있는 듯한 대답이었다. 도대체 이 자의 정체가 무엇인지, 신경 쓰지 않으려 해도 자꾸만 신경이 쓰였다.

"네가 어찌 그런 걸 아느냐."

"제가 어찌 아는 게 중요한 것이 아니라, 어떻게 되찾을 수 있을지가 중요하지 않겠사옵니까?"

"내가 찾는 게 무엇인지 알고."

조금 전까지만 해도 덤덤하던 석준이 갑자기 허리를 깊이 숙였다.

"전하. 선대왕 마마들의 전철을 밟지 마시옵소서."

"허, 뭐라. 보자 보자 하니 못 하는 말이 없구나."

"용의 아이를, 그 능력을 미친 듯이 탐하면서도 애써 부정하시지 말라는 뜻입니다."

정말이지 방자하기 짝이 없었다. 봐줄 수 없이 무엄했다.

한데 호통을 칠 수가 없었다. 정곡을 찔려버린 것처럼 숨이 턱, 막혀왔기 때문이었다.

"선왕께서 진정으로 원하고 사랑하던 여인이 있었습니다."

"……갑자기 무슨 말이냐."

"이름은 한연서, 전 용의 아이입니다."

처음 듣는 얘기였다. 누구에게서도 듣지 못한 얘기였다.

〔아바마마께서는 누구보다 이 어미를 아끼셨습니다. 해서 이 나라의 장자인 우리 명이를 낳은 것입니다.〕

아바마마께서 제일 사랑했던 사람은 자신이라고, 어머니는 철석같이 믿고 계셨으니까.

"그리고 사사로이는 서하의 어미이자, 제 고모님이 되시는 분입니다."

순간 명의 눈이 커다랗게 변했다.

"그 말은, 네가 서하와……."

"예. 사촌지간입니다. 그리고 용의 아이는 저희 가문에서만 태어나는 단 하나의 숙명 같은 축복이었습니다."

석준의 눈이 처음으로 일그러지는 것을, 명은 똑똑히 볼 수 있었다. 뭐가 그리 힘이 드는지, 그는 몇 번이나 목을 삼키고 삼킨 뒤에야 겨우 말을 이었다.

"용의 아이에 대해 들어본 적이 있으십니까?"

서하의 목소리가 조용히, 공주의 처소를 울리며 흘러나왔다. 우와 월영 그리고 혜안군을 제외한 사람들은 처음 듣는 이야기에 고개를 갸웃했다.

"이 조선의 왕실에는 딱 두 종류의 사내아이가 태어난다 했습니다. 왕의 숙명을 가진 자, 가지지 못한 자. 그 숙명을 가려내는 존재가 바로 용의 아이입니다. 대대로 궐의 비밀스러운 전각에 살며 왕의 운명을 보고, 앞날을 보는 존재."

아무에게도 알려지지 않고, 아무에게도 알려져서는 안 되는 존재.

"저희 한씨 가문이 바로 용의 아이가 태어나는 가문이었습니다. 원래 아들에서 아들로 이어져 오는 능력이었지요. 혼인을 하여 자식을 낳으면 그 능력을 잃지만, 다시 그 아들 중 하나에게 능력이 이어져 이 세상에 절대로 단 한 명밖에 존재하지 않는, 그런 천명을 지닌 가문이었습니다."

용상에 오를 운명을 타고난 자. 그들의 앞날만을 볼 수 있고, 오로지 그들을 위해 존재하는 능력. 마치 떼려야 뗄 수 없는 빛과 그림자 같은 운명.

"하지만 꽃이 천년만년 피어있을 수 없듯이, 하필이면 제 아버지가 아닌 고모님에게로 그 능력이 이어졌습니다. 처음으로 여인이 용의 아이가 된 것에 당황했지만, 그래도 저희 가문은 왕실을 위해 기꺼이 고모님을 궐에 바쳤습니다. 그리고 선왕께서는 덕분에 세자가 되셨지요."

명은 대충 그 뒤를 상상할 수 있었다. 어렸을 적, 한밤중에 선왕께서 데리고 간 금지된 후원에서 '유서하'라는 용의 아이를 처음 만났고, '행하라'는 선왕의 단순한 말에 서하가 자신의 등에 손을 얹었었다.

그때는 몰랐다. 그게 '선견'이라는 행위인지. 나중에 선왕께서 용의 아이에 대해 설명해 주시고서야 알았다. 선견으로 왕이 될 운명을 가진 자를 알아낼 수 있음을.

그리고 용의 아이가 선택한 자는 우가 아닌, 바로 자신임을.

"하지만 용의 아이가 사내였을 땐 일어나지 않았던 일이 일어났습니다."

"선왕께서 세자 시절, 어머니를 많이 아끼고 사랑하셨다 들었습니다."

서하는 가끔 상상하곤 했다. 지금의 우가 자신을 사랑해주는 것처럼 그렇게 어머니를 사랑하셨던 걸까, 하는 상상.

"하지만 어머니는 갑갑한 궐이 싫다 하셨습니다. 피비린내가 자욱하고, 배신과 욕망으로 들끓는 그곳이 너무 싫어 탈출하셨다 하셨습니다."

"궐에서 나가고 싶어 안달이 나 있던 한연서는 저에게 깊이 빠진 세자를 이용해 기어이 탈출을 감행하였습니다. 선왕께서 선선대왕마마의 명령도 없이, 용의 아이를 몰래 궐에서 내보내고 만 것이지요."

"그래서?"

"용의 아이의 능력은 마력 같아서 멀리하고 싶어도 멀리할 수 없고,

가지고 싶어도 다 가질 수 없습니다. 하여 당시 임금이셨던 선선대왕마마께서는 용의 아이를 잃고 크나큰 충격에 빠지셨고, 초조하고 불안한 마음에 전전긍긍하시다가 승하하셨습니다. 그리고 세자셨던 선왕께서는 다음 보위를 이으며 깨달으셨지요."

석준은 고개를 들고 말을 이었다.

"임금에게 있어 용의 아이가 얼마나 필요한지를."

"해서 용의 아이인 서하를 데려오셨다, 이 말이냐?"

"그보다 먼저 한연서를 찾아 데려오려 하셨지만, 안타깝게도 한연서는 죽었습니다."

"탈출하신 어머니는 어렸을 때부터 사모하던 사내와 혼인을 하셨고 저를 낳으셨습니다. 하지만 보위에 오르신 선왕께서는, 마음이 바뀌셨습니다. 하여 집요하게 어머니를 찾으셨습니다. 어머니가 끝끝내 거절하자, 아버지께서는 반역죄로 처형당하셨습니다."

서하는 바닥으로 시선을 내린 채 한동안 죽은 것처럼 움직이지 않았다. 어렸을 때라 아버지에 대한 기억은 전무했고, 그 뒤로 이어지는 기억은 전부.

"괴로움의 연속이었습니다."

어머니와 둘이 도망 다니는 삶뿐이었다.

〔어머니. 임금님께서는 왜 이리 우리를 쫓아오시는 겁니까?〕

〔마음에 병이 나시어 그렇다.〕

〔병이요?〕

〔앞날을 알고 싶은 병.〕

〔한 번 알려드리면 되지 않습니까?〕

〔한 번이 두 번이 되고, 열 번이 되고, 백 번이 된다. 사람의 욕심이란 그런 것이니까. 전하께서도 어쩔 수 없는 사람이셔서, 놓아주시겠다던 약조를 저버리실 수밖에 없었을 게다.〕

〔그럼 어머니와 전 계속 이렇게 도망치며 살아야 하나요?〕

〔미안하다, 아가. 내가 태어난 죄다.〕

어머니의 목소리에는 늘 죄책감이 서려 있었고, 미안하다는 말속에는 울음이 뒤섞여 있었다.

"도망 다니는 동안, 어머니는 살아 계신 게 신기할 정도로 야위어 가셨습니다. 먹지 못하고, 마시지 못하고, 잠을 청하지 못하셨습니다. 멀리서 새 소리만 나도 놀라 소스라치셨고, 나뭇가지 밟는 소리에 경기하듯 몸을 숨기셨습니다."

그리고 자신은 금방이라도 툭 쓰러질 것 같은 어머니를 어떻게 살려야 하나, 매일 밤 그 생각만으로 살아왔었다.

"그렇게 도망 다녔지만 결국 선왕께 붙잡혔고, 서 있는 것조차 힘들어하시던 어머니께서는 무릎을 꿇은 채 간절히 비셨습니다."

보내달라고. 그게 안 되면 아이라도 보내달라고.

지금 생각해 보면 그때 이미 선왕의 눈은 이성을 잃어가고 있었다. 십 년 전 의광대군에게서 보았던 것과 같은 눈, 열망을 닮은 탐욕.

그런 선왕의 귀에 어머니의 간절한 외침이 들릴 리 없었다.

"전 어머니를 살리고 싶었고, 하여 제가 용의 아이가 되었다는 사실을 말씀 올렸습니다."

〔서하야, 미안하다. 하필이면 너에게까지 이 업보를 물려주어 미안하다.〕

〔괜찮습니다, 어머니.〕

〔아무도 널 잡아가지 못하도록 이 어미가 막아줄 것이다. 그러니 너도 용의 아이라는 걸 아무에게도 발설하면 안 된다. 알았느냐? 이 어미와 약속이다.〕

"그러자 선왕께서 선견을 해보라 하셨고, 제가 선견을 하는 바람에 선왕 전하를 구하시려던 어머니께서……."

〔서하, 야…… 미, 미안……〕

어머니, 어머니. 어여쁜 나의 어머니. 지켜드리지 못하여 송구하고, 또 송구한…… 사랑하는 나의 어머니.

"죽어?"

"선왕께 날아오는 화살을 대신 맞아 그 자리에서 즉사하였다 들었습니다."

"즉사……."

"그때 화살이 날아올 거라 선견을 한 이가, 바로 서하입니다. 하여 선왕께서 죽은 한연서를 그 자리에 버려두고 여섯 살짜리 어린 서하를 궐로 데려오신 겁니다."

그리 사랑했다면서. 세자 시절 임금의 명을 어기고 도망시켰을 정도로 사랑했다면서.

어떻게 사랑하는 여인이 죽었는데도 버려두고 올 수 있었느냐고, 명은 반박하지 못했다.

지금 서하를 잃고 전전긍긍한 마음을 애써 감추고 있는 스스로가, 선왕의 마음이 어떠하였을지를 너무나 잘 대변해주고 있었기 때문이었다.

당장 몇 시진 후에 무슨 일이 일어날지. 자객이 나타나진 않을지, 전쟁이 일어나진 않을지. 반란이 그리고 천재지변이 일어나진 않을지 걱정이 되어 밖으로 나갈 수도 없는 이 불안함. 용의 아이를 잃는다면 하루도, 단 몇 시진도 버티기 힘든 이 마음이 얼마나 미쳐 날뛸지 상상도 할 수 없었다.

이제야 선왕의 의심병이 너무나도 이해가 갔다.

"그런 겁니다. 여인을 사랑한 것보다, 결국엔 용의 아이가 필요한 겁니다. 그것이 용상에 앉는 주인의 숙명인 겁니다. 전하께서도 잃고 나서 후회하지 마시고, 할 수 있는 최선을 다해 용의 아이를 곁에 두셔야 합니다."

"그러니 우를 내보내야 한다?"

"무헌대군이 궐 밖으로 나가야지만 용의 아이를 되찾아오실 수 있습니다. 만약 무헌대군이 서하를 궐 밖까지 데리고 나간다 해도, 궐 밖 대군방을 뒤지는 건 일도 아니지요. 그것으로 가장 좋은 핑계가 바로 가례입니다. 간택령을 내리고 가례를 올리기까지, 세제 문제도 자연히 일단락될 것입니다. 용의 아이도 찾고, 시간도 버는 셈이니 일석이조가 아니겠습니까?"

"……일석 삼조가 되겠지."

우가 간택된 처자와 혼례를 치른다는 이야기를 들으면, 저를 배신하고 도망친 서하가 얼마나 가슴 아프고 슬플지.

꼭 두 눈으로 지켜보리라.

"저 때문에 어머니가 돌아가시는 모습을 목격한 후, 전 입을 닫고 살았습니다. 선왕께서도 제가 충격으로 말을 잃었다고 생각하셨고, 이후로는 전부 서찰로 말을 대신하고 살아왔습니다."

"그래서 대군을 찌른 자네를 두고 벙어리 궁녀라 기록이 된 것이로군."

병조 판서의 말에 서하는 대답 대신 고개를 끄덕였다.

〔미안하다. 나 때문에 어미를 잃은 큰 충격으로 네가 이리 된 것 같아 미안하고 또 미안하다. 하지만 나도 용의 아이가 필요하다. 가짜가 아닌 진짜 용의 아이가 필요하다. 용서해다오, 용서해다오.〕

행궁에 잡혀 왔던 여섯 살. 선왕은 매일 밤 그렇게 엎드려 사죄하며 울었었다. 하지만 그것도 잠시, 용의 아이의 능력이 절실하게 필요해진 선왕은 한양으로 환궁한 뒤 그 어느 때보다도 금유당을 엄격한 곳으로 만들었다. 후원을 금지 구역으로 정하고, 임금의 허락 없이는 누구도 들어갈 수 없게 만들었다. 후원 끝자락에 위치한 금유당에는 용의 아이를 위한 수발 궁녀가 아닌 금유당 지킴이라는 칼잡이를 들였고, 사람 하나를 가두기 위해 옥사보다도 튼튼하게 전각을 뜯어 고쳤다.

그렇게 용의 아이로서의 삶을 살게 되었다. 서하는 선왕의 선견을 통해 겨우 삼 일에서 길면 칠 일 정도의 앞날밖에 보지 못했다. 꽤 감질이 났을 텐데도 선왕은 네 어머니도 마찬가지였으니 괜찮다며, 하루가 멀다고 금유당을 찾아왔었다.

그리고 비로소 알게 되었다. 선왕이 왜 그리 용의 아이에게 매달렸는지.

"제가 선견을 시작했을 즈음, 선왕께서는 이미 살해 위협에 시달리고 계셨습니다."

"살해 위협?"

음식에, 옷에 독이 묻어날 때가 있었다. 소셋물에도, 빗에도 심지어 임금이 매일 같이 봐야 하는 책이나 상소문에도. 어디서든 발견되었지만, 도저히 누가 하는 짓인지는 밝혀내지 못했다. 극악한 독일 때도 있었고, 내의원에서도 밝히기 힘들 정도의 독일 때도 있었다.

"선왕께서 의심병이 들었던 이유입니다. 전 선왕의 앞날만 볼 수 있기에 위협에서 벗어날 수 있게 도와드릴 수는 있었지만, 누가 위협을 하는지까지는 볼 수 없었습니다."

선왕의 신경이 극도로 쇠약해져 있었던 이유가 이해가 갔다. 잠도 이루지 못하고, 주변 누구도 믿을 수가 없어 내치고. 그야말로 정신이 나갈 때까지 궁지로 몰리고 있었다.

"십 년 전에도 선왕께서 침전에서 시해당하시는 모습을 선견으로 보았습니다. 하현달이 인정전 기와 끝에 걸리는 밤, 검은 복면을 쓴 자가 몰래 들어와 선왕 전하의 가슴에 검을 꽂았습니다."

검 손잡이를 손등으로 한 번 빙글 돌리던 그 손놀림을 잊을 수가 없었다. 검이 크게 원을 그리며 돌다가 손잡이가 마침내 손아귀에 맞아들어가자, 검 끝이 거침없이 선왕의 심장을 파고들었었다.

"화를 면하시라 평소처럼 사실을 전부 말씀드렸지만…… 그때만큼은 거부하셨습니다."

거부라는 말에 자리에 있던 모두가 눈을 크게 떴고, 좌의정과 병조판서도 처음 듣는 이야기에 놀라 실색하며 물었다.

"거부라니, 왜!"

"지쳤다 하셨습니다."

〔언제 죽을까 전전긍긍하면서도 여기까지 살다니, 진짜 모진 목숨이 아니냐.〕

〔'좀 더 사실 수 있는 방도를 알려드렸는데 어찌 싫다 하십니까.'〕

〔지쳤다. 더 이상 이렇게 숨죽이고 살 자신이 없구나.〕

〔'전하, 그래도 아직은…….'〕

〔이젠 갈 시간이다. 나 때문에 희생당한 중전과 네 어머니께로 가 빌 시간이다. 그래도 살해당하는 건 억울하니, 우만큼은 살려야겠다.〕

마지막 한마디.

그건 좀 다른 의미처럼 들렸었다. 그냥 살리겠다는 의미보다 무언가를 더 내포하고 있었던 것 같은. 마치 꼭 무언가 알고 있는 사람처럼.

하지만 결국 서하에게는 아무런 말도 하지 않은 채, 선왕은 그렇게 선선히 죽음을 택했다.

"마지막까지 힘들어하시다 가셨지만, 그래도 아드님에 대한 사랑이 각별하셔서…… 후원에 와야 할 때면 늘 함께 데리고 오셨습니다."

서하는 맞은 편에서 가만히 이야기를 듣고만 있는 우를 지그시 바라보며 말을 이었다.

"그 시간에는 편안히 웃고 계실 때도 많았습니다. 아무도 없는 후원에서 마냥 활기차게 노니는 아드님을 보고 계실 때면 입버릇처럼 '살 것 같다'라고 하셨습니다. 왕이 될 숙명인지 아닌지는 개의치도 않으신 채 말입니다."

작은 빛으로 방 안을 옅게 밝히는 등불 너머로, 고개를 살며시 떨어뜨리는 우가 보였다. 무언가를 힘껏 참느라 아래턱에 힘이 들어가 있는 모습도, 미세하게 아랫입술을 깨물고 있는 모습도 전부.

아련하지만 시선에 곧게 와 박혔다.

저 때문에 한연서가 죽었다는 죄책감 때문이었는지, 아니면 세자 시절 한연서를 사랑했을 때의 기억에 젖어서인지, 그것도 아니면 그때 이미 아들의 마음을 알았던 건지.

선왕은 우가 서하에게 가는 걸 자주 허락해 주었다. 하여 갇혀 지내는 삶 속에서도 서하는 웃을 수 있었다. 행복할 수 있었다. 우가 그렇게 만들어 주었다.

"왕이 될 숙명인지 아닌지, 라니. 그게 무슨 뜻이야. 우리 오라버니께서 숙명을 가지셨다는 거냐, 아니면 못 가지셨다는 거냐."

담이 지나치듯 이야기한 부분을 놓치지 않고 물고 늘어지자, 서하의 얼굴이 삽시간에 딱딱하게 굳어갔다. 우에게 박혀 있던 시선도 죄악감과 함께 떨어졌다.

"전 어렸을 적부터 대군과 함께 있는 시간이 많았는데, 그때마다……."

서하는 말을 삼켰다. 저도 모르게 덜덜 떨려오는 손끝을 가리려 주먹을 말아쥐고, 심장이 슬어가는 것처럼 아파 가쁜 숨을 토해내고, 아플 정도로 빤히 바라보고 있는 무헌대군을 차마 마주하지 못한 채로.

"아무것도 보지 못하였습니다."

겨우 한마디를 내뱉었다.

"보지 못하였다니. 그럼, 내 오라버니께서 왕의 숙명을…… 타고 나지 못하셨다는 것이야? 그래서 아바마마께서 오라버니를 보위에 오르지 못하게 하신 거고?"

실망과 좌절로 허리가 내려앉은 담이 망연하게 중얼거리고, 수호와 두천의 낯빛이 아연하게 변해버린 지 한참.

"그래서 나를 보위에 올리려는 생각일랑 접으라고 한 것이다. 왕의 숙명을 타고난 형님이 계시니, 난 그저 이렇게 대군으로서 여기 있는 모두를 지키며 사는 것만으로도 충분하니까."

더 이상 말을 잇지 못하는 서하를 대신해 우가 덤덤히 제 입장을 한 번 더 전달했다. 동시에 처소가 깊은 적막감에 잠겼다.

누구 하나 방해하지 못하고, 숨소리로도 깨뜨리지 못할 고요 속에서 서하가 마지막 말을 내놓았다.

"십 년 전, 의광대군에게서 스치듯 보았습니다. 중전마마, 지금의 대비마마께서 무헌대군 대감께 검을 휘두르는 모습을요. 전 어떻게 해서든 대감을 살려야 한다는 생각밖에는 없어서 혜안군 대감께 도움을 청했고, 마지막에…… 제 손으로 대감을 찌를 수밖에 없었습니다."

***

이야기가 길어진 모양이었다. 곧 있으면 파루가 칠 시간이었다. 더 늦어지기 전에 우의 처소로 돌아가야 했다.

모두 퇴궐하지 못하고 그대로 술에 뻗은 척하고 있을 예정이었다. 우르르 몰려다니면 눈에 띄니, 두어 명씩 짝을 지어 거리를 두고 출발하는 중이었다.

우가 사람들이 가는 길목에 서서 안전한지 지켜보고 있는 사이, 끄트머리에 남아 있는 서하의 곁으로 어느새 혜안군이 다가왔다.

"자네가 엄청 대단한 일을 하고 있는 것 같지?"

싫어하는 티를 너무 내니 이젠 적응이 될 지경이었다. 비아냥거리는 그 말을 서하는 차분히 받아넘겼다.

"그렇다고 말한 적 없습니다."

"왕의 숙명을 가진 자를 선택하는 능력이라. 게다가 선견을 하여 사람의 앞날을, 아니 그냥 사람도 아닌 임금의 앞날을 바꾸다니. 우쭐할 만도 하겠지."

"우쭐하지 않았습니다. 그럴 정도로 엄청난 능력도 아닙니다."

"자네 어머니도 그랬네."

서하는 제 자리에 가만히 서 있기만 했는데도 뭔가에 부딪힌 것처럼 몸이 휘청 흔들리는 것을 느꼈다. 놀란 시선이 황급히 혜안군을 찾자, 그는 먼 밤하늘에 숨을 불어넣으며 나직이 말했다.

"자네 어머니도 자신이 가진 능력을 지나치게 과신하였지."

"……어머니에 대해서 알고 계셨습니까?"

"알고말고. 내가 무엇 때문에 선견을 믿지 않고 용의 아이의 존재도 믿지 않는 것으로 보이나?"

"그게 제 어머니 때문이라는 말씀입니까?"

"선왕 전하께서 연서를 이용했다지만, 연서도 선왕 전하를 이용하였어. 선왕께 세자로 만들어 줄 테니 저를 궐에서 나가게 해달라 했으니까."

마치 탓하는 듯한 혜안군의 어투를 들으며 서하가 눈살을 찌푸렸다.

"아무 죄도 없는 사람을 궐에 가둬두는 것 자체가 잘못이 아닙니까?"

머리카락 한 올까지 꽁꽁 묶여 있는 듯한 갑갑함, 처절하게 홀로 내던져진 것 같은 외로움과 고독. 작은 가슴으로 그 쓰라림을 딛고 애써 하루를 버텨 보아도, 다음 날이면 어김없이 반복되는 고통. 무헌대군이 없었다면 절대 견디지 못했을 나날들.

그 삶을 살아보지 않은 자는 죽었다 깨어나도 알지 못할 터였다.

"그래, 자네 말도 맞네. 왕실에서 용의 아이가 가진 능력을 이용하려고 가둬둔 것이니 업보라 할 수 있지. 하지만 그렇다고 해서 왕의 숙명을 가지지도 않은 자를 세자로 만들어 제 욕심을 채울 필요는 없었다, 이 말이네."

메마르게 책망하는 말.

서하의 눈이 휘둥그레졌다. 일순 잘못 들었나 싶었다.

"왕의 숙명을 가지지도 않았다니요?"

그제야 밤하늘만 바라보던 혜안군의 날카로운 눈이 서하를 담았다.

"자네는 용의 아이에 대해 얼마나 알고 있는가?"

"얼마나, 라니…… 도대체 무슨 뜻인지 모르겠습니다. 왕의 숙명을 가진 자에게서 선견을 행할 수 있다는 것 외에 무엇이 더 있단 말씀입니까?"

"정말 모르는가? 용의 아이가 왕의 숙명을 가질 수 있도록 선견을 만들어낼 수 있다는 사실을?"

심장이 낙뢰에 맞은 것처럼 철렁 내려앉아 서하는 주춤 뒤로 물러나고 말았다.

"지금, 뭐라고 하셨습니까?"

"연서한테는 원래 선왕 전하의 앞날이 보이지 않았네. 다른 왕자군에게서 왕의 숙명을 봤지만, 거짓말을 하여 기어이 선왕 전하를 세자로 선택했네. 선왕 전하가 저를 궁에서 내보내 줄 유일한 희망이라고 여겼기 때문이지."

"그건 그냥 거짓을 아뢴 것뿐이지 특별한 능력이 아니지 않습니까?"

"보인다고 했네. 얼마 뒤에 정말로 선왕 전하에게서 앞날이 보인다고. 나도 그래서 알게 되었네. 용의 아이가 강한 집념을 가지면 선견도 만들어낼 수 있다는 사실을."

다시 튀어 오른 심장이 가슴을 때리듯 뛰어댈 즈음, 혜안군의 눈이 한층 더 날카롭게 서하를 쏘아보았다.

"그래서 자네가 무헌대군의 곁에 있는 게 싫은 걸세. 대군께서 왕의 숙명을 지니지 못한 것은 심히 안타까우나, 자네가 대군을 보위에 앉히고 싶다고 열망하는 순간. 대군께서는 가짜 임금이 되는 거네. 난 그게 제일 걱정이야."

"가짜……?"

"가짜가 아니고 뭐겠나. 선왕 전하의 모습을 지켜보고도 모르겠는가? 제 숙명을 거슬러서 얻은 결과가 언제 죽을지 몰라 벌벌 떠는 초라한 임금이라니. 무헌대군에게서 그 꼴을 두고 볼 순 없네. 그러니 부탁일세. 떨어지게. 멀어지게. 무헌대군을 가만히 내버려 둬 주게."

사람들이 모두 처소로 돌아갔는지, 멀리서 우가 다가오고 있었다. 혜안군은 입을 닫은 채 서하를 한 번 지그시 바라보았다. 마지막으로 한

번 더 '사라지거라' 그렇게 말하듯이.

어느새 우가 바로 곁까지 다가오자, 그는 먼저 가 있겠다며 홀로 걸음을 옮겼다. 우는 성큼성큼 사라지는 혜안군의 잔영을 바라보다가 물었다.

"무슨 얘기를 하였느냐?"

하얗게 질려 있는 서하를 보고 우의 얼굴에 금세 걱정이 번졌다.

"설마 또 전하께 돌아가라고 말씀하신 건 아니겠지?"

커다란 손바닥이 뺨을 어루만져주고서야 서하는 고개를 저어 보였다. 혜안군이 끼얹어온 충격에서 좀처럼 벗어날 수가 없어서 어질어질 흔들리기를 한참. 여전히 걱정이 한가득인 밤색 눈동자를 올려다보던 서하가 조심히 입을 열었다.

"안아봐도 될까요?"

우의 눈가가 흥미롭다는 듯 슥 치켜 올라갔다.

"언제든지 해도 되는 일을 굳이 묻는 것이냐?"

장난스러움이 배어 있는 입술에 예고 없이 쪽, 하고 입을 맞춘 서하는 그의 허리에 팔을 둘렀다.

"입 맞추는 건 물어볼 필요가 없는 모양이지? 거참, 장단 맞춰주기 까다로운 아가씨로군."

우가 부드럽게, 또 힘껏 마주 안아주었다.

서하는 그에게 기댄 채 두 눈을 감았다. 됐다. 다행이었다. 아무것도 보이지 않았다.

오래전 휘몰아치듯 보였던 그때 이후로…… 아직까지 아무것도 보이지 않고 있었다.

정말, 다행이었다.

44화
사향과 지치

별다를 것 없이 열린 조회였다.

"지난번 가뭄이 극심해 피해를 입었다던 지역들은 어찌 되었소?"

명의 물음에 좌의정이 차분히 대답을 올렸다.

"예, 전하. 여전히 비가 오지 않아 곡식들이 타거나 메말라 굶주려 죽는 백성들이 강을 이루고 있고, 각 지방 창고에 비축된 것도 거의 없어 구호하기가 여간 어려운 것이 아니라 하옵니다."

"도대체 지방 관아에서는 물자를 어찌 운영하기에 이 같은 참담한 일이 벌어졌단 말인가."

"송구하옵니다, 전하."

"가뭄이 가장 극심한 곳을 추리고 그곳에 보낼 수 있는 물자를 요량하여 보고하시오. 또한 각처의 필요하지 않은 비용을 산출해서 감하게 하도록."

"성은이 망극하옵나이다, 전하."

"병판, 그대가 말했던 도적 떼는 잡았는가?"

"잡기는커녕 그 수가 나날이 불어 지금은 백여 명에 달한다 하옵니다. 하온데 이들이 백성들 사이에서 의적이라 불리며 그 유명세가 하늘에 닿는 천지개벽할 일이 벌어지고 있사옵니다."

명의 눈썹이 위로 솟구쳤다.

"의적?"

"예. 이 도적 떼는 민가가 아니라 대체로 사대부나 관리의 집을 약탈하는데, 약탈당한 자들은 전부 원성이 자자한 탐관오리뿐이라 하옵니다."

"아무리 유명세를 떨친다 해도 도적은 도적일 뿐. 관리들에게 일러 철저히 잡아들이라 명하고 이 또한 다시 상세히 조사하여 보고하시오."

"명 받잡겠나이다, 전하."

팔걸이에 기대앉은 명은 관자놀이를 툭툭, 쳐댔다. 탐관오리의 수가 많고 도적이 의적이 되어 판을 치는 시대에는 반드시 나라가 혼란스럽지 않을 때가 없었다.

곤란했다. 어찌하여 자신의 치세에 이런 놈들이 판을 친단 말인가.

그 생각으로 머리가 바삐 움직일 때였다. 분위기가 갑자기 심상치 않아졌음을 깨달았다.

명은 관자놀이를 짚은 채로 백관들을 두루 훑어보았다. 지금까지는 평소와 다를 것 하나 없이 진행된 조회였는데, 어째서인지 자신의 눈치를 슬금슬금 살피는 눈들이 보였다.

"허."

명은 그제야 작게 코웃음을 쳤다. 왜들 저러는지 모르고 싶어도 모를 수가 없었기 때문이었다. 무헌대군의 복권과 함께 조정의 판세 또한 급격하게 변화하고 있다더니, 그 말을 뼈저리게 느끼는 중이었다.

하고 싶은 말을 어떻게 꺼내야 하나 주저하고 있는 이들을 모른 척할까, 어쩔까 잠시 망설이던 명이 무심한 듯 물었다.

"하고 싶은 말이 있으면 허심탄회하게 해보시오. 그리 눈치들만 보면 가시방석이 따로 없으니."

아니나 다를까. 기다렸다는 듯 좌의정이 목소리를 얹었다.

"전하, 세제 책봉에 관한 문제를 논의할 시점이 아닌가 사료되옵니다."

"맞사옵니다, 전하. 국본을 정하는 일은 나라의 근간을 굳건히 하기 위함이온데 선왕 전하 때부터 근 이십여 년이 훌쩍 넘도록 춘궁이 비어 있으니, 어찌 나라가 위기를 딛고 사직의 장래를 도모할 수 있겠사옵니까."

"이제라도 늦지 않았으니 서둘러 국본을 정하시어 종묘와 사직을 바로 세우셔야 할 줄로 아옵니다. 부디 통촉하여 주시옵소서, 전하."

통촉해 달라는 목소리가 편전을 뒤흔들도록, 명은 가만히 지켜보고만 있었다. 우려했던 일이 터졌는데도 사실상 그다지 언짢은 마음은 들지 않았다. 아마도 한석준이 찾아와 용의 아이에 대한 사실을 털어놓으며 '교지'에 대해 언질을 해주었기 때문일 수도 있었다.

명은 좌의정을 쳐다보았다. 생각 같아선 괘씸하여 철퇴를 내리쳐도 시원치가 않았지만, 이 일을 계기로 오히려 쳐내야 할 인사들이 명명백백히 시야에 보이고 있으니 전화위복이 아닐 수 없었다.

힘껏 주청을 하였는데 명이 이러쿵저러쿵 말이 없자, 가만히 때를 기다리고 있던 좌의정이 한 번 더 입을 열려고 할 때였다.

"간택령을 내릴까 하는데."

명의 한마디가 편전을 묵직하게 울렸다. 좌의정과 병조 판서의 놀란 얼굴이 용상으로 향했다.

"간택령이라 하시면……."

"무헌대군 말이오."

그제야 명의 전략을 간파한 좌의정과 병조 판서가 서로 눈빛을 주고받았다.

"원래라면 무헌대군은 벌써 가례를 올리고 대군방으로 신혼살림을 차려 나갔어야 하오. 한데 누명으로 인해 때가 멀어졌으니, 한시라도 빨리 간택령을 내려 왕실의 번영을 꾀해야 하는 게 아닌가, 하는 생각이 드는데. 경들의 생각은 어떠시오?"

"하오나, 전하. 무헌대군의 가례보다 나라의 국본을 정함이 더 우선되어야 할 일이라 사료되옵니다. 그 다음에 부부인에 대한 간택령을 내려야 할지, 세제빈에 대한 간택령을 내려야 할지 가리심이 옳을 줄로 아옵니다."

용감하게도 병조 판서가 옳은 말로 따박따박 맞서기에, 명은 시선으로 지그시 그를 압박하듯 주시했다.

"내게도 아직 후사가 없는데 무헌에게조차 후사가 늦어진다면, 국본이 무슨 소용이며 종묘와 사직을 무슨 낯으로 바로 세울 수 있단 말이오. 오늘 조회는 이쯤에서 파할 터이니, 다들 잘 생각해 보도록 하시오."

***

톡, 톡, 톡. 손가락이 경상을 두드릴 때마다, 인혜의 가슴에 갑갑함도 쌓였다.

이상했다.

"조회에서 세제 문제가 나왔는데도 아무 말씀이 없으셨다, 이 말인가?"

"그러하옵니다."

박 상궁에게 조회 때 있었던 일들을 전해 들은 뒤, 다시 경상을 두드리는 손가락에 힘이 들어갔다.

드디어 걱정하던 세제 문제가 불거져 나왔음이었다. 아무리 아직 후사가 없다지만, 명으로서는 썩 받아들이기 힘든 일일 터였다. 대비전은 말할 것도 없이 지금쯤 분기탱천하여 이를 갈고 있을 것이 자명했다.

하지만 아무리 생각해도 이상한 것은, 지금 여기서 명이 세제 문제로 궁지까지 몰릴 필요가 없다는 것이었다.

분명 말을 해주었다. 회임을 하였다고. 조정에 중궁전의 회임 소식만 천명해도 간단히 사그라질 문제였다. 한데 명은 끝까지 거기에 대한 언급은 하지 않았다. 오히려 무헌대군의 간택 문제를 거론했다니, 쉬이 이해가 가지 않았다.

무슨 다른 생각이 있어서일까. 아니면 명 역시 어렵게 얻은 용종이기도 하고, 궐 안에 중궁전의 회임을 막으려는 움직임이 있다고 하니 안정기에 접어들 때까지 비밀로 해두고 싶어서일까.

톡, 톡, 톡. 인혜가 머리를 싸매고 있을 때였다.

"마마! 큰일났사옵니다!"

헐레벌떡 뛰어들어오는 나인을 향해 박 상궁이 눈을 험악하게 떴다.

"어느 안전이라고 팔랑팔랑 뛰어 들어오는 게야!"

"소, 송구하옵니다. 허나 너무 놀라고 황망하여!"

혼쭐이 나면서도 다급하게 말을 잇는 것이 아무래도 진짜 큰일이 벌어진 듯했다.

“황망이라니, 도대체 무슨 일이기에 이러는 것이냐?”

인혜가 걱정스레 묻자, 나인이 머리를 방바닥에 닿도록 조아리더니 울먹거렸다.

“지, 지금 대비마마 처소에 후궁들이 전부 모여있다 하옵니다.”

“후궁들?”

“예.”

“무슨 일로?”

“그게, 주상 전하를 잘 보필하지 못하여 후사가 없는 걸 염려하신 대비마마께서 엄히 꾸짖고 계신데.”

화풀이를 하고 있나 보다, 라고 생각했다. 세제 이야기가 터져 나오니 분한 마음을 다스리지 못하고 엉뚱한 후궁들에게 그 탓을 돌리고 있다고 여기는 순간.

“그런데, 그런데…… 폐서인 이야기가 오가고 있다 하옵니다!”

경상을 두드리던 인혜의 손가락이 뚝 멈췄다.

“폐서인이라니. 대비마마께서 하신 말씀이더냐?”

“예, 마마. 심지어 ‘중궁전의 주인이 바뀌면’이라 하셨답니다! 흐으윽!”

연신 고개를 주억거리던 나인이 기어이 눈물을 터뜨렸다.

인혜는 머리가 휘청이는 것을 느꼈다.

“마마! 괜찮으시옵니까!”

박 상궁이 재빨리 부축하려 하자, 인혜가 고개를 저었다.

“괜찮네, 괜찮아.”

이런 날이 올 수도 있다는 생각을 수십 번도 더 했고, 늘 마음의 준비를 해왔다고 생각했는데.

의외로 담력이 없는 겁쟁이라며, 인혜는 자조했다. 막상 현실로 와닥치니 이리 전신이 까무러치도록 덜덜 떨릴 줄이야.

본능적으로 손이 배를 더듬었다. 아직 뱃속에 품어야 할 날이 훨씬 많이 남은 아이였다. 이대로 폐서인이 되면 아이조차 무사할지 장담할 수가 없었다.

아니 되었다.

"박 상궁."

"예, 중전마마."

"오늘 올라올 탕약이 벌써 준비되어 있는가?"

"아직 다리고 있는 줄로 아옵니다."

"가져오게. 담아둔 춘란도 가져오고. 지금 당장 대비전으로 가세."

"명 받잡겠나이다, 마마."

나인을 야단치던 엄중함은 잊었는지, 박 상궁 역시 나인처럼 헐레벌떡 탕약기가 있는 곳으로 뛰어갔다.

***

단정하게 꽂힌 족두리들이 약속이나 한 것처럼 나긋하게 숙어지는 모습을 지켜보며, 자영은 내장을 짓이기고 끓어오르는 천불을 간신히 삭이는 중이었다.

편전에서 기어이 세제 문제가 거론되었다는 이야기를 들었을 때는 탁목조가 머리를 쪼아대고 있는 것처럼 아팠는데, 애꿎은 후궁들을 쥐 잡듯 잡았더니 그나마 진정이 된 참이었다.

"아까도 말했다시피, 주상을 받드는 데 있어 한치의 소홀함도 있어선 아니 될 것이야."

"명심하겠나이다, 대비마마."

"또한! 지금 주상의 후사가 한시라도 급한 시국에 누구라도 투기를 한다거나 사술 따위로 후궁의 법도를 어지럽힐 시에는, 내 죽음으로 그 죄를 갚게 할 것이다. 알겠느냐?"

"명심하겠나이다, 대비마마."

이쯤 했으면 되었나 싶어 그만 후궁들을 물리려 할 때였다.

"대비마마, 중전마마 드셨사옵니다."

문밖에 있던 상궁이 아뢰자, 조금 가라앉은 줄 알았던 두통이 다시 자영의 이마를 타고 올라왔다.

"내 지금은 중전의 얼굴을 보기 불편하니 썩 물러가라고 전하라!"

이 모든 원흉 중에 하나였다.

아이만 낳았어도, 지난 팔 년 동안 떡두꺼비 같은 아들 하나만 낳았어도 세제 이야기 따위는 나오지도 않았을 터였다.

"저, 대비마마. 중전마마께서……."

"물러가라 하는데 왜 이리 말들이 많아! 물러가지 못할까!"

목청이 터질 것처럼 외쳐놓고 씩씩거리며 분함을 삭이려 할 때였다. 처소 문이 열리고 있었다.

품에 탕약 한 사발을 들고 찾아온 인혜가 말했다.

"여시게."

"하, 하오나……."

"모든 건 내가 책임질 터이니 열라 하였다."

좀 더 엄중하게 말하자, 대비전 상궁이 어쩔 줄 몰라 하다가 마지못해 문을 열었다.

노기가 잔뜩 서린 눈을 부릅뜨고 있는 자영이 제일 먼저 보였다. 인혜는 그 눈을 피하지 않고 한 발 한 발 처소 안으로 걸음을 옮겼다. 숙원, 숙의, 소의, 귀인, 영빈 사이를 유유히 걸으며 마침내 자영 앞에 멈춰 설 때쯤.

자영의 성난 주먹이 경상을 부술 것처럼 내리쳤다.

탕! 탕! 탕! 탕!

"이게 뭐 하는 짓인가! 내 분명 물러가라 하였거늘, 감히 여기가 어디라고 명을 어기고 함부로 들어오는 게야!"

예상한 대로 분노가 하늘을 찌르고 있었다. 만약 손에 무언가 쥔 것이 있었다면, 당장에라도 집어 던질 태세였다.

"대비마마, 고정하시옵소서."

"시끄럽다! 닥치지 못할까! 가진 것 하나 없는 널 그 자리에 앉힌 게 누군데 감히 어디서 중전 행세를 하려는 것이야!"

"마마."

"팔 년이다! 내 팔 년이나 기다려주었어! 한데 기어이 네가 주상의 대를 끊어놓았음이야. 내가 언제까지 두고 볼 줄 알았더냐!"

"어마마마, 일단 제 얘기를 들어보소서."

"누가 네 어마마마라는 것이야! 썩 처소로 물러가 폐서인이 될 준비나……."

"아이를 가지지 못하는 약이었습니다!"

인혜의 불쑥 높아진 목소리가 아무리 애원해도 도무지 꺾이지 않았던 자영의 기세를 자르며 터져 나왔다. 서로 눈치를 살피며 쑥덕대던 후궁들 역시 놀라 숨을 삼켰다.

"……뭐라고 했더냐."

가느다랗게 떨리는 목소리는 어쩌지 못했다. 노기로 벌게졌던 자영의 얼굴이 느닷없는 한마디에 삽시간에 파리하게 식어갔다.

"아이를 가지지 못하는 약이라니?"

인혜는 대답 대신 들고 있던 것을 경상 위에 내려놓았다.

"이게 무엇이냐."

"탕약입니다."

"한데?"

"어마마마께서 매일매일 먹어야 한다며 보내주시는 탕약입니다."

선뜻 이해하지 못한 자영이 곰곰이 말뜻을 헤아리더니 눈을 커다랗게 떴다.

"지금 나를 음해하려는 것이냐?"

"아니옵니다. 그럴 리가 있겠습니까."

"하면!"

"마마께서 주신 약을 누군가 중간에서 가로챈 게 틀림없습니다."

"가로채?"

"이제껏 제게 단 하루도 빠짐없이 아이를 가지지 못하게 하는 약이 왔으니, 누군가 약을 바꿔치기하여 저의 회임을 막은 것이 아니겠습니까."

그제야 뜻을 알아들은 자영의 입이 서서히 벌어졌다. 크게 떠진 눈에 아연함이 스쳤다.

"박 상궁."

"예, 중전마마."

"가지고 오게."

인혜의 부름에 밖에서 미리 차비하고 있던 박 상궁이 조심조심 걸음을 옮기며 들어왔다. 품에는 화분 대신 넓적한 사발에 무참히 담긴 춘란이 들려 있었다.

"마마께서 주신 탕약을 매일 화분에 부었더니 춘란이 이 지경이 되어 있었습니다."

"이게 왜……."

"혹시나 하여 사가에 화분을 보내보았습니다. 대체 어떤 약이기에 춘란이 이리 죽는지 알고 싶어서 말입니다."

"그랬더니?"

"사향과 지치였습니다."

생뚱맞은 약재들의 이름을 듣고 자영은 단번에 인상을 구기며 경상 위의 탕약을 바라보았다.

"그러니까 지금 이 탕약에 내가 보낸 약재가 아니라 사향과 지치가 담겨 있다, 이 말이오?"

"그렇습니다."

"하!"

자영은 황당함을 감추지 못하고 잠시 주변을 두리번거리다가, 김 귀인과 눈이 마주치자 저절로 손이 탕약 사발로 향했다.

"먹어 보거라."

난데없는 명에 김 귀인이 엉덩이를 뒤로 물렸다.

"예? 제, 제가요?"

"아니면, 소원. 네가 먹어 보거라."

"대, 대, 대비마마. 어찌 소인에게 그런 것을 먹으라 하명을……."

"난 분명 익모초와 쑥을 보냈거늘 사향과 자치가 들어 있다지 않느냐! 누구라도 좋으니 먹고 감별을 해보란 말이야!"

너무 흥분한 탓에 자기가 지금 무슨 짓을 하고 있는지도 모르는 듯했다. 인혜는 서둘러 자리에 앉아 자영의 손에서 탕약 사발을 조심스레 빼앗았다.

"황망하신 마음 잘 압니다. 신첩, 결단코 어마마마를 의심하여 온 것이 아닙니다. 누가 감히 마마를 음해하는 짓을 하였는지 밝혀야겠기에 온 것입니다."

자영은 탕약과 인혜를 빠르게 번갈아 보았다. 그러고는 변해버린 춘란의 갈색 난잎에 손끝을 갖다 대었다가 바사삭 바스러지는 것을 보고 놀라 황급히 손을 거두었다.

"정말로 중전에게 그런 탕약이 갔단 말이오?"

"예. 해서 약을 끊었더니 그 후부터 두통이 사라졌고, 기력도 훨씬 많이 회복하였나이다."

"하……."

자영의 어깨가 힘없이 가라앉았다. 자그마치 팔 년 동안 어서 후사를 보라며 보낸 탕약이 전부 아이를 갖지 못하게 하는 약이었다니, 보통 충격적인 일이 아니었다.

"어마마마, 잠시 모두를 물려 주시옵소서."

하도 어이가 없는 탓에 인혜의 부탁에도 순순히 그리하라는 말밖에 할 수가 없었다.

갑작스러운 사달에 겁을 먹은 후궁들이 서둘러 대비전을 빠져나가고, 상궁 나인들까지 멀리 물리친 뒤에야 인혜는 입을 열었다.

"이런 일을 아뢰게 되어 몹시 송구합니다, 어마마마. 하오나 신첩도 폐서인 이야기가 오간다는 말을 듣고 어쩔 수 없이 달려올 수밖에 없었습니다."

"……해서. 하고픈 말이 무엇이오. 내가 잘못하였으니 사과라도 듣고 싶은 게요?"

"그럴 리가 있겠나이까. 단지 신첩의 억울함을 조금이나마 알아달라 떼를 쓰러 온 것입니다."

"후궁들 앞에서 떠벌떠벌 떠든 걸 떼라고 하다니. 지금쯤 대비전을 벗어나면서 아이를 가지지 못하게 하는 탕약을 보낸 게 나라고 의심할 텐데."

"진범이야 잡으면 그만입니다. 조사를 하면 금세 밝혀질 것이니, 신첩은 그런 건 걱정하지 않습니다."

"그럼 뭘 또 걱정한다는 게요?"

"신첩이, 회임을 하였습니다."

하나, 둘, 셋, 넷, 다섯. 눈만 잘게 깜빡거리던 자영이 소스라치게 놀라 앉은 자리에서 펄떡 뛰었다.

"회, 회임?"

큰 목소리가 튀어나오자 인혜가 얼른 손가락을 입에 가져다 대었다.

"하오나 이 일은 아직 전하와 저 그리고 어마마마만 알고 있는 것으로 하여야 합니다."

"어째서! 지금 편전에서 어떤 이야기가 오가고 있는지 뻔히 알 텐데!"

"전하께서 그리하길 바라십니다."

명의 이야기가 나오자마자 자영의 눈가가 애잔하게 내려앉았다.

"전하께서 힘든 눈을 하고, 아직 둘만 아는 비밀로 해달라 청하셨습니다. 한데 그 청을 져버리고 전하를 실망하게 하고 싶지가 않습니다."

"중전."

"부디 모든 걸 전하와 저에게 맡겨주십시오. 전하의 깊으신 성심이 무언가를 계획하고 계실 것입니다. 저 또한 왕실에 분란을 일으키려 한 자가 누군지 밝혀내는 데에 힘써, 제 나름대로 전하를 보필할 것입니다. 이제부터 전하는 제가 지켜드릴 거니까요."

자영이 금방이라도 울 것처럼 눈시울을 붉히고 있었다.

이런 나약한 모습은 처음이었다. 언제나 무서울 정도로 강하고 패기 넘치는 장군 같은 분이라고 생각했는데.

아들 이야기에 이리 가슴 아파하는 모습을 보니 어쩔 수 없는 어머니임을, 인혜는 제 배를 어루만지며 느낄 수 있었다.

"압니다. 어마마마께서 절 충분히 내치실 수 있었음에도 이제껏 참고 견뎌주셨음을요. 말로는 매섭게 야단치셨지만, 어떻게 해서든 품어주시려 했다는 것 잘 압니다."

인혜의 말에 자영은 재빨리 눈가 아래로 흐르는 물방울을 닦아냈다.

"신첩이 그간 병약하여 전하와 어마마마께 큰 심려를 끼쳐드렸으니, 이제부터라도 전하와 왕실의 안위를 위해 최선을 다할 것입니다. 하니, 부디 어마마마께서도 신첩을 도와주십시오. 이리 간청드리나이다."

45화
매화꽃 같은 사람

수문장들이 줄지어 서 있는데도 이렇게 당당하게 나온 적은 처음이었다. 서하는 돈화문이라 적힌 현판을 한 번 물끄러미 올려다보다가 다시 주변을 두리번거렸다. 아무도 저를 신경 쓰는 이가 없었다. 심지어 따라나선 월영도 막을 생각이 전혀 없어 보였다.

처음으로 진짜 '자유'를 만끽하는 기분이었다.

"이러다 여기 선 채로 날밤 지새우겠습니다."

기다리다 못해 두천이 한마디 했다. 서하의 모습을 가만히 지켜보던 우는 웃었다.

지금 그녀가 어떤 마음일지 모르지 않았다. 그 오랜 세월을 궁 안에 갇혀만 살았으니, 제 발로 돈화문을 걸어 나가 궐 밖을 구경할 수 있는 이 순간이 도무지 현실 같지가 않을 터였다.

아무리 그래도 겨우 창덕궁 정문에서 이리 심도 있게 감격해버리는 건 안 될 말이었다, 그러다 조금 더 걸어 저잣거리라도 갈라치면 숨이 멎어버리는 건 아닐지 걱정이 될 지경이었다.

우는 도포를 두르고 있는 서하의 등에 슬쩍 손을 올려주었다. 그제야 서하가 어린아이 첫걸음마 하듯 발을 움직였다.

걸음걸음마다 전율 같은 짜릿함이 모여들었다.

"가고 싶은 곳이 있으면 말하거라. 어디든 데려다주마."

슬쩍 고개를 숙인 우가 귓가에 속삭여주자, 서하가 배시시 웃어 보였다. 그 웃음이 너무 예뻐서, 곱게 접힌 눈매에 입이라도 맞춰주고 싶은 걸 간신히 참고 있을 때였다.

"지금 모두 사내로 변장하고 있다는 걸 잊지 마십시오."

눈치 빠른 월영이 괜한 시비투로 찬물을 후딱 끼얹어왔다. 우는 고개를 꺾었다.

"그게 어쨌다는 것이냐."

"저잣거리에서 흉흉한 오해 받기 싫으시거든 그리 붙어 있지 말란 뜻입니다."

우는 서하의 차림을 새삼 바라보았다. 한양에 온 지는 며칠 되었지만, 추국이다 복권이다 하여 바쁜 탓에 한양이 십 년 동안 어찌 변했는지 구경 한 번 해보지 못한 참이었다.

그건 서하도 마찬가지일 터였다. 선왕이 살아계실 때는 서하를 데리고 나오는 건 꿈도 못 꿔 보았고, 그렇다고 지난 십 년 동안 명이 데리고 나왔을 리 만무했으니 한 번도 궐 밖에 나가본 적 없을 거라는 짐작이 가능했다.

해서 한양 구경이나 하자며 데리고 나올 생각이었다. 담이와 월영 그리고 두천이 줄줄이 따라오기 전까지는.

담이 따라온다고 하니, 서하가 묻기도 전에 공주 처소 나인으로 변장하겠다고 하자.

〔공주 신분으로 궐 밖에 나가면 따라붙는 호위에, 가마에 귀찮다. 이왕 변장할 거라면 오라버니 같은 사내가 편하지.〕

제가 더 신이 난 담이는 도포를 내놓으라며 박 내관을 닦달했더랬다. 결국 수호와 부겸을 밖에서 만나기로 하고, 다섯 명은 나란히 도포 입은 사내가 되어 한양 저잣거리로 향하는 중이었다.

그 새 사내 분장을 했다는 걸 잊어버린 우가 자연스럽게 서하의 손을 잡으려는데, 뒤에서 두천과 월영이 동시에 '쓰읍!' 하고 차듯이 숨을 들어 올렸다.

우의 미간에 짜증이 한 칸 그어졌다.

"여깁니다, 여기!"

저잣거리 입구에서 수호가 팔을 번쩍 올려 흔들고 있었다. 곧이어 부겸까지 합세하자, 자그마치 사내만 일곱이 되고 말았다.

우의 미간에 짜증이 한 칸 더 그어졌다.

"제일 먼저 뭐부터 보러 갈까요?"

부겸이 묻기가 무섭게 우와 서하를 제외한 나머지 네 명의 입이 동시에 각자 할 말을 터뜨렸다.

"소리꾼!"

"패물점!"

"관상쟁이."

"기방!"

말들이 뒤섞여 어디를 말하는 건지 잘 알아듣기 힘든 와중에도, 마지막 '기방'만은 정확히 알아들었던지 사정없이 노려보는 눈들이 두천에게 향했다.

"대군, 아니 나리들께서는 어디부터 가고 싶으신지요?"

부겸이 얌전하게 서 있기만 한 우와 서하에게 질문을 던졌다. 뭐가 있는지도 모르는 서하가 그저 호기심 가득한 눈으로 우를 올려다볼 때였다.

그때까지도 입을 딱 붙인 채 서 있던 우가 가만히 벗을 불렀다.

"수호야."

"예?"

"십 년 전 초가, 신시."

끝이었다. 말을 마친 우가 느닷없이 서하의 손목을 잡고 저잣거리 안으로 냅다 뛰었다.

"어, 어! 나리!"

뒤에서 한참이나 부르는 소리가 들렸지만, 우는 뒤도 돌아보지 않았다.

"둘이 있고 싶었구먼. 좋을 때다, 좋을 때야."

박 내관이 흐뭇하게 중얼거리는 사이, 수호는 흘끗 담을 보며 말했다.

"잘하는 소리꾼이 노는 장소를 압니다. 모시고 갈까요?"

담의 앵두 같은 입이 조금 전 소리꾼이라며 야무지게 외치는 소리를 들었기 때문이었다.

잠시 눈을 가늘게 흘겨 뜨던 담이 팽, 고개를 돌렸다. 얼마나 세차게 돌렸던지, 조그마한 머리 위에 얹은 갓이 흔들거렸다.

"가장 잘하고 재밌는 곳이라면 함께 가주겠습니다."

그러고는 어딘지도 모르면서 먼저 성큼성큼 걸음을 옮겼다. 피식 웃은 수호가 곧장 그 뒤를 따랐고, 또다시 남아버린 셋은 서로의 눈치를 살폈다.

"각자 놀다 모일려나 보니, 우리도 흩어집시다."

대답 따윈 바라지도 않는 사람처럼, 월영은 한양에서 가장 유명하다는 관상쟁이가 사는 쪽으로 몸을 틀었다.

"근데 말입니다, 곽 도사 나리. 십 년 전 초가, 라는 게 어딘지 아십니까?"

오도카니 남겨진 두천이 나지막이 중얼거리자, 부겸이 혀를 끌끌 차며 고개를 저었다.

"거기를 갈 생각인 게요? 포기하시오. 가봤자 염장 지르는 꼴밖에 더 보겠소? 우리는 우리 갈 길 갑시다. 나도 아까 박 내관이 말한 거기가 끌리더이다. 하나 이런 대낮부터 갈 순 없으니 맛있는 국밥부터."

부겸은 두천을 데리고 국밥집을 찾아 저잣거리로 들어갔다. '나만 안 째려봤소이다'라고 자랑스럽게 툭툭, 그의 어깨를 두들겨주는 것도 잊지 않았다.

***

너무 많이 뛰어온 모양이었다. 서하는 무릎에 손을 올린 채 가쁜 숨을 몰아쉬었다. 우 역시 조금 숨이 찬 탓에 몇 번인가 심호흡을 할 때였다.

"콜록, 콜록!"

몰아치던 숨이 어느새 기침으로 변하고, 서하가 등을 동그랗게 말며 괴로워했다. 놀란 우는 얼른 서하의 등을 쓸어주며 주변을 두리번거렸다. 마침 어물전이 보이기에 달려가 물 좀 얻을 수 있겠냐고 하자, 인심 좋은 주인이 허리춤에 차고 있던 호리병을 통째로 건네주었다.

우는 서둘러 호리병을 서하의 입가에 기울여 주었지만, 잘 받아넘기지 못하고 가는 턱선을 따라 흐르기만 했다. 애가 탄 나머지 물을 제 입안으로 털어 넣은 그는 재빨리 서하에게 입술을 포갰다. 혀로 조심스럽게 밀어 넣어주자 차츰차츰 받아넘기기 시작했다. 크게 들썩이던 서하의 가슴이 진정이 되고서야 우는 입술을 떼어냈다.

"괜찮아?"

기침하느라 고되었던지, 고개를 끄덕이는 서하의 눈 끝에 물이 고였다. 안쓰러워서 그것을 닦아주려는데.

"아이고머니나!"

"세상에! 대낮에 뭐 하는 짓들이래!"

"말세여, 말세!"

대관절 사방에서 터져 나오는 한탄 소리가 낯설어 우는 뒤를 돌아보았다. 언제 모였는지, 동네 아낙들이 손가락질을 하며 큰 소리로 혀를 차고 있었다. 처음에는 왜 그러는지를 몰라 멈칫하다가, 서하의 머리에 얹어진 갓을 보고서야 아차 싶었다.

대낮에, 저잣거리 한복판에서, 그것도 비단 도포에 갓을 쓴 선비 둘이 쪽쪽 대고 있으니.

우는 괜스레 갓을 얼굴 깊이 내려쓰며 헛기침을 했다. 그러고는 아직 뭐가 잘못되었는지 깨닫지 못한 서하를 데리고 황급히 걸었다. 손 빠르게도 그 장면을 순식간에 그림으로 그려낸 화공에게서 종이를 빼앗는 것도 잊지 않았다.

"위험해서 안 되겠다."

우가 중얼거리자, 서하가 고개를 갸웃했다.

"무엇이 말입니까?"

"네가 사내 복색을 하고 있는 것 말이다."

"……아!"

그제야 사람들이 내뱉던 한탄의 의미를 깨달았는지, 서하가 주먹을 쥐고는 손바닥을 탁 내리쳤다.

"그래서 그랬구나."

늦어도 한참 늦은 반응이었다.

"다른 곳부터 가자."

"다른 곳이라면 어디……."

"여기다."

포목점이었다. 말을 해주기도 전에 서하의 발이 저절로 비단 모시 앞에 멈춰 섰다. 눈이 홀릴 만큼 예쁜 색의 천들이 각각 멋을 뽐내고 있었다. 갓 아래에서 서하의 입이 저절로 헤, 벌어졌다.

"어서 오세요, 어서 오세요. 어이쿠! 잘생긴 선비님들이 포목점까진 어쩐 일들이십니까?"

완전히 시선을 빼앗긴 서하를 흐뭇하게 바라보던 우는 포목점 주인을 향해 말했다.

"만들어주기도 한다기에 엊그제 미리 부탁해 놓은 옷이 있는데."

"아, 예! 조금만 기다리십시오, 거의 다 되어 갑니다."

"직접 입혀주실 수 있겠소?"

"입혀드리다마다요. 예쁘게 치장도 해드릴 테니 옷 주인만 데려오십시오."

우의 밤색 눈동자가 서하를 가리켰다.

"……매화."

옷감들을 구경하느라 여념이 없던 서하가 연한 분홍색 비단 자락을 살짝 만지려다가 툭, 움직임을 멈추었다. 바라보는 시선을 느끼고 천천히 뒤를 돌려 할 때였다.

어느새 바로 뒤에 다가와 선 우가 갓을 손수 풀어주고, 깔끔하게도 틀어 올린 상투에서 동곳을 빼주었다.

"매화꽃 같은 사람이오."

긴 머리가 바람에 흩날리며 아래로 쏟아졌다. 착각 같은 향긋한 매화향이 가슴을 울리며 일었다.

"예쁘게 꾸며 주시오."

***

한양 제일의 관상쟁이라더니. 월영은 파리만 날리게 생긴 집의 대문을 조심스레 밀었다.

끼이이익, 귀신을 부를 것 같은 스산한 소리를 내며 문이 열렸다. 여기저기 광주리 같은 것이 어지럽게 널브러져 있는 마당이 보였다. 한 발짝도 들이기 싫을 만큼 지저분한 곳이었다.

"들어오거라."

하는 수 없이 들어가려는데 안에서 목소리가 흘러나왔다. 석준이라는 걸 단번에 알 수 있었다.

월영은 집 안으로 걸음을 옮겼다. 문살이 부러지고 창호지가 찢어진 문을 열자, 한석준과 지운선이 나란히 앉아 차를 마시고 있었다. 이런 집에서 차를 마실 수 있는 정신력이라니, 감탄이 나올 지경이었다.

"들어오라니까."

월영은 석준의 말과 반대로 뒤로 한발 물러서서는 곧바로 검을 빼 들었다.

"들어가기 전에 청산해야 할 빚이 있어서 말입니다."

스릉, 하는 서늘하기 짝이 없는 소리가 소름 돋게 스치고, 월영이 석준의 옆을 찌르듯 노려보았다.

"잠깐, 지금 내 앞에서 칼부림을 하겠다는 것이냐?"

다급하게 말리려는 석준과 달리 운선이 입꼬리를 길게 올렸다.

"그래봤자 또 질 건데."

탕! 월영이 먼저 사발이 깨지도록 내려놓자, 운선 역시 깨끗하게 비운 사발을 내려놓았다.

이걸로 각각 열두 번째 사발.

열세 번째 사발을 들이부은 뒤, 월영은 술병을 던지듯 바닥에 팽개쳤다. 술병들이 방바닥을 어지럽게 굴러다녔다.

"한 사발 더."

"좋아."

두 사람은 또 동시에 사발을 입안으로 털어 넣었다.

사이좋게 마주 앉아 술을 마실 정도로 친근한 사이는 못된다지만, 마주치자마자 검까지 빼 들고 씩씩거렸더니 한석준이 펄쩍 뛰며 야단을 떨었더랬다.

〔가뜩이나 몇 안 되는 친우 집이거늘! 피칠갑할 기운 있거든 다른 곳으로 가거라. 아니면 다른 걸로 승부를 보던가!〕

그래놓고 갑자기 벽장 같은 곳을 뒤져 술병을 주섬주섬 찾아오더니, 이 지경에 이르고야 말았다. 승부란 간단했다. 먼저 쓰러지는 놈이 지는 법.

탕!

"한 잔 더!"

덕분에 대낮부터 때아닌 술판이 벌어진 참이었다. 낮술은 애미 애비도 없다던데. 그나마 다행인 건, 둘 다 애미 애비가 진짜로 없다는 사실이랄까.

"근성이 대단한 건 인정하지."

또다시 떨어진 술을 사러 한석준이 잠시 자리를 비운 사이, 사발을 내려놓다 말고 들려온 목소리에 월영은 눈이 반쯤 풀린 채로 운선을 올려다보았다.

"뭐라고?"

"벌써 알았겠지만, 내가 쓰는 건 마비산이야. 죽이지는 않지. 그래도 꽤 강한 마비가 왔을 텐데, 그걸 풀려고 제 몸을 난도질하다니. 정말 상상도 못 했어. 생각보다 더 미련퉁이 같은 놈이긴 하지만, 그 근성은 인정한다고."

월영은 근성 같은 소리 한다며 코웃음을 쳤다. 떠드느라 바쁜 운선이 술 따를 생각을 하지 않는 것을 보고 술병을 빼앗아 사발에 직접 부으려 할 때였다.

운선이 자조적으로 물었다.

"그래서 네가 얻는 게 뭔데?"

순간 월영의 손이 멈칫했다.

"얻어?"

"그렇게 지키려고 기를 쓰더니, 결국 유서하를 지킨 건 네가 아니잖아. 무헌대군이지."

폐부를 찔린 기분이었다. 너무 정곡을 콕 찔러와서 월영은 오기를 부리는 것조차 잊어버렸을 정도였다.

"상관없어. 지켰으면 된 거니까."

"우린 뭘 지키는 사람들이 아니잖아. 지키지 못하게 하는 사람들이지."

"그런 건 내가 정해. 그러니까 마시기나 해."

운선이 먼저 사발을 들고 한꺼번에 들이키자, 월영 역시 뒤이어 잔을 비웠다. 방금까지만 해도 달게 들이키던 술 뒤끝이 갑작스레 쌉싸름했다.

"해서 넌 뭘 어쩌고 싶은 거야? 한석준 나리 곁에 계속 붙어서 나리가 뜻을 이루시는 걸 지켜보고 싶은 거야, 아니면 월영이란 이름처럼 그림자같이 유서하를 지키기만 하고 싶은 거야?"

둘 다 할 수 있는 방법은 없는 걸까.

월영은 취기가 오르고 있다는 것을 깨닫고는 머리를 흔들었다. 그 와중에도 사람을 콕콕 잘도 쑤셔대는 지운선의 성격이 한석준과 참 많이 닮았다는 생각이 들었다. 영락없는 남매였다.

"그럼 넌 뭘 어쩌고 싶은 건데? 어쩌고 싶어서 아가씨를 죽이려던 건데? 사촌 누이라면서?"

"하, 사촌누이."

월영이 반격하듯 질문을 쏟아내자, 운선은 씹어뱉듯 대꾸하며 술병을 탈탈 털어 마지막 술잔을 채웠다.

"난 기생첩의 딸이야. 그냥 첩의 딸도 사람대접을 받을까 말까인데,

기생첩이면 말 다 했지. 하지만 그 사촌누이라는 분께서는 부모가 모두 죽긴 했어도 양반이야. 나 같은 게 감히 사촌누이라고 부르지도 못할 만큼 지체가 높으신 분이라고."

"새삼스럽게 신분 타령은."

"난 그런 지체 높으신 분 때문에 아주 조그마할 때부터 궁에서 궂은 일을 했어. 시키면 무조건 해야 했지. 아니면 매질에, 고문에. 견디기 힘든 고통이 따라오니까."

운선은 습관처럼 일부러 짓고 있는 웃음기를 거두고, 눈을 날카롭게 치켜뜬 채 말을 이었다.

"내가 무슨 일들을 했는지 넌 상상도 못 하겠지."

"많은 사람들이 상상도 못 할 고통을 겪기도 해. 너만 그런 건 아니라고. 서하 아가씨도 충분히 겪었고. 어머니가 눈앞에서 죽는 모습을 직접 보기도 했고. 나 역시……."

이야기를 듣다 말고 운선이 상에 턱을 괴며 중얼거렸다.

"이렇게까지 빠져 있다니. 넌 정말 살수를 그만둬야겠구나."

월영이 인상을 험악하게 구기며 무언가 말을 하려 할 때였다.

석준이 술병을 양손에 가득 든 채 안으로 들어섰다.

"자, 새 술 사 왔다! 어디까지 무슨 얘기들을 하고 있었더냐?"

"아무것도 아닙니다. 그보다 절 여기까지 오라 하신 이유는 뭡니까? 딱히 이유가 없다면 이만 가보겠습니다."

월영은 자리에서 일어서려 했다. 운선의 말이, 태도가 상당히 거슬렸다. 마치 한심하기 짝이 없는 사람을 보는 듯한 그 시선이.

"분위기가 왜 이리 싸늘해졌더냐. 또 무슨 일이 있었던 게야?"

"아무것도 아닙니다."

월영이 시큰둥하니 얼버무리자, 운선도 장단을 맞추듯 어깨를 한 번 들썩해 보였다.

"싸우지들 마라. 너희 둘 다 나한테는 꼭 필요한 사람들인데 둘이 이렇게 대립해서야 내가 어디 일을 도모할 수나 있겠느냐."

"송구합니다."

월영이 취기 서린 얼굴로 고개를 숙였다.

"난희 너도."

"운선이라고 하였습니다."

"그래, 그래. 운선이 너도. 내 분명 네가 원하는 걸 주겠다 하였으니 나를 좀 돕거라."

"알겠습니다."

"좋다. 일단, 월영아. 네가 지금 무헌대군 처소에 있는 게 맞느냐?"

"예."

"서하도 거기 있고."

"있습니다."

월영은 솔직하게 털어놓았다. 석준에게 거짓말을 해봤자, 어차피 귀에 들어가는 건 순식간이었다.

"전하께서 서하를 찾으신다."

"무헌대군이 보내지 않을 겁니다."

"그래, 그렇겠지. 해서 네 도움이 필요하다."

월영이 잠잠히 뒷말을 기다리기만 하자, 석준이 사 온 술병 하나를 그대로 입안에 모조리 털어 넣었다.

"크앗! 맛있구나. 희한하지? 낮에 먹는 술이 더 맛있는 법이라니. 안 그러냐? 하하하."

턱 아래로 흐르는 한 방울을 소매로 닦아내며 그가 말을 이었다.

"무헌대군이 서하와 포목점에 있다더구나."

월영의 안색에 그늘이 드리워졌다. 술을 사러 간다는 건 핑계고, 둘에게 붙인 미행의 보고를 들은 모양이었다.

"이 기회에 무헌대군을 난희와 만나게 해주어야겠다. 돕거라."

너무나 자연스러운 명령이었다. 이까짓 명령쯤은 알아서 잘 성사시킬 여상한 것이니, 굳이 힘주어 명할 필요 없다는 듯이.

"……알겠습니다."

46화
습격

“왕이 팔을 내어주니 도사 앉어 맥을 볼제 심소장은 화이요, 간담은 목이요 폐대장은 금이요 신방광 수요. 비위난 토라. 간맥이 태과하여 목극토하였으니 비위가 상하옵고 담성이 심허니 신경이 미약허고…….”

수궁가라는 것입니다, 라고 말한 수호는 옆에서 열심히 토끼가 어쩌고 하는 내용을 설명해 주었다. 담도 옳은 것처럼 최대한 진지하게 고개를 끄덕여 주었다.

〔무엄하오. 감히 참하관 따위가 나를 가르치려 들다니.〕

창경궁에서 오라버니를 만나러 가야 한다며 날뛰었을 때, 말리러 와준 수호가 고마우면서도 앞을 막아선 것이 원망스러워 저도 모르게 뱉었던 말.

〔두 번 다시 내 앞에 나타나지 마시오.〕

그게 두고두고 어찌나 가슴을 쓸며 괴롭히던지. 뱉자마자 후회했지만, 아니 말을 하던 그 순간에 이미 후회하고 있었지만, 기세를 누르기에는 화가 너무 많이 나 있었다.

"그래서 말입니다. 토끼가……."

"토끼가 그리 좋으십니까?"

갑자기 담이 불퉁하니 쏘아붙이자, 신나서 떠들던 수호의 입이 딱 다물렸다. 왜 또 삐쳤나, 하는 어리둥절한 얼굴을 하고 있었더니.

"안 삐쳤습니다."

묻지도 않았는데 귀신같이 알아챈 담이 먼저 답했다. 그다지 믿을 만한 대답은 아니었지만.

"언제까지 토끼만 찾아대실 겁니까?"

"제가 너무 시끄러웠습니까? 송구합니다. 조용히 하고 있겠습니다."

수호가 바로 꼬리를 내렸다. 담은 부글, 속이 한 번 끓어오르는 것을 느꼈다.

바보인 건지, 멍청한 건지. 다른 사람이었다면 그것 때문에 한 말이 아니잖느냐, 시원스럽게 야단이라도 쳤을 텐데.

"패물점이 가고 싶습니다."

수궁가를 듣고 있던 수호가 그제야 얼굴에서 웃음기를 지웠다.

"……어디요?"

"패물점 말입니다. 갑자기 가고 싶어졌습니다."

수호는 한동안 아무 말도 하지 못했다. 담이 빨개진 뺨과 귀를 가리려 자꾸 갓을 고쳐 쓰는 모습을, 그저 꿈결처럼 바라보고만 있을 뿐이었다.

"계속 그리 보고만 있을 겁니까? 안내해주실 게 아니면 어디인지만 말씀해 주십시오. 혼자 가겠습니다."

너무 보고만 있어서 민망했는지, 담이 대답도 듣지 않고 쌩하니 몸을 돌릴 때였다. 마냥 넋 놓고 있는 줄 알았던 수호가 덥석 손목을 잡아챘다.

"패물점에서 무엇을 사시게요?"

"……노리개?"

한참 만에야 더디게 튀어나온, 게다가 끄트머리가 왜인지 의문스럽게 올라간 희한한 대답을 들으며 수호는 눈만 끔뻑거렸다.

같이 한양 거리를 걷고 있는 것이 꿈 같아서, 아무래도 실감이 잘 안 나서.

둥그렇게 부풀어 오르기만 한 들뜬 마음을 가라앉히려 시키지도 않은 수궁가 내용을 주절주절 읊조리고 있었던 건데, 뜬금없이 툴툴거리다가 눈앞에서 얼굴을 붉게 물들이지를 않나. 아까는 분명 아무것도 못 들은 척해놓고, 흩어지기 전에 가고 싶은 곳이라며 자신이 외쳤던 장소를 기억하고는 가자고 조르질 않나.

거기서 살 것도 없으면서.

"제가 사드리겠습니다."

"뭘요?"

"노리개 말입니다. 그게 필요해서 가자 하시는 거면 제가 사다 드릴 터이니, 다른 더 좋은 곳으로 안내해 드리겠습니다."

말이 끝났는데도 담이 꼼짝하지 않고 서 있기만 했다. 이번에는 또 뭐 때문에 화가 났나, 싶어 가만히 보고 있으려는데 갑자기 담이 불쑥 손을 내밀었다.

"자가?"

"제가 다섯을 셀 겁니다."

"예?"

"그때까지 제 손을 잡고 패물점으로 안내해주세요. 싫다면 여기서 돌아가겠습니다. 궐로 가는 길은 모르려야 모를 수가 없으니 혼자 갈 수 있습니다."

담의 입에서는 언제나 '그냥' 흘러나오는 말이란 없었다. 입 밖으로 꺼내는 순간, 한다면 하는 성미였으니까.

"하나, 둘."

삽시간에 둘이 끝나고.

"셋, 넷, 다……."

마지막 다섯을 세려는 찰나, 탁! 수호가 힘있게 담의 손을 잡았다.

"패물점 안내해 드리겠습니다. 잘 따라오세요."

수호는 담을 이끌며 앞서 걸었다. 지나가는 사람들이 이쁘장한 남정네 둘이서 손을 잡고 걷는다며 수군거렸지만, 수호는 별로 대단치도 않다는 듯 걸었다.

뒤에서 담이 미풍에도 금방 흩어질 것처럼 작게 중얼거린 소리가 자꾸만 심장을 빨리 뛰게 하는 것이 훨씬 더 큰일이었기 때문이었다.

"그대가 패물점이 가고 싶다고 하여 나도 가고 싶어진 겁니다."

***

"좋겠네, 저리 멋진 분한테 사랑받아서."

침모와 포목점 주인이 서하보다 더 신이 나 있었다. 밖에서 묵묵히 기다리는 우를 흘끗흘끗 바라보며 입이 마를 새가 없이 칭찬했다.

요새 은애하는 여인 옷 해주고 싶어 저리 진득하게 기다리는 사내가 어디 있느냐며, 연신 좋겠다고 서하의 마른 등을 통통 두들겼다.

"잠깐 앉아봐. 머리도 만져 줄게."

서하가 쭈뼛쭈뼛 앉자, 침모는 길게 풀어진 머리를 손가락으로 차분히 빗겨주며 물었다.

"혼인할 사이야?"

여태 수줍어하던 서하의 어깨가 단번에 딱딱하게 경직되었다.

혼인, 이라.

"저……."

"좋을 때지, 좋을 때야. 얼마나 예쁘게 사랑받았으면 색시가 이리 곱누."

"어느 댁 나리셔?"

"주책맞게 그런 건 왜 물어."

"궁금하니 그러지."

서하는 대답 대신 살짝 웃기만 했다. 그 뒤에도 몇 번인가 더 이것저것 질문이 쏟아졌지만, 아무것도 듣지 못한 사람처럼 멀거니 우의 뒷모습만 바라보았다.

너무 들떠 있었다. 현실과 동떨어진 혼인 이야기를 듣고, 가슴이 뛰는 게 아니라 심장이 굳어버리는 줄 알았더랬다.

상상이라도 할 수 있을 정도로 순진했으면 좋았을 것을. 그러면 어여쁘게 혼례복을 차려입고 대군과 맞절하는 모습만이라도 그리며 행복해 할 수 있었을 텐데.

버거운 현실을 지나치게 잘 아는, 순진과는 거리가 먼 스스로가 원망스러울 정도였다. 있을 수 없는 일이었으니까.

우는 이 나라의 대군이었다. 자신은 용의 아이, 아니 그게 아니라 하더라도 신분도 알지 못하는 처지였으니 아무리 최후를 향해 달려도 그 끝이 '혼인이' 될 수는 없었다.

법도가 그러했고, 현실이 그러했다. 우는 언젠가 간택령이 내려지면 부부인을 맞이하게 될 운명이었고, 자신은 그런 대군에게 혼인을 감축드린다고 이야기해야 할 사람 중의 한 명일 뿐이었다.

그 사실 하나만으로도, 섧은 가슴이 뭉그러지게 아파왔다.

"……이제 그만 가겠습니다."

가만히 있던 서하가 자리에서 일어섰다.

"지금? 조금만 더 기다려. 머리꽂이라도 예쁘게 꽂아……."

"괜찮으니 그냥 가겠습니다. 더 기다리시게 하기 싫어서 그럽니다."

시간이 없었다. 그저 스쳐 지나가는 혼인 이야기였음에도 불구하고 정신이 번쩍 들었다.

앞으로 우와 함께할 수 있는 시간이, 생각보다 많지 않구나.

"나리! 다 되었습니다!"

포목점 주인의 목소리와 함께 우는 뒤를 돌았다.

소매에 홍매화가 핀 것 같았다. 곳곳에 수가 놓인 분홍빛 저고리를 입은 곱디고운 서하가 얌전히 걸어 나왔다. 언뜻언뜻 담자색이 스치는 백색 치마가 좌판에 늘어놓은 그 어떤 형형색색의 천보다도 예쁘게 하늘거리는 순간.

꿈결 같이 달려온 서하가 목을 끌어안았다. 우는 그런 서하의 허리를 꽉 당겨 품에 안았다.

뒤에서 침모와 포목점 주인이 비명처럼 '어머머머' 소리를 연발했다.

"지루하셨습니까?"

"아니, 오히려 초조했다고나 할까."

무슨 뜻이냐는 듯 고개를 꺾자, 우가 서하를 살며시 떼어내며 뺨을 쓸어주었다.

"이렇게 어여쁘면 어찌 견디나, 상상하긴 했다만. 내가 내 발등을 찍었구나."

그러고는 서하의 이마에 쪽, 소리가 나도록 입을 맞추며 특유의 낮은 목소리를 냈다.

"너무 설레는데."

그 말이 더 설레어 서하가 얼굴을 붉히는 사이, 우는 들고 있던 것을 내밀었다.

서하의 눈동자가 진홍색 노리개의 모양을 따라 움직였다.

"어디서 나셨습니까?"

"저 앞에서 샀다. 기다리는 동안 잠깐 짬이 있었으니까. 달아줄까?"

배시시 웃는 서하 대신 뒤에 있던 포목점 주인이 얼른 달아주라며 더 야단이었다.

제 여인의 고운 옷차림에 너무 푹 빠져 있었던지라, 아직 포목점을 벗어나지 못한 상태라는 것을 뒤늦게 깨달은 우는 서둘러 두루주머니를 주인에게 쥐여주었다.

"고맙소."

"저야말로 고맙습니다. 이건 아가씨 쓰개치마예요. 밖에 다니실 땐 항상 조심하셔야겠어요. 저리 고운 얼굴 드러내고 다니면 도성 사내들 가슴에 불납니다."

뭐 대단한 조언이라고 소곤거리나 했더니.

쓰개치마를 건네받은 우의 미간에 사라졌던 짜증 한 칸이 다시 걸렸다. 괜히 데리고 나왔나, 하는 생각을 잠깐 하던 그는 포목점 주인에게 허리 굽혀 인사하는 서하의 머리에 쓰개치마를 포옥 덮어주었다.

"불나는 건 나 하나면 충분하지."

"예?"

"아니다, 가자."

우는 서하의 손을 잡고 걸었다. 이따금 지나가는 사람들이 남사스럽다며 쯧쯧 혀를 찼지만, 절대로 손을 놓지 않았다.

서하 역시 우의 손을 더욱 꼭 잡았다. 부끄럽다며 놓아버리기에는 모든 것이 너무나 짧고 소중했으니까. 흘러가는 구름 한 점도, 스쳐 가는 바람 한 결도.

사랑하는 이와 함께하는 이 순간, 어느 것 하나 똑같지 않은 광경을 놓치고 싶지 않아서 서하는 깜빡이는 눈에도 아쉬워했다.

"나리."

서하가 부르자 우가 피식 입꼬리를 올렸다.

"어찌 웃으십니까?"

"좋아서. 네가 불러주는 나리 소리가."

덩달아 서하도 작게 웃어버리고 말았다.

중증이었다. 이래 봬도 처음 궐 밖 나들이라 혹여라도 습관처럼 대군이란 소리가 나올까 봐 꽤 긴장하며 부른 참인데, 웃어준 것만으로도 언제 그랬냐는 듯 긴장이 녹아버리다니. 아무리 생각해도 중증이라고밖에는 설명이 되지 않았다.

무헌대군 이우에게 단단히 걸려버린 중증.

"이제 어디로 갑니까?"

"글쎄. 신시가 되려면 아직 멀었으니 가고 싶은 곳이 있거든 말하거라. 어디든 데려가 줄…… 서하야!"

우는 재빨리 덤벼드는 괴한을 피해 서하를 끌어당겨 안았다. 긴 검날이 아슬아슬하게 우의 소맷자락을 스치고, 갑작스러운 상황에 놀란 서하의 손에서 쓰개치마가 힘없이 떨어져 내렸다.

"꺄아아아아아악!"

"아이고, 세상에!"

놀란 저잣거리 상인들이 비명을 지르며 우왕좌왕하는 틈을 타, 검은 복면을 한 괴한이 숨 고를 말미도 주지 않고 다시 달려들었다.

"뛰어!"

힘찬 소리와 함께 서하는 돌아볼 여력도 없이 우의 손에 이끌린 채 달렸다. 처음에는 일부러 복잡한 사람들 틈으로 섞여들어 도망치려고 했던 우는 곧 방향을 수정했다.

괴한이 하나가 아니었다. 반대편에서 나타난 놈이 기습적으로 뛰어올라서는 서슴없이 검을 휘둘렀다. 서하가 머리를 감싸 쥐며 주저앉자, 우의 다리가 정확히 녀석의 가슴을 걷어찼다.

쓰러진 괴한을 뒤로한 채 우는 다시 서하를 일으켜 달렸다. 동시에 사방에서 한 패인 듯한 괴한들이 무더기로 나타났다. 충동적으로 일행들과 흩어진 걸 후회해봤자 이미 늦은 참이었다.

"빌어먹을!"

마치 한곳으로 몰아넣으려는 듯 쫓아오는 녀석들을 피해 얼마나 달렸을까. 점점 가빠지는 서하의 숨소리가 우를 더욱 초조하게 만들 때였다.

별안간 옆에서 한 녀석이 검을 치켜들며 붕 날아올랐다. 놀란 서하가 검이 있는 곳을 향해 몸을 날리며 눈을 질끈 감았다.

"아윽!"

단말마의 비명과 함께 피가 튀었다.

서하는 눈을 떴다. 숨을 쉴 수 없을 만큼 갑갑해서 보니, 우의 품속이었다. 겁도 없이 맨 몸으로 검을 막아내려 한다는 걸 눈치챈 우가 먼저 끌어당겨 안은 덕분이었다.

그가 여전히 놓아주지 않을 것처럼 팔에 힘을 꽉 주고 있어서, 서하는 비명의 주인공이 누군지 볼 수조차 없었다.

"나리!"

"괜찮으십니까!"

부겸과 두천의 목소리였다. 또다시 달려드는 검을 튕겨낸 건 월영이었다.

"하여간 나리 주변은 하루도 조용할 날이 없군요."

얄밉게 빈정거리는 어투가 지금만큼은 반갑지 않을 수가 없었다.

갑자기 도와줄 이들이 나타나고, 광경을 목격한 사람들이 관아에 알렸는지 멀리서 포졸들까지 달려오자, 괴한들이 눈짓을 주고받더니 삽시간에 한 놈도 남김없이 모습을 숨겼다.

그제야 우의 팔에서 힘이 빠져나갔다.

"괜찮아? 다친 곳은?"

다급하게 걱정을 쏟아내는 그에게 조용히 고개를 저으며 서하는 숨을 토해냈다.

"다행이다, 천만다행이야."

우의 긴장한 손이 연신 등을 쓸어주던 것도 잠시, 갑자기 온기가 멀어졌다.

"괜찮으시오?"

그는 어느새 쓰러져있는 이에게로 다가가 있었다. 여인이었다. 검은 저고리에서부터 시작된 피가 노란 치마를 물들이고 있었다.

우가 서둘러 쓰러진 여인을 안아 올리는 순간, 붉은 입술이 드러났다.

"헉!"

모두의 시선이 제 입을 틀어막으며 놀란 서하에게로 쏠렸다.

"벙어리 궁녀?"

***

십 년 전 머물렀던 초가로 다친 여인을 데리고 온 우는 두천을 시켜 재빨리 장 의원을 데리고 오도록 했다. 도착한 장 의원이 여인을 치료하는 사이, 도우러 들어갔던 서하가 곧 핏물로 붉게 물이 든 대야를 가지고 나왔다. 우는 서둘러 대야를 대신 내려놓으며 물었다.

"좀 어떠하냐. 많이 다쳤느냐?"

서하는 힘없이 숨을 골랐다.

"의원님 말씀으로는 검상이 아주 깊지는 않지만, 그래도 흉터가 남을 수 있을 것 같다고 하십니다."

"깨어는 났고?"

"아직입니다."

툇마루에 걸터앉아 아무 표정이 없는 월영과 달리, 우의 낯빛에는 그늘이 져 있었다.

알고 있었다. 저를 구하다 상처를 입은 사람이니 걱정이 안 되려야 안 될 수가 없다는 것을. 그걸 이해 못 하는 것은 아니었다. 단지…….

〔벙어리 궁녀?〕

서하의 외침이 무슨 의미였는지 우도 모르지 않을 터였다.

몽두를 뒤집어쓰고 벙어리 궁녀 행세를 하던 여인. 그러고는 무헌대군이 시켰다며 의금부 남간에서 자신을 끌어내어 죽이려 했던 여인.

〔용의 아이, 바로 너 때문이다. 너 때문이라 하는 이유를 알고 싶더냐? 하면 살아남아 보거라.〕

서슬 퍼렇게 으르며 무기를 휘두르던 여인. 때맞춰 나타나 준 월영이 아니었다면, 분명 방 안에 있는 여인의 손에 죽었을 터였다.

한데 그런 여인이 갑자기 나타나 검을 맞았다. 그것도 우를 대신해서.

씻기지 않는 찝찝함과 날 선 의구심이 서하를 끊임없이 잘근잘근 물어대고 있었다.

"대군께서는 어디 다친 곳 없으십니까?"

"난 괜찮다."

우는 흐트러진 서하의 머리카락을 대신 쓸어주고 난 뒤 다시 방 안으로 시선을 돌렸다.

오늘따라 멀어지는 그의 시선이 왜 그리 먹먹한지. 서하는 우가 사준 진홍색 노리개를 꼭 움켜쥐었다.

47화
또 다른 용의 아이

여인이 정신을 차리려는지 옆으로 누운 몸을 잘게 뒤척였다. 마른 무명천을 집어 든 서하가 이마에 끊임없이 솟아오르는 땀을 닦아주는 사이, 여인의 눈이 가느다랗게 열렸다.

"정신이 드십니까?"

다행히 잘 들리는지, 소리를 좇아오던 검은 눈이 서하를 알아보고는 조금씩 커졌다.

"넌?"

"절 알아보시겠습니까?"

"허, 죽으라고 내버려 둘 줄 알았더니."

여인은 입꼬리를 올려 이죽거리고는, 곧 저고리 대신 흰색 천이 제 가슴부터 허리까지 둘둘 말려 있는 것을 확인하고 바로 누우려 했다. 서하가 서둘러 움직이지 못하도록 붙잡았다.

"바로 눕지 마세요. 등에 상처가 있어 아플 겁니다."

"……가식."

상처로 열이 끓고 고통 때문에 이를 악물면서도, 고약한 성미로 빈정거리는 건 포기하지 않을 모양이었다. 끈기 있게 참고 있던 서하가 마침내 뾰족하게 가시를 세웠다.

"지금 가식이라 하셨습니까?"

"제대로 들어놓고 왜 묻지?"

"가식이 아니라 제가 할 일을 하는 것뿐입니다. 대군 대감을 구하려다 다친 상처니 당연히 치료를 해드리는……"

"네가 뭔데?"

간단하게 되묻는 말투가 비웃는 듯해서, 서하는 입을 다물어 버렸다.

"네가 대군 대감의 무엇이기에 대신 치료를 하느냐고 묻는 거야. 정혼한 사이도 아니고, 그렇다고 혼인을 한 것도 아니잖아? 구해준 게 고마워서라면 대군 대감께서 직접 치료를 해주셔야 맞는 거 아닌가?"

벌써 두 번째였다. 오늘따라 혼인, 이라는 말이 왜 이렇게 뼈를 때리며 들려오는 건지.

서하는 저도 모르게 무명천을 으스러뜨릴 듯 세게 말아쥐었다. 손아귀가 뻐근하다며 고통을 호소해왔다.

"사내가 여인의 몸을 치료하기에는 어려움이 있으니 제가 하는 것이 낫다고 생각했습니다."

간신히 마음을 가다듬고 대답을 하자, 여인의 눈이 다친 사람이라고는 생각할 수 없을 정도로 요염하게 휘어들었다.

"난 대군 대감께서 해주시는 게 훨씬 좋은걸."

지금 목소리를 사내들이 들었다면 단번에 숨소리가 거칠어졌을 만큼, 교태가 찰랑찰랑 넘쳤다.

서하는 여인을 빤히 바라보다가 물었다.

"자업자득입니다. 사람을 죽이려고 하니 벌 받은 겁니다. 왜 그리 저를 싫어하십니까? 만난 적도 없는 것 같은데?"

말이 곱지 않게 튀어나왔다. 숨길 생각도 없이 퍼붓는 여인의 적의가 짜증스럽게 신경을 자극해오고 있었기 때문이었다.

"눈치는 있네. 싫어한다는 것도 알고."

"놀리지 마십시오."

"네가 가진 모든 것이 어쩌면 내 것이었을지도 모르니까."

요염도, 교태도 사라지고 섬뜩한 원망만이 담긴 눈이 서하를 죽일 것처럼 노려보았다. 절대로 조그마한 앙심 같은 것이 아닌, 뼛속 깊이 새겨진 참담하리만치 절절한 원한이 담긴 눈.

"내가 가진 것이라니요. 그게 무슨……."

"용의 아이. 내가 너와 같은 능력을 가졌다면 어찌할래?"

파리하게 식어버리는 서하의 얼굴을 보며, 여인은 바닥을 짚고 몸을 일으켰다. 훤히 드러난 하얀 어깨 위로 하늘하늘한 머리카락이 길게 늘어졌다.

"말도 안 되는 소리 마십시오. 그럴 리 없습니다. 용의 아이는 세상에 하나밖에 존재할 수 없다고 하였습니다."

서하는 어렸을 적 어머니에게 들었던 이야기를 떠올리며 완강히 부정했다.

능력이 사라지는 느낌을 알 수 있다고 했다. 마치 몸속에 머무르던 물이 하늘을 향해 솟구치는 것처럼, 손안에 움켜쥐었던 모래알이 알알이 빠져나가 흩어지는 것처럼, 아이가 태어나는 순간 자신의 능력이 아이에게 흡수당했음을 알 수 있다고 했다.

해서 미안하다고. 너에게 물려주어 참으로 미안하다고. 어머니는 그렇게 말라버릴 것처럼 울고 있었다.

"그랬지. 그런 줄 알았지. 하지만 아니라면 어찌하겠느냐고 묻고 있는 거야. 단순히 용의 아이가 두 명이었던 적이 한 번도 없어서 이제껏 몰랐던 것이라면?"

"그럴 리가……."

"어째서 그럴 리가야. 용의 아이는 사내아이만 물려받는다던 하늘의 법칙을 깬 것이 바로 네 어머니거늘."

마음이 흔들렸다. 그럴 수도 있다는 생각이 한 번 잠식하자, 걷잡을 수 없는 혼란이 깨어났다.

"하늘의 법칙? 그런 건 없어. 이제껏 한 번도 경험해보지 못했던 것일 뿐이지."

"그럼 정말로 당신이 용의 아이라는 말입니까?"

"그래."

여인은 앞으로 몸을 쭉 내밀어 서하와 닿을 듯 말 듯 한 거리에서 빙긋 웃어 보였다.

"게다가 난, 지금 용상에 계시는 분이 아니라 무헌대군 대감의 앞날을 볼 수가 있지."

서하의 허리가 단숨에 가라앉았다.

"용의 아이는 단 한 명 용상의 주인과 숙명으로 연결되어 있다는 건 아니? 네가 의광대군의 숙명이라면, 무헌대군의 숙명은 바로 나야."

운선의 기다란 손가락이 서하의 뺨을 살짝 꼬집었다. 마치 지금이라도 꿈에서 깨라는 듯이, 이제까지 몰랐던 것을 힐난하듯이.

그러고는 자랑스럽게 말을 이었다.

"네가 의광대군을 용상에 앉힌 것처럼, 무헌대군을 용상에 앉히는 건 바로 나란 뜻이야."

이미 서하의 두 다리가 도망치듯 밖으로 빠져나가고 있었다.

***

탕! 부서질 듯 방문을 열고 나온 서하는 다급하게 툇마루를 내려왔다.

"서하야?"

이상함을 느꼈는지 우가 재빨리 다가와 손을 뻗었다. 하지만 서하는 뒷걸음질을 치고 말았다.

"……."

갈 곳 잃어버린 손이 허공에서 멈춰버리고, 눈가를 생경하게 일그러뜨린 우가 서글프게 서 있었다.

서하는 입을 틀어막았다. 우가 이런 표정을 하게 만들다니.

숨이 턱 막혀왔다. 하여 저도 모르게 숨을 거칠게 몰아쉬었다. 튀듯이 오르락내리락하는 가슴을 부여잡고, 서하는 달렸다. 뒤를 돌아볼 여력도 없이 나무 사이로 몸을 숨긴 채 다리를 멈추지 않았다.

너무 당황하여 멈춰 있던 우가 한발 늦게 서하를 쫓기 위해 몸을 돌릴 때였다. 누군가 우의 어깨를 꽉 붙잡아왔다.

"제가 갑니다."

월영이었다. 그는 대답도 듣지 않고 서하가 사라진 방향을 따라 달려가 버렸다.

우는 멀거니 선 채 제 손을 물끄러미 바라보았다.

거부당했다. 겁에 잔뜩 질려 뒷걸음질 치던 서하의 얼굴이 너무 생생

해서 왜 거부당한 건지 생각할 여유도 없었다. 온몸이 잘려 나간 것처럼 감각을 잃어버리고 있었다.

"오라버니?"

뒤늦게 담과 함께 수호가 나타났다. 우는 손을 부러질 것처럼 말아쥐며 서하가 뛰쳐나왔던 방 안쪽을 쳐다보았다.

저렇게 바들바들 떨며 뛰어간 서하를 뒤쫓아봤자 또다시 거부당할 뿐이다, 라고 직감한 우는 방 안으로 향했다. 지금은 자신 때문에 다친 여인을 살피는 게 우선이었다.

***

등불 하나만 타고 있는 초라한 방 안으로 들어오자, 잠잠히 앉아 있는 여인의 잔영이 보였다. 우는 그 잔영의 움직임을 구분할 수 있을 정도의 거리에서 멈춰 섰다.

"깨어났다 들었는데, 몸은 괜찮으시오?"

"예, 조금 아프지만 견딜 만합니다."

상처가 아픈 건지, 상처 위에 감긴 천이 불편한 건지는 몰라도 여인은 이따금 나긋하게 몸을 움직였다. 그럴 때마다 사락사락 무언가 스치는 소리가 들렸다.

"고맙소. 그리고 미안하오."

"제가 하고 싶어 한 일입니다. 미안해하실 필요 없으세요."

"은혜에 보답하고 싶으니 혹 원하는 게 있으면 말하시오. 할 수 있는 일이라면 무엇이든 할 터이니."

거기까지 말한 우는 입을 다물었다. 할 말은 그게 다라는 듯이.

반대로 뭔가를 기다리던 여인은 미동 없이 한참을 앉아 있다가 고개를 갸웃했다.

"끝입니까?"

"무엇이 말이오."

우가 태연히 대꾸했다.

"전 대군 대감을 뵐 수 있는 이 한 번의 기회를 위해 등으로 검까지 받았는데 그냥 고맙고, 미안하고, 은혜에 보답하겠다, 이 세 마디가 끝입니까?"

말로는 책망하고 있었지만, 목소리에는 즐거움이 가득 담긴 이상한 조화.

일절 기척도 없었던지라 누군가 그런 식으로 나타나 대신 검을 막아주리라고는 전혀 예상하지 못했었다. 그저 서하가 망설임도 없이 휘둘리는 검 앞으로 뛰어들려 하기에 가슴이 철렁 내려앉아 힘껏 품에 안는 데에만 여념이 없었을 뿐.

"……내가 누군지 아는군."

묵묵히 서 있던 우가 한참 만에야 나직이 읊조리자, 여인이 반갑게 대꾸했다.

"대감께서도 제가 누군지 알고 계실 텐데요."

벙어리 궁녀. 그것에 대해 이야기하고 있음을 모르지 않았다.

"묻고 싶은 것들이 많으실 텐데, 물어보셔도 됩니다."

"딱 하나만 묻겠소. 서하가 어떻게 그대의 얼굴을 알지?"

"유서하가 말하지 않던가요? 제가 자길 죽이려 했다고?"

월영에게서 대충 이야기를 들었다. 나인 하나가 서하를 죽이려 했고, 저는 그걸 막으려다 당하는 바람에 대군 처소를 찾은 것이라고. 월영은 끝끝내 그 나인이 누구인지 말하지 않았지만, 몽두를 뒤집어썼던 벙어리 궁녀가 갑자기 혀를 깨물고 죽었다기에 설마 상관관계가 있는 건가 짐작만 하던 참이었는데. 이런 곳에서 느닷없이 본인의 입으로 사실을 듣게 되다니.

피가 마디마디를 꺾으며 거꾸로 치솟았다. 우는 어금니를 으득, 힘주어 물었다.

"의금부 남간에서 유서하를 빼낸 것도 저이고, 후원으로 유인해 죽이려 한 것도 저입니다. 누구의 사주를 받은 것도 아니고, 거역할 수 없었던 명령이나 협박이 있었던 것도 아닙니다. 그저 열이 받았을 뿐입니다."

묻지도 않았는데 제 입으로 술술 이야기를 늘어놓던 것도 잠시, 여인이 자리에서 일어섰다. 한 발 한 발 느릿하게 발걸음을 디딜 때마다 무언가를 떨어뜨리며 등불을 흔들었다.

"제 것이 아닌 걸 움켜쥐고 놓아주지 않는 것도, 거짓말을 하는 것도"

우가 '거짓말?' 하고 뇌까리는 사이, 어느새 어둠 속에서도 얼굴이 선명히 보일 만큼 가까이 다가온 여인이 치마끈을 풀었다.

툭, 피 묻은 노란 치마가 바닥으로 떨어지고 이는 바람에 등불마저 꺼졌다.

"유서하가 대군에게서는 앞날을 볼 수 없다 하지 않던가요? 하여 보위에 오르지 못하도록 막지 않던가요?"

마지막으로 상처 위에 감겨 있던 천이 스르륵, 매끄러운 살결을 타고 바닥으로 추락하는 순간. 여인이 우의 코앞에 맨몸으로 섰다.

"전부 거짓입니다. 전 보입니다. 제가 대군의 앞날을 볼 수 있는, 대군의 하나밖에 없는 용의 아이니까요. 유서하는 의광대군의 숙명이지만…….”

우의 어깨에 안기듯이 팔을 올리며 여인이 한 발짝 더 가까이 다가왔다. 그러고는 발뒤꿈치를 살짝 들어 올렸다. 입술이 맞닿을 정도로 거리가 가까워지고, 봉긋하게 드러난 가슴 끝이 우의 도포 자락에 닿아 눌렸다.

“전 대군의 숙명입니다.”

서하는 마른 나무 하나를 붙잡고 섰다. 도저히 파도처럼 일렁이는 마음을 다스릴 수가 없어서 어쩔 줄 몰라 하다가, 성마른 아이처럼 주먹으로 애꿎은 나무를 퍽퍽 두드려댔다.

“으윽!”

기어이 생채기가 나고서야 주먹질을 멈추었다.

가짜 벙어리 궁녀. 그 여인이 던져놓은 그물에 끼어 허우적거리는 제 꼴이 어물전 꼴뚜기처럼 우스워, 서하는 견딜 수가 없었다.

〔네가 의광대군의 숙명이라면, 무헌대군의 숙명은 바로 나야. 네가 의광대군을 용상에 앉힌 것처럼, 무헌대군을 용상에 앉히는 건 바로 나란 뜻이야.〕

“흐읍!”

신물이 나도록 헛구역질이 올라오자 서하의 등이 저절로 동그랗게 말렸다.

아닐 거라고 믿었다. 저도 용의 아이라며 자신만만하게 떠들던 여인의 말은 전부 거짓이라고 믿었다. 추국장에서는 무헌대군을 쫓아내려고 벙어리 궁녀 행세를 하며 가짜 자백서를 만들어 놓고, 이제 와 갑자기 자기가 무헌대군의 숙명이라니.

〔게다가 난, 지금 용상에 계시는 분이 아니라 무헌대군 대감의 앞날을 볼 수가 있지.〕

한데 그 한마디가 가차 없이 폐부를 찌르며 믿음을 깨뜨려버렸다. 차라리 명의 앞날이 보인다고 했다면 거짓이라 확신했을 텐데, 무헌대군의 앞날이 보인다니.

손끝이 떨렸다. 불안이 몸속의 핏덩이를 야금야금 베어 무는 것 같았다.

혹여나 정말로 보인다면. 오래 전 내가 그러했듯이.

툭, 툭, 툭. 누군가 금방이라도 사그라질 것처럼 안쓰럽게 말려진 서하의 등을 두드려왔다.

"괜찮으십니까?"

월영의 목소리였다. 서하는 치맛자락을 쥐어뜯는 것처럼 움켜잡으며 몸을 일으켰다. 아직 말까지 하기에는 진정이 되지 않은 터라 머리만 끄덕여 보였다.

"압니다. 많이 놀라셨다는 거."

그러고 보니 월영도 저 여인에게 마비 독 같은 것에 당했다고 했었다. 여인의 등장이 썩 유쾌하지 않을 터였다.

"송구합니다."

간신히 진정된 숨으로 나직이 사과를 하자, 월영이 고개를 갸웃했다.

"무엇이요?"

"지난번 후원에서 저 때문에 그 여인에게 당하셨으니까요. 아직도 상처가 다 낫지 않으셨고요."

일순 월영의 얼굴이 일그러졌다. 하지만 그저 여인에게 당한 게 분하여 그런가 보다, 라고 서하는 생각했다.

"도대체 정체가 무엇일까요. 정체가 무엇이기에 벙어리 궁녀 흉내를 내고, 저를 죽이려 하고, 용의 아이에 대해 알고……."

우리가 습격받았다는 건 어찌 알아서 그렇게 적시적기에 나타났을까.

거기까지 중얼거리던 서하가 입을 다물었다. 설마 하는 마음에 실색한 눈으로 보는 순간, 월영이 시선을 회피하며 묻지도 않은 사실을 먼저 고했다.

"한석준 나리의 사람입니다."

그 '적시적기'에 나타난 또 다른 사람은 부겸, 두천, 월영이었다. 셋 중에서도 월영이 지금까지 가타부타 말이 없는 걸 진작부터 이상하게 생각했어야 했다. 마비 독을 쓰며 저를 크게 다치게 한 사람이 예고도 없이 눈앞에 떡하니 나타났다면, 분해서라도 한마디 정도는 나왔을 테니까.

서하의 가늘어진 눈매가 탓하듯 월영을 보았다.

"한 편이셨던 겁니까? 한데 어찌 후원에서는 저를 구하는 척……."

"아닙니다, 한 편은 정말 아닙니다. 한석준 나리에게 또 다른 사람이 있다는 걸 최근에야 알았습니다. 그게 차비대령의녀 지운선이라는 것도."

"차비대령의녀요?"

"예. 특히 대비전과 유난히 가깝게 지낸다 들었습니다. 방에서 그 여인이 뭐라 말했는지는 모르겠지만, 용의 아이에 대해 아는 건 한석준 나리의 사람이니 당연한 겁니다. 그리고……."

또 무슨 충격적인 말이 이어질지 몰라 마음의 준비를 단단히 하고 있으려는데.

"그 여인, 한석준 나리의 이복동생입니다."

차마 '아가씨에게는 사촌 누이라고도 할 수 있습니다'라고는 할 수가 없어 월영은 그냥 거기까지만 털어놓고 말았다.

서하는 더 이상 어디까지 놀라야 하는지 알 수가 없어서, 벌어진 입을 다물지도 못한 채 멀거니 중얼거렸다.

"……랍니다."

너무 작게 흘러나온 말을 알아듣지 못한 월영이 서하에게 한 발짝 가까이 다가왔다.

"뭐라 하셨습니까?"

"지운선이라는 저 여인. 자기가 용의 아이랍니다."

선뜻 이해하지 못하고 눈만 깜빡이던 월영의 안색이 순식간에 식어 갔다.

"전 대군의 숙명입니다. 제가 있어야 대군께서 보위에 오르실 수 있단 말입니다."

운선의 뜨거운 숨결이 입술에 와 닿으려는 순간.

"……그만 까불어."

탁, 우는 손으로 운선의 입술을 더 가까이 오지 못하게 가로막았다. 뱀처럼 어깨를 찰싹 감아 든 손목도 거칠게 잡아채 떼어내고는 험악하게 으르렁거렸다.

"지금 당장 서하를 쫓아가고 싶은 걸 피가 마르게 참고 있는 중이다. 도대체 여기서 무슨 이야기가 오갔기에 서하가 그리 바들바들 떨었는지 반드시 알아야겠으니, 수작 부리지 말고 대답해."

우가 팽개치듯 손목을 놓아주자, 운선이 잘게 휘청였다. 그러거나 말거나, 우는 마지막 기회를 주고 있다는 듯 섬뜩하게 낮은 목소리로 물었다.

"지금 한 얘기를 서하한테도 했느냐?"

운선은 무심코 헛웃음을 지었다.

"지금 가장 궁금한 게 그거란 말입니까?"

"대답해."

"했다면 어쩌시려고요?"

하는 수 없이 대답하긴 했지만, 운선의 반듯한 눈썹이 묘하게 일그러졌다.

맨 몸이었다. 무슨 돌부처도 아니고 여인이 맨몸으로 말캉하게 살을 부딪쳐 오는데, 오히려 화를 낼 정도로 무시하는 사내라니.

이런 경우는 처음인지라, 황당하기도 하고 자존심이 상하기도 해서 운선은 하마터면 살수의 본성이 튀어나올 뻔했다.

"이 쓸데없는 말들을, 정말로 했단 말이지."

이렇게 화를 낼 줄도 아는 사내였던가.

놀라움의 연속이었다. 추국장에서 화를 내는 목소리를 귀로 듣긴 했지만, 막상 눈앞에서 보니 의외가 아닐 수 없었다.

나직이 으르는 정도밖에 하지 않을 것 같은 사내가, 눈에 서슬 퍼런 섬광을 번뜩이며 화를 내고 있었다. 그것도 목소리에 살기를 담았나, 싶을 정도로 매섭게.

꽤나 의외여서 흥미롭긴 했지만, 이 모든 게 유서하 때문이라고 생각하니 알싸하게 배알이 뒤틀렸다.

"어찌 쓸데없다 하십니까?"

"그럼 쓸데가 있느냐."

"제 말을 어디로 들으셨습니까? 보위에 올려드릴 수 있다니까요?"

답답해진 운선이 언성을 높이며 반박하는 순간.

"누가 너에게 그따위 걸 부탁하더냐."

우가 씹어뱉었다.

운선은 더 이상 아무런 말도 하지 못했다. 궁에 들어온 지도 벌써 이십여 년이 지났다. 한데 벗은 여인의 몸에도, 보위에 올려주겠다는 말에도 이리 시원찮은 반응을 하는 사내는 그야말로 처음이었다.

"네 말 같은 건 믿지 않는다. 갑자기 내 앞날이 보인다고? 추국장에서는 벙어리 궁녀 행세를 하며 거짓된 자백서를 꾸며오더니, 오늘은 뭐? 숙명?"

"그때는 어쩔 수 없는 사정이란 것이 있었습니다. 다 설명할 터이니……."

"그래. 그렇다 치자. 한데 난 오늘 널 처음 보았는데 어떻게 내 앞날을 보았다는 것이냐. 뿐만 아니라 지금까지 뭘 했기에 이제야 나타나 용의 아이를 운운하며 갑자기 분란을 조장하느냔 말이다."

우는 당장이라도 집어치우라고 소리치고 싶었지만, 그래도 저 때문에 다친 사람이라는 점을 새기고 또 새기며 간신히 노기를 잠재웠다.

"이번 한 번은 눈감아 줄 것이다. 하지만 이후에 다시 또 서하에게 접근해 이상한 말로 현혹하려 든다면, 그때는 절대로 용서하지 않을……."

"전 항상 대감의 지척에 있었습니다."

뜬금없는 말에 우가 고개를 살짝 비틀었다.

"무슨 소리냐."

"소인 내의원 의녀입니다. 차비대령의녀, 지운선."

"의녀?"

"예. 대감께서 궐에 계시던 십 년 전에는 사환의녀였지요. 열네 살에 고뿔에 걸리셨을 때도, 열다섯에 복통이 있음에도 꾹 참고 있다 쓰러지셨을 때도 저는 그곳에 있었습니다. 대감께서야 이름도 모를 의녀 따위 얼굴도 기억 못 하시겠지만, 몸이 좋지 않으실 때마다 저는 언제나 대감의 지척에 있었단 말입니다."

우의 눈썹이 가늘게 치켜 올라갔다.

"하여 내 앞날을 볼 수 있었다는 뜻이냐?"

"왜 이제야 나타났냐 하셨습니까? 전 얌전히 금유당에 모셔져 화초처럼 자란 유서하와는 다릅니다. 천한 기생첩 년의 딸이라 사람답게 살 수도 없었습니다. 시키는 일을 하지 않으면 가축보다도 못한 삶을 살아야 했단 말입니다."

거기까지 말하는 운선의 얼굴에 원망과 분노가 스치듯 떠올랐다가 사라지는 모습을, 우는 놓치지 않았다.

"용의 아이라며 모두가 떠받들어준 유서하의 말은 철석같이 믿음이 가시고, 제 말은 그리 믿기 힘드십니까?"

"힘든 게 아니라 믿지 않는다."

"믿게 되실 겁니다."

운선은 우에게서 휙 돌아섰다. 통하지도 않는 맨몸을 들이대는 건 포기한 채, 떨어진 옷가지들을 주워들었다. 속곳, 속바지, 노란 치마를 차례로 주운 뒤, 마지막으로 어지럽게 널브러져 있는 길쭉한 무명천을 집어 들고선 다시 우의 앞으로 다가왔다.

"제가 대신 검을 맞아 고맙고 미안하다 하셨습니까? 하면 이 천을 상처에 감아주십시오. 이 정도 부탁은 들어주실 수 있으실 테니."

운선이 천을 내밀었다. 그것을 빤히 내려보기를 한참, 우가 마침내 천을 집어 들었다.

빙긋 입꼬리를 올린 운선이 길게 늘어뜨린 머리카락을 손가락으로 빗으며 어깨 위로 넘겼다. 그러고는 하얀 등에 새겨진 상처를 우의 앞에 내보였다.

"아직 많이 아프니 너무 세지 않게 부탁드립니다."

어깨 바로 아래에서부터 시작되어 엉덩이 위까지 길게 이어진 상처를 바라보며, 우는 결국 묵묵히 운선의 몸에 무명천을 감아주었다. 슬쩍슬쩍 봉긋하게 솟은 가슴 끝이 손에 닿을 때가 있었지만 아랑곳하지도, 천을 감아주는 손을 멈칫하지도 않았다.

그때까지도 가만히 손길을 느끼고 있던 운선은 어쩔 수 없는 사람이라며 설레설레 고개를 저었다.

"괴한들이 나타나자마자 온 신경이 유서하에게 쏠려 있는 걸 본 순간부터 어려울 것 같다는 각오는 했지만, 생각보다 훨씬 더 어려운 분이시군요."

우는 대답 없이 다 감은 무명천의 끝매듭을 묶었다.

"혹시라도 무슨 일이 생길까, 어디 다치기라도 할까 노심초사하느라 대감의 눈이 한 시도 그 여인에게서 떨어지지 않던 모습을 보았습니다. 그 시선이 저에게 향했어야 합니다. 대군께서는 유서하가 아니라, 저를 바라보셔야 합니다."

매듭을 다 지은 걸 알았는지, 운선이 돌아서며 우와 마주 섰다.

"궐로 돌아가실 때 마음의 준비를 단단히 하고 가십시오."

"……무슨 뜻이냐."

"대군께서 아주 놀랄 만한 일이 기다리고 있을 겁니다. 아니, 유서하에게도 몹시 충격적인 일이 되겠지요."

"지금 선견이라도 하겠다는 뜻이냐?"

"믿고 안 믿고는 대감의 자유지만, 나중에 왜 자세히 말해주지 않았느냐며 원망은 마십시오."

***

〔네가 나에게 조금의 언질이라도 했다면 서하는 물론이고 누구 하나 다치는 사람 없이 끝났을 게다! 우리가 원하는 바를 정확하게 이룰 수 있었어! 게다가 지금쯤이면 임금에게 새로운 용의 아이를……!〕

추국이 막 끝났을 때, 화가 나 고함을 지르던 한석준이 쏟아내던 말. 그게 손톱 밑에 박힌 작은 가시 같아서 내내 거슬렸던 참이었는데, 이런 뜻이었을 줄이야.

월영은 신경질적으로 아랫입술을 깨물었다. 낮에 관상쟁이 집에서 무슨 용건 때문에 지운선이 무헌대군을 만나려는 거냐고 몇 번을 물어도 한석준이 끝까지 대답해주지 않았던 이유를 이제야 알 것 같았다.

괴한이 무헌대군을 습격하고, 지운선이 대신 검을 맞아 인연을 쌓게 한다기에 무슨 꿍꿍이가 있을 거란 예상은 했지만.

하는 짓들이 아주 가관이었다.

"지운선이 그런 말을 했습니까? 자기가 용의 아이라고?"

"예. 그리고 다른 사람도 아닌 무헌대군의 앞날이 보인다 하였습니다. 이게 가능한 겁니까?"

마치 애원하는 것처럼, 제발 가능하지 않다고 이야기해 달라는 것처럼 쫓아오는 서하의 눈이 맥없이 흔들리고 있었다. 안 그래도 하얀 얼굴이 불안으로 핏기가 가셔서 안쓰러울 지경이었다.

"저도 잘 모르겠습니다. 용의 아이가 두 명이 존재한다는 건 한 번도 들어보지를 못해서."

낳은 아이 중 하나에게 능력이 이어지고, 아이에게 물려주고 나면 부모의 능력은 반드시 사라진다는 것이 그동안 알려진 법칙이었다. 해서 한 명 이상은 절대 있을 수 없다고 그렇게 믿고 있었는데.

이미 초조함이 극에 달한 듯, 서하의 목소리가 평소와 달리 다급하게 흘러나왔다.

"한석준, 그분을 만나야겠습니다."

"진정하세요, 아가씨. 제가 일단 만나서 자세한 사정을 들어보고 오겠습니다."

"아니요, 제가 만나야겠습니다. 제 귀로 들어야겠어요."

"아가씨, 지금은 일단 돌아가는 것이 좋겠습니다. 다들 걱정하고 있을 겁니다."

월영이 잘 다독여보려 했지만, 서하는 끝까지 망부석처럼 버틴 채로 고개를 붕붕 저어댔다.

"싫습니다. 아직 돌아가지 않을 겁니다."

"아가씨."

"전 괜찮으니 먼저 돌아가세요. 조금만 더…… 생각을 정리하고, 그리고 마음도 진정을 시켜서…… 그래서…….”

드문드문 두서없이 할 말을 찾아대기를 한참.

“아.”

서하의 크고 맑은 눈에 이슬이 차오른다 싶더니, 기어이 눈물방울이 빰을 타고 흘러내렸다. 당황한 월영이 뭔가 말을 꺼내기도 전, 서하가 재빨리 등을 돌렸다.

“죄송합니다. 아무것도 아니니 먼저 가세요. 전 이따가 가겠습니다.”

어깨를 그렇게 가늘게 떨면서.

치맛자락을 힘껏 부여잡고 있는 두 손이 연신 안절부절못하며 떨리고 있는데, 돌리고 있는 등 너머로 닦아내지도 못한 눈물방울이 뚝뚝 뺨을 타고 턱 끝으로 떨어지는 게 훤히 보이는데, 먼저 가라고 갈 수 있을 리가 없었다.

이럴 땐 어찌해야 하는지를 몰라 그저 바보처럼 우두커니 서 있었더니, 그게 또 신경이 쓰이는 모양이었다.

“전 괜찮습니다. 정말 괜찮습니다. 갑자기 왜 이러는지…… 갑자기 왜 눈물이 나는지…… 근데 정말 아무렇지도 않으니까 먼저 가셔도 됩니다.”

서하가 한 번 더 더듬더듬 가라며 재촉을 할 때였다. 무언가 휙, 바람을 일으키며 빠르게 월영의 곁을 지나갔다.

뭐지, 하고 생각할 겨를도 없었다.

“부탁입니다. 혼자 있게 내버려……!”

어느새 성큼성큼 다가간 누군가가 뒤에서 서하를 와락 끌어안았다. 단단한 두 팔로 서하의 허리와 가슴을 옭아매듯이 붙잡고, 안타깝다는 듯 내리감긴 두 눈이 조급하게 서하의 뺨을 그리고 목덜미를 본능적으로 찾아내 입을 맞추었다.

"혼자 두지 않아. 절대로."

잔뜩 가라앉아버린 서글픈 우의 목소리가 귓가를 아프게 파고들고 서야.

"흑!"

자신을 안아준 두 팔에 매달린 서하가 참기만 하던 섧은 울음을 토해냈다.

"미안. 미안해, 서하야. 미안."

평소라면 쉬, 쉬 달래주며 괜찮다고 말했을 우의 낮은 목소리가 끊임없이 미안하다고 속삭인 탓일까. 한 번 터진 울음은 쉬이 가라앉지 못한 채 길게 소리를 더해갔고, 그때까지도 두 사람의 모습을 지켜보고 있던 월영은 조용히 발걸음을 돌렸다.

"미안하다."

이마를 쪽, 하고 스친 입술이 눈가로 내려와 서하의 눈 끝에 매달린 눈물방울을 핥아주었다.

그런 아픈 소리 듣게 하여 미안하다고. 너에게 바로 달려오지 못하여 미안하다고.

"정말 미안."

뺨에, 코에, 턱에 다시 이마에 연신 애달픈 사과를 건네듯 머물기를 한참.

"저야말로 송구합니다."

너무 운 탓에 아직 멈추지 않은 흐느낌을 고스란히 담아 사과를 했더니, 곧바로 입술에 입맞춤이 쏟아졌다. 아이처럼 입술 근처를 맴도는 입맞춤이 이어지자, 눈물에 젖은 열기 탓인지 턱없이 부족하다며 온몸이 갈증을 호소해 왔다.

우가 허리를 휘감아 올린 것이 신호라도 된 듯, 서하가 두 팔로 황급히 우의 목을 끌어안으며 누가 먼저랄 것도 없이 진득하게 서로의 입을 탐닉하기 시작했다.

더 이상 가까울 수 없을 만큼 가까워졌음에도 더, 좀 더 가까이 다가가기 위해 입안 곳곳을 물어 올리고, 빨아들이고. 발끝이 오그라들 정도로 짜릿한 감각에만 의존한 입맞춤에 완전히 전신을 지배당했을 때쯤.

「반역자!」

"헉!"

소스라치게 놀란 서하가 우의 목을 밀쳐내듯 놓으며 뒷걸음질을 쳤다.

"서하야?"

갑작스러운 상황에 덩달아 놀란 우가 서둘러 다가가 손을 뻗자, 서하가 다급하게 외쳤다.

"만지지 마세요!"

입을 틀어막고, 가슴을 움켜쥔 서하의 손이 미친 것처럼 바들바들 떨렸다.

"서하…… 야?"

생경하게 비틀리는 우의 얼굴이 다시 차오른 눈물방울 너머로 부옇게 흐려졌다.

"오지 마세요. 만지시면 안 됩니다."

심장을 고통스럽게 울리며 틀어막은 입 새로 새어 나온 말들이, 우를 비통하게 겨냥하며 날아갔다.

48화
간택령

어째서. 왜.

아니었다. 그럴 리 없었다. 다시 보일 리 없었다. 제 손으로 그의 가슴을 찔러가며 오지 못하게 막았었다. 아니, 절대로 바꾸었다고 생각했고 바뀌었다고 믿었다. 하여 이제는 보이지 않는 거라고, 십 년 전까지만 해도 보였던 그 끈질긴 선견을 결국 사라지게 만들었다고, 그리 믿고 있었다.

조금 전 초가 인근에서 정신을 아득하게 하던 입맞춤 중에 머릿속으로 선견이 쏟아지며 흘러들어오기 전까지는.

「반역자를 처단할 것이다!」

활을 당기는 명의 모습이 있었다. 그리고 그 너머에는…… 용포를 입은 채 날아오는 화살 앞에 선 우의 모습이 보였다.

분명 선견이었다. 머릿속을 온통 헤집어 놓을 듯 스며들어오는 강렬한 느낌은, 분명 선견이 이루어졌을 때의 느낌이었다.

그런데 어찌 오래 전에 보였던 그 선견이 다시 보인단 말인가. 절대 보위에 오르지 못하도록 검으로 찌르기까지 했는데, 어째서 또.

다시 사내의 도포로 갈아입고 궐로 돌아오는 길. 서하는 온몸에 바늘이 돋는 것처럼 소름이 끼치자 양팔로 제 몸을 부러지도록 감쌌다.

사라졌었다. 분명 더 이상 우의 앞날이 보이는 일은 없었다. 한데 지운선이라는 여인을 만나고 돌아오는 길에 다시 보인 선견은 서하를 머리끝에서부터 발끝까지 얼어붙게 만들었다.

〔보인다고 했네. 얼마 뒤에 정말로 선왕 전하에게서 앞날이 보인다고. 나도 그래서 알게 되었네. 용의 아이가 강한 집념을 가지면 선견도 만들어낼 수 있다는 사실을.〕

문득 혜안군의 말이 뇌리를 스쳤다. 선견도 만들어낼 수 있다는 그 말.

서하는 손톱을 잘근잘근 깨물었다.

그래, 만들어진 허상일 것이다. 그 여인, 지운선이라는 여인이 대군의 숙명이라며 무참히 공격해온 탓에 질투에 눈이 멀어 그만 선견과 비슷한 것을 만들어낸 것뿐이라고. 안 된다는 것을 알면서도 어쩔 수 없이 질투로 타버릴 것처럼 아파서 몸이 제멋대로 선견을 할 수 있는 것처럼 꾸며낸 것이라고. 절대로 진짜 다가올 앞일을 보여준 것이 아니라고.

수도 없이 스스로를 달래고 달래던 서하는 지켜보는 것 같은 시선에 고개를 돌렸다. 사람이 대여섯은 끼어들어도 될 만큼 뚝 떨어져 있는 거리에서, 우와 눈이 마주쳤다.

밤색 눈동자를 마주하는 것만으로도 죄악감이 온몸을 뒤덮어서, 서하는 고개를 돌리고 말았다. 턱 아래로 늘어진 갓끈이 눈치 없이 자꾸만 흔들리며 뺨을 스쳤다.

"……박 내관."

무섭도록 낮은 우의 목소리가 주변 공기를 울렸다.

"예."

"담이를 처소까지 데려다주고 오거라."

우와 서하의 눈치를 한 번씩 살핀 두천은 얼른 머리를 숙였다.

"예, 대감."

'진짜 싸웠나 보군' 하는 담의 목소리가 작지만 또렷하게 들려왔다. 초가에서부터 궐에 당도하도록 뚝 떨어져서는 한마디 말이 없는 우와 서하 때문에 곁에 있던 이들도 덩달아 눈치를 보며 걸었더랬다.

"저도 동행하겠습니다. 가시죠."

묵묵히 따라오던 월영도 두천과 담이 걷는 쪽으로 몸을 돌리자, 대군 처소로 가는 길을 나누어 걷는 사람은 오롯이 우와 서하 둘뿐이었다.

서하는 일부러 시선을 바닥으로 하염없이 내려뜨리며 걸음을 빨리 했다. 뒤따라오는 우의 눈길이 자신에게로 와 박히고 있다는 것을 알면 알수록, 더더욱 돌아보지 않았다.

"……서하야."

부르는 소리가 아팠다. 속상한 마음을 숨기지 못하는 우의 목소리가 귀를 타고 심장을 뭉그러뜨렸다. 서하는 또 터지려는 눈물샘을 붙잡느라 차마 대답도 하지 못했다.

"나 좀 보거라."

듣지 않는 척. 아무것도 들리지 않는 척.

"나 좀 봐."

서하는 알싸하게 올라오는 쓰디쓴 눈물을 애써 삼키고 또 삼켰다. 우가 걸음을 빨리하여 다가오는 것이 느껴지자 도망치듯 소리쳤다.

"먼저 가 있겠습니다!"

그리고 뛰었다. 서글프게 가라앉아버린 우의 발소리가 더 이상 들리지 않도록 대군 처소로 향하는 정문을 넘고, 앞마당을 가로질러 대청마루를 올랐다.

마지막 방문을 열어젖히는 순간.

"늦었구나."

익숙한 목소리가 눈물로 엉망이 된 서하를 반겼다.

몰랐다. 눈물이 앞을 가려 그저 감각으로만 더듬듯 방문을 찾느라, 궁녀들의 모습이 이상하다는 것을 전혀 깨닫지 못했다.

"무슨 일이 있었던 것이냐? 오랜만에 보러 왔는데, 어찌 또 울고 있는 것이냐."

명이 방 안에 와 있을 줄은, 꿈에도 몰랐다.

서하는 서둘러 바닥에 엎드렸다. 본능이 위험하다고 비명을 지르고 있었다.

"……전하."

뒤이어 들어온 우의 입에서 조금 당황한 목소리가 흘러나왔다.

갓이 바닥에 닿도록 엎드려 떨고 있는 서하를 한 번 그리고 여유만만하게 웃으며 앉아 있는 명을 한 번 번갈아 본 우는 천천히 방 안으로 들어와 섰다.

궐 밖에 나가 다른 일에 정신이 팔린 탓에 경계를 게을리한 탓이었다. 저도 모르게 손에 땀이 스몄다.

"전하. 여기까지 어쩐 일로……."

"오랜만에 선견을 해달라고 왔다."

우의 말을 자른 명이 곧장 서하에게로 시선을 돌렸다.

"우가 너를 이곳에 감춰두고 좀처럼 내놓지를 않으니 너를 만날 방도가 있어야지. 하여 전부 물리치고 혼자 온 것이니 안심하거라."

그제야 우의 시선도 흘끗 서하에게 닿았다. 주춤주춤 갓끈을 풀어 옆에 가지런히 놓아둔 서하가 자리에서 몸을 일으키려 했다.

지켜보다 화가 솟구친 우가 중얼거렸다.

"하지 마."

움찔, 서하가 움직임을 멈추었다. 목소리를 들었는지 명도 이맛살을 찌푸렸다.

"무엄하구나. 아무리 과인이 공적으로 찾아온 것이 아니라 하나, 말을 가려 하거라. 과인은 네 형제이기 전에 임금이다. 용의 아이는 어디까지나 과인의 소유이고."

이마에 그리고 으스러지게 쥔 주먹에 핏대가 섰다. 오늘따라 참기 힘든 분노가 자꾸만 목을 타고 올라오려 했다.

"송구합니다, 전하. 오늘은 서하가 몸이 좋지 않으니……."

애써 삼키고 평정심을 되찾으려 할 때였다.

"괜찮습니다. 할 수 있습니다."

서하의 나직한 대답이 흘러나왔다. 명이 만족한 듯 웃었다.

도포 차림을 하고 조심스럽게 걸음을 옮긴 서하가 명의 등 뒤에 다가가 섰다. 그리고 용포에 손을 얹기 전, 우에게 시선을 맞춰왔다.

우의 미간이 사납게 일그러졌다. 아프게 내려앉은 시선으로 서하에게 하지 말라고 수도 없이 외쳤지만, 기어이 서하의 손이 명의 등 뒤에 있는 용무늬로 올라갔다.

〔만지지 마세요!〕

조금 전 초가 인근에서 하얗게 질려 힘껏 외치던 서하의 잔영이 관자놀이를 관통하는 것처럼 고통스럽게 스쳤다.

"앉거라, 우야. 천장 무너질라."

전혀 우습지도 않은 우스개소리 따위 귀에 들어오지도 않았지만, 우는 잠자코 무릎을 접어 앉았다.

"싸웠더냐?"

명이 비웃듯 물었다. 서하는 아무 말도 하지 않았고, 우는 어금니를 꾹 물고 있기만 했다.

"사내 복색을 하고 궐 밖을 돌아다닐 정도로 즐겁게 지내고 있으면서, 싸울 일이 무엇이냐."

"……그런 적 없습니다."

우가 나직이 대답을 해오자, 명이 다행이라며 고개를 크게 끄덕거렸다.

"그래야지. 싸우면 쓰나. 이제 시간도 부족할 터인데."

일부러 의미심장하게 한 말이라는 것을 알면서도, 우의 눈가가 기분 나쁘게 비틀릴 때였다.

"곧 간택령이 내려질 것이다."

단호하게 나온 명의 한마디.

서하가 선견을 하다 말고 눈에 띄게 움찔하며 용포에서 손을 떼었다. 명은 간질간질한 입꼬리에 애써 힘을 주고는 말을 이었다.

"십 년 만에 대군이 돌아왔으니 마땅히 혼례를 치러야 하지 않겠느냐. 나도 후사가 늦어지는 마당에, 왕실의 번영을 위해서라도 서둘러야 할 일이고말고."

신이 난 명의 목소리를, 우는 꼼짝하지 않은 채로 듣고만 있었다. 그러고는 시선을 올려 명의 뒤에 서 있는 서하를 지그시 바라볼 뿐이었다.

휘청이는 몸을 견디려 주먹을 말아쥐고, 나오려는 눈물을 붙잡으려 아랫입술을 힘껏 깨물고 있는 쓰디쓰게 애처로운 모습을, 그렇게 지켜보고만 있었다.

"서하 네게는 미안하지만 어쩌겠느냐. 그게 왕실 자녀로 태어난 우리들의 임무이자 운명인 것을. 섭섭하겠지만 참아야지."

돌아보는 명의 시선을 피하고 싶은지, 조금 더 뒤로 물러선 서하가 깊이 고개를 숙였다.

"네가 정히 속상하거든, 나중에 내 입지가 좀 더 굳건해진 뒤 너를 자유롭게 풀어주마. 그때 무헌대군에게 첩실 자리라도……."

"전하."

우가 불쾌한 심기를 감추지 않고 말을 자르자, 명이 천연덕스럽게 얼버무렸다.

"응? 아아, 내가 너무 앞서갔구나. 너희들 의견도 묻지 않고. 미안하다. 첩실 얘기는 못 들은 것으로 하거라."

일부러 가슴을 후벼 파는 말만 골라 해대고 있으면서, 실수인 척을 가장하는 꼴에 속이 뒤집혔다. 우의 치켜뜬 눈이 한참을 서하에게 머물다 떨어졌다.

"그 말씀을 하시러 이 늦은 시각에 제 처소를 찾으신 겁니까?"

저도 모르게 말에 신경질이 섞였다. 충분히 언짢을 정도로 티가 났음에도, 명은 뭐가 그리 신나는지 화도 내지 않았다.

"겸사겸사 와 본 것이지. 그간 너무 선견을 못 해 불안하기도 했고, 곧 왕실의 경사가 있을 테니 서둘러 알려주어야 할 것 같아서 말이다."

"……성은이 망극합니다, 전하."

우는 어찌할 수도 없게 솟구친 짜증을 삼키며 뻣뻣하게 굳은 목을 숙였다. 그 반응이 의외로 순순히 받아들이는 태도였다고 생각했는지, 명의 얼굴이 뒤늦게 차갑게 식어갔다.

"괜찮으냐?"

"무엇이 말입니까."

"솔직히 걱정을 하였다. 너와 서하의 관계를 모르지 않으니, 아무리 왕실의 번영을 위해서라지만 네가 당연히 내켜 하지 않을 거라고 생각했거든."

우는 한참 후에야 고개를 들었다. 지금만큼은 서하에게 일절 시선을 두지 않은 채, 명을 똑바로 바라보며 대답했다.

"전하께서도 앞서 말씀하시지 않으셨습니까. 왕실 자녀로 태어난 임무이자 운명이라고. 이미 각오하고 있던 일입니다."

"……그래, 그렇다면 다행이고."

무미건조할 만큼 너무나 아무렇지도 않은 대답에 오히려 당황한 쪽은 명이었다. 중얼중얼 대답하는 그의 목소리에 의아함이 담겨 있음을, 우도 느낄 수 있었다.

"하면 난 이만 돌아가겠다. 원래는 서하 널 데려가려고 했는데, 간택령이 정식으로 내려지기 전까지 그냥 이곳에 머물도록 허락해 주마. 지금처럼 계속 좋은 추억 쌓거라. 그것도 얼마 남지 않았으니."

마지막까지 쐐기를 박으며 명은 돌아섰다. 자리에서 일어선 우가 허리를 숙이는 모습을 곁눈으로 확인한 그는 더 이상 뒤돌아보지 않고 처소를 나갔다.

발소리가 멀어지고, 다시 처소에 먹먹한 고요함이 내려앉았을 즈음, 우는 고개를 돌렸다. 아까와 전혀 달라지지 않은 자세로, 조금도 꼼짝하지 않은 채로 함빡 젖은 서하의 눈동자가 느릿하게 올라왔다.

시선이 마주쳤다. 핏대가 불거지도록 주먹을 쥐며, 우가 말했다.

"……쉬거라."

무섭도록 아무렇지도 않은 목소리로 그 한마디를 남기고는, 우 역시 처소 밖으로 걸음을 옮겼다.

***

"간택령?"

"예, 대비마마. 오늘 어전 회의에서 서둘러 논의하라고 하명하셨다 하옵니다."

잠시 놀란 얼굴을 하다 말고, 자영은 이내 생각에 잠겼다.

나쁘지 않은 작전이었다. 세제 문제가 대두되려고 하는 지금, 중전이 회임을 했다는 사실을 천명하는 것보다 더 나은 방법일 수도 있었다.

그 힘든 세월을 딛고 가짜 탕약을 알아채기까지 해서 회임을 했다니 인혜가 신통방통하긴 했으나, 무얼 나을지가 관건이었다. 아들이라면 더 문제 될 일이 없었지만, 딸이라면 아이를 나을 때까지 여덟에서 아홉 달의 시간만 버는 것일 뿐 또다시 세제 문제가 회의 때마다 오르내릴 것이었다. 게다가 그때는 더 반대할 명분도 없으니, 무헌대군이 자연히 국본의 자리에 오를 것이었다.

생각만으로도 비위가 찢어지게 뒤둥그러지는 일이었다. 무헌대군이 세제라니. 어떻게 밀어냈는데 이제와서.

간택령이 내려진다면 금혼령부터 시작해 처녀단자가 올라와 초간택, 삼간택을 할 때까지 꽤나 많은 시간이 필요할 터였다. 간택이 다 끝난다 해도 가례 날짜를 잡고 대군방을 지정하고 혼례를 올리기까지, 아이가 태어나길 기다리는 것과 비슷하게 시간이 소요될 테니 세제 문제를 잠재우기에 좋은 기회이긴 했다.

게다가 그렇게 가례를 올리고 궐 밖으로 나가면,

"처리하기가 한결 쉬워질 수도 있겠어."

나직이 중얼거린 자영은 숨을 깊이 내쉬었다. 확실히 간택이 더 나은 선택이라는 쪽으로 마음이 기울었다. 간택으로 뽑을 부부인은 왕실 어른인 자신의 의견이 가장 중요하게 반영되니, 내 편 중에 고를 수도 있음이었다.

이래저래 많은 고충이 해결될 것 같았다. 무엇보다 죽여버리고 싶을 정도로 얄미운 유서하가 쓰라리게 울기에.

"이보다 더 안성맞춤이 없을 것 같은데."

자영은 경상 위에 놓은 국화차를 음미했다. 오늘따라 차 맛이 꿀처럼 달아 웃음이 새어 나왔다.

49화
간청

오늘은 날을 잘못 잡았다, 고 수호는 생각했다. 담이 급히 와달라는 서찰을 보냈기에 터질 게 터졌는 줄 알고 헐레벌떡 뛰어왔더니.

"앉거라."

무헌대군 처소가 괴이할 정도로 조용했다.

"앉지 않을 거면 가던지."

담과 마주 앉은 우가 차분히 차를 홀짝이며 말했다. 분명 평소와 변함없어 보이는 얼굴을 하고 그다지 달라지지 않은 목소리로 이야기하고 있었지만, 그 말 한마디에 처소가 단번에 냉랭해졌다.

역시 아무렇지도 않을 리가 없었다. 어제 명백하게 서하와 무슨 일이 있었던 것 같긴 했다. 담은 둘이 싸운 것 같다고 서찰에 적었지만, 그렇게 간단한 문제는 아닌 듯싶었다. 모르긴 몰라도 분명 어제 우를 구한 여인과 관련이 있는 것도 같았고, 그게 아니라 하더라도 지금 얌전히 차나 홀짝이고 있을 때는 더더욱 아니었다. 어전 회의에서 간택령 문제가 거론되었다는 것을 모를 리도 없을 테니까.

수호는 얌전히 자리에 앉으며 두천의 눈치를 살폈다. 그는 평소처럼 침착한 얼굴을 한 채로, 눈이 마주치자마자 '어떻게 좀 해주세요'라고 외치고 있었다.

"대군, 괜찮으십니까?"

해서 가볍게 대화를 시도했더니.

"괜찮다."

칼로 내리찍는 듯한 간결하고도 단호한 한마디가 떨어졌다. 수호가 인상을 찌푸렸다.

"괜찮지 않으시잖아요."

우는 말없이 흘끗 수호를 보고는 다시 차를 홀짝일 뿐이었다.

"간택령이 내려졌는데 괜찮으실 리가 있겠습니까?"

찻잔을 내려놓는 손이 잠시 멈칫, 했으나 그뿐이었다. 무덤덤한 우의 모습은 여전히 변화가 없었다.

"서하 아가씨는요? 지금 어디 계십니까? 왜 모습이 안 보이십니까?"

"곁방에 처박혀 나오지 않고 있습니다."

담이 우를 대신해 대답해주었다. 수호는 절로 안타까워 한탄을 했다.

얼마나 상처를 받았을까. 아가씨는 슬퍼서 저러고 있는데, 우는 왜 이렇게 냉철한지 도통 이해할 수 없는 노릇이었다.

"대군, 뭔가 있으신 거군요?"

"뭐가 말이냐."

"뭔가 뾰족한 수가 있으니 이리 차분하신 게 아닙니까?"

지레짐작하며 웃는 수호에게로 담의 딱딱한 말이 날아들었다.

"오라버니께서는 이 나라 대군입니다. 일반 백성이 아니라고요. 간택은 당연한 절차이고, 부부인은 왕실에서 뽑힌 여인이 되는 겁니다. 이건 바꿀 수 없는 운명이니 행여 잔꾀를 부릴 생각이거들랑 접으십시오."

맞는 말이었다. 너무 맞는 말이어서, 오히려 슬플 지경이었다.

"이 나라 대군을 사랑했을 땐 그만한 각오가 되어 있어야 합니다. 상상 속에서나 할 법한 행복한 사랑이 하고 싶었으면 진작 다른 사람을 찾았어야죠."

매정한 한마디, 한마디가 마치 들으라는 듯해서 우는 피식 웃고 말았다.

"맞는 말이다."

그의 눈가가 아픈 듯이 일그러지려 할 때였다.

"대군, 서하입니다."

문 너머에 그림자가 서렸다. 미동도 하지 않는 우와 달리, 다른 사람들은 저도 모르게 다들 숨을 삼켰다.

"공주 자가께 부탁할 일이 있어서요."

말은 똑 부러지게 했어도 담 역시 마음이 편치 않았는지, 부탁이라는 말에 무엇이냐고 묻지도 않고 냉큼 자리에서 일어섰다.

"중궁전에 인사를 다녀오고 싶은데, 저를 나인으로 좀 데려가 주시겠습니까?"

"좋다."

단박에 허락한 담이 문을 열라고 지시했다. 벌써 나인복으로 갈아입은 서하가 고개도 들지 못한 채 서 있었다.

"다녀와도 되겠습니까?"

그제야 조심스레 올라온 시선이 우에게 향했다. 우는 곁눈질로도 서하를 바라보지 않은 채 찻잔을 들었다.

"그러거라."

담과 서하가 채비를 하고 나간 뒤, 우는 조용히 자리에서 일어섰다.

수호가 반사적으로 따라 일어서더니 원망스럽게 쏘아붙였다.

"왜 그리 매정하게 구십니까?"

"뭘 말이냐."

"아가씨께 너무 차가우신 게 아닙니까? 지금쯤 엄청 마음이 아플 터인데."

자기는 그런 처지가 되었다고 생각하는 것만으로도 가슴이 사약을 두어 다발은 들이부은 것 같이 미어진다고, 수호가 야단법석을 떨었다.

"그런다고 달라질 일도 아니지."

"아니, 어제까지만 해도 그렇게 죽고 못 살더니 갑자기 왜 이러십니까! 진짜 심하게 싸우셔서 마음을 다치신 겁니까? 아니면 대군 처소에서 하도 붙어 있다 보니 그새 질리셨습니까?"

듣기 싫다는 듯 우가 눈을 가늘게 치켜뜨자, 수호가 답답함을 이기지 못하고 가슴을 두드려댔다.

"아니면 뭡니까! 정말로 다른 여인과 가례를 치르시려고요?"

"대군으로 태어난 내게 다른 방법이 있느냐?"

"그럴 거면 왜 그리 목숨 걸고 아가씨를 구해서는 곁에 두셨습니까! 뭘 하든 그냥 조용히 살게 내버려 두실 일이지!"

평소라면 이 정도까지 박박 대드는 일은 없었지만, 오늘따라 화가 나는 이유는…… 우와 서하의 모습이 꼭 얼마 안 있어 닥칠 자신과 담의 모습이 될 것 같았기 때문이었다.

"……그러게 말이다."

우가 나직이 중얼거리는 말이 왜 그리 가슴 시린지. 수호는 제 심장이 떨어져 내린 것처럼 아픈 말을 토해냈다.

"보기 좋았단 말입니다. 영락없는 이목석인 줄 알았는데 한 여인에게 그리 열렬하게 빠져 계신 모습을 보니, 너무 좋았단 말입니다."

수호의 간절한 목소리를 묵묵히 듣고 있기를 한참, 우는 의대를 바로 정비하며 나갈 채비를 했다.

“알았으니 비키거라. 대비전에 가야 하니.”

그때까지도 씩씩거리며 늘어놓을 잔소리를 생각하고 있던 수호가 고개를 갸웃했다.

“대비전엔 왜 가십니까?”

“볼 일이 있으니 가는 게 아니냐.”

자세히 말하는 대신 우는 걸음을 옮겼다. 말없이 두 사람의 눈치만 살피던 두천이 서둘러 그 뒤를 따랐다.

“수호야.”

문을 열고 나서기 직전 우가 불렀지만, 수호는 돌아보지 않았다. 무엄하다 욕을 듣고, 벌을 받아도 상관없다는 듯 고집을 부렸다.

모든 걸 포기한 사람 같은 벗의 태도가 몹시 안타까운 탓이었다.

“무슨 일이 있어도 너와 담이에게는…… 이렇게 심장이 말라 없어지는 기분 느끼게 하지 않을 터이니, 걱정 말거라.”

뒤늦게 평소처럼 부드럽게 자상한 목소리로 뭘 말하는가 싶더니, 겨우 그런 말을.

“대군!”

후회가 바위처럼 쿵 떨어진 얼굴로 수호가 서둘러 뒤돌아보았지만, 이미 우는 사라진 후였다.

***

흘끔, 벌써 몇 번째인지. 뒤에서 묵묵히 고개를 숙이고 따라가던 서하는 다시 한번 담의 눈길이 머리 끄트머리에 와 닿자 조용히 웃었다.

"왜 그리 제 눈치를 보십니까?"

"눈치라니. 내가 네 눈치를 볼 일이 무엇이냐. 몇 번 어울렸다고 못 하는 말이 없구나."

"송구합니다. 제 머리에 자가의 시선이 열 번은 넘게 박힌 것 같아서요."

정곡이었는지, 담이 입을 꾹 다물었다. 여기서 더 놀렸다가는 중궁전에 가기도 전에 팽하니 돌아가 버릴 것 같아서, 서하는 그제야 진짜 하고 싶었던 말을 끄집어냈다.

"걱정해주셔서 감사합니다."

"허, 내가 무슨 걱정을 했다고."

아직 앙금이 남은 목소리가 부루퉁하니 잡아뗐지만, 서하는 여전히 웃는 얼굴로 말을 이었다.

"무슨 말씀이 하고 싶으신지 압니다. 저 역시…… 각오가 되어 있었습니다. 하여 괜찮습니다."

언제고 올 날이었다. 어릴 적, 어찌하지도 못할 만큼 정신없이 마음을 빼앗긴 사람이 이 나라 대군이라는 걸 알았을 때부터 쭉.

가질 수 없는 분이겠구나. 오래 가지 못할 사랑이겠구나.

불쑥불쑥 파고들던 그 생각들로 마음을 다져놓았다고 확신했었다. 단지, 안타깝게도 막상 그날이 오니 막연하고 순진했던 마음으로 먹은 각오 따위, 파도 앞에 산산이 흩어진 모래알 같은 것임을 깨달았을 뿐이었다.

어제 명이 뱉은 '간택령' 단 세 글자가 사람의 가슴을 이렇게까지 잔인하게 무너뜨릴 수도 있구나, 뼈에 사무쳤었다.

"아까 한 말을 들었더냐?"

금세 음성이 한층 가라앉은 걸 보니, 또 미안한 모양이었다. 서하는 최대한 밝게 대답했다.

"들렸습니다. 틀린 말씀이 아니라는 거 잘 압니다. 미안해하지 마십시오."

"미안해하지 않는다."

갑자기 담이 제자리에 멈추어 섰다. 덩달아 멈춘 서하가 의문스럽게 고개를 들었을 때쯤, 담이 시선을 마주해 왔다.

"다만 안타깝게는 생각해."

어떨 때는 어린아이처럼 고집을 부리는 야무진 얼굴이, 어떨 때는 이 나라의 하나뿐인 공주답게 위엄과 기품을 뿜어내는 얼굴이 서하를 바라보며 진심을 드러냈다.

"각오가 되어 있어야 한다고 했지, 사람으로서 또 여인으로서 슬픔까지 감추라고는 하지 않았다. 그렇게 슬프게 웃지 말고 차라리 우는소리를 해. 얌전히 들어줄 터이니."

툭툭, 뻣뻣하게 어깨를 두드리던 손을 눈 깜짝할 새에 당의 속으로 감추며 담은 다시 돌아서서 걸었다.

한동안 멀거니 움직이지 못하던 서하는 헛웃음을 지으며 뒤를 따랐다. 자가께서는 정말 대군과 많이 닮으셨습니다, 라고 했더니.

"당연하지. 내가 하나뿐인 오라버니를 닮지 누굴 닮았겠느냐."

그 소리를 또 뭘 그리 으스대면서 하는 건지. 어깨를 자랑스럽게 펴고 걷는 담의 뒤에서, 서하는 물끄러미 하늘을 올려다보았다.

"자가께서는 행복한 사랑만 하셨으면 좋겠습니다."

자근히 읊조리는 말에 섞인 원망과 서글픔을 알아챈 걸까.

"혼인을 못 한다 해서 네 사랑이 행복하지 않았던 것은 아니지. 오라버니가 네게 한결같이 품었던 사랑까지 부정하진 말거라."

담이 너무나 그녀다운 위로를 건네주었다.

하늘이 지나치게 눈이 부신 탓이었다. 눈물 한 자락이 서하의 뺨을 타고 흘러내렸다.

"중전마마, 공주 자가께서 뵙기를 청하시옵니다."

예상치 못한 시누이의 방문인지라 인혜는 귀를 의심했을 정도였다. 괜스레 긴장이 되어 허리가 꼿꼿이 섰다.

"공주께서? 어서 모셔라."

공주와 얼굴을 마주한 건 그야말로 손에 꼽혔다. 무헌대군이 복권되기 전까지는 말이 요양이지, 공주가 거의 창경궁에 유폐되다시피 했기 때문에 마주칠 일이 없던 탓이었다. 심지어 중궁에 간택되어 가례를 치를 때도 얼굴을 보지 못했는데 이렇게 갑자기 찾아오다니. 보통 만만치가 않은 성품인지라 전하는 물론 대비마마도 감당이 안 될 때가 있다더라, 하는 소문이 문득 떠오르자 더 긴장이 몰려왔다.

문이 열림과 동시에 담이 나인을 대동하고 방 안으로 들어왔다.

"어서 오세요, 공주."

인혜가 반갑게 맞아주자, 담이 절을 올리고는 자리에 앉았다.

"중전마마, 그간 평안하셨는지요."

나무랄 데 없는 깍듯한 인사였다.

"예, 공주야말로 그간 무탈하였습니까? 행궁에서 안 좋은 일이 있었다 하여 걱정 많이 하였습니다."

"송구합니다. 이제는 오라버니께서 돌아오셨으니 그럴 일은 없을 겁니다."

행궁에서 그냥 물에 빠졌다, 정도로밖에 전해 듣지 못한 터였다. 해서 인혜는 공주의 말을 선뜻 이해하지 못했지만, 그냥 무헌대군과 연관이 있었나 보라며 고개만 끄덕였다.

"그나저나 언제까지 창경궁에 있을 생각입니까? 무헌대군께서도 복권되셨으니 이제 창덕궁으로 돌아와야지요. 안 그래도 부부인 간택령이 내려진다 합니다. 중궁의 자리에 앉은 지 팔 년이나 되었지만 아직 그런 큰일을 도맡아 하기에 한참 부족하니, 공주께서 저를 좀 도와주세요."

"그리하겠습니다."

담은 순순히 인사를 하면서도 문득문득 뒤쪽을 살폈다. 뭔가 처량한 눈빛으로, 위로를 건네는 듯이. 왜 그러나 싶어 의아해하던 것도 잠시.

"중전마마, 사실 오늘 제가 마마를 찾아뵌 이유는 저 아이가 꼭 마마를 뵙고 싶다고 청을 해왔기 때문입니다."

인혜는 담이 가리킨 곳에 선 나인을 바라보았다. 그리고 이내 눈을 크게 떴다.

한눈에 알아보았다. 그때, 염라대왕이 온다 해도 저를 막지 못할 거라며 매섭게 위협하던 여인. 유서하.

"너는……."

"소인을 기억하시는지요."

"기억하다마다. 헌데 의금부 남간에서 자살을 하였다고 들었는데 어찌?"

"죽음을 위장하여 목숨을 연명하였습니다. 전하께서도 알고 계시니 염려하지 않으셔도 됩니다."

"그래, 그거 다행이구나."

"다름이 아니라 살려주신 은혜에 인사를 해야겠기에 공주 자가께 부탁을 하여 찾아뵈었습니다. 금유당에서 절 살려주셔서 진심으로 감사드립니다, 중전마마. 소인이 그때 했던 불경한 말들은 부디 용서하여 주십시오."

서하는 인혜의 앞에 엎드렸다. 그때 인혜가 아니었다면 꼼짝없이 죽은 목숨이었다. 불길 속에서 숨통을 조여오는 연기를 견디지 못하고 쓰러져 새카맣게 타 죽었을 테고, 그러면 추국장에서 우를 살리는 일은 하지도 못했을 터였다.

몇 번이나 감사 인사를 해도 부족했다.

"그래. 무사히 원하는 걸 이룬 것으로 안다. 네겐 다행인 일이겠구나."

"예. 모든 것이 중전마마의 은덕입니다. 진심으로 다시 한번 감사드립니다."

"되었다. 무슨 죄로 그런 후미진 곳에 갇히게 되었는지는 모르겠지만, 사람의 목숨이 함부로 죽지 않았으니 그것으로 되었다."

서하는 가만히 이야기를 듣고만 있는 담을 한 번 그리고 인혜를 한 번 번갈아 보다가 조심스럽게 입을 열었다.

"마마, 한 가지 여쭙고 싶은 게 있습니다."

"무엇이냐."

"지금 혹, 회임 중이십니까?"

인혜의 상체가 뒤로 물러나고, 옆에 있던 담이가 움찔하는 것이 느껴졌다.

"어떻게……."

인혜는 아연하게 중얼거렸다. 어디서 새어 나간 건지 몰라 당황하고 있을 때쯤, 대답이 끝나자마자 이상할 정도로 안타깝고 슬픈 표정이 되어버리는 서하 때문에 괜스레 저도 심장이 철렁 내려앉는 것만 같았다.

"왜 그러느냐? 아니, 그보다 어찌 알았더냐? 새어 나가지 않도록 조심하고 있었거늘."

옆에 있던 담이 뒤늦게 설마, 하는 눈으로 서하를 바라보았다. 선견의 영향이라는 걸 어렴풋이 눈치챈 듯했다.

"제가 어찌 알았는지보다 더 중요한 것이 있습니다."

"중요한 것?"

"매사 조심하셔야 합니다."

인혜가 더 궁금해하면 할수록 서하는 차마 시선을 마주치지 못하고 고개를 떨구었다.

"무엇이든 조심하고, 누구든 조심하셔야 합니다. 그리고 아무 음식이나 드셔서도 아니 됩니다."

처음에는 뭔가 심각한 일이 있나 걱정하던 인혜의 표정이 차츰 편안해졌다.

〔목숨을 살려주신 이 은혜는 절대 잊지 않겠습니다.〕

우연히 회임 사실을 알고 제가 한 말을 지키기 위해 뭐라도 하고 싶어 온 모양이라고 생각했다.

"어찌 알았는지는 모르겠지만 고맙구나. 이 궁에서 내 회임 사실을 반기지 않는 사람들이 있는 듯하여 슬펐는데, 네가 이리 걱정해주니 힘이 나는구나. 고맙다."

기특하다고 다독이면 저 아이도 마음의 짐을 좀 덜 수 있겠지, 하는 순간.

"특히 마실 걸 조심하셔야 합니다. 혹 누가 주는 건 더욱 조심하시고, 잠시도 방심하지 마십시오. 이 궁에 같은 편이 있다 함부로 믿지 마십시오. 누구든 편이 되었다가도 적이 될 수 있음을 명심하십시오. 제발, 제발 제 말을 새겨주세요. 혹 대수롭지 않다 여겨 잊어버리셨다 하더라도, 입에 넣기 직전 제가 한 말을 떠올려주십시오. 이렇게 간청드립니다."

50화
승부수

쓰윽, 쓰윽. 빗자루가 지나간 자리마다 나뭇잎과 꽃잎이 흙과 엉겨 뒹구르르 굴러갔다.

"내 손에 잡히기만 해봐라. 이 원한을 반드시 갚아줄 것이다. 아주 뼈에 사무치도록 알게 목을 따고 사지를……."

"찢는다고? 그게 얼마나 고통스러운지 내가 지금 너에게 알려주마."

"히익!"

바로 뒤통수에서 서늘한 음성이 날아왔다. 소스라치게 놀란 조 내관이 잡고 있던 빗자루도 내팽개치며 뒷걸음질을 쳤다.

"무, 무, 무, 무헌대군!"

"대, 대, 대, 대감을 붙이셔야지요, 조 내관 나리. 대감을."

다분히 놀림투인 두천을 향해 눈을 희번덕거리던 조 내관은 우가 그 사이에 버티고 서자 금세 쭈뼛거리며 몸을 낮췄다.

"조금 전 한 얘기가 설마 서하한테 하는 얘기는 아니겠지?"

"아, 아닙니다. 그럴 리가 있겠습니까."

"그치? 자네가 지금 간이 배 밖으로 나오지 않은 이상 그럴 리가 없지. 서하에게 무릎 꿇고 사죄를 청해도 내가 살려놓을까 말까인데."

우는 서걱서걱 베어버리는 것처럼 경고를 하고는, 마른침을 삼키는 그의 뒷덜미를 잡아챘다.

"알겠으면 대비마마께 가서 고하거라. 무헌대군 대감께서 뵙기를 청하옵니다, 하고."

"대비마마, 무헌대군 대감 드셨사옵니다."

문전박대를 할까 잠시 생각했지만, 괜히 왕위를 빼앗길까 두려워 구박하고 미워한다는 소문이라도 퍼지면 명에게 해가 될 것 같아 그만두었다.

"들여라."

늘 여유 부리듯 덤덤한 얼굴을 하고 들어오는 꼴을 보고 있자니, 속이 더 부글부글 끓어올랐다. 이래저래 마음에 안 드는 이 놈을 도대체 어떻게 치워버려야 하는 걸까.

자영은 얌전히 절을 하고 일어나던 우와 시선이 마주치자 고개를 돌려버렸다. 지난번 문후를 왔을 때처럼 자리에 앉히지도 않고 돌려보낼 셈이었다. 그래야 조금이라도 속이 후련할 것 같았으니까.

"잠시 앉겠습니다."

"……뭐?"

예상치 못하게 우가 허락도 없이 맞은 편에 불쑥 앉아버렸다. 자영은 기가 막힌 나머지 소리치는 것도 잊어버리고 말았다.

"여쭐 말이 있어 찾아왔습니다."

"이, 이런 무도한 놈을 보았나."

"지난번처럼 또 몇 시진이나 세워두고 얼굴을 계속 보는 것보다는,

할 말이 있는 제가 서둘러 이야기하고 나가주는 편이 마마께 좋은 게 아니겠습니까."

틀린 말은 아니었다. 한데 틀린 말을 안 하는 게 또 얄미워서 탁, 어디 한 군데 때려버리고 싶은 심정이었다.

"해서 할 말이란 게 뭐요."

"곧 간택령이 내려질 거라 들었습니다."

못마땅하게 삐죽거리던 자영의 입술 끝이 그제야 여유를 되찾았다. 꼼짝 못 하고 혼인을 하게 생겼으니 유서하 때문에 똥줄이 타는 게 분명하다고 생각했기 때문이었다.

고소하기 짝이 없었다. 한 년은 죽인 척, 한 놈은 죽은 척하며 십 년이나 왕실을 능멸하고 희희덕거려 온 네놈들의 끝이 좋을 줄 알았더냐.

"왜, 무르고 싶소? 안 하고 싶소? 그 계집 때문에? 한데 그럴 수야 있나. 멋대로 하고 싶으면 대군이라는 신분은 왜 그리 꾸역꾸역 찾았소? 평민으로 살다 가면 될 것을."

마음껏 빈정거려주었더니 그나마 속이 후련해진 터라, 자영은 곧 지밀상궁을 불러 차를 내오라고 시켰다. 그것도 두 잔이나. 모처럼 무헌대군에게도 차를 권할 생각을 하니 손가락에 신명이 날 지경이었다.

잠시 후, 상궁들이 다과상을 가지고 들어올 때까지도 한참이나 말이 없던 우가 눈앞에 놓인 찻잔을 바라보며 입을 열었다.

"그러니까 마마께서는 간택령을 이대로 시행해도 문제 될 것이 없다는 말씀이군요."

"당연하지! 누가 뭐래도 그대는 이 나라 대군이오. 어찌 사사로운 감정으로 혼사를 치를 수 있겠소. 이 나라엔 엄연히 지엄한 법도가 존재하거늘."

"송구하오나, 전 다른 누군가와 혼례를 올리고 싶어 간택을 물려 달라 청하러 왔다고 한 적은 없습니다."

"아닌 척할 것 없소이다. 유서하와 혼인하고 싶어서 찾아온 걸 모를까 봐. 하지만 어림없지. 유서하는 꿈도 꾸지 않는 게 좋을 것이오. 근본도 모르는 년에게 부부인 자리가 가당키나 할 것 같소? 설사 간택을 무른다 해도, 내가 죽으면 죽었지 유서하를 며느리로 들일 일은 없을 것이오."

시원하게 한바탕 쏟아내는 일이 이렇게 짜릿한 일이었다니. 자영은 가벼운 마음으로 차를 마시려 했다.

"알겠습니다. 그럼 간택령이 확실히 내려지는 것으로 알고, 대비마마께서 좋은 사람으로 짝지어 주시리라 믿겠습니다."

우가 찝찝하리만큼 깔끔하게 말을 마치기 전까지는.

찻잔을 입에 댄 채 멈추어 있던 자영의 시선이 의아하게 흔들렸다.

"끝이오?"

"무엇이 말입니까?"

"정말 그 말을 하러 왔단 말이오?"

"물론입니다. 간택령이 내려진다기에 왕실 어른으로서 대비마마의 의중은 어떠신지, 여쭈러 온 것입니다."

이상했다. 우의 반응이 너무 태연해서 자영은 순간 뭔가가 잘못된 건 아닌가, 하고 생각했다.

"사실 다른 누구보다 마마께서 간택령을 반대하시겠구나 싶었는데, 마마께서도 전하와 소견이 같으시다면 제가 더 나설 게 없지요. 이만 가보겠습니다."

"잠깐."

자리에서 일어나려는 우를 잡은 자영이 이맛살을 구겼다.

"무슨 소리요. 다른 누구보다 내가 간택령을 반대하다니."

"그럴 거라 예상했는데, 아무래도 제가 틀렸나 봅니다."

"그러니까 어째서 내가 반대할 거라 예상했단 말이오?"

"이 간택령은 저를 위한 간택령이 아니라 제가 세제가 되는 걸 막기 위한 간택령이겠지요."

제대로 똑 부러지게 간파당해서 자영이 아무런 말도 못 하는 사이, 우가 말을 이었다.

"그런 것에 희생되어 억지로 가례를 치르게 되는 건데, 제가 가만히 있을 리가 있겠습니까."

"……가만히 안 있으면?"

"하나를 잃었으니, 하나는 반드시 취하겠지요."

"무엇을 말이오?"

"반드시 세제가 될 것입니다."

우는 으득, 이를 갈 듯이 말했다. 자영의 얼굴이 점차 하얗게 질려가는 것을 알았지만, 거들떠보지도 않았다.

"그리고 전하보다도 먼저 후사를 낳을 것입니다. 전하께 계속해서 후사가 없다면, 만에 하나 제가 세제가 되지 못한다 해도 제가 낳은 아이가 국본의 자리에 앉을 것입니다. 대대손손 제 핏줄이 이 나라를 이끌어 가게 될 거다, 이 소리입니다."

대대손손이라는 말을 듣자마자 자영의 눈이 뒤집혔다.

"하! 꿈도 야무지군! 그런 일은 없을 테니 안심하시오! 중전께서 회임을 한 마당에 어딜 언감생심 세제 자리를 넘보는가, 이 말이오!"

처음 듣는 이야기여서 우는 조금 놀라고 말았다.

중전께서 회임을 했다니. 그럼 왜 아직 아무도 모르고 있는가, 하는 궁금증이 들었지만 이내 생각을 접었다. 누가 회임을 하였다 해도, 우의 결심이 흔들릴 리 없었다.

"그거 듣던 중 반가운 소리입니다. 꼭 아들을 낳으셔야 할 텐데 말입니다."

그렇게 말하며 우가 여유롭게 차를 홀짝였다.

자영은 점점 딱딱하게 굳어졌다. 우의 말대로 아들이 아니라면, 무헌대군이 세제가 되는 걸 막을 수가 없을 터였다.

"유서하를 그렇게 사랑하는 척하더니, 가례를 치르고 후사를 낳아 보위에 앉을 꿈을 꾸는 것이오? 흥, 그대도 어쩔 수 없는 야심가로군."

할 말이 없어진 모양이었다. 비아냥거리며 화풀이를 하는 걸 보니.

그래도 어쩔 수 없이 서하 이야기가 나오면 심장부터 내려앉고 마는 지라, 우는 알싸하게 올라오는 서글픔을 간신히 잠재우고 말을 이었다.

"서하는……. 예, 사랑하지요. 솔직히 무슨 짓을 해서라도 손에 넣고 싶을 만큼 사랑합니다. 해서 놓아줄 생각입니다."

어젯밤 명이 벼락같은 혼란을 끼얹고 간 후, 생각을 하지 않았다면 거짓이었다. 가례를 치르고도 곁에 둘 수 있는 방법을. 첩실이라는 최악의 상황까지도 고려를 했을 만큼 서하를 놓지 못하는 추악한 스스로를 얼마나 한탄했는지.

너희들은 단 한 자락도 알지 못할 것이었다.

"가례를 치르고 나면 전 더 이상 지금의 무헌대군이 아니라 보위를 노리는 승냥이가 될 겁니다. 서하를 그런 피비린내 나는 제 곁에 있게 할 생각은 추호도 없습니다."

우가 대놓고 이를 드러내자, 자영은 엉덩이를 주춤 뒤로 물리고 말았다.

"보위를 노리는 승냥이라고 했소? 그대가 지금 무슨 말을 지껄이고 있는지 아는 게요?"

"무슨 말을 지껄이든 상관없습니다. 사실이니까."

늘 걱정을 했었다. 언젠가 무헌대군이 이렇게 작정하고 덤비면 어떻게 될까, 하고. 그 걱정이 현실로 다가온 순간, 자영은 온몸이 파르르 떨리는 것을 느꼈다.

"허나, 만에 하나라도 대비마마께서 이 간택령을 물려주신다면 제가 세제가 되는 일은 결코 없을 겁니다. 전 누구와도 가례를 치르지 않을 것이고, 전하께서 후사를 보시어 왕권을 단단히 하실 때까지 궐에 머리카락 한 올도 비치지 않을 것입니다. 그저 전국을 유랑하며 한량처럼 살아드리겠습니다."

그렇게 얘기하며 우는 고개를 숙였다. 마지막 한마디를 할 때는 목소리가 저도 모르게 흔들리는 걸 느꼈다.

궐 밖으로 나가 서하에게 온 천지를 보여줄 수 있다는 사실만으로도, 그 모습을 상상하는 것만으로도 가슴이 저미게 벅차올랐다.

"마마께서 후회하지 않을 선택을 하시리라 믿습니다."

우는 자리에서 일어섰다. 그리고 초점 없이 한 곳만을 멍하니 응시하는 자영을 뒤로 한 채 대비전을 나섰다.

***

〔궐로 돌아가실 때 마음의 준비를 단단히 하고 가십시오. 대군께서 아주 놀랄 만한 일이 기다리고 있을 겁니다. 아니, 유서하에게도 몹시 충격적인 일이 되겠지요.〕

정말 선견이었던 걸까. 여인의 말이 기묘하게 맞아 들어가자, 우는 놀라움보다는 찝찝함이 더 컸다.

용의 아이라, 정보가 더 필요할 듯싶었다.

"박 내관."

"예, 대감."

"미복을 준비해야겠다."

"미복이라면, 출궁하시려고요?"

"그래. 밖에서 해야 할 일이 많다."

바쁘게 움직여야 했다. 가례를 올리든 안 올리든, 이제 조금 있으면 궐 밖에 대군방이 차려질 터였다. 장성한 대군이 궐 안에서 계속 살 순 없으니, 출궁을 하는 건 당연한 일이었다.

문제는 그 대군방에 혼자서 가느냐, 아니면 부부인을 맞아서 가느냐.

"우선 화공을 좀 찾아야겠다."

"화공이요?"

우는 품에 있는 구겨진 종이를 꺼냈다. 궐 밖으로 외출했을 때 저잣거리 화공에게서 빼앗았던 종이 한 장.

"에구머니나! 이게 뭡니까! 아니, 그렇게 급하게 도망을 치더니만 대체 뭘 하고 돌아다니셨던 겁니까!"

두천이 그림을 보자마자 얼른 두 눈을 가리며 성을 냈지만, 지금은 일일이 대답해줄 여유가 없었다.

"저잣거리 어물전이 있던 곳에서 보았으니 그곳부터 가자. 손도 빠르고 솜씨가 여간 좋은 것이 아니었으니 화풍을 알아보는 이가 있겠지."

"예? 화풍을 알아본다고요? 그럼 지금 이걸 사람들에게 보이고 다닐 거란 말씀이십니까?"

"못할 것도 없지. 아니, 오히려 퍼지면 퍼질수록 좋다. 그러려고 화공을 찾는 거니까."

우는 빠르게 처소로 향했다. 대비를 그만큼 궁지로 몰아넣고 마지막에 겨우 손을 내밀었으니, 아마 마음이 반 이상 기울었을 터였다.

그 마음이 다시 바뀌기 전에 서둘러 명분을 만들어주어야 했다. 그러려면 이보다 더 좋은 명분은 없을 터였다.

"당최 무슨 말씀을 하시는 겁니까! 그러다 소문이라도 잘못 나면 어쩌시려고요! 저잣거리에 한 번 소문이 퍼지면 걷잡을 수가 없단 말입니다! 대감, 대감!"

아무것도 이해하지 못한 두천의 외침만이 창덕궁 내부를 오래도록 맴돌았다.

51화
추문

"그러니까 이게……."

경상 위에 올려진 그림 한 점을 보며 명은 저도 모르게 놀라 입을 벌렸다.

"무헌대군 그림이랍니다."

대비전에서 급히 찾는다고 하여 만사 제치고 왔더니, 이게 뭔가 싶었다. 도포를 입고 갓을 쓴 선비 둘이 진하게 입을 맞추고 있는 그림이라니. 심지어 물을 먹여주고 있는 것인지, 포개진 입술 옆으로 가느다란 물 한줄기가 흘러내리는 모습까지 노골적으로 묘사되어 있었다.

기가 막히게 잘 그리고, 적당히 색스러워 사람들의 주의를 끌기에는 마침맞은 그림이 아닐 수 없었다. 다만 문제는.

"무헌대군이 십 년 동안 호되게 고생을 한 탓에 씨가 말랐답니다! 해서 밤낮으로 남색만 즐기는 호색한이 되었다고 저잣거리부터 온 도성 안팎까지 소문이 자자하다는데, 이게 대체 무슨 해괴한 일이랍니까!"

자영은 이마를 짚으며 고개를 절레절레 저었다. 망신살도 이런 망신살이 없다며 경상을 탕탕 내리쳤다.

"이런 소문이 도는데 간택령을 내려보세요. 왕실에서 소문을 막으려 애꿎은 처자들을 희생시켰다고 손가락질을 할 겁니다. 왕실이 비웃음거리가 될 게 아닙니까!"

명은 그림에서 시선을 떼지 못했다. 그림 속 사내 중 한 명, 서하가 보는 것만으로도 황홀한 표정으로 우의 입맞춤을 받고 있었다.

이것이 가짜로 만들어낸 그림이든, 아니면 진짜 모습을 보고 그린 그림이든 명의 속을 긁어내기에 부족함이 없었다.

"그럼 어마마마께서는 어찌해야 한다고 생각하십니까?"

"절대 간택령을 내려선 아니 됩니다. 하더라도 지금은 아니에요. 왕실을 천박한 웃음거리로 만들 수는 없습니다."

"그렇다고 무헌대군을 계속 대궐 안에 있게 할 수도 없는 노릇이 아닙니까."

"당연하지요. 서둘러 종친부에 일러 대군방을 차려줄 곳을 알아보고 혼자 내보내세요. 그러고 나서 소문이 좀 잠잠해지면, 그때 가서 다시 생각해봅시다."

하, 너털웃음이 다 나오려는 걸 명은 간신히 참았다. 역시 똑똑한 녀석이라 그런지 꾀를 내도 어설프게 내는 법이 없었다. 대비마마까지 홀딱 넘어갈 만큼 그럴싸하게 꾸며놓다니. 이번엔 영락없이 계획대로 될 거라 여겼는데.

이런 걸 어찌 생각해 냈는지는 몰라도, 우가 매번 미꾸라지처럼 잘도 빠져나가자 명은 좀 참을 수 없게 짜증이 솟구쳤다.

"상선."

"예, 전하."

"지난번처럼 가서 홍문관 저작에게 서찰을 받아오거라."

〔간택령이 내려진다 해도 어차피 힘으로 빼앗아 와 봤자 서하가 입 다물고 선견을 하지 않으면 아무 의미가 없게 될 수도 있습니다. 하니 서하 스스로 오게 해야 합니다. 제가 궐 밖에서 수를 쓸 것이니, 전하께서는 밤이 되면 무슨 일이 있어도 무헌대군의 처소에 가 주십시오. 그리고 곧 간택령이 내려질 거라는 언질을 하시면 될 것입니다.〕

한석준이 때마침 보낸 서찰 덕분에 하얗게 식어가는 서하의 얼굴을 보긴 했지만, 간택령 자체가 취소되었으니 다른 수를 써야 했다.

"반드시 자네가 받아와서 자네 눈으로 내용을 확인해야 할 것이야."

"여부가 있겠사옵니까."

"그러고 나면 지난번처럼 서찰은 태워버리고, 내게 귓말로 내용을 알려주게."

혹여나 서하가 선견으로 잡아내지 않도록, 증거 역시 남기지 않도록 명은 만전에 또 만전을 기했다.

"명 받잡겠나이다, 전하."

상선이 이내 모습을 감추고, 명은 제 손에 들린 그림을 다시 내려다보았다. 수줍게 붉어진 서하의 뺨 따위는 보고 싶지 않은데, 빌어먹게도 계속 시선을 빼앗기고 있었다.

아니 되었다. 더 이상 봐주어서는 안 되었다. 이런 표정을 계속 짓게 했다가는 영원히 서하를 되찾아 올 수 없다, 그 생각만으로도 머리가 어질해졌다.

***

"……이게 어디서 나셨습니까?"

서하는 제 앞에 둥글게 모여 앉은 수호와 담, 월영 그리고 부겸을 쭉 바라보았다. 그러다 서탁에 올려진 그림을 다시 한번 보고는 곧장 두 손으로 얼굴을 감싸 쥐었다.

어떤 화공인지 기억하고 있었다. 손이 무섭게 빨랐더랬다.

그래도 그렇지. 좋아하고 있는 얼굴을 이렇게까지 섬세하게 그릴 필요는 없지 않느냔 말이었다.

황홀하게 눈을 감고 있는 것부터 시작해서 붉어진 뺨, 보기 전에는 몰랐던 우의 목을 휘감은 자신의 두 팔 그리고 허공에서 바르작거리고 있는 손가락까지.

그 화공 참 대단하다고 해야 할지, 주책맞다고 해야 할지.

"제가 조심하라고 일러드리지 않았습니까. 사내 복색을 하고 있다는 걸 잊지 말라고, 흉흉한 소문 돌기 전에 붙어 있지 말라고."

월영이 너무 뼈를 때리는 말만 골라 해서, '그러게 말입니다' 하는 대답이 입 밖으로 나오지도 못하고 목구멍으로 쏙 넘어가 버렸다.

"이 사태를 어찌하실 겁니까."

진짜 어찌해야 할까요, 곽 도사 나리.

"덕분에 간택령은 물 건너 간 것 같으니 오히려 다행입니다."

그게 더 큰 일이 아니겠습니까, 차 학정 나리. 대군의 가례를 통째로 날려버린 데다 졸지에 대군을 남색가로 만들어버렸으니 이 죄를 어찌 갚을까요.

너무 부끄럽고, 창피하고, 죄스러워 얼굴에서 손도 떼지 못한 채 속 마음으로 대신 대답하던 것도 잠시.

"……꾀쟁이."

담의 나지막한 중얼거림과 함께 서하는 손을 내렸다.

"좋겠구나, 이리 사랑받아서."

담은 그렇게 퉁, 하니 내뱉고는 밖으로 나가버렸다. 갑자기 왜 그러는지 이해를 못 해 멀거니 있는데, 세 사내가 동시에 머리를 긁적이며 딴청을 피웠다.

그제야 서하는 아, 탄성을 뱉었다.

"아닐 겁니다. 설마 대군께서 직접……."

하도 황당한 의심이라서 뒷말을 제대로 이어붙이지 못했더니, 여전히 딴청을 피우던 수호가 혼잣말을 다소 크게 했다.

"뭐, 그러고도 남을 분이라고 자신하는 건 나만 그런가."

"나도."

"저도요."

추임새처럼 뒤따라 나온 부겸과 월영의 대답. 서하는 입을 떡 벌렸다.

"아닙니다, 그럴 리 없습니다. 밤낮으로 남색만 즐기는 호색한이 되었다는 소문을 대군이 직접 낼 리는 없지 않습니까?"

서하가 아무리 반박해도 세 사내는 도리도리 고개를 저었다. 내고도 남습니다, 얘기하듯이.

"이 소문 때문에 앞으로 한동안 가례 얘기는 나오지도 않을 겁니다."

"금혼령이 내려지기 전에 다들 부리나케 딸들을 시집보내려 혈안이 되겠지. 추문이 있는 대군과 혼인을 해서 가문에 먹칠하는 걸 반길 사대부는 없으니까."

"대군 대감이 아니라 처자들 씨가 마르겠구만."

세 사내가 동시에 장탄식을 내뱉던 그때였다.

"그러고 보니 대군께서 십 년 동안 호되게 고생을 하여 씨가 말랐다는 소문도 돈다는데, 그게 무슨 뜻입니까? 무슨 씨가 말랐다는 겁니까?"

서하가 순진한 얼굴로 묻자, 땅이 꺼지게 탄식하던 그들의 입이 딱 다물렸다. 금유당에서 갇혀 산 탓에 사람들과 많이 만나보지 못한 티가 여기서 나버리고 말았다. 민간에서 두루두루 쓰이는 속된 말이지만, 정작 서하만 알아듣지 못하고 있었다.

"어휴, 전 이만 일과가 바빠서."

차 학정이라 하면 원래 일 안 하고 놀기로 유명한 자인데 어찌 일과가 바쁜지.

"전 눈 좀 붙여야겠습니다."

금유당에서부터 지금까지 쭉 대낮에 눈을 붙이는 모습 같은 건 본 적도 없는 월영이었고.

"대군 대감께서 이따가 오시면 그동안 조사한 거 또 보고하라고 닦달하실 테니, 전 그만 일하러 돌아가 보겠습니다."

부겸은 진짜로 일개미이니 그런가 보다. 치면서도 서하는 괜스레 찝찝함을 지울 수가 없었다.

모두 가버리고 한산해진 처소 안. 아무도 대답해주지 않을 질문을 가지고 눈만 동글동글 굴리던 서하는 흘끔, 그림을 다시 한번 살펴보았다.

아무리 봐도 손발이 다 오그라들 정도로 창피했지만, 한편으로는 무섭도록 깊은 안도가 저 안에서부터 솟구쳤다.

대군께서 가례를 올리시지 않는다…… 아까까지만 해도 천근 돌덩이가 얹힌 것 같았던 가슴이 거짓말처럼 가벼워졌다. 이기적이고 간사하다는 걸 알면서도, 눈물 나게 안심이 되었다.

서하는 재빨리 눈가를 훔친 뒤 자리에서 일어섰다. 그러고는 문밖으로 나간 월영의 뒤를 쫓았다.

우가 정말 간택령을 막기 위해 스스로 소문을 퍼뜨린 거라면, 게다가 그게 정말 저를 위해 해준 일이라면.

행복해할 때가 아니었다. 그를 위해 무엇이든 해야만 했다.

"월영님!"

뒤에서 부르는 소리에 머물고 있는 방으로 건너가려던 월영이 멈칫했다. 그는 용건을 듣기도 전에 선수를 쳤다.

"안 가르쳐 드릴 겁니다. 스스로 알아내세요."

"예?"

갑작스러웠던지 서하가 고개를 갸웃하자, 월영도 덩달아 갸웃했다.

"씨가 마르는 게 뭐냐고 물으러 오신 거 아닙니까?"

"아, 아닙니다. 것도 알려주시면 좋긴 한데."

"싫습니다."

자기 입으로 굳이 말하고 싶은 부분은 아니었다.

"부탁이 있어서요."

"저한테요?"

무슨 부탁이냐는 듯 가만히 기다리고 있었더니 서하가 조금 뜸을 들이며 입을 열었다.

"잠시 궐 밖에 나가고 싶습니다. 꼭 만나야 할 사람이 있어서요."

***

“조사한 것은?”

“조사하고 말 것도 없이 여인의 말이 모두 사실입니다. 현재 차비대령의녀 지운선이고, 십 년 전에는 사환의녀로 일하면서 대군 처소를 몇 번인가 왔다 갔다 했다는 것도 전부 내의원 기록에서 확인했습니다.”

필첩을 열심히 적으며 부겸이 말하자, 우는 눈을 가늘게 떴다. 정말로 의녀가 맞다면 더욱 이상했다.

“용의 아이였으면 그때 내 처소에 왔을 때 털어놓았을 수도 있었겠지. 아니, 정말로 내 앞날을 볼 수 있었다면 십 년 전 그렇게 당하도록 가만히 놔두었다는 게 말이 되지 않아.”

〔혹시라도 무슨 일이 생길까, 어디 다치기라도 할까 노심초사하느라 대감의 눈이 한 시도 그 여인에게서 떨어지지 않던 모습을 보았습니다. 그 시선이 저에게 향했어야 합니다. 대군께서는 유서하가 아니라, 저를 바라보셔야 합니다.〕

저를 바라보게 하고 싶다면서 이제껏 왜 기회를 이용하지 않았느냐는 말이었다. 앞뒤가 맞지 않았다.

“보위 얘기를 꺼낸 걸 보면, 대비마마나 전하의 사람일 가능성도 있겠지.”

혹하게 하여 일을 꾸민 다음 반역죄로 몰아넣을 수도 있음이었다. 어느 것 하나 안심할 만한 것이 없었다.

“아무리 얘기를 해도 믿지 않는 사람들이 있기 마련이니까요.”

부겸의 무미한 말투가 우를 생각에서 빠져나오게 했다.

"자네는 용의 아이에 대해 믿지 않는다는 뜻인가?"

"처음에는 믿지 않았습니다. 앞날이 보인다던가, 선견이라던가. 아무래도 현실에서 동떨어진 건 믿기 힘들어서요."

"그럼 그때 추국장에서 왜 서하를 도와주었지?"

부겸은 잠시 망설이다가 대답했다.

"흥미로워 보여서 그랬습니다."

우가 허탈하게 웃었다.

"흥미?"

"차수호가 이목석이라고 떠들고 다니는 무헌대군 대감에게 여인이 있었다는 말이 흥미로웠고, 소설 속에나 등장하는 전사처럼 비장하게 나타나서는 대뜸 남정네들에게 옷을 벗으라던 여인이 재미있어 보였습니다."

서하가 그랬군, 이라며 우가 중얼거렸다.

"그 여인이 절대 반박하지 못할 증거가 있다기에 귀가 솔깃했고, 추국장에서는……."

〔건드리지 마!〕

그 차분하던 무헌대군이 미쳐서 날뛰기에 보통 연모하는 사이가 아니라는 걸 생생하게 알게 되어 놀라고.

"하여 도와주고 싶다는……."

"싶다는?"

"인간애가 샘솟았다고나 할까요."

부겸은 천연덕스럽게 말을 돌렸다. 제가 다 안타까워 뭐라도 해주고 싶었다는 말을 하기에는 뭔가 꼭뒤가 간질거려 차마 할 수가 없는 탓이었다.

"인간애, 라."

우는 부겸이 한 말을 되풀이하며 웃었다. 변명이 너무 비범한 사상가 같았기 때문이었다.

스스로 댄 핑계에 저도 멋쩍었던지 부겸이 얼른 얘깃거리를 바꾸었다.

"으흠, 흠. 저도 한 가지 궁금한 걸 여쭤봐도 됩니까?"

"뭔가."

"오늘 아침부터 떠들썩하게 들리던 추문 말입니다. 대군께서 씨가 말랐다는 둥, 남색가에 호색한이라는 둥 하는 것이요."

아무리 그저 추문일 뿐이라지만, 부겸이 마주 앉아 무심한 투로 쿡쿡 찔러대면 마냥 편할 수만은 없었다.

화공에게 돈을 쥐여주며 '최대한 자네 장사에 득이 되도록 멋대로 지어보게' 하고 일을 맡겼더니, 아주 전국에 있는 돈을 싹 긁어모으게 잘 지어내지 않았느냐는 말이었다. 나쁘진 않았지만 그래도 내심 너무 심했나, 하는 생각이 잠깐 들긴 했다.

"한데?"

"대군께서 직접 퍼뜨린 것이지요?"

부겸이 아예 확신을 가지고 묻자, 우는 웃음이 새지 않도록 나직이 대답했다.

"글쎄."

"제 살 깎아 먹는 소문을 퍼뜨리면서까지 좋아하면서, 왜 싸우고 있는 중이십니까…… 라고 수호가 물어보라고 하도 야단이어서."

우는 슬쩍 코허리를 구겼다.

"싸우지 않았네."

"그건 더 이상합니다. 그럼 왜 어제부터 내내 서로 방에 틀어박혀서 본 척도 하지 않으십니까? 참고로 이것도 수호가 얘기해줘서 알았습니다."

수호 이 녀석, 내일 보면 한마디 해줘야겠다고 작정하며 우는 시선을 돌렸다.

"그 이야긴 되었네."

"전 인간애까지 답했는데 대군께서는 그냥 이렇게 끝이십니까? 불공평합니다."

"난 대군이고 자넨 도사니까."

이럴 때 신분 따지기는 너무 치졸하다고 자각은 하고 있었지만, 아니고서는 벗어날 수가 없으니 어쩔 수가 없었다.

아니나 다를까. 치사하시네요, 하는 부겸의 불평이 흘러나왔다. 잠시 묵묵히 앉아만 있던 우는 뒤늦게 말을 골랐다.

"싸운 게 아니네. 기다리는 중이지."

부겸의 호기심 섞인 시선이 느껴졌다. 무엇을 기다리느냐고 묻고 싶은 듯했으나, 우가 짬을 주지 않았다.

"선왕 시해범에 대한 조사는?"

일 얘기로 전환되기가 무섭게 부겸은 곧바로 새로운 필첩을 꺼내 들었다. 일에 관해서는 작은 이야기도 절대로 놓치는 법이 없는, 정말이지 완벽한 일 처리 능력이었다.

"크게 진척 사항이 없습니다. 서하 아가씨께서 선견에서 보았다며 해준 말씀 밖에는."

"그 검은 복면 말인가."

"예. 하지만 아가씨도 선왕께서 검에 찔리는 장면만 본 것이어서, 그 복면의 사내가 어디서 어떻게 들어왔는지 정도도 파악하기가 힘이 듭니다."

우는 피식 웃었다.

"선견이니 하는 건 믿기 힘들다면서?"

"그래도 기록은 해둡니다. 진짜인지 아닌지는 조사하다 보면 밝혀질 테고, 조사에 도움만 된다면 선견이든 내림굿이든 상관없습니다."

부겸다운 마음가짐이었다.

"대전 내관이 살아 있어야 그때 상황을 자세히 물어보기라도 하는 건데."

"그자는 예전에도 이번에도 대감에게 누명을 씌우려 혈안이 되어 있었으니 크게 도움 되는 이야기를 해주진 않았을 겁니다."

"그럴 수도."

"차라리 사찰을 돌면서 십 년 전 선왕 전하를 모셨던 궁녀들을 찾아 이야기를 들어볼까 합니다."

"그것도 좋은 생각이군. 알았네. 아, 한석준에 관한 것이랑 서하 부모님에 관한 것은? 한석준 가문에 대해 조사하면 용의 아이에 대한 걸 어느 정도는 알 수 있을 것 같은데."

우가 열심히 중얼거리는 동안 부겸은 눈을 가늘게 비껴 떴다. 한참 뒤에야 그 모습을 발견한 우가 의아하다는 듯 물었다.

"왜 그러는가?"

"제가 몸이 몇 개라고 생각하십니까?"

"뭐?"

"하루아침에 그걸 다 조사할 순 없다는 말씀을 드리는 겁니다."

뒤늦게 무슨 말인지 알아들은 우는 서둘러 부겸을 구슬렸다.

"알았네, 알았어. 나도 열심히 조사할 테니 조금만 더 힘써주게."

"늘 꼼꼼히 기록은 하고 있으니 언젠가 다 밝혀지겠죠."

"좋지. 자네의 기록은 있는 것만으로도 도움이 되니까."

"그냥 일 더 시켜 먹으려고 칭찬하는 걸로 들리는 건 제 착각입니까?"

부루퉁한 부겸의 말을 못 들은 척 흘려버리며, 우는 문득 창 너머를 바라보았다. 해가 지려 하고 있었다.

"일 끝나면 밖으로 나가세. 고생이 많으니 한 잔 사지."

그제야 필첩에 오르내리는 부겸의 붓놀림이 대번에 빨라지는 것을 보지도 못한 채, 창 너머에 시선을 고정한 우는 경상에 턱을 괴며 들리지 않도록 아주 나지막이 중얼거렸다.

"……데리러 가야겠어."

「서하 아가씨께서 궐밖에 볼 일이 있다 하여 모시고 나간다 하였습니다.」

두천에게 이야기를 듣자마자 뛰쳐나가고 싶었던 마음을 누르느라 뻐근해진 가슴을 견디기 위해, 우는 창으로 새어 들어오는 찬바람에 긴 숨을 섞어 넣었다.

52화
목숨을 잃기 때문입니다

똑, 똑, 똑. 문을 두드리자 양 서방이 빼꼼히 얼굴을 내밀었다.

"뉘십니까?"

그는 쓰개치마를 쓴 여인과 도포 입은 사내를 훑어보다가 '어?' 하고 사내를 알아보았다.

"댁은!"

"맞습니다. 무헌대군 대감과 함께 왔다가 돌아간 사람입니다."

"눈빛이 하도 매서워 기억하고 있었소. 한데 오늘은 어쩐 일이오?"

"유서하라는 아가씨와 함께 왔다 전해주십시오. 혜안군 대감께 꼭 여쭤볼 것이 있어 찾아왔다고요."

서하 대신 월영이 말을 전했다.

"잠깐 기다리시오."

그 말을 끝으로 사라졌던 양 서방이 한참 뒤에 되돌아와 문을 열어주었다. 그는 서하와 월영을 데리고 별채의 한적한 방으로 안내했다.

"예서 기다리고 계시랍니다. 먼저 온 손님을 맞고 계시니 끝나면 오신다고요."

"감사합니다."

양 서방이 사라지자 월영이 서하를 보며 중얼거렸다.

"궐밖에서 꼭 만나야 할 사람이 있다고 하시더니, 어째 다 지체 높으신 분들만 찾아다니시네요. 아까는 전 부제학이셨던 민영균 영감댁이고, 이제는 혜안군 대감댁입니까?"

"꼭 뵈어야 할 분들이어서 그랬습니다."

"혜안군 대감이야 그렇다 치지만, 중전마마 일까지 아가씨께서 신경 쓸 필요는 없는 것 같습니다. 아가씨 말을 잘 믿지도 않는 것 같던데."

불만이 가득한 월영과 달리, 서하의 생각은 확고했다.

"손녀를 아끼는 마음이 각별하시니 믿고 가주실 겁니다. 그것보다 혜안군 대감께서 오시면 잠시 자리를 피해주십시오."

월영이 고개를 갸웃했다.

"어째서요?"

"아직은 아무도 알기를 원치 않습니다. 나중에 때가 되면 다 말씀드릴 테니 지금은 제 말을 들어주십시오."

내키지 않았다. 보는 사람이 다 심란한 얼굴을 하고는 혼자 물어볼 것이 있다니.

하지만 서하의 부탁을 거절할 수도 없고 해서 월영은 곧바로 대답 대신 별채 밖으로 걸음을 옮겼다. 한참 후, 나무 뒤에 있던 그는 별채로 들어가는 혜안군을 시선으로 좇았다.

***

앉을 생각도 없이 얼마나 방안을 서성였을까. 서하는 문이 열리자 저도 모르게 긴장하고 말았다. 서둘러 인사를 올렸더니, 혜안군은 불편한 기색을 숨길 생각도 없이 떨떠름한 표정을 여실히 드러냈다.

"웬 여인 복장인가. 대군께서 동행하지 않으셨나 보지?"

"어찌 아셨습니까?"

"동행하셨다면 여기저기 떠돌고 있는 그림처럼 사내 복색을 시켜 데리고 돌아다니셨을 게 아닌가."

혜안군은 언짢은 듯 헛기침을 하고는 자리에 와 앉았다. 고스란히 탓하는 말임을 모르지 않아서, 서하의 고개가 수그러들었다.

"송구합니다."

"허, 간택령을 물리려고 그런 저질스러운 추문까지 만드시다니. 대체 어디까지 가시려고, 쯧. 이제는 좀 알겠지? 자네의 존재가 대군께 얼마나 폐를 끼치고 있는지. 이대로 가례도 치르지 못하게 하여 대를 끊어버릴 셈인가? 해서 죽을 때까지 곁에 붙잡아 둘 셈인 게야?"

"아닙니다, 정말 아닙니다."

"그럼 내 말대로 해야지. 그만 사라져주어야 대군께서 하루라도 빨리 마음을 잡으실 게 아닌가."

서하가 말도 못하고 방바닥만 뚫어지게 바라보고 있자, 혜안군은 한숨을 내쉬었다.

"내게서 좋은 소리 못 들을 걸 빤히 알면서도 찾아와야 할 이유가 있었던 모양이니, 얘기부터 해보게."

"여쭤볼 것이 있어 왔습니다."

"용의 아이에 관한 질문일 테지."

"맞습니다."

서하는 숨기지 않았다.

〔정말 모르는가? 용의 아이가 왕의 숙명을 가질 수 있도록 선견을 만들어낼 수 있다는 사실을?〕

그 말을 듣고 난 후부터 가졌던 의구심 그리고 며칠 전 갑자기 다시 보였던 우의 앞날.

혼자만 끙끙 앓으며 끌어안고 있기에는 너무나 위험한 앞날이어서, 서하는 여기까지 올 수밖에 없었다.

어떻게 되는 건지 반드시 알아봐야만 했으니까.

"그래, 내게 물을 게 뭐지?"

"용의 아이가 두 명일 수도 있습니까?"

"뭐?"

뜬금없는 얘기라는 듯 혜안군은 인상부터 썼다.

"자기가 용의 아이라며 나타난 이가 있습니다. 진실인지 아닌지 알 수가 없어서요."

말끝에 초조함이 매달려 있다는 걸 느꼈는지, 혜안군의 눈빛이 변하는 게 보였다. 단순히 궁금해서 찾아온 것이 아니라, 뭔가 다급한 일이 생겼다는 걸 감지한 듯했다.

"그게 누군가."

"차비대령의녀 지운선이라는 여인입니다."

그 여인이 우 대신 검을 맞고 쓰러졌다는 이야기, 해서 초가에서 치료를 하다가 들은 이야기까지 모조리 털어놓았다. 혜안군이 미미하게 무언가를 생각하는 것 같더니 이내 조용히 고개를 저었다.

"두 명일 수도 있다는 이야기는 들어본 적이 없네. 하지만 그 여인의 말대로 단순히 이제껏 나타나지 않았을 뿐, 아예 불가능한 얘기라고는 할 수 없지. 자네 어미인 연서도 여인이 용의 아이가 된 첫 번째 경우니까."

사실이 아니라고 할 수도 없고, 사실이라고도 할 수 없는 이 애매하고 답답한 상황에서 서하의 가슴만 곪듯이 바래져 가고 있었다.

"하면 지난번에 말씀하신 것 말입니다. 용의 아이가 왕의 숙명을 가질 수 있도록 선견을 만들어낼 수 있다는 것."

"그렇게 말했지."

"얼마나 강하게 원하면 가짜 선견이 만들어지는 겁니까?"

"나도 그런 것까진 모르네. 다만, 연서가 궐 밖으로 나가고 싶다는 소망을 꼭 다 타버려 재가 될 것처럼 간절히 원했다는 것만 알 뿐."

그 마음을 너무나 알 것 같아서, 도망 다닐 때의 어머니가 또다시 생각나 눈시울이 붉어지려 하자 서하는 눈을 내리감았다. 삼키는 것만으로는 참아내기 힘든 얼얼함이 멍울이 되어 또다시 가슴 한켠에 쌓여갔다.

"가까운 시일의 앞날이 보일 수도 있고, 먼 앞날이 보일 수도 있는 건지요?"

길게 숨을 몰아낸 서하가 눈을 감은 채로 조용히 물었다. 아무리 거부를 해봐도 머릿속에 떠오르는 설마, 하는 생각. 도무지 떨칠 수 없는 생각을 하느라 밤새도록 피가 말랐던 터라 목소리가 힘없이 갈라졌다.

"……."

혜안군이 대답이 없었다. 서하는 그제야 눈을 떴다. 무언가 잘못 말했는지, 놀란 혜안군의 시선이 자신을 빤히 바라보고 있었다.

"대감?"

"한 사람한테서 보인 선견이 먼 것도 있고 가까운 것도 있다는 뜻인가?"

한층 심각해진 혜안군의 음성이 바빠졌다. 뭐라 말해야 할지 알 수가 없어서, 서하의 눈동자가 일순 갈피를 잡지 못하고 흔들렸다.

"그건 아닙니다."

한참 만에야 입을 열었지만, 그 이상 대답하진 못했다. 하나는 명에게서, 하나는 우에게서 보았다고 말할 수는 없는 노릇이었으니까.

혜안군은 뭔가를 더 캐물을 것처럼 굴다가 이내 마음을 접은 듯 대답을 해주었다.

"불가능하다고 알고 있네. 자네가 선왕 전하의 선견을 할 때 사흘에서 이레 정도 사이의 일을 볼 수 있다고 했지?"

"예."

"지금의 주상 전하는?"

"비슷합니다. 이틀에서 닷새 정도."

"그렇게 사람마다 정해진 범위가 있고, 거기에서 벗어나지 않는다고 들었네."

"벗어나지 않……."

서하는 차마 말을 잇지 못했다. 점점 더 커지는 불안감 때문에 얼굴에 그늘이 깊이 드리워졌다.

"그럼 도대체 얼마나 먼 앞날까지 볼 수 있는지는 아십니까?"

"모르네. 그것까지는 들은 적도 없고, 내가 본 건 연서뿐이니."

"어머니는 어떠셨습니까? 얼마나 오래전 걸 보셨습니까?"

"연서는 선선대왕 전하 열나흘, 선왕 전하 이레였네."

"다른 사람은요?"

"다른 사람?"

"원래 선견이 보인 왕자군이 있었다 하지 않으셨습니까?"

서하가 전에 나누었던 이야기를 잊지 않고 끄집어내자, 잠시 뜸을 들이던 혜안군은 잔뜩 가라앉은 목소리로 마지못해 입을 열었다.

"십오 년."

그 말을 듣는 순간.

서하는 핏기가 모조리 사라진 사람처럼 주르륵 미끄러져 앉았다. 저절로 어깨에서 힘이 빠져 툭 건드리면 그대로 쓰러질 것만 같았다.

"십오 년…… 이요?"

"그래. 그리고 유일하게 그 선견만은 바꾸지 못했네."

"바꾸지 못했다는 건."

"십오 년 전에 선견에서 본 일이 일어났다는 뜻이지. 비록 연서는 그 사실도 모른 채 죽었지만."

서하는 갑자기 숨이 턱 막혀오는 것을 느꼈다. 숨구멍이 영영 막혀버린 것처럼 괴로워서, 제 가슴 자락을 미친 듯이 움켜쥐었다.

바꾸지 못했다니. 왜. 어째서.

그래도 끝끝내 마지막 희망을 놓을 수가 없어서, 서하는 이를 악물었다. 몇 번이나 심호흡을 하다가, 머뭇대며 마지막으로 묻고 싶은 것을 입안으로 곱씹기를 한참.

"혹, 혹시 말입니다…… 선견이 되었는데, 어떤 계기가 있어서 끊겨버릴 수도 있는 겁니까? 그리고 끊겼던 선견이 다시 나타날 수도 있는 겁니까?"

어렵사리 소리를 내어 물었다. 그리고 일순 눈을 커다랗게 뜨며 실색하는 혜안군을 발견했다.

서하는 덩달아 심장이 철렁 내려앉는 것을 느꼈다.

"왜, 그러십니까?"

"다시 얘기해보게. 선견이 뭐?"

"예전에 보였던 선견이 어떤 계기로 되지 않았다가, 갑자기 또 되는 경우가 있는지……."

"시작된 게로군."

순식간에 낯빛이 매서워진 혜안군이 말을 자르며 끼어들었다. 느닷없는 그의 노기에 당황해 서하가 우물쭈물하는 사이.

"아까부터 의심스러웠는데, 자네 무헌대군에게서 가짜 선견이 보이기 시작한 게야. 그렇지?"

모든 걸 꿰뚫은 질문이 날아들었다. 서하는 얼이 빠져버렸다. 다시 보이게 된 그 선견이 진짜인지 가짜인지는 스스로도 알 길이 없었다. 하지만 혜안군의 말처럼 차라리 가짜이길, 누구보다 원하고 있었다.

"그러게 떨어지라고 하질 않았는가! 전하께 돌아가라고 하지 않았느냔 말이야!"

혜안군은 갑자기 전혀 다른 사람이 된 것처럼 잔뜩 날이 서서는 서하를 향해 언성을 높였다.

"뭔가! 어떤 선견을 본 건가! 언제부터 시작된 게야!"

"그게……."

어떻게 말해야 할지를 몰라 갈팡질팡하는데, 자리에서 벌떡 일어선 혜안군이 무섭도록 성큼성큼 다가와 양손으로 서하의 어깨를 있는 힘껏 짓누르며 붙잡았다.

"언제부터 시작되었느냐고 묻고 있지 않으냐!"

"십오 년, 십오 년 전입니다!"

서하는 자포자기하듯 두 눈을 질끈 감으며 외쳤다. 금방이라도 부서질 것 같은 어깨에서 순간적으로 혜안군의 손이 느슨해지자, 저절로 고개가 힘없이 떨어졌다.

"십오 년 전에, 선왕께서 열두 살의 어린 대군을 데려와 처음으로 선견을 행해보라고 명하셨을 때…… 무헌대군께서 용포를 입으시고는…… 한데 그것이 이제 와 다시 보이기……."

죄인처럼 수그러든 서하의 입에서 드문드문 대답이 흘러나왔다. 저도 모르게 주춤 뒤로 물러나던 혜안군 역시 말문이 막혀 제대로 말을 잇지 못할 때였다.

"그게 무슨……."

"그게 무슨 말이야!"

문 너머에서 익숙한 음성이 끊어지던 혜안군의 말을 대신 외쳤다. 서하와 혜안군이 동시에 멈칫했다.

쾅! 문이 부서질 것처럼 열리고, 분노로 일그러진 담이 두 사람 앞에 섰다. 그 옆으로 수호와 부겸이 서 있었고, 일이 생겼다는 걸 감지한 월영 역시 허겁지겁 좇아 들어왔다. 그리고 뒤이어 들어온 두천.

서하는 눈을 크게 떴다. 두천이 있다는 건.

"그게 무슨 말이냐고 묻고 있잖아!"

담의 성난 음성과 함께 문가의 가장 끄트머리에서…… 조용히 자신을 응시하고 있는 우가 보였다.

***

상선이 귓말을 마치고 뒤로 물러서자, 명은 어이없다는 듯 웃으면서도 고개를 끄덕였다.

〔전하께서는 용상을 어찌 지키실지만 생각하십시오. 전 서하가 제 발로 전하를 찾아뵙도록 하는 것만 생각하겠나이다. 하여 지금 차비대령 의녀 지운선을 새로운 용의 아이로……〕

확실히 머리가 좋은 녀석이긴 했다. 아니 꾀가 좋다고 해야 할까. 자신과 어딘지 비슷한 면이 있는 것 같으면서도, 이럴 땐 확실히 종자가 달랐다.

뼛속까지 야비한 녀석. 태어날 때부터 남을 이용하고 제 손에 쥐락펴락할 줄 아는 능력을 타고난 놈이라고밖에는 생각할 수가 없었다.

"상선."

"예, 전하."

"지금 당장 이조 판서에게 가 홍문관 저작 한석준을 정오품 홍문관 교리로 임명하려고 하니 이조 지인을 찍은 사령장을 발행하라고 전하라."

"명 받잡겠나이다, 전하."

대대로 정승 판서 집안에서 태어난 적자가 겨우 정오품 관직에 만족하지는 않겠지만, 이것도 단숨에 승차하는 파격적인 인사였다. 조정에서 터질 반발을 각오하면서도 단행하는 일이라는 걸 잘 알 터이니, 앞으로 더 좋은 성과가 생기도록 그 힘을 다 하겠지.

"준비하라 명한 것은 어찌 되었더냐?"

"탕약 말씀이옵니까?"

"그래."

"다 준비가 되어 있사옵니다."

"날이 저무는 대로 탕약을 들고 중궁전에 갈 것이니 채비를 하라."

"예, 전하."

이야기가 끝난 뒤 상선이 서둘러 문밖으로 사라지려 할 때였다.

"참, 상선."

"예, 전하. 달리 또 하실 말씀이 있으시옵니까?"

"한석준에게 가 차비대령의녀가 움직일 수 있는 상태인지 확인하고, 오늘 저녁 필요하다 전하거라."

"분부 받잡겠나이다. 전하."

겨우 상선이 물러나고 난 뒤, 명의 손가락이 습관처럼 경상을 두드렸다. 톡, 톡, 톡.

망설임이 있는 것은 아니었다. 하지만 사람이긴 한지라, 제 손으로 하려니 아무래도 찝찝함을 지울 수는 없었다. 될 수 있으면 최악의 상황이 아니길 바랄 뿐이니 한 번 더 확인이 필요했다.

내의원에 맡겼다가는 동네방네 소문이 날 터이고, 그나마 가장 믿을 수 있는 '내 편' 쪽의 사람이 필요했다.

"의녀가 진맥해 아니라고 해주기만을 바랄 수밖에."

***

혜안군의 별채가 졸지에 집합 장소처럼 되어버린 것도 잠시, 성큼성큼 서하의 코앞까지 다가온 담이 매섭게 쏘아붙였다.

"설명해."

서하는 대답은커녕 숨도 제대로 쉬지 못했다.

"아까 십오 년 전 오라버니께서 용포를 입은 모습을 보았다고 하질 않았더냐. 대체 그게 무슨 소린지 설명하란 말이다."

화가 단단히 난 듯한 담의 음성도 아팠지만, 벽에 가만히 기댄 채 말 없이 바라보고 있는 밤색 눈동자의 시선이 너무나 쓰라리고 아팠다.

무슨 생각을 하고 있을까. 어떤 마음으로 듣고 있을까.

생각만으로도 처절하게 송구하여 몸이 한없이 차갑게 식어갔다.

"지난번에는 분명 아무것도 보지 못하였다고 하질 않았습니까?"

"거짓말을 한 겁니까? 왜요. 아니, 그런 것보다 정말로 대군 대감의 앞날이 보이는 겁니까?"

부겸과 수호도 재촉해왔다. 설명을 기다리는 그들의 따가운 눈총에 점점 서하가 말라가는 것만 같아서, 보다 못한 월영이 달려와 사이를 비집고 섰다.

"그만 몰아붙이십시오. 차분히 앉아서 이야기를……."

"방자한 것! 감히 누구 앞을 가로막는 것이야! 썩 빠지지 못할까!"

담이 단박에 월영을 호되게 꾸짖었다. 분노로 흔들리는 목소리가 사람을 찍어누르듯 흘러나올 때마다, 서하의 어깨가 움찔움찔 튀었다.

"송구합니다. 하지만 아가씨가 겁먹고 있는 게 안 보이십니까? 도대체 그까짓 게 뭐라고 사람을 이렇게 몰아세운단 말입니까!"

"빠지라고 하질 않더냐!"

수호가 애써 담의 손목을 잡으며 말려봤지만 소용없었다. 이미 담의 눈에 서하는 배신자보다 훨씬 더 악독한 존재였다.

"그렇게 오래 전부터 오라버니의 앞날을 볼 수 있었으면서, 감히 의광군을 보위에 올린 것이냐? 거짓말로 모두를 속이고 그 가짜 왕을 만들어 낸 게 너였단 말이야?"

"자가, 잠시 진정을 좀."

"어떻게 진정을 합니까! 오라버니께서는 장작 십 년이나 누명을 쓰고 죽은 사람처럼 지냈는데, 그게 다 저 계집이 오라버니를 속여서라는데! 제가 어떻게 진정을 할 수 있습니까, 어떻게!"

마침내 터져 버린 분노가 별채를 뒤흔들었다. 금방이라도 울음을 터뜨릴 사람처럼 붉게 물든 서하의 얼굴에 죄악감이 몰려왔다.

"일어나세요, 아가씨. 오늘은 그만 가고 사람들이 차분해지면 그때 얘기하죠."

인내심의 한계가 왔던지, 월영이 서하를 억지로 일으켰다. 종이처럼 비척거리며 월영이 이끄는 대로 움직이던 바로 그때였다.

분노로 바들바들 떨던 담이 말릴 새도 없이 삽시간에 다가와 월영을 밀쳤다. 그리고 곧바로 서하의 뺨을 향해 손을 뻗었다.

짜악! 엄청난 마찰음과 함께 고개가 돌아간 건, 우였다. 어찌나 세게 맞았던지, 우의 뺨에서 갓끈이 한참이나 세차게 흔들렸다. 다른 사람은 물론 때린 담도 놀라 숨을 삼키는 사이, 보기 안쓰러울 정도로 하얗게 질린 서하가 재빨리 우의 뺨을 살피려 했다.

"……만지지 마."

소름이 돋을 만큼 낮은 목소리가 서하를 거부했다.

누구도 감히 반박하지 못하는 잔혹한 고요가 잠식하고, 서하는 심장이 멎어버리는 것 같은 착각을 버티느라 아랫입술을 피가 나도록 깨물었다.

"다들 오늘은 이쯤하고 돌아가거라."

"하지만……."

담이 수긍하지 못하고 뭔가 말을 하려 하자, 그 어느 때보다도 날카로워진 우의 밤색 눈이 결단코 허락지 않겠다는 듯 한 명 한 명에게로 향했다.

"돌아가라고 하였다."

하는 수 없이 다들 문밖으로 향했고, 차마 움직이지 못하는 담 역시 슬며시 등을 밀어주는 수호에게 이끌려 걸음을 옮겼다.

우 역시 서하를 흘끔 보기만 했을 뿐, 이내 발걸음을 돌리려 할 때였다.

"……보였습니다."

드디어 서하가 입을 열었다. 별채 밖으로 나가려던 사람들은 물론, 우까지 흠칫 제자리에 멈추어 섰다.

"볼 수 있었습니다."

그렁그렁 물기가 차오르기 시작한 서하의 눈에 우의 등이 쉽게 박혔다. 이젠 어찌하여도 두 번 다시 저 등을 안을 수 없을 것 같다는 생각이, 겁을 집어먹은 가슴 속에서 미치게 날뛰어댔다.

"하지만…… 보이지 않는다 하였습니다."

"왜! 왜 그랬느냐, 왜!"

담이 악을 쓰며 소리칠 때도 우는 움직임이 없었다. 그저 장승처럼, 마치 서하의 이야기를 기다리듯이 그렇게 버티어 서 있기만 할 뿐이었다.

"……기 때문입니다."

기어이 떨어진 눈물방울들이 뺨을 적시며 발끝으로 추락했다. 서하는 한없이 젖어 드는 얼굴을 차마 닦지도 못한 채, 가슴 깊이 감춰두기만 했던 말을 이었다.

"대군께서 목숨을 잃기 때문입니다."

휘둥그레지는 사람들의 시선이 느껴지고, 담이 뒷걸음질 치는 듯한 움직임도 느껴졌다. 오직 우에게서만…… 아무 움직임이 느껴지지 않왔다.

"대군께서 보위에 오르시면 목숨을 잃기 때문입니다."

겨우 완전해진 말이 사람들에게 전달되고서야, 서하는 잘 쉬어지지 않았던 숨을 간신히 내뱉었다. 그리고 아무런 힘도 남아 있지 않은 몸에 힘을 주고 서서, 그동안 하지 못했던 말들을 털어놓기 위해 마음대로 나와 주지 않는 목소리를 애써 짜냈다.

"제가 본 선견은, 용포를 입은 대군께서 날아오는 화살에 심장을 관통당하는 모습이었습니다. 그거 하나였습니다. 어찌해도 그 하나가 지워지지 않아 아무것도 보이지 않는다 속였고, 나중에는 결국 선왕께 사실대로 말씀드려…… 보위를 잇지 못하도록 하였습니다."

〔그럼 결국 용의 아이가 선택한 왕자는 명이어야 한다는 소리구나.〕

〔'예. 제게 앞날이 보이는 분은 의광대군 한 사람뿐인 겁니다.'〕

〔……그렇게 해서 피바람을 막을 수만 있다면.〕

선왕이 늘 무헌대군에게 보위를 물려주고 싶어하였음을, 서하는 잘 알고 있었다. 직접 말로는 하지 않았지만, 자신이 못난 임금이었던 시절이 처절하리만큼 부끄럽다고. 하여 다음 보위는 임금으로서도, 사내로서도 부러울 만큼 당차고 대쪽 같은 대군에게 물려주고 싶다고.

후원에 나타난 날이면 늘 그렇게 입버릇처럼 말씀하셨었다.

"선왕 전하께서 내리셨던 마지막 어명은, 제 선견 때문이었습니다. 아드님을 살리시려…… 선왕 전하께서는 최선을 다하셨습니다."

〔그렇게 해서 우를 살릴 수만 있다면, 무엇이든 할 것이다.〕

거기까지 이야기한 서하는 한 발짝, 한 발짝을 어렵게 디뎌 우의 바로 등 뒤에까지 다가갔다. 차마 만지지 못하고 허공을 맴돌던 손가락 끝이 겨우 그의 도포 자락을 아주 조금 움켜잡았다.

"송구합니다."

금방이라도 공기 중에 흩어져버릴 것 같은 작은 목소리가 가까스로 우에게 향했다.

"대군을 살리고 싶어 그랬습니다. 도저히 잃을 수가 없어 그리하였습니다. 송구합니다. 잘못했습니다."

우는 끝끝내 말이 없었다. 잠시라도 좋으니 돌아봐 달라는 듯, 서하가 잡은 도포 자락을 살며시 잡아당겼다.

한 번, 두 번. 소리 없이 흘러내리는 눈물을 닦지도 못한 채로 그렇게 당기던 도포 자락이 스륵, 서하의 손아귀에서 힘없이 흘러내렸다.

우는 천천히 앞을 향해 걸었다. 하나같이 망부석이 되어 움직이지 못하는 사람들 사이를 빠져나와, 몸을 숨기듯 말없이 별채 문밖으로 나갔다.

사라진 도포 자락이 꼭, 우를 잃은 것만 같았다.

서하는 홀로 천 길 낭떠러지에 발끝으로 버티고 있는 것처럼 위태롭게 선 채, 슬어갈 것처럼 정신없이 눈물만 흘리고 있었다.

53화
좌절

잠결에 이렇게 누군가 내려다보고 있다는 느낌이 들면, 꼭 어김없이.

"전하."

명이 찾아와 있었다. 인혜는 몸을 일으켜 앉다가 잠시 휘청거렸다.

"괜찮으시오?"

"예, 괜찮습니다. 잠시 어지러워……."

오늘 조반부터 이상하게 음식이 넘어가지 않고 헛구역질만 나와 종일 아무것도 먹지 못한 탓이었다. 손가락 까딱할 기운도 없어 몸져누울 지경이었다.

박 상궁의 말에 의하면 입덧이라고 했다. 심한 사람들은 아무것도 먹지 못할 때도 있사옵니다, 라고 할 때는 설마 했는데.

종일 못 먹고서야 진짜 그럴 수도 있다는 걸 몸소 깨닫게 되었다.

"어디 아픈 것이오?"

명이 걱정스럽게 묻자, 인혜가 고개를 살며시 저었다.

"입덧이 오는 모양입니다."

잠시 눈을 크게 뜨던 명이 멍하니 읊조렸다.

"……입덧."

"솔직히 어제까지는 실감이 잘 나지 않았는데, 입덧이라는 걸 해보니 실감이 나네요."

배 속에 아이가 있다는 것이.

인혜는 제 배를 소중하게 쓰다듬다가 명에게로 시선을 옮겼다.

"한 번 만져 보시겠습니까?"

아직 아무것도 느껴지지 않지만, 그래도 우리들의 아이니 마음만이라도 느껴주었으면…… 하고 반은 장난같이, 반은 진담으로 던진 말이었는데.

명은 그저 웃기만 했다. 그것이 왜 그리 서운하던지. 인혜는 무안함에 명의 몫까지 조심스럽게 배를 어루만졌다.

"오늘 종일 못 먹었다는 이야기는 들었소."

"송구합니다. 유별스럽지 않게 잘 넘어가길 바라는데."

"해서 기운 좀 차리라고 내의원에 일러 탕약을 달여오라 했소."

"탕약이요?"

"그 전에 확인도 좀 하는 게 좋을 것 같고."

명이 나직이 상선을 부르자, 문이 열리며 상선과 함께 탕약을 든 운선이 들어왔다. 인혜는 조금 미안함이 들어 운선을 바로 보지 못했다. 지난번 회임한 사실을 속이기 위해 달거리를 한다며 맥도 짚지 못하게 했던 탓이었다.

"아이를 가진 어미가 가장 잘 아는 법이겠지만, 그래도 명확하게 하는 게 좋을 것 같아 조용히 의녀를 불렀소."

"예, 전하."

인혜는 순순히 받아들였다. 어차피 대비전에도 회임한 사실을 일러

두었으니, 대비전 사람인 운선이 알아도 크게 상관이 없다고 생각했기 때문이었다.

정갈하게 받쳐 들고 온 탕약 사발을 경상에 내려놓으며 운선이 다가오자, 인혜가 조용히 사과를 전했다.

"지난번에는 미안했다. 내 그럴 만한 사정이 있어서."

"괜찮사옵니다. 그러니 마마, 맥부터 짚게 해주소서."

어딘지 아파 보이는 차가운 얼굴이 차분히 맥을 짚기만을 기다리고 있었다. 조금 싸늘한 기분이 들었지만, 인혜는 하는 수 없이 손을 내주었다. 태기를 가장 잘 잡아낸다는 소문답게, 얼마 되지도 않아 운선이 고개를 끄덕였다.

명이 왠지 모르게 씁쓸히 웃으며 말했다.

"지난번에 탕약을 먹기 싫어 춘란에 버렸다는 이야기를 듣고 내 직접 가지고 왔소. 이번엔 버리지 말고 다 드시오."

인혜는 경상 위의 탕약을 한참이나 내려다보다가 입을 열었다.

"저를 위해 직접 가져오신 겁니까?"

"중전이 아무것도 먹지 못했다는데 가만히 있을 순 없으니까."

생각지도 못했던 다정한 말이라 코끝이 다 찡해지는 것 같았다.

처음이었다. 명이 이렇게 걱정을 해주고, 늦은 시간 탕약까지 손수 가져다주니 이제야 진짜 부부가 된 듯한 기분이었다.

저도 모르게 눈물이 한 방울 툭, 주책맞게 떨어지고 말았다.

"갑자기 왜……."

명이 놀랐던지 가까이 다가왔다. 그러고는 손등으로 조심스럽게 눈물을 닦아 주었다.

"좋아서 그럽니다, 좋아서. 뭔가 전하와 진짜 부부가 된 것 같아 행복해서 그럽니다."

어린아이 같은 수줍은 변명을 들으며 명은 고개를 끄덕였다.

"아프지 마시오. 난 그저 그대만 내 옆에 있으면 다 괜찮소."

"예, 전하."

"그러니 내가 아프지 않게 해주리다."

그 말이 꼭 은애하는 사람에게 해주는 달콤한 말 같아서 얼굴을 붉게 물들이던 순간.

〔특히 마실 걸 조심하셔야 합니다. 혹 누가 주는 건 더욱 조심하시고, 잠시도 방심하지 마십시오. 이 궁에 같은 편이 있다 함부로 믿지 마십시오. 누구든 편이 되었다가도 적이 될 수 있음을 명심하십시오. 제발, 제발 제 말을 새겨주세요. 혹 대수롭지 않다 여겨 잊어버리셨다 하더라도, 입에 넣기 직전 제가 한 말을 떠올려주십시오. 이렇게 간청드립니다.〕

서하가 바닥에 머리를 조아리며 했던 말들이 불현듯 떠올랐다. 마치 뭔가를 알고 있는 것 같았던 말투.

설마 싶었다. 설마 명이 자신에게 해코지를 할까, 싶었다. 그런데 누구든 적이 될 수 있다던 그 말이 귀울음처럼 머릿속을 끊임없이 거슬렀다.

인혜는 잠시 주변을 둘러보았다. 명은 원래 이렇게 기척도 없이 올 때면 혼자서 오곤 했다. 상궁 나인들 하나 대동하지 않고 오로지 혼자.

하지만 오늘은 상궁 둘이 문 앞에 단단히 버티며 서 있었고, 상선과 차비대령의녀도 물러가지 않고 있었다. 기분이, 이상하리만치 싸하게 가라앉아서 인혜는 다시 명을 바라보았다.

"전하. 이 탕약이 무엇입니까?"

묻지 않을 수가 없었다. 서하가 들려주었던 그 찝찝했던 말들이 왜 하필 명이 건넨 탕약 앞에서 생각나는지 모를 일이었지만.

배 속에서 아이가 외치고 있었다. 마시지 말라고.

"전하?"

명의 얼굴에 표정이 없었다. 오싹하리만큼 아무것도 없는 표정이 잠시 내려앉는 듯하더니, 금세 다시 건조하게 변해갔다.

"모르는 채 마시는 게 좋을 것이오."

인혜는 온몸의 신경이 바닥으로 추락하는 것을 느꼈다. 손이 떨려왔다.

"그대를 해치진 않을 것이오."

"……그럼 아이는요?"

단숨에 예민해진 목소리로 묻자, 명이 태연하게 말을 이었다.

"말하지 않았소. 그대를 아프지 않게 해주겠다고. 입덧 같은 걸로 아파하기엔 그대가 너무 안쓰러워서 말이오."

명은 경상을 물끄러미 바라보다가 곧 위에 놓인 약사발을 집어 들었다.

"아이는 없어도 되오. 그러니 회임을 했다며 떠들고 다닐 필요 없소. 그대만 이곳에서 건강하게 지내면, 내 더 이상 바랄 게 없을 것이오."

명은 약사발을 인혜의 얼굴 앞으로 가지고 갔다.

"조용히 마셔주시오. 요란스럽게 먹여주고 싶진 않으니."

"신첩이…… 신첩이 끝까지 마시지 않겠다면요?"

"그럼 선택하시오. 폐서인이 될지, 이걸 마실지."

원망과 분노로 뒤섞인 인혜의 눈에 눈물이 그렁그렁 차올랐다.

협박이었다. 위협이었다. 궁지로 사정없이 몰린 쥐처럼, 전신이 공포로 마비되는 것 같았다.

"폐서인, 이요?"

"마시지 않는다면 그대를 폐서인시키는 수밖에 없소."

인혜는 어쩌지 못할 만큼 분함에 치를 떨었다. 그에 못지않게 의아해 견딜 수가 없었다.

아버지였다. 다른 사람도 아니고 아이의 아버지였다. 팔 년이나 넘게 기다린 끝에 가진 아이를, 어찌 친아버지가 죽이려 달려드는지 아무리 생각하고 또 생각해도 이해할 수가 없었다.

"그러게 얌전히 아이를 잘 가지는 탕약이라 믿고 먹었어야지."

더 이상 놀랄 기력도 없어진 인혜가 기어이 눈물을 뚝뚝 떨어뜨렸다.

"그럼……."

"아이를 가지지 못하게 하는 탕약. 이제껏 사향과 지치를 보낸 건 나였소."

"아이를 원치 않으셨던 겁니까?"

"아니오, 원하오."

명의 확고한 목소리가 인혜를 한 번 죽이고.

"그런데 왜…… 용종입니다. 전하의 아이란 말입니다!"

"그래서요. 내 아이니 이러는 것이오. 다른 사람은 몰라도, 그대만큼은 내 아이를 가져선 안 되니까."

이미 난도질당한 가슴을 또 한 번 쳐올려 두 번 죽이고 있었다. 더 이상 일그러질 수도 없게 일그러진 인혜의 얼굴이 믿을 수 없다는 듯 도리도리 흔들렸다.

"어째서요?"

"내 그것까지 말하여 그대를 비참하게 하고 싶진 않소."

"알아야겠습니다."

"중전."

"아이가 친아비에게 참혹히 살해당하려 하는데, 이유도 모른 채 당할 순 없습니다!"

"……말을 삼가시오."

명이 경고했지만, 이미 이성을 잃어버린 인혜의 귀에 그런 것이 들릴 리 없었다.

인혜는 제 배를 양팔로 꼭 감싸 쥐었다. 어떻게 지켜야 할지를 생각해 내야 하는데, 머릿속이 의지와는 달리 자꾸만 하얗게 굳어가고 있었다.

"무헌대군의 세제 문제가 거론되고 있는 지금, 이 배 속의 아이보다 더 전하를 도울 수 있는 사람은 없습니다. 어찌 그걸 모르십니까?"

"도움을 받고 싶지도 않고, 그럴 필요도 없소."

"전하!"

"그만. 그만하시오. 이러다 진짜 몸 상하겠소."

황당하고 기가 막혀서 인혜는 안달이 났다. 뱃속의 아이를 죽이겠다고 덤비면서, 몸이 상할까 염려를 하다니.

이 상황을 벗어날 수 있는 길이 도저히 보이지 않았다. 윽박을 질러도 안 되고, 이용 가치를 들먹여도 통하지 않아 속이 새카맣게 문드러지기만 했다.

"중전께서 약을 드실 수 있게 잘 붙잡아드리거라."

어명이 떨어지자 대기하고 있던 상궁 둘이 단번에 인혜의 양팔을 단단히 휘어잡았다. 옴짝달싹 못 하게 되자마자 명이 곧바로 사발을 기울이려 했다.

"제게 양귀비라 하셨습니다! 김 귀인이 아니라, 제가 양귀비 같다 하셨습니다! 아닙니까?"

인혜는 마지막 힘을 다하여 소리를 버럭 질렀다. 저는 그게 연모하는 이에게 뱉는 달콤한 속삭임이라고 여겼단 말입니다, 차마 뱉지 못한 인혜의 처절한 외침이 입안에서 채 사그라지기도 전.

명의 한숨 같은 목소리가 흐트러짐 하나 없이 흘러나왔다.

"맞소. 그대는 내게 양귀비 같은 존재요. 만지면 안 된다는 것을 뻔히 알면서도 만지고 싶은 사람. 만지면 이리될 것을 염려하여 빠짐없이 탕약을 보낸 것이었는데."

아이를 가지지 못하게 해야 한다는 생각은 하면서도, 온전히 내 것으로 만들 수 있는 유일한 사람이기에 손을 대고야 말았던 사람.

"내 깊이 후회하고 있소. 앞으로는 결단코 이런 일 없도록 하겠소."

인혜의 얼굴이 파리하게 질려갔다. 기울어지는 사발을 따라 무엇인지도 모를 약이 막 입안으로 들어오려고 하는 순간.

"마, 마마! 마마, 중전마마! 전 부제학 민영균 영감께서 뵙기를 청하시옵니다! 마마!"

박 상궁의 화급을 다투는 다급한 목소리가 온 중궁전을 뒤흔들 만큼 쩌렁쩌렁하게 울렸다. 명이 잠시 멈칫하는 사이, 인혜가 상궁들을 뿌리치며 명의 손까지 쳐냈다. 그 바람에 떨어진 약사발이 바닥을 흥건하게 적시며 뒹굴었다.

"중전마마! 감히 마마의 회임을 방해하는 간악한 무리가 있다는 것을 알게 된 후로 소인 비분강개하여 잠을 이룰 수가 없사옵니다! 하여 이리 늦은 시각임에도 찾아뵈러 왔사오니 부디 문을 열어주시옵소서!"

밖에서 민영균의 울부짖는 목소리가 들리자, 명은 눈을 가늘게 치켜떴다. 바닥에 떨어진 탕약과 인혜를 번갈아 보기를 잠시, 그는 자리에서 일어서며 나지막이 중얼거렸다.

"……서하군."

모든 것이 지나치게 잘 맞아떨어지는 것을 두고 명은 확신했다.

그때, 간택령이 내려질 거라는 이야기를 하러 우의 처소를 찾았을 때. 잠깐 선견을 한답시고 스치듯 만졌던 찰나에 애석하게도 본 모양이었다. 우에 관한 것을 못 보게 해야 한다는 생각에만 잠겨 방심한 것이 일을 망치게 한 원인이었다.

"오늘은 이만 가보겠소. 다음에 올 때까지, 잘 생각해 보고 선택하는 게 좋을 것이오."

"전하, 소인이 미처 전하께서 계시는 줄 모르고 큰 무례를 범하였나이다. 무도한 소인을 벌하여 주시옵소서!"

명의 무심한 눈이 중궁전 앞마당에 납작 엎드려 있는 민영균에게로 향했다.

국모도 출가외인이라 하였던가. 이제껏 인혜에게 무슨 일이 생겨도 어지간하면 궐 근처에 오지 않았을 정도로 엄하디엄한 인물이었다. 외척이라는 소리가 튀어나올까, 해서 국모인 손녀에게 털끝만큼이라도 해가 될까 염려하여 그러했다는 것을 명도 모르지 않았다.

그랬던 인물이, 하필이면 이렇게 늦은 밤에 찾아오다니. 썩 자연스러운 움직임은 아니었다.

"벌이라니. 당치 않소. 안 그래도 나 역시 중전께서 미령하다 하여 보고 나오는 길이오. 한데, 아까 그대가 외치던 말은 무슨 뜻이었소?"

"아뢰옵기 황공하오나, 중전마마께서 소인께 탕약을 먹은 춘란을 보내셨사옵니다."

"사향과 지치라는 그것 말이오?"

"알고 계셨사옵니까, 전하?"

"물론이오. 하여 내 어디서 그런 것들이 나왔는지 철저히 조사하고 있는 중이오."

민영균의 표정이 묘하게 어그러지는 것을 보면서도, 명은 아무렇지도 않게 말을 이었다.

"너무 염려 마시오. 허나, 이 일이 중궁전 밖으로 새어 나가선 아니 될 것이오. 범인이 모습을 감출 수도 있을뿐더러, 중전에게 팔 년이나 그런 음해가 있는 줄도 모르고 있던 왕실의 권위가 철저히 땅에 떨어질 테니. 그건 중전을 위해서도 좋은 일이 아니라는 걸, 민 전 부제학도 잘 알 것이오. 아니 그렇소?"

조용조용 타이르는 말 같지만 입을 다물라는 협박임을, 노련한 민영균이 못 알아들을 리 없었다.

"어서 들어가 중전이나 잘 다독여주시오. 많이 놀라 내가 주는 탕약까지 쳐내더이다."

일부러 쳐냈다는 말을 또박또박 이야기해주었더니, 영균이 잽싸게 고개를 조아렸다.

"망극하옵니다, 전하! 아마도 중전마마께서 심기가 어지러우시어……."

"되었소. 아무렴 내 그런 것도 모르고 아픈 사람을 나무랄까. 신경 쓰지 말고 들어가 잘 달래주도록 하시오."

성은이 망극하옵니다, 하는 민영균의 말 따위는 더 듣지도 않은 채 명은 대전으로 향했다. 발아래 차이는 잔디를 모조리 짓뭉개며 걸음을 옮겼다.

역시 서하를 이대로 두었다가는…….

"수단 방법 가리지 않고 되찾아와야겠다는 생각이 번쩍 드시지요?"

이제껏 얌전히 따라오던 운선이 넌지시 한마디를 던졌다.

명은 눈을 치켜떴다.

"어디서 잘 안다는 듯 함부로 떠드는 것이냐."

"스스로가 이상하지 않으십니까? 심장이 벌렁거려 잠을 이루지 못할 정도로 불안하고, 의심이 머리끝까지 치솟고, 때때로 괴물 같다고 느껴지고. 아니 그렇습니까?"

"네가 한석준과 같은 편이라 하여 간이 배 밖으로 나온 모양이로구나. 못 하는 말이 없질 않으냐."

"이상한 것이 아닙니다. 용의 아이가 이 나라 군주에게 있어 어떤 존재인지, 하여 지난 군주들이 얼마나 광적으로 그들에게 집착해 왔는지 너무나 잘 압니다. 그리고 전하께서도 그 한걸음에 가까이 다가가고 계신 것뿐입니다."

결국 참다못한 명이 제자리에 멈춰 섰다.

"무슨 말이 하고픈 게냐."

"망설이지 마십시오. 유서하를 찾는 일에 수단 방법을 따지지 마시란 말입니다. 안 그러면 선왕의 전처를 고스란히 밟게 되실 겁니다. 좋은 약이라 생각하십시오. 광증 같은 병에 걸리기 전에 먹어야 할 몸에 좋은 약. 시기를 놓치기 전에 부디 두 손으로 꽉 움켜쥐셔야 합니다."

명은 아무런 대꾸도 하지 않았다. 마치 대수롭지도 않게 흘려듣는다는 듯이.

하지만 떨리는 그의 손이 주먹을 힘껏 말아쥐었다. 몸에 좋은 약이라, 그 말이 머리고 가슴이고 할 것 없이 세차게 맴돌았다.

***

아장아장 걷는 어린 계집아이가 바쁘게 다리를 움직이고 있었다. 인혜는 그게 왜 그렇게 불안한지 서둘러 뒤를 따를 때였다.

갑자기 디디고 있던 대지가 펏물로 변하며 몸을 끌어당겼다. 점점 불어나는 물속에서 턱 끝까지 잠긴 채 허우적거리는 아이가 보였다.

인혜는 미친 듯이 달렸다. 벌써 아이의 입이 잠기고, 코가 잠기고, 눈이 잠기고 있었다. 찢어지는 비명을 지르며 겨우 보이는 아이의 작디작은 손가락을 꽉 움켜잡아 수면 위로 끌어올렸다.

하아, 하아! 아이가 숨을 몰아쉬었다. 서둘러 품에 안아 등을 토닥여주자, 고사리 같은 손이 매달리듯 목을 꼭 끌어안아 왔다.

안도감이 온몸에 퍼져 그만, 눈물이 났다.

"마마, 중전마마! 정신이 드시옵니까, 마마!"

인혜는 두어 번 눈을 깜빡인 뒤에야 이곳이 중궁전이라는 사실을 깨달았다. 그리고 자신을 애타게 부르고 있는 이가 할아버지임을 알아본 순간.

"내 아이!"

자리에서 벌떡 일어난 인혜는 움직이기 힘이 들어 신음을 흘리면서도 두 손으로 배를 꼭 감쌌다.

아직…… 남아 있었다. 제 것이 아닌 온기와 저를 힘껏 붙잡고 있을 고사리 손이, 아직 남아 있다고 믿었다.

"마마, 괜찮으십니까? 괜찮으신 것이옵니까?"

"어찌 된 것입니까?"

"제가 들어오는 순간 정신을 잃고 쓰러지셨습니다."

영균은 회상하기도 싫다는 듯 고개를 휘휘 저었다.

그야말로 난장판이었다. 경상은 뒤집혀 있었고, 방석은 구석까지 날아가 있었으며 깨어진 사발이 어지럽게 방바닥을 뒹굴고 있었다.

그 난장판 속에서 잔뜩 흐트러진 채 넋이 나가 까무러치던 손녀.

영균은 실수였음을 깨달았다. 궐로 시집을 보낸 건 뼈저리게 큰 실수였음을, 뜨거운 눈물을 흘리고서야 깨달았다.

"마마. 소인을 용서해 주시옵소서. 이 못난 할아비를 용서해 주시옵소서."

가까스로 인혜의 초점이 자책하고 있는 영균에게로 향했다.

"할아버님."

"예. 예, 마마."

"어찌 오셨습니까? 어찌 알고 오셔서 절 살려주신 겁니까?"

"낮에 한 여인이 찾아왔습니다. 중전마마께서 회임을 하셨는데 존체 미령하시니 오늘 밤 달이 구름에서 나오기 전 꼭 찾아뵈오는 것이 좋겠다고 하였습니다."

"여인이요?"

"유서하라 하였습니다. 그러면서 다른 사람은 찾아가도 구할 수 없으나, 오직 저만은 마마를 괴로움에서 벗어나게 해줄 수 있다며 꼭, 반드시 꼭 찾아뵈라 몇 번이나 당부하였습니다."

인혜는 하, 하고 웃으며 소매로 눈을 가렸다. 말로 다 하진 않았지만 시기하고 질투하였던 여인을 그래도 생명이라 구했던 일이, 이렇게 돌고 돌아와 제 아이의 목숨을 살리는 일이 되었다는 사실에 깊은 안도와 부끄러움이 뒤섞여 들었다.

"송구하옵니다, 마마. 외척이란 소리가 퍼지지 않도록 조심해야 한다는 생각에 어쩌야 하나 망설이다 조금 늦어 마마를 상하게 하였습니다. 이 죄를 어찌 다 갚아야 할지, 소인 눈물이 앞을 가리옵니다."

"아닙니다. 서하의 말대로 할아버님이 아니셨으면 정말 큰일 날 뻔하였습니다. 서하나 다른 사람이 구하려 뛰어들었다면, 전하께서 눈도 깜짝하지 않으셨을 겁니다."

한동안 말을 잇지 못하던 영균은 뒤늦게 입을 열었다.

"……역시 전하께서 이리하신 겁니까?"

어질러진 방안을 봤을 때 가장 이상했던 점은, 깨진 사발은 있는데 그 안에 들어 있어야 할 내용물은 단 한 방울도 남아 있지 않다는 것이었다. 마음이 철렁하여 박 상궁에게 물었더니, 인혜가 먹은 것이 아니라 대전 상궁들이 다 치우고 간 것이라 하였다. 귀신처럼 빠른 몸놀림으로 탕약을 한 방울도 남김없이 모조리 닦아냈다고.

마치 증거를 남기지 않겠다는 듯이.

바로 지척에서 일어나는 일이었음에도, 인혜는 충격에 빠져 아무것도 하지 못한 채 멀거니 그 모습을 바라보고만 있었다고 하였다. 통탄이 가슴을 후벼팠다.

"할아버님."

"예, 마마."

인혜는 조용히 숨을 골랐다. 열이 끓었다. 이마에 차디찬 수건을 얹은 것으로는 턱없이 부족하게 폭주하듯 끓었다.

"살릴 것입니다."

인혜는 잘 나오지 않으려는 목소리를 억지로 토해냈다. 그러고는 열로 인해 한기가 들어서인지, 아니면 분노가 가득 들어차서인지 연신 부들부들 떨리는 손을 꼭 말아쥐며 이를 악물었다.

살릴 것이었다. 무슨 일이 있어도 살리고 말 것이었다.

"방법을 강구해 주세요. 난 이 아이를 꼭 살려야겠습니다."

54화
하늘이 내려준 기회

편전에 모인 백관들을 바라보는 명의 눈이 힘없이 가라앉았다 올라왔다. 뭐라 떠들려는 듯 열심히 입들을 움직이고는 있는데, 애석하게도 그의 귀로 들려오는 것은 하나도 없었다.

"전하! 기뻐하소서! 소인들이 지금 막 중전마마의 회임 소식을 듣고 오는 길이옵니다."

"경하드리옵니다, 전하! 천신만고 끝에 얻어진 경사에 대소 신민들이 기뻐하며 축원하고 있나이다."

"어의가 들어 이미 용종을 잉태하심을 확인하였다고는 하나, 내의원에서 다시 길일을 택하여 관례에 따라 진찰을 청하는 것이 좋을 듯하옵니다!"

명은 대꾸도 없이 손으로 관자놀이를 꾹 짚었다. 어젯밤 중궁전에서 나오던 길에 운선과 했던 이야기가 머릿속에서 지워지지가 않았다.

〔유서하와 무헌대군이 서로 저리 죽고 못 사는데 이러다 아이라도 덜컥 생기면 어쩌나, 걱정도 안 되십니까?〕

〔그럴 리 없다. 무헌의 고지식함은 내가 더 잘 안다. 지금 이대로 서하를 안으면, 내게서 그저 무력으로 빼앗는 것과 마찬가지라는 것을 알기에 안지 못할 것이다. 그 녀석은 나한테서 서하의 몸이나 빼앗으려는 것이 아니라, 내가 서하를 포기하게 만들어 진정으로 자유롭게 해주려는 심산이니까.〕

〔남녀의 애정을 너무 쉬이 생각하십니다. 무헌대군도 사내입니다. 연모하는 여인을 안고 싶은 건 당연한 욕구인 것을요. 믿는 도끼에 발등이 찍혀 아이부터 생기면, 유서하는 용의 아이의 능력을 잃을 수도 있음입니다.〕

〔상관없다. 그럼 그 아이를 빼앗아 오면 그만이니까.〕

〔……빼앗지 못하실 겁니다. 평생.〕

〔뭐?〕

〔제가 보기에 전하께서는 지금 겁을 내고 계신 게 아닌가, 하는 생각이 듭니다.〕

〔그러는 넌 겁이 너무 없는 게 아니냐. 감히 어느 안전이라고 주둥이를 함부로 놀리는 것이야.〕

〔아니라면 왜 아직까지 유서하를 데려오지 못하십니까? 군주의 자리에 계시면서 가지지 못할 것이 무엇입니까.〕

〔억지로 데려와봤자 무슨 소용이냐. 마음이 내게 없으면 아무 의미가 없는 것이거늘.〕

〔어리광이십니다.〕

차갑기 그지없는 그 한마디를, 감히 임금의 면전에 대고 내뱉는 배짱만큼은 가히 칭찬할 만했다. 눈 하나 깜빡하지 않고 이 나라 임금에게,

어리광이라니.

〔그건 가지고 와서 생각하면 될 일입니다. 사실은 무서워하고 계신 게 아닙니까? 일개 후궁의 아들로 태어난 내가 이 나라 대군의 것을 함부로 빼앗아도 되는 걸까, 겁을 내시는 게 아니냔 말입니다.〕

순간 그 목을 비틀어 버릴까, 얼마나 생각을 고쳐먹었는지.

"으흠, 흠! 전하! 그러하옵고 아직 선왕 전하의 시해범을 잡지 못한 것에 대한 유생들의 상소문이 끊이질 않고 있사옵니다. 왕실을 능멸하고 이 나라의 근간을 어지럽힌 대역무도한 자를 속히 색출해내기 위해 관련된 자들을 철저히 조사해야 할 것으로 사료되옵니다."

"그러하옵니다, 전하. 무헌대군을 음해하여 그 죄를 뒤집어쓰게 한 간악한 무리들이 지난 옥사에서 스스로 목숨을 끊었다고는 하나, 중벌로 다스리시어 다시는 이와 같은 폐해가 생기지 않도록 두루 표본으로 삼는 것이 가할 줄로 아옵니다."

〔죽고 싶지 않거든 그쯤 해두거라.〕

〔저도 그리 겁을 내었습니다. 천한 첩 년의 딸인지라 감히 양반댁 아가씨가 가진 걸 탐내도 되나, 그 생각으로 십수 년을 살았습니다. 그게 바로 첩실 소생인 우리네들이 가지고 태어난 뿌리부터 박힌 노비 근성이라는 겁니다. 궁에 살아 후궁이지, 첩실과 다를 게 무엇입니까?〕

〔네 이년!〕

〔그러니 눈앞에서 몇 번이고 빼앗기는 겁니다. 겉으로는 아닌 척해도 그리 겁을 먹고 주눅이 들어 있으니 가지고 싶어도 빼앗기기만 하는

거란 말입니다. 아니라 하고 싶으십니까? 지금 가지고 있는 왕권도 전전긍긍 지키는 게 고작이면서, 화는 내고 싶으십니까?〕

〔네가 정녕 죽고 싶은 것이냐!〕

〔제가 아니라 무헌대군에게 그리 화를 내셔야지요. 전하의 모든 것을 빼앗고 있는 것이 누구입니까? 지키십시오. 빼앗긴 것을 되찾으십시오. 괜한 위협이나 협박 따위가 아니라, 진짜 죽여서라도 가져오시란 말입니다. 그렇지 않고는 평생 피해의식 속에서 벗어나지 못하실 겁니다. 가지려면 완벽히 가지고, 가지지 않을 거라면 완벽히 포기하십시오. 보위도, 용의 아이도 말입니다.〕

덜덜 떨리는 손이, 부들부들 흔들리던 몸이 끝끝내 그 목을 조르지 못한 이유는, 모든 것이 한 치도 반박할 수 없게 제 속을 꿰뚫는 처절한 진실이었기 때문이었다.

마치 모두 내 것이 아닌 것 같던 이질감. 용포를 입어도, 용상에 앉아도 누군가의 것을 빼앗은 것 같은 불쾌감. 수많은 백관들이 나를 임금이라며 우러르는 것 같으면서도, 마음 한구석에서는 겨우 후궁의 소생이라며 비웃고 있을 것 같은 초조함. 어딘가에서…… 아바마마가 '네 이놈' 하고 호통을 치실 것 같은 두려움.

그것들을 전부 감춰두고 있었거늘. 누구에게도 들키지 않도록 꼭꼭 숨겨두고 있었거늘.

겨우 의녀 따위 하찮은 것에게 들키고 만 수치스러움이 분노를 더욱 부채질했다.

"전하! 지난번 조회 때 명하신 대로 가뭄이 가장 극심한 곳을 추려보니 경기도, 강원도, 함길도, 충청도, 경상도, 평안도였사옵니다. 각 도내에 벌써 여러 달이나 비가 내리지 않아 샘이 말라 논농사는 경작을 전폐하게 되었고, 밭곡식도 전부 누렇게 시들어 이미 추수할 희망을 포기하고 있다 하옵니다."

길고 긴 이야기를 듣고도 명이 아무 말이 없자, 편전이 쥐 죽은 듯 고요해졌다. 당황한 백관들이 서로 눈치만 보기를 한참, 묵묵히 있던 병조 판서가 입을 열었다.

"전하. 지난번 조회 때 전하께서 하명하신 바, 소신이 도적 떼의 피해에 대하여 소상히 조사를 해보았사온데 그 피해가 가장 극심한 곳이 경기도, 충청도, 그 다음이 경상도였사옵니다. 도적 떼들이 점점 그 수가 불어나더니, 이제는 의적이라 칭할 뿐 아니라 봉기의 움직임을 보이고 있어 조직이 단단해짐은 물론 훈련받은 병사와 같…… 전하? 혹 어디 미령하오신지요?"

결국 병조 판서가 말을 하다 말고 명에게 조심스럽게 물었다. 하지만 그조차도 듣지 못한 명은 상선이 다가와 몇 번이고 '전하' 하고 부르고서야 편전 안으로 초점을 되돌렸다.

"아, 미안하오. 과인이 지금 머리가 묵직하다 보니 이야기를 집중하여 듣기가 상당히 불편하오. 오늘 조회는 여기서 파하는 게 좋겠소."

"명 받잡겠……."

백관들이 말을 다 하기도 전에 자리에서 일어선 명은 황급히 편전을 나가려 했다.

갑자기 멈춰 버린 발걸음. 저를 따라 동시에 멈춰버린 사람들을 향해 느른하게 움직인 시선이 병조 판서를 찾았다.

"방금 병판이 도적 떼에 대한 보고를 하지 않았소?"

"예? 아, 예. 맞사옵니다."

"그래서 어디라고?"

"그것이 경기도, 충청도, 그 다음이 경상도라 말씀 올렸사옵니다."

"그래. 아, 그리고 조금 전 좌의정도 뭔가 보고하지 않았던가?"

"예. 각 도의 가뭄에 관하여 상고하였사옵니다."

"다시 말해보시오."

"가뭄이 극심한 곳을 추려보니 경기도, 강원도, 함길도, 충청도, 경상도, 평안도였사옵니다. 벌써 여러 달이나 비가 내리지 않아 샘이 말라 논농사는 경작을 전폐하게 되었고, 밭곡식도 누렇게 시들어 이미 추수할 희망을 포기하고 있다 하옵니다."

다시 상세히 상고가 올라오고서야, 명은 자신을 누르던 두통이 사라지고 있음을 깨달았다.

이거였다. 하늘이 무너져도 솟아날 구멍이 있다더니, 이번에야말로 모두 한꺼번에 묶어 치워버릴 수 있는 아주 좋은 기회가 아니냔 말이었다.

"모두 들으시오! 회의에서 논의되는 모든 일이 다 중대하고 화급을 다투는 일임에 틀림이 없으나, 백성들이 크게 고초를 겪고 있을 가뭄과 도적 떼에 관한 일부터 처리함이 마땅할 줄로 아오. 하여, 의금부 도사 곽부겸을 경기안핵어사로, 성균관 학정 차수호를 경기재상어사로 임명하니 즉시 그 임무를 수행토록 하시오!"

"명 받잡겠나이다, 전하!"

"또한! 십 년 만에 이 나라 대군이 복권하는 홍복을 누렸으니, 백성을 위해 그 홍복을 베풀어야 할 때가 온 바. 무헌대군이 경기어사로 임명된 이들을 직접 이끌고 가 지방 백성들의 어려움과 노고를 두루 살펴 무고한 이가 없게 해야 할 것이오!"

"성은이 망극하옵니다, 전하!"

명은 웃었다. 이제야 제대로 뭔가 돌아갈 실마리를 잡은 느낌이었다. 이번엔 절대로 놓칠 수 없음이었다.

〔가지려면 완벽히 가지고, 가지지 않을 거라면 완벽히 포기하십시오. 보위도, 용의 아이도 말입니다.〕

하찮은 의녀 따위에게 잡힌 이 속내를 철저히 긁어낼 수 있는, 하늘이 내려준 기회였으니까.

***

"사가에?"

"예, 마마. 소인이 중전마마를 모시고 가 태교에 힘써 훌륭한 아기씨를 생산하실 수 있도록 최선을 다하겠나이다."

"갑자기 무슨 피접 타령이란 말인가."

자영은 정신이 없어서 뭐가 뭔지 하나도 알 길이 없었다. 회임한 사실을 비밀로 하겠다고 할 때는 언제고, 갑자기 아침 일찍부터 어의를 불러들여 진맥하게 하고는 공공연히 회임 사실을 알리질 않나. 이번에는 궐에 얼씬도 안 하던 민영균이 직접 행차를 해서는 손녀를 사가로 데려가겠다고 하지를 않나.

"부디 통촉하여 주시옵소서, 마마."

"글쎄, 갑자기 무슨 바람이 불어 이리 고집을 부리느냔 말이오."

"송구하옵니다만, 마마. 중전마마께서 태교를 하시기에 궁은 너무 위험하옵니다."

"위험?"

자영의 눈썹이 기분 나쁘다는 듯 슥 치켜 올라갔다. 그 말이 꼭 '너희들은 능력이 없어 중전을 지키지 못한다'고 비난하는 것 같아서, 자영은 언짢은 기색을 여실히 드러냈다.

"밖으로는 주상께서 계시고, 안으로는 시어미인 내가 있거늘 어찌 궁이 위험할 수가 있단 말이오."

"마마, 지난 팔 년 동안 중전마마께서 드신 탕약이……."

"사향과 자치라고? 지금 그걸 트집 잡는 게요? 그거라면 주상께서 열심히 조사를 명하셨으니 곧 범인이 밝혀질 것이오. 아니면 내가 보낸 탕약이 아이를 가지지 못하는 약으로 둔갑 되었으니 내가 위험하다는 것인가?"

"그럴 리가 있겠사옵니까. 전하의 후사가 생기기를 마마께서 얼마나 고대하고 또 고대하셨는지 소인이 누구보다 잘 알고 있사온데, 어찌 그런 망극한 생각을 할 수 있겠나이까. 부디 소인의 뜻을 곡해 마시옵고, 그저 용종의 앞날을 위한 충심이라 생각해주시옵소서."

머리를 곱게 조아리고 앉아 있는 전 부제학이 뜻을 굽힐 생각이 없어 보이자, 자영은 혀를 찼다. 오히려 눈에 닿지 않는 게 훨씬 더 불안한데, 궐이 아닌 사가로 피접을 나가 태교를 하겠다니. 마땅치가 않았다.

"말뜻은 알겠으나, 아무리 그래도 궐이 더 안전할 것이오. 주상께서도 모든 걸 알고 계시고, 이제 회임한 사실이 온 나라에 퍼져 백성들도……."

"마마!"

평소에는 그런 일이 없는 노인네가 갑자기 말을 끊자 놀란 자영이 눈을 끔뻑거렸다.

“소인 긴히 아뢸 말이 있나이다. 주위를 모두 멀리 물리쳐주시옵소서.”

비장하기 그지없는 그 태도가 괜스레 자영까지 긴장하게 만들었다. 마른침이 절로 꿀꺽 넘어갔다.

55화
그를 위해 할 수 있는 일

"전하께서 아무 말씀 없으시더냐?"

"예. 전 그저 시키는 대로 중전의 태맥만 잡았습니다."

석준이 몇 번이나 꼬치꼬치 캐물어도 운선은 덤덤히 대답할 뿐이었다. 밤이 깊도록 나누었던 많은 이야기들을 석준에게 꼭 고해바칠 필요는 없었다. 그는 자신의 주인도 아니었으니까.

"허. 내 그자가 제정신은 아닐 거라고 예상은 했다만, 생각보다 더 미친놈이구나. 태어나지도 않은 제 자식을 죽이려 들다니."

지금 같은 시기에 제 자식을, 그것도 어쩌면 적통대군일지로 모르는 아이를 죽이려 하는 이유를 모르겠다며 석준은 고개를 절레절레 저었다. 저절로 세제 문제를 사라지게 할 수 있을 텐데, 하고.

"……전 알 것 같습니다."

"네가?"

"그냥, 그 미칠 것 같은 마음을 알 것 같아서요."

운선은 알 수 없게 뭉뚱그린 말만 퉁, 하니 내뱉고는 사온 것을 내놓으라며 손을 내밀었다.

"그러고 보니 상처는 좀 어떠하냐?"

석준이 새 옷을 건네며 물었다. 참 일찍도 묻는다며 한마디 하고 싶은 것을, 운선은 꾹 참았다.

사람이 검에 베이든 말든 이용할 건 다 이용해놓고, 궁금한 것부터 듣고 난 뒤 묻는 안부 인사 따위 눈곱만큼도 반갑지 않았다.

그래놓고 불리할 땐 누이라며 찾는 꼴이, 가끔 억세게 재수가 없을 때가 있었다. 죽여버리고 싶을 만큼.

"그럭저럭 참을 만하니 한밤중에 궐에도 다녀온 게 아니겠습니까."

운선은 뻿뻿하게 대답한 뒤 그대로 옷을 갈아입었다. 아무리 이복남매라지만 다 큰 처자가 사내가 있든 없든 훌렁훌렁 벗어젖히자, 석준의 입술이 저절로 삐뚜름해졌다.

"나가고 나면 갈아입을 일이지."

"나리 눈에는 제가 사람도 아닐 터인데 뭐 어떻습니까?"

"사람이 아니라니?"

살수나 이용 수단, 뭐 그런 게 아닙니까.

운선이 입 밖으로 내지 못한 소리를 삼키며 거칠게 저고리 고름을 푸는 사이, 석준이 뭔가 눈치채고 피식 웃었다.

"스스로 생각하는 것까지 막을 수는 없지. 그 피해의식 좀 버리라고 그렇게 일렀는데 참 미련하게도 못 버리는구나."

석준의 특기였다. 절대로 모든 잘못을 자신의 책임으로는 만들지 않는 교묘한 혀 놀림. 자신은 그들이 원하는 것을 해주었을 뿐이라는, 얼토당토않지만 반박할 수도 없는 이상한 정의.

"읏!"

새 저고리를 입으려 움직이다가 등이 뻐근히 죄어 오자, 운선은 저도 모르게 신음했다. 석준이 곧 혀를 끌끌 찼다.

"그러게 적당히 할 것이지, 험악하게 검을 등으로 받아낼 건 뭐냐, 쯧쯧. 휘두른 놈도 네가 그렇게 끼어들 줄은 몰라 깜짝 놀랐다더라."

"그렇게까지 해야 사람의 기억 속에 남는 법입니다. 제가 그냥저냥 끼어들었으면 지금 전 여기 이 초가에 있을 수도 없었을 거다, 이 말입니다."

"뭐, 네가 그렇게 말한다면야 상관없지만."

이렇게 해서라도 사람을 돌아보게 만들어야 하는 절박함 따위는 단 일말도 모르는 석준의 가벼운 말투가 거슬려 짜증이 툭 불거졌다.

"제가 이리 다쳐서 이야기를 나눌 기회를 얻었으니 나리께는 이득이 아닙니까."

"그럼 뭐 하느냐. 무헌 그자가 진짜 목석처럼 꿈쩍도 하지 않았다며? 그러게 내가 말하지 않았더냐. 그 작자가 그리 호락호락한 인물이 아니라니까."

석준이 무심한 말을 잘도 지껄이는 동안, 운선이 분홍 저고리 담자색 치마를 매끄럽게 입었다.

유서하가 저잣거리에서 입고 있던 옷의 색과 일부러 비슷한 것으로 찾아달라 하여 가져온 옷이었다. 무헌대군이 좋아하는 것 같은 색으로.

기분일 뿐이지만, 왠지 유서하가 된 듯한 기분도 들었다.

손놀림을 곱게 하여 저고리 고름을 매만지고, 머리를 단정히 하며 운선이 중얼거렸다.

"설마하니 보위 소리에도 반응이 없을 줄은 상상도 못 하였습니다."

석준의 말이 틀린 것만은 아니었다.

〔누가 너에게 그따위 걸 부탁하더냐.〕

정말로 씹어 먹히는 게 아닌가 싶을 정도로 오싹했던 한마디.

이제껏 궐에서, 궐밖에서 수많은 사람을 봐왔지만 그렇게 단번에 주변 공기를 집어삼키는 사람은 처음이었다. 무료하기만 했던 지난날의 멀어진 감각과 지루한 일상이 단번에 깨져버리는 강렬한 쾌감이었다.

"옷 좀 다르게 입었다고 딴 사람 같구나. 서하와 분위기가 비슷해진 것도 같고."

석준의 그 말이 놀리는 건지 진심인 건지 모르겠지만, 그래도 분위기가 비슷해졌다니 미친년처럼 가슴이 한 번 뛰었다.

그래, 생각을 잘못한 탓이었다. 무헌대군의 옆에 있는 유서하라는 여인은 그간 갇혀만 살아서 아이처럼 순진하고 영 재미없는 숙맥일 것 같다고 지레짐작했다. 해서 반대로 요염한 여인으로 분했더니.

"분명 닿았는데도 변화가 전혀 없었다, 이 말이지."

일부러 최대한 바싹 닿아 애를 좀 태워보려 했는데, 반대로 애가 타고 말았다. 홀딱 벗은 여인의 몸을 보면서도 무슨 고깃덩어리 내려다보듯 냉소적인 표정이라니.

무명천을 상처에 감아달라고 했을 때는 더욱 가관이었다. 감질나게 가슴 꼭지가 손과 손등에 닿았다 떨어졌다를 반복하는데도 눈 한 번 깜빡 안 하는 대인배랄까, 무심한 목석이랄까.

새삼 생각하니 좀 분통이 올라서 '내 기필코 다음에는 변하게 해주마' 하고 중얼거리자, 석준이 고개를 갸웃해 보였다.

"뭐?"

"아닙니다, 그런 게 있습니다."

오랜만이었다. 등골이 저릿하게 기분 좋은 긴장감을 안겨 준 사람. 벗은 몸으로 덤벼도 안 통하는 희한한 사내.

그런 사내가 오직 제 여인한테만 보이는 안타깝도록 애절한 표정과 사랑이 조금, 탐이 났다. 빼앗아 오고 싶을 만큼, 함락시켜보고 싶어졌다.

"한데 여기 초가를 내주었다고 하여 무슨 수확이 있겠느냐? 내 보기엔 그자가 이곳을 다시 찾을지도 의문인데."

"올 겁니다. 나리께서 손을 쓰셨다면 제가 선견해준 일이 벌어졌을 테니, 슬슬 용의 아이의 힘이 필요해졌을 게 아닙니까."

마지막에 선견이라며 떠들어준 일이 지금쯤 그 사람을 휘감고 가슴을 옥죄고 있을 테니, 내 앞에 와서 다음 앞날을 보여달라 할 거라고.

그리 자신을 하고 있는데 석준이 다시 한번 혀를 끌끌 찼다.

"쯧쯧쯧, 등을 다치고 이 초가에 머물더니 귀가 어두워졌나 보구나. 아직도 모르고 있다니. 간택령이라면 벌써 엎어진 지 오래다. 도성 안이고 밖이고 온통 씨가 말라 남색가가 되었다고 소문이 돌고 있는데 어느 처녀가 시집을 오려고 단자를 올리겠느냐? 왕실에서도 망신살 뻗쳤다며 포기한 참이다."

석준은 제품에서 주섬주섬 종이 한 장을 펼쳐 멀뚱한 표정으로 있는 운선의 앞에 놓아주었다. 저잣거리 화공에게 가면 구할 수 있는 그림이라는 말도 잊지 않은 채.

사내 둘이 어찌나 진하게 입을 맞추고 있는지, 발개진 얼굴로 황홀함에 어쩔 줄 몰라하는 그림의 주인공은 분명 유서하였다.

"이 종이 한 장으로 간택령을 접게 만들어버렸단 겁니까?"

"어때. 보통내기가 아니지?"

진짜 보통내기가 아니었다. 도대체 연모하는 이를 위해 어디까지 할 수 있을지 더욱더 궁금하기도 했고, 대책 없는 눈먼 연모에 화가 나기도 했다.

운선은 석준을 빤히 바라보며 물었다.

"분명 이 일만 성사시키면 제가 원하는 걸 들어주신다 약조하셨습니다."

"그래. 어차피 중인으로 만들어 달라는 부탁을 하려는 것이잖으냐."

"아닙니다."

단호한 대답에 석준의 눈썹이 의외라는 듯 둥글게 올라갔다.

"아니야?"

"예. 다른 걸 주십시오."

"다른 거라면……."

"무헌대군을 가져야겠습니다."

"……뭐?"

엄청난 속도로 깜빡깜빡하던 눈이 간신히 멈추었을 때쯤.

"아하하하하!"

석준이 큰 소리로 웃어젖혔다. 어딘가 비웃음처럼 들리는 그 소리에도 운선은 꿈쩍하지 않았다.

제가 원하는 것을 가지겠다는데, 비웃음이던 헛웃음이던 방해될 건 아무것도 없었다.

"서하랑 그자를 멀어지게 하랬지, 누가 너더러 그자에게 빠지라 했느냐."

"그자가 유서하가 아닌 다른 사람에게 빠지는 모습이 좀 보고 싶어졌습니다."

"해서 그 다른 사람이 너다?"

"못할 것도 없지요."

그걸 위해 미적지근한 임금을 있는 대로 들쑤셔놓았으니, 앞으로가 관건이었다.

"너…… 뭔가를 했구나. 그렇지?"

역시 눈치가 빠른 작자라며, 운선이 입꼬리를 기분 좋게 올렸다.

"두고 보십시오. 사람들 앞에서 착한 척하고 싶은 지지부진한 성격에 기름을 잔뜩 부어 놓았으니, 반드시 타오를 것입니다."

명이 서하를 데리고 가야지만 자신에게 기회가 온다는 것을, 운선은 잘 알고 있었다. 왠지 일이 재미있게 돌아갈 것 같은 짜릿함 때문인지 온몸에 오소소 소름이 돋았다.

"너도 그렇고 월영도 그렇고, 왜 그리 다들 사랑에 목을 매느냐. 역시 출생은 속이지 못한다고, 다들 제 눈높이에 맞춰 생각하는구나. 뭐, 나야 나쁘지 않다. 나를 힘껏 도와만 다오. 너희들이 원하는 것 따위야 얼마든지 줄 수 있으니."

열망과 야망으로 두 눈을 빛내며 석준이 웃을 때였다.

"안에 있소?"

갑자기 문 너머에서 사람 목소리가 들리자, 운선과 석준은 동시에 눈을 크게 떴다.

***

서하는 창 너머를 바라보며 한숨지었다. 아침 일찍 처소를 나가버린 우를 종일 만날 수가 없어 먹먹하게 앉아 기다리고 있었는데, 그대로 방안에 틀어박혀서 깜빡 잠이 들어 버렸다.

몸을 일으켰을 땐 벌써 밖이 어둑어둑해진 뒤였다. 조금 정신을 차리고 보니 처소 안팎이 좀 소란스러워진 듯도 했다. 발소리가 평소와 달리 분주히 움직이고 있었고, 처소 상궁 나인들이 뭐라 뭐라 떠드는 소리가 유난히 크게 들렸다.

"서두르거라. 내일 새벽부터 출발해야 하니, 빠진 것 없이 준비해야 해!"

빼꼼히 문을 열자, 두천이 열심히 이것저것을 지시하고 있었다.

"박 내관 나리."

"어! 일어나셨습니까? 종일 밥도 안 드시고. 그러다 쓰러지십니다."

"심려 끼쳐 드려 송구합니다. 저, 근데 무슨 일 있는 겁니까?"

"내일 날이 밝기도 전에 경기도 수원으로 갑니다."

"수원이요?"

"예. 어명이 계셨거든요."

서하는 우가 있는 방문 쪽을 지그시 바라보았다.

"돌아오셨는데, 들어가 보실래요?"

아무래도 어제 있었던 일 때문에 신경이 쓰이는지, 두천이 안쓰럽게 쳐다보고 있었다.

"가시면…… 언제 오실까요?"

"글쎄요. 가뭄에 고초를 겪고 있는 백성들을 살피고 흉흉한 도적 떼도 잡아 오라고 하명하셨으니, 모르긴 몰라도 엄청 오래 걸릴 겁니다."

가만히 듣고 있던 서하는 저도 모르게 눈가가 가라앉는 것을 느꼈다. 미처 표정을 감추지 못해 두천도 보았던지, 그는 연신 한탄을 내뱉다가 말했다.

"들어가서 말씀을 해보세요. 같이 가게 해달라고. 데리고 가 달라고."

서하가 차마 움직이지 못하고 우물쭈물하고 있자, 답답한 마음에 두천이 등을 떠밀었다.

"옛날에는 대군 대감을 위해 거짓말을 하신 거잖아요. 대감을 살리기 위해 어쩔 수 없었던 것 다 압니다. 대감도 아실 거예요. 무엇 때문에 화가 나신 건지는 잘 모르겠지만, 분명 알고 계실 겁니다. 그러니 가서 직접 얼굴 보고 말씀을 해보세요."

두천은 힘껏 다독이는 말과 함께 서하를 방 앞까지 밀어놓고는 목소리를 낮춰 속삭였다.

"저희는 내일 출발 준비에 여념이 없으니, 조용히 두 분이서 말씀을 나눠 보십시오. 분명 뭔가 서로 오해하고 있는 일들이 있으실 겁니다."

그래도 아직은 용기가 안 나는지, 망설이고 있는 서하 대신 두천이 문을 조심스레 열어주었다. 그리고 등을 떠밀 듯 방 안으로 들여보내고서는 방문을 닫으며 안도의 숨을 내뱉었다.

"얼른 화해를 하든지 뭘 해야지. 이 분위기 숨 막혀. 대군 대감 저렇게 날 서 계시면, 나만 숨 막힌다고."

그는 고개를 도리도리 저으며 다시 짐들을 확인하러 바삐 몸을 움직였다.

방문이 닫히고 난 후, 서하는 한동안 자리에서 움직이지 못했다. 어스름한 등불 아래로, 보료 위에서 장침에 몸을 기댄 채 잠이 든 우가 보였기 때문이었다.

깨면 어쩌나 싶어 불안해진 가슴이 불규칙하게 뛰어대는 걸 느끼면서도, 서하는 겨우 걸음을 떼었다.

혹시라도 쓸데없는 소리를 내어 깨울까 조심하느라 발뒤꿈치는 점점 더 위로 치솟고, 한 발 한 발 가까워질 때마다 보이는 얼굴이 눈을 감고 있어 천만다행이라고 생각하면서도 안타까워 마음이 저절로 내려앉은 채, 서하는 우의 맞은편에 조심스럽게 앉았다.

예쁜 밤색 눈동자를 덮은 눈꺼풀이, 매끈하게 뻗은 콧날이, 한없이 부드러워 보이다가도 저를 탐할 때는 인정사정 봐주지 않는 거친 입술이 못 견디게 설레어 심장이 아플 지경이었다.

할 말이 참 많이 있었다. 혼자 방 안에서 울며 얼마나 많은 말들을 생각했는지 몰랐다.

미안하다고. 정말로 살려야 한다는 생각밖에는 없어서, 그래서 당신에게는 선견이 보이지 않는다고 말할 수밖에 없었다고. 당신을 궐 밖으로 내보내 보위에서 멀어지게 하는 것만이 최선이라 생각했다고.

그 의미 없는 말들을 입속에서 몇 번이나 흘려보냈던지. 차마 깨어 있을 땐 입도 뻥긋 할 수가 없어서, 차라리 자고 있는 사람한테라도 이야기해 볼까 하는 마음이 문득 솟구쳐 서하가 간신히 입을 열었을 때는.

"송구합니다."

다른 말은 다 삼켜지고 그저 그 한마디 밖에는, 작디작은 사과밖에는 건넬 수 없었다.

서하는 우의 앞에서 고개를 떨구었다.

〔……만지지 마.〕

그렇게 화를 내는 모습은 처음인지라 뭘 어떻게 해야 할지 알 수가 없었다. 어떻게 하면 다시 예전처럼 웃어줄까, 다정하게 불러줄까. 그 고민을 수십 번, 수백 번 하고 또 하다 보니.

어쩌면 잘된 게 아닐까. 언제고 간택 이야기는 또 나올 것이고, 결국 우와는 떨어져야 할 운명이었다. 가례를 치른 그의 곁에 머물며 부부인을 가슴 아프게 하고 싶은 생각은 추호도 없었고, 그렇다고 부부인과 행복해하며 아이들을 낳고 잘 사는 그를 두 눈으로 보고 있을 자신도 없었다.

어중간하기만 한 자신이 돌아갈 수 있는 장소는 단 한 곳, 용의 아이가 사는 금유당.

의금부 남간에서 도망칠 때부터 깨달은 것이 있었다. 돌아가야 할 곳이 없다는 사실, 어디를 가도 그저 머물기만 할 뿐인 떠돌이라는 사실. 그렇다면 혜안군의 말대로.

〔이제는 좀 알겠지? 자네의 존재가 대군께 얼마나 폐를 끼치고 있는지. 이대로 가례도 치르지 못하게 하여 대를 끊어버릴 셈인가? 해서 죽을 때까지 곁에 붙잡아 둘 셈인 게야?〕

〔아닙니다, 정말 아닙니다.〕

〔그럼 내 말대로 해야지. 그만 사라져주어야 대군께서 하루라도 빨리 마음을 잡으실 게 아닌가.〕

돌아가야 할 시간이 된 건 아닌가. 이제 꿈에서 깰 때가 된 건 아닌가, 하는 가슴 저미게 슬픈 생각이 들었다.

점점 흐려지는 시야를 붙들기 위해 서하는 자리에서 일어서려 했다. 우의 미간에 잡힌 주름을 보기 전까지는.

매만져주고 싶어 용기를 냈지만, 차마 닿지 못하고 망설이기만 하던 손가락이 결국 애꿎은 그의 옷소매 끝자락만 꼭 잡았다 놓았다.

"송구합니다."

금방이라도 사라질 것 같은 한마디를 남긴 채, 서하는 처소를 나섰다.

우는 슬쩍 눈을 떴다. 잡히지 않고 멀어지는 서하의 뒷모습을 말없이 바라보았다. 깨우지 않으려 조심하는 발걸음이, 힘없이 처진 어깨가, 문을 여는 손가락이 아플 만큼 눈에 와 박혀서, 치맛자락을 움켜잡아 버리고 싶은 마음을 애써 참느라 가슴에 멍울이 진 것 같았다.

허공에 긴 숨을 불어넣은 그는 바닥을 적시고 있는 물방울을 가만가만 흐트러뜨렸다. 참지 못한 서하가 떨어뜨리고 간 눈물 자국을.

"결국 만지지도 못할 거면서."

끝끝내 머뭇거리던 서하의 가느다란 손가락이 겨우 옷소매만 슬그머니 당겼던 그 순간.

잡아 버릴걸. 참지 말고 눈을 떠 입맞춤을 퍼부어 버릴걸. 마지막에 송구하다며 울먹거리는 목소리를 가만히 듣고만 있을 게 아니라, 품에 확 끌어당겨…….

"안아버릴걸."

우는 서하의 온기를 찾다 지친 팔로 눈가를 덮어버렸다.

"빌어먹을."

***

아직 아침 해도 뜨지 않은 새벽녘. 준비를 마친 서하는 잠시 후우, 숨을 골랐다.

우와 함께 저잣거리에 갔을 때 결심했던 것을 잠시 잊고 있었다. 앞으로 함께할 수 있는 시간이 생각보다 많지 않으니 흘러가는 모든 시간마다 그를 새겨넣으며 사랑하리라고 다짐했었는데.

이번이 마지막이었다. 마지막으로 한 번만 더 그를 위해 할 수 있는 일을 하고 돌아가자.

서하는 옆에 가지런히 놓여 있던 개나리색 노란 너울을 머리에 쓰고 방문을 힘껏 열어젖혔다.

"박 내관 나리!"

벌써 바삐 움직이던 상궁 나인들과 두천이 우렁찬 부름에 일순 움직임을 멈추었다.

"서하 아가씨? 아가씨 맞으시죠? 처소 안에서 웬 너울을……."

두천이 연신 얼굴을 찾겠다는 듯 너울 주변을 기웃거렸다.

"네, 맞습니다. 서하예요."

"아, 예. 한데 그 모습은 뭡니까?"

"저도 데려가 주세요."

씩씩한 요청이었다. 어제와 달리 기운을 차린 모습이 훨씬 보기 좋아 두천은 웃으려다 말고 머리를 긁적였다.

"어, 대군 대감께서 허락은 하셨나요?"

"아니요."

그 대답마저 씩씩해서 두천의 얼굴에 난색이 비쳤다.

"허락을 하셔야 함께 갈 수 있지요."

"그냥 몰래 자리 하나 마련해 주시면 안 될까요? 끝까지 안 된다고 하시면 혼자 따로 갈 수밖에 없겠지만요."

제 팔을 부여잡아오는 서하 때문에 두천은 들고 있던 필첩을 툭 떨어뜨리고 말았다.

반칙이었다. 당최 처소 안에서 난데없이 너울을 쓰고 나타나서는 그렇게 기죽은 것처럼 오물오물 말하며 떼를 쓰면 어쩌자는 거냐고. 그러면 사람 마음이 약해지겠냐고, 안 약해지겠냐고.

차마 하지 못한 말들을 삭이며 두천이 눈만 끔뻑끔뻑하고 있을 때였다.

"대군 대감."

상궁들이 허리를 깊이 숙이자, 서하는 저도 모르게 숨을 삼켰다. 너울을 쓰고 있어서 천만다행이었다. 아니었으면 순간적으로 긴장하여 굳어버린 얼굴을 들켰을 터였다.

이왕 너울 안에 숨은 틈을 타 흘끔, 우가 있는 쪽을 보기까지 했다. 붉은 철릭을 입고 문가에 가만히 기대어 선 자태가 꼭 한 폭의 그림 같았다.

서하는 쿵덕대는 가슴을 가라앉히려 잡고 있던 것을 더 꽉 힘주어 잡았다.

"아야야야야!"

알고 보니 두천의 팔이었던지라 몇 번이나 고개 숙여 사죄해야만 했다.

그때까지도 묵묵히 지켜보기만 하던 우가 성큼성큼 걸어왔다. 그는 아무런 말도, 시선도 없이 곁을 스쳐 지나갔다. 두천이 저보다 더 안타까워하며 발을 동동 굴렀고, 서하는 너울 속에서 자꾸만 아랫입술이 흔들리려는 것을 참으려 꾹 물고만 있었다.

"……말 한 필 내주어라."

멀어지던 우에게서 툭, 흘러나온 한마디.

눈치를 보던 모두가 안도의 한숨을 내쉰 것처럼, 서하 역시 겨우 미소 지을 수 있었다.

56화

비뚤어져 버린 아이

백성을 구휼할 곡식 이십만 석을 실은 행렬이 새벽같이 경기도로 출발하였다. 보고를 들은 명은 곧장 중궁전으로 향했다.

무헌대군에 대한 패는 이미 던져진 셈이었다. 준비한 것들이 잘 진행되기를 기다렸다가 합류하기만 하면 만사형통이었다. 그러니 아직 매듭짓지 못한 일을 마무리하는 것이 급선무였다.

명은 뻐근한 목을 풀었다. 고집을 부릴 거라 예상은 했지만, 생각보다 저항이 만만치가 않았다. 선택하라 했더니 회임한 일을 천명하고, 대비전에 친정으로 피접을 가겠다 청하고.

결국 끝까지 아이를 낳겠다, 이 뜻이었다.

왜, 도대체 왜.

잘 이해가 가지 않았다. 중궁전에서 내쫓겠다는 의미도 아니었고, 죽이겠다고 하는 것도 아니었다.

오로지 아이, 아이가 안 된다고 할 뿐이었다. 그게 왜 그렇게 어려운 이야기가 된단 말인가.

"주상 전하 납시오!"

한 번의 멈춤도 없는 가벼운 발걸음이 인혜의 처소로 향했다. 겹겹이 닫혀 있던 문들이 거침없이 열리고, 마지막 문까지 열리는 순간.

인혜가 일어서지도 않은 채 묵묵히 앉아만 있었다. 웃지도, 울지도 않는 표정. 조금 메마르게, 그렇지만 단호해 보이는 얼굴을 하고 시선만 마주쳐오고 있었다.

하룻밤 새 변해버린 아내의 눈빛을 보는 건 명으로서도 그리 유쾌한 일은 아닌지라, 방금까지만 해도 기분 좋게 올라가 있던 입가가 슬쩍 가라앉아버리고 말았다.

"모두 명을 내리기 전까지 전각 밖으로 물러가 있으라."

"예, 전하."

고개를 숙인 이들의 뒷걸음질이 총총히 멀어지고, 차분한 인혜의 숨소리가 들릴 정도로 고요해지고서야 명이 느릿하게 물었다.

"몸은 괜찮으시오? 어젯밤 쓰러졌다 들었는데."

대답이 없었다. 인혜는 처음과 똑같이 노려보는 듯도, 원망하는 듯도 한 눈빛을 해 보일 뿐이었다.

"결정은 하시었소?"

"낳아야겠습니다."

이제야 입을 여나 싶었는데. 실망스러움을 감추지 못한 명의 이맛살이 크게 일그러졌다.

"아이가 그리 중요하오? 내 분명 폐서인 이야기까지 했건만."

중궁의 지위를 주는 대신 아이만 없으면 된다고 말을 해주었음에도, 인혜는 마음을 고쳐먹지 않은 모양이었다. 오히려 더 전투적인 자세로 저항하고 있을 뿐이었다.

"전하야말로 아이가 왜 그리 싫으십니까? 왜 제게서는 안 된다 하십니까? 아들이면 적통대군이고 장차 전하의 뒤를 이어 보위에 오를 것입니다. 한데 왜 그리 싫다 하시냔 말입니다."

"바로 그 적통대군이기 때문이오."

선뜻 이해를 못 한 인혜가 눈을 가늘게 떴다.

"적통대군이기 때문이라니요?"

"……면 좋겠소."

명의 목소리가 흔들리며 낮게 떨어졌다. 인혜는 들리지 않았으니 다시 말해달라 청하지 못했다. 왠지 무서워서, 이상하게도 들으면 안 될 것 같은 소리가 튀어나올 것 같아서 소름이 오소소 돋았기 때문이었다.

하지만 회피하고자 하는 마음 따위 무참히 짓밟으며, 명이 잔인하리만치 명백하게 다시 이야기했다.

"이 세상에 대군이라는 존재가 전부 사라졌으면 좋겠소."

인혜는 제 귀를 의심했다. 이 세상에 대군이라는 존재가 전부 사라졌으면 좋겠다니. 어린아이들이 가끔 화가 날 때 '이 세상에서 나 빼고 다 사라졌으면 좋겠어요'라며 생떼를 쓰는 것과 같은 수준의 한마디여서, 도무지 명의 입에서 나온 말이라고 이해하기가 힘들었다.

"지금, 뭐라고 하셨습니까?"

"난 대군이란 것들이 싫소."

싸늘하게 식어버린 얼굴로 명은 말을 이었다.

"태어나면서부터 모든 걸 손에 쥐고 나오는 그것들이, 정말로 싫소."

부와 명예. 그리고 도대체 그까짓 게 왜 대단한지는 모르겠지만 적통왕자라는, 다른 누구보다 고귀하고 깨끗한 피라도 가지고 태어난 양 취급을 받는 신분.

"다 죽어버렸으면 좋겠어."

눈을 바닥으로 내리깔고, 비릿하게 웃으며 명이 뇌까렸다.

지나치게 차분하고 냉랭하기만 한 얼굴을 본 순간, 인혜는 힘이 빠져 허리가 주저앉는 것을 느꼈다.

무서웠다. 그리고 잘못되었다. 잘못되어도 크게 잘못되어 있었다.

마치 어딘가가 고장 난 것 같은 사람. 그러면서 제 어디가 고장 났는지도 모르고 있는 것 같은 지아비의 진정한 속내를, 인혜는 이제야 처음으로 알게 되었다.

"……겨우 그런 이유입니까?"

간신히 묻자 명이 얼굴에서 웃음기를 지웠다.

"왜. 기대한 대답이 아니라 한심하오?"

"전하, 제가 낳을 아이는 그냥 대군이 아닙니다. 전하의 아이입니다. 우리의 아이란 말입니다."

"그 아이도 대군이오."

인혜는 곧바로 깨달았다. 절대로 말이 통하지 않을 것임을.

"말했지만 난 아이를 원하지 않는 게 아니오. 다만, 그대에게서 원하지 않을 뿐이지."

"그런 잔인한 말씀을 어찌 아무렇지도 않게 하십니까?"

경악으로 일그러진 인혜를 마주하면서도 명은 처음과 같은 여유로움을 잊지 않고 있었다.

"난 내 아이들이 태어난다면 공평하게 크길 바라오. 정궁과 후궁 소생이라며 차별받지 않고, 눈치 보지 않는 곳에서 정당하게 보위를 위해 경쟁할 수 있길 바라오. 하지만 그대에게서 아이가 태어나면, 그 아이는 노력 하나 없이 나머지 아이들을 모두 찍어 누르고 당연하게 보위를 차지하겠지."

덤덤히 이야기하는 꼴을 멀거니 지켜보던 인혜가 믿을 수 없다는 듯 중얼거렸다.

"아니요. 그게 아니라 전하께서는 지금…… 태어날 대군에게 질투를 하고 있는 것뿐이지 않습니까."

"그렇게 느껴도 어쩔 수 없소."

"어째서입니까. 자신이 가지지 못했던 것이라면 오히려 아이에게 물려주기 위해 애써야 하는 게 부모 아닙니까?"

"내가 가지지 못한 건 누구도 가지지 못하니까."

어이가 없을 정도로 확고한 대답이 인혜를 반쯤 미쳐버리게 만들었다.

"전하!"

"난 아직 무헌대군에게서 아무것도 가져오지 못했단 말이다!"

벼락같은 외침이 중궁전 처소 한가운데에 꽂혔다. 거칠게 숨을 몰아쉬는 명에게서 더 이상 지난날 지아비의 모습은 찾아볼 수 없었다.

광기를 담고 독기를 품은 잔혹한 눈.

"서하도, 누이 담이도 그리고 그 잘난 혈통 덕분에 당연시되는 용상의 자리까지. 무엇하나 빼앗아 오지 못했소."

"지금 용상의 주인은 전하입니다."

"아니지, 아니야. 우가 없었기 때문에 내가 된 것뿐이오. 우가 있었다면 장담하건데, 결과가 달라졌겠지. 그게 무슨 뜻인지 알겠소? 지금 내가 앉은 자리는 온전히 내 것이 아니란 뜻이오. 아우를 밀어내고 앉았다는 오명을 쓴 반쪽짜리 용상일 뿐이란 말이오."

실제로 십 년 전 보위에 오른 날부터, 보위 승계가 잘못되었다는 상소문이 끊이지 않고 올라오고 있었다. 이 나라 대군이 그럴 리가 없다면서 우에 대해 아무것도 모른 채 막무가내로 대군의 결백을 주장하던 이들.

그런 그들의 기대를 저버리지 않고 마침내 복권된 무헌대군. 복권되자마자 당연하다는 듯 세제에 거론되고, 그것이 또 너무나 자연스러운 일인 양 모두가 받아들이는 현실.

불공평했다. 명의 세계에서 그건, 너무나 불합리하고 불공평한 일이었다. 자신은 우가 죽었다는 소문이 퍼지고서야 겨우 보위에 오를 수 있었거늘.

그럼에도 모든 걸 묵묵히 참아내야만 했던, 고통이라는 말로밖에는 설명할 수 없던 쓰디쓴 인고의 시간.

"반쪽짜리인 내가 유일하게 가진 것이 바로 그대였소. 고귀한 신분으로, 깨끗한 피로 태어난 그대를 감히 나 같은 게 만져도 되는 건가, 하는 생각을 하느라 그대의 자는 얼굴을 한없이 보기만 할 때도 있었지. 그래도 그대만은 내가 온전히 가질 수 있다 여겼어."

섬뜩하게 가늘어진 명의 눈이 인혜를 곧게 쏘아보았다.

"한데 이제 보니 그대도 내 것이 아니었군. 대군을 가지기 위해 나를 이용하는 사람 중 하나일 뿐이었어."

인혜는 본능적으로 배를 감싸 쥐었다. 아니라고, 절대 그렇지 않다고 아무리 외쳐도 명은 단단한 벽에 둘러싸여 있는 사람 같았다.

누구의 말도 듣지 않고, 누구의 손도 잡지 않고 오로지 혼자만의 세상에서 자기가 원하는 것을 차지하기 위해 발톱을 숨기고 있는 처절한 외골수일 뿐이었다.

"아닙니다. 전 대군을 생산하기 위해 전하를 이용하는 게 아니라, 전하의 아이이기 때문에 지키려는 겁니다."

"어마마마께서도 나를 오로지 대군으로 만들기 위해서, 당신의 손에 대군이라는 존재를 넣기 위해서 그렇게나 애를 쓰셨지."

명의 손톱이 경상을 드드드득, 긁어내렸다. 하나씩 하나씩 그 소리가 더해질 때마다.

"기어이 날 대군으로 만드시곤 좋아하셨어. 난 후궁 소생이 대군이 되었다며 놀림을 받고, 대군이라 해서 다 똑같은 대군이 아니라며 손가락질을 받는데도 어머니는 좋다며 웃으셨지."

목소리가 감정을 잃고 메말라갔다.

"난 대군이었지만 한 번도 대군이 된 적이 없는데 말이야. 그 기분 나쁠 정도의 이질감을, 중전 그대처럼 고귀하게 태어난 자들은 죽었다 깨어나도 모르겠지."

인혜는 뼛속까지 상처를 받아 비뚤어져 버린 어린아이를 보듯 명을 응시했다.

"하여 기어이 아이를 없애야겠다는 겁니까? 용종인데도요?"

"용종이니 없애는 것이오. 난…… 정말 정말 대군이 싫어."

마지막에는 애원같이 흘러나와 버린 한마디. 동시에 인혜가 앉아 있는 보료 뒤의 십장생도 병풍에서 누군가가 저벅저벅 걸어 나왔다.

도저히 믿을 수 없다는 듯 아연한 얼굴을 하고, 세상이 다 끝나갈 것처럼 무너지는 눈빛으로 나타난 자영이 차마 아들에게 가까이 다가가지 못한 채 제자리에 멈춰 섰다.

"주상. 이게, 이게 다……."

할 말을 잇지 못하는 사이, 명이 기가 막힌다는 듯 인혜를 힐난했다.

"이제 보니 아주 앙큼한 계집이었군."

그는 뒤돌아서며 말을 이었다.

"아주 고약하고."

명이 저벅저벅 나가려고 하자, 자영이 헐레벌떡 달려와 멈춰 세웠다.

"주상. 이게 다 무슨 소립니까? 그러니까 주상께서 직접 주상의 아이를 지우려 한다는 말씀입니까? 그것도 정궁 소생을?"

명은 매달리며 울부짖는 제 어미에게 곁눈도 주지 않았다.

"예. 지울 것입니다."

"어쩌다, 어쩌다 이렇게 됐소. 어찌 그런 무참한 생각을 한단 말이오."

"그러게나 말입니다. 소름 끼치도록 싫은 걸 어쩌겠습니까."

"주상! 이 어미를 보고 말씀을 해보세요!"

"놓아주십시오. 할 일이 많습니다."

명이 팔을 뿌리치고 걸음을 옮기는 순간, 자영이 무너질 것처럼 소리를 질렀다.

"명아!"

그제야 명의 시선이 어미에게로 향했다. 잔잔히 웃는 그의 얼굴이 상처로 얼룩져 있음을, 자영은 처음으로 깨달았다.

"어머니는 좋으시겠습니다. 저를 대군으로 만들고 보위에 앉혀서 많은 걸 얻으셨으니까요. 임금의 정궁인 중전도 되시고, 임금의 어미인 대비도 되셨으니 원이 없으시겠습니다. 전 중인 출생 후궁인 어머니를 두어, 얻은 것이라고는 손가락질과 욕밖에 없는데 말입니다."

아들이 쏟아낸 비난이 처음으로 심장을 관통했다. 처절하게 내뱉은 말을 주워 담을 생각도 없이, 명은 유유히 중궁전을 빠져나갔다.

57화
돌아가겠습니다

생각보다 가뭄의 정도가 훨씬 더 심각했다. 길바닥에 쓰러져 있는 이들이 수두룩했고, 살아날 희망이 보이지 않는 자들은 산속 깊은 곳에 버려지기까지 하는 모양이었다.

마을이 시름시름 죽어가고 있었다. 우의 얼굴에 지독한 안타까움이 번졌다.

"가져온 곡식은?"

말에서 내리자마자 우가 동헌으로 바삐 걸음을 옮기며 물었다. 수호와 부겸이 재빨리 좇아왔다.

"혹시라도 변질되지 않도록 서둘러 곳간에 넣어두라 명했습니다."

"구휼 물자는 다른 지역으로 이동할 때마다 가지고 다녀야 하니 상하지 않도록 관리를 철저히 하고, 정리가 끝나는 대로 관아 문을 열거라. 병자들을 안으로 들여 살펴야겠다."

"예, 대감."

"수원 부사에게 일러 백성들 중 힘을 쓸 수 있는 자는 장정이건 여인이건 가리지 말고 모아 대기하게 하거라. 우리는 그전에 마을을 한 바휘 둘러보고, 산에도 다녀와야 하니 서둘러야 한다."

가만히 듣고 있던 부겸이 걱정스럽게 앞을 막아섰다.

"백성들에게 일을 시키실 참이십니까?"

"일을 해야 배불리 먹게 해주고, 구휼 물자를 배급해줄 것이다."

"좋지 않은 생각입니다. 이 힘든 가뭄에 일을 시키고 물자를 배급하다니요. 원성이 높아질 것입니다."

우는 무슨 말을 하고 싶은지 다 안다는 듯 부겸의 어깨를 툭툭 두드려주었다.

"위기 땐 원래 힘을 합해야 하는 법이다."

여전히 이해하기 힘든 얼굴을 해 보이는 부겸을 두고, 우는 다시 동헌 안으로 발을 옮기려다가 그대로 멈칫할 수밖에 없었다.

왜 이렇게 원망스러울 정도로 한눈에 띄는지. 일할 때만이라도 애써 보지 않으려 하는데, 하필이면 우연히 스치는 길목에도 제일 먼저 보이는 건지.

우는 저도 모르게 걸음조차 잊고 말았다. 몸이 어찌 그리 가벼운지 도움도 없이 말에서 폴짝 내려오는 걸 조마조마하게 지켜보고, 그 움직임에 너울이 하늘거려 잠시 드러난 서하의 하얀 뺨과 불그스름한 입술을 홀린 것처럼 바라보고, 말갈기를 두어 번 쓰다듬는 가느다란 손가락에 정신이 팔리고 있노라니.

"죽을까 봐 그랬다잖습니까."

수호가 바싹 다가와 넌지시 말했다.

알고 있었다. 무엇 때문에 그랬는지. 굳이 듣지 않아도 언제나 이유는 하나일 테니까.

"아무리 그래도 그렇지. 멋대로 속여 보위를 막는 것은 안 될 말이지."

이번에는 부겸이 다가와 비난하며 혀를 찼다. 듣다 못한 우가 두 사람을 번갈아 보다가 고개를 저었다.

"하고 싶은 말이 무엇이냐."

괜스레 끼어들지 말고 차라리 할 말 있으면 다 하라는 뜻으로 물었더니, 역시나 수호가 먼저 나섰다.

"왜 화해를 안 하십니까?"

"싸우지 않았다."

무섭도록 간단하게 대꾸하자 수호가 입을 떡 벌렸다.

"근데 이리 말 한번 안 걸고 뚝 떨어져 계신다고요? 거짓말도 정도껏 하십시오."

평소라면 저희가 말려도 벌써 아가씨께 달려갔을 것이 아니냐, 하는 말은 스스로 생각해도 맞는 말이어서 딱히 반박하지 못하고 있을 때였다.

"아!"

부겸과 수호가 동시에 탄성을 내질렀다. 그리고 우는 벌써 반쯤 튀어 나갔다가 멈춘 상태였다.

서하가 누군가와 부딪혔기 때문이었다. 너울 때문에 앞을 보지 못해서인지 그대로 뒤로 날아가듯 엉덩방아를 찧었더랬다. 우는 안타까움으로 움찔한 손을 꾹, 소리 없이 말아쥐었다.

"어?"

뒤이어 등장한 사람을 발견하고 가장 놀란 사람은 수호였고, 우는 이미 달려가고 있었다.

관아에 도착한 순간부터 서하는 입을 삐죽이지 않을 수가 없었다. 타고날 때부터 건강 체질이니 누굴 탓할까. 먼 길에 멀미라도 할 법한데,

어디 하나 아픈 구석이 없었다. 이럴 때 비실대면 우도 걱정이 되어 기분이 살짝 풀어질 수도 있지 않으냔 말이었다.

"후우."

그런 유치한 방법일랑 일찌감치 포기하고 대군께 해드릴 수 있는 일이 뭔지나 찾아보자며, 서하는 마음을 돌려먹었다.

물론 그 전에 어떻게 해서든 화해까지는 아니어도 노기라도 누그러질 수 있다면 좋겠는데, 하는 생각을 하느라 미처 앞을 보지 못한 사이. 서하는 누군가를 쿵 들이박고 말았다.

"아야."

"하여간 조심성 없기는."

어디서 들어본 듯한 목소리가 들리고서야 서하는 고개를 들었다.

너울 속의 입술이 놀라서 작게 벌어졌다. 한석준이 쯧쯧, 혀를 차며 내려다보고 있었기 때문이었다.

"괜찮으십니까? 안 다치셨어요?"

월영이 다가와 몸을 일으켜주었다. 어젯밤부터 보이지 않더니 석준과 있었던 모양이었다.

"좋겠네, 다쳐서. 누가 누가 걱정해줄 테니까."

비꼬는 말투는 지운선이라는 여인이었다. 이 세 사람이 왜 여기 있을까, 생각한 것도 잠시.

"비키거라. 걸리적거리니."

맨 뒤에 있던 조그마한 여인이 모습을 드러냈다. 동시에 서하는 눈을 커다랗게 떴다.

"자가께서 여기 어찌…… 어찌 이분들과 함께……."

너무 놀라 말도 잘 잇지 못하고 있는데, 언제 왔는지 우가 재빨리 서하 앞으로 나와 섰다.

“네가 어찌 여기 있느냐.”

수호와 부겸 역시 아연실색하여 달려오자, 담이 사근사근하게 웃으며 입을 열었다.

“다들 어려운 백성들 구휼을 위해 왔다고 하여 공주인 저도 할 일이 있을까 싶어 왔습니다.”

모두 입 밖으로 꺼내진 않았지만 같은 생각을 하고 있었다.

거짓말. 그런 생각이었으면 우에게 부탁해 함께 가자 했을 터였다. 그리고 진짜 그럴 생각이었으면 적어도 한석준과 지운선을 대동하고 나타나진 않았어야 했다.

“이렇게 혼자? 수행하는 상궁 나인도 하나 없이 혼자 왔다는 것이야?”

우가 점점 눈을 엄하게 뜨자, 담이 얼른 뒤에 멀뚱히 있는 나인을 가리켰다.

“금옥이는 데려왔습니다. 제가 믿는 건 저 아이 하나뿐이라서요.”

겨우 나인 하나 데려와 놓고 뭘 자랑스럽게 얘기하는지. 우가 더욱 기막혀한다는 걸 뒤늦게 눈치챘는지, 담이 이번에는 옆에 있던 이를 가리켰다.

“전하께서 홍문관 교리와 동행한다고 하니 기꺼이 승낙해주셨습니다.”

“처음 뵙겠습니다, 무헌대군 대감. 소인 홍문관 교리 한석준이라고 합니다.”

석준이 기다렸다는 듯 깊이 고개를 숙여 인사를 해왔다. 분위기가 순식간에 긴장감에 휩싸였다.

"홍문관 교리가 여기까지 어쩐 일이오."

"공주 자가의 부름을 받아 어려운 백성들을 돕는 일에 힘쓰고자 이리 동료들과 찾아뵈었습니다."

다소 날카롭게 물었는데도 석준은 연신 웃는 얼굴을 거두지 않았다. 무슨 일이 있어도 물러서지 않겠다는 뜻이었다.

어쩔 수가 없었다. 명에게 허락까지 받고 온 이상, 굽혀줄 수밖에 없었다.

"나라가 어려울 때 손을 보태주면 고마운 일이지. 알았소. 내 사람들에게 일러 객사에 머물 수 있는 자리를 마련해두라 하겠소."

"감사합니다, 대감."

이야기는 나중에 들을 생각으로 자리를 옮기려던 우는 흘끗, 운선을 보았다. 분홍 저고리와 담자색 치마를 입고, 꽃이 핀 것처럼 예쁜 머리꽂이를 낀 운선은 다쳤던 날과는 확연히 다른 단아한 차림으로 서 있었다.

"다친 곳은 좀 어떠시오?"

"많이 좋아졌습니다. 상처에 천까지 손수 갈아주신 대감 덕분입니다."

말이 끝나기가 무섭게 수호가 마른 사레가 들려 기침을 내뱉었고, 부겸이 그의 등을 말없이 두드려주었다. 그리고 서하는 표정을 들키지 않으려 너울 속으로 더욱더 모습을 감추기만 했다.

"다행이군. 안 그래도 물어볼 것이 있었는데 잘 되었어. 이따 봅시다."

"예, 대감."

우는 뒤돌아보지도 않은 채 동헌 쪽으로 향했고, 잠시 눈치를 살피던 수호와 부겸도 그 뒤를 따랐다.

모두 사라진 뒤, 담의 시선이 서하에게 매섭게 날아들었다.

"너는 왜 이곳에 와 있느냐."

"그쯤 해두십시오. 당연히 아무도 없는 대군 처소에 혼자 남아 있을 순 없는 노릇이니 같이 온 게 아닙니까."

지난번부터 쌓인 게 많은 월영이 서하 대신 쏘아붙였다.

"허, 왜 남아 있지 못하느냐. 있으면 있는 게지."

"전하께서 두 눈 시퍼렇게 뜨고 찾고 있는데 어찌 계십니까?"

"오히려 잘 된 게 아니냐. 어차피 의광군의 숙명이라면서. 그럼 그쪽으로 가야지 왜 자꾸 내 오라버니 곁에 붙어 있는 것이야."

너울 속에서 서하의 눈이 애달프게 내려앉았다. 책망하는 마음을 모르는 건 아니었지만, 생각보다 꽤 아팠다.

"공주 자가!"

월영이 참다못해 화를 내려 하자, 서하가 그의 옷소매를 쭉 잡아당겼다. 노란 너울이 좌우로 하늘거리는 동안 월영은 아랫입술을 깨물어야 했다.

"공주 자가. 불편하신 마음은 잘 알지만, 잠시 이야기를 나눌 수 있을까요?"

서하가 청하는 말에도 담은 가타부타 대꾸하지 않고 가만히 서 있기만 했다. 눈치를 살핀 월영이 석준과 운선을 데리고 먼저 사라져주었고, 자연히 둘이 남게 된 서하가 먼저 사죄부터 했다.

"저 때문에 마음 다치게 해 송구하게 생각합니다."

"말은 번지르르 잘하는구나. 내 오라버니를 그리 오래 허송세월하게 해놓고 송구하다는 말 하나면 끝나는 것이냐? 내 잠시라도 너를 믿었던 시간을 후회한다."

"자가의 이해를 바라는 건 아닙니다. 용서해달라 하는 것도 아닙니다. 절 미워하셔도 좋고, 원망하셔도 어쩔 수 없다고 생각해요. 하지만,

어째서 한석준이란 자와 지운선이라는 여인을 데리고 오신 겁니까?"

"네가 상관할 바가 아니다."

"혹 위험한 일을 생각하시는 건 아니겠지요?"

아무리 딱 잘라내도 서하가 끈질기게 말을 걸어오자, 처음에는 짜증이 난 듯 눈을 가늘게 흘겨 뜨던 담이 이내 한숨을 내쉬었다.

"그래. 여전히 네가 괘씸하긴 하다만, 오라버니를 살리기 위해서였다고 하는 말을 한 번 더 믿어주마. 더 이상 책망은 하지 않겠다. 대신 난 저 여인이 필요해."

담은 마음을 숨기지 않았다. 어차피 한석준과 지운선이라는 인물들을 데리고 온 순간부터, 바보가 아닌 이상 모두 자신의 의도를 알아챘을 터였다.

서하 역시 무슨 의미인지 알아들은 탓에 낯빛이 변해버리고 말았다.

"자가, 혹시 대군을 보위에 올리시려는 겁니까?"

담은 당당하게 고개를 끄덕였다.

"그래."

"안 됩니다! 절대로 안 됩니다!"

"어째서?"

"보위에 오르시면 죽는다고 말씀드리지 않았습니까!"

"그건 네가 한 말이지. 게다가 넌 그 한 가지밖에 보이지 않는다며?"

"하나밖에 보이든 아니든, 보이는 게 문제인 겁니다."

"저 여인은 달리 말했다. 보위에 올릴 수 있다 했어."

"거짓입니다. 온통 거짓말이에요."

"네가 못하는 걸 남이 했다고 해서 그게 거짓은 아니지."

서하는 저도 모르게 주춤 뒤로 물러났다.

담이 이미 홀딱 넘어가 있었기 때문이었다. 오직 한 가지를 해야 한다는 생각만으로 가득해서 눈을 닫고, 귀를 막아버리고 있었다.

"자가…… 잘못했습니다. 제가 참으로 잘못했어요. 이 죄는 두고두고 대군께 갚겠습니다. 그러니 제발 하지 마십시오."

간절히 애원하고서야 담이 조금 움찔하는 듯했지만, 그뿐이었다. 우의 앞날을 볼 수 있는 용의 아이가 나타난 이상, 보위를 절대 포기하지 않을 터였다.

"용의 아이가 앞날을 볼 수 있으면 왕의 될 숙명이라면서. 저 여인이 오라버니의 앞날을 볼 수 있다는데, 그리고 보위에 앉혀주겠다는데 넌 어째서 하지 말라는 말만 하는 것이야!"

"제발 부탁입니다. 마음을 접어주세요."

"오라버니께서는 어차피 보위에 오르지 못하셔도 죽는다. 그 되먹지 못한 정빈이, 대비가 이대로 가만히 두고만 볼 것 같으냐? 이래도 죽고 저래도 죽는다면 보위를 되찾아야지!"

"보위를 탐하지만 않는다면 살 수 있습니다. 제가 무슨 수를 써서라도 그렇게 만들겠습니다."

"왜. 또 오라버니를 찔러 궐 밖으로 내쫓으려고? 이 나라의 대군으로 태어나 겨우 그런 하찮은 삶을 살라고? 죽는 것과 무엇이 다르냐."

무정하게 변해버린 담의 목소리와 함께 서하의 가슴도 무너졌다. 말아쥔 손에 저절로 힘이 들어갔다.

"소중한 이가 숨을 쉬고, 그 사람을 만질 수 있고, 느낄 수 있는 것이…… 자가께는 그리 하찮은 것입니까? 자가께서 원하시는 것이 대군의 권력입니까, 아니면 생명입니까?"

눈을 부리부리하게 뜬 담이 손을 휘둘렀다. 노란 너울 너머로 담의 손바닥이 매섭게 서하의 뺨을 내리쳤다. 지난번에 우가 대신 맞아주었던 값을, 이제야 제대로 치른 셈이었다.

"무엄한 것! 피붙이인 나보다 네가 더 오라버니를 위한다고 생색내고 싶은 것이냐? 착각도 정도껏 하거라. 내 오라버니가 보위에 오르는 게 그리 싫거든 지금이라도 의광군에게로 돌아가! 네가 의광군의 숙명이라니, 숙명에게로 가는 게 옳겠지!"

씩씩거리는 담 앞에서, 서하는 맞은 뺨 대신 가슴을 움켜잡았다. 빨갛게 부어오르는 얼굴보다, 어찌할 수 없이 답답한 가슴이 더 아파서 견딜 수가 없었기 때문이었다.

"……돌아가겠습니다."

담이 일순 놀란 표정으로 서 있다가 멀거니 중얼거렸다.

"돌아가겠다고?"

"예. 제가 전하께 돌아갈 것입니다. 전하의 선견을 하고, 혹시 대군의 앞날이 그 속에 섞여 있진 않은지 보고, 있다면 바꾸려 노력하겠습니다. 목숨을 걸고서라도 바꾸겠습니다. 그러니 부디……."

서하는 잠시 말을 멈춘 채 담을 향해 허리를 숙였다. 부디 이 마음이 통하기를 바라면서.

"자가의 마음을 모르는 건 아닙니다. 하지만 저자들은 안 됩니다. 사람의 절실함을 이용하는 자들의 말을 함부로 가까이하지 마세요. 제가 드릴 수 있는 말은 여기까지입니다. 다시 한번, 마음 다치시게 해 송구합니다."

입을 꾹 다문 채 차마 돌아서지 못하는 담을 두고, 서하가 먼저 몸을 돌렸다. 땅을 딛는 걸음걸음이 홍역을 치르는 것처럼 힘에 겨웠다.

58화
보상인가, 싫었던 사람

명은 술잔에 그득 차 있는 매화주 향을 맡으며 눈을 감았다. 꼭 서하가 곁에 있는 것처럼 안심이 되었다.

"우는 수원에 당……."

코끝을 간질이는 매혹적인 향을 도저히 견딜 수 없어서 말을 하는 중간에 술잔을 입에 털어 넣었다. 그래도 찰떡같이 알아들었던지, 상선이 얼른 대답을 올렸다.

"당도하자마자 사람들을 모으더니 일을 시키고 있다 하옵니다."

"일이라니. 무슨 일?"

"잘은 모르겠으나, 팔달산 인근에서 땅을 파고 있는 모양입니다. 일을 해야지만 백성들에게 먹을 것을 주고, 구휼 물자를 풀겠다고 하였답니다."

"하! 제정신이 아니구나. 이 난리에 백성들에게 일을 시키고 먹을 걸 준다고?"

제 무덤을 파는구나, 그 말이 절로 튀어나오려는 것을 명은 애써 삼켰다. 굳이 좋은 티를 낼 필요는 없었다. 우가 계속 허튼짓을 하면, 이

쪽에서는 고맙게 지켜보기만 하면 될 일이었다.

“담이도 잘 도착했고?”

“예, 전하. 하옵고 파발이 도착해 있사온데.”

“내용은?”

“병자가 그 수를 더해가니 도성에서 속히 의원을 파견해달라는 전갈이옵니다.”

흥, 코웃음이 나왔다. 그래도 가서 뭔가 하는 것처럼은 보이고 싶은 모양이라고, 명은 입을 삐죽였다.

“해달라는 대로 해주어라.”

“예, 전하.”

말이 끝났는데도 상선이 버티고 서 있자, 명이 눈을 치켜떴다.

“왜, 무슨 할 말이 더 있더냐?”

“중전마마 일은 어찌…….”

타악! 명이 빈 술잔을 주안상에 던지듯 내려놓고서야 상선이 서둘러 허리를 굽혔다.

“송구하옵니다, 전하.”

“해서 기어이 친정으로 피접을 나갔더냐?”

“예. 어의녀가 따르겠다고 하는 것도 마다하시고 가셨다 하옵니다.”

“하.”

명은 술병을 뱅글뱅글 돌려 향이 퍼지게 만들었다. 코끝으로, 목구멍 안쪽으로 그리고 폐부를 뚫을 때까지 깊숙이 향을 들이마신 뒤 입을 열었다.

“지금은 하는 대로 내버려 둘 것이다. 그쪽이 그리 나오면 나에게도 생각이 있으니.”

다시금 술잔을 채워 입안에 털어 넣는 명의 입에서 서하야, 하는 나직한 소리가 새어 나왔다.

***

삽질이란 생각보다 힘들고, 예상만큼이나 귀찮아서 석준은 관아로 돌아오자마자 들고 있던 삽을 팽개쳤다.

"내가 왜……!"

이런 일까지 해야 하느냐는 뒷말을 간신히 참긴 했으나, 벌게진 얼굴에는 이미 화가 한가득 차올라 있었다.

감히 우리 집안이 어떤 집안인데, 네 놈이 이리 함부로 굴려 먹어도 되는 신분이 아니란 말이다, 때가 오면 반드시 무헌대군의 면전에 그 말을 퍼부어줄 거라며 석준은 이를 갈았다.

"아무래도 우릴 죽일 작정인 게지!"

뒤따라오던 장정들도 광에 삽을 내려놓으며 투덜거렸다.

"안 그래도 먹을 게 없어 힘이 딸리는데, 죽어라 삽질을 시켜 대는 건 무슨 경우야!"

"궐에서 온 대군이 구휼 물자를 풀 거라더니, 염병."

"빼짝 마른 소들한테 여물 주겠다고 코뚜레로 꿰놓고, 결국 부역이나 시키는 거지 뭐냐고!"

가만히 귀를 기울이고 있던 석준은 씩씩거리고 있는 사람들에게로 다가갔다.

"쉿! 목소리 낮춰, 이 사람아! 그러다 들리면 다 죽는다고. 지 애비도 죽인 놈이 우리 목숨인들 귀하게 생각하겠어?"

"에이, 그건 아니라잖아. 아니니까 다시 대군으로 복권이 되었겠지."

"어이구, 모르는 소리."

갑자기 끼어든 목소리와 함께 사람들의 시선이 쏠렸다. 석준은 주위를 살피고는 조심조심 이야기를 늘어놓았다.

"어렸을 때부터 머리 하난 기막히게 좋았다고 소문이 자자한 자가 십 년 동안 도망 다니면서 뭘 했겠소? 빠져나갈 구멍을 아주 그냥 철저히……."

그때였다. 갑자기 옹기종기 모인 사람들 사이로 삽 하나가 부웅, 날아왔다. 침이 마를 새 없이 수군대던 사람들은 물론, 석준까지 동시에 놀라 입을 떡 벌렸다.

"아이고, 미안합니다."

여인네처럼 여리여리한 몸을 한 사내가 이내 허리를 굽신거리며 나타났다.

"저쪽에 던져둔다는 것이 팔이 아파 그만. 어휴, 팔이야."

그가 연신 아프다는 듯 팔을 휘둘러대자, 처음에는 야단을 치려던 사람들도 그 마음을 이해한다는 듯 조심하라며 한마디만 했을 뿐이었다. 사내의 얼굴을 확인한 석준만이 이맛살을 구겼다.

"넌…… 네가 왜 여기……."

"아는 자요?"

버벅거리는 석준이 대답하지 못하는 사이, 사내가 넌지시 중얼거렸다.

"댁들이 말하는 대로 무헌대군이 후안무치한 사내라면, 굳이 여기까지 와서 같이 삽질이나 하고 있겠소? 궐에서 나 몰라라 하며 등 따시고 배부르게 있었겠지. 아까 못 보았소? 막 소매도 걷어붙이고 불뚝불뚝

힘줄 일어난 팔로 일하는 모습? 크으! 진짜 머리 좋은 사내면 '땅 파거라' 하는 명령 한마디로 끝냈을 것을, 삽질하는 대군이라니. 난 들어본 적도 없소이다."

그 말을 들은 다른 농부 하나가 고개를 끄덕였다.

"그건 그렇지. 제 밑에 부사인지, 어사인지까지 전부 끌고 와 일을 하는 걸 보면 진짜 가뭄에서 우릴 구해주려는 무슨 계획이 있어 보이기도 하고."

"하긴. 이 가뭄에 할 일 없어 손가락 빨고 굶어 죽느니 뭐라도 해보는 게 좋지. 게다가 먹을 것도 공짜로 주고 일한 사람들한테는 곡식도 그만큼 더 넉넉히 챙겨주니 난 오히려 더 좋구먼."

하나둘씩 맞장구를 치던 것이 점점 퍼져 사람들이 일제히 고개를 끄덕이자, 사내는 만족한다는 듯 광 주변을 빠져나갔다. 석준이 놓치지 않고 그 뒤를 따라가 사내의 팔을 붙잡아 세웠다.

"궐에서부터 아주 변장에 도가 튼 모양이구나. 계집애가 겁도 없이 사내로 분장하고 섞여 삽질이나 하고 있었더냐? 뭐? 불뚝불뚝 힘줄이 일어나? 삽질하는 와중에 아주 자세히도 보았구나."

달려들어 다그치는 석준의 말에도 사내는 움츠리기는커녕, 오히려 눈을 가늘게 흘겨 뜨며 한 발짝 앞으로 디뎠다.

"한 번만 더."

처음 기세와 달리 당황한 석준이 뒤로 물러서자, 서하는 놓치지 않고 재빨리 그의 코앞까지 바싹 다가갔다.

"한 번만 더 대군을 모함하려고 해보십시오. 그땐 삽이 아니라 철퇴를 던질 테니까."

허리에 손을 얹고 으르는 서하를 보며 석준은 헛웃음을 지었다.

"지금, 지금 나를 협박하는 것이냐?"

"이런 건 협박이라고 하는 게 아니라 경고라고 하는 겁니다."

"못난 것. 네가 지금 누구 편에 서야 하는데 무헌 그자를 싸고도는 게야!"

"제가 누구 편에 서야 하는 겁니까?"

"우리다. 우리 한씨 집안이다. 남은 자손인 우리가 집안을 일으켜 세우려 기를 써도 모자랄 판에, 앞날도 안 보이는 저런 대군 옆에서 대체 뭘 하는 것이야. 왜, 부부인이라도 되고 싶더냐? 망한 집구석의 여인을 부부인으로 맞는 경우도 있다더냐!"

"……부부인."

서하는 입안에 맴도는 그 황홀한 어감을 씁쓸하게 삼켰다. 애석하게도, 꿈을 꿔 본 적조차 없는 자리였다.

"무엇이 될 생각으로 그분 옆에 있는 것이 아닙니다. 나리의 기준으로 저를 판단하지 마십시오."

"하, 내 기준?"

"바라는 것을 위해 수단과 방법을 가리지 않는 것."

매섭게 쏘아붙이자 석준의 입이 순간적으로 닫혔다.

"사람의 약점을 잡아 그것을 이용하고 휘두르는 것, 아닙니까?"

"뭐라. 네 감히……."

"아니면 왜 월영님을 그 오랜 세월 살수로 만드셨습니까?"

화가 났다. 아무렇지도 않게 사람을 살생 도구로 이용하는 자와 한패가 될 생각은 추호도 없었다. 그것이 아무리 피로 이어진 가족이라 할지라도.

"월영? 네가 지금 월영 걱정을 하는 것이냐? 왜, 그놈이 널 좋아한다고 하니 마음이 쓰이나 보지?"

"방법이 잘못되었다고는 하나, 그래도 저를 지켜주려던 분이십니다. 월영님이 그런 방법을 선택할 수밖에 없었던 건 나리 때문이 아닙니까?"

"그것이 어찌 나 때문이냐."

"나리께서 언젠가 용의 아이라는 잘못된 관습을 없애고, 희생당한 어머니의 죽음을 밝혀 줄 거라 믿고 있었습니다."

"당연히 해줄 것이다. 우리의 목표가 이루어지기만 하면……."

"잘못된 관습을 없애신다는 분이, 또 다른 용의 아이라며 지운선을 이용하시는 겁니까? 월영님의 어머니가 가짜 용의 아이로 돌아가셨다는 걸 알면서도, 또 그런 짓을 꾸미십니까?"

"운선이가 가짜라고 누가 그러더냐."

"제가 그리 믿습니다."

비난과 책망이 한데 어우러진 서하의 눈이 화살처럼 예리하게 석준에게로 향했다.

"월영님의 어머니에 관한 것 또한 지금이라도 당장 밝힐 수 있는 일입니다. 최소한 선왕께서 승하하신 이후부터 쭉, 그 기회가 얼마든지 있었지만 하지 않으셨을 테죠. 아니, 해서는 안 되셨겠지요. 월영님을 이용하려면, 나리께서 말하는 '언젠가'가 계속 이어져야 할 테니까요."

사람이 간절하게 원하는 것을 이루어줄 것처럼 믿게 만들고, 그것을 빌미로 이용하는 철저함에 넌덜머리가 났다. 그렇게 이십여 년이란 세월 동안 월영이 속아왔을 걸 생각하니, 괜히 자신이 더 분해 견딜 수가 없었다.

지금도 그 '언젠가'가 올 거란 기대를 차마 버리지 못하고 어중간하게 걸쳐 있는 월영이 보기 안쓰러울 지경이었다.

"……전부 자기들이 선택한 삶이다."

오싹할 정도로 차가운 어투였다. 서하는 눈살을 찌푸릴 수밖에 없었다.

"선택이요?"

"난 한 번도 강요한 적 없다. 언제나 선택할 기회를 주었단 말이다. 저들이 스스로 선택한 것을 두고, 나를 탓하지 말거라."

"그건 나리께서 전부…… 읍!"

서하는 더 이상 말을 잇지 못했다. 석준이 갑자기 멱살을 잡아챘기 때문이었다.

"나리가 아니라, 오라버니다. 사촌 오라버니. 네가 한 씨가 아닌 유씨 핏줄이라 반쪽짜리라고 치부하긴 했어도 그 피만은 고귀해 겨우 우리 가문 사람으로 인정해주었더니. 남 부르듯, 나리라고? 철딱서니 없는 것 같으니. 네가 용의 아이인 이상, 우리 집안 사람이라는 사실에는 변함이 없다. 한씨 집안이 내려준 축복으로 용의 아이가 될 수 있었던 거란 말이다."

"한 번도, 읏! 한 번도 원한 적 없습니다."

목이 조여 말하기 힘들면서도 서하가 끝끝내 굽히지 않자, 석준의 눈빛이 단번에 돌변했다. 살기가 피어오르고 있었다.

"네 어머니와 똑같은 말을 하는구나. 누구 때문에 우리 집안이 이 꼴이 난 것인데. 어미가 이따위로 풍비박산을 만들어 놨으면 그 딸이라도 죗값을 치러야 하거늘, 뭐? 원한 적이 없어?"

"나리!"

멀리서 월영의 외침이 들렸다. 발끝이 겨우 땅에 닿을락 말락 할 정도로 대롱대롱 매달려 있는 사람이 서하라는 것을 알아채고 부리나케 달려오고 있었다.

"내 당장 그 능력을 빼앗아 올 수도 있다. 지나가는 거지새끼한테 보쌈이라도 시켜 애를 낳게 하고, 능력을 이어받은 그 애를 한씨 집안에 입적시킬 수도 있음이야! 다만, 그러기에는 피가 더러워지니 하지 않는 것뿐이다. 알겠느냐?"

"나리! 왜 이러십니까, 놓고 말씀하십시오!"

단숨에 달려온 월영이 뜯어말리는데도 석준은 이를 악물며 서하의 옷깃을 움켜잡았다.

"알았으면 까불지 말거라. 날 방해하지 말란 말…… 어억!"

있는 대로 위협을 하다 말고 석준이 제 왼 다리를 감싸며 펄쩍펄쩍 뛰었다. 서하의 발끝이 뒤로 올라가더니, 그대로 석준의 정강이를 힘껏 걷어찬 탓이었다.

겨우 자유로워진 서하는 숨이 몰아치자 콜록콜록 기침을 쏟아냈고, 둘 사이에 선 월영은 방금 눈으로 보고도 믿을 수 없는 광경에 눈을 껌뻑거렸다.

"너, 네 이년……."

아픔을 참느라 석준의 입에서 거품이 다 일었다.

"가문 타령 그만하십시오. 제 자식을, 제 누이를 왕실에 도구로 바쳐 평생 희생시킨 사람들입니다. 그 대가로 부귀영화를 누려놓고, 이제 와 풍비박산을 냈다고요? 웃기지 마십시오."

서하가 한 번 더 걷어찰 것처럼 서슬 퍼렇게 다가갔다. 석준은 지레 놀라 뒷걸음질을 쳤다.

"옛날의 부귀영화가 탐나십니까? 그걸 다시 누리고 싶어 사람들을 이용하고, 궁지로 몰아넣을 계략을 짜는 겁니까? 어디 계속해 보십시오. 평생에 걸쳐 방해해줄 테니."

서하는 세웠던 발끝을 얌전히 내려놓은 채 뒤돌아섰다. 아무리 걷어차 봤자 눈도 깜짝하지 않을 인물이었다. 사람에게 못 할 짓을 하겠다 당당하게 엄포하는 뿌리까지 썩은 놈에게는 매타작도 아까웠다.

"넌 배알도 없더냐?"

원망 같은 외침이 뒤통수에 와 닿았다. 서하는 잠시 걸음을 세웠지만, 돌아보지는 않은 채 되물었다.

"무엇이 말입니까?"

"그자가 좋아지더냐? 네 어미를 죽이고, 아비를 죽인 원수의 자식이 좋아지더냔 말이다. 우리 가문을 이따위로 만든 놈의 자식이 좋아지더냐, 이 말이다!"

쓰린 질문이었다.

원수라. 생각해 보지 않은 건 아니었다. 하지만 늘 가둬두는 주제에 엎드려 빌고, 울던 선왕에게서 연민을 느꼈던 것도 사실이었다. 그렇게 살 수밖에 없었을 시간의 그가, 어린 자신의 눈에 무서우면서도 몹시 고단하고 불쌍해 보였었다.

"예. 좋아졌습니다."

처음에는 보상인가, 싶었던 사람. 너무나 잘해주고 다정해서 제 아비의 죄를 대신 갚으려고 나타난 사람인가, 싶었던 사람.

"허, 제정신이 아니구나."

제정신이 아니어도 좋을 만큼 빠져든, 돌이킬 수 없는 사랑이었다.

"그럼 또 다른 원수의 자식에게 사촌누이가 잡혀 이용당하는 동안, 나리는 무얼 하셨습니까? 전하께 자그마치 십 년이나 잡혀 있는 동안,

나리께서 하신 건 제가 도망가지 못하게 감시하는 것뿐이었습니다."

석준의 따가운 시선이 박히고 있다는 걸 알면서도, 서하는 멈추지 않았다.

"지금도 전하께 빌붙어 계략이나 꾸미는 분의 입에서 그런 이야기는 듣고 싶지 않습니다."

선선히 걸음을 옮기는 서하의 등 뒤에서 석준이 통탄하며 외쳤다.

"내 진짜 원수는 네 어미다! 우리 가문을 이렇게 만든 진짜 원수는 네 어미란 말이다아아아아!"

얌전히 생긴 것과 달리 의외로 보통이 아니구나 하는 생각은 했지만, 멱살을 잡히고도 정강이를 걷어차는 실력은 아무리 생각해도 진짜 보통이 아니었다.

"괜찮으십니까?"

월영은 뒤늦게 석준을 부축하려 했지만, 그가 신경질적으로 뿌리쳤다.

"괘씸한 것 같으니라고."

"무슨 일이 있었던 겁니까? 무엇 때문에 아가씨가 저리 크게 화가 나신 겁니까?"

"허, 무헌대군 욕 좀 한 번 했다고 아주 오라비고 뭐고 없구나."

석준은 빌어먹을, 이라고 씹어 뱉으며 걸음을 옮겼다. 어찌나 세게 얻어맞았는지 뼛속이 다 시큰거렸다.

"어디 가십니까? 곧 있으면 저녁이 나올 텐데 진지는 드셔야지요."

"그런 개밥은 너 같은 놈들이나 먹는 것이지, 나더러 어찌 그런 걸 먹으라 하느냐. 필요 없다."

화가 단단히 난 모양이라고, 월영은 생각했다. 어지간하면 부리는 사람 앞에서 저런 험악한 말은 하고 싶어도 참는 양반이 고스란히 감정을 드러내는 것을 보면.

"그럼 이따 기방이라도 모시고 가겠습니다."

"되었다, 내 잠시 볼 일이 있으니 넌 신경 쓰지 말고 허기나 채우거라."

석준은 뒤도 돌아보지 않은 채 다리를 절룩이며 객사로 향했다.

59화
불여우

우가 문을 개방하라고 명령한 이후, 병자를 치료한다는 소식이 돌자마자 관아가 미어터지기 시작했다. 급한 대로 지방 의원들을 죄다 불러 모으긴 했으나, 동헌 앞마당부터 관아 정문 밖까지 길게 줄이 섰을 만큼 병자가 많은 탓에 치료하는 속도가 더디고 병자를 볼 장소가 부족해졌다.

해서 수원부사도 기꺼이 내아를 내준 터였다. 그랬더니 '복권된 대군이 와서 우리를 살리고 있다'는 소문이 더더욱 삽시간에 퍼져 병자들을 제 발로 오게 하는 것은 물론, 돕겠다고 자청하는 무리도 생겨났다. 저녁이 다가오는데도 관아는 전에 없이 사람 발걸음이 끊이질 않았다.

사내 분장을 벗어던진 서하는 일하기 편한 치마저고리에 앞치마를 두르고 곧장 내아로 향했다. 일손이 부족한 의원들을 돕고, 음식 만드는 일을 거들었다.

죽을 먹던 사람들이 '대군 대감께서 백성을 살리기 위해 복권되신 것이다'라는 이야기를 하며 활짝 웃었을 때는, 괜히 자신이 더 뿌듯해서 가슴이 찌르르 울리기도 했다.

"힘드시죠? 좀 쉬세요. 이게 보통 일이 아닙니다."

곁에서 함께 돕고 있던 두천이 걱정스럽게 말했지만, 서하는 고개를 저었다. 손 하나라도 더 있어야 병자들의 치료가 쉽게 이루어질 터였다.

그리고…… 일을 하는 간간이 사람들을 살피러 오는 우의 모습을 보는 것도 좋았다. 그래도 몇 시진이나 삽질까지 하며 동동거리고 다녔더니 괜찮지만은 않아서, 서하는 잠시 펄펄 끓는 가마솥 앞에서 멀거니 서 있었다. 가마솥 안을 긴 나무 주걱으로 하염없이 뱅글뱅글 저었더니 절로 눈이 감기려 했다.

"하기 싫으면 객사로 돌아가지 그래? 아니면 무헌대군 대감이 볼 때만 열심히 하려고 힘을 비축 중인가?"

얄미운 목소리가 들려온 덕에 정신이 번쩍 들었다. 고개를 돌리자, 차분한 규수처럼 차려입은 지운선이 입꼬리를 말아 올리고 있었다.

사람이 피곤하면 없던 짜증도 샘솟는 법인지라. 아까는 정강이도 걷어찼는데 이번에는 들고 있는 나무 주걱으로 엉덩이를 때려버릴까, 하는 생각을 아주 잠깐 했더랬다.

"내가 할 테니 비켜."

갑자기 도우려는 건지, 방해하려는 건지 운선이 나무 주걱을 빼앗아 들려고 했다. 참다못한 서하가 다가오는 손등을 찰싹 때렸다.

"아야!"

세게 때리지도 않았는데 운선이 요란한 소리를 내며 한 발 뒤로 물러섰다.

"고운 옷에 때 탑니다. 저리 가세요."

통명스럽게 한마디 던지는 것도 잊지 않았으니 이쯤하고 돌아가겠지, 했더니 의외로 질긴 면이 있었다.

"간택령이 거두어져서 안심했겠구나."

이번에는 한껏 빈정거리는 말투로 속을 후벼파대려고 준비 중인 듯했다. 서하가 아무런 대꾸를 하지 않자, 운선이 불쑥 얼굴을 가까이 들이밀며 귓속말처럼 중얼거렸다.

"그림 속에서 아주 황홀해 죽던데."

나무 주걱을 쥔 서하의 손에 힘이 바싹 들어갔다.

하여간 그 화공, 다음에 만나면 그림을 왜 그리 과장되게 그렸느냐며 반드시 한마디 해야겠다고 야무지게 다짐을 했다.

"대군 대감께서 어찌 그리 빨리 대처를 하셨을까?"

가마솥 안을 휘휘 돌던 나무 주걱이 툭 움직임을 멈췄다. 서하의 시선이 싫어도 운선에게로 향했다.

"그날 초가에서 내가 알려드렸어. 선견으로. 아주 놀랄 만한 일이 기다리고 있을 거라고."

충격이 반 그리고 의심도 반쯤 뒤섞인 서하의 눈동자를 읽은 운선은 '못 믿겠거든 대군 대감께 여쭤봐'라며 어깨를 으쓱해 보였다.

듣고 또 들어도 믿기가 힘들어 서하는 저도 모르게 중얼거렸다.

"……그러니까 정말로."

"대군 대감의 선견을 할 수 있느냐고?"

"혹시라도 한석준 그분이 시켜서 하는 일이라면 당장 그만두십시오. 이용만 당하고 있는 겁니다."

"내가 이용당한다고 누가 그래? 초가에서 대궐로 돌아갔을 때, 전하께서 기다리고 있지 않았어? 그리고 간택에 대해 말씀하셨고."

기다렸다는 듯 술술 흘러나온 운선의 말은 정확히 그날 있었던 일을 설명하고 있었다.

서하는 객사 처소에 너울을 두고 온 것을 후회했다. 표정을 숨겨야 하는데 쉽지가 않았기 때문이었다. 내심 거짓말이라 믿었던 마음이, 기어기 나락까지 곤두박질치고 말았다.

진짜였다. 정말로 우의 선견을 할 수 있는 모양이었다.

왜…….

치졸하게도 왜 내가 아니라, 라는 생각이 가장 먼저 들어버렸고. 왜 하필 이 여인인가, 하는 생각이 뒤이어 점령한 것도 잠시.

내가 정말 그분의 숙명이 아니었구나…… 그 생각이 심장을 처량하도록 문드러지게 만들었다. 서하는 기댈 곳이 없어 애꿎은 나무 주걱만 부러지도록 움켜잡았다.

"대군께서 보위에 오르시면 죽는다고 했다면서."

같이 있는 모습을 보고 혹시나 했더니, 공주가 출처인 듯했다.

"내가 바꿀게. 반드시 바꿔서 보위에 올려 드릴 테니 이제 그만 좀 빠져줬으면 좋겠어. 필요도 없고 방해만 되는 사람은."

울음이 새어 나올 것 같았다. 여기서 울면 자신이 진짜로 필요도 없고 방해만 되는 사람이라고 인정하는 꼴이었으니, 기를 쓰고 참아야 했다.

어차피 각오를 다지고 온 마지막 여정이었다. 우에게 의미 있는 도움이 될 수 있는 것 하나, 지금은 그 일을 찾는 것만 생각하고 싶었다.

"정말이지, 그래서 아까부터 내놓으라고 했지. 이래서 귀하게 태어난 것들은, 쯧쯧. 병든 사람들이 먹는 음식일수록 정성을 다해야지. 하찮다는 것처럼 그러지 말고 어서 비켜."

생각에 빠져 있느라 멀거니 서서 주걱만 움켜쥐고 있었더니, 운선이 무슨 정의의 사도처럼 입바른 소리를 내뱉으며 기어이 주걱을 빼앗아 갔다.

서하는 기도 막히고 속도 상한 참이라 반박을 하려다, 이내 입을 옹송그리며 참았다. 죽을 만큼 고생하고 있는 사람들 앞에서 쓸데없는 일로 투닥거리고 싶지 않았다. 게다가 별것도 아닌 일로 네가 하네, 내가 하네 싸울 시간이 있으면 사람들을 하나라도 더 돕는 게 좋을 것 같았다.

원래 의녀라고 하더니, 병자를 보살피는 일에는 되게 엄한가 보라며 애써 돌아서려는 순간.

"……죽 한 그릇."

바로 뒤에서 들려온 음성 때문에 서하는 차마 돌아보지도 못하고 온몸이 뻣뻣하게 굳어버리고 말았다.

우의 목소리였다. 시선이 의지와는 상관없이 땅으로 떨어졌다.

"아픈 아이들 먹여주려고 그러십니까?"

서하 대신 운선이 신이 나 대꾸하자, 우가 고개를 끄덕였다.

"그렇소."

"제가 할 테니 대감께서는 좀 쉬시지요. 힘들어 보이십니다."

"그대야말로 상처가 있어 힘들 텐데."

"제 본분이 의녀인 걸 잊으셨습니까? 제가 필요한 곳이 있는데 어찌 쉴 수 있겠습니까."

"……고맙소."

바람에 날아갈 것처럼 나긋나긋한 목소리를 내던 운선은 잽싸게 죽 한 그릇을 떠 서하의 뒤로 내밀었다. 그릇이 팔을 스치고, 등 뒤에서 따뜻한 온기가 아슬아슬하게 닿지 않은 채로 그것을 받아드는 느낌이 들었다.

서하는 제 그림자 위로 덧씌워졌던 우의 그림자가 속절없이 멀어지는 걸, 하염없이 보고만 있었다.

"영원할 거라 믿었지?"

우가 사라지고, 단번에 달라진 운선의 야멸찬 목소리가 서하에게 내리꽂혔다.

"대군 대감이 한결같이 너만 사랑하고 바라봐 줄 거라 믿었어?"

어쩔 수 없이 흔들려버리고 마는 눈가를 감추려 서하는 운선의 손에 있던 나무 주걱을 다시 빼앗아 열심히 휘저었다.

"저분도 사내야. 더군다나 이 나라 대군이지. 보위를 가질 수 있는 길이 생겼는데, 자신의 앞날을 알 수 있다는데 마음이 가지 않으면 그건 사람이 아니지."

그 옛날 어머니를 쫓아왔던 선왕이 생각났다. 그렇게 사랑했다면서, 날아오는 화살 앞에 어머니가 아닌 나를 보호하려 했던 사람. 사랑보다 임금의 앞날을 볼 수 있는 용의 아이를 살리려 한 사내.

그런 선왕처럼 우도 결국에는…….

"용의 아이라는 달콤한 유혹에서 헤어나오지 못하는 어쩔 수 없는 왕실의 핏줄인 거야."

마음이 불안정하여 너무 힘주어 저은 탓인지, 아니면 너무 팔팔 끓인 탓인지. 죽 한 덩이가 주걱을 쥔 손가락으로 퍽 튀어 올랐는데도 아프지가 않았다. 서하는 순식간에 달궈진 것처럼 붉게 물든 손가락을 아무렇지도 않게 슥, 입고 있는 하얀 앞치마에 닦아냈다.

"그리고 이 말은 안 해주려고 했는데. 여인은 말이야, 사내에게 계속 사랑받으려면 늘 꽃 같아야 하는 법이야. 갇혀만 지내느라 아무도 너에게 그런 걸 가르쳐주진 않은 모양이지만."

또 무슨 말이 하고 싶은 건지 알 수가 없어서 대꾸하기도 지친 사이, 운선이 조금 흐트러져있던 서하의 누런 저고리 고름을 다시 꾹 묶어주었다.

"열심히 돕는 게 나쁘다는 건 아니고, 도울 때도 시선을 의식하라는 거지."

그렇게까지 이야기했는데도 서하가 알아듣지 못하자, 불쌍하다는 듯한 비웃음이 터져 나왔다.

"그렇게 무수리처럼 입지 말고 지난번처럼 예쁜 옷이라도 갖춰 입으란 뜻이야."

제 머리꽂이를 사근사근 매만지던 운선은 분홍 저고리도, 담자색 치마도 잘 살펴보고는 다시 죽을 한 그릇 크게 떠 아이들을 살피고 있는 우에게 달려갔다. 그 날렵하고 잽싼 행동을 보고 있자니 절로 서하의 눈가가 가늘어졌다.

불여우.

"미안하네만, 이쪽을 좀 도와줄 수 있는 사람 있나? 살펴야 할 병자가 있는데 일손이 부족하네."

뒤에서 의원의 외침이 들렸다. 고개를 도리도리 젓던 서하는 곧바로 소매를 걷어붙였다.

"제가 가겠습니다!"

"의원님! 혹 부종이 있는 병자도 있습니까? 제가 막 뿌리까지 짜내버릴 자신이 있는데요!"

시원하게 고름 짜는 걸로 화를 풀어보려는 셈인가.

씩씩거리며 의원에게 달려간 서하가 힘껏 외치는 소리를 가만히 듣던 우는 아이에게 죽을 먹이다 말고 피식 웃었다.

"뭐가 그리 좋으십니까?"

어느새 운선이 옆에 와 앉자, 우의 얼굴에서 금세 표정이 사라졌다.

"아무것도 아니오."

"방금 웃어놓고."

"아이들을 화를 내며 보살필 순 없으니까."

말을 잘 돌린다며 운선이 웃었다. 다른 병자를 살피러 갈까, 잠시 고민하던 우는 뭔가를 결심하고는 죽그릇을 내려놓았다.

"물어볼 게 있소."

"뭐든지 물어보십시오."

"어떻게 여기까지 온 것이오? 그것도 담이와 함께. 혹시 담이가 그대에게……."

"오라버니 걱정을 많이 하는 누이더군요."

운선이 우의 말을 자르며 대답해주었다. 겁 없이 초가를 홀로 찾아왔던 공주의 당찬 눈과 단호한 목소리는 잊을 수가 없었다.

〔네가 내 오라버니의 숙명인 용의 아이라고 했겠다.〕

〔……그날 듣고 계셨습니까?〕

〔대답이나 하거라.〕

〔그렇다고 한다면요.〕

〔까불지 말고 똑바로 대답해. 정말로 오라버니의 앞날을 볼 수 있느냐?〕

〔그렇습니다.〕

그 정도로 눈이 먼 공주는 곧, 자신에게 유리한 사람이라는 뜻이었으니까.

〔네가 필요하다. 오라버니의 곁에 유서하가 아니라, 네가 필요해.〕

“제가 대감의 선견을 할 수 있다는 것을 알고 찾아오셔서는 곁에 있어 달라 청하셨습니다. 혹시 모를 위험에서 대감을 지켜달라고.”

“해서 담이가 그대를 여기까지 데려왔다는 건가?”

“예. 마침 한석준 나리도 계셨던 터라 대감의 일을 돕고 싶다고 하여 함께 온 것이고요.”

우는 잠시 입을 닫고 눈앞에 서 있는 운선을 빤히 보기만 했다.

“어찌 그리 보십니까?”

운선이 당황하지도 않고, 되려 교태롭게 입꼬리를 올리며 웃을 때였다.

“……정말로 용의 아이인 것이오?”

조심스럽게 흘러나온 우의 한마디,

운선의 눈가가 튕기듯 커다랗게 변했다. 드디어 우가 넘어오려 한다고, 직감적으로 느꼈기 때문이었다.

“물론입니다. 지난번 간택에 대해 언질을 드렸는데도 믿지 못하시겠습니까?”

“믿지 못한다기보다는, 내가 들은 바에 의하면 용의 아이는 한씨 가문 사람만 이어받는다 들었는데.”

“제 아비는 돌아가신 전 이조 판서 한지광 대감이십니다. 한석준 나리의 부친이기도 하지요. 전 서녀이긴 하지만 한석준 나리와는 이복 남매가 되는 셈입니다. 그 말은 곧, 유서하와는 사촌이라는 뜻이고요.”

가만히 이야기를 듣던 우는 여전히 표정 변화 없이 선 채로 마지막 말을 꺼냈다.

"이따 술시에 동헌으로 올 수 있겠소? 더 자세히 듣고 싶소."

"물론입니다."

운선의 눈이 전에 없이 빛났다.

60화
불안감을 덧댄 욕망

"감사합니다, 나리."

"나야말로 감사하지. 내일도 잘 부탁하오."

"물론입죠! 여부가 있겠습니까!"

처음 일을 시켰을 때는 죽상을 하더니, 그래도 밥을 먹이고 곡식이 담긴 자루 주머니를 나눠주자 받아 가는 사람들의 입이 귀에 걸려 있었다.

우도 마주 웃어주었다. 눈치 없이 나타난 두천이 나리가 아니라 대감이라며 초를 치려 하기에 묵묵히 고개를 저어 보였다. 가뭄에 허덕이는 사람들에게 나리나 대감 따위는 중요한 것이 아니었다.

"좀 더 미리 살피지 못해 미안하오."

우는 곡식을 받는 사람들 하나하나를 붙잡고 사과하는 것도 잊지 않았다. 마치 가뭄이 자기 잘못인 것처럼. 수호와 부겸도 덩달아 사람들에게 고개 숙여 사과했다. 좀 더 미리 살피지 못해 미안하다고.

"이리 나눠주면 뭐하누, 또 도적 떼가 불 지르면 그만인데."

허리가 굽은 노인 하나가 혀끝을 쯧쯧 차며 개탄스러워했다. 동네 사람들은 이미 익숙한 광경이라는 듯 고개를 도리도리 젓거나 나무라는 말을 했다.

나라님이 명한 일에 괜히 초치지 말라고.

하지만 우와 부겸 그리고 수호의 눈만은 일순 반짝였다. 안 그래도 그 도적 떼에 관한 정보가 더 많이 필요한 참이었기 때문이었다. 수호가 재빨리 노인에게 다가가 곡식을 손에 쥐여주며 물었다.

"저, 어르신. 여쭤볼 게 있어서 말입니다. 그 도적 떼에 관해서 잘 아십니까?"

"왜, 알면 가르쳐 달라고?"

"예! 저희가 그 도적 떼를 잡아야 다들 두 발 뻗고 잘 게 아닙니까!"

"예끼!"

노인이 갑작스럽게 화를 내자, 수호가 놀라 두어 발짝 뒤로 물러섰다.

"내가 몇 달 전에 그 두령 놈이 누군지 알고 고발까지 했는데 풀어줄 땐 언제고, 이제 와 뭘 잡는다는 게야!"

"그런 일이 있긴 했사온데, 잡혔던 자가 두령이라는 증좌가 전혀 없었습니다. 또 그자가 영의정 대감의 서자라고 하여."

어둠이 내려앉고서야 관아의 문을 닫은 우는 동헌으로 수원 부사를 불러 사실을 확인하는 중이었다. 하지만 죄인처럼 고개만 푹 숙이고 있는 것을 보니, 더 설명이 필요 없었다. 듣지 않아도 어찌 된 일인지 알 것 같았다.

"그만 나가보시오."

수원 부사가 힘없이 나가고 난 뒤, 우는 저절로 한숨을 내쉬었다.

"영의정의 서자라. 그동안 잡히지 않은 이유가 바로 그 때문이로군."

"노인이 말하길, 범인이 제가 지체 높은 양반가의 아들이라며 떠들고 다닌답니다."

"영의정의 서자 정도면 궁핍하게 살진 않을 테니 갈 곳 없는 부랑자 집단과 도적 놀이를 즐기진 않을 겁니다."

우는 고개를 끄덕였다.

"결국 그 오랜 시간 도적 둥지를 찾지 못한 이유가, 어디에도 둥지를 틀지 않았기 때문인 건가. 하지만 무리의 수도 꽤 많고 그간의 소행 역시 만만한 것들이 없는 것으로 봐서는, 반드시 모여 공모를 하는 장소가 있다는 얘기다."

낮에 곡식을 받으러 왔던 노인 역시 도적도 그런 개만도 못한 도적은 처음이라고 개탄하고 있었다. 훔칠 만한 것은 일절 남기지 않고 죄다 훔쳐 가거나 불태우고, 심지어 어린아이들과 여인들까지 납치해 팔아치우는 천재지변보다 잔혹한 놈들이라 했다. 일을 도모하고 계획할 장소가 없다면, 적지 않은 수의 도적 떼가 그리 조직적이고 계획적으로 움직일 수는 없을 터였다.

"사찰과 기방이 의심스럽습니다."

금부도사답게 부겸이 제일 먼저 가능성이 있을 법한 곳을 짚었다. 우 역시 맞장구를 쳤다.

"그 두 곳만큼 눈을 속여 일을 도모하기에 좋은 곳이 없지. 내 보기에는 기방이 더 의심스럽다."

"제 생각도 같습니다. 대대적인 가뭄이 몇 달이나 이어져 기근으로 죽어가는 사람이 한가득 입니다. 경기도 인근은 전부 재난에 허덕이고 있어 다른 기방 역시 문을 열지 못하거나 열어도 파리만 날리는 이때,

여기 기방은 유독 화려함이 극에 달해 있습니다."

"기방에 쌓아둔 재화가 보고된 것보다 비정상적으로 많았다 해도, 기방에 손님이 없다면 화려함이란 있을 수 없지. 이곳 기방만은 지금도 여전히 물자를 대줄 만한 손님이 끊이지 않고 있다는 뜻이다."

"지금 기방에 출입하여 돈을 쓸 수 있을 만한 자는 많지 않습니다."

"그래. 사대부들은 백성이 허덕이는 때에 잘못 발을 들였다가 입방아에 오를까 조심하고 있고, 관리들 역시 전하께서 어사를 곳곳으로 풀며 감시를 하고 있으니 숨죽이고 있을 것이다."

"그럼 역시……."

"글쎄, 도적이든 아니든 조사할 가치는 충분하지. 우선 호랑이를 잡으려면 호랑이 굴로 들어가는 수밖에."

일단 기방을 먼저 조사하고, 날이 밝는 대로 교방까지 조사해 실정을 알아둘 필요가 있다고 했더니.

"그럼 기방부터 갑니까?"

결정되기가 무섭게 부겸의 목소리가 활기를 띠었다. 성실한 성격과 별개로 그런 곳을 좋아하는 모양이었다.

"한 시진 후에 출발하지. 수호는 기방을 싫어하니 자네와 나 둘만 가는 것으로 하고."

아니나 다를까. 수호가 몸을 벌떡 일으켰다.

"잠시만요. 입은 삐뚤어졌어도 말은 바로 하셔야지요. 싫어하는 게 아니라 안 가는 겁니다. 정절을 지키는 거라고요."

"누구에 대한 정절인데?"

담에게 지키는 정절이라는 것을 뻔히 알면서도 우가 피식 웃으며 딴소리를 하자, 수호가 열불을 냈다.

"당연히 공주 자가지 누구입니까! 제가 이렇게라도 안 하면 대군께서 어디 절 의빈 후보로 생각이나 하시겠습니까?"

"안 하겠지."

"것 보십시오!"

"지금 도적 떼 조사를 하러 간다는데 뜬금없이 정절까지 들먹이며 가기 싫다 하니, 그 마음이 가상해서라도 일단 의빈 후보로는 생각해 보마."

"아. 하긴 조사를 위해서니까 저도 재상어사로 임명된 자로서 동행을……."

우가 수호를 가볍게 손바닥에 올려놓고 이리저리 굴리고 있을 때였다.

"대감, 운선입니다. 들어가도 되겠습니까?"

움찔 놀란 수호가 우를 주시했다. 그제야 우는 내아에서 했던 약속을 떠올렸다.

"저 여인이 왜 이 시간에 대감을 찾습니까?"

원래 마음을 잘 숨기지 못하는 성품인 수호는 언제 웃고 떠들었냐는 듯 불쑥 볼멘소리부터 냈다. 우는 태평스럽게 대꾸했다.

"내가 보자고 했다."

"대감께서요?"

"그래."

우는 부겸을 슬쩍 쳐다보았다. 단번에 알아들은 부겸은 자리에서 일어섰다. 오직 수호만이 입에 거품을 물 것처럼 성을 부렸다.

"이 야심한 시각에 저 여인은 왜 찾으십니까?"

"찾을 만한 이유가 있으니까."

"상처 두르는 천까지 손수 갈아주셨다면서요. 그럼 저 여인의 가슴이 막 다 보이고, 스치고 막, 막 그랬을 텐데……."

아니라고 할 수도 없어 가만히 있었더니, 수호의 낯빛이 점점 굳어갔다.

"대체 왜 이러시는 겁니까? 어쩌려고 자꾸 이러시는 겁니까? 죽을까봐 그랬다잖습니까, 죽을까 봐!"

예상은 했지만 어김없이 튀어나오는 서하 이야기 때문에 우는 본능적으로 일그러지려는 미간을 붙잡았다.

"갑자기 그 이야기는 왜 꺼내는 것이냐."

"갑자기는 무슨 갑자기입니까! 누가 봐도 화풀이 아닙니까! 왜요, 이젠 목석에서 여색가가 되려고 그러시는 겁니까? 이여색이라고 불러드려요? 도대체…… 읍!"

보다 못한 부겸이 수호의 입을 틀어막으며 잡아당겼다.

"그만하고 나와, 이 주책바가지."

"읍! 으으읍!"

질질 끌려 나가면서도 끊임없이 탓하는 눈빛을 보내던 수호가 완전히 사라지고 난 뒤, 운선이 안으로 들어왔다.

"저 나리께서는 제가 끔찍이 싫으신가 보네요. 제가 대군의 용의 아이라는 사실을 모르는가 봅니다. 아직 유서하 편인 것을 보면."

대청에서도 운선을 죽일 듯이 노려봤을 터였다. 그의 성격을 누구보다 잘 아는 벗으로서, 안 봐도 눈에 선했다.

"원래 의리가 깊고 한 번 자기편이라고 마음을 주면 좀처럼 변함이 없는 녀석이라 그러니, 이해하시오."

"좋은 벗을 두셨네요."

"나는 좋은 벗을 두었지만, 녀석이 좋지 못한 벗을 두어 미안할 따름이지."

"대군께서 왜 좋지 못한 벗입니까?"

고개를 갸웃하는 운선을 향해 우가 나직이 말했다.

"지금부터 내가 녀석이 제일 싫어할 만한 짓을 좀 할 거니까."

***

유달리 예쁜 저녁노을에 눈이 시렸던 것도 잠시, 밤하늘이 별 길을 만들며 몰려오고 있었다.

술시가 다 지나가려 하는 늦은 밤, 낮에 움츠리고 있던 풀벌레들이 목이 슬도록 울어댔다. 색을 뽐내며 다채롭게 흔들리던 푸른 못도 둥그런 달만 겨우 품고 검은색으로 물들어 버렸을 때쯤.

나무에 등을 기대앉은 서하는 무릎에 푹 파묻었던 고개를 들었다. 동헌에서 막 빠져나가는 운선이 화톳불 사이사이로 어렴풋이 보였다.

"속상하십니까?"

깜짝 놀란 서하가 자리에서 일어섰다. 검은 못만큼이나 어두운 그림자를 가진 월영이 바로 옆까지 걸어왔다.

"그렇게 소리소문없이 다가오는 건 이제 그만두십시오. 하마터면 비명을 지를 뻔했습니다."

"지르면 좀 어떻습니까? 어차피 무헌대군은 지금 아가씨 비명을 들어도 별 관심 없어 할 텐데요."

너무 적나라하게 사실을 찔러대니 충격을 덜어낼 틈도 없었다. 우가 사준 담자색 감도는 백색 치맛자락이 서하의 손안에서 바스러져 갔다.

"사내란 다 그런 겁니다. 온 마음을 다하는 것 같다가도, 한 번 마음이 돌아서면 한겨울 얼음덩어리보다 냉랭하게 식는 법입니다. 더군다나 눈앞에 제 앞날을 볼 수 있다는 용의 아이가 아른아른 비치는데, 자기를 속인 여인에게 마음이 닿을 리 없죠."

서하는 저도 모르게 피식 웃어버렸다. 안 그래도 심란한 사람 앞에서 그런 모진 말을 아무렇지도 않게 툭 내뱉는 월영, 그대의 목소리야말로 오히려 한겨울 얼음덩어리보다 더 냉랭하다고. 우스갯소리로도 하지 못할 그 말을 쓰게 삼켜야 했다.

"그러니 마음 접으세요. 미련하게 고집부리지 말고."

오늘따라 월영이 더 가차 없다고 느껴지는 건, 다른 누군가를 이해해줄 수 있는 마음이 서하에게 한 자락도 남아 있지 않은 탓이었다.

"월영님 눈엔 제가 그리 미련해 보입니까?"

반은 장난 같은 질문이었지만, 월영은 냉정하게 고개를 끄덕였다.

"네. 어차피 가지지도 못할 사람에게 왜 그리 미련을 두십니까? 비록 간택령이 거둬지긴 했지만, 이제 알 때도 되지 않았습니까? 어차피 아가씨 옆에만 있을 수 없는 존재라는 걸."

정말이지 골고루 두들겨 맞은 것처럼 인정사정없는 말이어서, 서하는 숨을 배 안쪽까지 깊이 들이켰다.

"압니다."

"그런데도 그 옷을 입고 싶으십니까?"

월영의 손가락이 서하가 입고 있는 옷을, 우가 선물해준 매화를 닮은 옷을 원망하듯 가리켰다.

〔여인은 말이야, 사내에게 계속 사랑받으려면 늘 꽃 같아야 하는 법

이야. 갇혀만 지내느라 아무도 너에게 그런 걸 가르쳐주진 않은 모양이지만. 열심히 돕는 게 나쁘다는 건 아니고, 도울 때도 시선을 의식하라는 거지.〕

운선의 말이 신경이 쓰였던 건 아니었다. 그저 운선에 비해 자신은 너무 초라해 보여서…….

아니 그게 그건가. 결국에는 우에게 어여쁘게 보이고 싶다는 건 매한가지였으니까.

언제부턴가 뒤죽박죽이 되어버린 머릿속은 점점 엉켜만 가고, 술시에 우가 있는 동헌으로 들어갔던 운선이 한 시진이 지나서야 나오는 것을 보고 이제는 심장까지 엉망진창, 서하를 무너뜨리고 있었다.

"하지 마세요."

애원하며 말했다. 월영이 '무엇을요'하는 눈초리를 보내자, 서하가 고개를 가로저었다.

"그렇게 헤집어 놓지 마세요."

아픕니다, 그 소리를 차마 입밖으로 꺼내지 못하고 서하는 돌아섰다.

"……."

폐부가 멈추는 듯한 착각.

미동도 하지 않고 선 채로 자신의 앞에 선 우의 모습을, 서하는 숨도 못 쉬고 바라보았다. 월영의 모진 말들과 그로 인해 쓰렸던 마음을 단번에 몰아내고, 시선이 마주치자마자 멎을 것처럼 뛰어대는 심장이 좀 원망스러울 정도였다.

"안 자고 여기서 무엇 하느냐."

그리고 너무나 아무렇지도 않게 나와버린 그의 목소리. 어디인지 모르겠는 곳이 따끔따끔 아려 오기 시작했다. 뜨거운 죽이 튀었던 손을 너무 꽉 쥔 탓에 수포가 터졌기 때문이라는 것도 모른 채, 서하는 조금씩 걸음을 옮겼다. 우를 향해서.

"아가씨!"

우에게 가까이 다가가자 월영의 짜증 섞인 목소리가 말리듯 튀어나왔다. 하지만 서하는 들은 척도 하지 않고, 우를 지나쳐 걸었다.

"……대군께서도 결국, 용의 아이가 탐나십니까?"

그러다 잠시 멈춰 선 곳에서 원망도 질책도 아닌, 그저 지쳐버린 목소리로 한 가지를 물었다. 그 안에서 무엇을 했느냐는 질문보다 훨씬 더 궁금한 한 가지를.

등 뒤에 선 우는 움직임이 없었다. 어떤 표정을 하고 있는지, 어떻게 화를 참고 있을지 상상하기 싫어 서하는 두 눈을 내리감았다.

"제가 되어드리지 못하여 송구합니다."

마지막 말을 속삭이고는 조용히 남은 걸음을 옮겼다. 동헌의 앞마당을 가로질러 걷는 순간순간 치미는 서글픔도 모른 채, 밤은 속절없이 깊어져만 가고 있었다.

우는 한참 만에야 주먹을 폈다. 제정신이 아닐 정도로 세게 말아쥐고 있었던 탓에 손목이 다 뜯겨 나가는 기분이었다.

"쓰라린 척 서 있지 마십시오. 자업자득입니다. 그러게, 누가 이 정도로 심하게 하라 했습니까."

월영의 부루퉁한 불만을 받아줄 여력을 어디에서 찾아야 하는지 알 수가 없어, 우는 치열하게 마음속 언저리를 헤집어 댔다.

그런 건 이미 매 순간순간 느끼고 있다고. 특히 한석준이 서하의 멱살을 잡았을 때, 달려가 죽여버리고 싶은 것을 대신 달려가는 너를 보고 간신히 참았던 그 순간.

미치도록 절실하게 깨달은 참이라고, 소리 없는 분노가 신물처럼 온몸을 쓸어내렸다.

"너에게 그런 충고나 받자고 있어도 좋다 허락한 것이 아니다."

다소 신경질이 섞인 우의 말을, 월영도 지지 않고 받아쳤다.

"저도 이런 충고나 하자고 있겠다 한 건 아닙니다."

"그럼 같잖은 소리 때려치우고 일 얘기나 하거라. 나와 너 사이의 대화는 그 정도로 충분하니까."

〔아가씨 곁에 있고 싶습니다.〕

다친 몸이 어느 정도 회복되고도 처소를 나가지 않는 녀석이 안 그래도 이상하다 싶었는데, 수원으로 출발하기 직전 몰래 찾아온 월영이 대뜸 꺼낸 말이었다.

〔무슨 뜻이냐.〕

〔어떤 형태로든 좋습니다. 호위 무사도 좋고, 잔심부름꾼도 좋으니 곁에 있을 수 있게만 해주십시오.〕

〔……거슬린다.〕

〔압니다.〕

〔그래도 서하만 괜찮다면, 괜히 어설픈 첩자 흉내만 내지 않는다면 나 역시 상관없다.〕

〔어설픈 첩자 흉내는 좀 내야겠습니다.〕

〔뭐?〕

〔한석준. 그자가 아무래도 아가씨를.〕

살려둘 생각이 아닌 것 같습니다…….

그 한마디가 가져온 파장을 녀석은 알지 못할 것이었다. 온몸의 피가 거꾸로 치솟고, 잠시라도 눈에서 멀어지면 심장이 슬어가는 것처럼 초조하고, 보고 있는 것만으로는 한없이 부족해서 당장이라도 어딘가 안전한 곳에 가둬버리고 싶은 이 불안감을 덧댄 욕망을.

누구도 이해할 순 없을 터였다.

"아직 무슨 꿍꿍이인지 정확하게는 모르겠지만, 곳간을 지키고 있던 포졸을 매수해 열쇠를 챙겨서는 관아 밖으로 나갔습니다. 쫓아가는 자가 있기에 전 여기 남은 겁니다. 오히려 제가 가면 눈치를 챌 수도 있으니까요."

"……고생했다. 알았으니 너도 객사로 가서 좀 쉬거라."

조금 전까지의 날 선 태도는 어디 가고 힘없이 흘러나오는 그 대답이 못내 찝찝했던지, 뒤돌아가려던 월영이 멈추어 섰다.

"의광대군을, 전하를 조심하십시오."

갑작스러운 말에 우의 눈가가 살짝 일그러졌다.

"무슨 의미냐."

"아마도 이미 느끼실 거라 생각은 하지만, 전하는 더 이상 대군께서 형님으로 믿었던 그런 사람이 아닙니다. 제 손을 쓰지 않고 남을 움직여 원하는 것을 가지려 하는, 어쩌면 한석준보다 더 무서운 자입니다."

누군가 들었다면 대역무도하다 했을 그 말을, 우는 아무런 대꾸도 없이 듣고만 있었다.

"당신을 위해서가 아니라 아가씨를 위해서라도, 언제 어디서 그자의 마수에 걸려들지 모르니 잠시도 방심하지 말란 뜻입니다."

월영은 그 말을 끝으로 획 돌아서서 가버렸다. 사라져가는 그의 뒷모습 끄트머리로 우가 나직이 한마디를 덧붙였다.

"충고 새겨들으마."

들은 건지, 들린 건지. 멈칫하던 월영이 완연히 자취를 감추고, 우는 부는 바람에 고요히 몸을 맡겼다.

61화
미치겠다, 너 때문에

횃불이 금방이라도 꺼질 것처럼 흔들렸다. 어둠 곳곳에 살쾡이들이 눈을 빛내며 숨어들어 있는 것을 확인한 석준은 손안에 꽉 쥐고 있던 것을 펼쳐 보였다.

단단하고 낡은 열쇠 하나.

"실패하지 마시오."

"약속한 것은?"

의심 많은 패거리의 수장답게 보상부터 확인하려 들자, 석준은 도포 안쪽에 잘 가지고 있던 봉서 하나를 꺼내 보였다.

"내용도 보여주셔야지요."

도적 떼의 두령이 언짢은 티를 냈음에도 석준은 봉서 내용을 보여주기는커녕 고개를 절레절레 저었다.

"틀림없이 직인이 찍혀 있는 봉서요. 일만 제대로 한다면 당연히 당신 것이지. 믿지 못하겠거든 지금이라도 무르시오. 난 상관없으니."

단번에 열쇠를 쥔 손을 거두어가려고 하자, 두령이 재빨리 막았다. 그는 석준의 손에서 열쇠를 낚아채듯 움켜쥐었다.

"무르겠다고는 하지 않았습니다. 그저 약속이 정말 이행되고 있는지 확인하려는 것뿐입니다."

"네가 지금 누구와 거래를 하고 있다고 생각하는 게냐. 일개 잡상인 따위와 거래하던 알량한 잣대로 감히 누구를 재고 있느냔 말이다."

석준의 기세가 제법 무서워 두령은 곧바로 고개를 숙였다.

"잴 리가 있겠습니까, 나리. 저같이 무지한 놈은 그저 눈으로 보는 것만 믿는 탓에 그리 한 것이니, 너무 노여워 마십시오."

석준은 가늘어진 눈으로 허리까지 처박은 두령의 머리를 한참이나 내려보다가 돌아섰다.

"일부터 착수하시오. 얼마나 잘 처리하는지에 따라 내용물이 더 얹어질 테니."

그제야 제자리로 올라온 두령의 입에 비릿한 웃음이 번졌다.

"여부가 있겠습니까요."

***

〔제가 전하께 돌아갈 것입니다.〕

"하아."

담은 뱃속에서부터 끌어올린 깊디깊은 한숨을 내쉬었다. 아무리 턱을 괴고, 관자놀이를 짚고, 경상에 엎드려 봐도 그 한마디가 지워지지 않아 가슴이 답답했다.

원하는 것이 권력이냐, 생명이냐며 하도 따박따박 쓴소리를 뱉어대기에 화를 참지 못하고 기어이 뺨을 치긴 했는데.

"소중한 이가 숨을 쉬고, 그 사람을 만질 수 있고, 느낄 수 있다……, 라."

담은 경상에 볼을 딱 붙이고 엎드려 중얼거렸다.

서하의 말이 무엇인지 모르는 건 아니었다. 하지만 달랐다. 서하가 살리고 싶어 하는 목숨과 담이 살리고 싶어 하는 목숨의 경중이.

이 나라 대군으로 태어난 오라버니가, 원래는 보위를 이었어야 하는 단 한 명의 진짜 대군이 겨우 아무것도 아닌 한량이나 그보다 못한 삶을 산다는 생각만으로도 분하고 억울함이 치솟았다. 그것은 죽는 것과 크게 다르지 않다고, 적어도 담이 가진 가치가 그리 정의를 내리고 있었다.

"피붙이인 나와 네가 생각하는 게 같을 순 없겠지."

아무리 그래도 의광군의 숙명이니 돌아가라고 한 건 좀 심했나, 싶어 명치 끝에 가시가 걸린 것처럼 불편하기 짝이 없었다.

설마 진짜로 갈 생각인 건가. 아니, 애초부터 갈 생각을 하고 있었던 것 같은 느낌이었는데.

"자가, 주무십니까?"

금옥의 목소리가 들리자 담은 경상에 붙어 있던 얼굴을 들었다.

"아니다, 무슨 일이냐."

"차 학정 나리께서 잠시 뵙기를 청하십니다."

담은 그제야 아까부터 문밖에 어른거리던 그림자가 수호였다는 것을 깨달았다.

"열거라."

"예."

곧이어 문이 열리고, 수호가 들어왔다. 그런데 무슨 일이 있는 모양이었다. 들어와 앉을 때까지, 수호의 표정이 썩 밝지가 않았다. 낮에만 해도 눈이 마주치면 싱글벙글했던 주제에.

“거기 계실 겁니까?”

게다가 기껏 문을 열어줬더니 뚝 떨어진 방구석 끄트머리에 자리를 잡고 앉는 것까지. 도통 마음에 드는 구석이 없었다.

“해가 졌으니 괜한 입방아에 오르지 않도록 부는 바람에도 조심……으으을.”

시선을 내려뜨린 채 말을 하던 수호는 갑자기 드리워진 그림자에 놀라 고개를 들다 말고 말끝을 길게 끌었다. 담이 어느새 바로 코앞까지 다가와 있었기 때문이었다.

“그럴 거면 이 시간에 찾아오질 말았어야지요.”

언제나 그렇듯 딱 부러지게 말한 담이 자리에 앉으려고 할 때였다. 수호가 재빨리 깔고 앉았던 방석을 빼 앉을 자리를 내밀어 주었다. 덕분에 엉덩이가 푹신해지자, 담은 웃으면서도 고개를 도리도리 저었다.

시선 끝에 걸린 이 사내의 장점이자 단점은 바로 이것이었다. 어떨 때는 하나하나 아이 다루듯 세상 다정하게 굴다가, 잘못된 것이 있으면 매서운 소리를 들을 걸 각오하면서까지 쓴소리를 내뱉고야 마는.

가만히 보니, 어쩐지 유서하와 닮은 구석이 있었다. 둘 다 의외로 그런 깡다구가 세다고나 할까.

“아니, 전 자가께 꼭 드려야 할 말씀이 있어서요.”

“잘됐네요. 안 그래도 기다렸습니다.”

수호가 이내 눈을 동그랗게 떴다.

“저를요? 이 시간에요?”

“예. 꿇어앉은 다리 좀 펴보십시오.”

"다리……?"

의아해서 말끝을 올리면서도 공주의 말을 어길 수는 없었던지, 수호가 얌전히 꿇고 있던 다리를 펴는 순간.

"엇!"

담이 그대로 허벅지를 베고 누웠다. 얼굴이 발끝을 향해 있어서 천만다행이지, 하마터면 수호는 코피를 터뜨릴 뻔했더랬다. 그걸 아는지 모르는지.

"머리가 아픕니다."

담은 눈을 감으며 어리광처럼 말했다. 양손으로 코를 감싼 채 천장을 올려보다 말고, 수호가 걱정스럽게 물었다.

"머리가 왜요. 무슨 일 있으셨습니까?"

"서하가 한 말이 머릿속에서 떠나질 않아서요."

"서하 아가씨요?"

"돌아가겠답니다."

수호가 일순 알아듣지 못해 대답이 없자, 담이 눈을 뜨며 목소리를 더욱 가라앉혔다.

"의광군에게 돌아가겠답니다."

"예? 그게 무슨……."

"제가 쏘아붙이며 가버리라고 하긴 했지만, 진짜 간다고 할 줄은 몰랐습니다."

뾰로통한 말투에는 속상함이 묻어 있었고, 무의식적으로 수호의 무릎을 가만가만 만져대는 손에는 깊은 근심이 담겨 있었다. 마치 잘못해 놓고 마음 졸이는 아이처럼.

더 이상 담이 만져댔다가는 위험할 것 같기도 하고, 답지 않게 우가 아닌 다른 사람 걱정으로 상심해 있는 모습을 위로해주고도 싶어 수호는 제 무릎에 얹어진 담의 손을 꽉 잡았다.

"그럴 때는 미안하다고 하면 되는 겁니다."

아무래도 그건 좀 자존심이 상하는 듯, 담이 수호의 손을 꽉 마주 잡았다.

"전 잘못한 것이 없습니다. 틀린 말을 하지도 않았고요."

"틀린 말을 하지 않았는데도 마음을 다치게 만들 수는 있습니다. 제가 자가께 그랬던 것처럼요."

〔자가께서 왜 이리 절박하게 대군의 왕위를 원하시는지 모르는 바는 아니나, 방법이 틀리셨습니다. 이기적이십니다.〕

우가 궐로 돌아오던 날. 담을 막아서며 했던 말들은 불가피했다고 자기합리화를 하면서도, 여린 가슴에 잔인하게 상처로 박혔음을 모르지 않기에 담이 아파하는 만큼 저도 아팠음을 수호는 기억해냈다.

"그럴 때도 사과하면 되는 겁니다. 마음 다치게 하여 미안하다고."

〔저 때문에 마음 다치게 해 송구하게 생각합니다.〕

담은 눈을 깜빡였다.

그러고 보니 서하도 똑같은 말을 했었다. 이제야 그게 수호가 말하는 것과 다르지 않다는 것을, 그보다 자신이 서하에게 왜 그리 짜증이 나 있었는지를 알 것 같았다.

서하의 선택이 틀리지 않았음을 알면서도, 오라버니가 그리 고생한 것을 원망할 곳이 없어 괜한 화풀이를 하고 있었다.

"……그러고 보니 학정은 왜 안 합니까?"

"예?"

수호가 고개를 갸웃하는 사이, 담이 고개를 획 돌려 그를 올려다보았다.

"내 마음 다치게 한 일에 대해서 왜 사과 안 하십니까?"

"아."

수호는 작게 탄성을 냈다. 그러고는 자신을 지그시 응시하고 있는 담을 한참이나 마주 보다가, 작고 보드라운 뺨을 살며시 쓸어주었다.

"마음 다치게 하여 송구했습니다, 자가."

담은 가슴 속에 간지러우면서도 따뜻한 무언가가 살랑살랑 이는 것을 가만히 느껴보았다.

손끝까지 얼었던 것이 녹는 것처럼 파고드는 나른함. 그 속에 작게 퍼지는 행복.

하염없이 괜찮다며 매만져주는 따뜻한 수호의 손바닥에 담은 새끼 고양이처럼 살며시 뺨을 비볐다.

"용서해 드리겠습니다."

그 말을 기다렸다는 듯, 살며시 숙여오는 수호의 얼굴을 담은 피하지 않았다. 그리고 마침내 부드러운 그의 입술이 자신의 입술 끝으로 떨리게 내려앉는 순간.

소중한 이가 숨을 쉬고, 그 사람을 만질 수 있고, 느낄 수 있는 것.

서하가 말한 의미를, 그녀가 지키고 싶었던 게 무엇인지 눈물 나도록 절실하게 깨닫고야 말았다. 너도 오라버니를 이렇게 지키고 싶었던 거구나.

다소 수줍게 아랫입술을 깨물던 수호가 이내 안으로 침범해 혀를 얽어오자, 저도 모르게 아래턱이 들리며 그의 온기를 쫓기 시작했다. 저절로 튀어나온 '으음' 하는 비음에 스스로 놀라 할 새도 없이, 농염해진 입맞춤에 담은 등골이 다 오싹해지는 것을 느꼈다.

한참 뒤 차가운 공기가 입안으로 쏟아져 들어오고서야 눈을 떴더니, 수호가 어떤 때보다 더 다정하게 자신을 바라보고 있었다.

담은 슬쩍 그의 목에 팔을 둘렀다.

"한 번 더."

한껏 도전적으로 말한 뒤 서툴게 먼저 입술을 포개자, 수호가 한없이 부드럽게 받아주었다. 어떻게 열고 들어가야 할지를 몰라 아랫입술을 잘근잘근 물었을 때도, 장난스럽게 씩 웃는 모습이 가슴을 달콤하게 울렸다.

"아, 그런데 드릴 말, 으음…… 말씀이 있어 온 것인데."

자기는 노곤하게 녹아내리는 것 같아 입도 뻥끗 못 하겠는데, 맞닿은 입술 사이로 말을 할 여유가 있는 수호에게 괜히 오기가 생겼다. 담이 더 대담하게 그의 입을 탐하려고 할 때였다.

"잠시 기방에 다녀와야 할 것 같습니다."

한겨울에 얼음물을 뒤집어쓴 것처럼 정신이 번쩍 들었더랬다.

이 사내를 얕봐도 한참 얕봤다는 사실을. 눈치가 빠른 것 같으면서도 이럴 땐 정말이지 눈치가 먼지 티끌만큼도 없는 사내였다는 것을 뒤늦게 통탄하며 담이 눈썹을 치켜올렸다.

"어딜 가신다고요?"

***

안 좋아, 안 좋다고. 신내림 받은 사람처럼 중얼거리던 두천의 입에서 손톱이 연신 작살나고 있었다.

공기가 지나치게 무거웠기 때문이었다. 동헌 안의 탁상에 앉은 우, 뚝 떨어진 맞은 편에 앉은 수호.

누가 봐도 싸운 티가 팍팍 나는 조합이었다. 게다가 곰팡이가 피지 싶을 정도로 두 사람 다 말이 없으니, 몰래 기방에 간다기에 신이 나 따라 나온 두천만 죽을 맛이었다.

아무리 도적 떼를 잡으려는 조사의 일환으로 기방에 간다지만, 서로 좀 친한 척도 하고 취한 척도 해야 이것저것 의견도 듣고 의외의 정보도 수집하고 하는 법이었다.

가뜩이나 우와 수호 둘 다 평소에 기방 근처에도 가지 않는 사람들이라 잘할 수 있을지 걱정인데, 이대로 무뚝뚝하니 쳐들어갔다가는 잠입은커녕 '나 수사하러 왔소이다' 하고 방을 써 붙인 것과 매한가지였다.

그나마 기방 좋아하는 부겸이라도 곁에 있으면 좋으련만, 대체 어딜 가서 코빼기도 보이지 않느냔 말이었다.

"저기, 두 분 무슨 일이 있으셨던 겁니까?"

분위기를 좀 바꿔볼까 하여 두천이 말을 걸었지만, 짜기라도 한 것처럼 우와 수호는 더욱더 입을 닫고만 있을 뿐이었다.

"아니 도대체 무슨 일이 있었기에 그러십니까? 제가 무엇을 놓친 겁니까요? 말 좀 해주세요, 네?"

속이 새카맣게 탄 두천이 참지 못하고 애걸복걸하자, 마침내 수호가 입을 열었다.

"아주 중요한 걸 놓쳤지. 남녀가 어두운 방에 한 시진이나 함께 있었으니 무엇을 하였을지 상상에 맡길 수밖에."

퉁퉁거리다 못해 비꼬기까지 하는 말에 기어이 우도 한숨처럼 대답했다.

“그만하거라.”

“왜요, 뭘 그만합니까? 듣기 거북하신 일이라도 있으셨습니까?”

볼멘소리가 계속되는 게 겁이 난 두천은 어찌할 바를 몰라 벌벌거리며 두 사람의 눈치를 살폈다.

“아니라면 말씀을 좀 해보십시오. 무슨 짓을 하셨는지.”

“네가 싫어할 짓을 했으니 굳이 들으려고 애쓰지 않는 게 좋을 텐데 말이다.”

우가 마른 장작에 불을 지폈다. 아니나 다를까. 수호가 화르륵 타올랐다.

“제가 싫어할 만한 짓이라니요?”

“들으면 지금보다 몇 곱절은 더 화가 날 텐데. 그래도 들을 테냐?”

“아니 설마, 설마 진짜 운우지정이라도 쌓으신…….”

수호가 막 눈에서 불을 뿜으려는 찰나.

“대감! 대감! 큰일 났사옵니다, 대감!”

갑자기 밖에서 누군가 우당탕거리며 헐레벌떡 달려오는 소리가 들렸다. 이내 문이 벌컥 열리고, 처소로 돌아갔던 향리가 속옷 차림으로 뛰어 들어왔다. 단번에 눈빛이 바뀐 우가 자리에서 벌떡 일어섰다.

“무슨 일이냐.”

기분 나쁜 예감이 현실로 닥쳐왔다.

“도적, 도적 떼이옵니다!”

***

잠도 이루지 못하고 객사 주변을 하릴없이 뱅글뱅글 돌기를 한참. 의미

없는 짓에 지친 서하는 근처에 있는 작은 나무 한 그루 앞에 멈춰 섰다.

"아무리 질투에 눈이 멀어도 그렇지, 그런 쓸데없는 소리는 도대체 왜 한 거야. 이럴 거면 차라리 계속 벙어리 흉내나 내며 살 걸 그랬어."

나무 기둥에 이마를 콩콩 찧으며 자책하던 서하는 아픈 이마를 힘없이 문지르다 말고 나무를 마치 우의 허리인 양 끌어안았다.

"……딱딱해."

딱딱한 게 아니라 더 부드럽게 탄탄하고, 차가운 게 아니라 열기가 고스란히 느껴질 정도로 따뜻하고, 무엇보다 이렇게 내가 먼저 꼭 안으면.

"항상 마주 안아줬었는데."

팔이 없는 나무한테 화풀이를 하는 스스로가 처량하고 한심해서 절로 한숨이 새어 나올 때였다.

"사람 살려!"

느닷없는 비명이 객사 안팎을 울렸다. 서하는 재빨리 나무에서 떨어졌다. 비명을 지르며 앞마당을 가로지르는 게 누구인지 살피려는데.

"이게 웬 떡이냐."

갑자기 들려온 사내의 젖은 목소리.

흠칫 놀라 뒤를 돌자, 검을 든 복면의 사내가 서 있었다. 심장이 철렁 내려앉았다. 죽이려고 하는 건가, 싶어 뒤로 물러나려 했지만 소용없었다. 괜한 화풀이를 해 벌을 받는 건지, 땅에 단단히 박힌 나무가 뒷걸음질을 방해하고 있었다.

"호호, 요것 봐라."

천천히 음미하듯 코앞까지 다가온 사내가 손가락으로 서하의 저고리 옷고름을 풀어 내릴 것처럼 매만졌다.

탁! 서하가 그 손을 세게 쳐내자, 사내가 비릿하게 웃었다.

"궐에서 대군이 왔다더니, 딸려오는 것들도 특별하군. 좋아, 아주 좋아."

시전에서 마음에 드는 물건을 발견한 것처럼 빛나는 눈. 오싹 소름이 돋은 서하가 저항하며 빠져나가려 하자, 사내가 능숙하게 서하의 다리 사이로 무릎을 끼워 넣으며 도망치지 못하게 밀어붙였다.

"윽!"

꼼짝없이 나무 기둥에 갇혀 턱을 들어 올리는 손을 피하지 못하는 사이, 사내가 고개를 숙여왔다.

서하는 이를 악물었다. 인중이랑 명치, 하단전 그리고 낭심…… 하고 무릎을 세우려는 찰나.

"좋은 말할 때 그 더러운 몸 치우거라. 뒤통수에 구멍 나기 싫거든."

뼈에 박히는 섬뜩한 목소리가 주변을 울렸다. 뒤통수에 와 닿은 뾰족한 서늘함을 눈치챈 사내가 천천히 옆으로 물러났다.

달빛 아래 드러난 고고한 자태. 얼마나 빨리 달려왔는지 거친 숨을 몰아쉬면서도, 금방이라도 베어버릴 것처럼 분노로 휘감겨 있는 우가 보였다.

안도감이 밀려왔다. 우라는 사실을 깨닫자마자 서하는 저도 모르게 다리에 힘이 풀리는 것을 느꼈다.

"어디를 만졌느냐. 감히 어디다 손을 댔느냔 말이다."

우가 이를 드러내며 으르렁거렸다.

손가락을 도려내고, 손목을 부러뜨리고, 두 다리를 으스러뜨려버릴 것이다…… 소리 없는 외침을 들은 것처럼 사내가 주춤 뒤로 물러서려 했다.

"꺄아아악! 대감!"

난데없는 비명과 함께 운선이 쫓기듯 달려오고 있었다.

우는 식은땀이 났다. 여기서 움직이면 녀석이 서하를 인질로 잡거나 죽일 것이다, 그 생각 하나에 머릿속이 멈추어버린 순간.

우는 운선에게 달려들고 있는 도적에게로 검을 던졌다. 어깨를 스쳤던지 단말마의 비명과 함께 녀석이 쓰러졌다.

예상대로 그 잠깐의 틈을 놓치지 않고 멈춰 있던 사내가 곧바로 움직이며 서하를 향해 검날을 들이밀었다. 동시에 내달린 우가 서하를 감싸 품에 안으려 했다.

"아아아아아악!"

갑자기 높이 튀어 오르는 비명이 터진 것은 그때였다. 사내는 살점이 떨어져 나갈 것 같은 고통에 몸을 비비 꼬며 어찌할 바를 몰라 했고, 우는 서하를 잡으려던 손을 허공에서 멈추었다.

사내들과 동시에 움직인 서하가 도적의 팔목을 물어뜯을 것처럼 꽉 깨물었기 때문이었다.

"아아아아악! 놔, 놔! 이거 놔, 이 미친년!"

도적의 비명은 멈출 줄을 몰랐다. 놈이 참다못해 검을 휘두르려고 했지만, 곁에 있던 우에게 간단히 제압당한 채 무릎까지 꿇으며 비명을 이어갔다.

서하는 의외로 끈질기고, 의외로 인정사정없었다. 뒤늦게 담과 수호, 부겸 그리고 월영이 나타날 때까지도 절대로 팔을 놓아주지 않았다. 우도 이번만큼은 그런 서하를 굳이 말리지 않았다.

"하으으으으으으으으."

마침내 서하가 팔을 놓았을 즈음, 도적은 땅으로 꺼져가는 것처럼 쓰러져 신음했다. 팔목에서 피도 새어 나오고 있었다. 부겸과 수호가 서둘러 달려와 도적을 움직이지 못하게 붙잡아 올렸다.

"날 인질로 붙잡아서 대군을 다치게 하려고? 어림없어. 절대로 그런 식으로는 안 당해!"

씩씩거리며 외친 뒤에도 분이 풀리지 않아서, 서하는 '이노옴!' 하고 매섭게 호통을 치며 도적의 볼을 찢어질 정도로 쭉 잡아당겼다. 발에 무언가 하얀 것이 꾸깃거리며 밟히기 전까지.

손을 놓은 서하는 그게 무엇인지 들어보았다.

「술래는 운우」

당최 뭔 말인지를 몰라 고개를 갸웃하는 사이.

"훗."

작지만 확실하게 새어 나온 소리에 돌아보자, 우가 등을 돌린 채 서 있었다. 소리를 애써 참고는 있었지만, 분명 웃고 있었다. 어깨가 살짝 들썩일 정도로.

"정말이지 넌 언제나……."

내 예상을 간단하게도 깨버리는구나, 그 말을 하기도 전에 또다시 툭 터져버린 웃음 때문에 소리를 죽이느라 애쓰기를 한참.

우의 얼굴에서 이내 웃음기가 사라졌다. 그렁그렁 눈물이 차오른 채 보고 있는 서하를 발견한 탓이었다.

그는 천천히 걸음을 옮겼다. 잠시도 시선을 떼지 않고, 숨소리 하나 놓치지 않을 것처럼 다가가 마침내 한 발짝만 더 디디면 안아버릴 수 있는 거리에 멈춰 서서는.

"……미치겠다, 너 때문에."

그 한마디를 애가 끓는 것처럼 힘겹게 내뱉으며 손을 뻗었다.

서하는 가슴이 뻥 뚫린 기분이었다. 드디어 우의 화가 풀어졌다는 안도감이 몰려와 남아 있던 긴장까지 사라졌다. 가까이 다가온 우의 손가락 끝에서 온기가 느껴지자, 저절로 눈이 내리감겼다.

"참, 아직 만지는 건 금지니까."

느닷없는 선언에 서하가 눈을 번쩍 떴다. 우는 입고 있던 도포의 끝자락을 찢어 서하의 입가에 묻은 핏자국을 닦아주었다. 최대한 닿지 않도록 조심조심하면서.

"아직 다 진압이 되었는지 확실치 않으니 어서 객사 안으로 들어가거라."

뒤돌아선 우는 객사로 돌아가라는 둥, 월영은 객사를 지키라는 둥, 수호와 곽 도사는 도적을 끌고 오라는 둥 자연스럽게 현장을 지휘하고는 동헌이 있는 쪽으로 향했다.

감질나는 그의 행동을 보다 못한 수호가 오히려 '아니 왜!' 하고 소리쳤지만 소용없는 짓이었다. 서하는 눈까지 감으며 닿을 거라 기대했던 스스로가 창피해 얼굴만 발갛게 붉히고 있을 뿐이었다.

일부러 연약한 여인의 흉내를 내며 도와줬음에도 불구하고 잡혀버린 도적놈은 어쩔 수 없다지만, 우의 검에 어깨를 맞아 피를 흘리던 도적은 벌써 도망간 참이었다. 그런데도 운선은 제자리에 발이 붙어 버린 것처럼 멀거니 서 있기만 했다.

검을 던졌다. 자신을 살리려 우가 망설임 없이 검을 던져주었다. 그 순간이 생각보다 훨씬 더 기뻤던지라, 미처 깨닫지 못했다. 무헌대군은 유서하가 아닌 용의 아이 따위에게 단 일말의 관심도 없다는 것을.

검을 던지고 난 그는 서하를 위해 맨몸으로 도적의 앞을 가로막았다. 죽어도 상관없는 사람처럼. 유서하를 위해서는 그렇게 무엇이든 마다하지 않았다.

"도대체 왜."

서하가 도적의 손목을 깨물지 않았다면 틀림없이 우가 다쳤을 거라는 사실을 알면서도, 예상치 못한 행동으로 우를 구하려 드는 그녀가 몹시 짜증스러웠다.

피를 이어받고 태어나는 신분은 제 힘으로 어쩔 수 없다지만, 자신이 할 수 있는 것까지 빼앗아버리는 유서하가 꼴도 보기 싫었다.

무헌대군을 우리 편으로 만들어 보라는 한석준의 제안을 받아들인 것은, 어느 정도의 확신이 있었기 때문이었다. 넘어오게 할 수 있다는 자신감.

그런데 아니었다. 이상했다. 아무리 혹할 만한 것을 들이밀어도, 그는 완고했다. 세상에 무엇으로 유혹해도 넘어오지 않는 사내가 있다는 얘기는 들어본 적도 없었다.

〔그대 집안에 대해 상세히 말해보시오.〕

〔예?〕

〔한씨 집안 말이오.〕

〔정말로, 정말로 단순히 제 집안이 궁금하여 이 시간에 절 오라 하신 겁니까?〕

〔용의 아이가 태어나는 집안이라니 궁금하여서.〕

처음에는 정말 순수한 호기심인 줄 알았다. 그래도 용의 아이에 대해 드디어 관심이 생긴 줄 알고 좋아했더니만.

〔그럼 한연서가 궁에서 도망친 이후, 한씨 집안에서는 전혀 소식을 몰랐다는 말이군.〕

단번에 알았다. 유서하에 대해 알아보기 위함임을. 자신이 한지광의 서녀라고 할 때는 그러냐는 흔한 대답조차 없더니, 한연서에 대해서는 사소한 것 하나라도 알아내려 기를 쓰는 모습이라니.

스스로가 얼마나 안이했는지 뼈저리게 후회했다. 마음을 빼앗는 것에 너무 열중한 나머지 우의 계략에 빠져들었음을. 아니, 애초부터 그는 자신을 믿지도 않았음을 동헌에서 한 시진이 넘도록 붙잡혀 있고서야 바보처럼 깨달아 버리고 말았다.

그래서였다. 자진해서 한석준을 도울 생각은 없었는데, 도적 떼가 들어와 헤집어 놓을 수 있도록 관아 곳곳에 문을 열어둔 건.

모두 우의 탓이었다.

62화
의심

생각보다 더 규모가 장대한 도적 떼였다. 어느 정도 대비는 했지만, 그럼에도 막아내기가 벅찰 만큼 집중 공략이 쏟아졌다. 관아 곳곳에 난불을 진압하고, 다른 곳에 비해 수비가 불안한 객사와 교방을 습격하려는 움직임을 차단하며 방어하기를 한참. 무슨 신호라도 떨어졌는지 그 많은 인원이 한꺼번에 뒤도 돌아보지 않고 줄행랑을 쳤다.

우는 서둘러 남은 자들이 있나 살피고, 다시 올 때를 대비해 관아 주변의 경계를 더욱 삼엄히 했다. 드문드문 남은 불씨까지 점검하고 돌아오자, 수원 부사가 망연자실한 얼굴로 동헌 앞에 서 있었다.

"피해 규모는?"

"다친 사람들도 적고 다들 무사합니다."

"곳간은 어떻게 되었나."

"대감께서 미리 일러주신 덕에 별 탈 없습니다."

다행이었다. 월영이 정보를 주지 않았다면 구휼 물자를 전부 날렸을 수도 있음이었다. 겨우 가슴을 쓸어내리던 그때.

"대감, 대감!"

멀리 아전 하나가 다급하게 달려오고 있었다.

"무슨 일이냐."

"큰일입니다! 마을 곳곳에서도 난리가 났습니다! 오늘 나누어준 곡식을 모조리 털렸답니다!"

이거였구나. 진짜 목적은 이거였어.

어쩐지 이상하다 싶었다. 쓸데없이 소란을 피우고 불을 피운다 했더니. 마을 수비를 소홀히 한 틈을 노리려던 계획이었다.

뼈아픈 자책이 가슴을 때렸다.

"사람들에게 곡식을 다시 나누어주어야 할까요?"

수원 부사가 멀거니 중얼거리자 우는 고개를 가로저었다.

"아니. 곡식이야 언제든지 나눠줄 수 있고, 어떻게 해서든 다시 충당할 수도 있소. 문제는 지금 나누어줘봤자 또 똑같은 일이 반복된다는 것이지. 도적 떼들이 언제 쳐들어올지 몰라 전전긍긍하지 않도록, 그들을 소탕하고 안전하게 나누어주는 것이 더 좋겠소."

"그러려면 우리가 하루라도 빨리 녀석들을 잡아야겠군요."

부겸이 스스로에게 다짐하듯 말했다. 우 역시 다짐하지 않을 수 없었다. 어제 곡식을 받아 가며 기뻐하던 사람들이 떠올랐다. 이렇게 힘들 때 도적질이라니, 용서할 수가 없었다.

"오늘 나누어주었던 곡식 양이 어느 정도나 되지?"

"만 석 정도입니다."

"곡식 만 석은 적은 양이 아니다. 어디로 흘러가든 반드시 티가 나게 되어 있어. 하다못해 운송하는 것도 숨기기 쉽지 않을 것이다."

우는 잠시 생각을 정리하고는 말을 이었다.

"수원 부사, 지금 당장 사람들을 풀어 곡식 만 석의 행방을 알아보는 것부터 시작합시다. 마을 곳곳을 수색해 곡식을 잃은 사람과 잃지 않은 사람들을 조사하고, 혹 새로이 곡식이 흘러 들어가는 곳이 있는지, 또 수원뿐 아니라 다른 지방으로 가려 하는 움직임은 없는지 철저히 감시하시오."

"예."

"한양에도 파발을 띄워 모든 걸 사실대로 고하시오."

"예, 알겠습니다."

우는 목을 타고 흘러내리는 땀을 닦았다. 아마도 이것이 명의 귀에 들어가면 꼬투리가 될지도 모르겠다는, 불안한 생각이 뇌리를 스쳤다.

***

아침 일찍부터 동헌 안으로 들어온 우는 제일 먼저 수원 부사에게 당부를 했다.

"오늘도 어제처럼 사람들과 함께 팔달산으로 갈 것이오. 끼니는 주겠지만, 일한 값을 나눠주는 것에 대해서는 부득이 도적을 소탕한 후로 미뤄야겠지. 당분간 명부를 적어 지급해야 할 품삯을 달아두도록 하시오."

"하오나 그리하면 불만들이 터질 테고, 일을 빠지려고도 들 것입니다."

"어쩔 수 없지. 강요는 못 하지만 그래도 꼭 필요한 일이니, 하겠다고 하는 사람만 불러 모으시오."

"예, 대감."

수원 부사가 밖으로 나가자, 우는 곧바로 부겸을 쳐다보았다.

"조사한 것은?"

"대감의 생각이 맞았습니다. 확실히 수상한 자와 접촉이 있었는데, 도포를 입고 있어서 도적 떼 중 하나라고 단정하기가 어렵습니다."

"그 외에 의심할 만한 것은 없었고?"

"너무 어둡기도 했고 더 가까이 갈 수가 없어 자세히 보진 못했습니다만, 무언가를 건네는 것 같긴 했습니다. 접촉한 자가 도적 떼라고 생각해 보면, 곳간 열쇠였을 수도 있겠지요."

우는 손을 흔들었다.

"아무리 의심이 가도 결과에 끼워 맞춰선 안 되지. 그러다 보면 아닌 자도 그렇게 보일 수 있으니. 명확한 증거를 잡을 때까지 좀 더 지켜보는 수밖에."

일리 있는 지적이라며 부겸이 납득을 하고 조용히 입을 닫을 때였다. 대화를 듣고만 있던 수호가 별안간 볼을 퉁퉁 불리고 있었다. 사태가 사태인지라 불만을 참고 있는 모양이지만, 뭐가 그리 마음에 안 드는지 눈까지 가늘게 치켜뜨고 있었다.

"할 말 있음 하거라. 그렇게 온몸으로 화났다고 표출하지 말고."

"아까부터 모를 말만 하시니까 그렇지요. 뭐가 대감의 생각이 맞았고, 수상한 자와 접촉을 했다는 겁니까?"

"한석준."

우는 망설임 없이 대답해주었다. 원래는 좀 더 조심스럽게 지켜보려 했으나, 월영과 부겸의 보고를 듣고 나니 그럴 필요가 없을 듯했다. 수호에게까지 알려 좀 더 주위를 철저히 지키지 않으면 되려 화를 당할 수도 있음이었다.

결과에 끼워 맞춰선 안 된다고 스스로 말은 했지만, 강한 심증은 어쩔 수가 없었으니까.

"한석준이라니요? 그자를 미행한 겁니까?"

이번에는 우 대신 부겸이 설명을 이었다.

"어제 대감께서 지운선을 동헌으로 불러들인 이유가 바로 이거야. 그 여인을 한 시진 동안 붙잡고 있는 사이에 한석준이 무슨 일을 벌이나, 내가 감시를 맡기로 한 거지."

해가 진 밤에 지운선과 단둘이 있게 되면, 분명 한석준은 우가 지운선을 신뢰하기 시작했다고 믿을 터였다. 그러면 무언가 행동을 취할 테고, 그걸 감시하는 건 부겸의 몫이었다.

"그러니까 둘이, 계획을 미리 짰다고요? 저는 쏙 빼고요?"

"넌 담이가 온 이상 움직이기 불편할 테니까."

우가 단호히 잘라 말했다.

맞는 말이었다. 실제로 담과 달콤한 시간을 보내기도 한 참이었다. 물론 마지막에 기방에 간다고 했다가 등짝을 한 방 얻어맞긴 했지만.

어쨌든 맞는 말이라고 해서 '예, 그렇습니까'라며 가볍게 넘기기에는 몹시 섭섭한 마음을 지울 수가 없었다.

"아니, 근데 갑자기 왜 한석준이란 자를 의심하시는 겁니까?"

"전하의 사람일 것 같다, 는 생각이 들어서."

"예?"

"이상하다는 생각은 다들 했겠지. 왜 하필 우리 세 사람을 이곳으로 같이 보냈을까."

부겸과 수호가 자신의 사람이라는 것을 뻔히 알면서 왜.

경기도로 가라는 어명이 떨어진 순간부터 우는 자꾸만 드는 불안감을 한시도 잊은 적이 없었다.

"그 한석준이라는 자, 서하의 사촌 오라비이다."

"서하 아가씨와 사촌이라고요?"

"대대로 정승 판서만 지낸다는 '한 대감' 가문에 대해 들어본 적 있지? 전 이조 판서를 지낸 한지광 대감 가문 말이다."

"새벽 화마에 당했다 들었습니다."

"그곳이 바로 용의 아이가 태어나는 가문이다. 서하의 외가이기도 하고. 혜안군 숙부님께 전해 들은 바에 의하면, 사실은 그게 화마가 아니라 몰살이었던 모양이고."

"몰살이요? 도대체, 왜."

"지난번 서하에게 얘기를 들어서 알고 있겠지만, 서하의 어미가 도망을 치면서 선왕께서도 의심병을 키우게 되셨다. 한씨 가문에서는 가짜를 용의 아이라며 둔갑시켜 속이기도 하고, 용의 아이를 가지고 거래를 하려고도 했지. 하여 선왕께서 다시는 그런 일이 없도록, 몇 명만 빼고 용의 아이를 아는 자들을 전부 죽이셨다고 한다."

우의 목소리가 조금씩 잠잠해졌다. 아마도 선왕의 잘못에 대해 대신 죄책감을 느끼고 있는 탓이라는 걸, 수호와 부겸 둘 다 모르지 않았다.

"어쨌든 한석준은 그곳에서 살아남은 자이고, 오랫동안 조정에 나오기 위해 꽤 고생도 한 모양이야."

"그럼 서하 아가씨를 구하려고 온 것일 수도 있지 않겠습니까? 사촌 누이라면서요."

"아니, 그 반대라고 생각한다. 서하가 궐에 잡혀 온 것이 여섯 살이었다. 이십여 년의 세월이 흐르는 동안 한 번도 나타나지 않았다가 갑자기 사촌 오라비라고 나타난 그 속내가 더 의심스러워."

부겸도 맞장구를 쳤다.

"동감입니다. 정말 구할 생각이었으면 기회는 얼마든지 있었을 테고, 모습도 더 빨리 드러냈을 겁니다."

"그래. 게다가 추국장에서 벙어리 궁녀라며 자백했던 지운선을, 심지어 서하를 죽이려 했던 그 여인을 데리고 나타났다. 우연일 리 없다."

무슨 관계인지 어떤 자인지 잘 알지 못해 명백하게 꼬집을 순 없었지만, 가까이하고 싶지 않은 커다란 찝찝함이 이상하리만치 자리하고 있었다.

"뭐, 결국 조심해서 나쁠 건 없다. 일이 터지고 난 뒤에 수습하려 하면 또 십 년 전과 같은 일이 반복될 뿐이니까."

한 번의 경험이 쓰디쓴 약이 된 덕에 우는 매사 경계를 늦추지 않으려 노력했다. 그중 하나가 바로 한석준이었다. 월영의 말이 아니라 하더라도 우는 한석준이라는 사내 자체를 믿을 수가 없었다.

그 눈. 뱀같이 교묘하게 치켜뜨던 눈.

게다가 그자가 곳간 열쇠를 가지고 밖으로 나가자마자 도적 떼가 들이닥친 것도 그렇고, 하나하나 의심스러운 것들뿐이었다.

"그러니까 말을 종합하자면, 어제 대감께서 제가 싫어할 만한 일을 하셨다는 게…… 하, 참. 저만 쏙 빼고 둘이서 눈이 맞아 일을 꾸미셨다는 겁니까? 대군은 그 여인의 발을 이곳에 묶어놓고, 부겸이 네가 한석준 뒤를 밟고?"

"그래."

"그 여인과는 진짜 아무 일이 없었고요?"

우는 대답 대신 허탈하게 웃어보였다.

지운선과 도대체 무슨 일이 있었겠느냐고. 추국장에서 날 위험에 빠뜨리려고 벙어리 궁녀 행세를 하고, 심지어 서하를 죽이려고 했던 여인과 설마 네 놈이 생각하는 그런 일을 했겠느냐고. 단지 방심하게 만들 필요가 있어서 그리 행동한 것이라고.

말로 하지 않고 눈으로 말하고 있었더니, 수호가 안심을 하면서도 이내 성질을 팽하니 부렸다.

“정말 너무들 하십니다. 여기 셋이서 왔는데 어떻게 저를 그리 박대하실 수가 있습니까?”

“박대가 아니라 넌 공주 자가가 계시니까.”

부겸이 해명을 해보려 해도 토라진 수호를 달래기에는 역부족했다.

“너도 똑같아. 나한테 언질이라도 줬음 됐잖아.”

“어린애같이 굴래?”

“됐거든. 전 영락없이 대감께서 그 여인과 운우지정이라도 나눈 줄 알았단 말입니다. 저도 이 정도인데, 서하 아가씨는 오죽했겠습니까? 아가씨한테 해명은 하셨습니까? 오해라고?”

잠시 대답을 미루던 우는 한층 낮아진 목소리로 대답했다.

“어차피 오늘부터 도적 떼 잡는 것에 온 신경을 기울여야 한다. 오후에는 기방에 가야 하고. 혹 위험한 일이 생길 수도 있으니 차라리 지금처럼 나한테서 좀 떨어져 있는 게 나을 수도 있어.”

어제, 차마 만지지도 못하고 눈으로만 보고 돌아서야 했던 짧은 시간이 백일몽처럼 뇌리를 스쳤다. 얼마나 마음고생을 했으면 눈물까지 그렁그렁 매달고서. 그걸 닦아주지 못한 게 가장 아쉬웠지만, 지금은 할 일이 산더미였으니 서하를 위험으로 끌어들이기 전에 어질러진 것들을 해결하는 것이 먼저였다.

63화

술래는 운우

세 사람이 밖으로 나오는 기미가 보이자 서하는 얼른 몸을 숨겼다. 우가 제일 먼저 나오고, 다음으로 수호.

"부겸 나리, 부겸 나리!"

그다음으로 나오는 부겸을 최대한 조용히 부르며 손을 흔들어댔다. 몰래 부르고 있다는 걸 알았는지, 부겸은 잠시 주위를 살피며 다가왔다.

"여기서 뭐 하십니까? 혹시 엿듣고 계셨습니까?"

단번에 들켜 민망해진 서하가 쭈뼛거리며 고개를 끄덕이자, 부겸이 헛웃음을 지었다.

"그냥 들어와도 말릴 사람 없는데요. 굳이 왜 몰래."

"아닙니다. 아직은 그럴 수도 없고요."

서하의 대답이 오기와도 같아서 부겸은 눈을 가늘게 떴다. 이 바보 같은 쿵짝들이 하라는 화해는 안 하고 서로 눈치만 보고 있나, 싶었기 때문이었다.

"그러지 말고 한번 시원하게 꽉 안아드리세요. 그거 하나면 다 될 것 같습니다만."

바보 같은데 피곤하기까지 한 쿵짝들이라는 생각을 하고 있으려는데, 서하가 부루퉁하니 뺨을 부풀렸다. 동헌 안에서 수호가 했던 것과 많이 비슷해 보였다.

"당분간 그건 안 됩니다."

〔참, 아직 만지는 건 금지니까.〕

지난밤 우의 목소리가 생생히 떠올라 부겸은 왜냐고 묻고 싶은 입을 꾹 닫았다. 그렇게 기대하던 얼굴이었는데 바로 직전에 만지는 건 금지라는 말을 들었으니 오기가 생길 만도 했다.

"그나저나 전 갑자기 왜 찾으셨습니까?"

"아, 이거요."

서하는 어제 범인을 물어뜯고 나서 발견한 쪽지를 펼쳐 보였다.

"술래는 운우?"

"어제 도적이 가지고 있던 겁니다."

부겸이 눈을 크게 떴다.

"정말입니까?"

"예. 해서 제가 밤새 생각해 봤는데, 술시에 운우관이 아닐까 하는데요."

확실히 그럴싸한 추리였다. 도적들이 지니고 다니는 쪽지의 내용은 만남에 관한 것일 테니 시간과 장소일 가능성이 높았다.

"아까 의원님을 따라 교방에 다친 자가 없는지 살피러 갔는데, 이곳 기방 이름이 운우관이라고 하는 소리를 들었습니다."

"맞습니다. 아가씨의 예상이 맞을지도 모르겠습니다. 한데 왜 이걸 가지고만 계셨습니까? 대군 대감께 말씀 올리지 않고?"

서하는 고개를 도리도리 흔들며 말했다.

"제가 봤다는 것은 비밀로 해주세요. 그리고 이 쪽지는 나리께서 발견한 것으로 해주시고요."

"왜 굳이."

"그리고 절 좀 도와주세요."

"도와요? 제가 아가씨를요? 어떻게……."

"박 내관 나리께 들었는데, 기방에 자주 가신다면서요."

서하가 천진난만하게도 옆구리를 푹 찔러서 부겸은 말문이 턱 막히고 말았다. 뭐라고 변명을 해야 할지 감도 안 와서 난감해하는 사이.

"재밌어 보이네?"

갑작스럽게 나타난 운선이 분위기를 한 번에 떨어뜨렸다.

***

팔달산에서 돌아온 우는 마른 천으로 땀을 닦았다. 아무래도 삯으로 쳐줘야 하는 곡식을 나눠주지 않으니 일하러 온 자들도 줄고, 능률도 떨어진 참이었다. 이대로 속도가 더뎌지면 힘들어질 걸 알기에 어찌해야 하나, 마음을 쓰고 있을 때였다.

"대감, 혜안군 대감께서 서신을 보내신 모양입니다."

"숙부님께서?"

우는 수호가 건네준 서신을 받아 열었다. 그다지 긴 내용은 아니었다. 궐 안이 어떻게 돌아가는지, 조정의 낌새가 어떠한지. 그리고…….

읽는 내내 우의 표정이 그다지 밝지 않아 걱정이 되었는지 수호가 조심스레 물었다.

“좋지 않은 소식이라도 있습니까?”

우는 고개를 저어 보였다.

“아니다. 어젯밤에 보낸 파발을 받고 한양에서도 큰 논의가 되었다고 한다. 그리고…….”

“그리고요?”

“대군방으로 정릉동 저택이 결정된 모양이다. 내가 돌아가기 전까지 숙부님께서 도맡아 관리해주시겠단다.”

이제 정말 대궐을 나올 때가 되었다는 것을, 우는 새삼 실감했다. 그리고 수호는 자신의 하나뿐인 벗이자 유일한 군주라 믿었던 우가 용상에서 점점 멀어진다는 사실에 침울함을 감추지 못했다.

툭, 툭. 말로 하진 않아도 그 마음을 안다는 듯 그리고 마음만으로도 고맙다는 듯, 우는 수호의 어깨를 두어 번 두드려주었다.

“지금은 도적 떼 잡는 것만 생각하자. 옥에 가둔 도적에게서는 뭔가 알아낸 것이 있느냐?”

“자기들도 무리가 누구인지 정확히 모른답니다. 혹 누군가 잡혀도 무리에 해가 되지 않게 하기 위해서요. 도적 떼에 합류가 되면 명단 기록부에 이름과 사는 곳을 기입하면 끝이랍니다.”

“간단하군.”

“예. 도적 떼에 간부라고 불리는 이들이 있기는 한 모양인데, 그들도 명부를 볼 정도의 지위는 아니고 단순히 쪽지 전달의 수단인 듯합니다. 잡힌 녀석도 딱 그 정도 위치고요. 오직 두령만이 명부를 손에 쥐고 있고, 명령도 절대적이랍니다.”

“그 영의정의 서자라는 녀석 말이지.”

"저들도 공공연히 그렇게 이야기를 들었다는데, 정확한 건 모릅니다. 실제로 지난번 두령이란 자가 잡혔을 때, 영의정은 서자가 없다고 천명한 상태고요."

아무리 도적 떼의 두령이라지만, 허풍으로 영의정의 서자라 떠들고 다니기에는 너무 무모한 감이 없지 않아 있었다.

"뒤를 봐주는 게 영의정이라고 소문도 난 참이고 또 도적질한 것들을 상당히 공평하게 나누기도 해서 따르는 자들이 많은 모양입니다."

"재물 욕심이 없는 두령이라니. 앞뒤가 맞지 않는군."

"만남은 두령이 쪽지 같은 것을 날릴 때만 가지는 모양입니다. 손가락 크기만 한 서신인데, 종이 색깔이 노란색이면 비상시에 대비해 몸을 숨기라는 의미이고 하얀색이면 만나는 날을 의미한답니다."

"잡힌 녀석이 달리 받은 쪽지나 서신 같은 건 없다더냐?"

"없답니다. 하도 완고해서 뒤져도 봤는데, 확실히 없었습니다. 한데 그 두령이 기방을 자주 출입한답니다. 그것만큼은 확실하다고, 살려달라고 벌벌 울던데요."

"그래, 역시 기방이란 말이지."

우는 가만히 생각에 잠겼다. 이 상태로는 아무리 심증이 간다 해도 잡아 봤자 또 풀어질 게 뻔했다. 명백한 증거가 필요했다.

"오늘이야말로 술시에 기방으로 가자. 지금은 뾰족한 단서가 없으니 무작정 가서 단서를 찾을 수밖에."

***

"이리 오너라!"

두천이 큰소리로 외쳤다. 기근에도 눈이 어지러울 만큼 빛나는 홍등을 보며 우는 코허리를 구겼다.

"안 됩니다. 어디까지나 조사하러 온 거니 지금은 참아야 합니다. 얼른 웃으세요."

수호가 손가락으로 입가를 올리는 시늉을 해 보였다.

"이곳이 기방이군요."

기어이 따라온 담이 눈을 빛냈다.

〔저도 가겠습니다.〕

〔놀러 가는 게 아니다. 말이 되는 소리를 하거라.〕

〔기방이면 사내가 뒤질 수 없는 곳을 뒤져야 할 때도 있을 겁니다. 기생의 몸수색을 해야 할 수도 있고. 반드시 제가 필요할 때가 있을 겁니다.〕

우는 수호를 노려봤더랬다. 담이 내놓은 대답을 바로 들어도, 거꾸로 들어도 수호와 짠 게 분명했기 때문이었다. 늘 정면 돌파밖에 모르는 담이 그런 합리적인 핑계를 생각해 낼 리 없었으니까.

〔누이를 기방에 데려가는 놈도 있다더냐? 부탁하려면 다른 사람도 있으니 네가 갈 필요는 없어.〕

〔누구요, 유서하나 지운선이요? 둘 다 자리에 없습니다. 저 빼고 어딜 놀러 갔는지 코빼기도 보이지 않습니다.〕

어디를 갔기에.

그러고 보니 우도 종일 서하를 보지 못한 참이라 걱정이 이만저만이 아니었다. 어제 일도 있었고, 화해라고 하면 화해도 어설프게 해버린 것이 마음에 걸렸고.

거기까지 생각하던 우는 고개를 저었다. 호위를 자처한 월영이 위험한 일은 막아줄 것이라고 믿어야 했다. 지금은 도적 떼를 잡는 것에 집중해야 할 때니까.

“수호 옆에 꼭 붙어 있겠다고 약조한 것, 잊지 말거라.”

“물론입니다.”

고집을 황소처럼 부리는 다 큰 누이를 잡아 가둘 수도 없고, 엉덩이를 때려줄 수도 없고. 결국 허락해 주었더니 담이 수호의 도포 자락을 꼭 붙들었다. 수호가 코끝이 찡해지는 감동을 한껏 만끽하는 사이, 담이 입을 떡 벌릴 만큼 화려한 차림의 기생들이 모습을 드러냈다.

“어서 오세요, 나리!”

콧소리로 사람을 녹여버리는 건가, 싶을 만큼 간드러지는 목소리였다.

“선약이 있어서 왔소. 곽부겸이란 자가 먼저 와 있을 텐데.”

“네! 안내해 드릴 터이니 어서들 들어오십시오.”

두천의 말을 단번에 알아들은 기생들이 앞서 걸었다. 모두 뒤를 따라 기방 문턱을 넘어 수많은 방을 지나치는데, 기생 중 하나가 서둘러 주위를 살피더니 한 방문을 열었다. 그 안에 부겸이 앉아 있었다.

“어서들 들어가십시오.”

모두 안으로 들어가는 걸 확인한 기생이 문을 빈틈없이 닫은 뒤 사라지고서야 다소 침통한 표정으로 앉아 있던 부겸이 은밀하게 입을 열었다.

“저희가 이곳에 온다는 사실이 알려졌답니다.”

수호가 고개를 갸웃했다.

"어떻게?"

"아무래도 관아에서 말이 새고 있다는 뜻이겠지."

우선은 한석준과 지운선이 가장 먼저 의심이 갔다. 다른 사람일 가능성을 배제하는 것은 아니지만, 기방에 간다는 사실 자체를 아는 사람이 거의 없었다.

그렇다면…… 한참이나 생각에 빠져 있던 우가 나직이 말했다.

"오늘은 이만 접어야겠다."

"역시 접습니까?"

수호 역시 그게 가장 좋을 것 같다며 고개를 끄덕였다. 오히려 서운한 모습을 보인 건 담과 두천이었지만, 놀러 온 것이 아니니 더 지체할 수는 없었다.

"어차피 그 정도로 소문이 났으면 두령이란 놈이 왔다가 그냥 돌아갈 수도 있고, 이곳에 있다 해도 우리가 움직일 수 없는 이상 쓸데없는 시간 낭비다."

"예, 알겠습니다."

"저……."

수호와 똑같이 수긍할 줄 알았던 부겸이 의외로 말을 끌며 주저주저하자, 우가 넌지시 물었다.

"왜, 무슨 방법이라도 있는가?"

"없는 건 아니라서요."

"무슨 방법?"

"기녀들의 도움을 좀 받을까 합니다만."

우는 곧바로 미간을 일그러뜨렸다.

"자네답지 않은 말을 하는군. 믿을 수 있는 자가 아니라면 그런 모험은 하지 않아."

입만 달싹이고 있는 부겸을 뒤로 하고 자리에서 일어난 우가 말릴 새도 없이 문을 열어젖혔다. 수호가 그 뒤를 이어 일어나고 담과 두천이 마지못해 일어나는 사이, 기생 대여섯 명이 코앞으로 지나쳐 갔다.

우가 무의식적으로 그들 중 하나와 눈이 마주치는 순간.

"헉!"

입을 틀어막은 기생이 고개를 홱 숙이며 누가 잡을세라 도망치듯 멀어져갔다.

우는 눈을 휘둥그레 뜬 채 영영 굳어 있을 것처럼 미동이 없었다. 뒤에서 지켜보고 있던 부겸만이 '망했네'라며 이마를 짚을 뿐이었다.

이렇게 일찍 탄로 날 줄이야.

이성을 차리려고 노력 중인지, 손에 힘이 들어가기 시작한 우가 금방이라도 문을 부술 것처럼 힘주어 잡았다. 으득, 하고 어딘가 진짜 부러지는 소리와 함께 살벌하게 낮아진 음성이 방안을 울렸다.

"아무래도 내 눈이 이상해진 것 같군. 방금 서하와 아주 똑 닮은 여인을……."

그간 거리를 두느라 서하가 너무 모자랐던 모양이었다. 아니라면 어떻게 방금 눈앞에 지나간 기생에게서 서하를 볼 수가 있단 말인가.

말도 안 되었다. 우는 뒤를 돌아보며 연신 고개를 갸웃했다.

"내가 미치지 않고서야, 왜 아까 그 여인이 서하로 보이지?"

자신이 잘못 봐도 한참 잘못 본 것이 분명하다는 투로 이야기하면서도, 밤색 눈은 이미 이성을 잃은 짐승처럼 포효하고 있었다.

수호도 마침 본 터라 말을 잇지 못했고, 영문을 모르는 담과 두천은 그저 멀뚱히 서 있기만 했다. 그리고 부겸은 대역죄라도 지은 양 우와 시선을 마주치지 못하고 고개를 수그렸다. 그 움직임만으로 뭔가 있다는 것을 감지한 우가 추궁했다.

"설마, 정말 서하였던 것이냐? 지금 지나간 기생 무리 중 하나가, 정말로 서하인 거야?"

"대군. 일단 진정을 좀 하시고……."

수호가 말려봤지만 소용없었다. 우는 이미 의식이 폭주하는 건 아닐까, 싶을 정도로 화가 치밀어 오르는 중이었다.

"곽 도사, 자네는 뭔가 알고 있었다는 표정인데."

땅바닥만 보던 부겸의 어깨가 움찔 튀어 오르나 싶더니, 이내 잔뜩 가라앉은 목소리가 장황하게 대답을 늘어놓았다.

"송구합니다. 하도 간곡히 부탁하기에. 저도 고민 많이 했지만 방도가 없어서…… 어제 잡힌 그 도적이 서신을 떨어뜨렸는데, 그걸 서하 아가씨가 주우신 모양입니다. 하얀색 서신에 '술래는 운우'라는 말이 적혀 있었답니다."

"……술시에 운우관."

우가 단번에 알아채고 중얼거리자 부겸이 고개를 끄덕였다.

"아가씨도 그렇게 생각하신 모양입니다. 자기도 돕게 해달라며 하염없이 부탁하시는데, 도저히 거절할 수가 없었습니다."

"해서 서하가 지금 기생 분장을 하고 있다는 건가?"

으드득! 기어이 우가 잡은 문살이 부러져 내렸다. 위험을 감지한 수호가 잽싸게 그의 허리를 붙잡았다.

"진정하세요! 진정하시고 일단 얘기를 좀 들어보세……."

"놔."

엄청 화가 났구나. 순식간에 오싹하리만큼 가라앉아버린 우의 목소리를 들으며 수호는 주춤했다. 진짜 참을 수 없이 화가 날 때면 우의 목소리가 대지도 뚫고 들어갈 기세로 낮아진다는 것을 잘 알고 있었기 때문이었다.

"가서 데려올 테니 먼저들 가거라."

기생 무리의 끝에 붙어서서 걸어가던 서하는 자꾸만 뒤를 흘끔거렸다. 제대로 눈이 딱 마주쳐 버렸으니 우가 알아보지 못할 리 없었다. 표정이 아주 무섭게 돌변하는 것을 봐버린 터라, 야단맞을 걸 생각하니 손이 다 덜덜 떨려왔다.

그래도 할 수 없었다. 이곳에서 오늘 술시에 오기로 한 손님의 정보를 이것저것 들어놓은 터였다. 자신이 할 수 있는 일이라면 기꺼이 할 것이었다.

"잠시만 좀 다녀올 곳이 있는데, 갔다 와도 될까요?"

"어딜? 지금 움직이면 들킬 수도 있는데."

부겸에게 부탁해 기생들에게 협력을 받는 처지였으니 말을 잘 들어야 하는 건 알지만, 지금은 다녀오지 않으면 아무래도 일이 엉망진창이 되어버릴 것 같았다.

"잠시면 됩니다."

"대군께서 널 알아봤을까 봐?"

옆에 있던 운선의 지적에도 서하는 꾸벅 인사를 한 뒤, 조금 전 우와 마주쳤던 곳으로 달렸다.

"이거 놓으라 했다."

우가 으르고 있었지만, 수호와 부겸은 각각 양쪽에서 그의 팔을 힘껏 붙들며 말리느라 정신이 없었다.

남들이 볼세라 꾸역꾸역 문까지 닫고서야 겨우 수호가 애걸하듯 말했다.

"일단 아가씨께서도 생각이 있으신 모양이니 기다려 보는 게 어떻겠습니까?"

"놔."

우의 목소리가 점점 더 낮아질 때쯤.

"돌아가겠다 했습니다."

그때까지도 얌전히 있던 담이 말했다. 잡힌 팔을 빼려던 우가 멈칫했다.

"뭐?"

"의광군에게 돌아가겠다 했습니다."

우뿐만 아니라 부겸과 두천도 놀라 미동도 하지 못했다.

"돌아가서 선견을 하고, 혹시 모를 오라버니의 앞날을 바꾸고 싶다고요."

"누구한테 돌아가서…… 뭐를 한다고?"

이제는 노기를 숨기지도 못하는 우를 향해 담이 마지막 말을 보탰다.

"그러니 마지막으로 하고 싶은 일을 하게 두는 게 어떻겠습니까, 후회 없도록."

무슨 의도인지는 몰라도, 담이 칼날처럼 우의 가슴을 사정없이 헤집어 놓을 때였다.

드르륵! 불시에 문이 열리고, 평소 보지도 못한 화려한 붉은색의 치맛자락이 바람에 일며 다가왔다.

우가 막 돌아보는 순간, 그의 옷깃을 양손으로 꽉 움켜쥔 서하가 입술에 깊이 입을 맞춰왔다. 뜬금없는 장면에 놀라 눈을 동그랗게 뜬 부겸은 우의 팔을 스르륵 놓았고, 수호는 재빨리 담의 눈을 가리고 섰다.

그리고 우는 놓치지 않으려 서하의 허리를 으스러지게 끌어안았다. 오랜만에 한 입맞춤이어서 그런지 갈증이 급급해져 부드러운 입술을 탐하느라 정신이 아득해져 갈 즈음, 마침내 서하가 떨어졌다. 느른하게 올라온 눈동자가 아직 부족하다며 일렁이고 있었지만, 상황이 상황이니만큼 우는 기를 쓰고 본능을 억눌렀다.

한참 뒤 서하가 잘 나오지 않는 목소리를 끌어올렸다.

"야단은 돌아와서 맞겠습니다. 잘못도 돌아와서 빌겠습니다. 그러니 지금은 얌전히 계세요. 반드시 도울 터이니. 대신, 위험해지면 구하러 와주셔야 합니다."

서하는 우의 입술에 다시 한번 가볍게 쪽, 입맞춤을 하고는 떨어지지 않는 발걸음을 돌려 훌쩍 가버렸다. 우는 물론, 나머지 네 명도 그대로 제자리에 굳어버리고 말았다.

64화
움켜잡은 손

"오늘 기분도 꿀꿀한데 누가 내 기분을 끌어올려 줄 테냐."

운우관 기생이라면 모르는 사람이 없다고 했다. 이곳에 오는 저 후안무치하지만 돈은 많은 놈이 도적 떼의 두령이라는 것을. 술만 취하면 어디 어디를 어떻게 털었는지 술술 불고, 더 만취하면 제가 털어온 걸 기생들에게 뿌리기도 한다고 했다.

그래서 아무도 관아에 고발 같은 건 하지 않는다고. 고발된 적도 있었지만, 증거가 부족하다며 곧바로 풀려났던 모양이었다.

뒤를 봐주는 누군가가 있다는 냄새가 구리게 풍겼다. 도적 주제에 당당히 활개치고 다니는 걸로 보아, 세력가를 등에 업고 있을 가능성이 컸다.

그래, 그럼 내가 그 증거를 찾아주마. 교자상의 끄트머리에 앉은 서하는 말없이 의욕을 불태웠다. 우선 술에 취해야 입에서 술술 나온다고 하니, 기녀들에게 놈이 거나하게 취할 수 있게 도와달라고 부탁을 한 참이었다. 그들도 두령이 취해야 돈을 좀 만져 볼 수 있으니, 굳이 부탁 같은 건 하지 않아도 된다 하였다.

"자, 여기 귀한 매화주가 있으니 드시고 속 편히 푸십시오."

두령 옆에 붙은 기녀가 살갑게 술을 따라주며 살살 달래는 사이, 운선이 음식을 챙기는 척 옆으로 다가왔다.

서하는 흘긋 곁눈질로 살폈다. 원래도 요염한 여인이라고 생각은 했지만, 기생 옷을 갖춰 입으니 고혹하기 그지없었다. 술 따르는 손놀림하며, 과하지 않게 입꼬리를 올려 웃는 본새까지.

아주 사내를 엿가락처럼 살살 녹여 제 발밑에 두고도 남을 요염함이, 같은 여인으로서 좀 부럽기도 했다.

"좋겠구나, 사랑받아서."

작지만 분명한 목소리가 들리자, 빈 술병을 치우던 서하의 손이 멈칫했다.

"무헌대군 대감이 와 계신 거지?"

서하는 대답 대신 조금 전 놀라 눈을 동그랗게 뜨던 우를 떠올렸다. 아직도 입술의 온기가 생생했다. 금방이라도 끌고 나갈까 봐 다급하게 입을 먼저 맞춰버렸지만, 그 순간에도 또다시 선견이 보이는 바람에 저도 모르게 손이 좀 떨려버렸지만, 만지는 건 금지라고 했던 말에 멋지게 복수해 준 것 같아 조금은 짜릿함을 느꼈던 것도 잠시.

지금쯤 말도 없이 이런 짓을 했다고 화가 많이 났을까 아니면 엉뚱한 짓만 한다고 질려버렸을까, 하는 걱정으로 머릿속이 복잡하게 엉키기만 했다.

"넌 어떻게 그렇게 확신해?"

운선이 오늘따라 집요했다. 평소 카랑카랑하던 목소리가 살짝 수그러든 것 같다는 생각을 하면서도, 서하는 끈기 있게 대답을 회피하는 중이었다.

"그분과 네가 하고 있는 게 사랑이라고 어떻게 그렇게 확신하냐고. 너무 어렸을 때부터 서로만 보며 살아서 사랑이라고 착각하고 있는 거라고. 아니 그냥 습관 같은 거라고. 그렇게 생각해 본 적은 없어?"

처음이었다. 운선의 어딘가 서글픈 듯 진지한 표정과 진심을 바라는 말투.

그래서 서하도 솔직하게 대답할 수밖에 없었다.

"생각해 본 적도 없고, 확신하지도 않습니다."

빤히 보고 있는 운선의 시선을 피해 서하는 작게 손을 꼬물거리며 나직이 말을 이었다.

"그저 형태가 무엇이든, 사랑이 아니어도 상관없을 만큼…… 제가 간절하게 그분을 원할 뿐입니다."

운선은 아무런 말도 없었다. 움직이지도 않았다. 한참을 그러다가 다시 일어나 걸음을 옮기며 뇌까리듯 말했다.

"말장난."

짧은 순간 보였던 운선의 표정이 이상하게 신경 쓰여 나름 진지하게 대답한 건데, 말장난이라니.

뒤통수를 맞은 기분이었다. 서하는 잠시 허망하게 있다가, 곧 정신을 차리려 고개를 흔들었다. 지금은 이럴 때가 아니었다. 부겸에게 부탁하는 이야기를 엿듣고 끝끝내 쫓아온 운선의 속내를 알 수는 없었지만, 어차피 무슨 증거라도 잡아 또 무헌대군에게 접근할 셈일 터였다.

질 수 없었다. 그래도 운선처럼 두령의 옆으로 다가갔다가 가짜 기녀인 게 탄로 나면 말짱 허사가 되니 조심해야 했다. 우선은 취할 때까지 최대한 멀리 떨어져서 기회를 엿보…….

"어이."

저를 부르는 줄도 모른 채, 서하는 새로운 매화주가 담긴 술병을 정성스레 교자상 위로 올려놓고 있었다.

"어이, 거기 너."

사람들이 전부 자신을 보고 있다는 것을 깨닫고서야 서하의 고개가 두령에게로 향했다. 지긋한 그 눈빛이 징그러워 침이 꼴깍 넘어갔다.

"처음 보는 얼굴인데. 새로 왔더냐?"

당황해서 얼어붙어 버린 서하가 고개를 두어 번 끄덕이자, 운선이 서둘러 입을 열었다.

"말을 못 하는 벙어리입니다. 얼굴만은 반반하니 쓸만하여 술 시중이나 들라고……."

"이리 가까이 오너라."

저를 들여 보내준 기녀를 한 번, 운선을 한 번 바쁘게 번갈아 보던 서하는 마침내 마음을 다잡고 두령의 옆으로 향했다. 뭘 해야 좋을지를 몰라 빈 술잔에 술이라도 따라 주려는데, 두령이 킁킁거리며 얼굴을 들이밀었다. 기생으로 변장 중이라는 것을 되새기며 서하가 피하지도 못하고 간신히 허리에 힘을 주어 버티고 있을 때였다.

"매화주에서 나는 향이냐, 네게서 나는 향이냐."

뭐라는 건지. 눈만 깜빡이고 있었더니, 두령이 이내 만족스러운 듯 두꺼비처럼 함박웃음을 지어 보였다.

"따라보거라. 매화가 따라주는 매화주에 취해보련다."

서하는 술잔에 술을 따랐다. 쪼르르, 하는 청량한 소리가 끝이 나고 두령이 그것을 한입에 털어 넣을 때 즈음. 시선이 느껴져 고개를 들자 운선이 자신을 응시하고 있었다. 왜 그러느냐는 듯이 눈짓을 했지만, 운선이 말없이 시선을 돌려버렸다.

"좋구나, 좋아! 오늘따라 술이 달구나! 그럼 제일 기분 좋을 때 하는 그걸 한 번 해볼까? 찾는 놈이 임자, 놀이 말이다! 하하하하!"

무슨 소린지 모르는 서하와 운선을 제외하고, 나머지 기녀들이 갑자기 눈을 빛내며 달려들 기세로 모여들었다.

"내 곳곳에 잘 숨겨둘 터이니, 어디 한 번 찾아 보거라!"

"다들 눈 잘 감았으렷다!"

두령의 목소리가 옆방까지 쩌렁쩌렁하게 울려 퍼졌다. 덕분에 두천은 우의 허리를 꽉 잡고 놓아주지 않았고, 수호는 우의 앞에서 양팔을 벌리고 서서 길을 막고 있었다. 그리고 부겸은 우의 주먹만 하염없이 지켜보고 있었다. 저 핏대가 울퉁불퉁 불거져 나오고 부들부들 떨리고 있는 주먹이 부디 참을성을 잃지 않기를, 간절히 바라고 또 바랄 뿐이었다.

"제가 저 여인을 나무랐습니다."

일순 사내들의 시선이 담에게 향했다. 우가 혹시라도 칼부림을 못 하도록 그의 검을 품에 안고 있던 담은 가만히 벽에 기대서서 말을 꺼내오고 있었다.

우만이 옆방에서 울려대는 시끄러운 웃음소리로 시선을 처박고 있을 뿐이었다.

"오라버니가 보위에 앉는 게 그리 싫으냐고, 넌 의광군의 숙명이라며 결국 뺨도 때렸습니다. 아닌 걸 알면서도 때렸습니다. 화풀이를 하고 싶어서요. 오라버니께서 살아온 지난 십 년이 저 여인 때문이라고, 그렇게 탓하고 있었거든요."

담은 작은 얼굴로 흘러 내려온 갓끈을 매만지며 조용히 읊조리듯 말했다.

우를 보위에 올려야만 한다는 사실에 너무 집착하고 있었다. 그게 오라버니를 위해 자신이 할 수 있는 유일한 속죄라고 여겼기 때문이었다. 그저 죄책감을 덜기 위한 자신의 욕심이었다고는 전혀 생각지도 못한 채.

"한데, 이제 아니라는 걸 알았습니다."

지켜주었어야 할 어머니를 잃게 만든 책임을, 우를 보위에 올리는 것으로 대신하여 마음을 털어버리고 싶었던 것이었음을. 해서 사람들의 마음을 헤아릴 여유도 없이 한석준과 지운선을 끌어들이고, 마구잡이로 보위에 올라야 한다며 고집을 피우고 있었음을 바보처럼 이제야 깨닫고 말았다.

"유서하에게 화가 나서 만지지 말라고 한 게 아니시죠? 다른 이유가 있으셨던 거죠?"

저벅저벅 곁으로 다가간 담이 검을 쥐여주자, 아무런 대답도 하지 않은 채 서 있던 우가 비로소 누이를 보았다.

"전 오라버니가 보위에 오르지 못하는 게 싫었습니다. 어떻게 하면 보위에 올려드릴 수 있나, 그 걱정만으로 정신이 없었습니다. 한데 저 여인은…… 소중한 이가 숨을 쉬고, 그 사람을 만질 수 있고, 느낄 수 있는 순간을 지키기 위해 늘 여념이 없습니다. 오라버니만 살릴 수 있다면, 갇혀 사는 삶이라는 걸 빤히 알면서도 돌아가겠다는 말을 서슴없이 합니다."

그리고 그건 우도 마찬가지라는 사실을, 조금 전 떠보듯 이야기하고서야 알았다. 우가 저 여인을 위해서 무엇이든 할 수 있을 정도로 애타하고 있음을.

"이젠 서하가 한 말들이 무슨 의미인지 압니다. 하여, 제가 틀렸다는 것도 알았습니다."

도적놈의 팔을 물어뜯고, 기방에 숨어들고. 앞으로 또 어떤 일을 할지는 모르지만, 저 여인이 움직이는 이유는 단 하나.

우를 살리는 것.

"가서 꺼내오십시오. 저희 때문에, 또 이 나라를 위해 참고 있는 것 압니다. 한데 굳이 저런 더러운 놈에게 희롱당하는 것까지 두고 보진 않으셔도 됩니다. 오라버니의 방식대로 하세요. 더 이상 다른 이들 때문에, 사랑하는 여인까지 참지 않으셔도 됩니다."

등을 밀어주는 누이의 손에 이끌려, 우는 검을 꺼내 들었다. 스릉, 하는 서늘한 소리가 사내들의 손에서 같이 울렸다.

"고맙다, 담아."

"찾아보거라!"

"꺄아!"

기녀들은 기다렸다는 듯 두령에게 달려들었다. 도포를 들추고, 저고리 고름을 풀고, 적삼까지 풀어 헤치는 손 사이사이로 엽전이 든 두루주머니가 튀어나오기도 하고, 금이나 은이 나오기도 했다. 여인들이 좋아하는 패물도 한껏 쏟아져 나왔다.

'찾는 놈이 임자' 놀이는 두령의 옷 속을 구석구석 뒤져서 가지면 임자라는 뜻인 모양이었다. 운선은 허접한 인간을 보듯 고개를 저었고, 서하는 멀뚱히 놀이가 한창인 곳을 관망하기만 했다.

그깟 엽전이나 패물을 얻으려고 이 자리에 있는 건 아니었으니까.

"하하하하! 그리 좋으냐? 한데 어쩔까. 진짜 중요한 건 따로 있는데."

애써 보고는 있었지만 저질스러운 놀이에 기가 질려 서하가 물이나 한잔 마실 때였다.

"내가 한양에서 온 대군이란 놈을 털어서 받은 어마어마한 재물은 따로 있단 말이다."

귀가 다 쫑긋해지는 소리에 놀라 서하는 그만 사레가 걸리고 말았다. 콜록콜록, 기침이 쏟아져 나왔다. 사람들의 시선이 쏟아진다는 걸 아는데도 잘 멈춰지지 않았다.

"이 나라의 일인지하 만인지상이라는 내 아버지 영의정도 울고 갈 만큼의 재산이지."

두령이 서하를 빤히 보며 중얼거렸다. 기생들이 보여달라며 아우성을 치자, 두령이 비릿하게 입꼬리를 올렸다.

"보고 싶으냐? 갖고 싶으냐?"

신이 난 기생들 앞에서 그는 제 바지끈을 풀어댔다.

"네가 찾아보거라. 움켜쥘 수 있으면 내 너에게 반을 떼어 줄 터이니 어디 한 번 꽉 움켜쥐어 보란 말이다!"

큰소리로 외친 두령이 느닷없이 서하의 손목을 잡아챌 때였다.

쾅! 우가 부서질 듯 문을 열고 뛰어 들어왔다. 뒤이어 수호와 부겸이 따라 들어오자, 기생들이 놀라 소리를 질렀다.

"어머!"

"꺄악!"

쳐들어온 사내들을 훑어보던 두령은 놀라지도 않은 채 보란 듯이 잡은 서하의 손을 제 바지 안쪽으로 불쑥 집어넣었다. 모두 경악하느라 턱이 빠지게 입을 벌렸다.

"……겠다."

들끓는 분노를 주체하지 못하고, 우는 검을 양손으로 움켜쥐었다.

"이 빌어먹을 새끼, 확 잘라버리고 말겠다!"

용이 포효하는 것 같은 소리를 내며 우가 검을 휘두르려는 순간.

"으아아아오오오오오!"

두령이 희한한 비명을 지르며 온몸을 오징어처럼 비틀어댔다.

깜짝 놀라 잠시 멈춘 우는 서하를 바라보았다. 주위에서 요란을 떨어대는 것과 달리 아무렇지도 않은 덤덤한 표정. 하지만 뭔가에 집중하는 것처럼 작게 힘이 들어간 입술.

"아아아아아악! 네, 네 이년! 노, 놓지, 놓지 못할까아아아아악!"

그제야 상황을 파악한 기녀들이 눈을 질끈 감고 고개를 돌리거나 저들끼리 입을 가리고 키득댔다. 부겸은 붕어처럼 입만 뻥끗뻥끗거렸고, 수호는 제 것이 비틀리듯 오만상을 찌푸렸다.

뒤늦게 쫓아 들어온 담은 믿을 수 없는 광경에 큰 눈을 연신 감았다 떴다. 낙뢰를 맞은 활어처럼 팔딱이는 사내의 바지 속에서 서하의 손이 뭘 하고 있는지, 상상하는 데 꽤나 시간이 걸렸더랬다.

"네, 네 이년! 어, 얼른 놓지 못할까!"

두령의 호통에도 서하는 손을 놓기는커녕 고개만 갸웃했다.

"움켜쥐라고 한 건 나리십니다."

"뭐, 뭐? 아니 그건 다른 걸⋯⋯ 아니, 가만있어 봐! 넌 아까 벙어리라고 하지아아아아!"

밀쳐내려고 하는 움직임이 감지되면 서하는 여지없이 손아귀를 바싹 움켜쥐었다. 눈을 가늘게 치켜뜨고 옹송그린 입에 힘을 실을 때마다, 두령의 입에서 자지러지는 신음이 찢어지도록 터져 나왔다.

"게다가 두령님께서 제 손목을 이리 꽉 움켜쥐고 계시니 저도 어쩔 수가 없습니다. 먼저 놓아주셔야 저도 놓을 수 있습니다."

"뭐, 뭐라?"

"먼저 놓기만 하시면 저도 놓겠습니다."

깜찍하게도 동그란 눈을 잘게 깜빡이며 천연덕스럽게 말하자, 겁을 잔뜩 집어먹은 두령이 조심스럽게 손목을 놓아주었다.

"아아아아아오오!"

서하는 기다렸다는 듯 마지막으로 있는 힘껏 꽉 쥐고는 손을 놓았고, 우가 곧바로 그런 서하를 일으켜 세웠다.

"저놈을 관아로……."

"못 끌고 가십니다."

말이 채 끝나기도 전에 누군가 그와 두령 사이를 가로막았다. 모두 당황하는 것도 아랑곳하지 않은 채, 운선은 제 머리꽂이를 잡아 빼 손에 들었다.

재빨리 서하를 등 뒤로 숨긴 우가 눈을 매섭게 치켜떴다.

"무슨 짓이냐."

"송구합니다만, 저도 제 할 일이 있어서요. 이 자는 데려가지 못하십니다."

"허! 용의 아이 어쩌고 하면서 접근할 때는 언제고, 이렇게 사람 뒤통수를 치다니!"

수호가 참지 못하고 쏘아붙이자, 담이 아연하게 중얼거렸다.

"아니었어? 용의 아이가 아니었어?"

"어차피 대군 대감께서는 처음부터 절 믿지도 않으셨습니다. 안 그렇습니까, 대감? 하여 어제 절 한 시진 동안 동헌에 묶어 두신 게 아닙니까?"

운선은 씁쓸하게 웃었다. 원망도, 비난도 아닌 그저 슬픈 듯한 물음이었다.

"사내 셋을 여인 하나가 어찌 감당하려고?"

아무런 대답도 못하는 우 대신 부겸이 검을 고쳐 잡으며 금방이라도 공격할 자세를 취하자, 운선은 쥐고 있던 머리꽂이를 거두고 바로 섰다.

"곧 사람들이 몰려올 겁니다. 이자가 아무리 바보라도, 한양에서 온 대군 대감이 기방에 잠입할 거란 소문을 듣고 대처도 없이 여기서 태평하게 술을 마시고 있겠습니까?"

"그대 짓이군."

소문의 출처를 눈치챈 우가 이를 갈았다.

"재차 송구합니다. 그래도 이 자가 가진 증좌를 가로채 대감을 한 번 더 유혹해보려던 제 계획도 날아갔으니, 피장파장이다 생각하고 물러나 주시지요."

기방 밖으로 망을 보러 간 두천이 큰일 났다며 뛰어오고 있었다. 운선의 말대로, 사람들이 몰려오고 있는 모양이었다.

"뒤쪽으로 쭉 가면 담장을 넘을 만한 곳이 있더군요. 그쪽으로 나가십시오. 제가 봐 드리는 건 여기까지입니다."

우는 더 이상 망설이지 않고 서하를 잡은 채 뛰었다. 수호 역시 담을 잡고 뛰고, 부겸은 꽁지가 빠지게 달려오는 두천을 챙겨 마지막을 뒤따랐다.

운선이 한숨을 내쉬며 머리꽂이를 다시 끼워 넣으려 할 때였다.

"이 빌어먹을 년…… 이년……."

제 바지 속을 들여다보는 두령의 얼굴이 사색이 되어 있었다.

65화
혼인해다오

간신히 사람들의 눈을 피해 관아까지 달려온 여섯 사람은 문 안으로 들어오고서야 숨을 돌렸다. 얼마나 전력으로 뛰었던지, 담과 서하가 연신 가쁘게 숨을 몰아쉬었다. 숨이 찬 건 사내들도 마찬가지여서 부겸도 깊은 숨을 내쉰 뒤, 질렸다는 듯 중얼거렸다.

"그 여인이 언제고 사달을 낼 것 같다는 직감이 있었는데, 여기서 뒤통수를 맞네요."

"송구합니다, 오라버니. 저자들을 데려온 제 잘못입니다."

오르락내리락하는 가슴을 진정시키던 담이 미안했는지 뾰로통하면서도 기죽은 목소리를 냈다.

"아무도 다치지 않았으니 되었다. 백성들이 빼앗긴 곡식은 어떻게든 다시 나눠주면 수습이 되겠지만, 잡아서 죗값을 치르게 하지 못한 건 안타깝구나."

우는 담의 머리를 쓰다듬으며 위로해주면서도 분한 마음을 숨기지 않았고, 수호와 부겸 역시 한숨을 쉬며 고개를 끄덕였다.

"저……."

그때까지도 우의 뒤에 있던 서하가 가체 없은 머리를 빼꼼 내밀며 입을 열었다. 사람들의 시선이 쏟아지자, 서하는 조심스럽게 손을 내밀었다.

저 가느다랗고 오밀조밀한 손이 조금 전까지만 해도 두령 놈의 바지 속에 있었다고 생각하자, 우의 관자놀이에 핏대가 솟았다.

"제가 이런 걸 가져왔는데, 혹시 도움이 될지요?"

정신없이 도망치기에 바빠 뭘 움켜쥐고 뛰었는지도 몰랐던 서하는 제 손안에서 잔뜩 구겨진 것을 그대로 사람들에게 보여주었다.

작은 봉서였다.

"설마, 그 와중에 그놈 바지 속에서……."

반색한 수호가 아무 생각 없이 입을 열었다가, 험악하게 인상을 쓰고 있는 우를 발견하고는 서둘러 말을 골랐다.

"으흠, 흠. 설마 그 와중에 뭔가 찾아내신 겁니까?"

"찾아냈다기보다는 진짜로 그 안에 무언가 있어서 손에 잡히는 대로 가져왔습니다."

우는 서둘러 봉서를 잡아 뜯었다. 짧은 서찰과 함께 공문서 한 장이 들어 있었다. 그리고 내용을 확인하는 순간.

뻣뻣하게 굳어버린 우를 보며 서하가 고개를 갸웃했다.

"대군? 왜 그러십니까? 무엇이 들어 있기에 그리 놀라십니까?"

"……아무것도 아니다."

모두 의아해 한다는 것을 알면서도, 우는 내용물을 서둘러 품 안에 구겨 넣었다. 수호와 부겸이 더욱 의심스럽게 쳐다볼 때였다.

"오늘 할 일은 이것으로 끝인 건가?"

우가 천연덕스럽게 묻자, 수호가 마지못해 고개를 끄덕였다.

"예. 한데 아까 그게 무엇인지……."

"앗!"

궁금증을 이기지 못하고 한 번 더 무엇이냐 물어보려는데, 서하의 입에서 짧은 비명이 터져 나왔다. 시선이 모인 곳에는 삽시간에 서하를 어깨 위로 훌쩍 들쳐멘 우가 있었다.

"다들 먼저 객사로 가서 쉬거라. 난 서하와 볼일이 남았으니."

"자, 잠깐만요, 대군! 갑자기 어찌 이러……."

"아까 분명 야단은 나중에 맞겠다고 하지 않았더냐. 그 야단, 지금부터 맞게 해줄 것이다."

누구 하나 말리지도 않고 멀어지는 우와 서하를 멀뚱히 보고만 있자, 보다 못한 담이 달려가려 했다. 하지만 수호와 부겸이 동시에 앞을 가로막으며 고개를 도리도리 저었고, 담은 신경질적으로 인상을 찌푸렸다.

"말려야지요. 오라버니를 위해 한 일인데 야단까지 치면 사이가 더 크게 벌어질 게 아닙니까?"

수호가 다급해하는 담의 손을 꼭 잡고는 객사 쪽으로 향했다.

"그 야단이, 그 야단이 아니니 걱정마십시오."

"예?"

"좋은 야단이랄까요, 야릇한 야단이랄까요. 아무튼 자가께서는 아무 생각 말고 푹 주무시기만 하면 됩니다."

***

갑자기 말을 내달리기 시작한 우는 한 시진 정도가 지나고서야 커다란 저택 앞에 멈춰 섰다.

"여기는……."

한양이었다. 수원에서 갑자기 한양까지 돌아온 것도 이상한데, 도착한 곳이 처음 보는 낯선 장소라 서하는 어리둥절할 수밖에 없었다.

"내려."

먼저 말에서 내린 우가 손을 내밀고 있었다. 서하가 조심스레 그 손을 잡자, 우가 가볍게 품에 안아 내려주었다.

"여기가 어디입니까?"

우는 아무런 대답도 없이 저택의 문을 두드렸다. 잠시 뒤 청지기로 보이는 이가 나와 뭔가 이야기를 주고받더니 곧이어 문을 활짝 열어놓고는 허리를 꾸벅 숙였다.

"말씀하신 것은 별채에 다 있으니, 전 혜안군 댁으로 갔다가 내일 오겠습니다."

그가 사라지고서도 멍하니 있기를 한참, 뒤늦게 정신을 차린 서하는 시선을 돌렸다. 대문가에 가만히 기대선 채 말없이 기다리고 있는 우를 보고 있자니, 평소보다 가슴이 더 튀어 오르는 것 같았다.

"혹시, 대군방으로 정해진 곳입니까?"

고개를 한 번 끄덕, 그러고는 또다시 손을 내미는 우에게 이끌려 서하는 불도 한 점 켜지지 않은 깜깜한 저택 안으로 걸음을 옮겼다. 청지기 하나만 들어와 지키고 있었던지, 인적도 없는 곳에 두 사람의 발자국이 총총히 달빛을 따라 길을 만들어냈다.

곧장 내당으로 향한 우는 제일 먼저 구석에 있는 우물 앞에 멈춰 선 뒤, 물을 길어 잡고 있던 서하의 손을 씻겼다. 느닷없이 왜, 하고 얼떨떨한 것도 잠시.

"정말이지, 겁도 없이 그건 왜 잡은 것이냐. 그것도 그렇게 세게."

우는 답지 않게 화를 내고 있었다. 서하는 웃음이 나오려는 것을 참으며 말했다.

"사람을 희롱하고 돈이면 다 되는 줄 아는 놈의 물건 따위, 어떻게 되어도 상관 없는 걸요."

다 씻은 손을 제 도포에 정성스럽게 닦아주던 우가 멈칫했다. 서서히 눈을 가늘게 치켜뜨기에 불안해진 서하가 움찔하는 사이, 그는 그대로 서하를 안아 올렸다.

"앗!"

다행히 수원에서처럼 들쳐메진 않았지만, 갑작스럽게 공중으로 떠오르는 힘에 놀라 우의 목을 양팔로 꼭 끌어안았다.

"도대체가 겁이 없어도 정도껏 없어야지."

으르듯이 말한 우는 성큼성큼 안채로 향해 문을 벌컥 열고 들어가고서야 서하를 내려주었다.

"전하께 돌아가겠다고 했다지?"

우가 한 발 한 발 다가오며 목소리를 내리깔자, 서하는 반대로 한 발 한 발 뒤로 물러나야 했다.

"전 용의 아이이고, 전하의 선견을 해야 하니…… 그리고 대군께는 다른……."

"용의 아이가 있으니까? 넌 전하의 숙명이고, 난 지운선의 숙명이라서?"

두 번 다시 듣고 싶지도 않았던 말을 또 들은 탓이었다. 서하는 화살촉이 와 꽂힌 것처럼 가슴이 욱신거리는 것을 느꼈다. 고개가 저절로 떨어졌다.

“그 여인이 정말 용의 아이라면…… 저는 전하께 돌아가서 대군을 돕는 게 나을 것 같다는 생각에…….”

“나도 안 믿는 말을 넌 믿었단 말이지.”

잠시 아무런 말도 못 한 채 손가락만 꼼지락거리던 서하가 나지막이 중얼거렸다.

“믿었으면서.”

그 작은 볼멘소리를 정확히 들은 우는 기어이 서하를 궁지로 밀어붙였다.

탁! 발뒤꿈치에 벽이 닿아버리고, 더 이상 도망갈 곳이 없어지자마자 우가 손으로 벽을 내리치며 서하를 도망치지 못하게 가둬버렸다.

“한순간도 믿은 적 없다.”

“동헌에 그 여인을 불러 한 시진이나 계셨잖아요.”

“한석준을 미행하려면 발을 묶어두어야 했으니까. 그런데 나를 믿지 못하고, 뭐? 결국 용의 아이가 탐이 나냐고 했더냐? 그것도 월영 앞에서?”

그제야 우가 하는 말을 알아들은 서하는 눈을 잘게 깜빡였다. 순식간에 가라앉아버린 치졸하고 간사한 마음이 창피했지만, 어쩔 수 없는 안도감이 몰려왔다.

너무 안도한 나머지, 눈물이 차오를 것만 같았다.

“……진짜 아무 일도 없었던 겁니까?”

“그럼 무슨 일이 있었을 것 같은데. 네가 아닌 여인한테, 내가 무엇을 했을 것 같으냔 말이다.”

우가 서서히 팔을 굽히며 거리를 좁혀왔다. 방안을 울릴 것처럼 세차게 쿵쿵거리는 심장 소리를 감추려, 서하는 숨을 삼켰다.

"도대체가 도적을 물어뜯지를 않나, 낯선 사내의 낭심을 잡지를 않나."

"그, 그건 어쩔 수 없이……."

"뭔지나 알고 잡기는 잡은 것이냐?"

스치듯 짧게 닿아버린 서하의 입술이 피식 웃었다.

"뭔지 궁금하지도 않은 걸요. 저한테는 대군이 아닌 사내는 아무런 의미도 없……."

뱉어놓고 제가 무슨 말을 했는지 알아버린 서하가 움찔하는 것이 고스란히 느껴졌다. 우의 눈가가 장난스럽게 휘어졌다.

"그러니까 지금, 유혹하는 거로군."

불빛이 없어서 자세히 보이진 않지만, 불그스름하게 빰이 달아오른 채로 서둘러 오물오물 할 말을 찾고 있을 터였다. 이대로 아무 말도 못하게 입술을 덮쳐버릴까, 하는 짧은 생각을 하던 우는 잠시 서하에게서 떨어졌다.

기생 분장을 한답시고 평소와 다르게 치장한 모습이 꽤나 낯설었다. 가체를 올린 머리, 그 위에 꽂힌 화려한 비녀와 머리꽂이들. 그리고 자신이 사준 것과는 확연히 다른 휘황한 치마저고리.

이런 모습을 하고 그 사내 녀석 옆에 있었던 걸 생각하니, 새삼 부아가 치밀었다.

"이제 좀 화가 풀리신 겁니까?"

침울하게 가라앉은 목소리로 서하가 조심조심 물어왔다.

"아니. 이제 막 나려던 참인데."

"……송구합니다."

금세 기가 죽은 서하는 애꿎은 치맛자락을 배회하는 제 손가락으로 힘없이 눈동자를 떨어뜨렸다. 그 사이, 우는 서하의 가체부터 조심히 풀어주었다.

"왜 화가 났는지도 모르면서."

탓하는 듯한 말도 빼놓지 않은 채.

다시 바짝 올려 뜨는 서하의 눈꺼풀이 미치게 예뻐, 우는 당장이라도 입을 맞추고 싶은 걸 간신히 참았다.

"제가 선견이 보이지 않는다고 거짓을 말한 것 때문이 아닙니까?"

"반은 맞고, 반은 틀리다."

"그럼 왜……."

"내게 무언가를 그리 오랜 세월 비밀로 할 수 있는 네 마음에 화가 났다. 말을 할 수 있다는 것도, 내게서 선견이 보인다는 것도 감쪽같이 속일 수 있었던 네 마음이, 내겐 몹시 서글펴."

흘러내리는 가체를 먼발치에 던져두고, 쪽을 진 머리에서 비녀를 빼내자 드디어…… 나의 서하였다. 자꾸만 아래로 떨어지는 턱을 살며시 들어 올리자, 눈가에 그렁그렁 차오른 물기가 하염없이 미안하다고 외치고 있었다.

"대군."

깊이 불러주는 목소리가 감미로워 우는 어깨가 움찔 떨렸다. 어찌할 수도 없이 아프게 뛰어대는 심장으로 열기가 차올랐다.

"네가 뭘 하든, 무슨 생각을 하든 다 알 수 있다면 더 바랄 게 없을 텐데."

애원하며 속삭이자 서하가 무너질 것처럼 가슴을 움켜잡았다. 눈물 방울 하나가 금방이라도 떨어질 것처럼 서하의 눈가에 맺혀가는 것이 안쓰러워, 우는 서둘러 입술로 그것을 붙들어주었다. 입안으로 퍼진 짧은 마음이, 못 견디게 사랑스러웠다.

"……서하야."

서하야. 나의 서하야.

"나와 혼인해다오."

내 옆에 있어 다오. 어디로 가려 하지 말고. 어디서 혼자 울지 말고. 그저 내 곁에서.

"평생 나와 함께 해줘."

늘 가슴 떨리게 웃어다오.

가볍게 입을 맞추었다가 쪽, 하고 도망가버리는 소리마저 아쉬워 가슴 한구석이 내려앉았다. 갓끈을 풀어주고 도포 자락을 벗겨주는 손길이 애가 닳아 참지 못하고 허리를 당겨 안자, 서하가 금세 눈치를 채고는 흉터가 남은 손바닥으로 성급하게 입을 막아섰다.

"만지는 거 금지라고 하셨으면서."

곱게 흘기며 새초롬해지는 표정이 꼭 마음 다쳤었다고 투정하는 것 같아서, 서둘러 손에 입을 맞추고 흉터를 핥으며 달래주었다.

그때, 네가 날 만지고 그리 무서운 표정을 짓는 건 처음 보았다고. 보는 것만으로도 숨이 아파서, 다시는 그런 표정을 짓게 하기가 싫어서 만지지 말라는 그 쓰디쓴 말을 할 수밖에 없었노라고.

하얀 목덜미에 입술을 묻으며 변명하듯 쏟아내자, 흠칫 떨리는 몸이 다급하게 어깨를 붙잡아 왔다.

"설마, 기다리셨던 겁니까? 제가 괜찮아질 때까지?"

대답하지 못한 채 서하의 저고리 고름을 훽 물어 뜯어버렸다. 투둑, 떨어진 고름을 그동안 인내한 시간 버려버리듯 뱉어내고 벌어진 저고리 앞섶을 파고들었다.

만지지 말라는 말을 해놓고 하루에도 수십 번 되려 내가 널 만지고 싶어 야단이 났었던 걸, 넌 절대로 모를 테지.

속적삼마저 벗겨버리자 매끈한 어깨가 수줍게 드러났다. 한없이 괴로운 갈증이 한계치에 다다른 놈처럼, 깊이 패인 서하의 쇄골 안쪽을 먹어버릴 듯 빨아올렸다.

"하아……."

아픔과 열락으로 뒤섞인 숨소리가 바로 귓가를 스치는 것만으로도 몸이 달콤하게 저려 왔다. 조금 다급해진 탓에 서둘러 치마끈을 풀어내려 하는데, 갑자기 얼굴을 감싸오는 손길이 느껴졌다.

시선을 들자, 서하가 또 가슴 저미게 울고 있었다.

왜. 울지 마.

그 목소리가 나오기도 전. 이마에, 눈가에, 뺨에 그리고 입술에 서하가 눈물로 젖은 입맞춤을 서툴게 쏟아냈다.

"마음 다치게 하여 송구합니다."

울먹이는 서하의 목소리가 귀가 아닌 심장을 파고들어서, 의지와 상관없이 눈가가 서글프게 내려앉아 버렸다.

잘게 떨리는 서하의 손이 다가와 이번에는 자신의 저고리를 매만졌다. 고름을 풀어 저고리를 벗겨주고, 적삼을 끌어 내리는 그 가느다란 손이 살짝살짝 살결에 닿을 때마다.

애가 닳고, 몸이 달았다.

"다시는, 다시는 기다리게 하지 않을게요."

금방이라도 무너질 것처럼 말을 하고는, 심장이 있는 곳을 향해 다가온 조그마한 입술이 가만가만 흉터 속으로 숨결을 불어 넣기를 한참.

서하가 입속에 흉터를 머금으며 혀로 보드랍게 핥아 올렸다. 아랫배로 피가 몰려 저도 모르게 서하의 치마끈을 풀어내는 손에 힘이 들어갔다.

쪽, 듣는 것만으로도 야릇한 감각을 일깨우는 마찰음과 함께 입술을 뗀 서하가 눈물 젖은 얼굴로 목에 매달리듯 팔을 둘러왔다.

"대군."

조그마하게 불렀을 뿐인데도 심장이 덜컥 내려앉을 것처럼 안타까워 고스란히 드러난 서하의 등허리를 으스러지게 끌어안았다. 점점 사그라들 것 같은 목소리가 바쁘게 무언가를 속삭여왔다.

"사랑해요. 너무 많이 사랑해요, 대군."

아……. 그동안 가슴에 켜켜이 쌓였던 고된 멍울이 단번에 녹아내리는 것 같은 착각. 터져버린 서하의 울음을 달래주어야 한다는 걸 알면서도, 어쩔 수 없이 끓어 올라버린 마음이 본능적으로 그녀의 얼굴을 보듬어 입술을 찾아내 덥석 베어 물듯이 덤벼들었다.

"으음."

도망가지 못하게 커다란 손으로 목 뒤를 끌어당기자, 비음 섞인 신음이 짜릿할 정도로 온몸을 자극하며 흘러나왔다. 부족한 숨을 견디지 못하고 서하의 입술이 살짝 벌어진 틈을 타, 기다려주지 않고 혀를 얽어맸다.

점차 조급했던 처음의 강렬함은 잦아들고, 부드럽고 상냥하게 탐닉하기를 한참. 방심한 혀끝을 깨물며 빨아올리자, 입속에서 신음이 삼켜지는 것처럼 퍼졌다. 어찌할 바를 모르겠는지 등 뒤에서 바르작거리는 서하의 손이 점점 더 참을 수 없는 열락에 빠져들게 했다.

"하아!"

마침내 입술이 떨어지고, 서하가 공기 중으로 깊은 숨을 몰아냈다.

동시에 손아귀로 뜯듯 벗겨낸 서하의 치맛자락이 스륵, 바닥으로 추락했다.

안을 거야. 선전포고와도 같은 한마디에 곧바로 서하의 몸이 긴장으로 굳어갔다. 가빠진 호흡이 밖으로 흩어지지 못해 탐스럽게 솟은 봉긋한 가슴이 쉼 없이 오르락내리락했다.

떨어진 옷자락 위로 가느다란 허리를 휘감아 눕히자, 힘이 들어가지 않는지 등 뒤에 머물러 있던 가는 손이 스르륵 흘러내렸다. 그 손을 잡아채 손가락에 입을 맞추고, 혀끝으로 마디마디를 자극하고, 다시 손목을 타고 올라가 팔에 정신없이 열꽃을 피우자.

"흐읏."

작게 우는 것 같은 서하의 목소리가 몸 곳곳에 흐르는 피를 들끓게 만들었다. 생각이란 걸 할 수 없을 정도로 이성이 마비되면 될수록, 감각이 무섭도록 날을 세웠다. 뜨거워진 살결이 참을 수 없을 만큼 원하며 당기고 있다는 것까지 소름 끼치게 감지해내고 있었다.

위험해. 철저히 나신이 된 몸을 한동안 감상하듯 내려다보며 중얼거리자, 서하가 창피한지 몸을 가리려 했다. 그러지 못하도록 단단히 붙잡은 뒤 잘록한 허리에서부터 봉긋한 가슴까지 손을 미끄러뜨렸다. 가녀린 몸이 작게 튕기듯 반응했다.

"자, 잠시만!"

기다려 달라는 듯 서하가 제 가슴을 감싸고 있는 커다란 손을 밀어낼 것처럼 붙잡아 왔다. 하지만 애석하게도 기다려 줄 수 있을 정도의 인내심은 남아 있지 않았다.

"대……."

대군. 서하가 불러주는 그 호칭은 좋아하지만, 지금은 부를 새도 주지 않고 덥석, 말캉하게 솟은 곳을 입안으로 머금어 빨아 먹듯 물어 올렸다. '읏' 하고 신음을 참으려 서하가 애쓸 때마다 더 울리고 싶어지는 충동이 문득문득 고개를 들었다.

결국 밀어내지 못하고 오히려 팔목에 얽혀들었던 서하의 손가락이 아래로 떨어지며 바닥에 있는 치맛자락을 바쁘게 그러쥐었다. 그대로 입술을 떼어 하얀 목덜미를 잘근잘근 깨물고, 조금 더 위로 올라가 턱 끝을 핥듯이 스쳐 연신 가쁜 숨을 뱉어내는 입술에 살짝 닿기 직전.

서하의 눈을 지그시 내려다보았다. 눈물로 촉촉해진 눈. 강하지만 여린 그 눈의 끄트머리에서 기어이 흘러내리는 눈물 한 자락이 묘하게 아슬아슬해서, 하염없이 바라보는 것만으로도 몸이 뜨거워졌다.

허리를 조금 내리자, 저절로 아래가 맞닿았다. 서하가 흠칫 어깨를 떠는 것이 고스란히 전달되었다. 벌써 긴장해버린 몸에 바로 들어가는 대신, 열로 들뜬 서하의 뺨을 손으로 감싸 한참을 어루만졌다. 전력으로 폭발하려는 스스로를 제어하느라 아랫배가 아플 정도로 저릿했다.

널 안아버리면 용의 아이라는 굴레에서 억지로 도망치게 하려는 의도가 섞인 것 같아서 싫었다고, 그리 말하면 넌 웃을까. 궐에서 벗어나게 해주겠다는 약속. 널 안아서라도, 그렇게 무력으로 빼앗아서라도 널 전하에게 떼어놓아 그 약속을 지키고 싶다는 생각을 한 적도 있었다는 걸.

너는 알까.

하지만 그렇게는 싫어서, 참고 또 참고. 널 안을 땐 다른 이유는 아무것도 없이, 그저 내가 나인 채로.

"미친놈처럼 널 원하는 사내로서만 있고 싶었어."

마지막 한마디가 소리가 되어 흘러나왔다.

긴장으로 꼭꼭 굳어 있던 어여쁜 얼굴이 단숨에 흐트러져가고, 눈물이 터지는 것을 못 보게 하려 서하가 팔로 제 눈을 가렸다.

그게 싫어서. 어디도 가리지 못하게 팔을 잡아 내리고, 앙다물고 있는 입술에 입을 맞추려는 순간.

휙, 서하가 피하는 것처럼 슬쩍 고개를 돌려버렸다. 거부당했다는 느낌이 들어 가슴이 욱신, 아픔을 호소할 때 즈음.

"깨물 것 같습니다."

야트막이 흔들리는 목소리가 원망과도 같이 새어 나왔다. 얼마나 참고 있는지 모르면서, 라고 탓하듯이.

돌려진 서하의 뺨을 감싸 다시 자신을 마주하게 하고, 거부당한 입맞춤을 쏟아붓기 직전.

"……테니까."

한계까지 다다른 열로 인해 잠겨버린 목소리를 끌어올리며 다시 한 번 말했다.

"얼마든지 깨물려줄 테니까."

서하가 조금 놀랐는지 눈을 동그랗게 뜰 때였다. 그 찰나를 놓치지 않고 그대로 몸을 밀어 넣으며 입술을 삼켰다.

서하의 등이 고혹스럽게 휘어졌다. 집요하게 입술을 파고들어 가로막자, 밖으로 내지 못한 서하의 신음이 목을 울리며 그대로 입안을 맴돌았다. 바르작거리며 갈피를 잡지 못하는 두 손을 위해 등이고 목덜미고 할 것 없이 내주었더니, 정신없이 와서 매달렸다.

몸을 잠시 뺐다가 다시 깊이 밀어 넣는 순간순간, 치열하게 혀를 얽어 올리는 사이로 서하가 저도 모르게 이를 세웠다가 미안하다는 듯 핥아왔다. 간지러우면서도 황홀하리만치 짜릿한 그 행위에 심취해 있던 것도 잠시.

우는 입술을 떼었다. 그 틈을 타 서하가 밭은 숨을 내쉬었지만, 그리 오래 가지 못했다. 매끄러운 서하의 살결에 우가 숨을 불어넣으며 속삭였다.

"미안, 한계야."

가볍게 허리를 세운 우가 좀 전과는 비교할 수 없을 만큼 몸을 흔들자, 등을 파고드는 서하의 손에 힘이 들어갔다.

아직 사람을 들일 준비도 되지 않은 정릉동 대군방 안채에 애써 참았다가 터지는 서하의 낮은 교성과 점점 자제력을 잃고 거칠게 날뛰는 난폭한 가슴을 견디지 못한 우의 낮은 숨소리가 뒤섞여갔다.

66화
매죽잠

분명 아무것도 없던 방이었는데.

언제 잠이 들었는지도 모르는 사이, 우가 이불을 가져온 모양이었다. 새벽녘에 눈을 떠 보니 우의 품속이어서 한 번 그리고 따뜻한 이불 위에 있어서 두 번 놀랐더랬다.

펼쳐진 치맛자락 위에서 정신없이 흔들렸던 기억밖에 없는데. 거기까지 생각이 미친 서하는 두 손으로 얼굴을 감쌌다.

어떤 표정을 하고 흔들렸는지, 어떤 목소리로 울었는지 아무것도 기억나지 않았다. 기억이 난다 해도 알 리 없었다. 두 손으로 그저 우의 팔이며 목이며 등을 헤집고 매달리느라 바빴으니까.

그래도 온몸에 퍼진 나른함이라던가, 곳곳을 붉게 물들이고 있는 자국과 아래에 전해지는 뻐근한 통증은 어제의 일이 꿈이 아님을 알려주고 있었다. 물론, 맨살이 맞닿아 있는 지금이 가장 참을 수 없이 현실임을 일깨워주고 있었지만.

슬쩍 벌어진 손가락 사이로 아직 자고 있는 우의 얼굴이 보였다. 어제는 그렇게 애원해도 가만두지 않고 상상도 못한 곳까지 물고 빨던 입술이, 정염으로 가득 차 구석구석 녹일 듯이 바라보던 두 눈이 희한하리만치 얌전하고 편안해 보였다. 무엇보다 스치기만 해도 교성이 터질 뻔했던 야하고 커다란 손은, 제 어깨와 허리를 세상 무엇보다 부드럽게 감싸 안고 있었다.

이대로 시간이 멈춰버렸으면 좋겠다는 생각이 들 만큼, 가슴이 눈물겨운 안도감과 행복감으로 꽉 들어찼다.

하지만 그 여운을 만끽할 새도 없이 서하는 서둘러 우의 품에서 빠져나오려 애썼다. 이대로 우가 눈을 떠 나신을 한 채로 마주한다면, 생각만으로도 얼굴이 화끈거렸다. 어젯밤에는 이보다 더한 일에 몰두했다지만, 부끄러운 건 부끄러운 것이었다.

어깨에 둘러진 우의 팔을 떼어내고, 허리를 감고 있는 우의 손가락들을 조심스럽게 들어 올리는 찰나.

"어딜 가려고?"

자고 일어나서 그런지 더 낮게 깔린 음성이 고막을 파고들었다. 두 개 정도 들어 올렸던 그의 손가락이 오히려 허리를 더 꽉 잡아채더니 몸을 바싹 끌어당겼다.

"앗!"

"아무 데도 안 보낼 건데."

안 그래도 고막이 녹아버릴 것 같은데, 아랫배까지 맞닿을 만큼 바싹 안겨진 탓에 저절로 몸이 딱딱해졌다. 얼굴까지 금세 불그스름하게 물들자, 우가 피식 웃으며 서하의 하얀 어깨에 입술을 살짝 묻었다.

"누가 그렇게 예쁘게 굳으래."

말을 할 때마다 맨어깨에 그의 입술이 스쳤다. 쪽, 쪽, 하고 가벼운 입맞춤이 이어질 뿐인데도 서하는 등골이 다 저릿해서 또 우를 붙드는 손이 다급해졌다.

"굳은 게 아니……."

해명을 하려던 목소리가 말을 채 잇지도 못하고 멈추었다. 우가 이내 어깨를 잘근잘근 무는가 싶더니, 급기야 빨아올리며 강도가 짙어져 목소리가 입속에서 흩어져버렸기 때문이었다.

서하는 안 되겠다 싶어 어깨를 살짝 비틀며 그의 입안에 머물고 있는 살결을 떼어냈다.

마음에 안 드는지 우가 느른하게 고개를 드는 순간, 서하는 재빨리 우의 몸 위를 올라탔다. 그러고는 틈을 주지 않고 입술을 덮쳤다.

"으음."

기세 좋게 덤벼든 것도 잠시. 목을 울리는 우의 숨소리가 무섭게 농염해서 머리가 어질어질해지기 시작했다. 맞닿은 가슴이 연신 가쁘게 오르내리고, 등허리를 가만가만 쓸어내리는 그의 뜨거운 손에 진짜 어디 한 곳은 녹진하게 녹아버리겠구나 싶을 즈음.

우가 일순 허리를 안는가 싶더니 삽시간에 몸을 뒤집었다. 눈 깜짝할 새 위를 점령당한 서하는 겨우 입술을 떼고 한껏 팽창한 폐부를 진정시켰다.

"너무 무리시킨 것 같아 멈추었더니. 새벽부터 야하게 도발한다, 이거지."

우가 눈을 가늘게 치켜뜨며 장난스럽게 말했다.

"대군께서 먼저 하셨……."

마찬가지로 장난스럽게 오물거리며 대답하려던 서하는 문득, 그의 말이 장난만은 아닌 것 같다는 느낌을 받았다.

그게 끝이 아니었구나. 그럼 어디까지가…… 하는 생각을 하느라 뒤늦게 좀 겁을 먹고 있는데, 우가 귀를 깨물어 왔다. 저절로 어깨가 움츠러들며 읏, 하고 신음이 새어 나왔다.

"난 그저 일어난 김에 새벽 인사를 한 것뿐인데."

애써 내놓은 그의 변명이 귀여워 서하는 웃었다.

"인사가 너무 진합니다."

우 역시 마주 웃으며 서하의 뺨을 손바닥으로 감쌌다.

"그러게. '사랑합니다, 부인' 하고 말하고 싶은 걸 대신했더니 나도 모르게……."

나지막이 중얼거리던 우가 일순 말을 삼켰다. 서하가 두 손으로 입을 가린 채, 눈을 붉게 물들이고 있었기 때문이었다.

"……왜."

우느냐고 차마 묻지도 못한 우가 엄지손가락으로 꼭 바스러질 꽃잎을 만지듯 서하의 눈가를 닦아주었다.

"울지 마."

우의 애원과 반대로 서하는 울어버리고 말았다.

사랑합니다, 부인. 그 한마디에 고약한 체기처럼 단단히 뭉쳐 있던 가슴의 생채기들이 거짓말처럼 도려내지는 것 같았기 때문이었다.

저로 인한 어머니의 죽음. 벙어리 흉내를 내며 갇혀 살아온 삶. 사랑하는 이가 있어 행복했지만, 어쩔 수 없이 아팠던 시간이 가져온 슬픔.

그것들이 저도 모르는 사이 얼마나 고되게 쌓였었는지…… 우의 한마디에 와르르 무너져 내리는 지금에서야 알게 되었다.

아팠다. 어떻게 해도 고통스럽게 아파 왔다. 새살이 돋으려는 듯 두드려대는 그 고통이, 참을 수 없이 행복했다.

"대군."

안아달라며 서하는 아이처럼 두 팔을 뻗었다. 우는 가만히 그 손에 등을 내어주고, 서하의 상체를 일으켜 품에 안았다. 멈출 수 없게 터져버린 울음을 조금이라도 가라앉히려 가녀린 등을, 허리를, 어깨를 하염없이 쓸어주었다.

"그만. 그만, 쉬이……."

뒷머리를 큰 손으로 꼭 당겨 안으며 달래주는 목소리에 온몸을 내맡긴 채, 서하는 가슴이 아픈 만큼 눈물을 흘렸다.

대군, 대군, 하며 처연하게 부르는 소리에도 우는 한결같이 '그래, 여기 있어' 하며 대답을 해주었고. 다급하게 부딪혀오는 서툰 입맞춤도 눈물 나게 다정히 받아주었다.

"사랑한다, 서하야."

견고하게 속삭여주는 그 목소리가 꼭 세상의 끝인 것처럼 간절해서, 서하는 우의 품을 몇 번이고 힘껏 끌어안았다.

멈춰주기를. 제발 이대로 시간이 멈춰주기를.

그 이루어질 수 없는 바람이 연신 가슴에 퍼졌다.

***

또 잠이 든 모양이었다. 중간부터 누가 먼저랄 것도 없이 몸과 살을 얽어매는 일에 정신을 팔리고, 마지막에는 충격을 견디지 못하고 우를 붙든 채 바들바들 떨다 보니 눈을 떴을 땐 이미 아침이었다.

몸을 꾸역꾸역 일으킨 서하는 멀거니 텅 비어버린 옆자리를 내려다보았다. 어딜 갔을까.

하얗게 변해버리기를 수도 없이 반복해서 이제는 멍해진 머리가 서서히 제정신을 찾았을 즈음, 밖에 사람 소리가 나고 있다는 것을 깨달았다. 눈을 깜빡이던 서하는 옷을 찾기 위해 두리번거리다가 멈칫했다.

머리맡에 소셋물이 놓여 있었다. 그 옆에는 우가 개켜놓은 듯, 어젯밤까지만 해도 마구 흐트러졌던 옷가지들이 가지런히 놓여 있었다. 그리고 그 위에 얹어져 있는 것 하나.

"……이건."

매죽잠, 금비녀였다.

손가락으로 그것을 가만가만 쓰다듬기를 한참. 그게 왜 그렇게 부끄럽기도 하고 또 설레는지, 서하는 얼굴을 붉힌 채 조심스레 머리를 매만졌다. 처음으로 머리를 올리는 것이 생각보다 힘들었지만, 열심히 틀어 올려 우가 준 금비녀를 정성스럽게 꽂아 보았다.

목덜미가 훤히 드러나서인지, 기분이 이상했다. 그냥 너무 좋아서 또 눈물이 날 것만 같았다.

"좋아만 할 때가 아니지."

또다시 사람 소리가 들리자, 서하는 서둘러 소세를 했다. 처음에는 청지기가 돌아왔나 싶었는데, 그러기에는 목소리가 중후한 것이 좀 달랐다. 아무도 없어야 하는 대군방에 무슨 일인가 싶어 서하는 옷을 챙겨 입은 뒤 쏜살같이 밖으로 달려 나왔다.

벌써 말끔하게 준비를 마친 우가 말고삐를 잡고 서 있었다. 맞은편에 혜안군이 서 있었지만, 서하는 미처 보지도 못한 채 곁에 달려가 섰다.

"대군?"

일어났느냐는 말 대신 우가 잔잔히 웃으며 뺨을 그리고 드러난 목덜미를 부드럽게 쓸어주었다.

"머리, 올렸구나."

그 말을 하는 목소리가 너무 울려서 가슴이 먹먹해진 것도 잠시, 서하는 저를 만지고 있는 우의 손을 꽉 부여잡으며 물었다.

"어디 가십니까?"

"수원에. 다시 돌아가서 명 받은 일을 해야지."

그 말이 이상하게 혼자 가겠다고 하는 것 같아서, 서하는 다급하게 말 고삐부터 잡아챘다.

"지금 바로 가시는 겁니까? 그럼 저도 타겠습니다."

"아니, 혼자 가겠다."

우가 말을 자르자, 금세 아연해진 서하가 고개를 갸웃 꺾었다.

"혼자라니요?"

"넌 이곳에 남아 있어 줘."

서하는 튀어 오르는 불안을 견디지 못하고 오히려 말고삐를 꽉 움켜잡았다.

"싫습니다. 어째서 저 혼자 이곳에……."

"네가 자꾸 눈앞에 돌아다니니까 내가 설레어서 일을 못 하겠거든."

평소 같았으면 그 말이 너무 달콤해서 가슴 언저리가 저릿해졌을 텐데, 이상하게도 지금은 자꾸 심장이 내려앉기만 했다.

"다녀오마."

기어이 우가 말에 올라탔다. 서하는 재빨리 가지 못하게 막으려 말 옆에 바싹 붙어 섰다. 차마 우를 보지도 못하고 고집스럽게 서 있었더니, 우가 손을 힘껏 잡아 왔다. 턱을 올리는 손길을 따라 서하는 겨우 시선을 위로 들었다.

"전하께서 네가 이곳에 있다는 것까진 모르실 테니 안전할 거야. 그러니 여기 있어."

"하지만……."

"네가 안전해야 내가 마음을 놓지."

턱을 가만가만 매만지던 우의 손이 서서히 뒤로 움직이더니, 서하의 머리에 꽂힌 비녀로 향했다.

"내가 가진 유일한 어마마마의 유품이다."

서하가 일순 숨을 삼켰다. 어쩐지 손때가 탄 물건 같다 싶었는데.

서둘러 비녀를 빼려 하자, 우의 손이 꽉 잡으며 저지했다.

"빼지 말거라."

"이 소중한 걸 어찌 저에게 주십니까."

"내가 평생 이 비녀를 꽂아줄 사람은 너 하나뿐이라서, 네가 아니면 달리 줄 사람이 없는데."

안 받아주면 곤란하다는 듯한 표정과 함께, 아무 말도 잇지 못하는 서하의 뺨을 우의 따뜻한 손바닥이 감싸왔다.

"언제고 네게 주려 했던 것이다. 잘 어울려."

"제가 하기엔 너무 귀합니다."

우는 말 없이 웃었다. 햇살에 비친 그 모습이 너무 어여쁘고 사랑스러워서 넋을 놓고 있는 사이. 어느새 우가 말 위에서 몸을 숙이고 다가와 서하의 이마에 가볍게 입을 맞추었다.

"내가 다녀올 때까지 집 잘 지켜주시오, 부인."

잠길 듯한 저음이 귓가에 꽂히며 목 언저리까지 저릿하게 울려 왔다.

반칙이었다. 그렇게까지 이야기하면 더는 우길 수가 없는데.

제 뺨과 턱을 부드럽게 쓸어내린 손이 결국 고삐를 움켜잡고 출발하는 뒷모습을, 서하는 잡지 못하고 지켜볼 수밖에 없었다.

"으흠, 흠흠!"

그제야 낯선 이의 존재를 인식한 서하가 뒤를 돌아보았을 때는, 이미 혜안군이 화가 난 건지 시어머니 못지않은 눈을 하고 매섭게 노려보고 있었다.

"혜안군 대감 오셨습니까."

뒤늦게 허리를 반 이상 접어 인사를 했는데도, 뚫어질 것 같은 매의 눈은 좀처럼 누그러지지를 않았다. 혜안군은 한참이나 서하를 주시하다가 나지막이 입을 열었다.

"효선왕후께서 어린 대군께 주셨던 유일한 유품이네. 나중에 부인을 맞으면 주라고 남기셨는데, 결국 자네에게 준 모양이군."

서하는 제 머리의 비녀를 만지작거렸다.

부인을 맞으면, 그런 의미가 있었구나.

겨우 손바닥 두어 뼘밖에 되지 않는 작은 것인데, 머리에 꽂은 지금은 한없이 묵직하게 느껴졌다. 가슴이 너무 벅찬 나머지, 따끔따끔 아려 오는 것만 같았다.

"한데 그런 중한 것을 받아놓고 어디 기방 나갈 것 같은 차림을 하고 있으니, 시어머니 되시는 효선왕후께서 기함하시겠구만. 쯧쯧."

그는 형형색색 화려한 옷을 입고 있는 서하를 보고 눈살을 찌푸렸다. 서하도 제 차림이 어색하고 민망하여 서둘러 변명을 하려 할 때였다.

"아니, 저…… 여기엔 사정이 좀……."

"버벅대지 말고, 허리 꼿꼿이 펴고, 시선을 들게."

갑작스럽게 엄히 지적을 당하자 놀란 서하가 어정쩡하게 어깨에 힘을 주고 섰다.

"대군께서 이 세상에 단 한 명밖에 없는 부인이라며 당부에 또 당부를 하고 가셨거늘, 이리 품행이 단정치 못해서 어쩌는가. 그래가지고는 부부인이라 불러주기도 민망하네. 당장 옷부터 정비하고, 대군께서 돌아오시기 전까지 이곳에서 부녀자 훈육서를 익히도록 하게."

혜안군의 장황한 훈계가 끝이 났지만, 서하는 그의 낯선 태도에 한참을 제자리에서 움직이지 못했다.

틈만 나면 전하께 돌아가라며 타박하기 일쑤였다. 선견도, 용의 아이의 존재도 믿지 않는다며 쓸데없는 짓 말라고 어찌나 냉랭했던지. 마주치는 것만으로도 몸이 떨릴 지경이었는데.

부부인이라니.

서하는 망연한 시선을 살짝 움직이며 무슨 말인가를 하려 했지만, 입을 여는 것조차 쉽지가 않았다.

"부부인…… 이라 하셨습니까?"

겨우 소리를 만들어내고 제가 더 놀라 흠칫 몸을 떨었다.

상상도 해본 적 없는 자리였다. 세상에 나오는 것조차 꿈꿔 보지 못해 지금도 이리 낯선데. 혼인을 하고, 우가 부인이라 불러주고, 효선왕후의 유품인 금비녀를 받았다. 너무 한꺼번에 행복해서, 이러다 꿈으로 끝나버리면 정말로 심장이 버티지 못할 것 같다는 시답잖은 생각이 들어버렸다.

"감사합니다, 혜안군 대감."

혜안군은 말없이 잔뜩 들떠 있는 서하를 쳐다보았다.

처음에는 괘씸했었다. 십오 년이나 무헌대군의 선견이 있었다는 이야기를 비밀로 해오다니. 용의 아이라는 힘을 이용해 멋대로 용상을 좌지우지한 것이 아니냐며 비난했었다.

〔대군께서 목숨을 잃기 때문입니다.〕

한데 그 얘기를 할 때의 서하는, 보는 사람이 처연해질 정도로 간절해 보였었다.

〔혜안군 대감, 전 대감께서 살아계셨으면 좋겠습니다.〕

그렇게 말하던 예전의 연서와 많이 겹쳐 보였을 정도로.

"자네는, 자네 어미와는 좀 다르군."

느닷없는 말이라고 생각했는지, 서하가 고개를 갸웃했다.

"예?"

"얼굴은 많이 닮았는데 행동은 영 딴판이야. 자네 어미는 좀 뭐랄까, 약해 보였거든. 만지면 금방이라도 부서질 것처럼 늘 위태로운 사람이었지. 몸도, 마음도."

서하는 묘한 기분에 휩싸였다. 다른 사람을 통해 어머니의 이야기를 듣게 되는 것은 생각보다 더 어색하고 이상했다. 꼭 자신이 알던 어머니가 아닌 것 같은 느낌.

"아비를 닮아서일지도 모르겠군."

그리고 이어진 말에 서하는 눈을 동그랗게 뜰 수밖에 없었다.

"제 아버지를 아십니까?"

"사헌부 장령이었던 유훤, 그게 자네의 아비일세."

서하의 입이 작게 유훤이라는 함자를 되뇌었다. 기억에는 없지만, 아버지가 누구인지 알았다는 것만으로도 멍울진 아픔의 한쪽 귀퉁이가 떨어져 나가는 것처럼 시원했다.

"사헌부 장령……."

"연서가 아버지에 대한 이야기는 하지 않던가?"

"예. 한 번도 언급하지 않으셨습니다."

"하긴. 저 때문에 억울하게 죽었다고 생각했을 테니, 말하기 껄끄러웠겠지."

어머니가 궐로 돌아가지 못하도록 아버지께서 도망을 시켰고, 그 일로 반역죄인이 되어 유배지에서 참형을 당했다는 이야기는 들었다.

한 번도 티를 낸 적은 없지만, 얼마나 슬프셨을지. 어머니의 말라버렸던 몸이 다시금 생각났다.

"내 틈이 나는 대로 아는 것을 이야기해주겠네. 그동안 자네를 적대시해온 내가 이런 이야기를 하니 달갑지 않을 테지만."

민망함을 이기지 못하고 혜안군이 괜한 헛기침을 하자, 서하는 고개를 저었다.

"충분히 감사하게 생각합니다. 부부인이라고 말씀해주신 것도, 분에 넘치게 감사드립니다."

"정식으로 부부인에 봉작되는 일은 없을 걸세. 그래도 대군께서 그리 여기고 계시니 나도 따르는 것뿐이네."

"예. 알고 있습니다."

정말로 충분해서, 서하는 배시시 웃어버리고 말았다.

"안채에 사람을 몇 명 보내줄 터이니 앞으로 필요한 게 있으면 얼마든지 이야기하게."

한껏 누그러진 혜안군의 목소리는 꼭 인정받은 것 같은 느낌이 들게 했다. 괜스레 뿌듯해져서 들떠 있던 서하는 뒤늦게 잊고 있던 것을 떠올렸다.

"저, 대감!"

돌아서려던 혜안군은 서하의 부름에 멈춰 섰다.

"왜 그러는가."

"여쭤볼 것이 있습니다. 혹시 말입니다. 도적의 손에 염전의 수조권이 적힌 사패가 있다면, 어떻게 되는 겁니까?"

그야말로 뜬금없는 질문이어서 꽤나 놀라던 혜안군은 이내 표정을 굳혔다. 수원에서 나타난 도적 떼에 관한 이야기라는 것을 단번에 알아들은 듯했다. 골몰히 생각하던 그는 선뜻 대답을 해주었다.

"어디서 훔쳤는지는 모르겠지만 그런 걸 갖고 있다 해서 함부로 썼다간, 바로 조사하여 잡히거나 회수되겠지. 크게 걱정하지 않아도 될 것이야. 이 나라 국법이 그리 허술하지 않으니."

하지만 애석하게도 서하가 걱정하는 부분은 그게 아니었다.

"그게 아니라면 어찌 되는 것입니까?"

"아니라니?"

"훔친 게 아니라면요."

순간적으로 혜안군의 낯빛이 급격히 어두워졌다. 서하는 그것이 더 불안하여 양손의 깍지를 꽉 쥐고 대답을 기다렸다.

"훔치지 않고서야 어찌 그런 게 도적의 손에 있단 말인가."

"모르겠습니다."

"그럼 훔친 게 아니라는 건 어찌 알았나."

"제가 우연히 도적의 손에서 봉서를 빼앗아 왔고, 대군께서 그걸 뜯어보시고는 황급히 품속에 숨기셨습니다."

"대군께서?"

"예. 한데 제가 살짝 본 것이, 서찰과 함께 염전의 수조권이 적힌 사패였습니다."

"확실한가? 확실히 사패였어?"

"그게 확실치가 않습니다. 대군께서 워낙 빨리 숨기셔서. 하지만 언뜻 보기에 사패인 것 같았습니다."

혜안군의 얼굴이 급격하게 험악해져갔다.

"훔친 게 아니라면 정당한 대가로 받았다는 건데, 그런 걸 줄 수 있는 사람이 누가 있습니까?"

말을 하면서도 서하는 마른침을 삼켰다.

알고 있었다. 사패란 것이 무엇인지. 그런데도 혹시나 하는 마음이 자꾸만 혜안군에게 확인을 요구하고 있었다.

"사패라는 건 당연히 임금이 내려주는 재산인데, 달리 누가 주었겠나."

아닐 거라고 간절히 애원하는 마음을 배신하고 기어이 예상했던 대답이 튀어나오자, 서하는 눈을 꾹 내리감을 수밖에 없었다.

그래서였다. 우가 기어이 자신을 이곳에 두고 간 이유. 명이 움직이고 있음을, 해서 그곳이 위험해지고 있음을 알았기 때문이었다.

"내 우선 곧바로 대궐에 입시하여 전하를 알현해보고 오겠네."

다급해졌는지, 혜안군이 서둘러 움직이려 하자 서하가 붙잡았다.

"저도 함께 가겠습니다. 선견, 선견이라도 해야……."

"안 될 말이네."

혜안군이 단호히 고개를 저었다.

"어째서 말입니까?"

"대군께 자네를 이곳에서 안전하게 보호하겠다고 약조했네. 그리고 어차피 전하께서 정말 일을 꾸미신 거라면, 자네에게 선견을 허락할 리 없네. 하니 괜한 짓 말고 여기 있게."

혜안군은 뒤도 돌아보지 않고 대군방을 나섰다. 아무것도 할 수 없다는 초조함 때문에 서하는 아랫입술을 힘껏 깨물 수밖에 없었다.

67화
반역죄

힘껏 말을 내달려 돌아온 우는 일순 미간을 일그러뜨렸다. 관아 근처가 이상하리만치 소란스러웠기 때문이었다. 좀 더 가까이 다가가자, 무슨 구경이 났는지 사람들이 바글바글 모여있었다. 의문심을 품으며 관아 안으로 들어온 순간.

"어딜 다녀오는 것이냐."

우는 갑자기 들려온 목소리를 듣고 곧바로 말에서 내려와 허리를 숙였다. 명이 서 있었다.

"전하, 이곳까지 어인 행차십니까?"

"가뭄에다 도적 떼라니. 오지 않을 재간이 있더냐. 백성들을 살리려면 단걸음에 달려와야지."

"심려 끼쳐 드려 송구합니다."

"되었다. 도적 떼를 네가 불러온 것도 아닌데 송구할 일이 무어냐. 되었다, 되었어."

너른 마음을 가진 임금. 현명하고 두루 살필 줄 아는 혜안을 가진 임금.

명이 표방하는 성군의 형상에 딱 어울리는 대답이었다. 그는 우의 등을 토닥여준 뒤 함께 온 신료들을 불러 모았다.

"도적 떼에게 잃어버린 구휼 물자는 잠시 잊을 것이다! 다시금 백성들에게 구휼 물자를 나눠 주되, 이전에 무헌대군이 나누어 준 것보다 곱절을 더 주고 슬픔을 위로하도록 하라!"

"성은이 망극하옵나이다, 전하!"

허리를 숙이고 있던 우는 한숨지었다. 이것 때문에 부리나케 행차를 한 모양이었다. 백성들에게 빼앗겼던 곡식을 배로 돌려주고 민심을 얻기 위해서.

우가 잃어버린 민심을, 명이 챙기려 하고 있었다.

"도적을 소탕할 때까지 곡식 나눠주는 일을 미루고 있었다지?"

"제 짧은 소견으로는 똑같은 일이 반복되는 것을 막기 위해서 그리하였습니다."

"그렇게 해선 도적을 소탕하기 전에 민심이 들고 일어날 것이다. 게다가 가뭄을 견디는 것만으로도 용한 사람들에게 일까지 시켰다면서? 일을 해야 구휼 물자를 나누어준다고도 했다던데?"

"송구합니다, 전하."

"오는 길에 원성이 자자하였다. 안 될 말이지. 네가 이곳에 와서 하는 일은 곧 어명이 되는 건데, 나의 치세에 흠집을 낼 게 아니라면 그리해서는 안 되지."

부드러운 말투 속에는 서슬 퍼런 칼날이 숨겨져 있었다. 반역죄로 다스릴 수도 있다는 은근한 협박이 우의 숨통을 조여오고 있었다.

"민심을 그리 다루는 법은 없다. 가엾게 여기거라."

"대군께서도 다 생각……."

곁에서 듣다 못 한 수호가 대신 말을 끄집어내려 하자, 우가 조용히 눈짓을 보냈다.

하지 마.

수호는 어쩔 수 없이 뒷말을 삼키며 끓어오르는 분함을 참았다.

"명심하겠습니다."

"이곳에서 구휼 물자 나누어주는 것은 내가 할 터이니, 너는 사람들을 데리고 산 중턱에 다녀오거라. 버려진 병자들이 모여있다던데, 그자들도 내 백성이니 두루 살펴야 할 게 아니냐."

"명 받들겠나이다, 전하."

또다시 어깨를 툭툭 두드린 명이 사라질 때까지, 우는 고개를 들지 않았다. 도적에게서 빼앗아 온 서찰과 사패를 숨겨놓은 품속을 말없이 한 번 꾹 잡았다 놓을 뿐이었다.

***

병촌이라 하였다. 도저히 살아날 가망이 없는 자, 영영 버려진 자들이 모여있는 곳.

어쩌다 그런 이름이 붙은 건지는 모르겠으나, 병촌까지 가는 산속의 길이 험하여 많은 인원을 끌고 가는 건 불가능했다. 해서 수호와 부겸, 두천을 비롯해 몇 명의 포졸들만 겨우 이끈 우는 길잡이를 해주는 이를 따라 병촌으로 향했다.

"좋은 건 지가 다 차지하려고 하고, 나쁜 건 죄다 우리 시키고."

가는 길마다 수호가 참지 못하고 투덜거렸다. 평소 같았으면 넌지시 주의를 주었을 텐데, 꼭 틀린 얘기도 아니어서 우도 이번엔 딱히 말리지 않았다. 환궁한 이후로 점점 더 명의 계획이 도가 지나칠 지경까지 이르렀다는 사실을 느끼고 있었으니까.

"그러게 제가 말씀 올렸잖습니까. 이런 시기에 백성들에게 일을 시키면 원성이 자자할 거라고. 곡물은 전하께서 나눠주시고, 우린 일만 시켰으니 욕을 먹는 게 당연합니다."

부겸의 신랄한 평가는 늘 틀린 법이 없었으므로 우도 깨끗하게 인정했다.

"이렇게 되길 바란 적은 없지만, 괜히 부역만 시킨 꼴이 되어버렸구나. 백성들에게 일러 일해준 보답은 내 사비로라도 준다고 얘기해야겠다."

부겸이 인상을 찌푸렸다.

"전하께서 저리 곡물을 베푸시는데, 굳이 사비를 터실 이유가 무엇입니까?"

"내가 시켜 한 일이니 내가 책임을 지어야지. 게다가 이왕 벌인 일 마무리를 하려면 조금이라도 도와주는 이들에게 보답을 해야 하고."

우의 덤덤한 말을 듣는 순간, 수호와 부겸이 눈을 동그랗게 떴다.

"설마 삽질 그거 계속 하시겠다는 겁니까?"

"해야지. 꼭 필요한 일인데."

두 사람이 동시에 '대감!' 하며 질색하듯 부를 때였다.

"다 왔습니다, 대감. 이곳입니다."

산 중턱까지 길을 안내해준 길잡이를 따라 걸음을 옮긴 우는 이내 의외의 광경에 놀라 제자리에 발이 붙어버리고 말았다.

예상과는 전혀 다른 곳이었다. 부랑자들이 모여 사는 곳처럼 지저분할 것이라 멋대로 생각하고 있었는데, 오산이었다. 곳곳에 깨끗한 천이 볕에 바싹 말라가고 있었고, 보글보글 끓는 물 속에는 식기와 빨래들이 담겨 소독되는 중이었다. 그리고 조금이라도 기운이 있는 자들은 몸져 누워 있는 자들을 닦여 주거나 일을 거들며 서로서로 의지하고 있었다. 일반 의원이나 민가에서 볼 법한, 아니 더 청결하고 깔끔한 그런 평범한 곳이었다.

"어찌 오셨습니까요?"

한 사내가 우를 발견하고 다가와 물었다.

"관아에서 나왔네. 큰 병자들이 이곳에 모여있다 하여 살피러 왔는데, 생각보다 다들 괜찮아 보여 좀 놀란 참이네."

우가 솔직하게 말하자 사내가 배시시 웃었다.

"예, 처음에 이곳에 왔을 땐 다들 가망이 없다고 했지만, 유 의원 나리께서 보살피러 매일 와주신 이후에는 이만큼이나 좋아졌습니다."

"유 의원?"

"예. 마침 오실 시간이 되었는데…… 아, 저기 오시네요!"

사내가 반가운 듯 팔을 높이 들고 휘휘 저어 보였다. 시선을 돌리자, 커다란 삿갓을 쓴 사내가 오다 말고 움찔 놀라는 모습이 보였다. 갑자기 사람들이 몰려와 있어 당황한 모양이었다.

사내는 어떻게 해야 할지 잠시 망설이다가, 마음을 굳혔는지 촌을 향해 다시 걸어왔다.

"그대가 유 의원이오?"

사내는 대답은 하지 않고 삿갓을 슬쩍 들어 우의 모습을 확인하고는 조용히 되물었다.

"혹시 관아에서 온 이들이오?"

"그렇소."

우가 선뜻 대답하자 그는 다시 한번 물었다.

"말투를 보아하니, 궐에서 왔다는 대군이 그대인가 보군."

"무엄하오! 감히 대군 대감께 무슨 말버릇이오!"

말이 끝나기가 무섭게 두천이 엄하게 언성을 높였다. 하지만 삿갓의 사내는 별 상관없다는 듯 어깨를 으쓱해 보였다.

"알게 뭐요. 난 원래 궐에 사는 자들하고는 말을 섞지 않으니, 각자 제 할 일 끝내고 갑시다."

왕족을 능멸하면 어찌 되는지도 모르는 모양이었다. 부루퉁한 어투로 할 말을 끝낸 그는 곧장 촌 안으로 걸음을 옮겼다. 괜히 분기탱천한 두천이 씩씩거렸지만, 우가 조용히 말렸다.

"우리도 어명을 받은 것이 있으니 병자들을 돌보고 내려가도록 하자."

어떻게 해야 병에 걸리지 않는지, 조금 귀찮더라도 청결을 왜 유지해야 하는지 유 의원이 입에 침이 마르도록 몇 날 며칠 보살펴준 덕분에 이제야 다들 나아가는 중이라고 병촌 안의 사람들이 한결같이 입을 모아 말하고 있었다.

우는 사람들에게 가져온 곡식을 나누어준 뒤, 병자를 돌보는 유 의원이란 자의 모습을 유심히 살폈다. 삿갓을 벗은 그는 혜안군과 비슷한 또래 정도 되어 보이는 중후한 사내였다. 웃는 법도, 친절한 법도 없었다. 하지만 아픈 사람들을 치료하고 낫게 해주는 일보다, 어찌하면 병에 걸리지 않는지에 더 열을 올리는 모습이 상당히 인상적이었다.

자신과 비슷한 생각을 하는 사람.

문득 궁금증이 일었다.

"왜 궐 사람들과는 말을 섞지 않는다는 건지, 물어도 되겠소?"

가뭄 때문에 물을 아끼려는 건지, 최소한의 물을 끓여 식기를 삶고 있던 유 의원에게 다가가 넌지시 물었다. 그는 소리를 따라 흘끔 올려다보기만 했을 뿐, 이내 말없이 식기 삶는 일에 열중했다.

우는 다시 한번 말을 걸었다.

"내 말투가 거슬려서 그런 것이면, 그저 평범한 백성처럼……."

"위선자들."

툭 불거져 나온 목소리가 생각보다 꽤 날카로웠던지라, 우는 한동안 우두커니 서 있었다. 뭔가 해명이라도 해야 할 것 같은데, 입이 떨어지지가 않았다.

"살인자들."

깊은 아픔을 가진 눈이 우를 똑바로 직시하며 이어진 또 다른 한마디.

우는 더 이상 아무것도 물을 수 없었다. 꼭 난도질당한 슬픔을 뱉어내는 듯한 목소리를 섣불리 달래거나 비난하기에는, 부인할 수 없는 치부를 들킨 것만 같아 창피함이 먼저 몰려들었기 때문이었다.

저도 그런 이유 때문에 궐이 싫었던 적이 있었으니까. 아니, 위선과 살기가 그득한 궐에 제 발로 되돌아와 살고 있으니까.

"미안하오."

그래서 우는 사과를 할 수밖에 없었다. 분명 왕실이나 조정의 일로 피해를 본 사람일 테고, 이 자의 분노를 가라앉혀주기에 자신은 할 수 있는 게 아무것도 없는 허울 좋은 대군일 뿐이었다.

더 이상 말을 섞을 수 없어 돌아가려 할 때였다.

"지금 파고 있는 땅 말고, 좀 더 산자락 아래에 있는 땅을 파는 게 나을 것이오."

갑작스러운 말에 우가 의외라는 듯 눈을 크게 떴다. 유 의원은 여전히 식기에 시선을 붙박은 채로 말을 이었다.

"그래도 곡식이나 퍼주고 민심 좀 얻으려는 임금보다, 그쪽이 백성을 살리려고 노력하는 것 같아 알려주는 것이오. 내 분노보다 백성들이 사는 게 더 우선이니까."

괜히 더 부루퉁하게 말하는 것 같긴 했지만, 우는 작게 웃었다.

"고맙소."

같은 생각을 하고 있다는 것을 그도 느낀 모양이었다. 그거면 충분하다고 여기며, 우는 유유히 자리에서 벗어났다.

***

자영은 바닥에 엎드려 있는 자그마한 머리통을 뚫어지게 보다가 입을 열었다.

"그동안 어디에 있었던 게냐."

"송구하옵니다, 마마. 수원에 가뭄이 들어 위급한 병자가 많다 하여 잠시……."

"핑계 대지 말거라. 나를 피하고 있었다는 걸 내 모를까 봐."

자영이 쏘아붙이자 운선은 아무런 말도 할 수 없었다.

수원의 기방에서 대놓고 막아섰으니, 더는 그곳에 있을 수도 없었다. 해서 돌아와야 했는데, 결국 돌고 돌아온 곳이 궐이었다.

스스로 생각하기에도 한심하기 짝이 없었지만, 그렇다고 별 뾰족한 수도 없었다. 달리 돌아갈 곳이 없었으니까.

"왜, 이제 양반이 되고 싶다던 소원은 필요 없어진 게냐?"

"그럴 리가 있겠사옵니까. 소인이 가진 평생의 소원입니다."

"그래. 네가 내 말만 잘 들으면 기회를 봐서 적당한 양반가에 입적을 시켜주겠다 약조했었지. 한데 이리 눈에 띄지 않으니 내가 그 부탁을 어찌 들어주겠느냐?"

"다시 한번 송구하옵니다. 앞으로 그런 일 없도록 하겠나이다."

"좋다. 내 한 번 더 믿어보마."

눈은 웃고 있지만, 절대로 웃고 있지 않은 자영을 보며 운선은 꿀꺽 마른침을 삼켰다.

이래서 피해 다녔던 것이었다. 어렸을 때부터 저 눈이, 못 견디게 무서웠으니까.

뱀처럼 새카만 눈. 그것이 빛날 때면 어김없이…….

"그리고 해줘야 할 일이 있는데."

가장 하기 싫은 일을 명령하고는 했으니까.

"하명하시옵소서."

"넌 모르겠지만, 궐에 금유당이라는 곳이 있다."

엎드려 있던 운선은 작게 고개를 갸웃했다.

"금지된 후원에 있는 작은 전각 말씀하시는 것인지요?"

"알고 있었더냐?"

"예."

"그 전각의 주인이 필요하다."

그제야 움찔 몸을 떤 운선이 고개를 들었다.

"유서하라는 년이 필요하단 말이다."

"필요하다는 건 어떤 의미이신지……."

“죽이지 말고 살아서 데려오란 말이다. 궁 안에서 남들 눈에 띄어선 안 되는 계집이니, 네가 조용히 데려오기만 하면 돼.”

운선의 반듯한 이마에 주름이 잡혔다. 자영이 도대체 어쩔 생각으로 서하를 데려오라는 건지, 감도 잡히질 않았기 때문이었다.

“왜, 하기 싫더냐?”

“아니옵니다. 다만 그 여인이 누군지 소인이 알지를 못하여.”

“그럴 리가!”

탕!

자영이 경상을 내리치자, 운선의 눈살이 일그러졌다.

“수원에서 아주 잘들 놀았다는 얘기가 내 귀에까지 재미나게 들렸거늘. 거기서 그렇게 어울렸으면 무헌대군을 졸졸 쫓아다니던 이쁘장한 계집이 유서하라는 걸, 네가 모를 리는 없겠지. 아니 그러냐?”

자영이 눈을 부라리며 웃었다. 운선은 몸에서 피가 모조리 빠져나가는 것을 느꼈다.

〔자가, 정빈 자가! 못하겠사옵니다. 소인 못하겠사옵니다!〕

〔난희야.〕

〔살려주시옵소서, 자가. 사람을 죽이는 것은 도저히 못하겠사옵니다.〕

〔허면 네가 죽으면 되겠구나.〕

여섯 살. 자신이 어떤 용도로 정빈이었던 홍자영에게 바쳐진 건지도 모른 채, 아버지라는 사람의 손을 잡고 입궐을 했었다. 얼녀가 아니라 딸로 입적시켜주겠다는 말을 철석같이 믿은 탓이었다.

그리고 처음 떨어진 명령, 독살.

〔네가 정녕 못하겠다면 나한테 넌 필요가 없거늘. 어찌하면 좋을까?〕

〔자, 자가. 자…….〕

〔당장 중궁전으로 가 이걸 마시게 하던가, 아니면 여기서 네가 마시던가. 둘 중 하나를 택하거라.〕

얼마나 빌었던가. 제발 살려달라고, 못하겠다며 얼마나 울었던가. 그리고 그 앞에서 홍자영은…… 얼마나 상냥한 미소로 웃고 있었던가.

"내 다 이해해주마. 네가 잠깐 마음이 살랑여 흔들렸다 이해해줄 것이다."

"마마, 죽을죄를 지었사옵니다. 용서해 주시옵소서."

그 이후로 자영의 얼굴만 봐도, 목소리만 들려도 발작처럼 몸이 굳어버리는 어쩔 수 없는 공포가, 운선은 미친 듯이 싫었다. 벗어나고 싶어서 죽을 것만 같았다.

"이해한다고 하지 않더냐. 지금이라도 내 명을 잘 따른다면 모두 용서해 줄 것이다. 가서 유서하를 잡아 오너라. 어떻게 생겼는지 잘 알 테니, 어디에 있는지도 찾을 수 있겠지?"

"물론이옵니다."

"네가 그것만 잘해준다면 내 당장 양반가에 널 입적시키는 일을 알아볼 것이다."

운선은 아랫입술을 깨물었다. 포기하자, 포기하자 하면서도 어쩔 수 없이 희망이 불쑥 솟구치는 기분.

천한 기생 첩 년의 딸. 그 신분으로 살아가는 것은 구역질이 날 만큼 싫으니, 어쩔 수 없이 홍자영의 손을 잡아야 했다. 언젠가 양반으로 만들어주겠다던 약속. 그 약속을 믿고 여섯 살 때부터 버텨온 빌어먹을 지난날이 아까워서라도 평생의 소원을 이루고 말 것이었다. '언젠가'는 반드시 올 거라고, 그리 믿어야 했다.

아니라면, 정신이 나락까지 추락할 테니까.

"성은이 망극하옵니다, 마마."

뱀이었다. 만족스럽게 웃고 있는 입가가, 기쁨으로 상기되어 있는 얼굴이 그리고 당장 먹어 치워 버릴 것처럼 부릅뜬 자영의 두 눈이 뱀처럼 빛나고 있었다.

***

"성은이 망극하옵니다, 전하! 망극하옵니다!"

"이제 살았습니다! 우리 애들도 살았어요! 역시 우리 나랏님이 최고입니다!"

"최고야! 최고고 말고!"

문 앞에서 연신 환호하고 있는 사람들의 모습이 보였다. 곡식을 풍족하게 받아 신명이 나는 듯했다. 그 사이를 지나쳐 관아로 돌아가던 우는 갑자기 사람들의 시선이 쏠리는 것을 느꼈다. 그리고 삽시간에 쥐 죽은 듯 조용해진 거리.

자신의 잘못으로 사람들이 화가 많이 난 모양, 정도로 인식하면서도 그 시선이 너무 싸늘해서 좀 이상하다는 느낌은 있었다.

설마하니…….

"반역자!"

이렇게 불리리라고는 상상도 못 했지만.

군중들 사이에서 튀어나온 소리가 급작스러워 우는 덜컥 당황해버리고 말았다. 반역자라니.

아무래도 낌새가 이상해 서둘러 걸음을 옮겼다.

"대감, 대감! 큰일 났습니다!"

관아 안으로 들어오자마자 공주 처소 나인인 금옥이가 달려오기에 순간 심장이 내려앉았다. 무슨 일이 있나 싶어 묻는 목소리가 저도 모르게 다급해지고 말았다.

"무슨 일이냐. 담이에게 무슨 일이 생겼느냐?"

"아, 아닙니다. 그게 아니라, 자가께서 보내서 왔습니다."

"담이가? 왜."

"이것 좀 보십시오!"

금옥이 무언가를 불쑥 내밀었다. 금세 몰려온 수호와 부겸까지 고개를 들이밀며 무엇인지 유심히 들여다보고 있었다.

「의광대군이 폐위되고 무헌대군이 보위에 오를 때까지 멈추지 않을 것이다.」

순간 글을 잘못 본 줄로만 알았다.

"이게 뭡니까!"

수호의 경악하는 소리를 듣고서야 정신이 번쩍 돌아왔다. 금옥이 새파랗게 질린 얼굴로 말을 이었다.

"곳곳에 이런 방이 붙어 있답니다. 여기 수원뿐 아니라 지금 전국 각지에 이런 방이 붙고 있는 모양입니다."

"멈추지 않는다니, 뭘 멈추지 않는다는 거지?"

부겸이 중얼거리자, 금옥은 혹시 누군가 듣는 귀가 있는지 좌우 사방을 살핀 뒤 속삭였다.

"의적 행세를 하면서 봉기의 움직임까지 보이는 도적놈들이 있었는데, 그게 바로 이번에 백성들의 곡식을 훔쳐 간 그놈들이랍니다."

아니었다. 그럴 리가 없었다. 이루 말로 표현할 수 없이 저질적이고 분탕한 놈이 의적이라니, 있을 수도 없는 일이었다.

한데 소문이 그렇게 났다는 것은.

수호와 부겸의 얼굴이 점점 아연해지고, 뒤에 있던 두천이 넋이 나간 것처럼 무릎을 툭 꿇는 사이.

우는 방에 적힌 내용을 읽고, 읽고, 또 읽었다. 이것이었다. 이게 자신을 수원까지 보낸 명의 진짜 목적이었다. 도적놈에게 사패 같은 걸 내주면서까지 도적질을 시키고, 때를 기다렸다는 듯 아침 일찍 연통 하나 없이 부리나케 수원으로 온 이유는 바로.

반역죄, 그 하나를 위해서.

"하."

웃음이 나왔다. 아니길 빌었다. 그래도 한 아버지를 둔 형제이니 설마 이렇게까지 하지는 않을 거라는 마지막 끈을 놓지 않고 있었는데.

어김없이 그 끈이 쑥 잘려버리고 말았다.

"전하께서는? 전하께서도 이 사실을 알고 계실 테지?"

"예. 조금 전에 모두 모이게 하여 논의하고 계십니다. 대감께서 오시는 대로 동헌으로 모시라는 어명이 내려진 상태입니다. 공주 자가께서 어떻게 하면 좋을지 몰라 대감이 오시는 걸 기다렸다가 이 사실을 알리라 하셨습니다."

"담이는 무사하더냐?"

"예. 무탈하십니다."

"옆에서 잘 지켜드리거라. 무슨 일이 있어도 떨어지지 말고."

"예, 대감."

금옥이 부리나케 담이 있는 객사로 돌아가고 난 뒤, 우는 수호와 부겸을 바라보았다.

"각오들은 했겠지만, 처음부터 짜여진 판이었다."

"예, 그런 것 같습니다. 한데 그래도 이건 너무……."

"그래. 다른 것도 아닌 반역죄. 이대로 당하면 끝이다."

한 번은 아버지를 죽인 패륜아로 몰아넣고, 이제는 반역을 일으키는 종자로 몰아넣어 없애버리겠다는 심산이었다.

"정신들 바짝 차리거라. 난 절대로 두 번 당하진 않을 것이다."

68화
최고의 홍복

이 세상에서 가장 예측 불허인 것은 서하가 나쁜 놈들을 때려잡을 때와.

"무헌대군의 의도와는 상관없는 것이니 더 이상 언급하지 말라 했소."

명이 임금의 탈을 쓸 때, 라고 우는 생각했다. 그게 아니라면, 전국에 반역도당과도 같은 방이 붙었다는 이야기를 듣고도 더 이상 언급하지 말라는 저 차분함을 어떻게 이해해야 하느냔 말이었다.

"하오나, 전하."

"더 이상 언급하지 말라 했소. 이것은 모두 내 불찰이오. 내가 바로 정사를 펼치지 못하여 어지러운 민심이 만들어낸 결과이지, 무헌대군이 만든 결과가 아니란 말이오."

어쩌려는 것일까.

명은 고집스럽게 사람들의 입을 닫게 만들었다. 그리고 보란 듯이 사람들 앞에서 우의 어깨를 툭툭, 두드려주었다.

괜찮다는 듯이, 내가 널 지켜주겠다는 듯이. 마치 진짜 형님이 건네는 위로 같은 손길이었다.

"모두들 나가 보시오. 난 무헌대군과 잠시 할 말이 있으니."

마지못해 일어나는 불편한 시선들이 머리 위로 꽂히는 게 고스란히 느껴졌다. 그 사이사이 부리나케 수원으로 달려온 좌의정과 병판의 걱정 어린 시선도 섞여 있었지만, 지금으로선 달리 방법이 없었다.

명의 입 하나에 매달리는 수밖에.

"괜찮으냐?"

"송구합니다."

"계속 방이 붙고는 있는 모양이다만, 이런 건 시간이 지나면 자연히 해결될 것이다. 가뭄에 애가 탄 백성들이 내뿜는 원성과도 같은 것이니, 넌 너무 염려하지 않아도 된다."

"망극합니다, 전하."

"후후, 말은 안 해도 속으로 날 의심했을 테지?"

명이 확신을 가지고 말하자 우가 시선을 들었다. 홍철릭을 갖춰 입고 단정하게 앉아 웃는 모습이, 이상하게 낯설어 보였다.

"가뭄 핑계를 대고 이곳으로 보낸 이유가 반역죄를 뒤집어씌우려고 그랬던 거구나, 하고 뜨끔하지 않았더냐?"

갈수록 태산이었다. 제 속내를 까놓는 것인지, 아니면 고도의 술책을 쓰는 것인지.

우는 명의 한마디, 한마디마다 신경이 곤두섰다.

"그랬을 거다. 내게 섭섭한 게 많을 테지. 추국장에서 내가 네 편을 들어주지 않은 것도, 가짜 벙어리 궁녀를 들여보낸 것도 또 서하를 내놓으라며 으름장을 놓은 것도 전부 섭섭했을 거야."

"전하, 소인은……."

"내가 다 잘못하였다."

우의 눈가가 순식간에 비틀리고 말았다.

수많은 경우를 예상하고 동헌으로 온 참이었다. 어떤 식으로 명이 몰아갈까, 중신들이 어떻게 장단을 맞출까. 최악에는 의금부에 다시 잡혀 들어가는 것인데, 꼼짝없이 잡혀서 할 수 있는 일이라고는 결백을 주장하는 것밖에 없으려나.

그런 예상 목록 중, 명이 이렇게 진솔하게 제 잘못을 인정하고 사과를 해오는 경우는 없었다. 해서 우는 지금 어떻게 대처해야 할지 갈피를 잡지 못하고 있었다.

"솔직히 말해서, 네가 돌아오는 것이 싫었다."

명이 씁쓸히 웃었다.

"너에게 모두 빼앗길 것만 같아 불안했으니까. 솔직히 그렇지 않으냐. 서하도, 담이도 다 너만 그리는 사람들이니. 네가 돌아오면 난 빈털터리나 다름이 없는데, 돌아오는 걸 어찌 반길 수가 있었겠느냐."

"빈털터리라니요. 그렇지 않습니다. 늘 전하를 위해 노심초사하시는 대비마마가 계시고, 중전마마도 계십니다. 어찌 그런 약한 생각을 하십니까."

"그래, 어마마마도 계시고 중전도 있지. 한데 너도 잘 알겠지만, 어마마마께 난 자식이라 어여쁜 게 아니라, 보위를 이을 수 있는 아들이기에 어여뻤던 것이다. 중전도 마찬가지다. 내가 임금이 아니었으면, 나를 가치 있다 여겨주지 않았을 것이야."

"전하."

"쉿. 내 얘기를 끝까지 듣거라. 그렇다고 내가 어마마마나 중전을 원망하는 건 아니다만, 뭐랄까. 텅 빈 궐에서 홀로 우뚝 서 있는 것 같은 기분이랄까. 그런데 너까지 나타나 서하와 담이를 빼앗아 간다 생각하니…… 내 잠시 잘못 생각하였다. 하여 너를 외롭고 힘들게 만들었어. 내 하나뿐인 아우를."

"그런 말씀 마십시오."

"중전이 아이를 가졌다는 이야기를 들었을 때, 어렸을 적 네가 나를 형님이라 해주던 것이 생각나고서야 아차 싶었다. 빼앗기는 게 아니라 내 아우를 찾아온 것인데 어찌 그리 좁게 생각했을까, 이곳에 너를 보내놓고 내내 후회했다. 미안하다, 우야. 내 참으로 면목이 없다."

"전하, 부디 통촉하여 주십시오. 소인, 몸 둘 바를 모르겠습니다."

"하여 이젠 너에게 아낌없이 줄 것이다. 내 속이 좁아 움켜쥐고 네게 주지 못했던 것들을 다 돌려줄 것이야."

무엇을 의미하는지 이해하지 못해 우가 고개를 갸웃하는 순간.

"전하?"

"너에게 세제 자리를 줄 것이다."

깜짝 놀란 우는 자리에서 벌떡 일어나 서둘러 바닥에 무릎을 꿇고 앉았다.

"전하, 그 무슨 말씀이십니까. 중전마마께서 회임을 하셨습니다. 있을 수 없는 일입니다."

"중전이 왕자를 낳는다는 보장도 없질 않으냐. 나라에 다음 보위를 이을 국본의 자리가 너무 오래 비었음이야."

"부디 통촉하여 주십시오. 전 국본이나 보위를 넘볼 생각 추호도 없습니다. 그저……."

"안다, 알아. 그저 서하와 행복하게 사는 걸 원하고 있을 테지. 해서 서하의 신원도 회복할 수 있게 알아보고 있는 중이다."

바닥이 흔들리는 것도 아닌데 우는 저절로 몸이 움찔, 떨리는 것을 느꼈다.

"신원을…… 회복시켜 주신다, 하셨습니까?"

그 말은 곧 용의 아이를 포기하겠다는 말이었다.

우는 고개를 숙이고 입가를 매만졌다. 드디어 서하가 자유로워지는 건가, 하는 생각만으로도 웃음이 새어 나올 것 같았기 때문이었다.

"그래. 하여 부부인이든 세제빈이든, 너희를 맺어줄 생각이다."

명의 말이 떨어지는 순간.

입가에서 손을 뗀 우가 천천히 시선을 들어 올렸다. 한없이 인자하게 웃고 있는 명의 눈을 빤히 바라보기만 할 즈음.

"저, 전하! 소인 대군 처소의 박 내관이옵니다!"

"들어오거라."

다급한 두천의 목소리가 들리자 명은 서둘러 우를 자리에서 일어나게 했다. 일어선 우의 옷까지 자상하게 탁탁 털어주던 명은 뒤늦게 들어온 두천을 쳐다보았다. 눈은 금방이라도 튀어 나올 것처럼 크게 떠져 있고, 양손은 벼락 맞은 놈처럼 덜덜 떠는 것이 뭔가 큰일이 났나 싶었다.

"왜 그러느냐, 무슨 일인 게야?"

"박 내관. 전하께서 하문하고 계시질 않느냐."

우까지 나서 다그치자, 그제야 두천이 입을 뗐다.

"터, 터터터터, 터졌사옵니다."

"뭐가 말이냐."

"무, 무무무무무무……."

명이 답답하여 인상을 찡그리는 찰나, 두천이 벼락같이 소리쳤다.

"물이 터졌사옵니다!"

그러고는 한참을 또 펄쩍펄쩍 뛰어댔다. 명은 저놈이 실성을 했나, 하고 생각했다.

"그래? 어디냐. 사람들은?"

하지만 옆에 있던 우가 단번에 그 말을 알아듣고 화색을 띠었다. 다급하게 말을 주고받는 그들을 바라보던 명의 눈썹이 순간적으로 치켜 올라갔다.

"무슨 일인 것이냐."

"송구합니다, 전하. 다녀와서 말씀 올리겠습니다."

우는 그렇게 말한 뒤 두천과 함께 동헌을 빠져나갔다. 뒤에 남은 명의 주먹이 탁상을 툭, 툭, 내리칠 뿐이었다.

***

힘차게 뻗어 나오는 물줄기가 깊이 파 놓은 땅에 물을 모으기 시작했다. 우는 급한 대로 수호와 부겸, 두천 그리고 마을 사람 몇 명을 모아 미리 만들어두도록 했던 물레바퀴를 고정시키고, 그곳에 빈 나무통의 반을 잘라 길게 연결했다.

처음에는 물이 터졌다는 이야기에 삼삼오오 모여 도와주던 사람들이 어느새 수십이 되고, 금세 일손이 늘어나 나무통을 연결하는 속도가 점점 더 빨라졌다. 이윽고 마을 우물에, 논밭에, 미리 큰 돌로 둑을 쌓아 만든 저수 시설에 물이 도달했다.

"물이다! 물이 흐르고 있어! 이 가뭄에 물이 흐른다고!"

"아이고, 살았네! 이제 우린 살았어!"

사람들이 너도나도 덩실덩실 춤을 추고 있었다. 어느새 등장한 건지 곳곳에서 쟁 소리도 울리고, 노랫소리도 울려 퍼졌다. 우는 이마에 흐르는 땀을 닦아내며 모처럼 환하게 웃었다.

"이것 때문에 그렇게 땅 파는 걸 시키신 겁니까?"

사방에 쏟아지는 소란 속에서 수호가 옆구리를 꾹 찔러왔다.

"아무리 곡식을 나눠주면 무엇 하느냐. 가뭄은 이번에도 있고 다음 해에도 있고 또 그다음 해에도 계속될 것이다. 그때마다 궐에서 사람이 나와 구휼해 주기만을 바라다간, 굶어 죽고 병들어 죽기 십상이야."

그것보다는 자신들의 힘으로 이겨낼 수 있는 방법을 만들어주는 것. 받은 곡식이 언제 떨어질지 몰라 전전긍긍하지 않도록 저들의 터전을 살려주는 것. 그게 우가 바라던 구휼이었다.

십 년을 살았던 청주의 한 마을에서, 논과 밭이 메마르면 산 인근에 땅을 파서 저런 수레바퀴로 물을 대던 농부를 보고 생각해 낸 일이었다. 산은 생각보다 더 많은 걸 가지고 있고, 많은 걸 줄 수 있는 소중한 자원이라는 걸 그때 뼈에 사무치게 깨달았었다.

"감사합니다, 나리! 정말 감사합니다!"

"생명의 은인이십니다! 아니, 나리께서는 이 나라의 은인이십니다!"

두천이 또 지치지도 않고 '나리가 아니라 대감이라니까요, 대감!' 하고 외쳤지만, 금세 소리에 파묻혀 의미가 없어지고 말았다.

사람들은 그동안 오해해서 미안했다며 우를 붙잡고 연신 사과를 하기도 했고, 왜 이제야 나타났느냐며 기분 좋은 원망을 쏟아내기도 했다.

그래도 그 중의 으뜸은 역시 감사하다며 활짝 웃는 얼굴들이었다.

"감사합니다, 감사합니다! 나리야말로 이 나라 최고의 홍복이십니다!"

관아 문에 가만히 기대선 명의 얼굴이 침착함을 유지하기 위해 얼마나 애쓰고 있는지, 벌겋게 달아오른 그의 목과 귀가 말해주고 있었다.

한순간에 뒤집히고 말았다. 도적 떼에게 빼앗긴 곡식보다 곱절로 많이 나눠주고 얻었던 민심은, 하루살이보다도 못한 삶을 끝내고 우에게로 넘어가고 있었다.

"이번 건 좀 위험하겠습니다."

굳이 말로 하지 않아도 알고 있었다. 호된 가뭄에 곡식을 몇 석씩 나눠줘도, 저렇게 물을 한 번 끌어내는 것에는 당할 수 없었다.

오래 갈 것이었다. 입에서 입으로 흐르고, 소문이 소문을 낳다 보면 아마도.

우는 저보다 더 성군으로 추앙받게 될 것이었다.

"슬슬 마무리를 지셔야 할 때가 아닐는지요."

명은 뒤에서 떠들고 있는 석준을 슥 쳐다보았다.

마무리라.

"일을 시켰던 놈은 어찌 되었더냐."

"안전한 곳에 데려다 놓고 죽은 듯이 숨어 있으라 했으니, 잡힐 일은 없을 겁니다."

"지금 무슨 말을 하고 있는 게냐. 일을 어찌 하는 것이야."

"예?"

석준이 의아하게 고개를 들자, 명이 매섭게 쏘아보았다.

"죽여야지. 언제 어떻게 발설할 줄 알고 그놈을 살려둔단 말이냐."

맹수가 목을 물어뜯는 것 같은 살벌한 목소리가 말을 이었다.

"지금부터 하는 일이 조금이라도 새어 나갔다간 모든 게 꼬투리가 되는 것이다. 방심하지 말거라. 개미 새끼 처치하는 것도 철저히 하란 말이다."

"예, 전하."

"다시 정승판서가 되어 세상을 호령하고 싶다 했더냐? 그만한 재능을 보이거라. 내게 실수를 불러오는 건 용납하지 않을 것이다."

"명심하겠나이다, 전하."

명은 관아의 대문을 있는 힘껏 닫아버렸다. 쾅, 하는 세찬 소리가 순식간에 백성들의 흥겨운 소리에 파묻혀 사라져갔다.

69화
날 만든 건 바로 너야

우의 명령으로 곧바로 정릉동에 와 있던 월영은 멀리 혜안군의 모습이 보이자마자 그를 안채로 안내했다. 발소리가 나는 걸 단번에 알아챈 서하가 말릴 틈도 없이 안방 문을 박차며 버선발로 뛰쳐나왔다.

아니나 다를까. 혜안군이 눈을 엄하게 뜨고 야단을 쳤다.

"어떤 부부인이 문을 그리 대차게 열고 나온단 말입니까! 정말이지, 공부하라고 보낸 내훈을 읽긴 했습니까?"

"송구합니다. 하지만 걱정이 되어서…… 한데 왜 갑자기 말을 높이십니까?"

"봉작은 되지 않았지만, 부부인이 되셨으니 예우를 해드리는 겁니다."

서하가 질겁하며 손사래를 쳤다.

"아닙니다. 안 그러셔도 됩니다. 편히 하십시오."

"대군께 예의를 다하고 있는데, 그 부인 되시는 분께 하대를 하는 경우는 없습니다."

"그래도……."

"그리고 손님을 이렇게 오래 밖에 세워두는 법도 없고요."

"아, 송구합니다. 어서 안으로 드세요. 월영님도 안으로 들어오시고요."

"전 다과라도 챙겨 올 테니 말씀 나누십시오."

월영이 자리를 옮기려고 하자, 서하가 그의 팔을 덥석 움켜잡았다.

"그런 건 안 하셔도 됩니다. 무슨 일이 벌어질지도 모르는데 동료끼리 머리를 맞대어야지요. 어서 오십시오."

서하는 월영을 그대로 잡아끌고 안으로 향했다. 어쩔 수 없이 질질 끌려가는 척하면서도 월영의 입안에서는 '동료'라는 말이 연신 맴돌았고, 갈수록 태산인 부부인의 다소 우악스러운 행실 때문에 혜안군은 경악을 금치 못했다.

"전하께서 수원으로 향하는 걸 비밀로 하라 엄히 명하셨답니다. 심지어 새벽녘에 아주 최소한의 인원만 추려 몰래 떠나신 탓에 대군도 아무것도 모른 채 수원에 도착하고서야 마주치신 모양입니다."

혜안군이 궐에 갔다가 알아 온 정보를 이야기해주자, 서하가 심각한 얼굴로 고개를 끄덕였다.

"그러셨을 겁니다. 전하께서 오신다는 연통은 전혀 없었으니까요."

"그게 전하의 특기지 않습니까. 기척도 없이 몰래 나타나는 것."

금유당에서도 그렇게 기척 없이 몰래 나타난 적이 한두 번이 아니라며, 월영이 볼멘소리를 퍼부었다.

"문제는 사패로 도적을 매수해 대군을 반역자로 만들려고 한다는 겁니다. 이게 지금 수원부터 시작해 곳곳에 붙고 있는 방이랍니다."

혜안군은 오면서 뜯어온 종이를 펼쳤다.

“의광대군이 폐위되고 무헌대군이 보위에 오를 때까지 멈추지 않을 것이다? 이런 게 붙고 있다는 말입니까?”

방을 집어 든 서하의 손이 부들부들 떨렸다.

왜 이렇게까지. 보위에 오를 욕심도 없는 사람을 도대체 왜.

아무리 아랫입술을 힘껏 물어가며 참아 봐도 분한 마음이 자꾸만 눈시울을 따끔따끔하게 두드려댔다.

월영도 보통 일이 아니라는 듯 한숨을 쉬며 말했다.

“반역도당으로 몰기 딱 좋은 구실이군요. 이런 방이 붙게 되면 어찌 되는 겁니까?”

“전하의 심중도 심중이거니와, 조정에서도 가만히 보고만 있지는 않을 겁니다. 이 나라 대군이고 후사가 부족한 지금, 최대한 목숨은 붙여 놓을 테지만 귀양살이는 면치 못할 듯싶습니다.”

혜안군의 말에 서하가 고개를 저었다.

“……그게 끝이 아닐 것 같습니다. 전하께서 대군을 귀양이나 보내자고 일을 꾸미는 것 같지가 않습니다.”

서하는 바짝 긴장하는 혜안군과 월영을 번갈아 보다가 불안하게 말을 이었다.

“얼마 전에 전하의 선견을 본 적이 있습니다. 그때 전하께서는 회임을 한 중전마마께 아이를 지우는 약을 먹이려 하고 있었습니다.”

간택령 이야기를 하러 왔을 때 잠깐 보인 선견에서, 명은 그 약을 가지고 중전에게 폐서인이 될지 아이를 없앨지 선택하라는 말을 하고 있었다. 제 아이마저 죽이려 하는 잔혹함에 치가 다 떨렸었다.

“뭐라고요?”

“제 정신이 아니군.”

혜안군과 월영 두 사람 다 귀를 의심할 수밖에 없었다. 서하 역시 다시 떠올리는 것만으로도 오싹해 망연히 중얼거렸다.

"자신의 아이도 죽이려고 할 정도인데, 대군을 살려둘 것 같지가 않습니다."

이번에는 정말로…….

"끝장을 보려는 거군요."

생각만 하고 있던 것을 월영이 입 밖으로 꺼내자, 서하는 흠칫 어깨를 움츠렸다. 혜안군도 근심으로 가득 차서는 물었다.

"선견은요, 대군의 선견도 보이기 시작한다고 하였지요?"

"보이기 시작했다기보다는, 예전에 보였던 것이 다시 보이는 것뿐입니다."

"정확히 어떤 것입니까?"

"보위에 오르셨을 때의 모습입니다. 용포를 입고 있는 대군의 심장에 화살이 꽂히는 모습인데, 어찌 그러십니까?"

"다른 것은요?"

서하는 고개를 저었다.

오직 그 모습 하나. 예전에도, 지금도 그것만이 우에게서 보이는 단 하나의 선견이었다.

"그럼 당장은 조금 안심해도 되지 않을까 싶은데……. 선견대로라면, 지금의 음모로 대군께서 목숨을 잃지는 않을 게 아닙니까."

혜안군의 말이 틀린 건 아니었다. 서하 역시 그럴 수도 있다는 생각을 하면서도, 이번에는 명이 또 어떤 무서운 계획을 감추고 있을지 알 수 없어 손톱을 잘근잘근 깨물었다.

"하지만 가짜 선견이 보이는 것인데, 선견 내용이 들어맞을까요?"

"가짜라도 선견이 보이는 이상……."

혜안군이 말을 하다 말고 갑자기 멈칫했다.

"왜 그러십니까?"

덩달아 멈칫한 서하 대신 월영이 묻자, 혜안군이 잠시 조용히 하라며 손바닥을 올려 보였다. 심각하게 굳어버린 그는 무언가를 치열하게 생각하더니, 한참 만에야 정리된 듯 입을 열었다.

"대군의 선견이 언제 처음으로 보이기 시작했다 하셨습니까?"

"처음 말입니까? 십오 년 전입니다."

대답하기가 무섭게 그는 뭔가에 얻어맞은 사람처럼 아연한 얼굴을 하곤 중얼거렸다.

"혹시, 혹시 말입니다. 가짜 선견이라는 게 대군이 아……."

그때였다.

"쉿!"

갑자기 월영이 손가락을 입술에 가져다 대며 자리에서 벌떡 일어섰다. 위험을 감지한 서하는 왜 그러느냐는 말조차 하지 못하고 숨을 삼켰다.

"여기 가만히 계십시오."

월영이 당부하는 순간.

끼이이익. 안방 문이 소름 끼치도록 천천히, 아주 천천히 열렸다.

그 상태로 시간이 멈춘 것처럼 미동도 없기를 한참. 마른침이 꿀꺽 넘어가는 소리까지 들릴 정도의 고요함 속에서 한 걸음, 한 걸음 발소리가 들려왔다.

"데리러 왔다."

온통 검은색 옷으로 치장한 채 짧은 단검 하나를 쥔 지운선이 모습을 드러냈다.

눈빛이 달라져 있었다. 수원에서와는 전혀 다른, 처음 자신을 의금부 남간에서 빼내어 유인했을 때와 같은 살기.

"얌전히 따라오면 아무도 해치지 않을……."

곧장 서하에게 다가오던 운선이 갑자기 발걸음을 뚝 멈췄다.

서하의 매끄럽게 드러난 하얀 목덜미 그리고 머리에 꽂힌 비녀. 그 사이를 어지럽게 돌아다니던 시선이 마침내 멈추고, 운선의 목소리가 생경하게 비틀려 올라갔다.

"머리를, 올렸어?"

서하가 뒷걸음질을 치는 사이, 검을 빼든 월영이 재빨리 앞으로 나섰다.

일순 보였던 당황한 기색도 잠시, 나타났을 때보다 더 예리하게 날이 선 운선이 월영을 노려보며 거침없이 씹어뱉었다.

"미친놈. 그동안 원치 않는 여인 분장까지 하며 살인귀로 이용당해 놓고, 아직도 저 여인을 감싸고 싶어? 왜, 저 여인이 뭔데. 뭐가 좋다고 그렇게 다들 쓸개 빠진 것처럼 지키려는 건데!"

말끝을 베어 무는 성난 외침.

결을 거스르는 기분 나쁜 마찰음과 함께 운선의 단검이 월영의 검날을 긁어 올리며 달려들었다.

불꽃이 튀었다. 예상치 못한 힘에 두어 발짝 밀린 월영이 검을 튕기듯 쳐올렸지만, 어찌나 빠른지 이미 단검 끝이 코앞으로 날아들고 있었다.

"읏!"

월영은 서둘러 허리를 뒤로 꺾었다. 단검이 아슬아슬하게 얼굴 위를 스치는가 싶었는데, 이내 다른 곳을 향했다.

"혜안군 대감!"

"크헉!"

혜안군의 어깨를 관통한 단검이 사방에 피를 흩뿌렸다.

"너 때문이다. 이 사람들이 다치는 건 유서하, 다 너 때문이야."

운선이 멈추지 않고 머리꽂이 하나를 뽑아 들며 서하를 향해 서늘하게 목소리를 늘어뜨리자, 월영이 다시 한번 검을 휘두르며 막아섰다.

운선은 귀찮다는 듯 몸을 틀었다. 그러고는 눈 깜짝할 새 혜안군의 어깨에 꽂혀 있던 단검을 뽑아 월영의 검을 튕겨내며 비웃었다.

"살수가 사람 베는 걸 껄끄러워하면 그걸로 끝인 거야."

월영은 식은땀이 흐르는 걸 느꼈다.

〔월영님의 손이 더 이상 무고한 사람들의 피로 물드는 모습을 보지 않을 겁니다. 각오하십시오. 제가 받은 걸 다 돌려드릴 때까지 막아설 테니.〕

서하가 해준 말은 마력처럼 작용했다. 이제 죽이지 않아도 되는 건가…… 그렇게 한 번 퍼진 안심은 월영을 망설이도록 만들기에 충분했고, 전에는 느껴보지 못한 평안함을 가져다주었다.

하지만 망설임은 곧 죽음과 연결되는 살수의 세계에선 여지없이 그 안이함을 들킬 수밖에 없었다. 이제야 사람답게 숨을 쉬며 사는 기분을 얻은 대가였다.

"저번에도 말했지. 그래봤자 또 질 거라고."

"시끄러…… 읏!"

불시에 급소를 노리며 머리꽂이가 날아오자, 서둘러 피하려던 월영은 오른쪽 허벅지를 관통당하고 말았다. 무릎이 휘청 꺾였다.

"똑같이 사람 죽이는 걸 싫어한다지만, 너랑 나는 마음가짐부터가 다르단 말이다."

운선은 무심히 월영의 검을 걷어차고 걸어와 그의 목에 단검을 꽂아 넣으려 했다.

"가겠습니다!"

뒤에 있던 서하가 다급하게 외쳤다. 머리에 꽂힌 매죽잠이 잘게 흔들리고 있었다.

"따라갈 테니 하지 마세요, 하지 말란 말입니다!"

겁을 집어먹어 떨고 있으면서도, 분노로 점철된 얼굴이 매섭게 운선을 노려보았다.

"그렇게 노려볼 것 없어. 아까부터 말했지만, 이건 다 너 때문이니까."

"사람을 상하게 해놓고 남을 탓하지 마십시오. 비겁하게."

운선은 지지 않고 받아치는 서하의 턱을 잡아 올리며 나직이 말했다.

"너만 나타나지 않았으면, 금유당은 내 것이었어."

순간 서하의 초점이 마구잡이로 흐트러졌다. 그걸 만족스럽게 바라보는 운선의 입꼬리가 느른하게 올라갔다.

"내가 왜 효선왕후까지 죽여가며 정빈이었던 홍자영의 옆에 붙어 있었던 건데. 그 일만 해내면 용의 아이로 살게 해준다던 약속 때문에, 그러면……."

자식으로 입적시켜 주겠다던 한지광의 약속 때문에.

"월영의 어미가 가짜 용의 아이인 것이 들통나 죽고, 다급했던 한지광이 생각해 낸 또 다른 가짜 용의 아이가 한난희, 나 지운선이었어. 홍자영을 한편으로 만들고, 그래서 더 견고한 가짜 용의 아이를 만들 계획을 하고 있었는데 선왕이 새벽 화마를 가장해 한지광을 죽이더니, 갑자기 한연서의 딸이라며 네가 나타났다."

서하의 턱을 잡은 운선의 손에 힘이 들어갔다.

"아무것도 한 게 없는 주제에 용의 아이라며 떠받들어졌지. 덕분에 난 이도 저도 아닌 쓸모없는 게 되어버려 홍자영의 하수인 짓이라도 해야 살아남을 수 있었단 말이다."

해서 원치 않음에도 이따위 살수 노릇이나 하는 꼭두각시가 된 지금.

단 한 사람, 유서하 만큼은 죽이고 싶도록 미웠다.

"너다. 날 만든 건 바로 너야. 모든 게 내 것이었는데. 금유당도, 월영도, 의광대군의 저 집착까지도."

광기 어린 눈이 서하를 잡아먹을 것처럼 노려보며 말을 이었다.

"그리고 네 머리를 올리게 한 무헌대군도 전부, 원래는 내 것이었어. 그러니까 나 같은 괴물을 만든 주제에 아프다 징징거리지 말란 말이다."

70화
용상이 싫다

모든 것을 새카맣게 끌어당기는 어둠이 몰려오자, 장무개는 더욱 안절부절못하며 발만 동동 굴렀다. 연통을 보낸 지가 벌써 몇 시진이나 지났는데도 구하러 오는 기색이 없었기 때문이었다.

마침내 기척 소리가 나고서야 깜짝 놀란 무개는 발작처럼 검을 들고 문 옆에 바싹 붙었다. 서서히 문이 열리는 순간.

"누구냐!"

무개는 검부터 들이밀었다. 그리고 이내 기척의 주인을 알아보고 바닥에 엎드렸다.

"아버님!"

영의정은 무개의 손가락이 제 발에 와 닿자, 뒤로 한 보 물러섰다.

"여기서 뭘 하느냐?"

"살려 주십시오, 아버님. 이놈들이 백성들 곡식을 빼앗으라고 부탁할 땐 언제고 절 죽이려고 합니다. 제발, 제발 저 좀 살려주십시오. 이러다 정말 살해당할 겁니다. 언제 쳐들어올지 몰라 머리가 돌아버릴 것 같단 말입니다!"

무개는 무릎으로 기어가 영의정의 바짓가랑이를 붙잡고 통곡했다.

이미 반쯤 돌아버린 것 같은 눈동자로 울부짖는 모습을 물끄러미 내려다보기를 한참, 영의정이 다시 물었다.

"그러니까 여기서 뭘 하느냐고 묻고 있질 않으냐?"

그제야 바짓가랑이 속에 파묻혀 있던 무개의 얼굴이 당황하여 위로 올라왔다.

"……예?"

"저들이 죽이려 하는 이유가 무엇이겠느냐. 네가 살아 있으면 안 되기 때문이 아니겠느냐."

한기가 돋을 만큼 냉혹한 시선. 죽이려고 하면 죽어야지, 라고 말하는 것을 알아들은 무개는 영의정에게서 손을 놓으며 바닥으로 무너져 내렸다.

"이제껏 너와 네 어미가 내 이름을 팔아 호의호식하는 것도 눈감아 주었거늘, 이런 때조차 나를 찾으면 어쩌자는 것이냐. 밥값도 못하는 식충이 같으니라고."

인정도, 천륜도 하나 없는 차갑디차가운 목소리.

무개는 천근 무게를 짊어진 것처럼 축 늘어진 손으로 주먹을 말아쥐었다.

"해서…… 얌전히 죽어라, 이겁니까?"

"그럼 도망이라도 시켜줄 줄 알았더냐? 쯧쯧쯧. 아무리 도적놈이지만 아들이라고 내가 직접 전하께 널 소개했거늘, 여기서 도망치면 내 체면이 뭐가 되겠느냐. 그간 저지른 죄가 있으니 당연한 결과다, 생각하거라."

으흠, 하고 헛기침이나 내뱉는 아비를 보며, 무개의 눈가가 분노로 일그러졌다.

"직접 소개하셨다니요?"

"마땅한 인재가 있느냐 의논하시기에 너에 대해 말씀드렸다."

〔쓸 만한 개가 하나 필요한데.〕

〔어디에 쓰려고 그러십니까?〕

〔떠들썩하게 남의 물건을 좀 빼낼 수 있는 능력이 있으면 좋겠는데 말이오.〕

〔그런 자를 잘 압니다.〕

〔믿을 만한 사람이어야 하오.〕

〔걱정마십시오. 제가 죽으라면 죽고, 살라면 살아야 하는 놈입니다. 쓰고 버려도 아무 문제 없사옵니다.〕

"광영인 줄 알고 곱게 죽거라."

"세상에 자식에게 죽으라고 하는 아비가 어디 있습니까!"

"낳아준 것만으로도 감사하지는 못할망정! 덕분에 네가 좋아하는 온갖 망나니짓은 실컷 하고 가지 않더냐!"

"망나니짓이요? 그러는 대감께서는요. 낳아 놓고 이름도 지어주지 않아 자식을 평생 아무개로 살게 한 건 망나니짓이 아니면 뭐란 말입니까!"

장아무개, 장무개가 가진 이름의 뜻. 서자라는 이유 하나로 이름도 없는 삶을 평생 살아야 했던 서러움이 단숨에 폭발했다.

짝, 고개가 돌아갈 정도로 뺨을 세게 얻어맞은 무개는 서슬 퍼런 눈으로 영의정을 노려며 말했다.

“……무헌대군 쪽에서 서찰을 가지고 있습니다.”

영의정의 얼굴이 경련을 일으켰다.

“뭐?”

“어디 한번 잘 말씀드려보시지요. 제 서자가 서찰을 무헌대군에게 흘렸답니다, 하고. 전하께서 어떤 얼굴을 하고 영의정 대감을 보실지, 참으로 궁금합니다.”

“네, 네 이놈! 이 불효막심한 놈 같으니!”

“제게는 아비가 없는데 불효막심이라니요. 그런 건 본가에 있는 아드님한테나 소리치시지요!”

무개는 영의정을 떠밀고는 말릴 새도 없이 밖으로 뛰쳐나갔다.

“저놈을 잡거라! 놓쳐선 안 돼!”

“예!”

영의정은 혹시 몰라 밖에 미리 대기시켰던 살수들에게 큰 소리로 명령한 뒤, 아연한 표정으로 자리에 주저앉았다. 서찰을 흘렸다니. 그것도 무헌대군에게. 그게 어떤 것인데, 까딱했다간…….

등골에 오한이 든 영의정은 다급하게 자리에서 일어섰다.

“김 집사!”

“예, 대감 마님!”

“지금 당장 이판한테 가야겠다. 서두르거라!”

“예!”

***

나인들이 단단히 잠겨 있는 광의 문을 열었다.

"아무도 따라오지 말거라."

가볍게 명을 내린 뒤, 자영은 안으로 들어가 횃불을 먼저 들이밀었다. 곱게 생긴 얼굴이 한껏 인상을 찌푸리고 있었다.

"그동안 아주 쥐새끼처럼 잘도 손아귀에서 빠져나가더니, 이제야 잡히는구나."

분이 풀리지 않아 얼마나 괴로웠던가. 잠도 못 이루고, 먹을 걸 봐도 속이 아파 쓰디쓴 신물만 삼켰더랬다. 겨우 아무것도 아닌 이까짓 년 하나 잡기가 왜 그리 힘들었는지. 하마터면 피가 거꾸로 솟아 몸져누울 뻔했을 때, 딱 맞추어 운선이 찾아왔다.

이런 게 바로 하늘이 주신 기회라는 것이었다.

"그래, 아직 주인도 들이지 않은 대군방에 있었다지? 뭔 없이 무헌대군과 놀아났더냐?"

새끼줄로 팔다리가 꽁꽁 묶인 서하는 대답 없이 아랫입술만 잘근잘근 깨물고 있었다.

"허, 머리까지 올리고. 아주 잘들 놀았나 보군."

머리에 꽂힌 비녀를 발견하고 손을 뻗으려 하자, 서하가 어깨를 틀어 피했다. 그 행동조차 괘씸해 자영의 눈가가 파르르 떨렸다.

"차라리 잘 되었다. 처녀를 먹게 하는 것보다 무헌대군의 것을 빼앗았다는 성취욕이 더 클 테니까."

명에게 이런 하찮은 걸 준다고 생각하니 안타깝긴 했지만, 무헌대군과 유서하를 가장 아프게 괴롭힐 방법으로 이보다 좋은 게 없었다.

처음에는 무슨 말인지 선뜻 이해하지 못하던 서하가 이내 눈을 커다랗게 떴다.

"전 이미 무헌대군과 혼인을 하였습니다!"

의미가 없을 줄 알면서도 마지막 희망인 것처럼 안타깝게 외쳤지만, 자영은 여봐란듯이 입꼬리를 올렸다.

"왕실에서 가례를 허락한 적도 없고 부부인 봉작을 한 적도 없건만 무슨 헛소리를 하는 것이냐. 진짜 혼인을 했다 쳐도 꼴랑 첩 년밖에 더 되겠느냐? 첩 년 하나 내어주는 거야 일도 아니지."

서하가 몸부림을 쳤다. 묶인 줄을 풀어내려 안간힘을 쓰는 걸 가상하게 보기를 한참.

자영은 매몰차게 돌아섰다. 비참함을 만끽하도록 광에서 나가 줄 참이었다.

"전하께서는 절 품을 생각이 없으십니다!"

다급한 외침이 울려 퍼졌다. 자영은 다시 돌아서지 않았다. 여전히 등을 보인 채 냉랭하게 대꾸했다.

"그거야 두고 보면 알겠지."

"애초에 품을 마음이 있었다면 왜 그동안 가만히 계셨겠습니까? 무헌대군께서 안 계시는 십 년 동안 완력을 쓸 수도 있었을 텐데, 전하께서는 한 번도 그러지 않으셨습니다. 그럴 마음이 없으시기 때문입니다."

서하는 필사적이었다. 묶여 있는 팔이, 힘이 풀려버린 다리가 덜덜 떨리고 있었지만 아랑곳하지 않았다.

"용의 아이가 가진 능력이 탐이 나고, 손에서 놓칠까 두려워 전전긍긍하는 마음이 꼭 저를 원하는 것처럼 보이게 하는 겁니다."

애절하리만치 구구절절한 이야기였지만, 일리가 없는 것도 아니었다. 가만히 듣고만 있던 자영이 넌지시 한마디를 던졌다.

"그래. 그럴 수도 있겠지."

생각해 보지 않은 건 아니었다. 명이 서하를 품은 마음은 사랑이 아니라, 선왕처럼 집착 때문일 수도 있겠구나. 어쩌면 그저 무헌대군의 것을 빼앗고 싶어 유서하를 원하는 것처럼 보일 수도 있겠구나.

그럼에도 불구하고.

"그래도 네가 필요하다."

자영은 그제야 뒤를 돌아 다시 서하를 내려다보았다.

〔난 아직 무헌대군에게서 아무것도 가져오지 못했단 말이다!〕

하나뿐인 아들이 이상해지고 있었다.

〔서하도, 누이 담이도 그리고 그 잘난 혈통 덕분에 당연시되는 용상의 자리까지. 무엇하나 빼앗아 오지 못했소.〕

생전 처음 듣는 목소리를 하고, 생전 처음 보는 얼굴을 하고, 한 번도 해본 적 없는 소리를 너무나 처연하게, 아니 무섭도록 섬뜩하게 내뱉고 있었다.

〔어머니는 좋으시겠습니다. 저를 대군으로 만들고 보위에 앉혀서 많은 걸 얻으셨으니까요. 임금의 정궁인 중전도 되시고, 임금의 어미인 대비도 되셨으니 원이 없으시겠습니다. 전 중인 출생 후궁인 어머니를 두어, 얻은 것이라고는 손가락질과 욕밖에 없는데 말입니다.〕

이대로는 안 되었다.

"내 아들이 가지지 못했다고 여긴 것들을 하나씩 줄 것이다. 어렸을 때부터 뭐가 갖고 싶으면 갖고 싶다 말한 적도 없는 착한 내 아들이, 이제라도 갖고 싶은 것이 있다 하니 무슨 일이 있어도 손에 쥐여줄 것이다."

그렇게 해서라도 찾아와야 했다. 진짜 우리 명이를. 뿌리 끝까지 비뚤어진 눈을 한 아이가 아니라, 총명하고 착한 눈을 가진 내 아들을 되찾아와야만 했다.

"네깟 년을 바쳐서라도 그리할 수만 있다면, 몇 번이고 바칠 것이다."

바래진 매화처럼 점점 생기를 잃어가는 서하를 뒤로 한 채, 자영은 광에서 빠져나왔다.

***

모두가 잠든 야심한 시각, 들려오는 목소리가 너무 많았다.

눈을 번쩍 뜬 우는 본능적으로 검부터 움켜잡으며 밖으로 나왔다. 조용하고 어둑어둑한 객사와 달리, 반대쪽 너머는 훤히 불이 밝아 있었다.

내아였다. 명이 있는 곳.

우는 생각할 새도 없이 내아를 향해 달렸다. 아니나 다를까. 점점 가까워진 내아 안에서 명백히 싸우는 소리가 어지럽게 들려오고 있었다.

다급해진 마음에 달리는 속도가 빨라지려 할 때였다. 눈앞으로 복면 차림의 괴한이 검을 휘두르며 불쑥 뛰어들었다.

검날끼리 부딪치며 불꽃이 일었다. 인상을 험악하게 구긴 우는 막아서는 괴한을 단번에 내아로 향하는 문 앞까지 몰아세웠다.

"당신은 가지 않는 게 좋소!"

가까스로 막아내던 괴한이 힘겹게 외쳤다. 어디서 들어본 목소리라는 것을 알아챈 우는 몸에서 힘을 뺐다.

"그대는……."

우가 망연히 중얼거리는 틈을 타, 괴한이 재빨리 검을 튕기며 우를 다시 뒤로 물러나게 했다. 단번에 공격의 위치가 바뀌고 말았다.

"크읏!"

우가 간신히 위에서 내리찍는 검을 막아서는 사이, 괴한이 말을 이었다.

"마을을 구해준 것만큼은 고마워서 충고하는 것이니 새겨듣고 물러나시오."

"물러나라고? 안에서 사람 비명이 들리는데 물러나라니! 그대가 그러고도 의원인가!"

우가 무릎으로 복부를 가격하자, 괴한은 신음과 함께 괴로운 숨을 뱉어냈다.

"비슷한 생각을 하며 백성들을 위해 힘쓰는 자인 줄 알았건만, 사람을 죽이는 집단의 일원이었느냔 말이다."

분노로 일그러진 우가 복면을 내리는 괴한을 노려보았다. 병촌에서 만났던 유 의원이 바람을 등지고 서 있었다.

"왕실 자제한테 비슷한 생각 어쩌고 하는 말은 듣고 싶지 않소이다만."

빈정거리며 웃는 유 의원을 보며 우는 검을 으스러지게 움켜잡았다. 아무래도 사람을 잘못 본 모양이었다.

"사람 목숨이 경각에 달려 있는데도 왕실 자제 운운하며 웃다니. 정말로 의원 자격이 없구나."

"내 보기엔 사람 목숨을 파리보다도 못하게 여기는 당신 아비와 하지도 않은 일을 엉뚱한 사람들에게 뒤집어씌우는 당신 형이야말로 임금 자격이 없다고 보는데."

대역무도하기 짝이 없는 언사였다. 왕실과 조정에서 들었다면 입에 거품을 물어가며 철퇴를 내렸을 터였다.

하지만 우는 한마디도 반박하지 못했다. 선왕께서 살아생전 무고한 이들의 생명을 앗아갔다는 것도, 명이 한 일이 무엇인지도 너무나 잘 알고 있었기 때문이었다. 해서 제 몸에 묻은 티끌을 보지 못하는 자에 대한 비난 밖에는, 그가 할 수 있는 것이 없었다.

"잘못이 있다고는 하나, 그대같이 사람을 살리는 척하며 뒤에서는 사람을 죽이는 자가 할 소리는 아니지."

"하, 그래도 인정은 하는군."

유 의원의 코웃음 소리가 하늘에 퍼지고, 우의 가슴을 뚫었다. 무슨 사연인지는 몰라도 원한이 상당히 깊어 보였으나, 지금 이곳에서 이야기를 하염없이 들어줄 순 없는 노릇이었다. 더 이상 시간을 끌었다간 피바다가 될 판이었다. 해서 서둘러 검을 들려는 찰나, 순식간에 노기로 바뀐 목소리가 다시 날아들었다.

"내가 할 소리가 아니라고 했소? 왜? 당신 아비는 내 아내와 딸을 살해한 놈이고, 당신 형은 우리가 하지도 않은 짓을 뒤집어씌워 반역도당이라고 몰아붙이는데 못 할 말이 무엇이오!"

우가 놀라 멈칫하는 사이, 유 의원이 먼저 검을 휘둘렀다.

"지금 여기서 그대 형이 죽어버린다 해도 내가 눈을 깜짝해야 할 이유가 있느냐 이 말이오!"

위태롭게 가슴을 스치는 궤적을 피한 우는 빙글, 한 바퀴를 돌며 그 반동으로 검을 비스듬하게 쳐올렸다. 또다시 검날 부딪치는 소리가 서슬 퍼렇게 울렸다.

유 의원이 잠시 주춤하며 물러서다가, 곧바로 중심을 잡고 섰다. 참담하게 슬퍼하는 것 같은 그의 거친 숨소리가 들렸다. 이루 말할 수 없는 분노로 고통스럽게 일그러진 얼굴도 보였다.

처음에는 죽이기보다 물러서게 할 목적이었던 듯한 그의 검이, 이제는 예리하게 날을 빛내며 공기를 크게 가로지르는 순간.

툭, 우가 손에서 검을 놓았다.

"미안하오."

생각지도 못한 행동에 놀란 유 의원이 덜컥 움직임을 멈추었다. 검이 우의 옷깃 언저리에서 아슬아슬하게 멈춰 섰다.

"이유를 불문하고 사람을 상하게 하다니. 변명의 여지가 없소. 잘못하였소."

검 끝에 겨눠진 서늘함 따위 신경 쓸 여력도 없이, 우는 사과부터 했다.

미안했다. 피붙이를 잃는 슬픔이 얼마나 사무치는지 너무나 잘 알고 있으니까. 몇 번을 사과한다 해도 선왕을 대신할 수는 없겠지만, 그는 제 마음속에 이는 죄책감을 대신해 고개를 숙였다.

그리고 한참 만에 다시 고개를 들었을 때는, 안타까워 애가 닳는 마음이 저도 모르게 목소리로 이어져 나왔다.

"하지만 안에 있는 이들 역시 생명이고, 이대로 계속 죽어가게 둘 순 없소. 무언가 잘못된 것이 있고 부당한 것이 있다면 이야기를 먼저 들어줄 터이니, 그만 멈추시오. 이런 무력으로는 또 다른 당신을 만들어낼 뿐, 아무것도 바뀌지 않는단 말이오."

안에서 들려오는 끔찍한 소리에 피가 말라가는데, 유 의원은 한동안 움직임이 없었다. 그저 빤히, 어찌해야 할지 몰라 갈피를 잡을 수 없는 사람처럼 한참을 서 있다가.

"하, 하하."

허탈하고 황당하다는 듯 웃었다. 왜 웃을까, 하는 생각보다 웃음을 들어줄 시간조차 없어 우는 그를 비켜서려 했다.

"당신은 참 희한한 사람이군. 도둑놈 투정에 고개를 숙이는 대군이라니, 듣도 보도 못했어."

"지금 그딴 건 중요한 게……."

"차라리 방에 붙은 대로 당신이 임금이 되었더라면 멈출 수도 있었을 텐데."

그게 무슨 뜻이오, 라고 물을 새도 없이 어딘가에서 다른 두 명의 괴한이 달려왔다. 우가 마른침을 삼키며 검을 드는 사이, 유 의원은 재빨리 복면을 고쳐 올렸다.

"내 자식도 잃었는데 원수의 자식이 살든 말든 알 바 아니나, 당신에게 원한이 있는 것은 아니니 다시 한번 말하리다. 가지 마시오. 가면 후회할 것이오."

두 괴한이 갑자기 양쪽으로 흩어지며 각각 우의 옆을 노렸고, 말을 마친 유 의원 역시 정면에서 다시 검을 휘두르며 그를 뒤로 밀어내려 했다.

우는 어금니를 으득, 물며 재빨리 유 의원을 향해 몸을 날렸다. 두 사람은 그대로 바닥을 데굴데굴 굴렀다. 우는 아픔도 잊고 벌떡 일어나 반사적으로 놓친 검을 잡아챘다. 그리고 쫓아오는 놈들을 상대하는 대신, 내아로 향하는 문을 열었다.

"전하를 보호하라!"

눈앞으로 난장판이 펼쳐졌다. 내금위부터 호위 무사 별감까지 모두 매달려도 쉽지 않은 수의 괴한들이 내아 앞마당을 점령하고 있었다.

"대감!"

유 의원은 언제 사라졌는지 보이지도 않았고, 뒤늦게 낌새를 알아차리고 몰려온 사람들이 뒤에서 달려드는 두 괴한을 상대했다. 그들이 도와주는 틈을 타, 우는 다른 괴한들을 물리치며 처소를 향해 달렸다.

이미 안까지 침투당했던지 대청은 물론이고, 복도, 방 할 것 없이 시체가 즐비했다.

"전하!"

우는 집요하게 공격해오는 한 녀석을 검의 손잡이 끝으로 내리친 뒤, 활짝 열려 있는 내아 안방에 도달했다.

"저리 가, 저리 가란 말이다!"

명이 저를 둘러싼 여섯 괴한들을 향해 목청이 터질 것처럼 괴성을 지르며 미친 듯이 검을 휘두르고 있었다.

"전하!"

우가 한 녀석의 등 뒤를 발로 걷어차며 공격을 퍼붓자, 명을 둘러싸고 있던 괴한들의 대형이 무너지기 시작했다. 그 틈을 놓치지 않고 녀석들의 안을 파고든 우는 곧바로 명의 앞까지 달려갔다.

"전하, 무사하신 겁니까?"

"우야!"

명은 검을 던지듯 놓았다. 그러고는 우의 팔에 매달렸다.

"우야, 살려줘라! 나 좀 살려줘!"

"전하, 진정하…… 크읏!"

명을 살필 여력도 없이 괴한 하나가 검을 사선으로 내리긋자, 우는 명에게서 팔을 빼내 간신히 그것을 튕겨냈다.

빌어먹을, 나지막이 중얼거리는 말끝으로 긴장이 실렸다. 당해내기에는 수가 너무 많아 검을 고쳐잡는 손에 땀이 차오를 때였다.

"전하! 무사하십니까!"

운검과 내금위장이 뒤늦게 나타났다. 그제야 우의 입에서 안도의 한숨이 새어 나왔다.

"네 이놈들! 감히 어느 안전이라고 무도한 발을 들여놓았더냐! 내 오늘 지옥을 보게 해줄 것이다!"

내금위장이 무시무시하게 외치며 달려들자, 괴한들이 순식간에 흩어지며 빠져나갔다. 창밖으로 몸을 날리려는 한 녀석을 우가 재빨리 쫓아가려 했다.

"우야! 가지 말거라, 가지 마! 나를 살려줘야지 어딜 가느냐!"

하지만 명이 미친놈처럼 고개를 휘저으며 붙잡아 왔다. 처절하게 몸부림치느라 중심을 잃은 그는 바닥에 주저앉으면서도 우의 옷소매를 꼭 움켜잡았다.

"가지 마, 가지 마. 가지 말란 말이다, 가지 마."

벌벌 떨리는 그 음성이 너무 애처로워 우는 차마 나가지도 못하고, 금방이라도 무너질 것 같은 명을 부축했다.

"전하, 이제 무사하니 정신을 좀 차리십시오."

"죽일 것이다, 나를 죽일 것이야. 저들이 나를 죽일 거야."

"이미 떠나고 있습니다. 무슨 일이 있어도 지켜드릴 터이니 안심하시고……."

"기어이 나를 보위에서 끌어내릴 거란 말이다!"

"전하."

"가지 말거라, 가지 마. 가지 마."

어떤 말도 소용없었다. 명은 반쯤 정신이 나가 끊임없이 가지 말란 소리만 중얼거리고 있었다. 보다 못한 우는 그를 꽉 안아주었다.

"형님, 정신 차리십시오. 형님은 이 나라의 군왕이십니다. 약한 모습 보이지 마시고 심기를 굳건히 하십시오. 제발 부탁입니다."

부들부들 떨고 있는 그를 다독여주자 차츰 정신이 돌아오는 듯, 발작 같은 떨림이 잦아들었다. 목구멍 끝에 간신히 걸려 헐떡이기만 하던 숨소리가 깊어져 가고, 빳빳하게 굳어 바짝 긴장하고 있던 어깨에서 힘이 빠지고 있었다.

하지만 우의 소매를 움켜잡은 손만큼은 절대 풀어지지 않았다.

"……우야."

한참 만에야 겨우 차분해진 목소리로 아우를 찾았다. 우는 모든 걸 다 뒤로한 채, 오로지 명을 위해 대답해주었다.

"예. 말씀하십시오."

"아바마마께서 꼭 이런 마음이셨을까."

처연하게 가라앉은 그의 마음이, 다독여주는 손 너머로 고스란히 와 닿았다.

"전하."

"난 이 용상이 싫다. 정말 싫어."

"전하, 모두 물러갔습니다."

운검이 단단히 안심을 시키고, 주위를 살피고 오겠다며 우가 자리를 떠나고서야 명은 방 안에서 나왔다. 신고 있는 하얀 족건이 흥건한 피로 물드는 모습을 물끄러미 바라보다가, 다시 걸음을 옮겨 대청으로 나와 아수라장이 되어버린 내아 앞마당을 내려다보았다.

금군과 관아 포졸들 그리고 괴한들의 시체가 흉측하리만치 뒤엉켜 널브러져 있었다.

그 사이사이를 비집고 들어간 명의 눈동자가 금군과 관아 포졸들이 아닌, 괴한들의 수를 헤아렸다.

〔저들이 그대를 끌어내리려는 방을 붙였다고? 아무리 한낱 도적이라지만, 저들 역시 그대의 백성이거늘 어찌 없던 반역죄까지 뒤집어씌우려 하는가. 무슨 음모를 꾸미고 있는지는 몰라도, 임금이라는 게 제 아비를 닮아 비겁하기 짝이 없구나.〕

기세 하나로 덤벼들던 도적놈들과는 달리 제대로 훈련받은 듯, 내금위장에게도 결코 뒤지지 않는 실력으로 쳐들어왔던 늙은이 하나. 도적놈들을 두둔하려고 일부러 온 것 같던 말투. 그리고 마치 다 안다는 듯 선왕을 비아냥거리던 눈.

건방진 놈. 네깟 놈이 뭘 안다고.

"살아남은 자는 모두 도망갔고, 잡힌 놈들은 전부 혀를 깨물어 자결하였습니다."

잔당들을 쫓아갔던 내금위장이 달려와 보고했다.

예상했던 결과였다. 영의정이 쓰라며 권하던 개와는 수준이 달랐다. 보통 놈들이 아니었다. 정말로 이를 악물고…… 죽이기 위해 달려들고 있었다.

"신원을 파악하는 건 힘들겠군."

명이 중얼거리자 내금위장이 죄인처럼 고개를 수그렸다.

"송구하옵니다, 전하. 소인이 미천하여."

"괜찮다. 오히려 더 잘 되었어."

"예?"

"아무것도 아니다. 가서 영의정과 이판 그리고 한석준을 불러오거라. 환궁할 것이다. 이곳은 내게…… 너무 무섭구나."

명은 어리둥절해하는 내금위장을 향해 씁쓸히 웃어보인 뒤 그대로 뒤돌아섰다.

71화
음모

명이 찾는다는 전갈을 받고 우가 자리에서 일어서자, 수호가 득달같이 따라 일어섰다.

"저도 함께 가겠습니다."

불안함에 고집을 부린다는 것을 잘 아는 우가 고개를 저었다.

"나를 찾으신다는데 네가 왜."

"혼자 가셨다가 무슨 일을 당할 줄 알고요! 대역무도한 방이 걸리고, 그걸 건 놈들이 습격까지 하였습니다. 온 나라가 발칵 뒤집힌 이 사건에 대군께서 꼼짝없이 연루될 거란 말입니다."

"그럴 수도 있겠지."

"그럴 수도 있다니요! 참 태평한 소리 하십니다! 어쨌든 도저히 못 보내드리겠습니다. 같이 갈 겁니다."

"지금 전하께서는 어젯밤 사건 때문에 힘들어하고 계신다. 그런 의심은 잠시 접어두거라."

"하지만!"

"다녀와서 얘기하자. 기다리시겠다."

여전히 시선을 떼지 못하는 수호를 뒤로 하고, 우는 처소를 나왔다. 아직 간밤의 수라장이 다 수습되지도 않아 관아 내부가 어수선했다.

〔당신 아비는 내 아내와 딸을 살해한 놈이고, 당신 형은 우리가 하지도 않은 짓을 뒤집어씌워 반역도당이라고 몰아붙이는데 못 할 말이 무엇이오!〕

내아로 향하는 앞마당을 걸으며 우는 유 의원을 떠올렸다. 동이 트기도 전에 병촌에 다녀온 참이었다. 유 의원은 이미 떠나고 난 뒤라 만날 수 없었을 뿐.

〔지금 어디 계신지는 모르지만, 당분간 이곳에 오지 않으신다는 건 압니다.〕

그의 수련생이라는 젊은 사내가 대신 전한 말이었다. 늘 산중이나 사람 손이 닿지 않는 병촌을 오가며 병자들을 치료하는 사람이라, 한 번 가면 달은 족히 걸리는 모양이었다.

〔유 의원에 대해 잘 아시오?〕

수련생이라기에 묻자, 사내는 덤덤히 그저 수련생일 뿐이라는 뻔한 대답을 내놓았다. 사람의 직감이란 참 이상해서, 그 말이 곧이 들리지가 않았다.

〔그대 스승이 도적 떼의 일원이라는 것도 아시오?〕

사내는 입을 다물었다. 아무리 봐도 밤사이의 소동을 아는 눈치였다. 해서 유 의원을 잡으러 왔다고 생각했는지, 연신 눈알만 굴려댔다. 사실대로 말해준다면 아무 짓도 하지 않고 돌아가겠다는 확답을 몇 번이나 하고서야 대답을 들을 수 있었다.

〔스승님은 그런 분이 절대 아니십니다. 다만 사정이 있어 잠시 합류하신 것뿐입니다.〕
〔사정?〕

도적이든 누구든 사람의 생명은 귀하다며 병을 고치는 의원이라 하였다. 해서 가끔 다친 도적들이 병촌으로 몰래 찾아오기도 한다고. 그러다 이번에 의적이라고 소문난 패거리가 관아로 몰려간다는 이야기를 들은 모양이었다.

〔이곳에 온 패거리들이 임금님을 폐위하겠다는 방 같은 건 본 적도 없다 하였습니다. 누명을 벗고 명예를 되찾겠다며 몰려가자, 한 사람이라도 말리기 위해 따라가신 겁니다.〕
〔말리는 사람의 태도가 아니던데.〕
〔그건, 대군 대감 때문이 아니라 선왕에 대한 원한이 깊으셔서 그럴 겁니다.〕
〔무슨 원한인지 아시오?〕
〔자세히는 모르지만, 선왕께서 아내와 딸을 살려주겠다고 해놓고 죽

였다 하였습니다. 아무도 모르는 조용한 곳으로 가 죽은 듯이 살아 있으면 언젠가 돌려보내 주겠다 약조해놓고 속였다는 둥, 술만 마시면 그런 말씀들을 하십니다.〕

〔…….〕

〔원래는 조정에서 일도 하셨던 모양인데, 그 이후로 거의 폐인처럼 살다 의술을 익히고 여기저기 떠도시는 겁니다. 이것이 제가 아는 유 의원님에 대한 전부입니다. 의원님께서 간밤에 잘못한 것이 있으실지는 모르나, 사람을 상하게 하실 분은 아닙니다. 하니 부디 용서해 주십시오.〕

발자국을 만들며 내아로 향하는 우의 입에서 긴 한숨이 흘러나왔다. 아바마마의 의심병 때문에 생긴 또 다른 희생자인가, 하는 생각 끝에 묻어난 진한 안타까움이 두통처럼 일었다. 수호의 말처럼 방 사건과 습격 사건에 꼼짝없이 연루될 수도 있으니 대책도 강구해야 하는데, 이상하리만치 유 의원의 말이 비수처럼 가슴에 꽂혀 떨어질 생각을 하지 않고 있었다.

이 정도로 힘든 일들이 한꺼번에 일어나면, 아무리 우라도 감당하기가 버거웠다.

서하의 얼굴 한 번만 보면 숨이 쉬어질 것 같은데. 지운선을 믿지 않았다고 했더니 토라지듯 '믿었으면서'라며 질투하던 목소리가, 안을 거라고 했더니 긴장으로 놀라 꼿꼿하게 굳은 채 숨을 삼키던 얼굴이, 비녀를 꽂고 허전한 목 언저리를 연신 더듬던 수줍은 손이 생각나 저도 모르게 피식 웃음이 나왔다.

"전하, 대군 대감 입시이옵니다."

입을 맞추고 짓궂게 물고 늘어지면 꼭 색색거리며 숨을 몰아쉬느라 빨개지는 얼굴을 돌아가면 꼭 봐야지, 같은 걸 생각하느라 벌써 내아 앞에 도착했다는 사실도 알지 못했다.

우는 뒤늦게 입가를 매만졌다. 손가락 사이로 새어 나오는 웃음을 참기 위해서였다.

"들라 하라."

아무도 들이지 말라는 임금의 지엄한 명과 함께 내아의 문이 굳게 닫혔다. 가장 깊숙한 방 안쪽에는 명과 우, 상선, 영의정, 이판, 내금위장, 운검까지 단 일곱 명만이 자리를 지키고 앉아 바닥에 있는 글귀를 하염없이 들여다보고 있었다.

화살과 함께 날아든 쪽지.

「반드시 처단하고 말 것이다.」

"단순한 위협이 아닙니다. 어제 그 많은 놈들이 은밀하게 내아까지 침입한 걸 보십시오. 언제 어떻게 공격해올지 방심할 수 없습니다."

내금위장의 얼굴에 긴장감이 서렸다. 수원으로 올 때 최소한의 인원만 데리고 온 터라 걱정이 이만저만이 아니었기 때문이었다. 환궁하는 길에 습격을 받는다면 대비할 호위 무관의 수가 넉넉지 않으니, 섣불리 환궁을 서두르기도 겁이 났다.

"지금 당장 궐로 연통을 보내 호위할 인원을 데려오는 것이……."

"그들이 오길 기다리다 여기서 죽으라는 것이냐?"

명이 단칼에 말을 자르자, 내금위장이 서둘러 머리를 조아렸다.

"그런 것이 아니옵고."

"환궁할 방도를 내놓으라 했더니 어찌 여기에 있으라는 것이냐. 싫다. 한시도 이곳에 있기 싫으니 당장 환궁할 것이다."

겁을 잔뜩 집어먹은 듯, 명은 극도로 신경을 곤두세운 채 빨리 궐로 돌아가자 떼를 쓰고 있었다. 그것도 우의 뒤에 숨은 채로.

차마 이런 모습을 보일 수 없어 다른 사람들을 내아로 들어오지 못하게 하는 것이었다.

"전하의 말씀도 일리가 있습니다. 가는 길에 습격을 대비하는 것도 좋지만, 이곳 관아가 방어에 약하고 쉽게 뚫린 전적이 있으니 다시 쳐들어올 가능성도 배제할 수 없습니다."

우가 대신 지적하자, 명은 잘했다는 칭찬 대신 그의 옷자락을 꽉 움켜잡았다. 그게 못마땅했던지, 내금위장이 인상을 험악하게 구겼다.

"전하, 방을 붙인 도적놈들의 습격에 대비하기 위해 방법을 강구하는 자리이옵니다. 한데 도적놈들이 추대하려는 무헌대군이 이 자리에 있는 것이, 소인 영 꺼림칙하옵니다."

"그러하옵니다, 전하. 소인도 같은 생각이옵니다."

운검까지 고개를 숙이자, 우는 영의정과 이판을 주시했다.

이상하게 조용했다. 원래라면 내금위장과 운검이 얘기를 꺼내기도 전에 벌써 우를 돌려보내라며 난리를 쳤을 인물들이었다. 한데 왜.

우는 설마, 하는 생각을 하며 눈을 가늘게 떴다.

설마 기방에 있던 도적 떼의 두령이 정말 영의정의 서자였다면. 해서 명이 내린 서찰과 사패가 우의 손아귀에 있다는 것을 알고 있다면.

이 권력에 빌붙는 천하의 아첨꾼들이 또 무슨 일을 꾸미려 들지, 지켜볼 필요가 있었다.

"우는 그들과 관련이 없다. 전부 우를 내게서 떼어 놓으려는 수작이다."

"하오나, 전하."

탕! 명은 바닥을 내리치며 집어삼킬 듯 소리를 질렀다.

"과인이 목숨을 위협당하고 있음이야! 피붙이인 우가 나를 목숨 걸고 지켜주지 않으면 누가 지켜준단 말이냐! 쓸데없는 소리 말고 방법이나 강구하란 말이다!"

고집을 꺾지 못한다는 것을 깨달은 사람들은 입을 다물었고, 순식간에 방안이 고요한 적막으로 잠식되었을 즈음.

우가 그 적막을 깨뜨렸다.

"무엇이든 할 것입니다. 전하께서 무사히 환궁하실 수 있도록 목숨을 다할 것이니, 걱정하지 않아도 됩니다."

말뿐인 다짐에 의구심을 가진다 해도 어쩔 수 없었다. 그저 자신이 보일 수 있는 최선을 다할 뿐.

"역시 내 아우밖에 없구나."

그런 마음을 유일하게 알아준 사람처럼, 명이 어깨를 툭툭 두드려줄 때였다.

"전하. 한 가지 방법이 생각나긴 했사온데, 너무 대역무도한 방법이라."

영의정이 조심스럽게 말을 꺼냈다. 명이 말해 보라는 듯 손짓을 하자, 그는 잠시 쭈뼛거리더니 어렵사리 말을 이었다.

"전하로 위장한 사람을 만들어 가마를 나누어 타고 감이 어떠할는지요?"

말이 끝나기가 무섭게 상선이 그럴 순 없다며 크게 고개를 저었다.

내금위장과 운검은 재빨리 머릿속에 호위 배치를 생각하고 계산하는 눈치였다.

우는 저절로 스미는 의구심을 누르고 뒤를 흘끔 보았다. 명만이 무슨 생각인지 알 수 없는 표정으로 가만히 생각에 잠겨 있었다.

"가마 준비는 오래 걸리지도 않고, 저들이 습격을 한다 해도 누가 누군지 몰라 우왕좌왕하게 되지 않을까, 감히 생각을 해보았사온데. 그렇다고 전하를 능멸하려는 것은 아니니 부디 통촉을……."

아무리 그래도 다른 사람에게 임금의 옷을 입혀 위장을 시키자는 건 너무 심했나 싶었던지, 영의정은 안절부절못했다.

"그리하지."

명이 흔쾌히 고개를 끄덕거렸다.

"하오나 전하. 감히 누가 전하로 위장을 할 수 있겠나이까! 통촉하여 주시옵소서."

옆에 있던 이조 판서가 이번 일은 도저히 동의할 수 없다며 영의정을 한 번 쏘아보았다. 하지만 명은 이미 확고하게 마음을 굳힌 뒤였다.

"그대가 하면 될 게 아니오."

"천부당만부당한 말씀이옵니다, 전하! 신이 감히 어찌 그럴 수가 있겠나이까. 통촉하여 주시옵소서!"

이조 판서는 벼락이라도 맞은 사람처럼 부르르 떨며 온몸으로 거부했고, 내금위장과 운검 또한 놀라 바닥에 몸을 바싹 엎드렸다.

"아니, 하는 김에 이판뿐 아니라 그대들 모두가 위장을 하는 게 좋겠소. 상선, 너도 하거라. 시선을 분산시키면 시킬수록 놈들이 못 쫓아올 테니."

안 된다고 하기는커녕 명이 오히려 더 적극적으로 위장을 하라고 권하자, 이번에는 상선까지 바닥에 엎드렸다.

명은 영의정에게 물었다.

"가마를 준비하려면 얼마나 걸리겠소?"

"지금이라도 당장 가능하도록 조처하겠나이다."

"그럼 지금 당장 여섯 개를 준비하시오."

잠시 수를 헤아리던 영의정이 고개를 갸웃했다.

"여섯 개라면……."

"영의정 그대와 이판, 내금위장, 운검, 상선, 그리고 내가 탈 가마 말이오."

"전하, 이미 타고 오신 어가가 있사옵니다만."

"그건 우가 탈 것이오."

사람들이 흠칫 놀라 몸을 떠는 모습이 보였다. 그리고 못지않게 놀란 우 역시 눈을 동그랗게 뜨고 뒤를 돌아보았다.

"전하?"

"어가야말로 놈들이 습격하려 들 것이다. 난 못 탄다. 타기 싫다."

"하오나, 전하. 그렇다고 소인이 어찌 어가를……."

"이 나라의 대군인 너도 이리 꺼리는데, 여기 있는 이들에게 타라고 해 보거라. 그럴 수 없다고 통촉하라며 난리가 날 것이다."

"그럼 어가는 빈 채로 호위하고 차라리 다른 가마를 타게 해주십시오."

"놈들이 습격했을 때 어가가 비어있는 것을 알면 즉시 다른 가마들을 공격하려 들 것이 아니냐. 넌 검술도 뛰어나니 무사할 수 있겠지만, 난 무섭다. 너무 무서워 그러니 부디 내 말뜻대로 해 다오. 나를 살려다오. 이리 부탁하마."

명이 갑자기 머리를 조아렸다. 우가 황급히 명을 일으키고 대신 바닥에 엎드렸다.

"전하, 어찌 소인에게 머리를 숙이십니까!"

"무엇이든 한다 하지 않았더냐. 내가 무사히 환궁할 수 있도록 목숨을 다해준다 하지 않았더냐. 내 널 믿는다. 네가 저들과 한패일 리가 없다는 사실을 믿는다."

우는 멀거니 앉은 채 아무런 말도 하지 못했다. 명이 '제발'이라며 꼭 부여잡는 손끝에서 핏기가 빠져나가는 것만을 느낄 뿐이었다.

"이곳에서 결정된 내용은 누구에게도 발설하지 말아야 할 것이며, 발설한 자는 반역으로 처결할 것이다."

그 말을 할 때의 명은 도적 떼의 습격에 나약해진 모습은 온데간데없이, 기세가 등등하고 냉정한 군주의 모습이었다.

도대체 진짜 겁을 먹은 건지 아닌 건지 알 수가 없다며, 내아에서 나온 우가 멀거니 앞마당을 걸을 때였다. 수호가 멀리서부터 달려왔다.

"대군! 괜찮으십니까? 무사하세요? 도대체 무슨 일로 찾은 거랍니까?"

"괜찮다. 별일 아니……."

우는 덤덤히 대답을 하려다 말고 멈칫했다.

별일이 아닌 게 아니었다. 임금인 척 위장하여 어가를 타라니. 농담이 지나쳐도 대단히 지나쳤다.

"대군?"

하지만 안 탈 수도 없는 노릇이었다.

〔내 널 믿는다. 네가 저들과 한패일 리가 없다는 사실을 믿는다.〕

거부하면 도적 떼와 한패인 반역도당으로 간주하겠다는 말이나 다름없었다.

어쩔 수 없이 타긴 타야겠지만, 뭘까. 이 참을 수 없게 밀려오는 불길함은.

"어찌 그러십니까? 안에서 무슨 일이 있으셨던 겁니까?"

한참이나 대답이 없자, 수호가 금세 불안함을 드러냈다. 우는 고개를 저으며 그의 어깨를 잡았다.

"수호야. 지금부터 내 말 잘 듣거라."

"제가 언제 대군 말씀 안 들은 적 있습니까?"

"담이를 말에 태우거라."

느닷없는 소리에 수호가 눈을 깜빡였다.

"……예?"

"처소에 서하가 분장했던 기행나인 옷이 남아 있을 것이다. 그걸 입혀서 말에 태워. 그리고 반드시 행렬 끄트머리에 쫓아오다가, 궐에 당도할 때쯤 이탈하여 정릉동 대군방에 가 있거라. 할 수 있겠느냐?"

우는 듣는 사람이 없는지 확인하며 빠르게 속삭였다. 무슨 소리인지 몰라 어리둥절한 표정으로 서 있던 수호가 이내 뭔가 눈치를 채고는 얼굴을 굳혔다.

"위험한 일이 있는 거군요. 그렇죠?"

"아직 모른다."

"숨기지 말고 말씀을 하십시오. 말씀을 하셔야 제가 돕죠!"

"그냥 불안해서 그러니 반드시 내 말대로 하거라."

느낌이 좋지 않았다. 스멀스멀 벌레가 기어다니는 것처럼 꺼림칙하다가도 온몸의 근육이 경련을 일으킬 것 같은 긴장감이 몰려왔다. 도무지 털어내지 못하겠는 그 감각들을 주렁주렁 달고 있는 것도 버거워 죽겠는데, 멀리서 누군가 절뚝거리며 걸어오는 것이 보였다.

이곳에 있지 않아야 할 사람의 등장 때문에 심장이 저도 모르게 철렁 내려앉았다.

"왜 이곳에 있느냐."

월영이 다가오자마자 우가 날카롭게 날을 세웠다. 분명 정릉동으로 가서 서하를 지켜달라 부탁을 했었다. 직접 하고 싶은 걸 간신히 참아 가며 고개까지 숙여 부탁을 했더니.

"서하는."

서하는 보이지도 않고, 월영은 뭐가 그리 힘든지 말도 제대로 꺼내지 못한 채 애꿎은 아랫입술만 잘근잘근 씹어내고 있었다.

순식간에 그의 미간이 험악하게 일그러졌다.

"……누구야. 누가 어떻게 건드렸는지 빨리 설명해. 돌아버리기 전에."

나쁜 일이 일어났음을 간파한 우의 목소리가 지독히도 낮게 깔렸다. 터질 것처럼 쥔 주먹이 참을성을 잃기 직전.

"지운선이 데려갔습니다."

월영의 시선이 바닥으로 떨어졌다.

내아에서 빠져나온 영의정과 이조 판서는 서둘러 사람들의 시선이 없는 곳으로 자리를 옮겼다. 지나칠 정도로 주변을 살피던 이조 판서가 한참 만에야 조그마하게 속삭였다.

"우선은 전하께서 시키신 대로 했는데, 이제 어쩌실 계획입니까?"

"지금 당장 연통을 보낼 걸세. 중신들에게 일러 모조리 인정문 앞에 모여있으라고 해야지."

"전하께서 하명하신 병사는요."

"벌써 대기 중이네. 완벽하게 손 써놨으니 염려 말게."

이조 판서가 깊이 숨을 내쉬었다.

"후우, 드디어 시작되는 겁니까?"

"시작되는 것이지. 시작되고말고. 이 나라의 진짜 임금이 누구인지 제대로 판가름 되는 날이네. 그러니 명심하게. 무헌대군 손에 무엇이 있는지."

"예, 여부가 있겠습니까."

"잘못하면 또 추국장에서와 같은 꼴을 당할 걸세. 아니, 그보다 더한 꼴을 보겠지. 우리 위치가 위태로워지는 건 물론 목숨까지 위험해진다, 이 말일세. 그러니 정신 바짝 차리게."

"예, 영상 대감."

***

"으으."

어깨가 빠질 것 같은 고통에 낮게 신음하던 혜안군은 눈을 떴다. 머리가 어지러워 찡그리던 것도 잠시, 갑자기 떠서 부옇던 시야가 점점 초점을 맞춰갔다.

"정신이 드십니까, 혜안군 대감?"

바로 옆에서 목소리가 들려와 고개를 돌리자, 좌의정 차익훈이 보였다.

"여긴?"

"제 집입니다. 먼저 돌아가 있으라는 어명을 받아 조금 전에 막 도착하였는데, 월영이라는 자가 대감을 여기까지 모셔왔더군요. 가야 할 곳이 있다며 대감의 치료를 부탁했습니다."

"그랬군."

"도대체 어쩌다 그리 심한 상처를 입으신 겁니까? 서둘러 의원을 불렀더니 하마터면 팔을 아예 쓰지 못할 뻔했답니다."

혜안군은 제 어깨에 칭칭 감긴 무명천을 확인하고서야 무슨 일이 있었는지 생각해냈다. 서슬 퍼런 검날에 어깨를 관통당하고 쓰러져 제 발로 그 무서운 여인을 따라가는 서하를 두고 볼 수밖에 없었더랬다.

〔덕분에 난 이도 저도 아닌 쓸모없는 게 되어버려 홍자영의 하수인 짓이라도 해야 살아남을 수 있었단 말이다.〕

어렴풋이 들렸던 여인의 목소리도 생각이 났다. 서하를 데려간 게 대비란 소리였다.

이 일을 어쩐다, 혜안군은 관자놀이를 손으로 꾹 눌렀다.

"괜찮으십니까?"

익훈이 묻자 혜안군은 고개를 저었다.

"아무래도 대비마마께서 용의 아이를 데려가신 것 같네."

"예? 용의 아이라면, 유서하라는 여인 말입니까?"

"그래. 어떤 살수가 와서 검을 휘두르는데, 나랑 월영이 더 다칠까 봐 스스로 따라갔어. 내 실수네. 사람들을 더 꼼꼼히 붙이고 감시했어야 하거늘."

대비가 서하를 가만두지 않으려 벼르고 있다는 건 알고 있었지만, 살수까지 쓸 줄이야.

설마하니 정말 죽이는 건 아니겠지. 아무리 그래도 명의 앞날을 볼 수 있는 용의 아이인데.

답답해진 혜안군은 길게 한숨을 내쉬었다. 우를 위해서라도 서하를 데려올 방법을 강구해야 했다. 세상에 오직 그 여인 하나밖에 없는 것처럼 소중히 여기고 있는데.

그렇다고 대뜸 대비를 찾아가 용의 아이를 내놓으라고 할 수도 없는 노릇이었다. 한다 해도 코웃음 치는 모습이나 구경하게 될 터였다.

어떻게 해야 할지, 방법이 생각나질 않았다.

"너무 걱정하지 마십시오. 적어도 해치진 못할 게 아닙니까. 아무리 그래도 전하의 앞날을 보는 용의 아이인데요."

익훈의 말이 틀린 건 아니었지만, 애석하게도 한번 품어버린 의심이 혜안군을 끊임없이 괴롭히고 있었다.

"나도 그렇게 생각은 하네. 한데 그 전하의 앞날이 가짜였다는 걸 알면, 서하를 두 번이고 세 번이고 죽일 테지."

"가짜라니요?"

정릉동 안채에서 이야기를 하는 도중 문득 들어버린 의심.

혹시 가짜 선견이…… 무현대군이 아니라면.

"아무것도 아니네. 어쨌든 대비마마를 뵈어야겠어. 서하가 무사한지만이라도 알아야겠네."

"그 몸을 하고 가시겠다고요?"

"지금 몸이 문제겠나. 나 때문에 제 발로 끌려간 사람도 있는데."

"알겠습니다, 그럼 함께 가시지요. 저도 대궐에 가봐야 하니까요."

"궐에는 왜? 수원으로 다시 안 가는가?"

"전하께서 어제 습격을 받으셨습니다."

"뭐라고? 그게 정말인가?"

너무 놀란 나머지, 혜안군은 목소리까지 뒤집히고 말았다.

"예. 의광대군을 폐위시키겠다는 내용의 방에 대해서는 알고 계신지요?"

"알고 있네. 한양에도 붙어 난리가 났으니까."

"그 방을 붙인 게 바로 병판 대감이 계속 추적하던 의적 떼의 소행이라고 소문이 났습니다. 그리고 그걸 증명이라도 하듯이 어제 전하께서 묵고 계시던 내아까지 습격을 당했고요."

"그럼 그 방이 음모가 아니라 진짜였단 말인가?"

"저도 그것까진 모르겠습니다만, 어쨌든 전하께서 더 이상 그곳에 머물 수 없으니 환궁하시겠다 하셨습니다."

"그랬군."

"한데 이상한 점이 한두 가지가 아닙니다."

눈을 가늘게 뜨며 곱씹는 익훈의 얼굴이 불안하게 일그러지자, 혜안군도 덩달아 마른침을 삼켰다.

"이상한 점이라니."

"제가 돌아오고 난 뒤 전하께서 무헌대군 대감을 부르셨답니다. 그리고 영의정, 이판, 내금위장, 운검, 상선까지 들이시어 뭔가 한참 이야기를 나누셨는데, 그때부터 전하까지 포함해 전부 방 안에 틀어박혀 있는 상태랍니다. 게다가 관아로 가마가 여섯 대나 들어와 대기를 하고 있고요."

"여섯 대나?"

"예. 그래놓고 영의정 대감의 연통은 딱 한마디 뿐이었습니다. 조정신료들 전부 인정문 앞에 모여있으라고요."

혜안군의 나지막한 한숨 소리가 방안을 깊이 울렸다. 익훈의 말대로 이상한 점이 한두 개가 아니었다.

우선 일곱 명의 조합이 이상했다. 전부 명의 사람인데, 우만 혼자 멀거니 그 안에서 무얼 하고 있느냔 말이었다. 게다가 가마가 여섯 대라니.

애초에 타고 간 어가가 있고, 공주 역시 타고 간 가마가 있거늘. 그 외에 누가 더 타고 올 사람이 있다고 여섯 대씩이나 줄지어 있단 말인가.

"모이라 하니 일단 가보는 게 좋을 것 같습니다. 그래도 방심은 하지 말아야겠지요."

"그러세."

혜안군은 익훈의 부축을 받아 몸을 일으켰다. 어쩐지 개운치 않은 찝찝함이 계속 꼭뒤를 콕콕 찍어오는 것만 같았다.

불안했다. 명이 뭔가 일을 꾸미는 것 같긴 한데 의도가 무엇인지 명백하지 않은 것도, 서하가 잡혀간 것도.

그리고 정말 가짜 선견이 무헌대군이 아니라면, 그 생각 하나가 어찌할 수도 없이 점점 커지는 탓에 대비전으로 향하려는 마음이 더욱 조바심을 내고 있었다.

***

쿵! 매죽잠이 떨어질 정도로 머리가 점점 흐트러져갔다. 어깨가 빠질 것처럼 괴로워 입에서는 연신 신음이 새어 나왔지만, 서하는 멈추지 않았다. 반드시 이곳에서 나가야 했다.

광 문이 조금 느슨해졌다는 것을 확인하고는 곧바로 소매를 걷어붙였다. 그러고는 도움닫기를 하기 위해 최대한 뒤로 물러섰다가.

"흐읍!"

숨을 크게 들이마시며 그대로 돌진하는 순간.

끼이익, 예고도 없이 문이 불쑥 열렸다.

"엇!"

서하는 그대로 멈추지 못하고 광 문턱에 발이 걸리며 앞으로 몇 바퀴나 데굴데굴 굴러갔다. 얼마나 굴렀던지, 온몸이 흠씬 두들겨 맞은 것처럼 뻐근함을 호소해댔다.

"쯧쯧쯧. 지난번 불이 난 금유당에서 어떻게 빠져나왔나 했더니만. 생긴 거랑 달리 꽤나 천방지축이었군."

특유의 내려찍는 듯한 시선, 채찍질하는 것 같은 말투.

금유당이 불에 타서 죽을 뻔했던 이유를 그제야 처음으로 알게 된 서하는 기어이 머리카락에서 빠져버린 매죽잠을 주우며 손에 꼭 붙들었다.

자영은 넘어져 있는 서하에게로 다가갔다. 십장생이 수 놓인 붉은 궁혜로 흙이 패도록 힘있게 걸음을 옮기다가, 땅에 끌리고 있는 서하의 치맛자락을 꾹 밟으며 멈춰 섰다.

"주상께서 돌아오신다는구나."

꼭 최후의 통첩 같은 한마디.

자영은 제 자색 스란치마가 땅에 닿는 것도 아랑곳하지 않은 채 무릎을 굽히고 앉았다. 그러고는 시선으로 숨을 삼키고 있는 서하의 반듯한 이마를, 눈을, 코와 입을 차례로 훑었다.

꼭 하나하나 해체하고 싶어하는 사람처럼, 갈기갈기 찢어버리고 싶은 사람처럼 쳐다보고는 씁쓸하게 웃었다.

"도대체 너 같은 괴물은 어디서 나타나는 게냐."

어디서 너 같은 게 나타나 감히 내 아들을 미친놈 안달하듯 만들었느냔 말이다. 소리가 되어 나오지 못한 말을 입안으로 삼키며 자영은 손을 들어 올렸다. 흐트러진 서하의 머리카락을 쭉 잡아당기기라도 하고 싶었는데, 서하가 먼저 매몰차게 고개를 돌려버렸다. 만지지 마, 라고 소리치듯이.

갈 곳 잃은 손이 허공에서 주먹을 꾹 말아쥐었다.

"꼴에 자존심은 남은 모양이지? 오늘 그 자존심이 나락까지 고꾸라지는 걸 내 두 눈으로 지켜볼 것이다."

다시 다리를 펴고 일어선 자영은 어느새 곁으로 다가와 선 궁녀들을 향해 눈짓했다.

"끌고 가서 단장시켜 놓거라."

"예, 대비마마."

"어디도 도망가지 못하게 철저히 감시하고."

자영이 지켜보는 가운데, 궁녀들이 양쪽에서 각각 서하의 팔을 잡아 강제로 일으켰다.

서하는 온 힘을 다해 버둥거렸지만, 옴짝달싹하지 못한 채 억지로 명의 침전으로 끌려갈 수밖에 없었다.

***

내아의 앞마당에 가마 여섯 대와 어가가 나란히 놓였다. 개미 새끼 한 마리 들어오지 못하도록 출입을 철저히 통제한 상태에서, 용포를 입은 일곱 명이 각각 가마를 나누어 탔다.

보이지 않도록 가마 안으로 꽁꽁 모습을 숨기고 나서야 가마꾼과 호위 무관, 내관 궁녀들이 줄지어 내아로 들어왔다. 가마 안에 누가 타고 있는 줄도 모른 채 배정된 위치에 서 있기를 한참, 드디어 관아의 문이 열리자 시간을 두고 가마가 하나씩 문을 나섰다.

한양으로 갈 때는 각기 다른 길을 선택해 가기로 정한 참이라, 관아를 빠져나가고서부터는 길잡이의 안내를 받으며 속속 여러 갈래로 갈라졌다.

우가 탄 어가는 맨 나중이었다. 혹시 모를 사태에 대비해 금군들이 어가보다 앞서서 사방을 둘러보고 돌아오기를 수차례씩 반복했다. 우 역시 언제 어디서든 공격에 대비하기 위해 용포를 입은 손으로 검을 꾹 쥐었다. 작게 스치는 소리도 민감하게 들으며 행렬을 이어가기를 한참.

의외로 가는 길은 평온하기만 했다. 풀벌레 우는 소리, 바람에 흐트러져 부딪치는 나뭇가지 소리, 사람들 발에 치이는 풀잎 소리까지.

모든 게 어가 안으로 흘러들어올 만큼 고요하고 상냥한 환궁행이었다.

"걸음을 빨리하거라! 해가 지기 전에 당도해야 한다!"

"예!"

호위 무관의 팽팽한 긴장감 섞인 목소리에 잠시 느슨해졌던 경계심이 곧추서며 가마의 속도가 점차 빨라졌다.

우는 호위하는 이들이 눈치채지 못하도록 한마디도 하지 않았다. 단단히 명을 받았던지, 밖에서도 일체 말을 거는 이가 없었다. 그렇게 굽이굽이 산자락을 거쳐 지루한 이동이 계속되었다.

72화
홀로 둘 수는 없습니다

"이게 누구십니까. 이 나라 임금보다도 더 얼굴 뵙기 힘든 혜안군 대감이 아니십니까! 이리 오랜만에 뵈니 참으로 반갑기가 그지없습니다."

명백하게 반갑지 않다는 뜻이 노골적으로 드러나 있었다. 노려보는 자영의 눈에서는 금방이라도 살얼음이 뚝뚝 흘러내릴 것만 같았다.

"그간 강녕하셨습니까, 대비마마."

"하! 강녕이라. 숙부라고 하나 있는 분께서 우리 주상은 임금 취급도 안 해주고 어찌나 무헌대군만 싸고도는지, 배알이 뒤틀려 강녕할 틈이 있어야지요!"

마음에 들지 않는 점이 있으면 참지 않고 시원하게 비아냥거리는 그 성격은 옛날부터 변함이 없었다.

"송구합니다. 싸고돈 게 아니라……."

"아니면 무엇입니까! 용의 아이가 대군방에 빤히 숨어 있었다는 걸 알면서 우리 명이한테 데려오지도 않아놓고 뭐가 아니란 말입니까!"

이젠 거리낌이 없는 모양이었다. 대군방을 습격했던 일을 제 입으로 술술 불어버리는 것을 보면.

"해서 서슬 퍼런 살수를 보내신 겁니까? 죽여서라도 데려오시려고요?"

"왜요. 그년은 어차피 주상의 것입니다. 죽이든 살리든 무에가 문제가 된다고요. 아, 혹 어깨를 다치셨다더니, 그게 노여워 그러시는 겝니까?"

"대비마마."

"그러게 거긴 왜 가 계셔서 그 수모를 당하신답니까. 이젠 나이가 드셔서 회복하는 것만도 빠듯하실 양반이."

혜안군은 절로 새어 나오는 한숨을 막을 수가 없었다. 본론은 시작도 안 했는데 벌써 머리가 지쳤다는 신호를 보내왔다.

"서하는 지금 어디에 있습니까?"

"서하? 서하아? 허, 아주 이름도 자연스럽게 부르는군. 왜요. 그년이 머리도 올렸던데 조카며느리라도 얻으신 기분입니까?"

"예, 봉작은 안 되겠지만 부부인이라 불러드리려고 합니다."

짜증스러움을 이기지 못하고 반은 진심, 반은 오기로 대답했더니, 자영의 얼굴이 순식간에 경악으로 일그러졌다.

"부, 부부인이라니. 내가 인정하지도 않았는데 감히 어떤 년이 부부인이 된단 말인가!"

"그럼 서하가 인정하지 않는데 감히 왕위를 계속 이어갈 수 있으리라 보십니까?"

처음으로 터져 나온 혜안군의 노기 서린 목소리가 자영을 저절로 더듬거리게 만들었다.

"뭐, 뭐라?"

"십 년 전 제가 금기를 깨고 마마께 용의 아이에 대해 말씀드렸던 것은, 효선왕후를 대신하여 부디 무헌대군을 불쌍히 여기고 살려달라던 것이었습니다. 어차피 의광대군이 보위에 오를 테니 무헌대군은 그저 대군으로서 조용히 살게 해달라고요. 해서 그 서찰을 드렸던 겁니다. 한데! 마마께서 어찌하셨습니까."

시간을 돌릴 수만 있다면 좋으련만.

혜안군은 선왕의 동의도 없이 중전이었던 홍자영에게 용의 아이에 대해 털어놓았던 스스로를 원망했다. 용의 아이는 의왕을 그리고 있으니 무신을 죽이시길 바라옵니다, 선왕께서 보여주었던 그 서찰을 중전에게 건넨 게 바로 저라는 사실이 이토록 쓰라린 죄책감이 되어 돌아올 거라고는 예상치 못했다.

"당최 무슨 소린지 모르겠소이다만! 게다가 가여운 효선왕후라니. 그 여인이 왜 그리 가여우십니까? 혹 마음에 품기라도 하셨었소이까?"

정곡을 찔려 부아가 치밀었는지 자영이 되려 성을 부리자, 혜안군이 버럭 소리를 질렀다.

"마마께서 죽이지 않았습니까!"

주춤, 자영의 어깨가 뒤로 물러났다. 일순 입술이 파르르 떨려 말도 제대로 내뱉지 못했다.

"뭐라…… 하였소."

"선왕께서도 이미 알고 계셨습니다. 하지만 어린 의광대군을 위해 묻어두기로 하신 것뿐입니다! 예, 해서 저도 마마를 괘씸하게 여기고는 있습니다. 하지만 효선왕후를 대신해 우라도 살려보려 마마께 왕실의 비밀까지 털어놓았단 말입니다. 한데 어찌 그 서찰을 오히려 무헌대군에게 보내 금유당으로 유인하여 기어이 십 년을 방황하게 만드실 수가 있습니까, 어찌!"

"내, 내가 유인하였다고 누가……."

"서하에게 그날 있었던 자초지종을 다 들었습니다. 제가 드린 서찰을 어째서 무헌대군이 가지고 있었던 겁니까?"

놀랐던 마음이 금세 가라앉았던지, 자영은 눈가를 비틀어 올리며 서서히 언성을 올렸다.

"그걸 내가 어찌 알겠소. 훔쳐 갔는지, 빼앗아 갔는지!"

"이제 제발 그만하십시오. 의광대군이 보위에 올랐고, 마마께서도 대비의 자리에 앉으셨는데 뭘 더 바라시는 겁니까? 저도 입 다물고 있을 터이니 제발 무헌대군을 가만히 내버려 두십시오. 서하를 돌려달란 말입니다."

"유서하는 원래 우리 명이의 것인데 뭘 돌려달라 이러는 게요!"

"아니라면 어쩌시겠습니까."

선뜻 이해를 못 한 자영이 눈살을 찌푸리며 고개를 갸웃했다.

"아니라니."

"선택하시는 게 좋을 겁니다. 그나마 얻은 가짜 선견으로 남은 보위를 이어 나가실지, 아니면 여기서 진짜 왕이 될 숙명이었던 무헌대군이 서하까지 잃고 날뛰는 모습을 기어이 보실지."

***

소중한 비녀를 빼앗기고 말았다. 목간통에 들어가야 한다며 억지로 벗겨지는 사이, 재빨리 매죽잠을 속바지에 챙겨 넣으려고 하는데 귀신같이 알아챈 상궁들이 넣지 못하게 서하의 손목을 잡아챘다.

"안 돼!"

아무리 반항해봤자 여러 명이 달려드는 데는 재간이 없었다. 돌려달라고 애원도 해보고, 화도 내보고, 목간통에 억지로 집어넣는 상궁의 팔도 힘껏 물어봤지만 결국 비녀를 되찾아올 수는 없었다.

눈물이 날 뻔한 것을 꾹 참느라 아랫입술이 너덜너덜해질 지경이었다. 우 대신 그거라도 붙잡고 있어야 숨이라도 쉴 수 있을 텐데.

지금쯤 밖이 어떻게 돌아가고 있을지 몰라 애가 탔다. 도적놈에게 빼앗았던 사패도, 반역을 도모하는 방도 전부 우를 궁지로 몰아넣기만 하는 것들이라 지금쯤 무슨 계략에 빠진 건 아닐지 걱정이 되어 미쳐버릴 것만 같았다.

누구 하나 무사하다고 얘기해줄 사람이 없는 이곳에 있는 시간이, 지옥 불 끄트머리를 딛고 선 것처럼 끔찍하기만 했다.

"이제 좀 얌전해졌구나."

남의 손에 몸을 맡겨 목욕을 한 것도 처음이었지만, 치장을 당한 것도 처음이었다.

팔도, 다리도 심지어 머리카락 한 올, 손톱 하나까지도 제 손으로 만지지 못한 채 궁녀들에 의해 점령당해 꾸며졌다.

"다 되었다."

서하는 시선을 아래로 내려뜨렸다. 하, 저도 모르게 헛웃음이 나왔다.

붉은 치마에 노란 저고리. 명이 좋아하는 색의 옷이었다. 십 년 내내 질리지도 않고 보내주었던 옷. 마치 금유당에 갇혀 얌전히 있으라는 의미인 것 같아서, 세상에서 가장 싫었던 색깔의 옷.

"한치의 소홀함도 없이 감시하거라. 대비마마께서 도망치려고 하면 묶어두어도 좋다 하셨다."

"예, 마마님."

일부러 들으라는 듯 큰 소리로 명령한 상궁이 자리를 벗어났고, 감시하기 위해 남겨진 다른 두 상궁은 문 앞을 단단히 지키고 섰다.

서하는 그대로 곁방에 갇히는 신세가 되고 말았다. 갇히는 거야 어제오늘 일이 아니니 익숙해졌다지만, 몸을 바치게 하겠다던 자영의 말이 생각나 손끝이 저절로 덜덜 떨려왔다.

〔네깟 년을 바쳐서라도 그리할 수만 있다면, 몇 번이고 바칠 것이다.〕

그 말을 할 때 자영의 눈빛은 꼭 하늘을 무너뜨리고도 남을 만큼 강렬해서 소름이 다 돋았다. 으득으득 씹어 먹히는 것 같은 착각.

서하는 두 눈을 지그시 감았다. 혜안군 대감과 월영도 걱정이었다. 검에 찔린 곳은 잘 치료 하였는지, 부상이 심하진 않은지.

제발 다들 무사해 주기를. 두 손으로 깍지를 꼭 낀 채 염원을 불어넣는 것밖에는 할 수 있는 것이 없어, 마음이 견딜 수 없이 안타까울 때였다.

문이 열리고 나인 하나가 뛰어 들어왔다.

"당도하셨답니다."

깍지 낀 서하의 손이 치마 위로 툭, 맥없이 떨어져 내렸다.

***

해가 뉘엿뉘엿 지며 눈이 부시게 찬란한 석양이 대지를 가득 품었을 즈음.

"도착하였나이다!"

호위 무사의 외침이 들려왔다.

이상했다. 궐에 들어온 느낌이 전혀 들지 않았다. 그도 그럴 것이 드넓은 궐에 사람 발자국도 느껴지지 않고, 그 흔한 목소리 하나 들려오지 않는다니.

미리 연통을 해두었다고는 하나, 쥐 죽은 듯 고요한 궐이 몹시 낯설어 어가에서 내리는 우의 걸음에 긴장이 서렸다. 이윽고 교렴이 거둬지고, 한 발짝을 디디자 이미 도착해 있는 여섯 개의 가마가 나란히 보였다. 모두 무사히 도착했다는 안도감이 퍼졌다.

다시 한 발짝을 디디며 정면에 솟은 인정전으로 고개를 드는 순간. 앞마당에 줄지어 서서 지켜보고 있는 수많은 중신들과 시선이 마주쳤다.

동시에 약속이나 한 것처럼 일제히 닫히는 궐문. 뒤이어 새카맣게 쏟아져 나온 병사들. 창과 칼과 활이 당장이라도 창자를 뚫어버릴 듯 어가 앞에 선 우에게로 향할 때쯤.

"……왜 그랬느냐."

명의 목소리가 들렸다. 여섯 개의 가마가 동시에 열리며, 무사히 도착해서 만나자 약조했던 이들이 서서히 모습을 드러냈다.

상선, 영의정, 이조 판서, 내금위장, 별운검 그리고 명까지.

누구도 용포를 입고 있지 않았다.

"우야, 보위가 그리 탐났더냐? 감히 과인의 용포를 입고 어가를 훔쳐 타고 나타나다니."

드넓은 인정전 앞에서 오직 우만이 용포를 입은 채 우뚝 서 있었다.

***

두 번 다시 입고 싶지 않았던 나인복으로 갈아입은 월영은 정신없이 대전 침소로 향했다. 서하를 찾으려 샅샅이 뒤지고 있는데, 대비전에서 나오던 혜안군이 청천벽력 같은 소리를 했다.

〔대전 침소에 있다는구나. 오늘 밤 전하의 침소에 들여놓으려고 했던 모양이야. 대비전의 명령이 적힌 서찰이니 이것으로 빼오거라. 난 서둘러 인정전으로 갈 터이니.〕

미친, 욕지거리를 내뱉지 않을 수가 없었다. 그깟 신분 좀 높다고 사람을 무슨 물건인 양 마음대로 다루려는 거지 같은 것들 같으니라고.

나인으로 분장했다는 사실도 까맣게 잊은 채, 눈썹이 휘날리듯 달려 단숨에 대전 침소에 당도한 월영은 상궁들에게 잡아먹을 것처럼 언성을 높였다.

"당장 서하 아가씨를 풀어주라는 대비전 명령이오!"

처음에는 나인 주제에 무엄하다며 호통을 치려던 상궁들은 월영이 쭉 내민 서찰을 보고서야 겨우 침소로 향했다. 안에서 처절한 비명이 터져 나오기 전까지.

"아아아아아아악!"

상궁들뿐 아니라 월영까지 갑작스러운 비명에 놀라 처소 입구에서 경직되어 버린 사이, 비명의 장본인인 상궁 하나가 목덜미에 무언가를 대롱대롱 매단 채 모습을 드러냈다.

"놔, 놔! 이 미친년아!"

서하였다. 서하가 상궁의 목덜미를 아주 힘껏 물고는 놔주지 않고 있었고, 심지어 손에는 또 다른 상궁의 머리채를 잡고 질질 끌어당기고 있는 중이었다.

"아, 아가씨……."

빠져나온 건 기특한데 좀 너무 가차 없으십니다만.

상궁들이 불쌍할 지경이었다. 원래 연약한 부류의 여인이 아닌 건 알고 있었지만, 저보다 덩치도 훨씬 더 큰 상궁 둘을 한꺼번에 제압해버리는 능력에는 감탄이 다 나왔다. 늘 구해주러 오는 사람이 무안해질 만큼 혼자서도 잘하는 씩씩한 여인이었다.

"송구합니다. 나가야 한다고 그리 말씀드렸는데도 자꾸 이년 저년 하며 막으시니, 저도 어찌할 방도가 없었습니다."

사과도 아주 군더더기 없이 깔끔했다.

"이제 제 비녀 돌려주십시오."

서하가 어서 내놓으라는 듯이 손을 내밀 때였다. 월영이 서하를 돌려세웠다.

"아가씨, 지금 비녀가 문제가 아닙니다."

"저한테는 엄청나게 소중한 겁니다."

"당장 궐을 나가야 합니다."

"얼마 안 걸립니다. 이분들이 비녀만 돌려주면……."

"죽을지도 모른단 말입니다!"

월영의 단말마 같은 외침을 듣고서야 비녀에 대한 집착을 포기한 서하가 아연한 시선을 들어 올렸다. 동그란 눈동자가 월영에게서 무언가를 읽어내려는 듯 하염없이 좌우로 흔들렸다.

그리고 무섭게 날이 선 본능이 마침내 무언가를 감지해낸 모양이었다.

"무슨 일입니까. 대군께 무슨 일이 있는 겁니까."

월영은 아무런 말도 못 한 채 신경질적으로 서하의 손목을 잡아채 궐문이 있는 곳으로 걸었다.

"저를 찾자마자 궐 밖으로 데리고 나가라 명하신 거군요. 그렇죠?"

눈치가 빠른 건지, 아니면 무헌대군에 대해서 너무나 잘 아는 건지.

불안하게 흔들리던 서하의 목소리가 확신으로 바뀌었다. 그리고 월영에게서 손목을 빼내며 걸음을 멈추었다.

"어디 계십니까? 아니, 무슨 일입니까?"

서하가 이렇게 똑바로 시선을 부딪쳐 올 때마다 월영은 패배자가 될 수밖에 없었다. 속고 속여야 하는 내기에서 매번 밑지는 장사를 하는 기분.

정직하고 맑은 눈을 마주하면, 도저히 거짓말을 할 수가 없었으니까.

"……지금 인정전에 와 계십니다."

"인정전이요?"

"그리고 위험에 처해 계십니다."

숨을 크게 삼키며 뒤로 한 발짝 물러나는 얼굴이 창백하게 굳어갔다. 가슴을 움켜쥔 손이 살짝 떨리는 모습도, 무언가 말을 하려 입술을 달싹여 보지만 소리가 되어 나오지 못하는 모습도.

전부 안타깝고 애절하여 차마 보지 못하고 월영이 고개를 돌려버리려는 찰나, 서하가 돌아섰다. 궐 문이 아닌 인정문을 향해 내딛으려는 그녀의 발걸음이 망설임을 잊고 있었다.

"가면 안 됩니다!"

팔을 잡아챘지만, 서하가 힘껏 뿌리쳤다. 다시 잡아채는 월영의 손끝에 힘이 실렸다.

"아가씨!"

"놓으십시오."

"제발, 제발요! 대군께서도 반드시 데리고 나가 달라 부탁하셨습니다!"

"대군을 두고 혼자서 살아남는 짓은 하지 않을 겁니다."

"반역이란 말입니다!"

마침내 서하가 멈춰 섰다. 가녀린 어깨가 툭 건드리면 와르르 무너질 것처럼 고요하게 가라앉았다.

월영은 뱉어버린 말을 주워 담지 못하는 후회가 무엇인지 뼈저리게 실감했다. 하지만 어차피 주워 담지 못할 바에는, 모질기라도 해야 했다.

"인정전으로 향하는 문은 전부 닫혔고, 앞마당은 이미 군사들로 가득 차 있습니다. 창이며 검이며 활이 우레처럼 쏟아질 텐데, 거길 어찌 가시겠다는 겁니까!"

수원에 찾아갔을 때, 분명 함정일 거라 일러주었었다.

〔안다. 해서 서하를 찾아 반드시 궐 밖으로 데리고 나가달라 부탁하고 있질 않으냐.〕

〔대군께서는요? 함정인데도 가시겠다는 겁니까?〕

〔약조를 지키러 가야 하거든.〕

알면서도 선선히 궐로 가겠다는 의미도 알 수 없었고, 이해도 할 수 없었다. 말려야 할 이유도 없었으므로 무슨 약조인지 물어보지도 않았다.

다만, 서하를 위하는 마음 하나만큼은 이길 자가 없었으니까. 그 부탁 하나는 반드시 들어주어야 했으니까.

"반역죄가 얼마나 무서운 건지 몰라서 이러십니까? 친분이 있었다는 것만으로도 끌려가 죽는 것이 반역죄입니다. 그러니 제 말대로 하십시오. 아니, 무헌대군의 말대로 하십시오. 저 무서운 곳 대신 궐 밖으로 나가야 한단 말입니다."

"……수는 없습니다."

서하는 늘 고고한 나무 같았다. 그 오랜 세월을 금유당이라는 어둠 속에 갇혀 지냈으면서도, 스러지지 않고 싹을 틔우고 환한 꽃을 피우고 열매를 맺는 그런 사람.

"저 무서운 곳에 대군을 홀로 둘 수는 없습니다."

하지만 때때로 고요한 늪 같아서, 제 갈 길을 방해하는 겁이, 위험이, 아픔이 있으면 전부 집어삼켜 버리고 끝끝내 나아가는 대찬 여인이기도 했다. 그럴 때의 서하는 말릴 수도, 붙잡을 수도 없이 자꾸만 손아귀를 빠져나가기만 했다.

"먼저 가십시오."

멀어지는 뒷모습을 손 놓고 보고만 있던 월영은 서둘러 서하의 곁으로 달려갔다.

"끝내 가시겠다면, 저도 갑니다. 인정전으로 향하는 문이 다 닫혔는데 혼자 어찌 가시려고 그러십니까?"

"월영님까지 위험하게 할 생각은 없습니다."

"아가씨가 그곳에 가는 게 저한테는 더 위험합니다."

그래도 가야 합니다, 그렇게 말하는 서하의 의지를 읽은 월영은 잔잔히 웃었다.

알고 있다고, 그러니 함께 갈 것이라고 말하듯이.

"계략에 빠져 용포를 입었으니 반역죄가 아니라고 해명하는 것도 힘들 겁니다. 단단히 각오하셔야 합…… 아가씨?"

월영은 당부의 말을 하다 말고, 서하의 얼굴이 일순 하얗게 질려가는 모습을 망연히 바라보고만 있었다.

"……용포라고 하셨습니까?"

73화
선견의 끝

양옆에서는 검과 창을 들고, 인정전 월대 위에서는 활을 겨눈 채 압박하듯 서 있는 병사들. 반역의 현장을 생생하게 확인시키기 위해 미리 와 있도록 준비시킨 중신들.

그리고 그 앞에 우뚝 선 채 말간 눈으로 자신을 뚫어지게 바라보고 있는 명까지.

사방을 훑어 본 우는 짙은 한숨을 내쉬었다. 아니길 바랐다. 너무나 명백하게 함정일 거라고 외치는 직감을 애써 외면하고 싶었는데.

여지없이 닥쳐온 현실에 씁쓸한 웃음이 걸렸다.

"반역이다."

명은 이제껏 하고 싶었던 한마디를 불쑥 뱉으며 목 끝까지 차오른 만족감에 몸을 부르르 떨었다.

이 날을 얼마나 고대했는지 아무도 모를 터였다. 궁지에 몰린 쥐처럼 제 발 앞에 무릎 꿇릴 이 날을 상상해온 지가 벌써 이십여 년이 넘었다.

의광군에서 의광대군이 되었던 날. 무헌대군을 이 세상에서 없애고, 그가 차지하고 있던 것을 전부 가져오리라.

"모두 똑똑히 보았겠지? 수원에서 과인이 반역도당의 습격을 당해 정신이 혼미한 틈을 타, 무헌대군이 과인의 용포를 훔쳐 입고 어가를 타고 와 이 창덕궁을 점령하려 했다. 명백한 반역이 아니면 무엇인가!"

커다란 목소리로 정전 앞마당을 쩌렁쩌렁하게 울린 명이 잡아먹을 것 같은 눈으로 쏘아보고 있었다. 그 시선을 묵묵히 받아내던 우가 한 발을 앞으로 디디는 순간.

타악! 내뻗은 다리의 바로 옆에 화살 하나가 날아와 바닥을 쳤다. 우는 잠시 월대 위를 보았다. 이내 다시 반대쪽 다리를 움직여 앞으로 나아가려 하자, 또다시 화살 하나가 바로 옆으로 아슬아슬하게 비켜 갔다.

아랑곳하지 않은 우는 끝끝내 앞으로 걸어 나와 좀 더 명의 가까이에 선 채 말했다.

"혹시 모를 습격에 대비해 저기 선 다섯 사람과 함께 용포를 입고 시선을 분산시켜 한양에 당도하기로 했던 것을 그새 잊으셨습니까?"

의미가 없을 걸 알면서도 해명을 했지만, 명이 당연하게도 코웃음을 쳤다.

"무슨 헛소리를 하는 것이냐. 여기 어디에 다른 누가 용포를 입고 있단 말이냐. 보위를 탐내는 네가 아니라면 말이다!"

"수원에서부터 가마를 끌고 와준 저들도 어렴풋이 짐작하고 있을 겁니다. 어떤 계획으로 어가를 비롯한 가마 여섯 대가 수원 관아에서 출발한 것인지. 이제 그만 억지……."

그때였다. 바람을 가르는 소리가 순식간에 옆을 스쳤다는 것을 깨닫자마자 우는 재빨리 뒤를 돌아보았다.

"크억!"

"아악!"

처절한 비명이 이어졌다. 화살에 의해 살갗이 뚫리고, 피가 터진 사람들이 종잇조각처럼 바닥으로 흘러내렸다.

우의 얼굴이 경악으로 일그러져갔다. 터질 것 같은 분노를 삭이지 못해 명을 노려보았다.

"……무슨 짓입니까?"

"반역자와 한패인 것들을 살려둘 이유가 없다."

싸늘하게 식은 명의 목소리가 못된 귀울음처럼 귓가를, 머리를 괴롭혀왔다. 죄책감조차 없어 보이는 얼굴을 보자, 그동안 참고 참았던 감정이 불꽃처럼 타올랐다.

"전 형님께서 용상에 오르신 후 보위를 탐해본 적이 없습니다. 하늘에 맹세코, 그런 마음을 가졌던 적은 한 번도 없습니다."

"그럼 지금 이 상황은……."

"한데!"

빙글빙글 웃는 듯 무언가를 말하려던 명의 목소리를 자르며, 우는 범처럼 낮게 포효했다.

"형님께서 자꾸만 절, 건드리고 계십니다."

그 보위라는 것을 지키겠다고 아무렇지도 않게 사람을 잡아 가두고, 가뭄에 허덕이는 백성들을 이용하고, 도적을 끌어들이고, 죄 없는 사람들을 죽이고.

말도 안 되는 작태를 지켜보는 것만으로도 충분히 괴롭거늘. 기어이 정적을 없애겠다며 음모를 꾸며서는 자신을 천 길 낭떠러지로 떠밀고 있었다.

죽지 않으려 발끝으로 버티고 선 자는, 아무리 싫어도 생각하게 되는 법이었다. 유일하게 살아날 방도를.

"그만 건드리십시오. 그저 이 나라의 대군으로서 형님을 보필하고 백성들을 위해 힘쓰며 살아가기로 한 이 마음을, 제발 그대로 놔두시란 말입니다."

우는 노기로 부들부들 흔들리는 몸에 억지로 힘을 주고 버티어 섰다.

"그저 이 나라의 대군이라 했더냐? 그럼 수원에서 도적놈들과 짜고 구휼 물자를 훔쳐 간 일은 어찌 설명할 것이냐. 나를 폐위시키고 보위에 앉을 때까지 멈추지 않을 거라는 방을 붙인 일은 어찌 설명할 것이냔 말이다!"

명이 기다렸다는 듯 꺼내든 이야기들을 들으며, 우는 눈을 질끈 감았다. 오지 않길 바랐건만, 기어이 올 것이 오고야 말았다.

"그건 모두 거짓입니다! 무헌대군이 한 짓이 아닙니다!"

갑작스럽게 커다란 외침이 터져 나오자, 인정전 앞마당이 크게 술렁였다. 무기를 들고 있던 병사들도 놀라 주춤거리는 사이.

눈을 뜬 우는 소리를 지르고 있는 이에게로 시선을 옮겼다.

"전하께서 무헌대군을 반역죄로 만들기 위해 꾸미신 일입니다!"

예상치 못하게도, 영의정이 팔을 번쩍 치켜들고 한 번 더 큰 소리로 외치고 있었다.

난데없는 배신에 누구보다 명의 얼굴이 생경하게 뒤둥그러져갔다.

"영상, 지금 뭐 하는……."

"무헌대군께서 그 증거를 가지고 계십니다! 전하께서 도적놈에게 직접 구휼 물자를 약탈하라고 지시한 서찰과 그 대가로 지급한 염전의 수조권이 적힌 사패가 있단 말입니다!"

영의정의 손가락이 우를 가리키자, 정전 앞마당에 모인 수많은 이들의 시선이 쏠렸다.

"어서 꺼내십시오! 모두의 앞에서 전하의 만행을 알리시어 빼앗긴 보위를 되찾으시란 말입니다!"

멈추지 않고 터져 나온 영의정의 목소리가 마치 신호탄이라도 되는 듯, 우에게 향했던 병사들의 칼날과 화살 끝이 일거에 명에게로 향했다.

갑작스러운 상황에 놀라 할 말을 잃었던 우의 눈에 비릿하게 웃는 영의정의 얼굴을 보였다.

저 늙은 여우 같으니라고. 도적 떼의 두령이 제 서자라는 말이 사실이라면, 당연히 알게 되었을 터였다. 서찰과 사패가 담긴 봉서를 무헌대군 쪽에 빼앗겼다는 사실을.

해서 몸이 닳았겠지. 명에게 사실을 말했다간 죽게 된다는 것을 예감하고 차마 말도 못 꺼냈겠지. 아무것도 모르는 명은 끝까지 우를 반역자로 만들겠다며 일을 크게 만들었을 테고, 그럴수록 빼앗긴 봉서는 자꾸만 마음 끝에 걸렸을 테고.

치열하게 생각해댔을 게 분명했다. 어떻게 하면 그 자리를 지키고 살아남을 수 있을지를. 그러다 서찰과 사패가 드러나면 명의 만행이 밝혀져 우에게 반역죄는 뒤집어씌우지도 못한다는 사실을 깨닫고 이런 선택을 한 것이었다.

명을 끌어내리고, 우를 새롭게 옹립하여 공신이 되자.

"네, 네 이놈. 이 천하의 간신 같은."

분노로 이글거리는 명의 시선을 회피하며, 영의정은 우를 다시 한번 재촉했다.

"어서요, 어서! 이 누명을 끝낼 가장 확실한 증거를 가지고 계시지 않습니까!"

우는 아무런 대답도 하지 않은 채 가만히 서 있기만 했다. 기대와 염려로 점철되어 쏟아지는 시선들 속으로, 흔들리고 있는 명의 시선이 섞여들고 있음이 느껴졌다.

우의 밤색 눈동자가 명에게로 향했다.

어쩌다 이렇게 되었을까. 어렸을 때는 그래도 이렇게까지 자신을 싫어하지는 않았던 것 같았는데.

우는 안타까움을 감출 길이 없었다. 명이 모를 리 없을 터였다. 여기서 우가 진짜로 그 봉서를 꺼내버리면 자신이 폐위될 것임을. 한순간의 방심이 순식간에 판세를 뒤집었음을.

점점 넋이 나가고 있는 명을 지그시 바라보기를 한참.

"……만약 없다면 어쩌실 겁니까."

우가 말했다. 일순 자신만만하던 영의정이 새파랗게 질려가고, 그 옆에 섰던 이조 판서도 함께 경악하는 모습을 본 척도 하지 않은 채.

우는 명을 향해 뚜벅뚜벅 걸으며 말을 이었다.

"제가 가지고 있지 않다고 얘기하면, 형님께선 어쩌실 겁니까. 계속 저를 죽이려 하실 겁니까?"

명은 믿을 수 없다는 듯 고개를 꺾었다. 그의 눈이 '봉서를 꺼내지 않으면 그대로 반역죄가 될 텐데 무슨 수작이냐'라고 묻고 있었다.

"서하를 풀어주십시오."

우가 속삭이듯 나지막이 말하자, 명이 인상을 찌푸렸다.

"풀어달라니. 네가 데리고 있으면서 무슨 소릴 하는 것이냐."

"죽을 때까지 자유롭게 살 수 있도록 풀어달라 말하고 있는 겁니다."

그제야 무슨 의미인지를 알아들은 명이 눈을 크게 떴다.

"설마, 목숨을 구명할 단 하나뿐인 증좌를 서하 때문에 버리겠다는 거냐? 나보고 그 말을 믿으라고?"

"……약조를 했으니까요."

시선을 내려뜨린 우는 잔잔히 웃었다.

〔내가 밖으로 데려다주마. 반드시 데려다줄 것이다.〕

"그 약조를 지켜야겠습니다. 그러니 앞으로 서하를 찾지도, 건드리지도 않는다 약조해주십시오. 훨훨 날아갈 수 있게, 절대로 발목을 잡지 않을 거라 약조해주십시오."

"정말로 겨우 그런 걸로 봉서와 교환하자는 것이냐? 네가 죽을 텐데?"

"제가 살아있는 한, 형님께서는 끊임없이 저를 죽이려 하시겠지요. 아닙니까?"

"……."

"그러니 사라져드리겠다는 겁니다. 서하만 자유롭게 살 수 있다면 기꺼이 사라져드리겠습니다. 절대로 서하를 건드리지 않겠다는 약조만 해주시면, 전 이 봉서를 영원히 품고 갈 겁니다."

자신이 살아 있는 동안 서하를 풀어줄 수 있는 방법은 단 한 가지뿐이라는 걸, 우는 처절하리만큼 절실히 깨달았다.

보위를 빼앗아 오는 것. 그러지 않고서는 명이 절대로 서하를 포기하지 않을 테니까.

하지만 우연히 서하가 빼앗아 온 봉서 덕분에 기회가 생겼다. 명을 끌어내리지 않고, 누구도 죽이지 않고.

……제 목숨 하나로 서하를 구할 수 있는 기회가.

"설마, 설마 너 이게 함정이라는 걸 알면서도 빠진 것이냐? 그 약조를 받아내기 위해서?"

황당함을 이기지 못하고 명의 목소리가 뒤집히듯 흘러나왔다.

우는 고개부터 숙였다.

"간절히 부탁드립니다, 형님. 서하를 그만 놓아주십시오."

그 아이가 자유롭게 살 수 있도록 더 이상 붙잡지 말아 주십시오, 우는 돌아서서 걸으며 마지막 말들을 삼켰다. 봉서를 가슴에 품은 채, 선선히 가리라는 약조를 지킬 차례였다.

명은 잠시 주변을 주시했다. 중신들의 소리 없는 비난이 선명하게 귓가를 울리는 듯했다. 네가 한 짓의 대가를 받으라는 것처럼, 검과 창의 끝이 그리고 화살촉이 금방이라도 창자를 꿰뚫을 것처럼 저에게 향해 있었다. 이상하리만치 두려움보다 허탈함이 몰려왔다.

졌구나. 내가 우에게, 대군에게 또 지고 말았구나. 우가 봉서를 묻고 죽는다 해도, 두 번 다시 이들의 왕이 될 수는 없겠구나.

뒤돌아 걸어가는 우의 뒷모습이 보였다. 당당했다. 죽음을 선택한 이 순간조차 언제나처럼 그렇게, 부러워 마지않던 대군의 모습이었다.

그리고 저들이 그토록 원하는 임금의 모습일 테지.

웃음이 샜다. 입꼬리가 자꾸만 웃으라고 말하고 있었다. 그래야……이 벅차기만 한 분노를 잠재울 수 있을 거라고.

명은 누가 말릴 틈도 없이 월대로 향했다. 그러고는 가장 앞에 선 병사에게서 활을 빼앗아 들고는 그대로 활시위를 잡아당겼다.

"반역자! 반역자를 처단할 것이다!"

아니기를 바라면서도 어쩔 수 없는 본능이 비명처럼 외치고 있었다.

바꾸었다고 생각한 그의 앞날이 아직 진행 중이라고. 그래서 선견이 다시 보이기 시작한 거라고.

용포를 입고 있었기에 보위에 오른 것이라 멋대로 착각하고 있었다. 해서 보위에만 오르지 않으면 살 수 있다며 안심하고 있었다.

왜 생각지 못했을까. 이런 일이 있을 거라고, 도대체 왜 생각지 못했을까.

바보처럼 이제야 깨달은 스스로를 힐난하며 서하는 달렸다. 월영이 열어주는 길을 달리고 또 달려 인정전으로 향했다.

아직 무사하기를.

"대군, 제발. 제발!"

서하는 뒤죽박죽 뒤엉킨 머릿속에서, 그 사이를 뚫고 나오는 생각 하나를 붙들었다.

아니라면. 가짜가 아니었다면.

십오 년 전 우의 선견이 처음으로 보였을 때, 용포를 입은 모습을 보고 그가 보위에 오르면 죽는다고 생각했을 때. 그를 살리고 싶은 나머지 명을 왕으로 만들어야 한다는 생각이 너무 강했었다. 우는 절대로 보위에 올라선 안 되니, 반드시 명이 보위에 올라야 한다고.

그게 문제였다. 만약 그래서 만들어진 것이라면. 어머니가 선왕에게 그랬듯, 왕의 숙명을 타고나지 못한 명의 앞날이 보이기 시작한 것이라면.

명이 아닌 우의 선견이 진짜였다면.

서하는 고개를 세차게 흔들었다. 불안해서 미칠 것만 같았다. 분명 혜안군이 말했었다. 어머니께서 선왕이 아닌, 진짜 왕의 숙명을 타고났던 왕자군에게서 십오 년 후의 선견을 보았다고.

〔그리고 유일하게 그 선견만은 바꾸지 못했네.〕

바꾸지 못했다…… 발끝에서부터 슬어가는 것처럼 고통이 밀려들었다.

월영이 인정전 문을 열자, 서하는 몸을 던지듯 안으로 뛰쳐들어갔다.

명을 향해 달려가는 병사들 그리고 월대를 쳐다보며 경악으로 물든 중신들. 그 중심에서 활시위를 잡아당기고 있는 명.

"반역자! 반역자를 처단할 것이다!"

서하의 시선이 다급하게 화살촉이 가리키는 끝으로 향했다. 용포를 입은 채 미동 없이 선 무헌대군, 우.

서하는 다리부터 움직였다. 숨도 못 쉴 만큼 심장이 철렁 내려앉는 순간에도, 그를 향해 달렸다.

막아야 했다. 무슨 일이 있어도 막아야 했다.

〔십오 년 전에 선견에서 본 일이 일어났다는 뜻이지. 비록 연서는 그 사실도 모른 채 죽었지만.〕

어머니. 도와주세요, 어머니. 바꿔야 해요. 바꿔야겠습니다.

죽는다 해도 바꾸고 말 것입니다—.

"안 돼!"

서하는 양팔을 벌리며 우의 앞에 섰다. 화살이 무서운 속도로 날아들었다.

등이 포근했다. 사람이 죽을 땐 차갑게 식던데, 왜 이렇게 이상하리만치 따뜻할까.

"누구 마음대로 끼어들래."

귓가를 울리는 달콤한 목소리에 서하는 번쩍 눈을 떴다. 그제야 누군가 자신의 허리와 가슴을 꼭 끌어안고 있다는 사실을 깨달았다. 서하는 무의식중에 그 단단한 팔을 붙잡았다.

"죽게 놔둘 줄 알고."

등을 꼭 끌어안은 우가 나직이 속삭였다. 동시에 서하는 눈물을 터뜨렸다.

살아 있었다. 우가 살아 있었다.

"괜찮아? 다친 곳 없어?"

안심이 된 나머지 온몸에서 힘이 빠져나가자, 서하는 우의 팔에 매달리며 고개를 흔들었다. 눈물방울이 흩어지듯 떨어졌다.

"없습니다. 전 무사합니다."

"다행이네. 됐어, 그럼 됐어."

우의 목소리가 원래 낮다는 것은 알았지만, 지나치게 낮아진 게 아닌가 하는 생각이 들었다. 안심이 되어서 그런가 보다, 라고 생각하기에는 어딘지 힘이 없는 듯한 느낌.

"대군?"

"너만 무사하면……."

그때였다. 갑자기 자신을 안고 있던 우의 팔에 힘이 빠져나가는 것 같아서, 깜짝 놀란 서하는 서둘러 뒤를 돌아보았다.

우의 몸이 힘없이 미끄러져 내렸다.

"대군!"

힘껏 그의 몸을 끌어안아 붙들어 보았지만, 소용없었다. 쓰러지는 힘을 이기지 못하고 같이 주저앉은 서하는 아연해진 얼굴로 연신 우를 불렀다.

"대군, 대군! 정신 차리세……."

우의 등을 잡은 자신의 손바닥을 무언가가 적시고 있었다. 붉은 선혈을 보기도 전, 비릿한 피 냄새가 폐부를 찔러왔다. 덜덜 떨리는 손으로 그의 등 뒤를 조심히 더듬어 올라가자, 길쭉하게 만져지는 것이 있었다.

보지 않아도 알 수 있었다. 화살이라는 것을.

"……대군?"

넋이 나간 서하가 중얼거리며 불러봤지만, 우에게서는 여전히 대답이 없었다. 단번에 눈물이 말라갔다.

"대군, 정신 차리세요. 제발요. 대군, 대군?"

서하는 우를 흔들었다. 주변이 소란스러웠지만, 아무것도 들리지 않았다. 미친놈처럼 웃음을 터뜨리는 명의 목소리도 들리지 않았다.

"하, 하하, 하하하하하하!"

갑작스러운 행동에 사람들이 멈칫할 때쯤, 명이 큰 소리로 말했다.

"모두들 이 왕실에 용의 아이라는 게 있다는 걸 아는가? 왕이 될 숙명을 가진 자의 앞날을 볼 수 있는 능력을 가지고 있지. 그대들이 왕이라고 떠받드는 자는 모두 용의 아이에 의해 선택되는 꼭두각시들이야. 봐, 저기 앉아 있는 저 여인이 바로 용의 아이지. 나를 보위에 앉혀 꼭

두각시로 만들어 놓고 무헌대군을 왕위에 앉히려는 저년이야말로, 이 나라를 마음껏 쥐고 흔드는 고얀 존재가 아닌가!"

"아가씨!"

멀리서 월영이 벼락같이 외쳤다. 그제야 서하의 시선이 올라갔다. 병사들 사이를 빠져나온 명이 이번에는 검을 든 채 아귀처럼 달려오고 있었다.

"내가 갖지 못한다면 누구도 가지지 못한다. 나를 무너뜨리고 네가 우와 행복할 거라 믿느냐? 어림없는 소리. 내가 그리 두지 않을 거란 말이다!"

마침내 서하와 우의 코앞까지 다가온 명은 검 손잡이를 손등으로 빙글 돌렸다. 원을 그리며 한 바퀴 돌아온 검을 손아귀에 쥐는 순간.

명은 검 끝으로 거침없이 서하를 겨누었다.

"안 돼!"

월영이 아슬아슬하게 서하의 코앞에서 그 검을 쳐냈다. 두어 발짝 밀려난 명은 달려오는 병사들을 피해 월영이 열어놓은 문으로 빠르게 내달렸다.

74화

최후

사가에 있으니 확실히 마음이 편안해진 모양이었다. 한밤중에 달구경도 하고, 바람이 바뀌는 것도 느끼고.

선선히 뺨을 스친 바람이 어느새 나뭇가지를 뒤흔들며 꽃잎을 떨어뜨리는 모습을 열린 문틈으로 보고 있으려는데, 인혜는 이유도 없이 소름이 오소소 돋는 것을 느꼈다. 명에게 아이를 빼앗길 뻔한 이후로 배부터 감싸는 버릇이 생긴 그녀는 두 손으로 조심히 배를 어루만지며 처소 안으로 들어가려 했다.

"마마, 마마! 큰일났사옵니다, 마마!"

박 상궁이 헐레벌떡 달려왔다.

"무슨 일인가. 무슨 일이기에 그리 숨이 넘어가."

"궐이 발칵 뒤집혔습니다!"

인혜가 반듯한 이마를 찌푸렸다.

"뒤집혔다니. 무슨 일인지 천천히 좀 설명을……."

"전하께서 도망치셨답니다!"

다급하게 튀어나온 박 상궁의 말을 듣자마자 인혜는 저도 모르게 주춤 뒤로 밀려났다.

"뭐?"

"무헌대군 대감을 음해하려다 실패하고 그 추궁을 받을 뻔하자, 그대로 무헌대군 대감을 활로 쏘고 도망가 숨은 상태랍니다."

갈수록 황망한 이야기였다. 인혜는 버티지 못하고 그대로 자리에 주저앉았다.

"마마! 괜찮으시옵니까?"

"그게 무슨, 도대체 궐이 어찌 되어 가고 있는 것이야."

명이 대군을 미워하고 있다는 것은 알고 있었다. 아니, 미움으로는 설명할 수 없을 정도로 증오하고 있음을 뼈에 사무치게 알게 되었다. 해서 제 자식도 죽일 수 있는 자가, 무헌대군이라고 가만히 놔둘 리가 없었다.

하지만 그렇게 되면.

"그럼 어찌 되는 게야. 이대로 폐위되시는 건가?"

인혜를 바라보던 박 상궁이 바닥에 엎드려 서글픈 듯 울부짖었다.

"송구하옵니다, 마마! 지금 대신들이 논의중이라 하옵니다!"

인혜는 다시 한번 제 배를 감싸 안았다.

폐위라니. 그럼 자신은 폐서인이 되고, 아직 태어나지도 않은 이 아이는…….

생각만으로도 아찔해진 인혜는 자리를 털고 일어섰다. 하도 정신이 없어 우왕좌왕하다가 결국 대문으로 향했다. 놀란 박 상궁이 튕기듯 몸을 일으키며 쫓아왔다.

"마마, 마마! 어디 가시옵니까, 마마!"

"가봐야겠네! 이대로 가만히 앉아 있을 수가 없단 말일세!"

인혜는 박 상궁을 뿌리쳤다. 신도 신지 않은 채, 버선발로 흙바닥을 디디며 궐로 향했다.

***

“급소는 피했으니 시간이 지나면 깨어나실 겁니다.”

치료를 끝낸 어의들이 자리에서 일어섰다. 부겸은 감사 인사를 전하며 조용히 그들을 데리고 대군 처소 밖으로 나갔고, 자리를 지키고 있던 혜안군과 좌의정, 병조 판서도 뒤를 따랐다.

혼자 자리를 지키고 앉은 서하는 그들이 나가는지 어쩌는지도 모른 채, 얌전히 누워 있는 우에게서 시선을 떼지 못했다.

심장이 멈추면 차라리 덜 아플 것을. 폐부가 찢어질 것처럼 고통스럽고, 뼈가 녹을 것처럼 쓰리고. 피가 흐르는 곳곳이 슬어가는 것처럼 저미게 아파서 그대로 쓰러지고 싶은데.

우가 깨어날까 봐 그러지도 못하고 있는 스스로가 너무 미련스러웠다.

“일어나세요. 제발 일어나 주세요, 대군.”

눈앞이 흐릿했다. 머리가 터질 것처럼 아프고서야 자신이 울고 있다는 사실을 깨달았지만, 신경 쓰지 않았다.

저 때문에 우가 이렇게나 힘들게 다쳤거늘. 그깟 아픔, 그깟 눈물이 무슨 상관일까.

“……눈 감고 있을 때는 울지 말아줬으면 좋겠는데.”

젖은 뺨을 닦아주는 손길에 한 번, 너무나 익숙한 낮은 목소리에 한 번.

눈을 깜빡이던 서하가 숨을 삼켰다.

"울다가 사라질 것 같아서 눈을 감고 있을 수가 없네."

잔잔한 웃음기 섞인 그의 말을 듣는 순간, 서하의 눈가가 애가 닳을 만큼 서글프게 내려앉았다. 울지 말라는 그의 애원과 달리, 눈물은 멈추지도 않고 터져 나왔다. 물기를 머금어 흔들리는 목소리가 원망처럼 흘러나왔다.

"왜…… 왜 그러셨습니까, 왜."

"그건 내가 할 말인데."

"제가 할 말입니다. 넘보지 말라 하지 않았습니까. 대군을 위해 죽는 건 제 몫이라고요."

서하의 고집에 피식 웃던 우는 다친 등이 아파 작게 신음했다. 일어서기도 힘들어서, 간신히 손만 뻗어 가만가만 서하의 젖은 얼굴을 닦아주며 나지막이 읊조렸다.

"부인 없는 세상을 내가 어찌 살겠소."

제 뺨에 머무는 한없이 부드러운 우의 손을 힘껏 부여잡은 채, 서하는 마르지 않을 것처럼 울었다.

진짜로 사라질 것 같아 보고 있기가 너무 괴로워, 우는 다른 쪽 팔까지 마저 뻗고 애원하듯 말했다.

"안게 해줘."

눈물로 얼룩진 얼굴이 그제야 가슴에 와락 안겼다. 품에 안자마자 서하가 가슴이 오르락내리락할 정도로 흐느낌을 더해갔다.

우는 울지 말라는 말 대신 두 팔로 힘껏 안아주었다.

안심하며 폭 안겨 오는 이 어깨를 다시는 안지 못하겠구나, 각오를 다져야 했던 순간이 있었다. 다시는 널 두 팔로 안지 못하게 되더라도,

그래도 반드시 자유를 네 손에 쥐여주겠다고.

그 아찔했던 순간을 떠올리면 이렇듯 손에 잡히는 네가 너무나 꿈 같아서.

"송구합니다, 흐윽…… 송구……."

흐느껴 우는 네 목소리가 아직 실감이 안나서, 우는 서하를 더욱더 힘껏 끌어안았다.

"쉿, 됐어. 다 끝났어, 서하야."

***

병사들이 시끄럽게 오고 가는 소리가 잦아들기까지 기다리기를 한참. 명은 숨어 있던 몸을 일으켜 돈화문이 있는 곳을 향해 걸었다. 아직 지키고 선 병사가 꽤 많았지만, 그까짓 버러지들 검으로 베어버리면 그뿐. 지금은 바삐 가야 할 곳이 있었다.

〔낳아야겠습니다.〕

"살려둘 줄 알고."

검을 고쳐잡으며 거침없이 휘둘렀다. 그래도 제 임금이었던 자를 차마 베지 못하고 우물쭈물하던 병사들이 종잇장처럼 떨어져 나갔다,

사방에 피가 튀었다. 비명이 끊이지 않고 꼭 빗소리처럼 길게 이어졌다. 명은 쌓여가는 시체를 보면서도 멈추지 않았다. 오로지 궐 밖으로 나가야 한다는 생각 하나만으로 기를 쓰고 전진했다.

"비키란 말이 들리지 않더냐!"

임금의 외침이라 생각한 병사들이 어찌할 바를 모르고 머뭇거릴 때쯤, 명은 제 눈을 의심했다. 믿기지 않게도 찾아가려 했던 인혜가 돈화문 안으로 들어서고 있었기 때문이었다.

그의 입가에 회심의 미소가 번졌다.

"비켜!"

크게 외치며 검을 휘두르자, 포위하고 있던 병사들이 주춤하며 물러섰다. 명은 때를 놓치지 않고 몸을 날려 그들을 헤치고 뛰었다. 아무것도 모르고 천진난만하게 들어오는 인혜를 향해서.

"위험하옵니다, 마마!"

"이거 놓거라!"

"마마! 아니 되옵니다!"

"비키라는데도! 궐이 이 난리가 났는데 내가 어찌 가만히……."

만류에도 불구하고 고집스럽게 궐 안으로 들어선 인혜는 갑작스러운 소란에 놀라 멈춰 섰다.

뭐지, 할 새도 없이 누군가가 달려들었다. 인혜는 눈을 휘둥그레 떴다.

"죽여버릴 것이다!"

명이 검을 높이 치켜들었다. 비명도 지르지 못한 채, 인혜는 제 배를 감싸 안으며 두 눈을 질끈 감았다.

"크억!"

곧이어 제 것이 아닌 비명이 터져 나왔다. 머리가 아플 정도로 온몸에 힘을 주고 있던 인혜가 서서히 눈을 떴다.

병사들이 비추는 횃불 아래, 족두리가 보였다. 그 아래 쪽머리에 꽂힌 화려한 용잠, 다시 그 아래 봉황보가 수 놓인 황색 당의가 살짝 흔들리고 있었다.

그 너머로, 핏줄이 군데군데 터져 붉게 변해버린 명의 얼굴이 보였다.

"어…… 어마, 어마마마?"

자영은 온몸을 부들부들 떨었다. 제 손으로 아들을 찔렀다는 죄책감과 공포감에 휩싸인 커다란 눈이 차마 명에게 향하지 못한 채, 눈물을 뚝뚝 떨구고 있었다.

명은 제 배를 관통한 검을 한 번 그리고 대비를 한 번 번갈아보다가 웃었다.

"하, 하하하하하."

"제발 멈추거라, 명아. 이 미친 짓을 그만 멈춰!"

애원하는 자영을 향해 명은 황당하다는 듯 얼굴을 일그러뜨리고 웃었다.

"미, 미친 짓이라고 하셨, 흐읏…… 습니까? 다른 사람도 아니, 크으으흑…… 하아, 어마마마께서? 효선왕후를 죽이신 어마마마께서!"

성난 마음을 어쩌지 못하고 포악하게 소리치자, 울컥 입안에서 선혈이 쏟아졌다. 명은 연신 피를 토하여 기침을 했다. 배에서는 자꾸만 피가 쏟아져나오고, 목구멍을 연신 넘실대는 핏덩이 때문에 숨을 쉬기조차 힘들었지만, 그는 안간힘을 다해 두 다리로 버티고 서서 말을 이었다.

"아바마…… 하아, 하아. 아바마마께서 그, 사실을…… 크윽, 알고 계셨던 건 아십니까? 해서 제게 보위, 흐으윽…… 보위를, 끝까지 물려주는 걸 싫, 싫어…….”

〔네 어미가 효선왕후를 독살했다. 그런 악독한 것의 아들을, 내 손으로 세자 책봉까지 해주진 않을 것이다.〕

선왕께서 술을 과하게 드신 어느 날의 일을, 명은 기억해냈다.

고된 하루였다. 마음을 갉아먹는 가시 돋친 말들을 애써 참으며 듣기를 한참.

〔내가 죽으면 원래는 무헌대군의 것인 보위를 네가 받게 될 것이다. 우를 살리려면 어쩔 수 없이 너에게 주어야 하니까. 하지만 그렇다고 내 손으로 너를 세자까지 삼지는 않을 것이다. 그럴 일은 없어.〕

〔아바마마, 소인도 아바마마의 아들이옵니다. 어찌 그리…….〕

〔감사하며 살거라. 겨우 군으로 태어난 주제에 대군을 제치고 보위에 오르는 광영을, 평생 무헌대군에게 감사하며 사는 것으로 대신하란 말이다.〕

그래서였다. 악독한 것의 아들이라 세자로는 삼아주지 못하겠다니, 보위에는 올라야겠어서 그 심장에 검을 꽂았다.

비명 한 번 지르지 못하고 쓰러지는 얼굴을…… 끝까지 두 눈 부릅뜨고 지켜봤더랬다.

결국 명은 버티지 못하고 바닥에 쓰러졌다. 눈물로 범벅이 된 자영이 뒤늦게 아들의 곁에 앉으며 용서를 빌었다.

“명아, 명아. 미안하다, 명아. 지켜주지 못해 미안해. 이 어미가 미안하다. 하지만 우리가 어떻게 여기까지 왔는데! 네 아이가 아니냐! 그렇게 애타게 원하던 명이 너의 후손이란 말이다! 태어나면 대군이 될 텐데, 죽일 수 없다. 절대로 죽일 수 없단 말이다!"

명은 웃었다. 그야말로 제 어머니다운 말이라 저절로 웃음이 나왔다.

"후, 후후후후. 어마, 마마…… 때문입니다. 모든 게 다…… 어머니 때…… 문……."

툭, 명의 손이 힘없이 바닥으로 늘어졌다.

자영은 순간 몸을 파르르 떨었다. 몇 번이나 아들의 숨을 확인하고 또 확인하고서야, 그녀의 입에서 기나긴 울음소리가 이어졌다.

"명아, 명아!"

눈을 감지도 못하고 숨을 멈춘 명을 보며, 인혜는 양손으로 입을 가린 채 충격에서 헤어나오지 못했다.

아랫배가 당기게 아팠다. 그리고 이후의 기억은…… 사라지고 없었다.

75화
즉위

"모든 건 내가 꾸민 일이고 내가 한 짓이오. 주상은 끝까지 아무것도 모르셨소. 이미 승하하신 주상을 끌어내리는 패륜을 행하고 강상죄를 범한 어리석은 임금이 되지 않길 바라 마지않으니, 부디 내가 모든 책임을 지고 갈 수 있도록 윤허해주시오."

임금을 죽인 죄로 대비전에 구금되어 있던 홍자영의 마지막 간청이라며 대신들이 전해왔다. 그게 나름대로 어머니로서 마음이라면 그럴 수도 있는 건가, 우는 생각했다.

미쳐 날뛰는 아들을 죽이고, 대신 죄를 뒤집어쓰고.

명의 폐위만은 막기 위해서 한 선택이겠지만, 그래도 제 손으로 아들을 죽이는 게 보통 어려운 일이 아니었을 터였다. 심지어 조금만 방심하면 흐트러질 모래알을 쥐듯 애지중지하던 아들을.

아무리 성미가 대단한 여인이라 하나 지금쯤 못 견디게 고통스러울 거라 이해라도 해주고 싶은데, 왜 이리 뒷맛이 개운치 않고 찝찝한지.

병사들과 인혜의 증언으로 홍자영이 어마마마를 독살하였다는 사실을 알게 되어서 그리고 서하를 통해 선왕의 시해범이 명이라는 사실을 알게 되어서일까.

〔선왕 전하를 시해한 것이 전하, 아니 의광대군이었습니다.〕

〔어떻게 알았느냐.〕

〔선견으로 보았던 복면의 사내와 검을 쓰는 버릇이 같았습니다. 저를 죽이려 한 날, 흥분한 상태여서 그런지 똑같은 버릇이 나오는 걸 보았습니다.〕

우를 비롯해 서하의 능력을 아는 사람들은 그것이 사실이라는 걸 알지만, 그렇다고 제대로 된 증언이나 증좌가 될 수 없다는 것 또한 잘 알고 있었다. 죽은 명에게 캐물을 수도 없는 노릇이니, 다른 증거를 찾기 전까지는 죄를 밝힐 수조차 없었다.

밤이슬에 쓰러져간 선왕의 억울함을 풀어줄 길이 보이지 않아 화도 나고 마음 아팠지만, 우는 묵묵히 견뎠다. 반대로 선왕 때문에 죽어야 했고 힘들어야 했던 많은 이들을 생각하며 자신이 갚아야 할 업보 중의 하나라고 여겼다.

"주상 전하 납시었사옵니다!"

대비전에 도착한 우는 일부러 큰 소리로 외치는 두천을 흘끗 돌아보았다. 그렇게까지 할 필요 없다는 눈짓에도 불구하고, 두천은 마치 용천수가 터진 것처럼 억눌려있던 악감정을 남김없이 분출하는 중이었다.

안에서 대답이 없자, 두천은 손수 문까지 열어젖혔다. 예전에는 그렇게 크고 웅장해 보였던 대비전 처소가 어쩐지 쓸쓸하고 초라해진 것 같은 이유는, 모든 것을 잃은 듯 처연하게 앉아 있는 자영과 닮았기 때문이었다.

"내 윤허도 없이 어디서 감히 주상을 칭하는가. 언제부터 이 왕실이 자전을 무시하고 새 임금을 맞았느냐 이 말이야!"

아직 불같은 성미를 버리지 못하고 악다구니를 쓴 자영은 우를 노려보았다. 아니나 다를까. 뒤따라 들어오던 두천이 참지 못하고 맞붙어서 언성을 높였다.

"어허! 말씀을 삼가시오! 죄인 주제에 어디서 주상 전하께 악담을 하는 게요!"

"내 아드님이 승하하신 지 하루도 채 지나지 않았거늘, 주상 전하를 칭하는 네놈이야말로 죄인이 아니더냐! 아무리 뭣도 없는 내관 놈이라지만 간사하기 그지없구나!"

말로 이겨 먹을 상대가 아니라고 누누이 말하였거늘.

날아오는 독설에 얻어맞아 얼굴이 붉으락푸르락 달아오르고 있으면서도 두천이 또다시 뭔가 말대답을 하려 하자, 우가 '그만'이라고 나직이 말렸다.

두천은 하는 수 없이 허리를 숙이며 뒤로 물러섰고, 우는 그대로 자영의 앞에 앉았다.

"허! 앉으라고 말하지 않아도 척척 앉는 걸 보니, 그대 역시 간사한……."

"더 이상 대비전 행세는 안 통합니다."

우가 표정 변화 하나 없이 넌지시 되받아치자, 이번에는 자영의 얼굴이 붉으락푸르락 해괴하게 일그러져갔다.

"뭐, 뭐라고!"

탕! 경상을 내리치며 분노로 몸을 떠는 자영을 본 척도 하지 않은 채, 우는 말을 이었다.

"의광군의 폐위를 막기 위해 모든 죗값을 대신 받으려 함이 아니었습니까? 그럼 잠자코 있는 게 좋을 것입니다. 내 입으로 선왕을 시해한 범인이 누군지 떠들고 싶지 않으니."

인상을 쓴 자영이 무슨 소리냐는 듯 고개를 꺾었다.

우는 아무런 말도 해주지 않았다. 범인이 의광군이라는 말도, 그래놓고 자신에게 시해범의 누명을 씌웠다는 말도 모두 접어둔 채 밤색 눈으로 빤히 자영을 보기만 할 뿐이었다.

얼마 지나지 않아 의미를 읽었던지, 자영이 하얗게 질려 중얼거렸다.

"설마…… 명이가?"

"금수만도 못한 놈이 제가 아니라서 유감이시겠습니다."

"즈, 증좌가 있소? 괜히 누명을 씌우려는 것이면……."

"서하가 직접 보았습니다."

"하! 그런 계집의 말 따위 누가 믿는단 말인가!"

"증좌야 찾으려고 마음만 먹으면 얼마든지 찾을 수 있습니다. 궐에 사람이 몇인데 본 사람이 없을 것이며, 아는 사람이 없겠습니까. 퇴궐한 전 내관과 궁녀들까지 전부 조사하면 못 찾을 것도 없습니다."

다만, 찾지 않는 것뿐.

그래도 한때는 형님이었던 사람을 위해 베푸는 마지막 온정, 이라는 무언의 의미를 알아듣지 못할 리 없었다. 역시나, 자영이 부들부들 떨면서도 나지막이 말했다.

"내가 죽인 것으로 해주시오. 내가 안고 가겠소."

"그렇게까지 하라는 의미는 아닙니다."

"아니, 선왕도 내가 한 짓이오."

그래도 어머니는 어머니다, 이건가.

우는 그 말을 정정해주지도, 취소해주지도 않았다. 대신 자영이 진정으로 원하는 건 줄 생각이었다.

"폐위는 없습니다. 단, 국상은 치르지 않되 왕자군의 장례로 치를 것이고 봉분 역시 왕자군묘가 될 것입니다."

자영의 눈가가 서글프게 내려앉았다. 하나뿐인 아들이 임금으로서의 예우도 받지 못한 채 묘로 버려진다는 것이 쓰리고 또 쓰릴 테지. 그래도 동정을 해줄 생각은 눈곱만큼도 없었다.

"그대는 선왕의 후궁이었던 정빈으로 강등될 것이고, 폐서인이 되어 궁 밖으로 내쳐질 것이다."

죄 없는 어마마마께서 당한 고통과 그로 인해 깊이 상처받고 커온 담이를 생각하면 사약을 직접 타주고 싶은 마음이 굴뚝 같았으니까.

폐서인이란 말과 함께 단번에 우의 말투가 바뀌어 버리자, 자영은 까뜩 이를 갈았다.

"그 시기는 즉위식 이후로 할 것이며 그전까지는 의금부가 아닌, 이곳에 구금하는 걸 윤허한다."

이야기를 마친 우는 자리에서 일어섰다. 화를 삭이는지 고개도 들지 못하는 자영을 내려다보며 마지막 한마디를 덧붙였다.

"평생 내 어머니께 속죄하시오."

우가 문밖으로 나가려 할 때였다.

"중전은, 그 배 속의 아이는 어찌할 생각이오."

자영이 나지막이 확인하듯 물었다.

우의 입에 짧은 탄성이 스쳤다. 이제야 알았기 때문이었다. 뒷맛이 개운치 않고 찝찝했던 이유를. 명의 폐위를 막기 위해 모든 걸 포기한 줄 알았더니.

"왜, 아이가 태어나면 그때 복위를 노려보려 하는가?"

태어날 손자에게 모든 것을 걸기 위해 포기했던 건가. 아니, 끝끝내 포기가 안 되는 건가.

우는 아무것도 대답해주지 않고 돌아섰다.

"중전과 아이는 죄가 없으니 그대로 신분을 유지시켜 주시오! 왕이 되었다 하여 죄 없는 이들까지 몰아내지 말란 말이오!"

뒤에서 자영이 목이 쉬도록 악을 쓰는 소리가 들렸지만, 아무것도 듣지 못한 사람처럼 대비전을 빠져나왔다.

영의정과 이조 판서는 민생을 살피기는커녕 권력에 아부하고 재물을 탐하기에 급급한 데다, 무고한 자를 음해하는 데 그 실력이 뛰어나다. 뿐만 아니라 허락도 없이 궐 안으로 병사를 움직여 침입한 죄는 용서할 수 없으니, 직을 파하고 재산을 몰수하며 강화도로 유배한다.

상선 최막개는 선왕 시해범을 알면서도 그 입을 다문 죄, 또한 제 주군을 바로 모시지 못하여 나라의 기강을 문란하게 한 죄로 장 20대를 치고 제주로 유배 보낸다.

대비전 내관 조동팔은 죄 없는 이를 시해하려 한 죄, 윗전을 바로 모시지 못하고 남을 음해하거나 해치려는 것에 앞장선 죄로 장 30대를 치고 제주로 유배 보낸다.

도망간 한석준과 지운선은 전국에 수배방을 붙이고 속히 잡아들이라.

***

소낙비 같았던 아우성이 끝나고, 포근한 바람 너머로 동이 터오고 있었다. 그동안 충격에서 벗어나지 못한 사람들도 새로운 날을 알리는 북소리를 들으며 과거의 아픔을 딛고 일어나려 애쓰는, 새싹 같은 하루의 시작이었다.

담 역시 붉은 대례복을 곱게 차려입고 오라버니의 등극을 고대하고 있던 참이었는데, 즉위식이 한없이 미뤄지자 반듯한 이마를 구겼다.

"무슨 일이냐. 도대체 무슨 일이기에 즉위식이 미뤄지고 있는 것이야."

"아뢰옵기 송구하오나, 그것이……."

금옥이 말을 흩트리자 담이 엄히 노려보았다.

"지밀상궁이 되었는데도 계속 그리 쭈뼛거릴 테냐?"

"소, 송구하옵니다, 자가. 다름이 아니라 대비전에서 대보를 전달하지 아니한다고……."

"뭐?"

담이 자리에서 벌떡 일어섰다. 뭐라 말릴 새도 없이 성큼성큼 걸음을 옮기자, 금옥이 서둘러 뒤를 따르며 다급하게 외쳤다.

"자, 자가! 어디 가시려고 그러시옵니까!"

"어디긴 어디냐, 대비전이지!"

좌의정과 병조 판서가 한숨처럼 엎드려 있은 지 벌써 두 시진이 넘어가고 있었다.

"대비마마, 이제 대보를 전달할 수 있도록 윤허하여 주시지요."

즉위식이 끝나자마자 정빈으로 강등될 처지라는 걸 알면서도, 받아야 할 옥새가 있으니 최대한 어르고 달래는 중이었다. 하지만 자영은 끝끝내 입을 봉한 채 죽은 듯이 눈을 감고 앉아만 있을 뿐이었다.

안 주려는 속셈인 모양이었다. 문 너머에 있던 혜안군이 참다못해 처소 안으로 들어가려 할 때였다.

"문을 열거라!"

화려한 차림이 옆을 휙 지나치나 싶더니, 담이 씩씩거리며 대비전 처소 안으로 들어서고 있었다. 벌써 불안해진 혜안군도 부리나케 따라 들어갔다.

대례복 차림으로 방 한가운데 우뚝 선 담은 서슬이 퍼렇게 자영을 노려보았다.

"이게 뭐 하는 짓이오."

목소리에서도 노기가 뚝뚝 흘렀다. 얼마나 오랫동안 기다려온 시간인데 감히 누가 방해를 하느냐며, 철퇴라도 내려칠 기세였다.

"내가 아직 이 나라의 윗전이거늘. 너야말로 예도 갖추지 않고 무엄하게 무엇을 하는 게냐. 효선왕후가 그리 가르치더냐?"

겨우 눈을 뜨나 했더니, 자영은 담이 기함할 말만 골라 하며 약을 올렸다. 열불을 삼키려 담이 작은 손으로 주먹을 꽉 말아쥐었다.

"옥새를 못 받아서인지 다들 뭐 마려운 강아지처럼 오들오들 떠는 꼴이 가관이라 내 잠시 구경 중인데, 감히 누가 내 여흥을 깨는가."

순식간에 얼어붙는 방 안 공기를 살피며, 결국 혜안군이 나섰다.

"장난은 거기까지 하시고 옥새를 내어놓으시지요. 전하께서 하해와 같으신 성심으로 대비께서 져야 할 죗값에 비해 얼마나 처우를 잘 해드렸는지 모르지 않으실 텐데요."

“처우? 내 아들은 죽어 왕자군의 장례를 치렀고, 나는 이 길로 폐서인이 되게 생겼거늘. 뭐라, 하해와 같은 성심? 하! 어디서 감히 그따위 망발을 입에 담는가!”

그때였다. 짜악!

부지불식간이었다. 혜안군은 물론, 좌의정과 병조 판서도 놀라 어깨가 다 튀어올랐다.

대례복이 움직이나 싶더니, 말릴 새도 없이 앞으로 걸어간 담이 다짜고짜 자영의 뺨을 후려쳤기 때문이었다. 고개가 돌아갈 정도로 세게 얻어맞은 자영은 놀란 건지 화가 난 건지 눈을 부라리며 담을 노려보았다.

“네, 네 이년이 지금 누구의 뺨을……”

“이런 방자한 것을 보았나. 감히 선왕의 후궁인 정빈 따위가 뉘 앞이라고 입을 함부로 놀리는 것이야. 뭐? 효선왕후? 망발? 뜨거운 인두로 그 주둥이를 지져 놓아야 정신을 차릴 것이냐.”

자영이 무언가 말을 할 새도 주지 않고 담이 엄히 야단을 쳤다. 언성을 높이는 것도 아니었다. 지독히 차분하지만 오한이 돋을 정도로 섬뜩하게 목소리를 늘어뜨렸다.

“왜, 맞은 것이 억울하더냐? 그깟 뺨 한쪽 얻어맞으니 남 음해하는 것만 생각하는 그 머리가 짜릿짜릿할 정도로 성이 나더냐?”

“뭐, 뭐라?”

“그럼 승하하신 내 어머니는 어떻겠느냐. 하나뿐인 아들이 이리 장성한 모습도 보지 못하시고 승하하신 내 어머니는, 자랑스러운 아들이 보위에 오르는 모습도 보지 못하고 가신 내 어머니는 얼마나 한이 맺히셨겠느냔 말이다.”

너 때문에 단 한 번도 어마마마, 하고 불러보지 못했던 난 얼마나 피눈물이 고였겠느냐.

가슴에 한없이 쌓아 둔 어머니란 말. 오라버니에게 미안한 마음에 늘 오라버니를 위한 어머니를 찾아댔지만, 사실은…… 한없이 보고 싶고 그리운 내 어머니.

"나에게서 그걸 빼앗은 넌 따위의 어리광을 받아줄 여유는 없으니, 좋은 말 할 때 오라버니의 옥새를 내놓거라. 한 번만 더 내 오라버니의 앞날을 방해했다간, 정말 인두가 얼마나 뜨거운지 사람의 입이 어떻게 녹아내리는지 내 직접 네 입을 지져 두고 볼 터이니."

담은 휙 돌아섰다. 모두가 입을 떡 벌리고 보는 시선이 느껴졌지만, 눈도 깜짝하지 않은 채 마지막 당부를 하는 것도 잊지 않았다.

"앞으로 일각을 줄 것이다. 마음을 다잡아 대보를 내놓거라. 숙부님, 내놓지 않거든 인두 대령하고 불러주십시오."

담은 선선히 돌아갔다. 그동안 쌓인 한과 원한이 풀린 건 아니었지만, 오라버니를 힘들게 하고 음해하려던 얼굴을 시원하게 때려주고 나니.

겨우 웃음 한 자락은 입에 걸 수 있었다.

***

우가 상궁들이 가져온 장복으로 갈아입고 있을 때였다.

"마무리는 제가 도와드려도 될까요?"

문틈으로 서하가 고개를 빼꼼 내밀고 있었다. 검정색 의를 입고 있던 우는 피식 웃었다.

"할 줄은 알고?"

"압니다. 할 수 있습니다."

꽤 자신 있는 말투였다. 우가 의외라는 표정을 짓고 있는데, 뒤에서 미소를 머금은 김 상궁이 서하에게 들키지 않도록 소곤소곤 귓속말을 전했다. 어제 열심히 입혀드리는 법에 대해 배우셨습니다, 하고.

우는 그랬느냐는 대답 대신 김 상궁 쪽을 돌아보았다. 눈치 빠른 김 상궁의 손짓 한 번에 모두가 허리를 숙이며 문밖으로 물러났고, 대신 서하가 안으로 들어왔다.

조심조심 걸어와 눈앞에 서는 어여쁜 모습을, 우는 아무런 말도 없이 지그시 바라보고만 있었다.

처음에는 멋쩍어하던 손가락이 곧 대대를 집었다. 허리에 둘러주느라 서하가 팔을 휘감아오자, 우는 그대로 안고 싶은 걸 꾹 눌러 참느라 헛웃음을 짓고 말았다.

"혹시 틀렸습니까?"

틀려서 웃는다고 생각했던지, 서하가 귀를 붉게 물들이며 다시 대대를 풀려 했다. 그 손을 얼른 잡아 멈추게 한 우는 단호하게 말했다.

"그래, 틀렸다."

"분명 이렇게 하는 거라고 마마님께서 가르쳐 주셨는데. 한 번만 다시 해보겠습니다."

"계속 틀릴 텐데."

짓궂은 한마디를 듣고 서하가 시선을 마주해왔다. 무슨 뜻이냐는 듯 동그랗게 떠진 눈가에 쪽, 입을 맞춘 뒤 우는 나직이 속삭였다.

"네가 해주면 계속 틀렸다고 말해서 붙어 있고 싶거든."

진지하기 그지없는 우를 멀거니 바라보기를 한참. 서하는 뒤늦게 장난이라는 걸 깨닫고 눈을 가늘게 떴다. 그러고는 대뜸 한다는 소리가.

"입맞춤 세 번."

무슨 말이냐고 되묻기도 전에 서하가 다시 폐슬을 집어 들며 말했다.

"제가 다 입혀드릴 때까지 얌전히 기다리시면 입맞춤 세 번 해드릴게요."

지금 그 도발로 세 번 가지고는 턱도 없이 부족해졌지만, 우는 내색하지 않고 얌전히 있어 보기로 했다. 폐슬과 수를 둘러주고, 그 위에 옥대를 채운 뒤 패옥을 달기까지. 정성과 인내를 가지지 않고서는 기다리기 힘든 시간이 지나갔다.

"다 됐… 음!"

마침내 끝이라는 듯 서하가 손을 거두자마자 허리를 끌어당기고 턱을 올려 삼킬 것처럼 입술을 머금었다. 말캉한 혀가 갑작스러운 침입에 놀라 갈피를 잡지 못하는 것을, 우가 체벌하듯 힘껏 빨아올렸다.

서하의 허리에서 서서히 힘이 빠져나가더니, 양팔이 다급하게 우의 등을 붙잡았다. 그러다 정신이 번쩍 들었는지, 서둘러 맞닿은 어깨를 밀어냈다. 밀려줄까 말까를 잠시 고민하던 우는 심술을 부리듯 서하의 아랫입술을 한참이나 잘근거리다가 놓아주었다.

"자, 하아…… 잠시만요, 면복이 다 구겨지겠습니다."

서하가 저 때문에 구겨진 옷자락을 서둘러 만지작거리려는데, 우가 막았다.

"아직 두 번 더 남았으니까 마저 다 하고."

한 번이 이 정도인데 앞으로 두 번이나 더 하면 어쩌나, 하는 표정으로 서 있던 서하가 잠시 눈동자를 굴리더니 이내 소곤거렸다.

"……아니에요."

너무 작아 잘 들리지 않은 탓에, 다시 입술을 덮치려던 우가 멈칫했다.

"두 번 남은 거 아니에요."

어째서냐고 묻고 싶은 걸 억지로 삼키며 참았더니, 서하의 붉은 입술이 조금 더 작게 오물거렸다.

"방금 건 제가 해드린 게 아니니까, 세지 않을 거예요."

말해놓고 부끄러워하는 얼굴을 감추려 서하가 어깨에 툭 이마를 기대왔다.

처음에는 잘못 들었나 싶어 눈만 깜빡이던 우가 곧 낮게 웃음을 터뜨렸다. 그러고는 차마 고개를 들지 못하는 서하의 허리를 아랫배가 맞닿도록 바싹 당겨 안았다.

'앗' 하고 놀란 서하가 고개를 들었고, 반대로 우는 입술이 맞닿기 직전까지 고개를 내렸다.

"그럼 부인 뜻대로."

서하는 잠시 눈을 찡긋 감았다 떴다. 놀리느라 그러는 건지 아니면 진심으로 기대하는 건지, 얌전히 기다리고 있는 우 때문에 왠지 더 부끄러워진 탓이었다.

괜스레 머뭇거리기를 한참. 우의 입술에 쪽 소리만 나도록 가볍게 입을 맞추고 잠시 떨어졌다가 다시 또 쪽 소리가 나게 입을 맞췄다. 그렇게 몇 번인가 감질나는 입맞춤이 이어져 우가 인내심에 한계를 느꼈을 즈음.

서하의 작은 혀끝이 열어달라고 떼쓰는 고양이처럼 입술 사이를 할짝거리며 핥았다. 우가 기다렸다는 듯 머금어주자, 서하가 안을 파고들었다.

천장을, 치열을 스치며 혀가 얽혀올 때마다 허리를 안고 있는 우의 손아귀에 저절로 힘이 들어갔다. 서서히 받아주기만 하는 것으로는 부족해져서 금세 기세를 역전시켰더니, 서하가 다시 등을 꼭 끌어안아 왔다. 그 다급한 손짓이 참을 수 없게 기분 좋아서 도무지 놓아줄 수가 없었다.

"으음!"

서하가 신음하며 갑자기 도망치듯 물러섰다. 놀란 우가 서둘러 다가가려 하자, 서하가 뜨거운 숨을 흐트러뜨리며 한 발 더 뒤로 물러섰다.

이윽고 바닥으로 멀거니 향한 시선.

"서하야?"

왜 그러는지 몰라 고개를 숙여 시선을 맞추었더니, 서하가 금세 빙긋 웃어 보였다.

"아무것도 아닙니다."

"……거짓말이 통할 거라고 생각하는 것이냐, 아니면 거짓말에 속아 달라는 것이냐."

뭔가 눈치를 챘을 때의 우는 좀처럼 물러서지 않는다는 것을 잘 알고 있었으므로, 서하는 얼른 그의 흐트러진 면복을 단정히 만져주었다.

"밖에서 다들 기다립니다. 괜히 제가 하겠다고 나서는 바람에 늦어지면, 제가 어찌 얼굴을 들고 다니겠습니까? 그러니 서둘러 주세요."

"그런 식으로 피해도……."

서하는 한마디 더 하려는 우의 귓가에 서둘러 속삭였다.

"입맞춤이 너무 진해서, 머리가 어질어질하여 그런 것입니다."

다시 그의 면복을 고쳐주는 손이 몹시 다급하게 움직였다.

부디 이 떨림이 전해지지 않기를.

"정말 다 되었습니다. 어서 다녀오세요."

등을 떠밀었지만 우는 묵묵히 서 있기만 했다. 아니, 미세하지만 분명하게 미간을 일그러뜨리고 있었다.

서하는 서둘러 말을 늘어놓았다.

"남은 두 번의 입맞춤을 지금 다 해드렸다가는 즉위식이 끝나겠습니다. 안 그래도 중신들의 원성이 자자해질 텐데 즉위식까지 망쳐 놓으면 잡아먹으려고 들 것입니다."

우가 인상을 쓰며 고개를 꺾었다.

"원성이 자자해진다니?"

"아, 그러니까…… 원래 보위에 오르면 중신들이 늘 아니 되옵니다, 통촉하여 주시옵소서, 라면서 힘들게 하지 않습니까. 전하께서도 지나칠 수 없는 관문이 될…… 후후."

서하는 말을 하다 말고 작게 웃었다. 그러고는 도통 영문을 모르겠다는 표정으로 서 있는 우의 뺨을 손으로 감쌌다.

"이젠 대군이 아니라 전하가 되셨네요, 전하."

무의식중에 뱉은 '전하'라는 소리가 생경하기도 하고 좀 가슴 떨리기도 해서 저도 모르게 웃음이 나왔다고 하자, 우는 대뜸 계속 대군이라 불러도 된다며 말도 안 되는 특혜를 주었다. 그럴 순 없다고 했더니, 내가 된다면 되는 것이라며 즉위식도 전에 임금의 특권을 써버렸더랬다.

서하는 또다시 웃었다. 그의 조그마한 특권이 주는 행복함에 웃고, 웃을 수 있다는 소소한 기쁨에 감사해서 웃었다.

"그럼 대군 말고, 다르게 부르는 것도 윤허해주실 겁니까?"

"다르게?"

우가 되묻는 사이, 서하는 발뒤꿈치를 들어 올리며 그의 귓가에 입술을 묻었다.

"……서방님."

움찔하는 우의 어깨가, 일순 굳어버리는 그의 얼굴이 못 견디게 사랑스러웠다.

한 번쯤 불러보고 싶었다고. 이제 용상에 오르시면 함부로 부를 수 없을 테니 지금만이라도 불러보고 싶었다고, 소리 없는 속삭임이 가슴 안에서 흩어져갔다.

"무조건 허한다."

유독 단호한 어조로 대답한 우가 또다시 허리를 감싸안으려 해서, 서하는 얼른 몸을 빼며 고개를 저었다. 이러다 진짜 늦겠다고.

마음에 들지 않아 한껏 인상을 찌푸린 우는 못다 한 건 밤에 다 하자는 약조를 기어이 받아내고서야 겨우 면류관을 썼다.

"다녀오마."

우는 서하의 뺨을 한 번 어루만진 뒤 걸음을 옮겼다. 문이 열리고 나가기 직전, 멈칫하고 돌아서서 한마디 덧붙였다.

"거짓말에 속아 줄 생각 없으니, 이따가 왜 그랬는지 설명도 함께 하는 것이 좋을 것이다. 안 하면, 말할 때까지 재우지 않고 안을 테니까."

우는 대답도 듣지 않은 채 전각을 나섰다. 서하는 온몸이 열로 화르륵 달아오르는 것을 느꼈다. 뒤따르는 궁녀들이 이쪽을 슬쩍 보며 입꼬리를 올렸다. 어쩌지 못할 정도로 창피해서 다리에 힘이 다 풀릴 지경이었다.

허둥지둥 문을 닫고, 귓가를 울릴 정도로 크게 뛰는 심장이 겨우 가라앉고서야 서하는 제 두 손을 물끄러미 바라보았다. 아까부터 잔상처럼 조금씩 떨리는 손이 멈출 생각을 하지 않아, 공기 중으로 깊은 한숨을 내쉬었다.

"돌이켜보면 지난날 잘못된 것들을 인정하지 않고 그저 용상의 자리를 지키기 급급해 나라의 기강이 바로잡히지 못하고 같은 실수를 반복해 온 것이다. 하여 나는, 내게 주어진 자리와 사명을 받들어 잘못된 것들을 작은 것 하나까지 고쳐 나갈 것이고, 종묘와 사직을 소중히 하여 만민이 비옥한 터 위에서 살 수 있도록 노력을 아끼지 않을 것이다."

"성은이 망극하옵나이다, 전하."

76화
이별

보위를 탐했던 적도, 원했던 적도 없었다. 아바마마께서 물려주시면 운명이려니 여기고 강산을 위해 노력을 아끼지 않을 것이라 막연히 생각한 적은 있었어도, 누군가에게서 빼앗거나 탐욕을 부려본 적은 없었다.

쉬운 자리가 아니라는 걸 알고 있었으니까.

뭐 하나 마음대로 할 수 있는 자리가 아니었고, 무엇보다 하기 싫은 일을 억지로 해야 한다는 것 또한 선왕을 지켜보며 익히 알고 있던 바였다.

그중에서도 가장 어려운 것은.

"아니 될 말이옵니다, 전하!"

유서하를 중전으로 삼겠다는 발언에 대한 반발이었다.

"선왕께서 승하하시던 날 용의 아이라는 것을 폭로하시며 나라를 쥐고 흔든 고얀 것이라 하셨음을 잊으셨습니까? 소인들도 같은 생각이옵니다. 처음부터 제멋대로 의광대군을 보위에 앉혀 나라의 혼란을 초래한 여인이옵니다. 그 여인만 아니었다면 전하께서 진즉 용상의 자리에 앉아 만백성을 두루 살필 수 있었음인데, 잃어버린 세월이 통탄스럽고 또 통탄스러울 따름이옵니다!"

"그러하옵니다, 전하! 한 나라의 국모를 뽑음에 있어서 어찌 출신도 모르는 미천한 자를 들일 수가 있겠나이까! 게다가 그 무당 같은 능력이라니, 있을 수 없는 일이옵니다! 부디 통촉하여 주시옵소서!"

언사들이 갈수록 거칠어지자 우가 눈을 매섭게 치켜떴다. 용상에 앉아 머리가 이렇게 아파보긴 또 처음이었다. 벌써 한 달이 넘어가도록 실랑이를 벌이는 중이었다. 입을 열기가 무섭게 안 된다는 말부터 하는 중신들의 요구를, 우는 도무지 수용해줄 수가 없었다.

"부디 간택령을 내려……."

"그만."

가만히 듣고만 있던 우가 나직이 제지하자, 편전 안이 삽시간에 고요해졌다. 자신들의 임금이 이 문제에서만큼은 예민하고 무섭다는 걸 너무나도 잘 아는 까닭이었다.

"오늘은 여기까지."

이미 목소리에 노기가 서렸다는 걸 눈치챈 이들은 더 이상 입을 열지 않았다. 특히 좌의정에서 영상의 자리에 오른 차익훈과 병조 판서에서 우의정이 된 곽천식은 중전 문제만 거론되면 입을 닫았다. 해서 중신들의 불만이 이만저만이 아니었지만, 어쩔 수 없는 일이었다.

우가 얼마나 그 여인을 원하는지 모르지 않았으니까.

하오면 후궁으로 들이시는 게 어떠실는지요, 새로 부임한 눈치 없는 자가 후궁 얘기를 거론했다가 밤색 눈에서 쏘아진 눈빛 하나로 '죽을 죄를 지었사옵니다, 전하!' 하며 납작 엎드리는 사건이 발발한 이후. 누구도 후궁 이야기를 꺼내지 않았다.

피곤하다는 듯 코허리를 구긴 우가 자리에서 일어나려 할 때였다.
"신료된 자들이 전하의 노기가 무섭다 하여 할 말을 못 하고 쭈뼛거리니, 나라의 국모를 정하는 중차대한 일이 이리 미뤄지는 것이 아닌가."
이제껏 단 한 번도 국모 논의에 의견을 내본 적 없는 혜안군이 불쑥 나서 이야기를 했다. 일어서려 했던 우도, 우물쭈물하던 신료들도 전부 혜안군을 바라보았다.
"전하! 언제까지 미뤄봤자 똑같은 말만 되풀이될 뿐이옵니다. 이제 결단을 내리시옵소서!"
"숙부님. 오늘은 여기까지 하고 싶다 하였습니다."
우가 불편한 기색을 드러냈지만, 이번만큼은 혜안군도 고집스럽게 버티고 선 채 물러서지 않았다.
"피하신다고 될 일이 아닙니다. 언제까지 피하실 수 있을 것 같사옵니까? 결국엔 결단을 내리셔야 할 일이옵니다. 그 여인을 내치든, 후궁으로 삼든, 간택령을 내리든 셋 중 하나는 반드시 선택하셔야 하옵니다."
"숙부님."
"예. 숙부로서 말씀 올리는 것이옵니다. 이제 더는 어리광을 부려도 되는 대군이 아니십니다. 만백성의 어버이이자, 용상의 주인이십니다. 아무리 싫은 일이라 할지라도 반드시 결단을 내려야 하는 자리임을 유념하소서."
"통촉하여 주시옵소서, 전하."
혜안군의 말이 끝나기가 무섭게 신료들의 재촉하는 말이 이어졌다. 손톱이 파고들 정도로 주먹을 힘껏 쥔 우는 그대로 자리에서 일어서 편전을 나가버렸다.

***

맑은 못을 바라보는 서하의 눈 끝에 서글픈 웃음이 걸렸다. 근래 편전에서 논의되는 일에 대해 모르지 않았다. 그로 인해 우가 얼마나 시달리고 있는지, 얼마나 힘든지 알고 있었다.

가엽고 미안해 애가 탔지만 그보다 더 슬픈 건, 우는 그저 웃어주고 다정히 안아주기만 할 뿐 내색하는 일조차 없다는 것.

못에 떠다니는 예쁜 수련꽃을 바라보며 서하는 안타까움을 몰아내려 애썼다.

"힘드신 것 압니다."

뒤에서 들려오는 소리가 누구의 것인지 잘 알기에 돌아보지 않았다.

"하지만 결단을 내리셔야 할 때입니다."

혜안군의 단호함은 가끔 숨이 턱 막혀올 정도였다.

〔신원 회복을 할 수도 있겠지만, 하지 않는 게 좋습니다. 해서 전하께서도 때를 기다리시는 거고요.〕

〔어째서요?〕

〔지금 조정의 기세로 봐, 사헌부 장령이었던 부인의 아버지까지 무당의 아비라고 싸잡혀 영영 신원을 회복하지 못할 게 분명합니다. 게다가 의광군을 보위에 앉혔었다며, 역적으로 몰 수도 있습니다.〕

상황이 좋지 않습니다, 라던 그의 말뜻을 모르는 것은 아니었다. 하지만…….

"혜안군 대감. 잠시 숨 좀 쉬게 해주세요. 부탁입니다."

우를 놓는다는 건 그렇게 말처럼 쉬운 일이 아니었으니까. 세상이 끝인 것처럼 애달프고, 가슴이 다 헤집어지도록 고통스럽고, 온몸이 말라가도록 눈물 나는 일이었으니까.

너무나 아프게 웃는 서하의 얼굴을 보며 혜안군 역시 고통스러웠지만, 그는 멈추지 않았다.

"제가 부부인이라고 인정해드렸던 것은, 전하께서 임금이 아닌 대군이었기 때문입니다. 어차피 보위에 앉지 못할 바에는 원하는 거라도 실컷 하게 두고 싶어 양보했던 겁니다. 보위에 앉으신 지금은, 그때와 너무나 다르다는 걸 아실 테지요."

"예, 압니다. 감사하게 생각하고 있고요."

"하니 이제 거기서 만족하고 내려오세요."

아, 서하는 어디 한 곳이 베인 것처럼 나지막이 신음했다. 혜안군의 마지막 한마디가 너무나 아프게 와 박힌 탓이었다. 눈가로 차오르는 것들을 막으려 부단히 애쓰느라, 어디가 베었는지도 알지 못했다.

"그만, 제발 그만해 주세요. 아픕니다. 제가 다 알아서 할 터이니, 그만해 주십시오."

서하는 가슴을 움켜쥐었다. 그리고 멀거니 지켜보고 있는 혜안군을 뒤로한 채, 뛰듯이 자리를 벗어났다.

혜안군이 쫓아가려는 순간, 어디서 나타났는지 월영이 그 사이를 가로막고 서서 고개를 저어 보였다.

"내버려 두십시오."

혜안군의 입에서 긴 한숨이 새어 나왔다.

***

"자가, 서하 아가씨 들었사옵니다."

"어서 들여라."

긴히 찾는다는 전갈을 받고 온 서하는 눈 앞에 펼쳐진 화려한 다과상을 보고 입을 다물지 못했다.

"이게 다 뭡니까?"

"먹을 거지 뭐냐. 어서 앉거라."

서하는 자리에 앉자마자 웬일로 이런 걸 다 대접해주느냐며 배시시 웃었다. 뭔가 말하려던 담은 잠시 서하를 빤히 보다 말고 넌지시 물었다.

"울었느냐?"

"예?"

유과를 집어먹던 손이 우뚝 멈추더니, 이내 제 얼굴을 마구 더듬었다.

"아니요, 아닙니다. 다 큰 어른이 울 일이 뭐가 있겠습니까. 아닙니다."

천연덕스럽게 손사래까지 치고는 있었지만, 담은 명치 끝이 따끔 아픈 것을 느꼈다. 눈물은 닦았을지 몰라도, 눈시울은 빨갛게 부어 나타나 놓고 아니라고 우기기는.

"혜안군 숙부님이 괴롭혔구나."

"아닙니다. 그분이 왜 절 괴롭히시겠습니까. 엄청 잘해주시는데요."

"너에게 궐을 떠나라며 압박하고 있겠지."

서하가 눈을 깜빡이며 쳐다보고 있었다. 어떻게 알았느냐는 듯.

그리고 담은 그런 서하의 동글동글한 눈을 차마 바라보지 못하고 시선을 내려뜨렸다.

"나도 같은 생각이니까."

툭. 다과상 위를 굴러 바닥으로 떨어지는 유과 조각이, 이토록 아프게 느껴진 건 처음이었다.

"미안하다."

"……자가."

"오라버니를 위해 결심해 줘."

가만히 듣고 있던 서하가 잔잔히 웃었다.

"오늘따라 제게 다들 엄하시네요. 그러지 않으셔도 됩니다."

"서하야. 내 그동안 널 오해하고 때렸던 일은 미안하게 생각……."

"공주 자가."

서하가 말을 자르며 꼿꼿이 불러왔다. 조그마한 용기를 내 고개를 든 담은 서하를 겨우 마주 바라보았다.

빙긋 웃고 있는 얼굴 너머로, 몹시도 고단한 슬픔이 내비치고 있었다.

"말씀드렸듯이, 그러지 않으셔도 됩니다."

처음에는 말뜻을 잘 이해하지 못해 고개를 갸웃했다. 그러다 차츰 눈물이 고이기 시작한 서하의 얼굴을 보고서야, 담은 같이 눈물이 터질 것 같아 입술을 힘껏 깨물었다.

결심이 섰구나.

"정말 안 그러셔도 됩니다. 제가, 제가 다 알아서 하겠습니다."

몹시 미안해서. 어찌할 수도 없이 미안해서.

차마 미안하다는 말도 할 수 없어 담은 작게 중얼거렸다.

"고맙다. 고맙다, 서하야."

***

술이란 것이 참 신기하다는 것을, 우는 요근래 처음으로 깨달았다. 취하고 싶다 생각하면 안 취하고, 아무 생각 하기 싫다고 하면 더 생각나게 하고.

"누가 술 마시면 다 잊을 수 있다 했더냐."

박 내관, 네 이놈.

문밖에 있을 두천을 괜스레 탓했다. 당장이라도 서하가 있는 방으로 가고 싶은 마음을 막아줄 수 있을까 하여 마셨더니, 더 가고 싶어 미칠 것만 같았다.

붉게 여문 입술을 탐하고, 하얀 목에 입술을 묻고. 어깨를 으스러지도록 끌어안고 싶…….

우는 생각을 접기 위해 고개를 저으면서도, 매화주가 가득 담긴 새로운 술병을 가져오게 했다. 쓸모가 없어도 너무 없는 술이지만 그래도 없는 것보단 나으니 몇 병 더 마셔볼까, 싶어 짜증스럽지만 진득하게 기다렸다.

드디어 새로운 매화주가 들어오는 것 같기에 술잔을 집어 드는 순간, 갑자기 목소리가 들려왔다.

"전하."

오늘 하루는 피하고 싶었는데.

전해오는 향기만으로도, 들리는 목소리만으로도 심장이 아프게 떨려왔다. 목 안에 알싸한 기운이 잘 넘어가지 않아 우는 대답조차 할 수가 없어서, 그저 말없이 곁에 다가와 앉는 서하를 바라보기만 할 뿐이었다.

"이렇게 혼자 마음 아파하지 마세요."

사근사근 내려앉는 목소리가 귓가를 어지럽혀오는 탓에, 우는 술기운을 빌어 거짓말이라는 것으로 스스로를 무장시켰다.

"내가 마음 아플 일이 뭐가 있느냐. 네가 이렇게 내 옆에 있는데."

서하가 대답 없이 조용히 웃으며 시선을 마주해왔다. 우의 깊은 밤색 눈동자 역시 하염없이 그런 서하를 어루만지듯 바라보기를 한참.

갑자기 서하의 시선이 아래로 떨어졌다. 동시에 우의 심장도 쿵, 바닥으로 곤두박질쳤다.

차마 마주하고 이야기를 할 자신이 없어서, 서하는 애꿎은 손가락으로 치맛자락만 매만지다가 힘겹게 그를 불렀다.

"……전하."

"둘이 있을 땐 대군이라 불러도 된다 하였는데. 서방님도 좋고."

웃으며 말을 돌려보려 해도, 좀처럼 서하의 시선은 올라올 기미가 보이지 않았다. 우의 손에서, 술잔이 산산조각 날 것처럼 흔들렸다.

"전하."

"아무 말도 하지 마."

진즉 서하의 마음을 눈치챈 우는 나직이 듣기를 거부했다. 그리고 주안상에 놓인 매화주 병을 집어 들었다.

서하는 매화주로 채워진 술잔을 멀거니 바라보기만 했다. 그것이 점점 흐릿해지며 보일 때쯤.

흔들리려는 목소리를 견디기 위해 몇 번이고 숨을 삼키다가 힘겹게 입을 열었다.

"전하."

"아무 말도 하지 말라고 하였다."

"저는…… 궐이 싫습니다."

서하는 저를 뚫어지게 바라보고 있는 우의 시선도, 점점 힘이 들어가고 있는 그의 손도 애써 모른 척하며 다시 한번 입을 열었다.

"전하를 포기할 수 있을 만큼, 궐이 싫습니다. 이곳에서 나가고 싶습니다."

오랜 소망이었다는 걸 잘 알지 않느냐고, 이 궐을 나가 두 발로 자유롭게 뛰어다니고 싶어 했다는 걸 누구보다 잘 알지 않느냐고.

제정신이 아닌 사람처럼 말을 쏟아내려는 걸, 우가 막았다.

"아무 말도 하지 말라 했다."

화난 음성. 지독히 낮게 떨어지는 대답.

그의 눈에 담긴 깊은 원망 같은 슬픔이 비수처럼 가슴에 꽂혔다. 서하는 죄인처럼 고개를 숙인 채, 금방이라도 꺼질 것처럼 겨우 한마디를 내뱉었다.

"송구합니다, 전하."

송구하다는 말만 되풀이했다.

그리고 우의 손에서 기어이 술잔이 부서져 나갔다.

파편들이 사방으로 흐트러지고, 놀란 서하가 서둘러 치맛자락으로 그의 손을 닦아주었다. 손바닥도, 손가락도 어지럽게 긁혀 여기저기서 피가 흐르고 있었다.

서하는 우의 손가락을 덥석 입 안에 머금었다. 비릿한 피가 새어 나오는 것을 삼키고, 베어진 상처를 말캉한 혀로 감쌌다.

손바닥에 난 상처까지 전부 머금으며 아프지 말라는 듯 핥아 올리는 그 행동에, 우의 눈가가 살짝 비틀렸다. 허리 아래가 저릿해질 정도의 생생한 감각이 등골을 타고 올라왔다. 그는 이대로 안아버리고 싶은 것을 간신히 참으며, 그만하라는 듯 서하의 입술을 가만가만 매만지다가 뺨을 감쌌다.

서하가 그 손을 부여잡았다. 평소엔 늘 따뜻했던 손이 차갑게 식은 채, 조금 떨리고 있다는 것을 알 수 있었다.

그게 너무 심장을 저미도록 아프게 해서. 고개를 들자 절망으로 얼룩진 그의 눈동자가 붉게 물들어 있는 모습이 가슴을 온통 헤집어 놓아서. 서하는 눈물을 참아야 하는 이 순간을 치열하게 견디려 애썼다.

"제발. 제발 아무 말도 하지 마, 서하야."

잠길 것처럼 가라앉은 목소리가 애원하자, 서하는 기어이 눈물을 떨어뜨리고 말았다.

"전……."

부르지 못했다. 끌어당겨진 허리와 부딪혀오는 차가운 입술에 잠식당한 탓이었다.

입술 사이까지 흘러내린 눈물을 닦아낼 여력도 없이, 혀를 얽어오는 입맞춤에 다급하게 그의 어깨를 잡았다. 평소와 달리 불쑥 저고리 속으로 파고든 커다란 손이 다소 거칠게 가슴을 움켜잡았다. 조금 놀라 신음할 새도 없이, 다시 농도 깊은 입맞춤이 이어졌다. 숨을 쉬지 못할 정도로 입안을 파고든 우는 아프게 혀를 얽어왔고, 서하는 그 속에서 신음과 가쁜 호흡을 동시에 하느라 정신이 나가버릴 것만 같았다.

"대군!"

습관처럼 불린 호칭에 멈칫한 우의 눈가가 아프게 내려앉았다. 서하는 그 모습을 차마 볼 수가 없어서 우의 목에 팔을 두르고, 핏대가 선 그의 목 언저리에 입술을 묻고는 매달려 파고들었다. 나지막이 목을 울리는 신음을 흘리고서야 겨우 움직인 우는 거칠게 서하를 안았다.

옆에서 함께 잠들 수 있는 이 순간을 어떻게 멈춰야 하나. 너를…… 어떻게 멈춰야 하나.

우는 손가락으로 가만히 서하의 자는 얼굴을 매만졌다. 또다시 헤어지는 건 죽을 만큼 싫어서, 평생 옭아매는 방법을 찾고 또 찾았던 적이 있었다. 그냥 편하게 후궁이라는 자리에 두는 것도 생각해 본 적이 있었다. 어차피 중전이든 후궁이든 상관없었으니까. 네가 옆에 있는 한, 내 부인은 언제나 너 하나니까.

하지만 널 후궁으로 두면, 중신들은 또 중전을 맞으라며 압박을 해올 터였다. 그게 싫었다.

나를 압박하며 너를 압박하는 것이 싫었고, 마음 아프면서 아무렇지도 않은 척하는 너를 보는 것도 가슴 아팠고. 또, 또…….

그 수많은 이유를 다 괜찮다 제쳐두면서까지 너를 욕심내는 내가 싫었다. 결국엔 너를 상처 낼 것 같은 내가, 너무 두려웠다.

"설마 했는데. 그때 즉위식이 있던 날 선견으로 본 거구나, 지금 일어날 일을."

어렴풋이 느끼고는 있었다. 서하가 자신의 선견을 보기 시작한다는 사실을.

아마도 명이 쏜 화살에 죽을 뻔했던 날 이후로 서서히 보이기 시작한 듯했다. 언뜻언뜻 닿을 때마다 멍해지던 얼굴도, 중신들과 힘들게 입씨름을 하고 온 뒤에는 어김없이 위로해주듯 방긋 웃으며 나타나는 것도 전부 우연일 리 없었다.

그중에서도 즉위식이 있던 날 왜 놀랐는지 끝끝내 말을 안 하기에, 밤새도록 안기면서도 고집스럽게 입을 다물기에 하는 수 없이 모른 척 넘어가 주었더니.

이것이었다. 이…… 빌어먹을 앞날을 보고 만 것이었다.

우는 여전히 눈을 감고 있는 서하를 한참이나 지그시 바라보다가, 여러 번 숨을 삼키고 또 삼킨 뒤에야 입을 열었다.

"……아프지 말고."

우의 손가락이 서하의 반듯한 이마를 지나, 눈꺼풀을 가만가만 어루만졌다.

"슬퍼하지도 말고."

이내 콧날을 지나 뺨으로 흘러내려.

"너무 애쓰려고도 하지 말고."

울음을 애써 꾹 참고 있는 붉은 입술을 하염없이 쓸어주었다.

"절대로 내가 없는 곳에서는 울지 말고."

기어이 감긴 눈 너머로 쏟아지기 시작한 눈물을, 우는 미안하다는 듯 입술로 닦아주었다. 조금씩 들썩이는 어깨를 너른 품으로 꽉 안으며, 그는 나지막이 마지막 말을 속삭였다.

"부디 자유롭게…… 잘 살고 있어줘."

그렇게 말하고 내리감은 눈 너머로, 뜨거운 눈물 한 자락이 흘러내렸다.

우가 방을 나가자, 서하는 서서히 몸을 일으켰다. 의지와 상관없이 또다시 삐죽 튀어 나와버린 눈물을 닦은 뒤, 처음 정릉동 대군방에서와 하나도 달라지지 않은 머리맡을 바라보며 웃었다.

늘 같았다. 소셋물, 단정하게 잘 개켜진 옷. 그리고…….

"매죽잠?"

잃어버렸던 비녀가 옷 위에 가지런히 놓여 있어서, 서하는 눈을 동그랗게 뜨며 그것을 집었다.

저를 억지로 대전 침소로 끌고 간 상궁들에게 빼앗겼던 건데 어찌 찾았을까. 어떻게 이렇게…… 자신의 마음을 속속들이 파헤친 것처럼 잘 알까.

"대군."

이럴 줄 알면 더 많이 불러둘걸. 다시는 부르지 못할 줄 알았다면, 질리도록 많이 불러둘걸.

"사랑합니다."

더 많이 얘기해줄걸. 말이 닳도록 얘기해주고, 밤이 새도록 속삭여줄걸.

"마음 아프게 해서 송구합니다."

될 수 있으면 기억에 모든 걸 다 담아가고 싶어서 하나하나 되짚어 보려 해도, 왜 어쩔 수 없이 뱉어버린 모진 소리들만 그렇게 잔뜩 기억이 나는지.

"송구합니다, 송구합니다."

서하는 매죽잠을 가슴에 꼭 끌어안은 채, 그가 조금 전까지 누워 있던 이불에 얼굴을 묻었다.

눈물은 나오는데 소리는 나오지 않았다. 엉엉 울지도, 그렇다고 참지도 못한 채 그렇게 엎드려 하염없이 눈물만 쏟아내고서야 깨달았다.

진짜로 이별할 시간이구나.

아직 어둠이 다 물러가지 않은 새벽녘. 의복을 정제하고 서하를 방에 내버려 둔 채 밖으로 나온 우는 대청에 한참을 머물다가 계단을 내려왔다.

"월영."

그리고 보이지는 않지만, 분명 어딘가에 있을 서하의 호위 무사를 불렀다.

"예, 전하."

곧이어 모습을 드러낸 월영은 이미 준비가 끝나 있는 듯했다. 등에 멘 간단한 봇짐이, 원도 미련도 없는 궐을 당장이라도 떠나고픈 그의 마음을 대신하는 것 같았다.

우는 바닥에 무릎을 꿇고 앉은 그를 물끄러미 내려다보다가, 어찌해도 떨어지지 않는 입을 떼려 안간힘을 썼다.

손톱이 파고들어 피가 흘렀을 만큼 주먹을 세게 쥔 탓에 손이 아프고, 조금만 방심하면 금방이라도 떨어지려는 것을 죽을 만큼 참느라 눈이 빼근해졌지만, 아무렇지도 않은 척 돌아서며 기어이 세상에서 가장 싫은 말을 내뱉었다.

"……데려가거라."

월영은 아무런 대답도 하지 않았다. 그저 멀어지는 우의 뒷모습을 하염없이 바라보고, 또 바라보고만 있을 뿐이었다.

***

"불이다! 불이야!"

대전에 피어오르는 불길에 사람들이 아연실색하며 뛰어다녔다. 꽤나 크게 번져 온 침소가 다 불바다가 되어버리자, 궐 안의 전 인력이 총동원되어 불을 껐다.

"전하, 전하!"

우를 찾는 목소리들이 다급해지고, 초조하게 불 속을 바라보는 것밖에는 할 수 있는 것이 없어 모두들 발을 동동거리던 그때였다.

"어! 저기다! 저기 계시다!"

사람 그림자가 비친다 싶더니, 곧이어 우가 쓰러질 것처럼 모습을 드러냈다. 품에 누군가를 안고서.

사람들의 부축을 받아 앞마당까지 나온 우는 털썩 자리에 주저앉아 아연하게 품에 있는 사람을 바라보았다.

새카맣게 타버린 치맛자락과 저고리. 그리고 누구인지 형체도 알아볼 수 없을 정도로 그을러 시체가 되어버린 그 사람은…….

"서, 설마…… 서하 아가씨?"

두천의 말이 끝이 나자 상궁 나인들이 너나 할 것 없이 입을 틀어막았다. 우는 그저 시체를 끌어안고 하염없이 주저앉아만 있었다.

"그럼 간밤에 정말 그 여인이 죽었다는 겁니까?"

"그냥 죽은 게 아니라 전하의 품에서 새카맣게 타 죽었다니까요."

"허, 참. 어떻게 갑자기 그런 참변을."

"지금 전하의 용안이 말이 아니랍니다. 아무것도 안 드시고, 잠도 안 주무신 채 그 여인의 시신만 지키고 계신답니다."

중신들은 한동안 말을 잇지 못했다. 우가 얼마나 가슴에 품었던 여인인지 다들 마음 깊이 느끼고 있었기 때문이었다.

"어쩌다 불이 난 겁니까?"

"모르겠습니다. 조사에 의하면 단순한 실수에 의해 번진 거라고는 하는데. 제 생각은 좀 다릅니다."

"다르다면?"

"혹 자결을……."

"어허! 이 사람 이거 큰일 날 소리를!"

"아니면 어찌 그리 불이 크게 나도록 아무도 모를 수가 있었겠습니까?"

"그럼 우리가 중전 책봉을 반대하여 이런 선택을 했다는 겁니까?"

엉망진창이었다. 중전 책봉을 강하게 막아선 것 때문에 결국 견디지 못하고 자결을 했을지도 모른다는 의견이 나오자마자 언쟁이 이어졌다.

아무래도 제일 무서운 것은 우가 혹시나 미쳐 날뛰지는 않을까 하는 불안감 그리고 그토록 사랑했던 여인이 죽었으니 분노를 견디지 못하고 중신들에게 그 책임을 묻지는 않을까 하는 공포가 모든 이들을 초조하게 만들고 있었다.

"차라리 잘 되었습니다."

혜안군이 서로 물고 뜯기 바쁜 이들을 일제히 멈추게 했다.

그렇게나 아끼고 애지중지하는 조카가 마음을 다쳐 폐인이 되기 일보 직전이라는데, 차라리 잘 되었다니. 자신들이 한 짓은 생각도 하지 않고 냉혈한 보듯 쳐다보는 그 시선들을 고스란히 받아내며, 혜안군이 말을 이었다.

"어차피 옆에 계속 붙어 있었으면 전하께서는 죽을 때까지 그 여인 하나만 바라보며 중궁전도 후궁도 거들떠보지 않으셨을 겁니다. 속 썩일 일이 사라졌으니, 이참에 마음 추스르시는 대로 간택령을 밀어붙여야 합니다."

중신들은 다른 사람도 아닌 혜안군이 어찌 그런 말을 하느냐며 혀를 내두르면서도, 내심 혜안군과 같은 생각을 하는 중이었다.

77화
백매화 흩날리면

옛 사헌부 장령이었던 유휜이 억울한 유배를 당하였으니, 그 죄를 사하고 하나뿐인 딸과 함께 신원을 복구한다. 또한 그의 아내 한연서 역시 집안에 이용당해 억울하게 죽임을 당하였으니, 한씨 가문에서 유일하게 그 죄를 사하고 신원을 복구한다.

서하가 떠난지 일 년. 이제 안전하다고 판단한 우가 제일 먼저 한 일은, 서하의 아버지와 어머니의 신원을 회복시키는 것이었다. 교지는 혜안군이 초안을 굳이 작성하겠다 하여 윤허하였고, 그대로 반포하였다. 서하의 이름이 명확히 들어가 있지 않은 것이 좀 불만이긴 했지만, '어차피 죽은 여인입니다. 굳이 긁어 부스럼 만드실 필요 없으십니다'라는 혜안군의 말에 설득된 참이었다.

지금쯤 자유롭게 잘살고 있을 터였다. 이름이 들어가지 않았다고 하여 신원 회복이 안 되는 것도 아니니, 걱정할 필요는 없었다.

서하가 이 사실을 알면 좋아해 줄까. 아니면 또 어디서 울고 있는 건 아닐까.

먹먹해지는 마음을 뒤로한 채, 우는 대비전 앞에 섰다.

"대비마마, 주상 전하 납시었사옵니다."

"어서 모시게."

문이 열리고 안으로 들어가자, 인혜가 자리에서 일어섰다.

"오셨습니까."

"찾으셨다 들었습니다."

서로 깊숙이 허리를 굽혀 인사를 올렸다. 우가 그러지 말라고 한 지 벌써 일 년이 넘어가고 있었지만, 인혜 역시 말을 듣지 않고 우에게 마주 인사를 해온 지도 일 년이 넘어가고 있었다.

"어서 앉으세요."

우가 앉으며 물었다.

"공주는 잘 크고 있는지요?"

"예. 주상께서 베풀어 주신 온정 덕분에 무럭무럭 자라고 있습니다."

일 년 전 명이 죽었을 때, 우가 그를 폐위하지 못한 이유 중 가장 큰 이유가 바로 이것이었다. 인혜가 가진 아이.

명이 마지막에 죽이려고 달려들었을 때, 인혜는 정신을 잃었다. 고열에 시달리고, 아이가 잘못되는 게 아닐까 싶을 정도로 시름시름 앓다가, 겨우 몸이 회복되었을 때는 이미 즉위식이 끝나고 우가 새로운 용상에 앉고 난 다음이었다.

인혜는 그에게 처분을 기다린다고 말했다. 중전의 위치에 있었으니 홍자영처럼 억지라도 부려 욕심을 챙길 법도 한데, 오직 아이 생각밖에 없었다.

〔나는 죽여도 상관없고, 폐서인이 되어도 상관없지만, 아이만큼은 살

려주십시오. 아무 죄도 없는 생명이 아니겠습니까. 제발 부탁입니다.」

몸이 회복되자마자 인혜가 울며불며 한 말들이었다.

우는 아무런 대꾸도 하지 않았었다. 나중에 가서야 인혜도 이미 우가 명을 내리고 난 다음이라는 걸 알고 끊임없이 감사하다는 인사를 늘어놓았다.

「선왕이 폐위된 것이 아니니 중전 민 씨를 대비로 봉함이 마땅하다. 그가 딸을 낳으면 공주로 봉작할 것이고, 아들을 낳으면 대군으로 봉작한다. 또한, 왕위계승 자격도 그대로 인정할 것이다.」

엄청난 파장이 있었다. 아무리 폐위가 되지 않았다지만 왕위계승까지 인정할 순 없다며 뜯어말리는 중신들의 목소리는 귀가 아프다 못해 딱지가 앉을 정도였으니까. 몇 날 며칠이 걸리도록 끝끝내 설득시키던 와중이었는데, 인혜가 공주를 낳아 단번에 잡음이 사라진 참이었다.

"지금 한창 꼬물거리며 움직이는 중입니다. 아직 다리에 힘도 없으면서 어찌나 일어서려고 하는지…… 미안합니다. 너무 들떠서 그만."

신이 나서 입이 귀에 걸려 있던 인혜는 창피한지 양손으로 두 뺨을 감쌌다. 우가 괜찮다며 나지막이 말했다.

"그걸로 되었습니다."

"예?"

"모진 일을 겪어 힘드셨겠지만, 공주를 보며 이렇게 생기를 되찾아가시는 모습을 보니, 마음의 짐이 한결 가벼워졌습니다. 감사드립니다."

아무리 그래도 어머니가 독살당했음을 또 아버지가 형에게 시해당했음을 실감해야 했던 지난 일 년 동안 가장 힘들었던 것은, 내가 형님을 죽음으로 몰아간 건 아닐까 하는 죄책감.

아무에게도 드러낸 적 없지만, 거기에서 어찌해도 벗어날 수 없어 마음이 좀 먹히는 것처럼 괴로웠는데…… 이렇듯 명의 아이가 태어나고 웃어주는 인혜를 보니 그 마음이 조금이나마 덜어진 것 같아서.

숨 쉬는 것이 한결 편해진 참이었다.

"저는 공주를 보며 생기를 되찾아간다지만, 주상께서는요?"

불시에 옆구리를 찔러버리자 우는 허탈하게 웃었다.

"결국 그 말씀 하시려고 부르셨군요."

"가례를 올리기 싫으신 마음은 압니다. 서하가 주상과 좀 각별했어야지요. 그 마음을 모르는 건 아닙니다. 하지만 산 사람은 살아야지요. 잊지는 못하더라도 종묘와 사직을 위해 구석에 박혀 있는 마음 끝자락이라도 좀 다른 여인에게 내주는 것이……."

"대비마마. 저에게 서하 이외의 여인은 없습니다."

무섭도록 단호한 한마디였다. 웃고 있는데, 웃음기 하나 없는 그 말 속에 서린 처절한 진심이 못내 안타깝고 가여웠다.

"이 나라 임금이 중전도, 후궁도 하나 없다는 건 들어보지를 못했어요."

"이제껏 그런 분이 없었을 뿐, 불가능한 건 아니지요."

"주상. 안 그래도 지금 처녀들이 씨가 마르고 있답니다."

그 일에 관해서라면 우는 입이 열 개라도 할 말이 없었다.

「씨 없는 용은 밤낮으로 남색을 즐기는 호색한이다.」

일 년 전, 대군 가례 이야기가 나왔을 때도 비슷한 일이 있었더랬다.

그래도 그때는 도포 입고 갓 쓴 선비 둘이 입만 포개고 있었는데, 이제는 별의별 잡스러운 그림이 다 돌아다니는 중이었다.

용과 동침하는 사내 그림부터 시작하여, 춘화도를 연상케 하는 적나라한 그림이 전국 방방곡곡으로 아주 절찬리에 흩뿌려지고 있었다. 임금이 그 모양이라는데 곧 간택령이 내려질 거란 입소문이 퍼지니, 난리도 그런 난리가 없었다. 금혼령이 내려지기 전에 처녀들을 시집보내야 한다며, 눈에 쌍심지들을 켜고 혼인을 시키고 있었다.

온 도성이 연신 혼례에 미쳐 있으니, 진짜 처녀가 남아 있을지도 의문이었다.

"잘 되질 않았습니까. 이 나라에 원녀와 광부가 없어지니 가뭄 들 일도 없을 것이고."

"지금 농을 하실 때입니까? 주상께서 중궁전도, 후궁도 전부 비워두시니 그런 해괴한 소문이 도는 것 아닙니까."

"이대로 해괴하게 놔두는 게 좋습니다."

우는 자리에서 일어섰다. 더 오래 앉아 있다가는 또 간택 문제로 이야기가 길어질 것 같으니 자리를 피하는 게 상책이었다.

"그럼 편히 쉬십시오."

우가 돌아나가려 할 때였다.

"제게 공주를 보며 생기를 되찾아간다고 하시질 않았습니까. 그러니 주상께서도 중전을 들이세요. 아이가 태어나면 자연히 생기를 찾게 될 것입니다."

마지막까지 애원하는 말을 가만히 듣고 있던 우는 슬쩍 고개만 꺾어 인혜를 바라보았다.

"마마께서도 형님의 아이라 낳으신 게 아닙니까."

"주상."

"제게도 서하의 아이가 아니면 의미가 없습니다."

우는 잔잔히 웃어 보인 뒤 처소를 나갔다. 짧은 순간 그 얼굴에 스친 아련함과 서글프도록 애처로운 표정을 보니, 인혜는 제가 다 가슴이 저미는 것 같았다.

***

"여기는 싫다니까요."

"지금 내려가면 가는 도중에 해가 져서 더 구경할 곳도 없을 테니까, 그냥 온 김에 어떻게 변했나 보고 가자고 몇 번 말씀드립니까."

월영은 짜증이 날 정도로 집요했다. 싫다고 아무리 떼를 써도 기어이 청주 산자락을 오르는 그를, 서하는 원망스럽게 흘겨볼 수밖에 없었다.

글쎄, 여기는 싫다니까. 처음 만났던 곳인 행궁이 훤히 내려다보여서 싫고.

〔서하야. 밤새 네 목소리를 들려줘.〕

조금만 방심하면 이렇게 금방 우의 목소리가 들리는 것 같아서, 그래서 싫다 한 것인데.

"그때 다 타버렸을 텐데 뭐 볼 게 있다고 자꾸."

결국 참다못해 볼멘소리를 내뱉는데도, 월영은 방싯 웃기만 했다.

"그러니까 가보자고요. 어떻게 변했는지."

수상했다. 서하는 아무래도 몹시 수상한 월영의 행동에 고개를 갸웃했다. 원래 이렇게까지 고집을 부리는 법은 없었다. 늘 서하의 의견에 따라 이리 가자면 이리 가고, 저리 가자면 저리 가던 양반이 오늘따라 이상하리만치 쇠심줄처럼 질기게 청주 산자락을 오르고 있었다.

여기에 뭔가 있는 건가. 놀랄 만한 누군가가 기다리고 있다던가. 어지간한 사람 아니면 놀라지도 않을 텐데. 우 정도는 되어야…….

설마, 하고 갑자기 가슴이 뛰고 마는 건, 너무 보고 싶은 나머지 멍청한 기대감을 품었기 때문이라고 스스로를 한없이 달래고 또 달랬다.

"거의 다 왔습니다, 힘내십시오."

그렇게 얘기해봤자 폐부가 터질 것처럼 부풀어 숨이 턱 끝까지 차오르고, 다리가 후들거려 더는 움직이지 못한다고.

"아."

그렇게 투덜거리려던 때였다.

뒤에서부터 바람이 불었다. 치맛자락을 끌어당기는 것처럼, 옷소매를 잡아끄는 것처럼 서하를 이끌어 간 곳에…… 눈꽃이 내리고 있었다.

일 년 전쯤, 우를 따라 이곳에 왔던 꼭 그날처럼 백매화가 흐드러지게 날리고 있었다.

"예쁘……."

서하는 더 이상 말을 잇지 못했다.

흘러내리는 눈물 때문도, 안타깝게 바라보고 있는 월영 때문도 아니었다. 그냥, 못 견디게 보고 싶은 이를 어찌해도 볼 수 없음에 그동안 애써 참아왔던 것들이 한꺼번에 무너져 버린 탓이었다.

"전하께서 이맘때쯤 꼭 한 번 이곳에 가보라 하셨습니다. 백성들이 산을 다시 살리고, 다 타버린 줄 알았던 백매화가 아직 살아있다는 이야기를 들으셨다고. 하니 그때 보여주지 못한 눈꽃을 꼭 보여드리라 하셨습니다."

월영이 해주는 이야길 가만히 들으며, 서하는 손을 뻗었다. 매화 꽃잎 하나가 살랑살랑 손바닥 위로 떨어졌다.

울지 말라고 얘기하듯, 내가 없는 곳에서 울지 말라 하지 않았느냐고 타박하듯. 그렇게 한참을 머물다 바람결에 날아가 버리고 말았다.

서하는 제자리에 주저앉아 두 눈을 감은 채, 가슴을 꼭 그러쥐었다.

〔아프지 말고. 슬퍼하지도 말고. 너무 애쓰려고도 하지 말고. 절대로 내가 없는 곳에서는 울지 말고.〕

가슴이 난도질당하는 것처럼 쓰라리고, 누군가 심장을 천근 돌로 내리친 것처럼 아파와서 숨을 쉬는 것만으로도 벅찼다.

〔부디 자유롭게 잘 살고 있어줘.〕

"대군……."

이제 영영 부르지 못할 이를 조심스럽게 읊조리는 것만으로도 온몸이 슬어가는 것처럼 서글퍼서 눈물이 왈칵 쏟아져 내렸다.

싫습니다. 대군이 없는 곳에서 제가 어찌 자유롭게 삽니까. 이렇게 생각하는 것만으로도 슬프고, 부르는 것만으로도 미어지게 아픈데…….

보고 싶습니다. 너무 많이 보고 싶습니다, 대군.

백매화 아래에서, 늘 그랬던 것처럼 소리도 없이 구슬프게 눈물만 하염없이 뚝뚝 흘리는 서하를 보고 있자니 너무 안타까워서.

월영은 조심스레 팔을 뻗었다.

〔혹여나 울거든, 또 그렇게 소리를 참으며 눈물만 뚝뚝 흘리거든, 품에 안아주거라. 따뜻하게 꼭 안아주면 그제야 소리 내어 울다가 곧 멈출 테니까.〕

우가 마지막에 했던 말을 떠올리며 뒤에서 서하를 꼭 안아보았다. 제발 마를 것처럼 흘려대는 눈물이 멈추길 바라며, 이 소리 없는 흐느낌이 멈추길 바라며.

하지만 서하는 소리를 내지도, 눈물을 멈추지도 않았다. 여전히 하염없이 눈물을 흘리고, 가슴을 꼭 그러쥐고만 있을 뿐이었다.

저로는 안 되는 것을요. 한때는 저도 할 수 있을 거라 여겼지만, 절대로 저로는 안 되는 것을요. 전하, 당신이 아니면 안 되는 일을 제게 부탁하지 마십시오.

〔눈꽃을 좋아하는 얼굴을 꼭 보고 싶었는데 끝끝내 보지 못하게 되었으니, 서신으로나마 어여쁘게 웃는 서하의 얼굴을 상세히 알려줘. 그걸로…… 견뎌볼 테니.〕

우는 아무도 가까이 오지 못하게 한 뒤, 후원에 있는 매화나무 앞에 멈춰 섰다. 오늘따라 바람이 매화 향을, 너무 버티기 힘들 만큼 강하게 옮겨오고 있었다.

"설마 울고 있는 건 아니겠지."

가만가만 나무를 쓰다듬는 손이 점점 멈추어 가고, 더는 움직이지 못하게 되었을 즈음. 우는 알싸하게 목 안을 타고 넘어오려는 무언가를 하염없이 삼키며 눈을 질끈 감았다.

"울지 마."

울고 있다면 멈춰.

"내가 안아줄 수도 없는 곳에서 제발 울지 말아 줘. 제발……."

78화
간택

"지금 뭐라고 하셨습니까?"

혜안군이 놀라 고개를 번쩍 들었다.

"종친 중에 살아 있거나 쓸만한 자가 있느냐 여쭈었습니다."

우의 말을 이해하지 못하는 것이 아니었다. 다만, 왜 그런 걸 묻는지를 이해하지 못하는 것뿐이었다.

"지금 살아 있어 봐야 한량입니다. 한데 갑자기 그건 왜……."

"그냥 궁금하여 여쭈어보았습니다. 알겠습니다. 여드레 후에 수원으로 출발할 것이니 그 전에 생각나는 자가 있거든 알려주십시오."

"수원이요?"

"찾으려고 했던 인물이 좀 있었는데, 나타났다는 정보가 들어와서요."

"궐로 부르면 될 것을요."

"오란다고 올 사람이 아닙니다."

"그럼 저도 가겠습니다."

고집스러운 얼굴로 단호하게 말하자, 우는 선뜻 그러라고 했다. 안 그래도 좀 도와달라고 할 참이었다며. 그게 더 불안해서 혜안군은 도통 안심이 되질 않았다. 뭘 도와달라고 하려는 걸까.

이상했다. 요근래 우의 행동이 몹시도 수상해 자다가도 벌떡벌떡 일어날 정도였다. 중신들이 하도 간택 타령을 해서 기어이 분노가 터진 건가, 싶었지만 무섭도록 온순하고 조용한 나날의 연속이었다.

그럼 이제 일 년이나 지났으니 마음이 충분히 안정되어서 서서히 중신들의 요구를 받아들일 준비를 하고 있는 건가, 싶었지만 그건 또 어림없는 소리였다. 전국에 요상한 추문이 돌고 돌기에 화공을 잡아다 엄히 야단을 쳤더니.

〔전하께서 직접 하고 싶은 대로 다 해보라고 하셨단 말입니다!〕

그럴 줄 알았다며 수호와 부겸이 고개를 도리도리 저었다. 일 년 전 대군 간택 이야기가 나왔을 때도 전하께서 직접 소문을 퍼뜨린 거라며, 간택 따위 어림도 없다는 식으로 투덜거렸더랬다.

화공의 말대로라면 처음에는 저가 그린 게 맞지만, 춘화도 같은 잡스러운 것들은 다른 사람들이 멋대로 이야기를 덧대 그림을 그리고 있는 것이라고 했다. 심지어 전하께서 괜찮다 하셨다며, 오히려 더 좋다 말씀하셨다고 했다.

갈수록 태산이었다. 안 그래도 왕실로 시집을 오지 않으려 야단들인데, 이제 와 서둘러 간택령을 내린다 해도 처녀가 남아 있을지 의문이었다.

그걸로도 심히 심란스러운데, 종친이라니.

집으로 돌아온 혜안군은 섬뜩한 불안감이 뇌리를 스치자, 서둘러 서찰 한 장을 썼다. 이대로는 안 되었다. 종묘와 사직을 위해 결단을 내려야 할 때였다.

***

"내가 뭐라 했는가. 입에 들어가는 것은 무엇이든 깨끗하게 씻어야 병이 안 든다 하지 않았는가."

"송구합니다, 나리."

"나리는 얼어 죽을. 되었으니 이 약 먹고 누워나 있게."

"예."

쥐어박는 소리를 하며 자리에서 일어난 유 의원이 끓인 물 안에 천을 구겨 넣으려 할 때였다.

"한참 찾았소, 유 의원."

뒤에서 넌지시 부르자, 목소리를 알아들은 모양이었다. 유 의원은 돌아보지도 않은 채 나무 주걱으로 북북 끓는 물 속을 저어대기만 했다.

"물어볼 것이 있었는데 이제야 모습을 드러내다니. 사람을 치료하느라 바쁜 것인가, 아니면 여전히 사람을 베고 다니느라 바쁜 것인가."

목덜미가 움찔하더니, 이내 유 의원이 뒤를 획 돌며 신경질적으로 외쳤다.

"난 사람을 벤 적이 없소이다!"

그러고는 나무 주걱을 크게 휘둘렀다. 뒤로 한발 물러난 우가 재빨리 그것을 발로 차 멀리 뚝 떨어지게 만들었다.

"그럼 서로 무기가 없는 상태니 제대로 선왕과 있었던 이야기를 해 볼……."

"유훤?"

우의 말이 채 끝나기도 전에, 뒤에 있던 혜안군이 눈을 휘둥그레 떴다. 유 의원 역시 자신을 알아보는 자가 있다는 사실에 놀랐는지 눈을 껌뻑이다가, 이내 혜안군을 알아보고는 아연한 얼굴로 중얼거렸다.

"혜안군 대감 아니십니까?"

"자네, 살아 있었는가? 살아 있었던 게야?"

"……송구합니다만, 못 본 척 지나가 주십시오."

유훤은 서둘러 고개를 숙인 뒤 뒤돌아섰다. 발걸음이 빨라지는 모양새를 보니, 아무래도 또 짐을 챙겨 도망가려는 모양이었다.

"못 본 척을 어찌하겠는가, 자네 딸이 살아 있는데!"

혜안군이 목청이 터질 만큼 크게 외치자, 유훤이 우뚝 걸음을 멈추었다. 곧 챙겨 들던 봇짐도 툭, 떨어뜨렸다.

그의 손이 미세하게 덜덜 떨리는 모습을, 우는 가만히 지켜보고만 있었다.

"뭐라, 하셨습니까?"

"살아 있네. 자네 딸이 살아 있단 말일세!"

혜안군이 온 힘을 다해 외쳤다.

우는 역시, 예상대로였다며 가슴을 쓸어내렸다. 처음에는 작은 소망 같은 짐작이었을 뿐이었다. 같은 유 씨라는 것이 어린아이의 철없는 바람처럼 마음을 간질였고, 아내와 딸을 선왕께 잃었다는 그의 말에 멋대로 짜깁기를 해보았다. 그리고 혹시나 하는 마음에 부겸에게 자세히 뒷조사를 해보라고 시켰더니.

유훤이라는 자가 귀양을 갔고 그곳에서 죽었다는 기록은 있는데, 정작 귀양지에서는 시체를 보거나 묻은 적이 없고 본 사람도 없다고 했다.

그럼 살아 있다면.

아내와 딸을 잃었다는 유 의원의 말도, 선왕께 앙심을 품은 그 마음도 이해가 되었다. 서하와 관련이 있을 거란 망상이, 전혀 가능성이 없는 이야기가 아닐 수도 있다는 희망이 생겼다. 해서 혜안군을 데리고 와 봤더니 아니나 다를까.

"서하가 살아 있다고, 이 못난 사람아!"

다리에 힘이 풀렸는지 유훤이 제자리에 풀썩 주저앉아 버렸다. 혜안군은 서둘러 다가가 그를 일으켜 세웠고, 등을 펑펑 두드리며 살아 있었으면서 이제껏 뭘 하다 왔느냐며 야단을 쳤다.

아내와 딸을 그리 허무하게 보낸 게 마음의 한이 되어 죽어가는 사람들이라도 살리면 좀 나을까 싶어 의술을 배웠다고, 유훤은 뒤늦게 털어놓았다. 그래도 마음의 허기가 채워지지 않아 죽지 못해 살았다고 말하는 그의 눈에서 소리도 없이 눈물이 주륵주륵 떨어졌다.

우는 모습이…… 서하와 닮았다.

"어디 있습니까, 서하는 지금 어디에 있습니까!"

유훤이 뒤늦게 딸을 찾아대자, 혜안군은 말없이 우를 주시했다.

우는 서하의 이름을 듣는 것만으로도 가슴이 아파, 숨을 크게 내쉰 뒤 말했다.

"지금쯤 청주에 있을 겁니다."

유훤은 당장이라도 자리를 박차고 나설 것처럼 몸을 일으켰다.

"당장 청주로 갈 것입니다. 알아볼 수 있습니다. 한 번에 알아볼 것입니다."

자신만만해서 가려는 유훤을 붙잡고, 혜안군은 오랫동안 무언가를 이야기했다. 우에게는 들리지 않도록 조심조심 말하더니, 이내 그를 보내며 '내 말 명심하게'라고 당부를 했다.

"무슨 말씀을 나누셨습니까?"

"아아, 뭐 별거 아닙니다."

한양으로 돌아가기 전 묻자, 혜안군이 답지않게 말을 얼버무렸다.

두 사람은 원래부터 서하의 어머니 덕에 친분이 있었다고 했다. 서하의 어머니가 궐에서 나와 멋대로 혼례를 올리고 살 때도 혜안군 한 사람은 진심으로 축하해주었고, 선왕께 쫓기면서부터는 서둘러 도망갈 수 있게 여러 가지를 물심양면으로 도와준 모양이었다.

"해서 유 의원이 숙부님께는 고분고분한 것이군요."

"유훤 그자가 연서를 정말 많이 좋아했습니다. 그렇게 예쁘게 살 줄 알았거늘. 선왕께서 다시 집착증을 보이시리라 누가 상상이나 했겠습니까."

우의 얼굴에 그늘이 드리워졌다. 선왕의 업보를 어찌 다 갚아야 할지, 길이 보이지 않아 막막할 따름이었다.

"서하가 살아 있다는 걸 알고 계셨군요."

우가 넌지시 말하자, 혜안군이 피식 웃었다.

"물론입니다. 제가 대군 시절 의금부에서 빼내 드렸을 때와 똑같이 꾸미셨는데, 모를 거라 생각하셨습니까? 중신들 중에서도 알지만 모른 척 넘어간 이들이 여럿 될 겁니다."

"상관없습니다. 누구도 서하를 건드리지만 않는다면."

내 마음속에서 어여쁘게 살아만 있어 주면 그걸로 충분하다고, 우는 궁핍하게 헛헛해져 오는 마음을 달랬다.

그 애를 쓰는 모습을 가만히 지켜보던 혜안군이 불쑥 말을 꺼냈다.

"이젠 때가 되었습니다. 더 이상 미루기만 할 일이 아닌 것 같습니다."

"무엇이 말입니까?"

갑자기 무슨 말인지 몰라 우가 고개를 갸웃하자, 혜안군이 단호하게 이야기했다.

"간택령을 내리십시오."

"싫습니다."

말이 나오기가 무섭게, 혜안군보다 더 단호한 우의 낮은 음성이 곧장 맥을 끊어 놓았다. 평소보다 더 매섭게 선을 긋고 있었지만, 예상치 못한 건 아니었으므로 혜안군은 고개를 저었다. 이번에는 그도 물러설 수 없음이었다. 유휜 그자가 나타나 준 이상, 이보다 더 좋을 수가 없었다.

"싫어도 하셔야 합니다."

"숙부님."

"그리고 하라고 지시했습니다. 제가 목숨을 내놓을 테니, 간택령을 내리셔야 한다고 대비마마께 서찰을 쓰고 온 길입니다."

우는 눈을 크게 떴다. 있을 수 없는 일이었다.

"언제 말입니까?"

"벌써 여드레 정도 전입니다."

"왜 그러셨습니까, 왜."

"더는 미룰 수 없다고…… 전하, 전하!"

우는 더 이상 혜안군의 말을 듣지 않은 채 '지금 당장 한양으로 환궁한다!'고 으르렁거리듯 외치고는 모습을 감추었다. 혜안군은 이마 위로 흘러내린 식은땀을 닦아내며 한숨을 푹 내쉬었다.

***

환궁을 하니 얼마나 다급하게 간택령을 진행했는지, 단 며칠뿐이었는데도 일이 상당히 진행된 후였다.

처녀단자도 벌써 십 수 개가 올라온 모양이었다. 나라에 돈 흉흉한 소문 때문에 처녀가 너무 없어 나이 제한을 더 위로 올렸습니다, 하는 대신들의 말은 들리지도 않았다.

대비전으로 향하는 우의 발걸음에 화가 맺혀 있었다. 명도 내리지 않은 일을 어찌.

“대비마마, 주상전하 납시었사옵니다.”

“어서 모시게.”

허락이 떨어지자마자, 궁녀들이 움직이기도 전에 손수 문을 연 우가 대비전 안으로 들어섰다. 평소보다 거친 그의 행동에 흠칫 놀란 인혜는 누워 있는 공주를 본능적으로 안아 올렸다. 누가 봐도 간택령 때문에 쫓아왔다는 걸 단숨에 알 수 있었다.

“왜 그러셨습니까.”

너무나 낮게 깔린 음성이 무서워, 인혜는 공주를 더 꼭 안았다. 혜안군으로부터 ‘노하셔서 환궁하셨으니 대비하십시오’라는 전갈을 받긴 했지만 어떻게 해야 하는지 알 수가 없어, 그저 어린 공주를 얼른 불러다가 눈앞에 데려다 놓았더랬다.

그래도 조카인 이 귀여운 아이를 보면 화를 좀 누그러뜨리지 않을까 싶어서.

예상은 적중해서, 우는 무언가 말을 하려다 공주를 보고 삼키기를 반복했다. 정이 많고 선한 사람이니 통할 줄 알았다고 안도의 한숨을 내쉬려는 찰나, 우가 밖에 있는 보모상궁을 불렀다.

"당장 공주를 데려가라."

그럴 줄은 몰랐던 터라 엇, 하고 놀란 인혜가 뭐라 말을 하기도 전에 보모상궁이 얼른 공주를 안아 들고 사라졌다.

순식간에 둘만 남은 처소에 깊은 적막이 흘렀다. 아무리 그래도 형수에게 뭐라 화를 내진 못하고 한참이나 속으로 말을 고르는 듯한데, 그 '한참'이라는 반증만으로도 그가 지금 얼마나 많이 화를 내고 싶어 하는지 알 것 같았다.

"일단 앉으세요. 앉아서 차분히 제 얘기를……."

우가 인혜의 말을 잘랐다.

"당장 명을 거두십시오. 아니면 제가 합니다."

"주상. 간택령을 내렸다 거두면 세간에 웃음거리가 됩니다."

"상관없습니다. 씨가 없어 남색이나 밝히는 호색한이라고 소문도 났는데, 그깟 웃음거리가 두려울까요."

"주상, 제발요. 다 뜻이 있으니 이번에는 그냥 우리가 하자는 대로……."

"제 평생의 짝은 서하 단 한 명입니다. 예전에도 그랬고, 앞으로도 그럴 것이고, 제가 숨 쉬는 한 그건 영원히 변치 않습니다."

마음이 금방이라도 무너질 것처럼 절절한 고백을 너무나 슬픈 얼굴로 하는 우를 보고 있자니, 인혜는 눈물이 다 주룩 흘러내렸다.

우에게 서하가, 서하에게 우가 너무나 특별하다는 것은 알고 있었지만, 이렇게까지 마음이 깊으니 인혜로서는 어찌해야 좋을지 알 수가 없었다. 그냥 확 다 이야기를 해버릴까, 싶은 그때였다.

"오라버니가 뭐라 하셔도 중전 간택을 진행할 것입니다."

문이 벌컥 열리며 담이 들어왔다. 감히 대비전 처소 문을 허락도 없이 열었다며, 담이 인혜를 향해 고개를 숙였다.

그런 건 전혀 상관없었으나, 두 남매의 눈에서 불꽃이 튀는 것을 본 인혜는 일단 앉아서 얘기하자는 말만 되풀이했다.

"대군 간택령 때처럼 만만하게 넘어갈 수 없으실 겁니다."

작정을 단단히 하고 온 사람처럼 단호한 태도로 얘기하는 담을 보며, 우의 목소리는 점점 더 낮아지고 있었다.

"무엄하다. 누구 명으로 간택령을 내린단 말이냐."

"저와 혜안군 숙부님 그리고 대비마마 세 명이 목숨을 걸고 내린 결단입니다. 죽이기 전엔 막지 못하실 겁니다."

허, 우는 너무 기가 막힌 나머지 헛웃음을 짓고 말았다. 알고 있었다. 담이가 참을 만큼 참고 있었다는 사실을. 언제고 사고를 한 번 칠 것 같다는 예상은 있었지만, 이런 식으로 뒤통수를 쳐올 거라고는 상상도 하지 못했다.

"그럼 계속 그리 우기거라. 난 가서 간택령을 거둘 터이니."

"못 거두십니다."

우가 빙글 돌아 대비전을 나가려 하자, 담이 재빨리 두 팔을 벌리며 버티고 섰다.

"방금 말씀드리지 않았습니까. 죽이기 전엔 막지 못하신다고요."

"비키거라."

"싫습니다."

"그만 까불어."

좀처럼 누이에게 화나는 감정을 표현해 본 적 없는 우였지만, 이번만큼은 미간을 험악하게 일그러뜨렸다. 내심 놀란 담은 움찔하면서도 끝끝내 물러서진 않았다. 우의 입에서 결국 참았던 한마디가 터져 나왔다.

"내가 기어이 이 자리에서 내려와야 네 속이 후련하겠구나."

"어차피 내려올 작정이지 않으십니까!"

담이 있는 힘껏 소리쳤다. 예상치 못한 터라 우의 표정이 일순 흔들렸다. 그때를 놓치지 않고, 담은 쏘아붙이듯 말했다.

"제가 오라버니를 모를 줄 알고요? 그 여인을 따라 용상을 버릴 계획을 세우고 계심이 아닙니까. 해서! 혜안군 숙부께 종친에 대해 물으신 거고요. 아닙니까?"

역시 내 누이라며 칭찬을 해야 할지, 혀를 내둘러야 할지. 속내를 빤히 들킨 탓에 우는 아무런 말도 하지 않았다.

사실이었으니까. 어느 정도 궐이 안정을 되찾아가니, 성실하고 어진 성품을 지닌 종친 하나를 데려와 지켜보며 훈육을 할 생각이었다. 그러다 믿고 맡겨도 되겠다 싶으면, 용상을 내려놓을 작정이었다.

"십 년이나 저를 버려둔 게 미안하다 하셨으면서 또 버리려고 하십니까? 도대체 오라버니는 저를 몇 번이나 버리셔야 속이 후련하십니까!"

원망 가득한 눈망울이 울컥이는 눈물을 머금고 우를 쏘아보고 있었다.

미안했다. 충분히 미안함을 느끼고 있었다. 하지만 그렇다 해도 결심이 흔들리지는 않았다. 그래도 담이에겐 수호가 있으니…… 궐을 떠나기 전 둘이 혼례를 치르는 모습만 보고 떠날 생각이었건만.

"미안하다. 네가 나 때문에 상처를 받는다면, 죽을 때까지 속죄할 수 있도록 노력하마. 하지만 그렇다고 간택령을 거둘 거란 내 마음이 변하지는 않는다."

"싫습니다. 안 됩니다. 저 역시 마음을 굽히지 않을 것입니다. 죽이신대도 중전 간택은 진행해야겠습니다."

"……내가 널 용서하지 못하게 만들지 말아다오."

"기꺼이 죽을 것입니다. 백 번, 천 번, 만 번을 죽이신대도 죽을 것입니다. 하지만 중전 간택만큼은 양보할 수 없습니다."

"담아, 제발."

"겨우 되찾은 자리입니다. 어떤 이유에서든 오라버니가 그 자리를 버리지 못하게 할 것입니다. 또 무슨 짓을 해서라도 그 자리를 굳건히 지키실 수 있게 할 겁니다. 다시는, 다시는 그런 위험과 수모를 겪게 해드리지 않을 겁니다."

"무엇을 굳건히 지킨단 말이냐. 이미 마음이 죽어버린 내가! 도대체 무엇을 지킬 수 있단 말이냐."

처음이었다. 우가 이렇게 난폭하게 감정을 드러내며 언성을 높이는 모습은 정말이지 난생처음 보는 광경이라, 담은 하마터면 눈물을 쏟을 뻔했다.

"지키셔야지요. 이 나라 백성을, 강산을…… 지키셔야 하고 말고요."

말이 통하지 않는 답답함을 이기지 못하고 우는 긴 한숨을 내쉬었다. 더 이상의 시간 낭비는 할 수 없었다. 서둘러 명을 거두어야 했다.

"그래. 그럼 네 마음대로 하거라. 나도 내 마음대로 할 것이니."

우의 고집을 꺾을 수가 없어서, 담은 결국 주먹을 꽉 그러쥐며 하고 싶지 않았던 말을 꺼냈다.

"부탁이 있습니다."

"내게 부탁할 게 무어냐. 네 마음대로 하면 될 것을."

"간택 후보 중에 어머니는 어렸을 때 돌아가시고, 아버지는 유배지에서 죽은 줄 알아 고아처럼 자란 처자가 있다 합니다."

뜬금없이 무슨 말을 하는 건지 몰라 우가 인상을 쓸 때였다.

"부모의 신원이 회복되어 겨우 자기 가문을 찾고 처녀단자에 이름을 올릴 수는 있었지만, 이미 가문이 풍비박산나 뒷배가 전혀 없는 데다 이번 간택령에 아무리 나이 제한을 올렸다고 해도 나이까지 꽤 찬 탓에 같은 간택 후보들이 이런저런 트집을 잡는 모양입니다. 게다가 다들 그리 오래 떨어져 지냈는데 딸인지 어떻게 알아보느냐며 수군댄다고 합니다."

우는 그제야 천천히, 아주 천천히 담을 쳐다보았다.

"무슨……."

"얼마 전에 전하께서 신원을 회복시킨 가문의 일입니다. 아무래도 말들이 많은 모양이니, 전하께서 한 번 짚고 넘어가셔야 할 것 같아서요."

"도대체 그게 다 무슨…… 설마 그 가문이……."

"예. 유훤 대감 말입니다. 처자의 이름은 유서하라던가. 제가 슬쩍 보았는데, 전의 그 여인과 꽤나 닮아서 깜짝 놀라긴 했습니다. 전하께서 그리 사무치게 그리워하는 여인 말입니다. 죽은 여인, 용의 아이요."

너무나 아무렇지도 않게 흘러나오는 담의 말이 꼭 꿈인 것처럼, 우의 표정이 점점 아연하게 굳어가고 있었다.

"얼굴이 닮고 이름이 같긴 하지만 명백한 유훤 대감의 자식이고, 또 용의 아이였던 여인은 화재로 죽었으니 전혀 상관이 없을 테죠."

그제야 우는 혜안군과 담 그리고 인혜의 계획을 눈치챘다. 전 사헌부 장령 유훤의 딸로 신원이 회복된 서하를 제대로 절차를 밟아 중전으로 간택하려 한다는 것을.

용의 아이는 죽은 것으로 되어 있었다. 모든 이가 시체를 확인했고, 우가 신들린 연극을 펼쳐 사람들을 속인 지가 벌써 일 년 전이었다.

하, 우의 입에서 낮은 실소가 터졌다.

"어쨌든 전하께서 얼굴이 많이, 아주 많이 닮은 그 아이를 원하실 것 같아 어떻게 해서든 간택하고 싶지만, 문제가 하나 더 있습니다. 중전으로 간택이 되려면 처녀들의 몸에 흉터가 없어야 하는데, 글쎄 그 아이의 손에 검으로 찔린 듯한 흉터가 있다지 뭡니까. 해서 다시 궁 밖으로 내보내야 할 것 같다는 상궁의 전갈이 있었습니다."

그때까지도 넋이 나간 사람처럼 멍하니 있던 우가 뒤늦게 정신을 차렸다.

"이게 어찌 된, 어찌 나도 모르게."

"바로 다시 내보내려다가, 전하께서 아무래도 해결할 방법이 있으실 것 같아 특별히 상의를 드리는 겁니다."

"담아."

"오라버니. 오라버니처럼 정통으로 밀어붙여서는 안 통하는 일도 있는 겁니다. 오라버니께서는 뒤로 수작부리는 걸 싫어하시지만, 때로는 그 수작이 필요할 때도 있단 말입니다."

우는 도무지 믿을 수 없다는 듯, 보료 위에 앉아 남매를 바라보고 있는 인혜에게 시선을 돌렸다. 인혜가 밝게 웃으며 고개를 끄덕이고 있었다.

"제가 이렇게까지 부탁을 드리는데도 중전 간택을 반대하시겠다면, 어쩔 수 없지요. 저도 영의정 댁과의 약속된 혼인을 없던 일로 하겠습니다."

"뭐?"

"이 나라 임금께서 혼인도 하지 않고 혼자의 몸으로 계시는데, 불경하게 공주인 제가 시집을 갈 수는 없는 일이지요. 부디 차 학정과의 혼약을 파해주십시오."

그렇게 말한 담이 팽, 보기 싫다는 듯 고개를 돌렸다. 적당히 하라고 한마디 하려는데, 언제부터 문이 열려 있었는지 담의 뒤로 돌처럼 굳어버린 수호가 보였다.

아차 싶었다. 수호는 대뜸 모든 것을 잃은 사람처럼 철퍼덕 자리에 주저앉아 원통한 목소리를 쥐어 짜냈다.

"전하! 소인이 무얼 잘못하였나이까! 전하를 밤낮으로 보필하는 제게 어찌 이러시옵니까!"

우는 담과 인혜의 어깨가 살짝, 아주 살짝 들썩거리는 것을 놓치지 않고 보았다.

"어서 간택령을 내리시어 가례를 올리시옵소서! 소인도 장가 좀 가게 통촉하여 주시옵소서!"

돌아가는 길에 부루퉁하게 부어오른 수호의 뺨이 뒤에서도 보일 지경이었다. 담은 자꾸만 터지려는 웃음을 삼키며 그를 불렀다.

"차 학정."

단단히 삐쳤는지 대답이 없었다.

"이보십시오, 차 학정."

볼이 더 부어오르는 것 같다는 착각이 드는 찰나.

"……서방님."

나직이 부르는 소리 한 방이 어찌나 효과가 좋은지. 헉, 하고 놀란 수호가 단번에 뒤를 돌아보았다.

"지금, 지금 뭐라 하셨습니까?"

"혼인하고 나면 평생을, 죽을 때까지 그리 불러드릴 터이니 그만 화내십시오."

담이 사근사근 달래기가 무섭게 수호가 표정을 누그러뜨렸다.

"다시는 그런 말 마십시오. 심장이 바닥까지 떨어질 뻔했단 말입니다."

이렇게 진지하게 목소리를 깔아버릴 때의 수호는 뭔가 평소의 장난기와 가벼움은 사라지고 대단히 어른스러운 사내만 남아서, 가끔 가슴이 의지와는 상관없이 쿵쿵 빠르게 뛰어댈 때가 있었다.

마음 졸이게 한 게 미안해서, 담은 그의 볼에 입을 맞춰주었다.

"그다음은 혼인하고 난 뒤에 해드릴 것이니, 덤벼들지 마십시오."

그렇게 이야기하고는 유유히 처소를 향해 걸었다. 이미 허리를 와락 끌어안으려고 뻗었던 수호의 손이 갈 곳을 잃고 허공에서 멈춰 있었다.

79화

재회(完)

아니나 다를까. 중신들에게까지 소문이 퍼진 모양이었다.

일 년 전 전하께서 중전으로 삼으려 하셨던 여인과 똑같이 생긴 여인이 처녀단자를 올렸다.

게다가 손바닥 흉터가 있다는 것까지 알려진 터라, 예전 벙어리 궁녀가 그럼 그 여인이었느냐며 난리도 아니었다.

담이의 계획대로 얼렁뚱땅 얼굴과 이름만 같고 다른 사람이라는 식으로 넘어가 볼까 하는 생각이 잠시 들긴 했지만, 우는 마음을 바꿔 먹었다. 서하를 그런 식으로 얼렁뚱땅 맞을 생각은 없었다.

서하의 궐이 싫다, 하던 한마디에 모든 것이 무너졌었다. 해서 내보낸 것이었다. 그 마음을, 자유를 원하는 그 열망을 막을 권리가 우에게는 없었으니까. 선왕이 가두고, 명이 가두어버린 삶을…… 자신까지 가둘 수는 없다 생각했으니까.

해서 중신들과 더 싸워볼 생각도 없이 죽었다는 핑계를 달아 궐 밖으로 내보내 준 것이었다.

한데 제 발로 찾아왔다. 처녀단자에 이름을 올려 간택 후보로 나타났다. 자신에게로 오고 있었다.

그렇다면 말이 달라졌다. 전력으로 싸워줄 것이었다.

"전하, 있을 수 없사옵니다! 어찌 이런 일이 있을 수 있단 말이옵니까!"

"아비인 유훤과 어미인 한연서가 모두 신원을 회복했는데, 무엇이 있을 수 없다는 것이오?"

"용의 아이가 아니옵니까!"

"그게 무엇이기에."

"예?"

"용의 아이가 대체 무엇이기에. 앞날을 보는 능력을 타고난 것이 잘못이오? 용의 아이이면 사람이 아닌 것이오? 그저 숨을 쉬고 살아가는 내 백성이 크나큰 잘못이나 한 것처럼 말하는 이유가 무엇이냔 말이오."

중신들은 잠시 입을 다물었다. 얼마 전까지만 해도 온순하던 임금은 온데간데없이, 매섭게 몰아치는 박력에 무서워 숨이 다 탁탁 막혀왔다.

"좌찬성은 이 나라에서 금하는 서얼을 장자로 삼는 죄를 범하였으니, 사람이 아니고 내 백성이 아닌 것이오? 그럼 이 자리에서 당장 파직을 당하여야 마땅한 것이 아닌가."

서슬 퍼런 말에 좌찬성의 얼굴이 순식간에 허옇게 질렸다.

"전하. 가장 중요한 것이 몸에 흉터가 있다 하질 않습니까."

"오래전 나를 구하려다 입은 상처라는 걸 모를 리도 없을 테고. 내가 대군 시절 폐서인 홍 씨의 수작에 넘어가 위험한 일을 당할 뻔한 것을 구해주려다가 당한 상처인데, 어찌 그게 흠이 될 수 있소."

"하오나, 전하. 후궁도 아닌 이 나라의 중전을 뽑는 자리이옵니다. 지엄하디 지엄한 국모의 몸에 흉터라니요. 있을 수 없는 일입니다.

"……그럼 나도 이 자리에서 내려와야겠군."

갑작스러운 발언이었다. 편전에 모인 이들이 소스라치게 놀라며 안절부절못하였다.

"그 무슨 천부당만부당한 말씀이옵니까, 전하!"

"지엄하디 지엄한 국모의 몸에 흉터가 있을 수 없다 하지 않았소. 그렇다면 그대들이 하늘이 내리는 분이라 칭하는, 바로 이 용상의 자리에 있는 내 몸엔 더더군다나 흉터가 있어선 아니 되지 않겠소."

우는 용포의 윗부분을 벗고, 어깨 위의 거머리 독과 뒷부분의 화살 흉터를 내보였다.

"내가 온몸에 흉터가 있다는 것 또한 모르지 않을 터. 이곳에서 용포를 벗어 온몸에 난 흉터까지 전부 보겠소?"

"저, 전하……."

"감히 용상의 자리에 있는 자의 몸에 흉터가 있으니, 임금이 될 자격이 없지 않겠습니까."

우가 단번에 말투를 바꿔 높여 이야기하자, 중신들이 약속이나 한 것처럼 편전 바닥에 납작 엎어졌다.

"전하! 통촉하여 주시옵소서!"

"어떻게, 내려가는 걸 통촉해달란 말씀들이십니까?"

"전하!"

우는 피식 웃었다. 괴롭히려고 한 말은 아니지만, 그래도 진심이 아닌 말을 하는 것도 아니었다.

"그대들은 왜 그리 뭐든 쉽게 버리라 하는가. 늘 예와 도리가 중요하다 하면서, 군주가 된 자에게는 늘 예와 도리 따윈 언제든지 버리라 청하더이다."

"전하, 어찌 여인 하나 때문에 이 나라 백성을 버리려 하십니까! 통촉하여 주시옵소서!"

"난 백성을 버린 적이 없소."

"전하! 아무리 예와 도리가 중요하다 한들, 어찌 만백성을 굽어살피는 것보다 중요하다 할 수……."

"그 만백성에 나의 여인은 포함시키지 않는 것이 그대들의 논리이고."

"전하!"

"그대들의 말을 따라 내 여인을 버리면, 나 역시 이 자리에 오른 것을 끊임없이 후회할 것이오. 내 평생 단 하나뿐인 여인을 버리고 불행한 군주가 되어 못난 정치를 하느니, 내 연인과 평생을 함께하며 이 나라의 초석을 다질 수 있는 평범한 백성으로 살겠소. 하니 선택하시오. 그대들 역시 내 백성이니, 그대들의 뜻에 따를 것이오."

"자가. 지금 편전에서 그렇게 난리가……."

금옥이 우는소리를 하는데, 담은 입꼬리를 바짝 올리며 웃었다.

"자가?"

"우습지 않으냐. 그 여인을 위해서 나보다 한술 더 떠 수작을 부리고 계시니."

몸에 난 흉터를 들먹이며 용상을 내려오겠다고 협박했다는 대목에서는 쓰러져 웃고 싶을 지경이었다.

대단했다. 이 세상에 그런 사랑도 있구나, 담은 조용히 웃어넘겼다.

***

깊은 밤, 달빛을 따라 걷는 길이 오늘따라 달콤했다. 가례 전에 만나면 안 된다는 걸 알면서도, 우는 한밤중 몰래 별궁으로 정해진 혜안군의 집으로 온 참이었다. 삼간택이 끝날 때까지 기다린 것만 해도 스스로 대견하다 칭찬을 퍼부었던 참이었다.

아무도 따라오지 못하게 한 뒤, 우는 홀로 별궁 안으로 들어왔다. 단번에 등불이 켜진 방안이 보였다.

쿵쿵, 가슴이 뛰었다. 보지 못한 지 벌써 일 년이 넘어가고 있었다. 그래놓고 괘씸하게 간택후보로 나타나다니. 아무런 보고도 없이.

월영 이놈도 보고를 하지 않았으니 혼을 내줘야지, 하는 순간.

끼이익, 문이 열렸다. 그렇게나 꿈에 그리던 얼굴이 깜짝 놀란 표정을 지으며 저를 멀거니 바라보고 있었다.

변한 것이 없었다. 촘촘한 눈썹을 애달프게 파르르 떨며 저를 바라보는 눈동자도, 놀라면 숨을 삼키느라 입술을 조금 달싹이는 버릇도.

"어떻게 여기에……."

그리고 너무 오랫동안 떨어져 있느라 듣는 것만으로도 가슴을 무너뜨리는 가느다란 목소리도.

붉은 입술이 작게 움직이는가 싶더니 머뭇머뭇 무언가를 중얼거리고 있었다. 아마도 꿈인가, 싶은 듯했다.

우는 웃어주지 않았다. 네가 궐이 싫다 하여 상처받았던 만큼, 가슴이 뭉그러지게 아팠던 만큼. 지난 일 년이 넘게 미치게 보고 싶은 마음을 쉽게 견뎌냈던 만큼.

"……서하야."

웃어주지는 않을 거지만, 나 역시 이것이 꿈인지 진짜인지 확인은 해야겠어서.

우는 팔을 뻗었다. 이리 오라고. 내 품에 와달라고. 어린아이처럼 떼라도 쓰고 싶은 것을 간신히 참으며 팔을 내밀자, 서하가 양손으로 입을 가린 채 한동안 미동도 하지 못했다. 부르는 소리를 듣고서야 겨우, 꿈이 아님을 확인한 듯했다.

한참 만에야 얼굴에서 손을 떼며 서하가 뛰쳐 내려왔다. 넘어질 것처럼 치맛자락을 펄럭이며 내려오다가 다시 우뚝, 손이 닿을 듯 말 듯 한 거리에서 멈춰 섰다. 우의 눈가가 안타깝게 내려앉으며 어서 오라고 손을 한 번 더 움직이는 순간.

서하가 내뻗어진 그의 팔을 조심스럽게 손가락으로 매만져왔다. 도포 자락을 만지작거리던 손이 올라와 우의 손바닥을, 손목을 그리고 팔을 쓸어올리며 한 발 한 발 다가오더니. 가느다란 손가락이 우의 뺨을 살짝 만지고 도망쳤다. 그렇게 몇 번이나 움직이기를 한참.

쪽, 입술을 포개며 짧게 입을 맞추어 왔다. 매화 향이, 폐부를 지독히도 깊이 파고들었다.

“꿈이 아닙니까?”

서하의 목소리가 떨리고 있었다. 코앞에서 들려주는 목소리는 아득하리만큼 좋아서, 결국 우는 뻗었던 팔을 움직여 서하를 품에 꼭 품었다. 울컥, 뜨거운 것이 가슴을 치받으며 적셔갔다.

“잘…….”

있었느냐는 말을 차마 밖으로 내보내지 못하고, 우는 목 안으로 삼켰다.

“잘 지내지 못했습니다. 전하께서 곁에 없어서, 정말 미쳐버리는 줄 알았습니다."

하고 싶었던 말을 드문드문 대신해준 서하가 품속에서 잘게 떨었다. 우가 더욱 끌어안자, 동시에 서하가 두 팔로 목을 감아오며 입을 맞춰 왔다. 꿈이 아니라는 걸 더 확인하려는 듯 매달리는 그 입맞춤을, 우는 부드럽게 받아주었다.

"흐윽!"

서하는 눈물을 흘렸다. 우가 없는 지난 일 년 동안 단 한 번도 소리 내지 못했던 울음이 터졌다. 그래도 입술을 떼려 하지는 않았다. 오히려 우의 입안으로 울음을 터뜨리며 더 혀를 얽어왔다.

우 역시 놓아주지 않았다. 영원히 떨어지지 않을 것처럼 입술을 탐하고, 잘근잘근 입술 끝을 물며 꿈이 아니라고 외쳐주고 있었다.

"하아!"

버릇처럼 숨을 뱉으며 고개를 뒤로 젖히는 것도 변하지 않아서, 우는 서하의 하얀 목 언저리에 붉은 열꽃을 진하게 터뜨렸다.

흐읏, 하는 야트막한 신음이 등골을 저릿하게 울리는 것이 한없이 기분 좋아서, 우의 입가에 그제야 미소가 번졌다.

이제 제가 갈 차례라고 생각했습니다, 하고 속삭여오는 소리가 듣기 좋아 귓불을 잘근 물었더니 서하가 또 몸을 바르르 떨었다.

"전하께서 제 염원 때문에 보내주셨다는 걸 압니다. 자유롭게 살고 싶어하는 절 위해 놓아주셨다는 걸 압니다."

"……미안."

"하지만 놓아주지 마세요. 다시는 그러지 마세요. 그냥 잡아 주세요."

울먹이는 소리가 점점 더 크기를 더해가고, 눈물방울이 뜨거운 열기를 더해갈 즈음. 우가 나지막이 말했다.

"응, 다시는 놓지 않아."

서하는 활짝 웃었다. 눈물로 젖은 예쁜 뺨을 발갛게 물들인 채, 우를 꼭 붙잡고 귓가에 잔잔히 목소리를 퍼뜨렸다.

"약조하지 않았습니까, 돌아올 거라고. 혹여 어쩔 수 없이 멀어진다 해도, 누군가가 방해한다 해도, 얼마가 걸려도 돌아오겠다고. 그러니 이제부터 어디에 계시든, 제가 만나러 가겠습니다. 세상의 끝까지라도 만나러 갈 것입니다."

예로부터 용상에 선 자가 나라를 품을 적에 반드시 배필을 세우는 것은 음양의 조화요, 만복의 근원을 굳건히 하기 위함이다. 유훤의 딸 유서하는 힘든 역경 속에서도 선한 마음과 굳은 의지를 잃지 않았으며 어여쁜 마음으로 과인을 한결같이 사랑해주니, 마땅히 종묘를 받들도록 할 것이다. 나와 함께 이 나라의 기틀을 크게 넓히고, 백성들을 위해 아낌없이 성심을 다할 것이니 이제 예물과 옥책을 갖추어 나의 하나뿐인 왕비로 삼을 것이다.

우는 서하의 손을 잡고 몰래 후원으로 향하는 중이었다. 둘 사이에 첫날밤은 아니었지만, 임금과 중전으로서 처음 치르는 초야에 보는 눈이 너무 많아 불편하기 짝이 없었다. 해서 월영에게 잠이 오는 약초를 구해 모두 재운 뒤, 전각을 빠져나온 참이었다.

"어디까지 가십니까?"

"우리가 있었던 곳까지."

설마설마하던 서하의 눈이 커다랗게 변한 건, 얼마 지나지 않아서였다.

금유당이었다. 한데 문이 다 부서진 채 사방이 뻥 뚫려 정자처럼 변해 있었다. 게다가 천지에 휘날리는 백매화.

"이건……."

서하는 손을 뻗어 날아가는 매화 꽃잎 한 장을 잡았다. 청주 산자락에서는 그렇게 서글펐던 것이, 오늘은 진짜 눈꽃처럼 시리게 예쁘기만 했다.

"이곳을 금유정이라 명할 것이다."

잊지 않기 위해서. 네가, 너의 어머니가 그리고 희생당한 다른 모두가 힘겹게 살아왔던 세월을 절대 잊지 않기 위해서.

우가 정자에 앉아 손을 내밀었다. 서하가 그 앞까지 서서히 걸어와 손을 잡자, 우가 재빨리 서하의 허리를 끌어당겨 미리 준비해놓았던 이불 위에 눕혔다.

서하가 당황하여 물었다.

"이불까지 준비하신 겁니까?"

"이래 봬도 정식 초야인데 딱딱한 바닥에서 재울 수는 없지."

"하지만 사방이 너무 뚫려……."

"아직 이곳으로의 출입은 금지되어 있으니까 걱정하지 않아도 돼."

"아직도 금지입니까?"

"당연하지, 너와 둘만 있을 곳인데."

우는 서하의 입술에 가볍게 입을 맞추었다. 그게 간지러워 서하가 작게 눈을 찡그리자, 우의 입술이 이번엔 서하의 눈가에 닿았다 떨어졌다.

"너를 부를 말이 많구나. 왕비, 중전, 아니면 부인. 어느 것이 마음에 드느냐."

서하는 웃고 있는 우의 입가를 손가락으로 더듬으며 대답했다.

"모두 좋습니다. 전하께서 불러주시는 건, 뭐든 다 좋습니다."

그 말이 어여뻐 우는 깊이 입을 맞추었다. 숨을 쉬게 해달라며 습관처럼 등 뒤에 둘러진 서하의 손이 작게 바르작거리자, 우가 살짝살짝 떨어져 주었다. 그 틈을 타 서하가 긴 입맞춤으로 조금 흐트러진 목소리를 내려뜨렸다.

"왕비라고 불러주시면 전하의 하나뿐인 정비가 되었다는 사실이 생각나 꿈만 같고, 중전이라 불러주시면 전하와 백성에게 부끄럽지 않은 국모가 되고 싶다는 생각을 일깨워주어 마음을 가벼이 할 수가 없습니다."

"그럼 부인은?"

서하가 작게 후후, 하고 웃었다.

"예전에도 그랬지만 부인이라 불러주시면…… 드디어 전하와 평생을 함께하게 되었다는 것이 실감 나 가슴이 벅찹니다."

우의 입가가 미소를 머금었다.

"하지만 전하."

"음?"

서하의 목 언저리로 입술을 미끄러뜨린 우가 그대로 살결을 머금은 채 목을 울리며 대답했다. 서하는 아랫배가 저릿할 만큼 아찔한 기류에 휩쓸린 채 나지막이 중얼거렸다.

"가끔, 아주 가끔은 이름도 불러주세요."

우가 봉긋하게 솟은 가슴을 매만지자, 금세 긴장으로 단단해진 서하가 읏, 하고 신음했다. 그 소리가 기분 좋아져 몇 번이고 가슴을 입 안에 머금어 빨아올리던 우는 제 뺨을 양손으로 잡는 손길에 잠시 고개를 들어 서하를 내려다보았다.

"둘만 있을 때, 가끔 생각나시거든……."

힘으로 손을 뿌리쳐 입을 맞추자, '서하야, 하고 불러주세요'라는 목소리가 입 안으로 스며들었다.

처음 뵈었던 날부터 지금까지 전하께서 서하야, 하고 불러주실 때마다, 제가 서하여서 얼마나 행복했는지. 눈물이 나게, 가슴이 시리게 행복했는지.

전하는 모르십니다.

금세 실오라기 하나 걸치지 않은 아름다운 몸을 내려다보기를 한참. 우는 서하의 안을 파고들기 전, 고개를 숙여 귓가에 속삭였다.

"……서하야."

동시에 파고드는 힘을 이기지 못하고 서하의 등이 여지없이 휘어졌다. 요염하게 휘는 허리를 가만가만 어루만지고 하얀 어깨에 입술을 묻자, 서하가 얼굴을 붉히며 수줍은 듯 우의 시선을 슬쩍 피해 달뜬 목소리를 흘렸다.

"지, 지금처럼 이런 때에는 말고요."

"왜?"

"심장이 못 버팁니다."

우는 짓궂게 웃었다.

"이런 때라니. 지금처럼이란 게 어떤 때인지, 난 모르겠는데."

"노, 놀리지 말아주……."

"서하야."

서하의 목소리가 끝나기도 전에 우가 다시 한 번 속삭였다. 순간 서하가 몸을 잘게 떨자, 우는 가녀린 몸을 힘껏 안아주었다.

그러고는 그녀의 이마에.

"서하야."

눈가에.

"서하야."

코에.

"서하야."

뺨에.

"……서하야."

그리고 입술에 입을 맞췄다.

서하야.

나의 서하야.

"사랑한다."

서하는 조금씩 물기가 차오른 눈가를 닦을 새도 없이, 우에게 마주 속삭여주었다.

사랑합니다. 사랑합니다, 대군. 이 세상에서 하나뿐인 나의 대군.

〈끝〉

외전 1

용을 품은 매화

매화처녀전

늦었다. 원래라면 지금쯤 얼었던 몸에 생기를 되찾고 푸릇한 싹을 틔웠을 터였다. 코끝을 시리게 하는 계절이 유난히 길었던 탓일까. 아니면 때늦게 지칠 줄 모르고 쏟아졌던 눈송이 탓일까.

"올해는 눈꽃이 늦게 오려나 봅니다."

후원의 깊숙한 곳, 임금께서 중전 외에는 누구의 출입도 허하지 않은 곳. 금유정 안뜰에 홀로 선 서하는 힘없이 목소리를 늘어뜨렸다. 중전으로 책봉된 후 이번으로 꼭 두 번째 맞이하게 될 백매화가 아직까지 하얀 눈으로 덮인 채 봄 맞을 준비를 잊고 있었기 때문이었다.

앙상한 나뭇가지를 매만지는 서하의 손에 안타까움이 진하게 묻어났다. 그래도 바람이 조금씩 따뜻해진 덕인지, 영영 녹지 않을 것 같았던 눈이 차츰 물방울이 되어 메마른 가지를 적시고 있었다.

"눈이 녹는 게 꼭…… 울고 있는 것 같습니다, 전하."

서하는 들어주는 이가 없는 텅 빈 곁으로 혼잣말을 전했다.

요 근래 우를 볼 수가 없었다. 알고 있었다. 대군 시절과 같을 수 없다는 것을. 군왕은 본디 몸이 열 개여도 모자랄 만큼 할 일이 태산 같은 법이었다. 우의 성격상 어느 것 하나 허투루 할 리 없었고, 백성을 위해서라면 어떤 험난한 일이라도 반드시 해낼 터였다.

분명 눈코 뜰 새 없이 정사에 매달리고 있을 테지만, 뭔가 이상했다. 열나흘이었다. 자그마치 열나흘이나 우의 얼굴을 전혀 볼 수가 없었다. 아무리 바쁜 날이라도 세 끼 중 한 끼는 꼭 같이 먹겠다며 고집을 부렸고, 가례를 치른 이후 단 한 번도 따로 잠자리를 한 적이 없었다. 피곤해서 손가락 까딱할 힘이 없더라도 반드시 중궁전으로 와 서하를 품에 폭 끌어안아야 잠이 들던 사람이었다. 처음에는 법도가 어쩌고, 옥체가 어쩌고 하던 내관과 상궁들도 채근해봤자 귓등으로도 듣지 않는 상감마마를 모시느라 체념한 지 오래였다.

그랬는데 서하 혼자 끼니를 먹고 잠이 든 지가 벌써 열나흘이었다. 암만 떨쳐내려 해도 이상한 감을 지울 수가 없었다. 이제 어엿한 대전 내관이 된 두천이 직접 찾아와, '너무 바빠서 당분간 발걸음 하실 수 없다고 하셨사옵니다'라며 전해준 말이 체기처럼 가슴에 얹혀 내려가질 않았다.

서하는 금유정에서 돌아섰다. 뭔가 돕고 싶은데 그럴 수도 없었다. 함부로 정사에 관여해서는 안 된다는 아버지 유훤과 혜안군의 당부도 있었지만, 우가 허락하지 않았다. 열나흘 전 마지막으로 보았을 때 무척 힘들어 보이기에 도울 일이 없느냐 물었더니, 딱 잘라 없다고 못을 박았었다. 단호했던 어투가 끼어들지 말라고 하는 것 같아 퍽 서운했더랬다.

"올해 눈꽃이 피면 청주 행궁에 가자 하셨는데, 가실 수 없겠지."

씁쓸하게 중얼거린 서하는 잔가지를 들추고 나무와 나무 사이로 빠져나왔다. 멀찍이 후원 입구에서 기다리고 있던 중궁전 지밀인 최 상궁과 나인들이 화들짝 놀라 뒤늦게 헐레벌떡 뛰어왔다.

"마마! 어찌 그쪽에서 나오시옵니까!"

"응? 아아."

서하는 그제야 이런저런 생각에 잠겨 습관처럼 길이 아닌 나무와 풀더미를 헤치고 나왔다는 사실을 깨달았다. 덕분에 옥색 당의도, 붉은 스란치마도 잔뜩 흐트러져 있었다.

"괜찮으시옵니까? 혹 무슨 일이 있으셔 길이 아닌 곳으로 나오신 겁니까? 송구하옵니다. 소인이 함부로 들어갈 수가 없어 모시질 못했나이다."

대역죄라도 지은 양 최 상궁의 낯빛이 파리해졌다.

"아무 일도 없었으니 염려 말게."

몹시 미안해져서 안심을 시켜주었는데도 그다지 미덥지 않은 모양이었다. 최 상궁은 구겨진 서하의 옷자락을 잘 정돈해주면서도, 눈으로는 '도대체 여기 어디에 길이 있어 나오신 겁니까?' 하고 연신 서하가 나온 쪽을 뒤져댔다.

"실수로 길을 헤맨 것이니 그만 돌아가세."

민망함을 감추려 서하가 얼른 처소로 향하자, 길 찾는 것을 포기한 최 상궁과 나인들이 쪼르르 뒤를 따랐다.

분명 혼자가 아님에도, 이렇게나 함께 해주는 이들이 있음에도 돌아가는 길이 금유당의 용의 아이였던 시절처럼 허전했다. 낮은 목소리로 달콤한 말을 속삭여주기도 하고, 손을 꼭 잡아주기도 하는 이가 곁에 없기 때문이겠지.

날이 아직 쌀쌀한데 고뿔이라도 걸리신 건 아닌가. 바쁘다고 잠도 제대로 못 주무시고 수라도 거르시면 어쩌나. 혹 좋지 않은 일이라도…….

"생기신 건 아니겠지."

끊임없이 솟구치는 걱정을 미처 삼키지 못하고 입 밖으로 꺼냈던 것도 잠시, 서하는 자리에 멈추어 섰다.

또였다. 갑자기 몸에서 기운이 모조리 빠져나가는 느낌. 종잇장처럼 아무런 힘도 없이 흘러내릴 듯 멀어지는 감각. 며칠 전부터 찾아오는 낯선 증상이 이걸로 벌써 세 번째.

서하가 견디지 못하고 몸을 휘청이자, 최 상궁이 부리나케 부축했다.

"마마! 어찌 그러시옵니까!"

"괜찮네, 잠시 어지러워서."

"업히소서, 소인이 모시겠나이다! 너희는 어서 가서 어의를 부르거라, 어서!"

당장 어떻게 될 것처럼 화급히 외치는 최 상궁을, 서하가 말렸다.

"그럴 것 없네. 아무 일도 아니니."

"몸을 휘청이시는데 어찌 아무 일이 아니옵니까. 몇 날 며칠 잠도 잘 주무시지 못하고 이리 찬바람에 오래 계시니 존체 상하신 게 분명하옵니다."

"정말로 괜찮으니 소란 피우지 않았으면 하는데. 응?"

생긋 웃으며 침착하라는 듯 손을 툭툭 두드려주는 제 주인을 당해낼 재간이 없어서, 최 상궁은 하는 수 없이 물러날 수밖에 없었다.

"그리고 혹여라도 전하의 귀에 들어가지 않도록 부탁하네. 안 그래도 신경 쓰실 일이 한두 개가 아니실 텐데, 별것 아닌 내 얘기까지 보태드리고 싶지 않으니까."

당부하는 말도 잊지 않은 채 서하가 다시 걸음을 재촉하려 하는데,

최 상궁이 작게 고했다.

"전하께서는 무탈하시니 그리 걱정하지 않으셔도 될 듯합니다."

서하는 저도 모르게 숨기고 있던 불안함을 고스란히 드러낸 다급한 언성으로 최 상궁을 찾았다.

"무슨 소식이라도 들었는가?"

"그런 건 아니옵고, 평소와 다름없이 지내신다는 말을 언뜻 들었나이다. 그러니 마마께서도 너무 염려 마시고 존체를 살피시어……."

곧이어 들릴 듯 말 듯, 서하의 입에서 한숨 소리가 새어 나온 탓에 최 상궁은 뒷말을 흐리고 말았다.

서하는 말없이 발길을 돌렸다. 평소와 다름없으시다니 다행이었다. 그럼 왜 갑자기 나에게 오는 길을 뚝 끊으셨을까…… 한없이 무거운 마음이 쓸데없는 생각들을 부추겼지만, 서하는 애써 지워냈다. 그저 별일 아닐 거라고. 업무가 유달리 과중하시어 그런가 보라고. 스스로를 달래며 힘이 빠져 흔들리는 두 다리로 땅을 더디게 밟았다.

"전하께서 무탈하시다면, 그걸로 충분하지."

부는 바람에 흩어질 만큼 나지막이 읊조리는 제 주인을 보며, 최 상궁과 나인들은 누가 먼저랄 것도 없이 서로의 눈치를 살피기에 바빴다.

"마마님, 그냥 말씀 올리는 게 좋지 않겠습니까? 저러다 마마께서 쓰러지실까 걱정입니다."

"맞습니다. 보는 제가 다 말라 죽겠습니다."

나인들이 금방이라도 눈물을 떨굴 것처럼 안타깝게 하소연하는데도, 최 상궁은 '스읍!' 하며 엄히 고개를 저었다.

"전하께서 절대 발설하지 말라고 명하신 걸 잊었더냐. 다들 입단속 철저히 하거라."

***

“청주에 있답니다.”

도승지 부겸의 입에서 의외의 장소가 튀어나오자, 우의 반듯한 눈썹이 꺾였다.

“청주?”

“예. 당상군관의 말로는 그곳에 아주 오래된 사찰이 하나 있는데, 거길 들락거리고 있답니다.”

“사찰엔 왜.”

“이유까지는 모르고, 그자가 책쾌도 만나고 다니는 것으로 봐선 찾는 서적이 있는 듯하다고 합니다.”

부겸은 얼마 전 당상군관으로 임명된 월영이 청주까지 쫓아가서 보내온 서찰을 펼쳤다. 반듯한 글씨를 끝까지 읽은 우는 고개를 갸웃했다. 일 년여 만이었다. 월영 덕에 겨우 꼬리를 잡았나 했더니 오래된 사찰을 돌아다니고 책쾌를 만난다, 라. 뭘 꾀하는 건지 감도 오질 않았다. 한자리에 모여 있는 혜안군과 수호도 이해할 수 없다는 낯빛으로 골몰히 생각에 잠겨 있을 때였다.

“설마…….”

곁에서 침착하게 앉아 있던 부원군 유훤이 알아들을 수 없을 정도로 작게 우물거렸다. 우가 그 반응을 놓치지 않고 물었다.

“뭔가 짚이는 게 있으십니까?”

“아, 확실하진 않사옵니다만…….”

“괜찮으니 편하게 말씀하세요. 뭐라도 좋습니다. 어차피 의도를 파악할 수 없으니 의논을 하다 보면 실마리를 찾을 수도 있겠지요.”

설득에도 불구하고 유훤은 잠시 머뭇거리다 어렵사리 입을 열었다.

"중전마마께서 살아계시다는 걸 몰랐던 시절, 제가 이산 저산 전전하며 살았다는 건 전하께서도 익히 알고 계시지요."

"의원이 되어 병자들을 살피셨지요."

"그 전에 사찰을 많이 돌아다닌 적이 있사온데, 간혹 오래된 사찰 중에 고서를 보관하고 있는 곳이 있었습니다."

기원도 알 수 없을 때부터 전해 내려오는 고서라고, 유훤은 말했다. 무슨 내용이 담겨 있는지는 비밀일뿐더러, 그런 고서는 보는 것조차 금지라 아무나 함부로 접근할 수 없는 엄중한 곳에 보관되어 있다고 하였다.

"그럼 그 고서 때문에?"

"책쾌까지 수소문하고 다니는 걸 보면, 그럴 가능성이 높겠군요."

연안위 수호의 말에 혜안군도 일리가 있다며 맞장구를 쳤다. 우 역시 묵묵히 동의하는 바였다. 문제는 그 고서가 무엇이냐는 것인데.

실마리라면 실마리랄 수 있는 이야기를 내어놓은 장인의 얼굴이 썩 좋아 보이지가 않자, 우는 단번에 무언가 더 있음을 직감했다.

"내용을 아시는군요."

확신을 가지고 던진 지적이 적중했던지, 유훤의 안색이 더 깊이 가라앉았다.

"정확히는 모릅니다. 단지, 저도 한때 복수심에 불타 아무도 알려주지 않는 비밀을 파헤치겠다며 닥치는 대로 정보를 모았던 시절이 있었습니다. 수많은 서책을 뒤져도 보고, 엉뚱한 설화나 민담을 쫓아 방방곡곡을 누비기도 하였습니다. 하지만 아무리 해도 단서를 찾을 수 없어 모든 걸 단념하고 삶을 버리려 하였는데……."

말끝을 살짝 흐린 유훤은 곧 차근차근 뒷이야기를 늘어놓았다. 땅끝 해남에서 자결을 하려던 그를 한 승려가 구해주었다고. 그 승려의 제자가 되어 의술을 익히게 되었고, 덕분에 간신히 다시 살아갈 의지도 얻었다고 했다.

"의술을 배우는 사이, 스승님께서 무언가 굉장히 중요한 것을 지키는 분이라는 걸 알게 되었습니다. 그게 바로 고서였습니다. 스승님께서는 고서야말로 이 땅의 산증인이라 하셨습니다. 알려지지 않은 것, 알려져선 안 되는 것까지 적힌 위험한 것이라고도 하셨습니다. 하여 노리는 자들이 많아 여러 권으로 나눠 각지에서 보관하고 있는 듯했습니다. 전 그 고서가 어쩌면 단서일지도 모른다고 생각해 훔쳐보려다가 발각되었지요. 스승님께서는 크게 노하셨고, 아직 속세에 대한 미련을 버리지 못했느냐며 야단치신 뒤 내치셨습니다. 마지막으로 해주신 말씀은 '글귀에 현혹되어 눈앞의 진실을 놓치지 말아라'였습니다."

다른 고서라도 볼 수 있을까 싶어 온갖 사찰을 돌아다녔지만 소용없었다고 했다. 어느 곳이 고서를 지키는 사찰인지 알 수가 없었고, 우연히 고서가 있다는 것을 알고 몰래 보려다 죽을 만큼 맞은 적도 있다고. 그 뒤로 포기하고 병자들을 살피게 된 것이라고 전했다.

"알려지지 않은 것, 알려져선 안 되는 것이라."

이제껏 잠잠히 듣고만 있던 우가 나직이 중얼거렸다. 왕실에서도 모르게 은밀히 지켜지는 무언가가 있다는 것도 의외였지만, 그 정도로 대단한 고서가 있다는 이야기도 처음이었다.

산증인. 얼마나 많은 것들이 담겨 있을지 무의식적인 궁금증이 생기기도 했지만, 유훤처럼 그곳에 자신이 알고 싶어하는 비밀이 적혀 있을 것 같다는 예감이 강하게 일었다.

“그자도 비밀을 파헤치던 중에 어딘가에서 고서에 대한 이야기를 들었다면, 노리는 건 분명…….”

유훤은 멀거니 중얼거리다 말고 걱정스럽게 제 임금을 바라보았다.

섬뜩하게 내려앉은 눈매, 아래턱을 받치는 깍지 낀 손에 불거진 핏대. 우는 금방이라도 씹어 먹을 것처럼 유훤의 뒷말을 이었다.

“중전이겠지.”

편전 안이 삽시간에 고요해졌다. 모두들 우의 숨소리에도 눈치를 살피던 찰나.

“……사냥을 가야겠습니다.”

마침내 명령이 떨어졌다. 부겸과 수호는 예상했다는 듯 군소리 없이 고개를 끄덕였다.

“숙부님과 부원군께서는 이곳에 남아 궐을 맡아 주십시오.”

“명 받들겠나이다.”

우의 부탁에 혜안군과 유훤이 결의에 차 대답했다. 말로 하진 않았지만, 궐에 남겨질 이가 불안해하지 않도록 돌봐달라는 의미임을 잘 알고 있었기 때문이었다.

자리에서 일어선 우는 곧바로 다음 명령을 이었다.

“그리고 우리는 내일 아침 출발이다.”

뒤따라 일어서던 수호와 부겸이 동시에 멈칫했다.

“예? 내일이요?”

“전하, 출궁하기 전에 준비할 것이 산더미입니다.”

아무리 급해도 내일 아침은 무리라는 두 사람의 의견에도 우는 봐주지 않았다.

“준비는 필요 없다. 정예군만 추리는 대로 바로 출발할 것이다. 준비가 길어지면 길어질수록, 동행하는 이가 많으면 많을수록 눈에 띄고 소문이 퍼질 것이다. 잡으러 가고 있다고 동네방네 떠들어서 어느 틈에 일 년이나 감쪽같이 도망 다닌 놈을 잡겠느냐. 행선지는 비밀에 부친다. 여기 있는 이 외에 누구도 알게 해선 안 돼."

아무리 그래도 임금의 행차였다. 준비가 필요 없으면 어떡하느냐는 말이 하고 싶은데, 우가 몹시도 강경해서 수호와 부겸은 벌어진 입을 뻥긋거리지도 못했다.

"특히 연안위, 실수로라도 담이한테 말하지 말거라."

우의 그 당부가 마치 '너만 조심하면 새어 나갈 일이 없다'고 하는 것 같아서 수호는 냅다 한소리 뱉으려다 참았다. 제가 생각해도 반박할 여지가 없다는 걸 금세 깨달은 탓이었다.

"누구보다 중전께서 알아선 안 된다. 모두 명심하라."

"예, 전하."

"이번엔 반드시 잡을 것이다."

반드시 잡아 더 이상 위험하게 두지 않으리라, 우는 다짐을 새기며 월영이 보내온 서찰을 손아귀에 쥐었다. 마지막에 적힌 글귀가 머릿속을, 심장을 짓이기듯 파고들었다.

「한시도 경계를 게을리하지 마십시오.」

***

달빛조차 구름에 가려져 한 치 앞이 보이지 않는 칠흑의 밤. 스산한 공기를 가르며 석준은 산을 올랐다. 몇 번이나 오르는 연습을 한 덕분인지, 어둠 속에서도 봉우리에 도달할 때까지 막힘이 없었다.

드디어 안으로 들어서자, 주변을 시찰하던 중이었는지 횃불을 든 승려 하나가 석준을 발견하고 달려왔다.

“아니, 처사님! 이 야심한 시각에 어찌 다시 오셨습니까? 산길이 험하셨을 터인데 상하신 곳은 없으십니까?”

꾸준히 방문해 얼굴을 익혀두었던지라 의심조차 받지 않았다. 석준은 만족스럽게 웃었다.

“제가 상할 걸 걱정하실 필요는 없습니다. 스님께서 상하실 일을 걱정하셔야지요.”

“……예?”

순진무구한 얼굴이 의아하게 변하던 것도 잠시. 석준의 뒤에서 검은 그림자 수십 개가 일시에 날아들 듯 사찰 안으로 뛰어들었다.

“으, 으아아악!”

승려는 비명을 지르며 도망쳤다. 그가 버린 홰가 바닥을 뒹굴었다.

석준은 아직 불이 붙어 있는 홰를 천천히 집어 들었다.

“한 놈도 남기지 말아라.”

말이 떨어지기가 무섭게 검은 복면을 한 살수들이 검을 뽑으며 달렸다. 비명을 들은 승려들이 밖을 뛰쳐나오고 이내 그들의 등에도 검이 휘둘러졌다. 피가 어지럽게 흩뿌려졌다.

“이, 이게 무슨 짓이오!”

“당장 멈추지 못하겠소!”

호통을 쳐봤자 아무 소용없었다. 악귀처럼 달려든 검은 복면의 사내들에 의해 다른 승려들 역시 땅으로 고꾸라져갔다.

사찰은 순식간에 아비규환으로 변했다. 귀를 찢어발기듯 울려 퍼지는 비명 속을 유유히 거닐며, 석준은 들고 있던 횃불로 사찰 곳곳에 불을 옮겼다. 바짝 마른 나무 기둥이, 마룻바닥이 점차 붉은 불꽃을 퍼뜨렸다.

"나리, 끝났습니다."

몇 걸음 옮기지도 않은 것 같은데 벌써 일이 마무리된 모양이었다. 역시 월영 하나에 만족하지 않고 계속해서 살수를 키워온 보람이 있었다며, 석준은 스스로를 아낌없이 칭찬했다.

"수고했다. 잡아 오라고 한 녀석은?"

살수 중 하나가 벌벌 떠는 승려 하나를 바닥에 던졌다. 몸을 굽힌 석준이 홰를 가까이 가져가자, 이제 갓 어른이 된 터라 아직은 앳된 티가 물씬 묻어나는 얼굴이 눈물과 콧물로 범벅이 되어 있었다.

"스님, 저를 기억하시지요?"

승려는 고개를 끄덕이지도 못했다. 오늘 아침만 해도 시주를 하고 불상 앞에서 성실히 절을 올리던 얼굴이 서슬 퍼런 살인마가 되어 돌아왔으니, 오줌을 지리는 것도 무리는 아니었다.

"여기서 보관하고 있는 고서가 필요해서 말입니다. 얌전히 알려주시면 스님 한 분은 살려드리겠습니다."

"……."

"입을 움직이시는 게 좋을 겁니다. 사람이 손가락 마디 하나하나를 잘릴 때마다 피를 얼마만큼 흘리는지, 얼마나 고통스러우신지 시험해보고 싶진 않아서요."

말이 곧 행동이 되고, 살수가 승려의 손을 잡아 그대로 바닥에 찍어눌렀다.

"끄아아아악!"

공포로 물든 비명이 메아리쳤다. 피하고 싶어도 살수의 힘을 당해낼 수 없을 터였다. 승려가 안간힘을 쓰며 벌레처럼 꿈틀거리는 사이, 살수가 검을 승려의 새끼손가락 바로 위까지 내려뜨렸다.

"스님, 다시 한번 묻겠습니다. 고서는 어디에 있습니까?"

짐승처럼 꺽꺽거리기를 한참, 승려의 눈동자가 어딘가를 가리켰다. 아침에도 방문했던 서쪽 불당이었다. 벌써 불씨가 옮겨붙어 타기 시작한 불당을 물끄러미 바라보는 석준의 고개가 꺾였다.

몇 번이나 와서 있을 만한 곳을 살폈지만 어디에도 없었는데.

천천히 걸음을 옮겼다. 아무리 뒤져도 찾지 못한 데에는 그만한 이유가 있을 터였다. 그리고 그 이유가 무엇인지, 불당 안의 한가운데까지 다가가고서야 알아챘다.

"하, 계속 눈앞에 있었단 건가."

인자한 미소로 내려다보고 있는 커다란 목조불상. 석준은 뒤를 따라온 살수에게서 검을 낚아채, 그대로 불상을 내리쳤다.

쾅! 반으로 잘린 불상이 내팽개쳐지고, 속에 있던 함 하나가 사정없이 바닥을 뒹굴었다. 그 안에 꽁꽁 묶여 있는 보따리.

그것을 풀어낸 석준의 눈이 번뜩였다. 여기저기 바랜 자국이 무수한 오래된 서책. 이 나라의 비밀을 간직하고 있다는 서책 중 하나를 드디어 손에 넣었다는 희열.

"나리, 더 계시면 위험합니다."

점점 불길을 더해가는 불당 안에서 석준은 고서를 품에 소중히 숨겼다. 그리고 불상을 베어낸 검을 다시 살수에게 돌려주며 나지막이 읊조렸다.

"죽이거라."

***

석준의 주위에 깔린 살수들이 수십이 넘었다. 월영은 혀를 내둘렀더랬다. 저를 궁에 들여보낸 뒤에도 꾸준히 살수들을 키워온 게 분명했다. 실패하면 또 들여보내고, 또 들여보낼 작정이었던 건가. 아니면 다른 뭔가를 꾸미고 있었던 건가.

무엇보다 어쩔 작정으로 이 어마어마한 수의 살수들을 전부 청주에 집결시켰는지가 의문이었다. 그 살수들 때문에 미행하는데 어려움이 이만저만이 아니었다. 오늘 밤은 특히 더 경계가 심해서 잠시 놓치고 말았는데.

그게 화근이 되고 말았다. 봉우리에 퍼진 불길을 발견한 월영은 부하들을 이끌고 황급히 산을 올랐다.

지옥이었다. 불당은 온통 불에 타들어 가고 있었고, 피범벅이 된 승려의 시체들이 처참하게 널브러져 있었다.

"불을 꺼! 어서 물동이를 가져와!"

여기저기서 군관들의 외침이 들렸지만, 소용없었다. 이미 불길이 너무 거세게 치솟은 터라, 물로 끄기에는 역부족이었다.

월영은 불을 끄기보다, 이 지옥 속에서도 무엇 하나 놓치지 않으려 사찰 곳곳을 눈에 새겼다. 보나 마나 한석준의 짓이었다. 이만큼이나 일을 벌였으니, 취해가고자 한 것이 있을 터였다.

그게 무엇일까.

집요하게 불 속까지 살피기를 한참. 월영은 서쪽 불당에 뒹굴고 있는 불상을 멀뚱히 바라보았다. 희미하게 보이는 깔끔하게 베어낸 자국.

월영의 입에서 한숨이 터졌다. 손에 넣지 못하길 간절히 바랐던 마음이 무너지고 말았다. 우가 서찰에 적은 것처럼, 고서를 손에 넣었음이었다.

***

파루가 치기도 전, 서하는 눈을 떴다. 잠시 부옇던 시야를 되돌리기 위해 열심히 깜빡거리던 눈꺼풀이 이내 움직임을 멈추었다.

우의 얼굴이 보였다. 옷도 갈아입지 않아 곤룡포를 입은 채로, 이부자리도 없이 맨바닥에서 팔을 베게 삼아 잠이 들어 있었다. 깜짝 놀란 서하는 한동안 숨 쉬는 것도 잊었을 정도였다. 왔으면 깨우던지, 추운데 왜 이리 불쌍하게 자고 있단 말인가.

서둘러 깨우려고 손을 뻗을 때였다.

"전……."

미처 다 부르기도 전에, 우가 몸을 벌떡 일으키더니 반사적으로 뒤로 물러났다. 서하의 손이 갈 곳을 잃고 허공에서 멈추었다.

"이런, 얼굴만 보고 가려 했는데……."

잠이 들어버렸다는 건가.

우의 낮은 혼잣말 뒤에 감춰진 뜻을 유추하며, 서하는 거부당한 제 손을 물끄러미 쳐다보았다. 그러고는 곧 일어서는 우를 따라 몸을 일으켰다.

"전하."

나지막이 불러봤지만, 밤색 눈동자가 전혀 시선을 마주치려 하지 않았다. 그저 자꾸만 뒤로 물러나려는 것 같아, 서하는 심장이 지끈 아려왔다.

"전하."

다시 한번 부르자 우의 미간이 슬쩍 구겨졌다가 펴졌다. 그는 금세 아무렇지도 않은 표정으로 겨우 서하를 바라보았다.

"미안하오. 준비할 것이 많아 이만 가봐야겠소."

평소 둘만 있을 때처럼 건네는 편한 말이 아니었다. 한껏 격식을 차린 말투가 지금만큼은 몹시 신경을 거슬렀다.

서하가 참지 못하고 한발 다가가자, 우가 한발 물러섰다. 완벽한 거부였다.

"……준비할 것이 무엇입니까?"

묻고 싶은 것들이 즐비했지만, 서하는 전부 삼키며 덤덤히 물었다. 그렇지 않으면 눈물이 날 것 같았으니까.

"사냥을 갈 것이오."

"사냥이요?"

"며칠 걸릴 터이니 궁을 잘 부탁하오."

극히 짧은 말만 흘린 뒤 우는 돌아섰다. 망설임도 잊은 그 행동이 매정하리만큼 무심해, 서하는 입술을 깨물었다.

"참."

문을 열기 직전, 우가 슬쩍 시선만 돌려 서하를 바라보았다.

"……끼니 거르지 마시오. 잠도 좀 더 잘 자고."

나직한 목소리가 꽤나 상냥한 말들을 흘린 뒤 자취를 감추었다. 벌써 저만치 가버렸는지, 우의 발소리가 빨리도 멀어졌다.

서하는 허, 탄식하듯 숨을 뱉었다. 누구 때문인데. 누구 때문에 먹지도 못하고 잠도 잘 못 자는 건데. 그렇게 물러서며 거부할 거면 왜…….

서하의 눈가가 일순 날카로워졌다.

"최 상궁. 최 상궁 밖에 있는가?"

"예, 마마."

아무리 생각해도 앞뒤가 맞지 않았다. 대놓고 거부는 하면서 자는 얼굴은 지켜보고 있었다니. 솔직히 변한 건가, 겁이 났던 것이 사실이었다. 궐이 평안해지고, 이 나라 군주가 되었으니 마음이 떠났으면 어쩌나. 짝으로서, 사랑하는 사람으로서가 아니라 다른 임금들처럼 용의 아이가 탐이 나기 시작한 건 아닌가. 요 며칠 그런 불안감에 시달리느라 잠을 푹 청하지 못하고 선잠이나 들었다 깨어나는 게 전부였다.

한데 용의 아이가 탐이 났다기에는 온몸으로 만지는 것을 거부하고 있었다. 그래놓고 옷 갈아입을 짬도 없이, 이부자리를 펴지도 않고 맨 바닥에서 저를 지켜보고 있었다니.

"찾으셨사옵니까, 마마."

최 상궁이 들어와 허리를 굽히기가 무섭게 서하가 말했다.

"전하께서 오셨는데 어찌 깨우지도 않았는가."

"소, 송구하옵니다. 전하께서 절대 깨우지 말라 하셔서."

"오늘이 처음이신가?"

"……예?"

다소 예민하게 묻자, 최 상궁은 금세 안절부절못했다. 서하는 제 예상이 들어맞았음을 직감했다.

"최 상궁. 솔직히 말해주게. 전하께서 오신 게 오늘이 처음이 아니지?"

"그것이……."

"내전 지밀인 자네가 내게 거짓을 고할 셈인가?"

"마, 마마!"

최 상궁은 곧바로 바닥에 납작 엎드렸다.

"송구하옵니다! 처음이 아니시옵니다! 하오나 전하께서 반드시 비밀에 부치라며 엄명을……."

서하는 입을 앙다물었다. 이제껏 비밀로 했다니 괘씸함이 반, 하지만 안도해도 되는 건가 하는 마음 반이 어지럽게 뒤엉켰다.

"처음이 아니면?"

"하루도 빠짐없이 오셨나이다."

"왜 난 한 번도 뵙지 못했지?"

"그것이, 밖에서 지켜만 보셨기 때문이옵니다. 마마께서 잠이 드신 뒤에야 돌아가곤 하셨습니다."

"하아."

서하의 입에서 그제야 긴 한숨이 터져 나왔다. 안도가 커다란 너울처럼 밀려왔다.

변한 게 아니셨구나.

"이유는 말씀 안 하시던가?"

"예. 이유는 말씀하지 않으시고, 그저 마마께 알리면 경을 치겠다고만 하셨나이다."

"그래도 그렇지."

"송구하옵니다, 마마."

최 상궁은 연신 송구하다는 말만 하느라 입이 닳을 지경이었고, 서하는 숨을 크게 쉬느라 여념이 없었다. 불안한 마음이 누그러지니 몸에서 힘이 빠져나가 제대로 앉아 있기도 힘들었다. 아랫배가 다 당겨왔다.

"전하께서 사냥을 가신다던데."

"예. 아침 일찍 출발하신다고 들었사옵니다."

"행선지는?"

"전하께서 워낙 말씀을 안 하셔서 대전 상궁들도 그것까지는 잘 모른다고 하옵니다."

갑작스러운 사냥에 상궁들에게까지 행선지를 함구한다, 라. 우가 거부한 이유를 알 것 같았다. 선견을 막기 위함이었다.

"질 줄 알고."

서하가 이를 악물며 혼잣말을 하자, 최 상궁이 고개를 빼꼼히 들어 올렸다.

"마마?"

"가서 부원군을 모셔 오게. 아버님을 뵈어야겠어."

***

"매화 처녀. 하, 매화 처녀라."

고서를 들여다보기를 한참. 석준의 입술 끝이 파르르 떨렸다.

이 고서를 손에 얻기 위해 갖은 고생을 다 했더랬다. 어디에 고서가 숨겨져 있는지도 모르고, 알게 되었다 해도 용의 아이에 대한 정보가 어느 고서에 담겨 있는지도 모르니 미치고 팔짝 뛸 노릇이었다. 게다가 고서를 숨긴 놈들은 보통 질긴 게 아니어서 어지간하면 입을 열지도 않았다. 그나마 남은 재산은 뇌물로 다 탕진해버렸고, 협박과 회유를 번갈아 하느라 진이 다 빠진 참이었다.

그렇게 우여곡절 끝에 알아낸 청주의 사찰에서 드디어 손에 넣은 고서였다.

"어쩐지 너 같은 게 너무 쉽게 행복해진다 싶었다. 그럼 그렇지. 하하하하!"

고서의 내용을 몇 번이고 되풀이해서 읊으며, 석준은 미친놈처럼 웃어젖혔다. 굳이 직접 손을 쓰지 않아도 알아서 천벌이 내려질 터였다. 과연, 모든 것에는 반대급부가 존재하는 법이라 하였던가. 얻은 것이 있으니, 반드시 잃는 것 또한 있을 수밖에.

"운선아."

한참을 웃던 석준이 나지막이 부르자, 영락없는 살수의 모습으로 밖에서 대기하던 운선이 슬쩍 문을 열었다.

"알아보라고 한 것은 어찌 되었느냐."

"지금 청주 행궁에 와 있습니다."

석준의 눈가가 꿈틀댔다.

"여기에?"

"예. 사냥을 하러 왔답니다."

"하, 하하. 어찌 알았을까. 어찌 알고 제 발로 죽을 자리를 찾아왔을까. 덕분에 한양까지 안 가도 되게 생겼구나."

"시작하시려는 겁니까?"

"물론이다. 굴러들어온 복을 걷어찰 이유가 없지."

석준은 맑은 공기를 한껏 폐부로 찔러 넣으며 입을 열었다.

"검은 전서구를 띄워라. 오늘 밤이다."

"……알겠습니다."

***

미복 차림으로 은밀히 청주에 당도해서도 우는 쉴 틈이 없었다. 합류

한 월영에게서 사찰에 불이 났다는 이야기와 승려들이 전부 몰살당했다는 이야기 그리고 베어진 목조불상 보고까지 들은 이상, 더 지체할 수가 없었다.

"몸을 숨기고 있는 주제에 이렇게까지 크게 일을 벌였다는 건, 움직일 시간이 거의 다 되었다는 뜻이다. 더 이상 도망 다니지 않겠다는 뜻이야. 그러니 손쓸 수 없게 되기 전에 잡아야 한다. 당상군관은 지금 당장 한석준이 어디 있는지 위치를 파악하고, 연안위와 도승지는 정예군이 언제라도 움직일 수 있도록 만반의 준비를 하거라."

"예, 전하."

수호와 부겸이 즉시 밖으로 나간 것과 달리, 월영이 평소답지 않게 움직임이 더뎠다. 그게 퍽 수상하여 우가 물었다.

"왜, 뭔가 달리 할 말이 있느냐?"

"중전마마가 걱정입니다. 정말로 한석준이 가져간 고서에 엄청난 비밀이 적혀 있다면 어쩌실 겁니까?"

지금 가장 생각하고 싶지 않은 것을, 월영이 기어이 물어왔다.

"그러니 잡으려는 것 아니냐."

"잡는다고 해결될 일이 아닙니다. 혹 그 비밀이 무언가 불온한 것이라면요. 장담하는데 한석준은 실토하지 않을 겁니다. 고서를 태워서라도 전하께 알려주지 않으려 발악할 거란 말입니다."

월영의 걱정을 모르는 바는 아니었다. 우도 똑같은 것을 걱정하고 있으니까.

한석준은 분명 용의 아이에 대한 단서를 찾고 있음이었다. 부원군 유훤이 그랬던 것처럼. 도대체 선견을 할 줄 아는 능력이 어디서부터 시작되었는지, 왜 왕실 중에서도 임금이 될 운명을 가진 자들의 앞날만이 보이는 건지.

우 역시 궁금하지 않다면 거짓말이었다. 우습게도 그런 것 따위 알 바 아니다 하면서도, 혹여 서하에게 위험한 일이 생기지는 않을까 불안하여 알고 싶은 마음이 공존했다. 해서 청주에 오는 내내, 그 고서를 손에 넣어 없애야 할지 읽어야 할지 갈등에 휩싸여 있었다.

하지만 한석준처럼 진실을 파헤치고, 이용하고, 복수하는 데 정신이 팔린 자의 손에 있게 하느니 없애는 게 백번 낫다며 결심을 굳힌 후였다.

서하는 반드시 이 손으로 지킬 거니까.

"지금은 한석준을 잡는 데 전력을 다할 것이다. 그러니 다른 걱정은 접어두거라. 자칫하다 또다시 놓치면, 그거야말로 중전을 위험하게 만드는 거니까."

우는 월영의 어깨를 두드려준 뒤 밖으로 나왔다. 오늘따라 사람 마음도 모르고 하늘이 청명했다. 궐을 떠나기 전, 열나흘이나 참았더니 기어이 인내심에 한계가 와 서하의 자는 얼굴을 한없이 바라보기만 했던 시간.

선견을 하게 할 수가 없어서 그리하였다. 한석준을 잡으러 간다는 것을 알면 무슨 짓을 해서라도 따라오려 할 테니까. 아니, 변복을 해서라도 몰래 따라왔을 테지. 살수만 수십 명을 거느린 놈인데 서하를 그런 위험한 놈 앞에 둘 수는 없었다.

그래서 기를 쓰고 피한 건데. 얼마나 걱정이 많았을까, 갑작스러운 제 변화에 얼마나 마음이 복잡했을까. 알면서도 다독여주지 못하고 피해 다니기에 급급하였더니, 수척해진 얼굴에 눈시울이 다 붉어지고 말았다. 밤이 늦도록 잠을 못 이루고 뒤척이는 소리를 문 너머에서 가만히 들어야 하는 것도, 홀로 금유정을 찾아 외로이 있는 모습을 멀리서 지켜보기만 하는 것도. 모두 빌어먹게 힘들어 가슴이 미어졌더랬다.

반드시 끝낼 것이었다. 위험천만한 놈이 더는 이 나라를 휘젓지 못하도록, 무고한 백성들이 희생당하지 않도록 끝을 볼 것이었다.

게다가 이 이상 서하를 피해 다니다가는, 자신이 먼저 미쳐버릴 것 같으니 더는 아니 되었다.

"반드시 잡아 죄를 물을 것이다."

중얼거린 우가 주먹을 힘껏 말아쥐는 순간.

"전하……."

뒤따라 나오던 월영에게서 아연한 목소리가 튀어나왔다. 돌아보자, 하얗게 질린 안색이 하늘을 올려다보고 있었다.

"왜 그러느냐."

"몰살입니다."

"뭐?"

월영이 하늘을 가리켰다. 우의 시선이 그의 손가락을 따라 움직였다. 중천에 걸린 태양. 그 눈부시게 밝은 빛을 가르며 무언가가 빠르게 날아가고 있었다.

"검은 전서구…… 몰살하라는 뜻입니다."

***

달빛 없는 밤은 왜 이리 기분을 좋게 해줄까. 사찰을 쑥대밭으로 만들었을 때도, 지금도 꼭 승리의 숨결이 전해오는 것 같은 어둠. 그 속에 도사리고 있는 무수한 살기가 온몸을 오싹하게 두드려댔다.

행궁 문 앞에 도착한 석준은 크게 기지개를 켰다. 찌뿌둥하기만 했던 지난날을 이제야 보상받을 차례였다.

"다들 준비되었겠지?"

살수들은 묵묵히 고개만 숙였다. 검은 전서구를 띄워 전부를 모이게 했더니, 살수의 수가 사찰에 데리고 갔던 수보다 곱절은 늘어나 있었다.

얼마나 많은 준비와 노력을 했던가. 악착같이 모은 재산을 살수 키우는 데에만 반 이상 탕진해버리고, 나머지는 고서 하나 찾겠다며 탕진해버리고. 무헌대군과 의광대군을 손아귀에서 쥐락펴락해 다시 정승판서의 반열에 오를 수 있다는 기대 하나만으로 견뎠건만, 사촌 누이라는 유서하 때문에 모든 것이 엉망이 되었다.

반역자로 몰려 숨어 살기를 일 년. 나를 이렇게 구렁텅이로 밀어 넣어놓고 아무것도 한 게 없는 네년은 여봐란듯이 중전이 되어 무헌대군과 희희낙락 깨가 쏟아지게 살고 있었으렷다.

"놔둘 줄 아느냐. 어림없지."

피눈물을 쏟게 해줄 것이었다. 네가 그렇게나 애지중지하는 무헌대군을 죽이고, 너도 곧 죽을 운명임을 단단히 알려주마.

이를 갈던 석준이 팔을 들어 올렸다.

"시작하……."

끼이익, 석준의 말이 끝나기도 전에 문이 열렸다.

원래 계획대로라면 살수들이 담을 넘어 문을 열어야 했다. 자신의 '시작하거라' 한마디와 함께 행궁에 피바람이 불었어야 했는데, 갑자기 예고도 없이 열리는 문이 석준을 심히 당황케 했다.

"다 모였느냐."

짐승이 낮게 으르렁거리는 것과도 같은 목소리. 열린 문 사이로 한기가 들 만큼 날카로운 기운을 살기등등하게 내뿜으며 선 사내.

"그렇게나 많은 살수들을 모을 정성으로 네 인성을 좀 닦았으면 좋았으련만."

쯧쯧, 혀를 차는 우의 여유로움은 석준의 이마에 핏대가 솟도록 만들기에 충분했다. 석준은 경련이 일 것처럼 떨리는 입꼬리를 오기로 더 밝게 올렸다.

"사냥은 핑계였군요. 제가 청주에 있다는 걸 잘도 알고 쫓아오셨습니다."

"죄 없는 승려들을 그리 죽여놓고, 사찰에 불까지 질러 고서를 훔쳐갔는데 모를 재간이 있나."

석준은 내심 움찔했다. 고서라니. 우가 생각보다 더 많은 것을 알고 있는 듯했다.

"고서까지 알고 있다니. 확실히 의광대군과는 달리 보통이 아니십니다."

명이 거론되자, 우가 단숨에 날을 세웠다.

"다시는 의광대군을 입에 담지 말거라. 아무리 죄인이라 하나, 너 같은 놈의 입에 오르내릴 사람이 아니다."

"하, 그래도 형님이라고 감싸시는 겁니까?"

"감싸지 않는다. 단지, 너 같은 버러지에게 함부로 불리는 게 싫을 뿐이다."

"버, 버러지?"

발끈하는 석준을 보며 우가 피식 비웃었다.

"남을 이용하는 데 도가 텄고, 생명을 죽이는 데 망설임이나 죄책감이 없고, 누굴 밟고 올라가는 것에 희열을 느끼는 자가 바로 너다. 그런데도 사람대접이 받고 싶으냐? 사람이라면 응당 죗값을 받아야지. 일년이나 도망치면서 살수나 모아 또다시 살인할 작정이나 하니, 글러 먹은 버러지가 아니면 무엇이냔 말이다."

석준은 뒷골이 당겨옴을 느꼈다. 피가 거꾸로 쏠려 터져버릴 것 같은 분노를 견디느라 골이 다 지끈거렸다. 핏발이 서도록 부릅뜬 눈으로 노려보던 것도 잠시, 우의 옆에 익숙한 얼굴이 보였다. 월영이었다.

그제야 우가 어떻게 마침맞게 대비를 했는지 알 것 같았다. 월영이 검은 전서구를 보았을 터였다. 그게 무슨 뜻인지 녀석은 알고 있을 테니까. 이젠 완전히 우의 사람이 되어버린 녀석을 진작 죽였어야 했다.

"어미를 잃고 불쌍하게 떠도는 놈을 거둬줬더니, 이런 식으로 배신을 하는구나. 이래서 머리 검은 짐승은 믿는 게 아니라 하였거늘."

"어떤 말을 하셔도 안 통합니다. 전 이제부터 제가 옳다고 믿는 일을 할 겁니다."

석준은 쾌활하게 고개를 끄덕였다.

"그러거라. 그렇게 죽거라. 어디 한번 네가 옳다고 하는 일을 하다 죽어보란 말이다!"

성난 외침이 떨어지는 순간.

살수들이 약속이나 한 것처럼 일제히 앞으로 달려갔다. 기다리고 있던 궐의 정예군들과 병사들이 사납게 휘둘러지는 그들의 검을 받아내자, 삽시간에 행궁에 불꽃이 일었다.

그때까지도 씩씩거리며 숨을 고르던 석준 역시 검을 뽑으며 행궁 한가운데에 우뚝 선 우에게로 달려갔다.

"죽여버릴 테다!"

검은 전서구에 대해 알려준 월영의 말은 약간의 기회가 되었다. 검은 전서구가 청주 하늘에 떴다는 것은 살수들을 청주로 모은다는 뜻이었다. 그건 곧, 오늘 밤 몰살 계획을 실행한다는 뜻이기도 했다.

한양이 아닌 청주에서 몰살 계획이라니. 우가 청주 행궁에 와 있다는 걸 알고 있음이었다.

살수가 몇 명인지 가늠할 수가 없어 불안한 감은 있었지만, 이쪽도 정예군을 넉넉히 준비한 참이었다. 궐에서 가장 뛰어난 무관들이 집결해 있고, 주진으로부터 병사도 불러들여 병력을 보충한 참이니 대적할 만하다고 여겼다.

그래도 살수가 자그마치 오십이 훌쩍 넘어가다 보니, 제압하기가 쉽지 않았다. 미리 대비하지 않았다면 결코 적은 수가 아니었고, 전부 병사가 아닌 특수하게 훈련받은 살수였다. 아무리 정예군이라도 쓰러지는 이들이 속출했다.

석준의 검을 받아내는 우의 이마에 식은땀이 흘렀다.

"인두겁을 썼다는 건 바로 너 같은 놈을 두고 하는 말이지. 제 형을 죽여 왕위를 차지해놓고 뻔뻔하게 성군인 척 살고 있구나!"

석준의 말이 심장 한구석을 파고들었다. 안 그래도 떨쳐내지 못한 작은 멍울 덩어리를 불시에 찔린 기분이었다. 명이 아무리 아비를 죽이고 백성들을 고통에 빠지게 한 죄인이라지만, 피를 나눈 동기인 것도 사실이었다. 형님을 죽음으로 몰아넣었다는 죄책감에서 영원히 자유로울 수는 없었다.

"그래놓고 나보고 버러지라고? 네 놈이야말로 버러지보다 못한 놈이 아니냐!"

석준을 튕겨내고 그 반동으로 검을 휘두르는 우의 손에 저도 모르게 힘이 들어가 몸이 잘게 휘청였다. 다시 자세를 고쳐잡으려는데, 별안간 무언가가 날아와 팔에 꽂혔다.

언젠가 봤던 머리꽂이였다. 운우관이었던가. 고개를 돌리자, 역시나 운선이 이쪽으로 다가오고 있었다.

"잘했다, 잘했어!"

미친놈처럼 웃으며 석준이 기세 좋게 다시 검을 휘둘렀다. 두 명이 한꺼번에 달려들면 우로서도 위험했다. 게다가 월영에게 듣기로 운선은 마비산을 주로 쓴다고 하였다.

설마 머리꽂이에도 마비산이 묻어 있는 건가.

"빌어먹을."

낮게 씹어 뱉은 우가 재빨리 검을 쥔 손에 힘을 실을 때였다.

"거기까지다. 전부 끝났으니 검을 버려."

어느새 다가온 월영이 운선의 목 뒤를 겨누고 있었다.

석준은 높이 쳐들었던 검을 멈칫했다. 주위를 둘러보자, 수많은 살수가 바닥에 널브러져 있었고 남은 살수들은 정예군을 지휘하는 수호와 부겸에 의해 잡혀 있었다. 완벽한 패배였다.

그는 한 발 뒤로 물러섰다. 틈을 주지 않고 다가가려 하는 우에게 운선이 또다시 무언가를 던졌다. 우가 그것을 쳐냄과 동시에 월영이 운선의 등에 검을 휘둘렀다.

"으윽!"

그 사이 석준이 행궁 밖으로 달아났다. 우가 곧바로 쫓았고, 남은 정예군도 그 뒤를 따랐다.

월영 역시 따르려다가, 쓰러져 있는 운선을 보고 잠시 멈추었다.

"넌 실패작이라면서. 의지를 가졌다면서. 왜 한석준을 따르지?"

이해할 수 없다는 듯 묻자, 등 뒤로 피를 흘리면서도 운선이 나지막이 웃음을 터뜨렸다.

"후, 후후. 넌 아직 저 사내를 잘 몰라."

"뭐?"

"저 사내가 고서를 줄 것 같아? 아무도 믿지 않아 저만 알고 있는 내용을 알려주리라 생각해?"

"……."

"처절하게 패배해도 알량한 자존심 때문에 알려주지 않을 사내다."

"그게 지금 한석준을 달아나게 해준 것과 무슨 상관이야."

"한석준이 흥분해서 말실수한 모습을 본 적 있어?"

월영은 이맛살을 구겼다. 아무리 기억을 더듬어도 석준은 말실수를 할 사내가 아니었다. 뱀처럼 교묘하게 사용할 수 있는 자신의 무기를 함부로 굴릴 리 없었다.

딱 한 번. 무헌대군의 추국장에서 나오던 서하를 보고 극도로 흥분했을 때를 빼고는.

〔네가 나에게 조금의 언질이라도 했다면 서하는 물론이고 누구 하나 다치는 사람 없이 끝났을 게다! 우리가 원하는 바를 정확하게 이룰 수 있었어! 게다가 지금쯤이면 임금에게 새로운 용의 아이를……!〕

"아."

월영이 뭔가 생각난 것처럼 작게 탄성을 내지르자, 운선이 비웃듯 말했다.

"그래. 바로 그거야."

***

산길을 올랐다. 어두운 데다가 가파르기까지 해서 여간 힘든 것이 아니었다.

석준은 연신 숨을 헐떡이면서도 뒤를 흘끔거렸다. 예상대로 우가 쫓아오고 있었다. 한번 마음먹은 것은 곧 죽어도 해내고 마는 성미 같았으니, 당연히 끝까지 올 줄 알았다.

"네 이놈. 이번에야말로 죽일 것이다."

미리 표시해둔 곳까지 오자마자 석준은 다리를 멈추었다. 터질 것처럼 팽창한 폐를 진정시키고 비 오듯 흐르는 땀을 닦아내며, 우가 당도하기를 기다렸다.

"아둔한 녀석. 오늘이 네 제삿날인 줄 알거라!"

석준의 벼락같은 외침에 우와 정예군이 멈추어 섰다. 그리고 일시에 나무와 숲에 몸을 숨기고 있던 검은 복면을 한 이들이 우르르 쏟아져 나와 우를 향해 불이 붙은 화살촉을 겨누었다.

실패를 대비해 남겨놓은 살수들이었다. 혹시나 오늘 일이 실패하더라도 우만은 죽일 거라고, 그게 아니면 한양으로 쳐들어가 유서하 하나만이라도 죽일 거라고.

이를 갈고 또 갈았으니까.

"나를 이렇게까지 나락으로 떨어뜨려 놓고 네가 언제까지 임금 행세를 할 수 있을 줄 알았더냐! 어림없는 소리지! 우리 집안 없이는 이 나라의 임금도 없느니라!"

석준은 손을 들어 올렸다. 활시위가 팽팽하게 당겨지는 소리가 어둠 속에서 선명하게 들려왔다.

"죽어라. 네 놈이 죽는 모습을 유서하가 보지 못하는 건 유감이다만, 화살 수십 개가 네 몸을 꿰뚫었다고 내 친히 일러줄 테니 안심하고 이제 그만 죽으란 말이다! 죽어…… 윽!"

그때였다.

득의양양하게 외치던 석준의 몸이 일순 휘청이며 앞으로 고꾸라졌다. 깜짝 놀란 우의 눈에 보이는 건, 불시에 석준의 등을 발로 걷어차 쓰러뜨린 검은 복면을 한 사람이었다.

느닷없는 발길질에 놀랐던 것도 잠시, 석준이 무서운 기세로 몸을 발딱 일으켰다.

"이놈이 미쳤나!"

저를 걷어찬 놈의 목을 조르려 석준이 팔을 뻗을 때였다. 우가 던진 검날이 정확히 석준의 왼 다리에 꽂혔다.

"으아악!"

찢어지는 비명과 함께 석준의 다리가 풀썩 꺾였다. 쓰러지는 와중에도 그는 눈을 어지럽게 굴렸다. 주인이 다쳤는데 불이 붙은 화살촉이 어느 것 하나 날아가는 것이 없었다.

그저 우가 살벌하게 으르는 소리만이 밤공기를 가를 뿐.

"전에 네가 수원에서 감히 내 사람의 목을 졸랐을 때, 피가 마르게 참았던 적이 있었다. 난 그때 한낱 대군이었던지라, 내 사람이 조금이라도 더 위험해질까 전전긍긍하느라 그 분노를 어떻게 다스려야 할지 몰랐지. 하여 애꿎은 주먹을 바닥에 내리치기만 했었다."

우는 서서히 석준이 쓰러져 있는 곳으로 다가가면서도, 밤색 눈동자만큼은 석준을 걷어찬 복면의 사람에게서 한시도 떨어뜨리지 않았다.

"한데 지금은 임금의 자리에 올랐지. 서하는 이제 그냥 내 사람일 뿐만 아니라, 이 나라의 국모이자 무엇과도 바꾸지 않을 내 소중한 반려자다. 머리가 나쁜 것이냐, 아니면 뼛속까지 멍청한 것이냐. 건드리면 어떻게 될지 도통 감이 안 오느냐, 이 말이다."

우는 망설임 없이 눈앞에 멀뚱히 서 있는 자의 복면을 벗겨냈다. 예상대로 매화 향이 짙게 일고, 아른아른하게 흔들리는 눈망울이 저를 똑바로 응시해왔다.

"어찌 아셨습니까?"

검은 옷차림을 했어도 몸이, 옅게 흩날려오는 매화 향이…… 아니, 그냥 보자마자 서하였다. 물론, 망설이지도 않고 석준을 걷어차는 거침없는 모습이 확신을 갖게 해주었지만.

"중전께서 어찌 이런 위험한 곳에 계시는지?"

발길질이 너무 서하다워서 반은 웃음을 참느라, 나머지 반은 위험천만한 곳에 겁도 없이 끼어든 게 괘씸해서 말끝을 올렸더니 서하가 뒤를 돌아보며 손짓을 했다.

"아버님께 들었습니다. 사냥이 아니라 한석준을 잡으러 청주 행궁에 가신다고."

뒤늦게 나타난 유환을 보며 우는 혀끝을 한번 쯧, 하고 찼다. 그렇게 함구하라 신신당부했건만, 딸의 추궁에 마음이 홀랑 넘어간 모양이었다.

"그리고 이거."

서하는 서찰 하나를 내밀었다. 정갈한 글씨체가 오늘 있을 석준의 계획을 일러주고 있었다. 행궁으로 몰려갈 살수 외에, 뒤에 남을 살수의 수와 위치까지 상세히 적혀 있었다.

"이걸 누가?"

"누가 보냈는지는 모릅니다. 아버님을 추궁하고 있을 때 전서구 하나가 날아와 떨어뜨린 것입니다. 이걸 보고 제가 어찌 가만히 있겠습니까?"

결국 서하가 금군들을 이끌고 와 잠입하고 있던 살수들을 포박하고, 반대로 살수로 위장해 한석준을 기다리고 있었다는 이야기였다.

우는 기가 찼다. 그렇다고 중전이 살수 복장을 하고 잠복이라니. 기가 차서 화가 잔뜩 치밀어 오르는데, 한편으로는 서하가 너무 기특하고 사랑스러워서 견딜 수가 없었다.

그 마음을 아는지 모르는지, 서하는 눈을 가늘게 흘겨 뜨며 우에게서 한 발 떨어졌다.

"이러려고 저를 멀리하신 겁니까? 그리 오래 거부하신 겁니까? 전 영락없이 전하께서 제게 마음이 떠나가신 거라고 생각……."

목소리까지 그렁그렁 눈물이 맺힌 것처럼 말을 끊고 입술을 자근히 깨무는 서하를 보자, 우는 말문이 막히고 말았다. 마음이 떠나가다니. 무슨 그런 심장 철렁한 소리를. 절대로 그럴 일은 없다며 설명을 하려던 때였다.

"크, 크크크크크큭."

악귀 같은 웃음소리가 땅을 울렸다. 바닥에 누운 석준은 다리에서 피가 뿜어져 나오는데도 웃음을 멈추지 않았다. 서하와 우의 시선이 동시에 석준에게 향했다.

"네 이년. 언제까지 어리광이나 부리며 철딱서니 없는 사랑놀음을 할 수 있을 것 같으냐. 그 행복이 영원할 것 같으냐? 하긴, 넌 곧 죽을 테니 그때까지 실컷 심취해 있거라."

하얗게 타 재가 된 것처럼 굳어버린 우도, 뒤늦게 도착한 월영과 수호 그리고 부겸도 모두 일시에 서하에게 시선을 꽂았다.

"고서에 매화 처녀에 대한 설화가 담겨 있었다는 걸 아느냐? 용의 아이가 고대 매화 처녀의 전신이란다. 그 옛날 매화 처녀가 죽어가는 용의 목숨을 살리다 되려 제가 목숨을 잃게 될 위기에 처하였다. 용은 은혜를 갚기 위해 여의주를 처음으로 인간 처녀의 몸에 심어 처녀를 살려 주었지. 그런데 여의주 때문에 용과 이어진 처녀는 능력이 하나 더 생겼다."

석준은 간간이 신음을 흘리면서도 말을 멈추지 않았다.

"바로 용의 앞날을 볼 수 있게 된 것이지. 신기하게도 보이는 족족 들어맞아 용이 정적을 물리치게 도와도 주었다. 한데 내 누누이 말하는 머리 검은 짐승의 무서운 점이 무엇인지 아느냐? 바로 저밖에 모른다는 것이다."

"빙빙 돌리지 말고 똑바로 말해. 서하가 죽는다니, 무슨 소리야."

우가 참지 못하고 쓰러져 있는 석준의 멱살을 움켜쥐었다.

"생명줄이 연장되니 짝도 만나고, 아이도 낳게 되었거든. 게다가 여의주가 아이에게 대물림되었지. 용은 처녀가 죽고 나면 여의주를 다시 거두어가겠다고 하였다. 그게 무슨 뜻인지 아느냐? 원래의 운명대로 되돌아간다는 뜻이다. 이미 죽어 아이도 낳지 못했어야 할 운명! 한데 그 여의주가 제 아이에게 옮겨갔으니, 용이 여의주를 거둬가면 어찌 되겠느냐. 아이는 죽겠지. 존재조차 하지 않은 것처럼 사라지겠지. 해서 처녀는 죽어가는 와중에도 제 아이를 용이 찾지 못하는 곳으로 떠나보냈다. 그리고 하늘에 빌었지. 부디 용의 앞날을 보지 못하게 해달라고. 하여 용이 아이를 찾지 못하게 해달라고. 목숨 연장해준 은혜도 모르고 제 핏줄을 살리려 용을 배신했다, 이 말이다."

석준이 울컥 선혈을 토해내자, 우는 멱살을 놓아주었다. 그리고 뭔가를 눈치챈 것처럼 주춤, 뒷걸음질을 쳤다.

"해서 생겨난 것이 용의 아이가 가진 두 번째 능력이다. 임금의 숙명이 아닌 자의 앞날이 보이는 선견. 강하게 원하는 마음이 낳은 저주. 크크, 하지만 하늘은 공평하시거든. 기어이 서하가 진짜 용을 알아보게 만드신 데다가 그 용과 부부가 되었으니 말이다!"

서하와 우의 시선이 마주했다. 생기를 잃어가는 우의 눈동자가 너무나도 아프게, 서하에게 박혔다.

"네가 저놈을 보위에 앉힌 그 날부터 벌써 네 몸속의 여의주는 용에게 되돌아갔을 것이다. 여의주가 없는 매화 처녀의 운명처럼 너는 곧 죽게 될 거다, 이 말이야!"

석준의 고함과 함께 우의 숨소리가 가늘어졌다. 숨을 쉴 수가 없었다. 자신이 서하를 죽인다는 상상은…… 한 번도 해본 적이 없었기 때문이었다.

몸이 마르는 것 같았다. 피가 한 방울도 남김없이 사라져가는 느낌이었다.

듣고 있던 사람들도 일제히 숨을 삼켰다. 궁지에 몰려 극도로 흥분해야 사실을 실토할 거란 운선의 말을 믿고 쫓아온 월영도 충격에 어찌해야 하는지 갈피를 잡을 수가 없었다.

"적어도 사랑하는 사람 때문에 죽는 거니 덜 억울하겠…… 크아아악!"

석준이 말을 잇지 못하고 비명을 질렀다. 서하가 그대로 석준의 왼 다리에 꽂혀 있던 검을 뽑았기 때문이었다. 비릿한 피가 쉼 없이 흘렀다.

"정말 고약한 분이십니다. 남이 불행해지는 게 그리 좋으십니까?"

"좋다마다! 나를 이렇게 만든 네년의 어미가 화살에 심장을 뚫렸을 때도, 또 네년이 곧 죽을 거란 사실을 안 지금도 신명이 나 견딜 수가 없다!"

"허, 제가 왜 죽습니까?"

"뭐?"

몸을 굽히고 앉은 서하가 석준의 이마에 딱밤을 세게 먹였다. 가느다란 손가락이 어찌나 찰지게 때렸는지. 어둠 속에서 딱, 소리가 고고하게 울려 퍼졌다.

"아윽! 네, 네 이년!"

"무엄하다. 내 이미 중궁의 자리에 오른 지 일 년이거늘."

서하가 엄히 꾸짖자, 석준은 어안이 벙벙한 표정으로 입을 뻐끔거렸다.

"그 고서가 얼마나 영험한지는 모르겠지만, 너도 참 딱하구나. 그런 말도 안 되는 미신을 믿으며 신이 나 웃는 걸 보니."

"뭐, 뭐야?"

"앞을 보는 재주가 생겨 신기하게도 보이는 족족 들어맞았다 하였더냐? 한데 왜 난 전하에게서 보인 앞날이 들어맞지 않았을까?"

"그, 그게 무슨……."

"난 예전에 전하의 앞날이 딱 한 가지밖에 보이지 않았다. 바로 의광대군이 쏜 화살에 심장이 관통하는 앞날. 하지만 의광대군이 인정전 앞에서 화살을 쐈을 때, 그 화살은 전하의 어깨에 꽂혔어. 족족 들어맞았다면서. 왜 난 달라졌지? 게다가 여의주를 빼앗기면 아이도 낳지 못하는 운명으로 돌아간다고?"

석준의 낯빛이 일순 아연하게 변해갔다. 그러거나 말거나, 서하는 자리에서 일어나 제 아랫배를 소중히 감쌌다.

"그럼 지금 내 배 속의 이 아이는 어찌 생겼을까."

서하는 이제껏 기운이 빠져나가던 느낌과 힘없이 멀어지는 감각이 갑자기 왜 생겼는지를 알게 되었다. 능력이 아이에게 대물림되면 알 수 있다던 어머니의 말씀과 같은 느낌.

"그따위 낡은 미신에 날 끼워 넣고 싶으면 실컷 하거라. 내가 언제 죽을지는 내가 정할 것이다. 난 매화 처녀도 아니고, 용을 알아보는 능력을 가진 신기한 사람도 아니다."

자리에서 일어선 서하는 아이 얘기까지 들어 넋이 나가버린 우를 빤히 바라보았다. 아직 죄악감이 깃들어 있는 그의 얼굴에서 시선을 떼지 않은 채, 말을 이었다.

"난 중전이기 전에 평범한 여인이다. 이 나라의 임금이자, 한때는 무헌대군이었고, 그 모든 게 없더라도 이우라는 이름을 가진 한 사내를 온몸이 부서지게 은애하는 유서하란 말이다. 네깟 놈의 사악한 입놀림에 흔들릴 정도로 만만한 사랑을 하고 있는 게 아니니, 작작 까불거라."

제법 매서운 서하의 으름장이 우스운 건지, 아니면 놀란 건지. 우의 눈동자가 한결 편안해졌다.

"내 곁에는 평생을 걸쳐 나를 구해주고 끌어 올려줄 이가 계시고, 절대 배신하지 않은 친우들이 있다. 죽음 따위, 겁낼까 보냐."

서하는 사람들의 시선도 아랑곳하지 않고 우의 허리를 힘껏 끌어안았다. 마주 안아주는 그의 강인한 팔이, 등에 닿는 따뜻한 손이 있는 이상.

어림없었다. 죽어도 곁에 남을 것이었다.

"전하. 전 미신 같은 게 아니라 저를 믿습니다. 그리고 전하를 믿습니다. 미신 때문이 아니라 다른 위험이 온다 해도, 전하의 곁에 있는 한 반드시 살아남을 겁니다. 그러니 불안해하지 말고, 어떤 위험에서도 저를 지켜주신다 약조해 주세요. 그거 하나면 됩니다."

점점 힘이 들어간 우의 손이 눈물 나게 다정히 등을 쓸어주었다.

"걱정 마. 죽어도 지킬 테니."

***

석준은 의금부 남간으로 압송되었다. 대역죄로 다스려야 한다는 목소리들이 드높았지만, 감히 고귀한 땅에 녀석의 피를 뿌리는 것조차 탐탁지가 않았다.

게다가 아직 고서도 손에 움켜쥐고 내놓지 않은 참이었다. 어디 있는지 토설할 때까지 절대 놓아주지 않을 생각이었다.

등을 다친 운선을 데리고 온 월영이 감형을 청했다. 의외였다. 이유를 묻자, 어렸을 때부터 운선이 당해온 일을 털어놓으며 그럴 수밖에 없었을 처지를 불쌍히 여겨달라 빌었다. 그리고 한석준이 고서의 내용을 토설할 수 있게 만들어준 사람도, 서하에게 석준의 계획을 일러준 서찰을 남긴 이도 모두 운선이라는 것을 고했다.

하여 우는 운선이 갇힌 옥을 찾았다.

"왜 마음이 바뀌었더냐. 월영처럼 마음을 고쳐먹고 새사람이 되려는 것이냐?"

그래도 운선은 운선이었다. 평소처럼 비웃는 얼굴과 빈정거리는 말투는 전혀 변하지 않았다.

"그럴 리가 있겠습니까. 왜요. 제가 해드린 일 때문에 마음이 흔들리십니까?"

"무엇이 흔들린단 말이냐."

"용서해주시려고요? 그러지 마십시오. 전 이대로 죽어도 여한이 없습니다. 어차피 나가봐야 절 필요로 해주는 이는 다 사라지고 없습니다."

"필요로 해주는 이?"

"저의 존재 가치가 사라진 참입니다. 아무리 개차반 같은 놈들이라지만, 그래도 그자들이라도 저를 찾아줘야 제가…… 쓸모 있는 존재 같았으니까요. 한데 이제 한석준까지 갇혔으니 더 이상 절 찾아줄 이는 이 세상에 아무도 없습니다."

"그러게 말이다. 이렇게 될 줄 빤히 알면서도 왜 굳이 한석준을 배신하고 나를 도왔느냐는 말이다."

"……전하 같은 분에게 필요한 사람이 되고 싶었으니까요."

운선의 동그란 눈이 처음으로 빈정거림이나 비꼬는 기색 없이, 순수하게 우를 마주했다.

처음부터 누군가를 음해하고, 살해하고, 음모나 꾸미는 도구로 이용되고 싶었던 게 아니라고. 그렇게 외치고 있었다.

"그저 사람답게 살게 해주는 사람이 절실하게 필요했을 뿐입니다."

그렇게 말한 뒤, 운선은 고개를 획 돌렸다. 반듯한 옆모습 너머로 굵은 눈물방울이 턱 끝으로 흘러내리고 있었다.

우는 돌아섰다. 들을 이야기는 다 들었으니, 남은 건 결정뿐이었다.

"그렇다고 네 죄가 없어지진 않는다. 어쩔 수 없는 선택이었다는 건 안타깝지만, 네 손에 내 어머니도 돌아가셨다. 용서하리란 착각은 하지 마라."

멀어지는 우의 뒷모습을 흘끗 바라보며 운선이 나지막이 웃었다.

"저도 압니다."

전 홍문관 교리였던 한석준은 선왕께 간사한 혀를 놀리고 남을 음해하는 데 앞장섰던 죄를 뉘우치기는커녕, 무고한 승려들을 무참히 살해하고 사찰을 불태우는 흉악한 죄를 저질렀다. 또한 감히 임금을 살해하려 하고 국모를 위협하는 대역무도한 짓을 저질렀으니 참형으로 다스림이 마땅하나, 나라에 반드시 필요한 오래된 유물을 찾아왔으니 목숨만은 살리어 제주로 유배 보내 죽어서도 돌아오지 못하게 한다.

전 차비대령의녀 지운선은 그간의 행실이 악해 용서받을 수 없으나, 폐서인 홍씨에 의해 조종당하였음을 참작하여 활인서의 노비로 보내 고아를 살피도록 한다. 의녀로서의 재주를 썩히지 말고 고아들을 잘 보살펴, 저처럼 남에게 이용당해 슬피 우는 아이가 없도록 성심을 다하라.

***

청주 행궁에 가자 약속했었다. 청주는 한양보다 날이 따뜻해서인지, 다행히 눈꽃이 피어 있었다. 하여 기껏 일을 일찍 마치고 청주 산자락에 당도했더니, 자고 있었다. 그간 쌓인 피로 때문인지 하얀 매화나무들 아래에서, 서하가 신나게 잠이 들어 있었다.

우는 몰래 서하의 자는 얼굴을 보러 갔을 때처럼 옆에 몸을 누였다. 서하의 얼굴을 바라보고 있으니, 땅의 찬기가 스며드는 것도 잊을 수 있었다. 이렇게 하염없이 바라보고 싶어 그동안 어찌 참았는지, 스스로

가 생각해도 기특할 정도였다.

〔네가 저놈을 보위에 앉힌 그 날부터 벌써 네 몸속의 여의주는 용에게 되돌아갔을 것이다. 여의주가 없는 매화 처녀의 운명처럼 너는 곧 죽게 될 거다, 이 말이야!〕

뼛속까지 박힌 한석준의 말을 좀처럼 떨쳐낼 수가 없어서, 서하를 만지는 손이 머뭇머뭇 조심스러워졌다. 정말이면 어쩌나. 다른 사람도 아닌 내가 네 목숨을 앗아가는 거면 어쩌나. 너를 사랑한 일이 잘못이었으면…… 어쩌나.

이마를, 눈가를, 뺨을 배회하는 손가락이 자꾸만 뒤로 도망치려 할 때였다.

"전하의 잘못이 아닙니다."

서하의 목소리가 잔잔하면서도 강하게 흘러나왔다. 그리고 이내 곧게 떠져 저를 응시해오는 맑은 눈망울.

서하는 허공에서 우뚝 멈춰버린 우의 손을 끌어와 제 뺨을 감싸게 했다.

"아직도 미신 때문에 제가 죽을까 염려되어 도망치시는 거라면, 정말로 삐칠 겁니다."

우가 아무 말도 못 하고 가만히 있기만 하자, 서하가 점점 다가와 품에 폭 안겼다.

"전하. 사랑해요."

그 목소리가 심장을 달콤하게 울려대서 우는 눈을 감아버렸다. 이 품을, 이 온기를 놓아버리기에는 품에 묶어 탐하고 싶은 제 욕심이 너무나 집요하리만큼 강해서 소름이 돋을 것 같았다.

"계속 아무 말씀 안 해주실 겁니까? 그동안 절 멀리했던 일에 대해 변명도 안 해주시고, 평소처럼 사랑한단 말씀도 안 해주시고. 정말 마음이 멀어지시기라도 한 겁니까? 혹 후궁을 두고 싶으신 건 아니지요?"

우는 헛웃음을 짓고 말았다. 너무 말도 안 되는 소리라 뭐라 대꾸해야 할지 알 수도 없었기 때문이었다.

"……서하야."

마침내 낮게 귓가를 울리는 목소리.

서하는 우의 품 안에서 잘게 어깨를 떨었다. 오랜만에 불러주는 이름이 사무치게 그리웠어서…… 왈칵 눈물이 쏟아질 것 같았기 때문이었다.

"내가 이 세상을 살아가는 한, 네게서 마음이 떠날 리 없다는 걸 잘 알지 않느냐. 후궁이라니. 농담으로라도 그런 말은 하지 마. 아무리 나라도, 내 목숨 다해 은애하는 이에게 그런 말을 들으면 마음 아프니."

부드러운 입술이 이마에 와 닿고, 뺨에 쏟아지는 동안 서하는 제 하나뿐인 낭군을 물끄러미 바라보았다. 그리고 세차게 뛰어대는 그의 심장에 가만히 귀를 기울였다.

"이 심장 소리를 그동안 듣지 못해 얼마나 힘들었는지 아십니까?"

"속상했느냐?"

"속상만 하였겠습니까? 그래놓고 자는 얼굴이나 지켜보시고. 그래놓고 만지지도 못하게 하시고. 그래놓고…… 저 몰래 매일 중궁전에 서성이다 가셨다는 소리나 듣게 하고."

삐쳐버린 어린아이처럼 뾰로통한 목소리로 섭섭함을 토로하던 것도 잠시, 서하는 눈물을 꾹 참아 붉어진 눈시울로 짧게 입을 맞추며 달아났다.

"반드시 되갚아 드릴 겁니다. 제가 그간 얼마나 심장이 말라갔는지

고스란히 느끼게 해드릴 겁니다."

되갚는다는 말과 달리 또다시 쪽, 하고 입을 맞추고 달아나려는 찰나. 순식간에 서하의 가느다란 목덜미를 큰손으로 끌어당긴 우가 더 이상 달아나지 못하게 서하의 입술을 입안에 진득하게 가두었다.

"읍."

예고 없이 파고든 열기에 숨 쉴 틈이 없어 물러나려 하는데도 우는 놓아주지 않았다. 홍시처럼 뺨과 귀가 붉게 달아오를 때까지 위험하면서도 달콤한 입맞춤이 이어졌다.

"하아."

마침내 떨어진 입술 끝으로 서하가 깊은 숨을 들이켜는 사이, 우가 '콩' 하고 가볍게 이마를 부딪쳐왔다.

"아야."

우는 아랑곳하지 않고 이번엔 서하의 코를 잡고 흔들었다.

"아이를 가진 몸으로 그 위험한 곳에 죄인을 잡겠다며 살수 복장을 하고 나타나 놓고."

남의 심장은 바닥까지 떨어지게 한 주제에.

"활시위를 당기고 있질 않나, 죄인을 발로 걷어차질 않나."

한눈에 너인 것을 알아보자마자 언제 그랬냐는 듯 다시 무섭게 뛰어대는 심장이…… 도무지 내 것 같지가 않았다는 것을, 너는 알까.

우는 소리 없는 외침을 전부 삼키며 서하를 꼭 끌어안았다.

"두 번 다시 그런 짓 하지 않기. 절대로."

"하지만."

서하가 작게 반박하려고 하자 우가 말문을 막아버리기 위해 입을 맞췄다. 잠시 뒤, 느릿하게 떨어진 우의 눈가가 아프게 내려앉으며 서하를 옭아맸다.

"그러다 정말 너에게 큰일이라도 생기면…… 서하야. 제발 부탁이야."

오래오래 곁에 있어 줘…… 우는 들리지 않을 만큼 작게 속삭인 그 말이 부디 전해지기를 그리고 부디 전해지지 않기를 바라는 이상한 마음을 잠재우려 눈을 내리감았다.

"제발."

내 생이 멈추는 그 날까지 옆에서 숨을 쉬고, 웃어 주고, 날 안아 달라고. 하염없이 떼를 쓰면 이 들끓는 감정이 조금은 멈춰줄까.

"전하."

따뜻한 온기가 이마에 와 닿는 것이 느껴졌다.

"제 생이 멈추는 그 날까지…… 제 곁에 있어 주겠다 약조해 주세요."

가느다란 떨림을 동반한 어여쁜 목소리에, 우는 다시 눈을 떴다. 툭툭, 흘러버리는 눈물을 닦지도 않은 채, 서하가 말을 이었다.

"제 곁에서 숨을 쉬고, 웃어 주고, 안아주세요."

똑같은 생각, 똑같은 마음을 가진 것이 이토록 벅차고 가슴 설레는 일이었던가. 우는 울컥 치받는 무언가를 삼키려 부단히 애써야만 했다.

그 가슴 먹먹함을 아는지, 서하는 우의 가슴에 안겨 울었다. 그의 몫까지 울어주었다.

늘 하고 싶었던 말. 예전부터 솔직하게 내뱉고 싶었지만, 이기적이라는 것을 알기에 하지 못했던 말을 이제야 조심스럽게 고백하면서.

"사랑해 주세요."

한없이 떨리는 말을 전하고 마주할 자신이 없어 더욱더 품을 파고드는 서하의 얼굴을, 우가 살며시 잡아 올렸다. 눈물로 젖어버린 뺨이 안쓰러우면서도 사랑스러워 애가 탔다.

우는 손으로 서하의 젖은 뺨을 닦아주고, 입술로 젖은 눈을 어루만져주며 속삭였다.

"……사랑하지 않을 재간이 있나."

주인의 말도 듣지 않고 먼저 뛰어버리는 심장이 있는 한, 멈출 수도 없이 온 마음이 너를 향해버리고 마는 한.

이 사랑을 멈출 자신은 없었다.

마침내 서하의 입술로 고개를 내려뜨리기 직전, 우가 한 번 더 낮게 울리는 목소리를 속삭였다.

"사랑한다."

이 마음이 다 닳아 없어져도 멈출 수 없을 만큼.

사랑한다, 서하야.

사랑합니다, 전하.

외전 2

끝이야기

매화처녀전

「……*살았더라.*」

마지막 내용까지 차분하게 확인한 수호는 서책을 덮었다. 아무리 살펴도 몹시 귀한 책이었다. 겉면을 정갈하게 감싼 하얀 비단 위에 제목 한 글자 적혀 있지 않은 것만 봐도 얼마나 신중하게 만들어진 것인지 가늠할 수 있었다.

"이건 분명, 그러니까 이게 전하께서 직접……."

수호가 믿기지 않는다는 듯 말끝을 더듬더듬 끌자, 두천이 눈을 번뜩였다.

"예, 맞습니다. 바로 그겁니다."

"이게 진짜였단 말입니까? 그런데 이걸 버리라 명하셨고요?"

"그렇다니까요. 그것도 태워 버리라고 명하신 참입니다."

"왜요? 아니 이걸, 이 중요한 걸 왜 버리신답니까? 지금 혼자만 알고 묻어두시겠다는 겁니까?"

흥분한 수호가 손에 쥔 하얀 서책을 펄럭펄럭 흔들며 입에 거품을 물자, 두천이 하지 말라는 듯 양손을 휘저었다.

"아잇! 하지 마십시오. 찢어지겠습니다!"

"태워 버리라는 마당에 지금 찢어지는 게 대수입니까?"

"거참, 하지 마시라니까요! 태우지 않을 거란 말입니다!"

겨우 서책을 낚아챈 두천이 혹여 찢어진 곳은 없는지 꼼꼼히 살피는 사이, 수호가 동그란 눈을 두어 번 끔뻑거렸다.

"태우지 않는다고요?"

"예. 아무리 전하의 명이 있으셨다고는 하나, 보면 아시잖습니까. 이건 절대 찢어져서도, 태워져서도 안 되는 책입니다."

"그거야……."

수호 역시 같은 생각이긴 했다. 그렇다고 해도 임금인 우가 태워 버리라고 명했으니 뭘 어쩌겠나 싶어 옆을 슬쩍 보았더니, 두천이 미간을 심각하게 일그러뜨린 채 입가에 힘을 잔뜩 주고 있었다. 의지가 보통 결연해 보이는 것이 아니었다.

"설마."

두천이 대답 대신 고개를 크게 끄덕이자 수호가 기겁을 했다.

"진심입니까?"

"아무리 생각해도 이건 전하 한 분만 알고 묻어둘 내용의 것이 아닙니다. 심지어 이 책의 주인은 따로 있는데, 그분은 책의 존재도 모르고 있지 않습니까."

"그래서 주인에게 돌려줘야겠다?"

"예."

"그게 전하의 명을 거역하는 일이라는 것을 알고는 있는 겁니까?"

"알고 있습니다."

의외가 아닐 수 없었다. 다른 사람도 아닌 두천이었다. 천하에 둘도 없는 충신. 이제 상제가 아니라 상전으로 승차하여 대전 내관이 되신 천하의 박두천 내관께서 우의 명을 거역하겠다며 팔을 걷어붙이고 있었다.

"그래서 수호 도련님, 아니 연안위 대감을 이리 찾은 것입니다. 좀 도와주십시오."

두천은 제발 힘을 보태어달라며 애원했다. 어쩐지. 전하를 알현하고 나오자마자 질질 끌고 온다 했더니 이런 일을 꾸미고 있었을 줄이야.

수호는 선불리 어떠한 대답도 하지 않았다. 그저 동글동글한 눈망울로 두천을 빤히 바라보며 숨을 깊이 들이켰을 뿐.

***

"마마마마!"

대비전에 입궐하여 차를 마시고 있던 담은 문을 열고 뛰어 들어온 어린 공주 옥연이가 어미인 인혜를 꼭 끌어안는 모습을 말없이 지켜보았다. 이제 겨우 세 살이라 아직 말하는 것이 어설퍼 처음부터 끝까지 '마' 소리밖에 들리지 않았지만, 그것이 착실하게 '어마마마' 하는 부름임을 모를 수가 없었다.

담은 조용히 찻잔을 내려놓았다. 자신은 이 나라 공주였다. 웃음이 헤퍼서는 안 되고, 말과 행동거지에 경박함이 묻어나서는 안 되는 왕실 자녀. 스스로 돌이켜 봤을 때, 매사 흐트러짐 없는 차분한 사람이었다고 자부할 수 있었다. 수호의 말을 빌자면 가끔 화를 낼 땐 고드름이 허벅지에 떨어진 것처럼 아프다는, 매우 냉철한 사람이기도 했고.

그런 사람이었음이 분명한데, 이게 어찌 된 일인지 알 수가 없었다. 뽀얀 얼굴로 함박웃음을 짓고, 아직 어려 짧은 팔과 고사리처럼 오밀조밀한 손으로 어떻게 해서든 어미인 인혜를 꽉 붙들고 싶어 버둥버둥하는 어린 조카를 보고 있자니 뭔가 마음 한구석이 근질거린달까.

"……귀여워."

아무에게도 들리지 않을 만큼 나지막이 중얼거린 담의 입가에 저도 모르는 웃음이 걸려 있었다. 당장 끌어다 꽉 끌어안고, 인절미처럼 쫀득쫀득한 볼을 한껏 부비부비하고 싶은 알 수 없는 충동.

"우리 옥연이, 간밤에 잘 잤느냐?"

"예이."

인혜의 물음에 공손하게 손을 모으며 대답하고는 허리를 너무 숙인 나머지 보료 위에 정수리를 콩 하니 찧고 벌러덩 넘어지는 모습에서는 도무지 참기가 힘들어서, 담은 제 허벅지를 몰래 꼬집었다. 이대로는 고삐 풀린 망아지처럼 달려가 와락 안아버릴 것 같았기 때문이었다.

"대비마마. 중궁 전하께서 문후 드셨사옵니다."

"중전께서? 어서 모셔라."

조금 전까지만 해도 딸을 안고 행복해하던 인혜가 걱정이 잔뜩 담긴 목소리로 대답하고는 몸소 자리에서 일어섰다. 겨우 정신을 차린 담 역시 얼른 자리에서 일어서자, 산달에 접어들어 배가 볼록 올라온 서하가 웃는 얼굴로 들어왔다.

"그 몸으로 어찌 여기까지 오셨습니까!"

인혜와 담은 문 앞까지 달려가 서하를 부축했다. 서하는 연신 괜찮다고 했지만, 바로 어제만 해도 고열과 어지럼증에 시달려 궐이 발칵 뒤집혔을 정도였다.

"문후 들 것 없다고 하지 않았습니까. 내가 청해공주와 간다니까요."

"이제 괜찮아졌습니다. 열도 내렸고 어지럼증도 사라졌어요."

"그래도 무리해서는 안 됩니다. 첫째도 조심, 둘째도 조심이에요. 아시겠습니까?"

"예, 대비마마. 명심하겠습니다."

서하는 여전히 걱정을 떨치지 못하는 인혜를 향해 웃어 보였다. 그러고는 뒤쪽에 물러나 앉아 있는 담을 바라보며 역시나 걱정하지 말라는 듯 미소 지었다.

변함없는 미소지만 많이 야위어서 보기 안쓰럽다고, 담은 생각했다. 서하는 늘 한결같아서 예전처럼 맑고 어여뻤다. 시간이 아무리 흘러도 변하지 않을 것처럼 우를 사랑했고, 우에게 사랑받았다. 그게 부러우면서도 몹시 보기 좋아서, 언젠가 괜스레 눈물을 훔친 적도 있을 정도였으니까.

하지만 아이를 가진 열 달 동안 서하가 겪은 어려움은 이루 말로 할 수 없었다. 좀처럼 가시지 않는 입덧이라든가, 사나흘에 한 번은 꼭 고열과 어지럼증에 시달린다든가. 또 몇 날 며칠 잠을 이루지 못한다든가.

무사히 산달까지 온 것만으로도 기적에 가까웠다. 툭 건드리기만 해도 쓰러질 것처럼 위태위태해서 지켜보는 우까지 덩달아 야위었더랬다. 혹시 탈이라도 나면 어쩌나, 담이 하루도 거르지 않고 입궐을 하는 이유이기도 했다.

"웅마마마."

아마도 중전마마라고 하는 것이려니. 그때까지도 가만히 어른들을 보고만 있던 옥연이가 뒤뚱뒤뚱 걸어 나와서는 서하 앞에 털썩 앉았다. 평소 저를 친자식처럼 예뻐해주던 사람이 썩 아파 보였던지, 동글동글한 눈으로 서하를 빤히 올려다보다가 물었다.

"아야, 아야 해?"

자못 심각한 얼굴로 입술을 옹알거리는데, 정말이지 귀여워 죽겠어서 담은 이마를 탁 짚었다. 서하가 아이를 낳으면 또 얼마나 예쁠까. 그리고 무엇보다 내가 서방님의 아이를 낳으면 그 아이는 얼마나 사랑스러울까 생각하는 사이, 담은 찰나의 모습을 보고 말았다.

손을 잡으려는 옥연이를, 서하가 슬쩍 회피하는 모습을.

"대비마마. 이제 공주도 곧 봉작이 될 텐데 혹 생각해두신 봉호가 있으십니까?"

자연스럽게 말까지 돌리면서.

자기 이름이 나오자 어리둥절한지 옥연이가 인혜를 바라보았다.

"글쎄요. 아직 세 살밖에 되지 않아서 봉작까지 생각해두진……."

"아직이라니요. 벌써 세 살입니다. 전하께서 다 생각해두셨을 테지만, 저도 늦기 전에 공주 봉작에 대해 말씀을 드려볼 터이니 미리 생각해두시는 것이 좋을 것 같습니다."

조금 갑작스러웠던지 인혜가 딱히 대답을 못 하고 있을 때였다. 서하가 품에서 종이 한 장을 주섬주섬 꺼내 들었다.

"주제넘긴 하지만, 저도 간밤에 좋은 뜻을 가진 봉호들을 생각해보았습니다."

아픈 몸으로 옥연이의 봉호를 생각해본 모양이었다. 종이 안에는 글자가 빼곡하게 적혀 있었다. 안성, 안정, 안평……. 척 봐도 온통 글자투성이인 종이를 발견한 인혜 역시 입을 다물지 못했다.

"중전."

"대비마마께서 다 알아서 하시겠지만, 혹 도움이 될까 싶어서요."

가만히 듣고만 있던 담은 고개를 갸웃했다. 앞뒤가 맞지 않았기 때문이었다. 방금은 옥연이를 쳐다도 안 보고 피했으면서, 옥연이의 봉작을 위해 아픈 몸에도 불구하고 밤새도록 봉호 수백 개를 지어두었단 말인가.

인혜에게 종이를 건네려 서하가 자리에서 몸을 일으키던 때였다. 앞에 앉아 있던 옥연이가 신기했던지 종이를 꽉 움켜잡았다. 반대로 흠칫 놀란 서하는 종이를 손에서 놓고 말았다.

삽시간에 벌어진 일이었다.

"흐잇!"

제힘을 이기지 못하고 옥연이가 뒤로 벌렁 넘어갔다.

"공주!"

곁에서 쭉 지켜보고 있던 담이 놀라 팔을 뻗었다. 하지만 그보다 먼저 바닥으로 떨어지는 옥연이의 뒷머리를 감싼 것은 서하였다.

마침내 회피하던 옥연이를 마주하게 된 서하의 시선이 안타까울 만큼 크게 흔들리고 있는 것을, 담은 놓치지 않았다.

"옥연아! 괜찮은 것이냐?"

놀란 인혜가 달려와 옥연이를 안아 들고, 밖에 있던 상궁까지 무슨 일이 벌어진 줄 알고 재빨리 들어오는 바람에 방 안이 금세 어수선해졌다.

"송구합니다, 대비마마. 물러가보겠습니다."

그리고 혼란한 틈을 타, 서하는 도망치듯 대비전 처소를 빠져나가버렸다.

***

"……그런 일이 있었느냐."

우는 담이 눈치채지 못하도록 월영이 가져온 문서들을 슬쩍 한옆으로 밀어두었다. 다짜고짜 쳐들어온 누이가 조금 전 대비전에서 있었던 일들을 상세히 고하며 손톱을 잘근잘근 깨물고 있어서 차마 나중에 다시 찾아오라는 말도 할 수가 없었다.

"옥연이는 무사하고?"

"옥연이는 무사합니다. 한데 중전마마가 무사하지 않으신 것 같단 말입니다. 근래 뭐 이상한 점 없으셨습니까?"

아무래도 서하가 이상하다며 걱정을 늘어놓는 담이 고맙기도 하고 기특하기도 해서, 우는 누이가 시집을 갔다는 사실도 잊고 꼭 어렸을 때처럼 머리를 쓰다듬어주고 말았다.

"이상한 점이 뭐가 있겠느냐. 그저 모두 예민해져 있을 뿐이지. 아이를 낳아야 하는 중전도, 그런 중전을 지켜보고 있는 너도 전부 예민해져 그런 것뿐이니까 마음 쓰지 말거라."

"……그런 것이겠지요?"

얼마나 걱정을 했으면. 답지 않게 담이 조금 기가 죽어 있었다.

"그렇다니까. 그러니 넌 돌아가서 수호나 챙기거라. 녀석, 요즘 무슨 일을 하고 돌아다니는 건지 얼굴 보기가 힘들구나."

"모르겠습니다. 무슨 일이 있는 것 같긴 한데 도통 말을 하려고 들지를 않아서 저도 화가 나 있는 참입니다."

"그래? 너를 화나게 할 녀석이 아닌데."

"저 역시 그렇게 믿고 있다가 뒤통수를 맞은 셈이지요."

누이가 뾰로통해져 있음에도 불구하고 우는 작게 웃었다. 감정을 드러내고 솔직해져 가는 담의 모습이 보기 좋았다. 워낙 어렸을 때부터 많은 걸 참고 견디게 하여 늘 미안하고 안쓰러웠는데, 수호와 혼인한 뒤로는 평범하게 웃고 울고 화내는 모습이 전부 감사하기만 했다.

"그만 가서 수호 비밀이나 털어보거라. 안 되면 내 이름 팔아 어명이라 협박도 하고."

"그럴 참입니다. 하지만 그럼 중전마마는……."

"내가 있는데 뭘 걱정하느냐."

그렇게 다독였는데도 마음이 쓰이는지 담은 몸을 억지로 돌렸다. 문밖으로 나가 배웅을 해줄 때까지도 연신 중전을 잘 보살펴야 한다며 거듭 강조하더니, 내일 눈 뜨자마자 다시 입궐하겠다고 선포하고는 겨우 돌아갔다.

편전으로 돌아오는 우의 발걸음이 담을 배웅할 때와는 달랐다. 터벅터벅, 무겁기 그지없는 울림이 모두를 물리치고 홀로 걷는 그의 지친 등을 닮아 있었다.

담이 오기 전 보고 있던 문서 앞에 우두커니 선 얼굴엔 미소가 사라진 지 오래였다. 다시 펼쳐서 살펴야 하는데 엄두가 나질 않는달까, 펼치기가 싫었다. 자신이 찾는 내용은 어디에도 없었으니까.

"한 줄. 단 한 줄만이라도 있으면……."

이 지독한 불안감에서 해방될 수 있으련만.

월영이 보낸 문서는 전부 고서에 관한 것이었다. 한석준이 던지고 간 모든 분란의 씨앗.

〔여의주가 없는 매화 처녀의 운명처럼 너는 곧 죽게 될 거다, 이 말이야!〕

믿지 말라 하였다. 서하는 고서의 내용 따윈 다 그릇된 것이니 버리라 하였지만, 우는 그럴 수가 없었다. 한석준의 그 말이 살덩이 깊이 가시를 박아 곪고 썩어들며 매일같이 우를 갉아먹었다.

해서 찾으라 명하였다. 찾아달라 애원하였다. 이 나라 어딘가에 묻혀 있을 고서들을. 다행인지 불행인지 월영은 가까스로 또 다른 고서를 찾아왔다. 역시나 원하는 내용은 담겨 있지 않았어도, 고서가 한 권이 아니라는 사실을 알았으니 어쩌면 또 존재할지도 모를 고서 안에 원하는 내용이 담겨 있으리란 희망이 보였다.

하지만 역시 총 몇 권으로 집필이 되었는지도 모르고, 어디에 보관되어 있는지도, 아니 지금껏 남아 있는지도 의문스러운 그것들을 찾는 것은 거의 불가능에 가까웠다. 그럼에도 불구하고 우는 고서를 찾는 일을 포기하지 않았다. 수호도, 부겸도, 심지어 고서를 두 권이나 찾아온 월영도 전부 그만하라고 했지만, 우는 고집을 꺾지 않았다.

그건 곧, 서하를 포기하라는 소리 같았으니까.

"……할 것 같으냐."

벌써 산달. 시간이 없었다.

우는 문서들을 집어 들었다. 수많은 종이에 없는 단 한 줄. 그 한 줄이 너무 애가 타 저도 모르게 힘이 들어가자, 문서들이 우의 손아귀 안에서 구겨져갔다. 바스락바스락, 짓이겨져가는 소리가 꼭.

심장이 무너지는 소리 같았다.

***

서하는 적어놓은 서찰을 하나하나 꼼꼼히 살핀 후 최 상궁에게 내밀었다.

"이건 대비마마께, 이건 혜안군께, 이건 청해공주와 연안위께 드리고, 이건 곽부겸 도승지께 드리면 되네. 아, 그리고 이건 대전 상전인 박 내관과 월영 절충장군께 드리면 되는 건데……."

"마, 마마."

"응? 왜 그러는가. 너무 어려웠나? 음, 그럼 내가 겉면에 전부 이름을 적어두겠네."

"그런 것이 아니오라."

쩔쩔매는 최 상궁을 앞에 두고, 서하는 차분히 서찰을 담은 봉서 겉면에 수신인을 각각 적어 내렸다.

"아, 혹 여유가 되면 활인서에도 좀 다녀와줄 수 있겠는가? 그곳에도 서찰을 보낼 사람이 한 명 있어서."

고마운 사람들이었다. 아무것도 가진 게 없던 저를 여기까지 올 수 있게 해준 분들. 생각해보니 고맙다는 말을 많이 하지 못한 것이 마음에 걸렸다. 또 생각해보니 더 많이 챙겨주지 못한 것이 마음에 걸렸다.

할 수 있을 때 많이 해두었어야 했는데.

산달이었다. 곧 산통이 시작될 테고, 그럼 더욱더 기회가 없을 듯하였다. 그러니 그 전에 마음만이라도 전하자, 싶었다. 직접 만나 말을 전할까도 했는데, 그다지 좋은 방법이 아니라는 사실을 깨달았다. 낮에 대비전에 가서 막상 마주하니 입이 떨어지질 않는 데다가 주책맞게 눈물 먼저 왈칵 쏟아지려고 하는 바람에 애써 참느라 어찌나 힘들었던지.

해서 서찰이었다. 옛날 생각에 잠겨 참았던 눈물이 흐른다 해도 아무도 본 사람이 없으니 만사형통이었다.

"그러니까 이 서찰들을 전부, 마마의 산후에 전하라는……."

낯빛에 어려운 기색이 역력한 최 상궁이 확인하듯 더듬더듬 말을 잇자, 서하가 방긋 웃었다.

"맞네. 지금 말고 꼭 산후에…… 산후에 전해야 하네. 때가 되면 그게 언제인지 알게 될 거야."

"하오나."

"그리고 이건."

서하가 경상 서랍을 열어 무언가를 꺼내려 할 때였다.

"내가 전하도록 하지."

갑작스럽게 울리는 낮은 목소리.

놀란 서하와 최 상궁의 시선이 동시에 목소리가 난 곳으로 향했다. 기척도 없이 나타난 우가 문가에 고요히 서 있었다.

"저, 전하!"

행차한 줄도 모르고 있어 크게 당황한 최 상궁은 튕긴 것처럼 자리에서 일어나서는 허리를 깊이 숙였다.

"소인이 부족하여 전하께서 행차하신 줄도 모르고……."

"내가 조용히 온 것이니 신경 쓸 것 없다."

"송구하옵니다, 전하."

최 상궁은 시선을 슬쩍 들어 서하를 한 번 바라보았다. 제 앞에서는 아무렇지도 않은 척 방긋방긋 웃고만 있던 주인이, 우를 보자마자 억지 웃음을 거두게 된 것을 확인하고는 조용히 안도의 한숨을 내쉬며 뒷걸음질로 걸어 나갔다.

최 상궁이 문을 닫고 나가서도 한참이 지나도록 우는 움직이지 않았다. 그저 문가에 서서, 시선도 떼지 못하고 망부석처럼 굳은 채 앉아 있는 서하를 지그시 바라보기만 했다.

"……전하."

"응."

마침내 흘러나온 고요한 물결 같은 목소리가 얼른 와달라고 보채는 것 같아서, 그제야 우는 서하의 곁으로 다가가 앉았다.

"뭘 좀 먹긴 한 것이야?"'

서하에게서 아무런 대답이 없었다. 속에서 음식을 받아들이지 않는 괴로움이란 게 힘든 줄은 알았지만, 나날이 야위어가는 서하를 보면 겁이 났다. 몹시 안쓰러워서, 수척해진 얼굴을 매만지는 손가락이 애가 닳았다.

스르륵 눈을 감은 서하가 우의 손에 가만히 뺨을 기대며 물었다.

"전하께선 뭘 좀 드셨습니까?"

"중전께서 이리 못 드시는데, 내가 어찌 신이 나 먹을 수 있겠소."

우가 우스갯소리처럼 후후 웃으며 말하자, 서하가 눈을 번쩍 뜨더니 뺨에 머물고 있는 우의 손을 잡아 내렸다.

"안 됩니다. 제 걱정은 마시고 잘 드셔야 해요. 전하께서 강녕하시지 않으면 태어날 아이는 누가 보살핍니까."

걱정으로 단호해진 말을 듣는 순간, 우의 얼굴에서 웃음기가 사라졌다.

여유가 없는 모양이었다. 자신이 지금 무슨 말을 하는지도 모르는 것을 보면. 곧 아이가 태어난다 생각하면 여유가 없어지는 것도 무리가 아니니, 삼켜야 했다.

이 뜨겁게 울컥 치받고 올라오는 무언가를, 최대한 눌러 담아야 했다.

"난 잘 먹고 있으니 걱정하지 않아도 돼. 참, 이 서찰을 전해야 한다고 했던가?"

애써 다시 미소를 띤 우는 서둘러 말을 돌리며 경상 위를 바라보았다. 지밀인 최 상궁에게 전해달라고 부탁하던 서찰들이 죽 나열되어 있었다.

"대비마마, 숙부님, 담이, 수호, 부겸, 월영, 두천. 살뜰하게도 챙겼군. 한난희? 한난희에게도 당부할 말이 있는……."

탁.

우가 경상 위의 서찰을 하나씩 주워 드는 사이, 서하가 열려 있던 서랍 하나를 얼른 닫았다. 말이 끊어지고, 공기가 무거워지고, 서하가 시선을 회피했다.

들키고 싶지 않은 무언가가 있는 모양이었다. 해서 모른 척해주기로 했다. 지금은 그래야 했으니까.

우는 끊어진 말을 되돌렸다.

"……이 서찰들을 전부 산후에 전해달라, 이 말이지?"

"그러실 것 없습니다. 최 상궁에게 부탁하겠습니다. 안 그래도 정사를 돌보느라 힘드실 텐데, 이런 일까지 해주시지 않아도 됩니다."

"괜찮다. 내가 하마."

"전하."

"오늘 대비전에 갔었다고?"

낮에 있었던 일을 꺼내자, 서하가 눈에 띄게 멈칫했다.

"옥연이가 넘어졌다면서."

"청해공주께서 말씀하셨군요."

눈치 빠른 서하가 어찌 된 경로로 우의 귀에까지 이야기가 흘러 들어갔는지 단번에 추리해냈다.

"송구합니다. 제 불찰이에요. 좀 더 세심히 살폈어야 하는데."

서하의 얼굴에는 죄책감이 한가득 퍼져 있었고, 목소리는 침울하기 그지없었다.

설마 했던 예상이 적중해버리자, 우는 고개를 숙인 채 나지막이 한숨 지었다. 옥연이를 그리 예뻐했던 서하의 변화가 한 번 더 가슴을 사정없이 헤집어 놓았다.

꼭 심장 밑창에 구멍이 뚫린 것처럼 팔다리로, 손끝 발끝으로 할 것 없이 전부.

핏물이 줄줄 새는 기분이었다.

"생각해둔 옥연이의 봉호를 대비마마께 전달해드리려다가 그만."

머리가 아파 관자놀이를 짚고 있던 우는 서하의 말에 일순 고개를 들었다.

"……봉호?"

"예."

"갑자기 왜 봉호를."

"옥연이도 이제 세 살이 되었으니 전하께서 곧 봉작을 해주실 게 아닙니까."

우의 눈가가 슥 치켜올라갔다. 그걸 아는지 모르는지, 서하는 말을 멈추지 않았다.

"해서 어떤 봉호가 좋을까 생각을 해보았습니다. 대비마마께서 다 생각해두신 바가 있으실 테지만 조금이나마 미리 도움을 좀 줄 수 있을까 하여……."

"그만."

일순 묵직하게 날이 선 우의 목소리가 말을 잘랐다.

서하는 놀라지도 않았다. 마치 예상이라도 한 사람처럼 입을 닫은 채 우를 빤히 바라만 보고 있었다. 그게 더 우를 처참하게 짓눌렀다.

"그만해, 제발."

"전하."

"하지 말란 말이야."

언성이 강해졌다. 더 이상 눌러 담기만 하기엔 그릇이 작았던지, 허락도 없이 마음 밖으로 괴로움이 흘러넘쳤다.

"곧 사라질 것처럼 그렇게 준비해두지 말란 말이야!"

모르지 않았다. 서하가 어떤 마음으로 이 서찰들을 쓴 것인지, 어째서 옥연이를 마주하지 못하게 되었는지.

그리고 무엇을 숨기려 하는지.

"믿지 않는다면서. 그깟 미신, 믿지 않는다면서. 고서 따위보다 나를 믿는다면서! 무슨 일이 있어도 살아남겠다 해놓고 어째서…… 내가 강녕하지 않으면 태어날 아이는 누가 보살피냐니. 어머니인 너는. 너는 없는 것이냐? 아이가 태어나면 나만 남는 것이야? 도대체 왜 그리 아무렇지도 않게 곧 없어질 사람처럼 말하는 건데."

서하는 꼭, 주변 정리를 하는 사람 같았다. 자신이 없는 앞날에 대비해 미리 옥연이의 봉호를 생각해두고, 지인들에게 서찰을 남기고.

"전하."

산달이 가까워질수록 서하가 잠을 못 이루는 이유를 알고 있었다. 눈을 뜨지 못하면 어쩌나, 그 생각이 좀먹듯 파고들어 마음에 병을 일으켰음이었다.

"……못 볼까 봐 그러는 것이지."

옥연이를 멀리하는 이유도 알고 있었다.

"네가 낳은 아이를, 너만은 못 보게 될까 봐."

그게 걱정되기 시작하면서부터 갑자기 옥연이를 보는 게 불편해졌을 터였다. 옥연이를 보면 태어날 아이가 저절로 그려질 테니까. 어찌 생겼을까, 누굴 닮았을까.

얼마나 사랑스러울까.

상상하는 것만으로도 가슴 미어졌을 테지.

“서하야…….”

제발 하지 말라고, 서하의 양어깨를 강하게 휘어잡았던 우는 말끝으로 울컥 서글픔이 몰아치자 그냥 입을 닫아버렸다. 그리고 자리에서 일어나 서하에게서 등을 돌렸다.

지금은 도저히 얼굴을 마주하고 있을 수가 없었으니까.

“……서찰까지만 해. 여기까지만.”

서하는 말이 없었다. 어떤 얼굴을 하고 있는지, 어떤 마음으로 견디고 있을지 생각하면 돌아버릴 것 같았지만 우는 그대로 처소를 빠져나갔다.

몸이 굳어버린 것 같았다. 달려가서 우에게 뭐 하나 해명이라도 하고 싶었지만, 하지 못했다. 정확히 정곡을 찔린 탓이었다.

믿지 않는다고 큰소리를 쳤었다. 미신 따위라 여겼고, 무슨 짓을 해도 살아남을 자신이 있었다. 우만 곁에 있으면 어떤 것도 무섭지가 않았다.

그랬었다.

한데 사람 마음이란 게 어찌나 간사한지. 배가 불러오고, 산달이 가까워지자 서서히 마음이 겁을 집어먹기 시작했다.

우를 더 이상 볼 수 없게 될지도 모른다—

“중전마마, 연안위가 뵙기를 청하옵니다.”

그때부터였다. 변화가 시작된 것은. 우의 말대로 잠을 제대로 이루지 못했고, 예민해진 만큼 입덧이 심해져 뭘 먹어도 맛을 알지 못하거나 전부 게워냈다. 그리고 차마 옥연이를 볼 수 없게 되었다.

언젠가의 내일이 되었을 때 우를 홀로 남겨둘지도 모른다는 불안감이 심해지면 심해질수록 증상은 심해져만 갔다. 서로 함께하는 것이 이토록 두려운 일이 되리라고는, 감히 생각해본 적도 없었는데.

"마마?"

"……드시라 하게."

밖에서 최 상궁이 초조하게 부르는 소리를 듣고서야 서하는 대답을 해주었다. 곧 문이 열리고 수호가 예전과 다름없이 밝은 모습으로 들어오자, 서하는 마음대로 움직여주지 않는 입가에 애써 미소를 머금었다.

"마마, 몸은 좀 어떠하십니까?"

"걱정해주신 덕에 괜찮아졌습니다."

"다행입니다. 어떤 분께서 태어나실지는 모르겠으나, 장차 크게 효도하려고 이리 배 속에서 마마를 괴롭히나 봅니다. 그러니 마음 편히 가지십시오."

정말로 달라진 것이 없었다. 신분도 모르는 용의 아이였던 시절이나 중전이 된 지금이나, 수호는 한결같이 서하를 친우처럼 안심시켜주는 그런 사람이었다. 다른 사람들도 마찬가지였다. 조금도 달라지지 않은 마음들이 무척이나 고마웠다. 해서 서찰로 그 고마움을 조금이나마 표현하고 싶었던 것인데.

〔곧 사라질 것처럼 그렇게 준비해두지 말란 말이야!〕

그것이 우를 화나게 하는 결과로 이어져서 마음이 무겁기 그지없었다.

알고 있었다. 어렴풋이 우가 자신의 변화를, 그 이유를 눈치채고 있다는 것을. 미안했다. 가슴이 아팠다. 우를 괴롭히는 것만큼은 정말이지 하고 싶지 않았지만, 그래도 준비를 해두어야 한다는 생각에는 변함이 없어서 멈추지 않았다.

"마마, 오늘은 꼭 전해드릴 것이 있어서 왔습니다. 아마 보면 크게 놀라실 테니 마음의 준비를 좀 단단히 하십시오."

아무리 그래도 그렇게까지 화를 낼 거라고는, 솔직히 예상 밖이었지만.

〔믿지 않는다면서. 그깟 미신, 믿지 않는다면서. 고서 따위보다 나를 믿는다면서! 무슨 일이 있어도 살아남겠다 해놓고 어째서…….〕

말 한마디 한마디가 비수 같았다. 어찌나 가슴을 쿡쿡 쑤셔대던지.

"……자기도 여태 떨치지 못하고 있으면서."

"예?"

언제 다가왔는지 경상 위에 무언가 내려놓던 수호가 놀란 토끼 눈으로 바라보고 있다는 사실을 알지도 못한 채, 서하는 아랫입술을 꾹 깨물었다. 참았던 눈물이 와락 쏟아졌다.

"마, 마마마, 마마! 갑자기 왜 우십니까!"

우가 자다가 열 번이고 스무 번이고 깨어나 자신이 숨을 쉬고 있는지 확인한다는 사실을 알고 있었다. 입덧이 심해 아무것도 먹지 못한 날이면 우 역시 아무것도 먹지 않는다는 사실도 알고 있었고, 조금이라도 무언가를 먹으면 그것만으로도 안심한다는 사실도 알고 있었다.

또 고서 찾는 일을 포기하지 않았다는 것도 알고 있었다. 그 고서 속에 있을지도 모를 내용.

단 한 자락의 희망을 찾기 위해 죽을힘을 다해 애쓰고 있다는 사실도.

"마마, 중전마마? 왜 그러십니까, 어디가 아프신 겁니까? 아니면 제가 무슨 실수를 하였습니까?"

눈앞에서 수호가 앉지도 서지도 못한 어정쩡한 자세로 연신 안절부절못하며 살폈지만, 한번 툭 터져버린 눈물은 도저히 멈출 기미가 보이질 않았다. 오히려 더욱 복받쳐 올라서는 흐느낌으로 변해갔다.

"마마!"

울음소리가 밖에까지 들렸던지, 최 상궁이 득달같이 들어왔다.

"마마, 어인 눈물이시옵니까!"

최 상궁은 곧바로 옆에 있는 수호를 노려보았다.

"아, 아닙니다! 전 아무것도 하지 않았습니다."

"허면 마마께서 어찌 이리 아이처럼 펑펑 우신단 말입니까!"

두 사람이 티격태격하는 모습을 눈물로 범벅이 된 부연 시야 너머로 바라보며, 서하는 배를 부여잡았다.

"학정 나리, 흐윽…… 학정, 학정 나……."

이제는 학정이 아니라 부마이자 의빈 연안위가 된 수호였지만, 울음이 터져 정신이 없는 서하는 수호를 예전처럼 학정이라 불렀다.

"나리라니요, 마마. 이제 중궁 전하가 되셨으니 말씀을 낮추…… 아무튼 진정을 좀 해보십시오."

"어찌합니까. 이 일을 어찌합니까."

"무엇을요. 무엇을 어찌합니까?"

우를 더 이상 못 보면, 정말로 어찌할까.

"배가 아픕니다."

"예에?"

***

「세상에 불행을 옮기는 아이가 있다면 그건 바로 내가 아닐까, 그렇게 생각했던 적이 있었습니다. 곁에 있는 이들까지 불행하게 만드는 아이라고요. 어머니가 돌아가셨듯, 전하께서 대군 시절 험난한 고초를 겪으셨듯 말입니다.

그런데 이제 와 보니 나처럼 복이 많은 사람이 또 어디 있나, 하는 사실을 깨닫게 되었습니다.」

"이보게, 연안위!"

부르는 소리에 돌아선 수호는 멀리서 뛰어오는 사람이 누구인지 확인하고는 피식 웃었다. 마음이 어지간히 급한 모양이었다. 법도와 체통을 신줏단지보다 중요하게 생각하는 양반이 서하의 진통 소식에 헐레벌떡 뛰어오는 것을 보면.

"혜안군 대감 오셨습니까."

"마마께서는 좀 어떠신가?"

"의관들과 의녀들이 살피고 있으니 괜찮으실 겁니다."

혜안군 대감.

송구하게도 처음에는 대감을 원망했습니다. 원해서 용의 아이가 된 것도 아닌데 너무 미워하는 게 아닌가, 절대 다시 보고 싶지 않은 어른이라며 몰래 흉도 보았습니다.

그때는 얼마나 어리석었는지. 대감을 다시 뵙지 못했다면 제가 어찌 지금처럼 행복해질 수 있었을까요. 엄한 겉모습 뒤에 마음으로 아껴주셨음을 지금은 압니다. 쉽지 않으리란 걸 알면서도 제가 중전의 자리에 앉을 수 있도록 앞장서 주신 것 또한 잘 알고 있습니다. 전하를 떠나있을 때 대감께서 보내주신 서찰 한 통에 온 세상을 다 얻은 기분이었다는 것을, 아실지 모르겠습니다.

「간택을 준비하십시오.」

감사합니다. 감사하고 또 감사합니다. 대감께 입은 은혜, 죽어서도 잊지 않겠습니다.

"대비마마 납시오."

대비마마.

이번 한 번만 형님, 하고 부르도록 허락해주세요. 그리 불러보고 싶었거든요. 여느 사가에서처럼, 그렇게.

형님과 제가 정말로 여느 사가에서 만났더라면, 그저 한 형제의 동서지간으로서 평범하게 만났더라면. 우리는 좀 덜 아프고 좀 더 돈독하게 지낼 수 있었을까요.

저를 보는 마음이 편치만은 않으시리란 걸 잘 압니다. 어쩔 수 없는 미움이 분명 있으리라는 것도요. 송구합니다.

인사를 꾸벅 올리고 허리를 펴던 수호는 가까이 다가온 인혜의 행색을 보자마자 입을 떡 벌렸다.

"대비마마, 추우십니까? 입술이 새파랗게…… 신은 또 어찌 한 짝만…… 이보시오, 박 상궁! 어서 마마께 뭐라도 걸쳐드리십시오! 그리고 신, 신도!"

안 그래도 가슴에 신 한 짝을 꼭 부여잡고 뒤따라온 박 상궁이 서둘러 신을 내려놓자, 인혜는 신을 신으면서도 손을 휘저었다.

"괜찮습니다. 추운 것쯤 어떻습니까. 아이를 낳고 있는 사람도 있는데. 중전은요? 산통이 시작된 지는 얼마나 지났습니까? 연안위, 그대가 함께 있었다지요?"

"예, 마마. 반 시진 정도 지난 것 같습니다. 의관 말로는 첫 아이라 출산까지 좀 걸릴 것이라 하니 처소로 돌아가 계심이 어떻겠습니까? 소식이 있는 대로 소신이 알려드리겠습니다."

"아닙니다. 여기서 기다리겠습니다. 제가 옥연이를 낳을 때도 중전께서 처음부터 끝까지 곁을 지켜주셨어요. 얼마나 고마웠는지. 그러니 나도 지켜줄 겁니다. 수고했다, 고생했다 그리고 미워할 리 없다고 형님으로서 꼭 얘기해줘야겠습니다."

형님은 제게 생명의 은인이십니다. 불이 난 금유당에 갇혔던 날, 저를 살려주신 은혜를 단 한 번도 잊은 적이 없습니다. 누구인지가 중요한 게 아니라, 그저 생명이라는 이유로 구원받았습니다. 그 감사함을 어찌 다 말로 설명할까요.

갚을 수 있으면 좋겠습니다. 살면서, 살아서 마마께 입은 은혜를 다 갚을 수 있는 날이 오기를 간절히 바라봅니다.

"해산은 하셨습니까?"

언제 왔는지 뒤에서 담이 나타났다. 덤덤한 척하고는 있지만, 헝클어진 머리와 뒤집힌 옷고름이 얼마나 초조하게 왔는지를 이야기해주고 있었다.

담은 요 근래 행실이 수상하다며 삐쳐 있던 터라 수호를 가볍게 노려보면서도, 초조한 마음을 숨기지 못하고 남편의 옷소매를 꼭 움켜잡았다.

피식 웃은 수호는 잘게 삐져나온 담의 머리카락을 귀 뒤로 부드럽게 넘겨주며 답했다.

"아직입니다."

"하아, 첫 아이라 불안하실 텐데. 하여튼 왕자인지 공주인지는 모르겠지만, 제 어미를 저리 고생시키고 태어나는 것이 괘씸하여 고모로서 당분간은 예뻐해주지 않을 생각입니다."

"자가, 이렇게 허둥지둥 오셨으면서 뭘 또 마음에도 없는 소리를."

공주 자가.

중전이 되어 자가라 높여 부르면 어찌하냐고 또 엄히 한 소리 하실 테지만, 지금만큼은 중전이 아니라 서하로서 하고 싶은 말이 있어 이리 글을 적습니다.

예전에 자가께서 목숨 아까운 줄 모르실 때는, 정말이지 엉덩이를 팡팡 때려주고 싶었습니다. 지금에서야 드리는 말씀이지만, 어찌나 고생을 했는지. 자가께서 혹 잘못되실까 잠도 못 자고 뜬 눈으로 대기하고 있던 적이 한두 번이 아니었습니다.

담이 새침하게 턱을 들어 올리며 목소리에 힘을 주었다.

"마음에도 없는 소리라니요, 진심입니다. 서방님도 제가 되었다 할 때까지 아이 예뻐하는 것 금지입니다. 중전마마 고생한 걸 생각하면,

태어나자마자 엉덩이를 팡팡 때려주고 싶은 심정입니다."

하고 싶은 말이 있다더니 부끄러운 과거를 들추느냐며 화나셨을 테지요. 농입니다. 사실은 그때 전하께서 살아계시다는 사실을 자가께 전하지 못한 걸 아직도 무척 송구하게 생각합니다. 제가 조금이라도 언질을 드렸더라면 자가께서 슬픈 마음은 겪지 않으셔도 되었을 텐데, 모두 저의 불찰입니다. 부디 용서해주세요.

하지만 자가께서 그렇게 전하를 위하는 마음을 보고 있노라면 대단하다는 생각밖에 들지 않습니다. 나도 동생이 있었으면 어땠을까, 많이 부럽기도 했습니다.

늘 그리 있어주세요. 제가 부러워 마지않는 누이동생으로서, 대쪽 같은 성품을 잃지 말고 전하 곁에 있어주세요. 자가께서 전하 곁에 있어주는 것만으로도 제가 얼마나 안심을 하는지, 아마 자가는 모르실 겁니다.

"어차피 아기씨 보자마자 아무 말도 안 하고 귀여워 죽겠다는 얼굴로 빤히 쳐다만 보실 거면서."

안 봐도 훤하다는 듯 말하던 수호는 갑자기 담이 옆구리를 푹 찌르는 바람에 윽, 하고 몸을 틀어야 했다.

연안위, 아니 학정 나리.

처음 보는 저를 그저 전하의 사람이라는 이유로 벗처럼 아껴주시고 살펴주셔서 감사합니다. 처음이었습니다. 전하 외에 저를 그저 한 명의 사람으로, 어떤 선입견이나 편견 없이 웃으며 대해주신 분은. 그 감사함은 아마 죽어서도 잊지 못할 것입니다.

때때로 나리가 전하께 보여주는 충심은 존경스럽기 그지없습니다. 올곧고, 의심 없이 따르고 주저 없이 믿는 그 마음을 저 역시 닮고 싶다고 생각했었습니다.

변치 말아주세요. 충신이자, 전하께서 온전히 의지할 수 있는 벗으로서 변치 말고 언제까지나 전하의 곁에 남아주세요.

그리고 저 역시 학정 나리의 벗이었다고 생각할 수 있게 해주셔서, 무척 영광이었습니다.

"어이, 부겸이! 어서 오게. 이리, 이리!"

안으로 들어오고 있는 사내의 모습을 발견한 수호가 커다랗게 외치자, 갑자기 걸음이 빨라져 단숨에 다가온 부겸이 입을 삐죽였다.

"넌 나를 무슨 옆집 똥개 부르듯이…… 대비마마도 계신데 부겸이가 뭐야, 부겸이가. 법도는 죽 쒀 먹었냐?"

부겸은 최대한 조그마하게 불평을 늘어놓고는 뒤를 돌아 허리를 숙였다.

"송구합니다. 대비마마, 공주 자가, 혜안군 대감. 모두 여기 계셨습니까."

돌이켜보면 부겸 나리와 저의 첫 만남처럼 이상한 만남은 없을 겁니다. 나리의 눈에 제가 얼마나 이상하게 보였을지, 상상만으로도 창피해서 어딘가에 숨고 싶은 심정이 됩니다.

다짜고짜 나타나 옷을 벗어 달라던 이상한 여인의 부탁을 선뜻 들어주셔서 감사합니다. 그리고 이상한 부탁을 할 때마다 늘 아무렇지도 않게 어울려주셔서 또 한 번 감사합니다.

전하께서 일 잘하는 부겸 나리를 많이 의지하고 계십니다. 때때로 힘드실 테지만, 부디 처음처럼 전하를 잘 보필해주세요.

그리고 한 가지 더. 될 수 있으면 기방은 그만 출입하시고 어여쁜 부인을 하루라도 빨리 맞이하시길 바랍니다.

인혜는 부겸이 온 길목을 연신 두리번거리다가 물었다.

"도승지, 혼자 오셨습니까? 전하께서는요. 함께 계시지 않았던 겁니까? 아니면 무슨 급한 용무라도 있으시답니까? 제일 먼저 달려오실 분인데 어찌 이리 늦으시는지."

"염려 마십시오, 대비마마. 급히 돌아오고 계시다 하니 금방 도착하실 겁니다."

"급히 돌아오고 계시다니. 전하께서 어딜 가셨던 겁니까?"

"아, 그게……."

부겸은 잠시 말문이 막히고 말았다.

박 내관 나리.

언젠가 제 등을 떠밀어주셨던 때를 기억하십니까. 선겸을 숨긴 일로 전하께서 제게 화가 많이 나 계셨었지요.

나리가 아니셨다면 전 아마 그때 수원으로 가시던 전하를 따라갈 엄두도 내지 못했을 겁니다. 등을 떠밀어준 나리 덕분에 전하를 뵈었고, 그 덕분에 미움을 받더라도 수원에 따라가야겠다는 마음이 들었으니까요.

고맙습니다. 고마운 것이 어디 그뿐이겠습니까. 이도 저도 아닌 신분으로 궁에 숨어 있던 저를 얼마나 살뜰히 챙겨주셨는지. 말씀드린 적 없는데도 제가 제일 좋아하는 유과를 척척 내주시던 고마움은 특히 최고였답니다.

저를 살펴주시고, 아껴주셔서 진심으로 고맙습니다. 또 전하 곁에 때 묻지 않은 순수한 충신으로 남아주셔서 고맙습니다. 그 마음 변치 말고, 어떤 고난이 오더라도 전하를 지켜주시길 바랍니다.

머뭇거리던 부겸이 한참 만에야 입을 열었다.

"사실대로 말씀드리면, 전하께서 아무에게도 알리지 않은 채 말을 타고 나가신 모양입니다."

"뭐라고요?"

"서둘러 국별장이 뒤쫓아 소식을 알렸으니, 아마 지금쯤 돌아오고 계실 겁니다."

월영님.

국별장이 되신 것 다시 한번 감축드립니다. 이제 어엿한 절충장군이 되셨네요. 우리가 금유당에 갇혀 있을 때는 상상도 못 했던 일들이 이렇게나 많이 일어나고 있습니다. 때때로 신기하다는 생각이 듭니다.

금유당에서 살 때는 월영님과 제 사이에 커다란 벽이 있는 것 같았습니다. 따지고 보면 우리 둘밖에 없으니 서로 의지할 법도 한데, 전 월영님이 굉장히 먼 사람처럼 늘 어렵고 조심스러웠습니다. 그때는 월영님이 완전히 여인인 줄로만 알았는데도 자매처럼 의지할 생각은 추호도 하지 못했습니다.

한데 지금은 월영님과 꼭 남매 같은 기분이 듭니다. 밥은 잘 챙겨 드시는지, 어디 아프신 곳은 없는지, 힘든 일은 없는지. 오라버니 걱정하듯, 아우를 그리워하듯 그렇게 가깝게 느껴집니다. 모두 월영님께서 절 지켜주신 덕분입니다. 금유당에서부터 지금까지 저를 지켜주셔서 한없이 감사할 따름입니다.

무엇보다 포기하지 않고 제대로 땅을 딛고 일어서주셔서 감사합니다. 힘들었을 텐데도 좌절하지 않고, 무너지지 않고, 묵묵히 걸어 이곳까지 와주신 월영님이 눈물이 날 만큼 자랑스럽습니다.

그러니 앞으로도 포기하지 말아주세요. 힘껏 살아주세요. 우리가 금유당을 나와 얼마나 행복해졌는지 기억해주세요. 세상이 이렇게나 드넓었었구나, 온 마음을 다해 지켜봐주세요.

전 월영님께서 바람같이 흘러가는 모습을, 멀리서나마 자랑스럽게 지켜보고 있겠습니다. 그러니 부디 늘 평안하시기를.

옹기종기 모여 선 사람들이 초조하게 소식을 기다리고 있을 때였다. 내전 문이 열리고, 의녀 하나가 버선발로 뛰어 내려왔다.

"어찌 되었느냐. 중전께서 출산을 하셨느냐?"

가장 앞에 선 인혜가 다급하게 묻자, 의녀가 허리를 깊이 숙이며 더듬더듬 입을 열었다.

"그, 그것이……."

전하.

느닷없이 서찰을 드리려니 조금 민망하고 쑥스러운 기분이 듭니다. 어렸을 적엔 자주 이리 서찰을 주고받았는데 말이지요. 제가 벙어리인 줄로만 아셨던 지라, 전하께서 하루도 빠짐없이 서찰을 보내주셨습니다. 말하지 않았는데도 서찰을 읽고 쓰는 것이 금유당에서 사는 저의 유일한 낙이었다는 걸 아시는 것처럼요. 한데 이제는 먼 이야기가 되어버린 것 같아 괜스레 추억이 서운하여 몇 자 적어보려 합니다.

전하를 처음 만났던 날이 기억납니다. 배가 너무 고픈 나머지 냄새에 끌려 소주방에 몰래 숨어들었는데, 전 그때 전하께서 대군이신 줄도 모르고 홀린 것처럼 타락죽을 바라만 보고 있었더랬지요.

지금 생각하면 전하께서 얼마나 어이가 없으셨을지 감히 상상도 못 하겠습니다. 어디서 듣도 보도 못한 계집아이가 나타나서는 겁도 없이 대군이 먹으려고 하는 타락죽을 노리고 있었으니, 건방지기가 이루 말할 수 없는 아이라고 생각하셨을 테지요.

처음 상선 영감의 등에 업혀 궁에 들어오며 전하를 보았던 터라, 뭐랄까요. 저도 모르게 궁 안에서 유일하게 아는 사람이라고 생각했달까요. 멋대로 친근하게 여긴 나머지 겁 없이 전하께 접근했던 게 아닌가 싶습니다.

전하께서 웃으며 먹을래, 하셨던 순간. 제가 전하께 마음을 빼앗겼다는 건 모르셨을 테지요. 다음 날도 또 그다음 날도 소주방에 숨어들었던 것은 먹을 것을 찾기 위해서가 아니라 전하의 그 다정한 눈빛과 목소리가 그리워서…….

서찰을 쓰기 전에는 할 말이 그리도 많았는데, 막상 붓을 드니 그저 한 가지 밖에는 떠오르질 않습니다.

전하.

대군.

은애합니다. 연모합니다.

타락죽을 얻어먹던 여섯 살 어린 계집아이였을 때처럼.

이 소년이 나의 자유구나, 처음으로 깨달아 대군의 허리를 꽉 끌어안고 울었던 열네 살 철부지였을 때처럼.

또 죽기보다 싫었지만 대군의 가슴을 찔러야만 했던 애달픈 열여섯 살 때처럼.

조금도 달라지지 않은 채로, 대군을 사랑합니다.

금유당에서부터 제 꿈은 늘 내일이 되는 것이었습니다. 내일이 되어 자유로울 수 있기를, 해서 연모하는 이와 함께 웃으며 바람을 타고 동산을 거닐 수 있기를.

설레어 잠도 못 이루고, 서글퍼 눈물을 흘리던 시절이 다 지나가고 마침내 대군과 함께 있을 수 있게 되었는데도 전 여전히 내일이 그립습니다. 잘 잤느냐며 뺨을 매만져주시는 대군이, 편전까지 가시는 대군을 배웅하는 길목이, 함께 밥을 먹고 웃을 수 있는 순간이.

그리고 대군을 온 마음을 다해 안아드릴 수 있는 하루가.

몹시 그립고 또 그립습니다.

하여 두려워졌습니다. 혹 내일이 오지 않을까, 두려운 마음에 잠을 청하는 것조차 서글퍼졌습니다. 해서 대군을 슬프게 하는 줄 알면서도 멈추질 못했습니다. 송구합니다.

하지만요, 대군.

혹여 말입니다.

혹여라도 어느 날, 저의 내일이 끝이 난다면…….

"서하는!"

뒤늦게 내전 앞까지 미친 듯이 달려온 우가 외쳤다.

***

벌써 어둑해진 궐 안을 우는 미친 듯이 달렸다. 갓이 벗겨져 날아가고, 미복으로 입은 하얀 도포 자락이 찢어질 것처럼 바람에 흩날렸다.

"전하, 우선 의대부터 갈아입으셔야!"

뒤에서 함께 달리던 월영이 외쳤지만, 지금 우의 귀에는 아무것도 들리지 않았다.

무슨 짓을 한 것인지 감도 오질 않았다. 서하의 변화가 가슴을 헤집어 놓는 바람에 제정신이 아니었고, 때마침 월영이 알아 온 정보 중에 또 다른 고서에 대한 단서가 있었다. 해서 미복 차림으로 말을 타고 달렸다. 무작정 달렸다. 무슨 일이 있어도 서하를 살려놓고 말겠다는 집념 하나로 고서를 찾기 위해 달렸는데.

정작 서하는 자신이 없는 곳에서 산고를 겪고 있었다. 어지러울 만큼 핏기가 가셨다.

"주, 주상 전하 나, 납시오!"

맨 뒤에서 꽁지가 빠지게 쫓아오던 두천이 팽창한 폐 때문에 헉헉거리면서도 크게 외치자, 내전을 지키고 있던 내관과 상궁들이 서둘러 허리를 숙였다. 하얀 도포가 그런 그들을 보지도 못한 채 빠르게 지나쳤다.

"서하는!"

우의 묵직한 외침이 내전 앞마당을 쩌렁쩌렁 울렸다. 놀란 사람들의 얼굴이 보였다. 인혜, 혜안군, 수호, 부겸 그리고 담이까지.

누구 하나 말이 없었다. 그 정적이 참을 수 없을 만큼 미치게 만들어서, 우는 급기야 사람들을 지나쳐 내전 안으로 들어가려 했다.

"잠시만요, 전하!"

재빨리 달려온 담이 계단을 오르는 우의 앞을 막아섰다.

"아직 해산 중입니다. 들어가시면 안 됩니다."

어쩔 수 없이 멈춘 우가 누이를 보며 다시 한번 물었다.

"서하는."

담은 저도 모르게 주먹을 꽉 쥐었다. 마주한 우의 눈빛이 금방이라도 무너질 것처럼 위태위태해서, 보고 있는 것만으로도 가슴이 저렸다.

"전하. 서하라니요. 사람들이 보고 듣고 있습니다. 부디 체통을……."

"무사하다고 말해."

명령 같은 애원.

누이의 어깨를 잡은 우의 손이 저도 모르게 파르르 떨렸다.

"무사하십니다. 단지 난산이라 조금 힘드신 것뿐입니다."

대답을 듣고서야 우의 입에서 하아, 안도의 한숨이 새어 나왔다. 떨림이 잦아들고 제대로 숨을 쉬게 된 우를 보고 있자니, 담은 차마 뒷말까지 덧붙일 수가 없었다.

아이가 나오기도 전에 피를 너무 많이 흘리고 있다고.

"그러니 전하, 좀 진정하시고 의대를 정제하고 오심이……."

"화를 냈어."

우가 낮게 중얼거렸다. 축 늘어진 그의 어깨에 짙은 후회가 서려 있었다.

"참지 못하고, 내가 서하한테."

"전하."

"자꾸만 사라질 사람처럼, 그게 너무 안타까워서…… 나보다 훨씬 더 불안했을 텐데."

안심시켜주질 못했다. 덤덤한 척 하나하나 준비해두는 서하가 진짜로 덤덤한 게 아니라는 걸 알면서도, 안아주질 못했다.

여유가 없는 건 우도 마찬가지였으니까.

끝이 보이지 않는 구덩이에 빠지고 있는 서하를, 무슨 짓을 해도 꺼내주지 못할 것 같은 기분이 들어서 돌아버릴 것 같았으니까.

"오라버니, 오라버니?"

덩달아 초조해진 담은 얼른 우의 손을 부여잡았다. 그러고는 혹시라도 다른 사람들에게 들리지 않도록 작게, 하지만 강한 어조로 말을 이었다.

"서하가 누구입니까. 여기 있는 누구보다도, 오라버니보다도 더 오라버니에 대해 잘 아는 사람입니다. 그런 서하가 오라버니의 마음이 어떠했을지 모를 리가 있겠습니까?"

말을 듣고 있는 건지 어쩐 건지, 우의 눈에 초점이 없는 듯했다.

"그러니 제발 심기를 굳건히 하시고……."

와앙—

갑자기 터져 나온 아기 울음소리에 우가 고개를 번쩍 들었다. 툭, 툭. 동시에 하나둘 떨어지기 시작한 빗방울이 얼굴을 적셔왔다.

"……서하야?"

잠시 놀랐던 사람들은 비를 맞으면서도 마침내 아이를 낳았다며 기뻐했고, 담 역시 안도의 한숨을 내쉬었다. 긴장으로 꽉꽉 굳어 있던 우만이 여전히 안심하지 못한 채 뒤로 한걸음 물러나 계단을 내려오려 할 때였다.

의녀 하나가 황급히 뛰쳐나오고, 안에서 커다란 외침이 들렸다.

"마마, 중전마마!"

무언가 잘못되었다, 확신하는 순간 우의 얼굴이 파리해졌다. 무시무시한 기세로 계단을 뛰어 올라가는데, 누군가 저보다 앞서 계단을 뛰어 올라 또다시 앞을 막아섰다.

"지금 저 안에는 전하가 아니라 제가 필요합니다."

우의 앞에 선 여인이 허리를 꾸벅 숙였다.

"송구합니다. 일찍 오려 했는데, 수문장이 하도 못 들어가게 막는 바람에 그걸 해결하느라 늦었습니다."

반쯤 미쳐 날뛰는 우의 눈이 가까스로 운선을 알아보았다.

"무슨 짓을 해서라도 중전마마의 목숨을 붙여놓을 터이니, 전하께서는 저기 절 잡으러 오는 금군들 좀 해결해주십시오."

우가 뭐라 할 새도 없이 운선이 내전 안으로 뛰어 들어갔고, 깜짝 놀란 담이 재빨리 그 뒤를 따라 들어갔다.

"모두 멈추어라!"

그리고 우는 매섭게 달려온 금군들을 전부 멈춰 세웠다.

"전하! 송구하오나 방금 그 여인이 수문장을 때려눕히고……."

"중전을 시료하기 위해 온 의녀다."

지금은 작은 희망 하나도 놓칠 수가 없었다. 어린 나이부터 차비대령 의녀를 지낸 운선의 실력을 믿어야 했다. 간절하게.

"막기만 해보거라. 죽어도 용서치 않을 테니."

***

문을 벌컥 열고 들어온 운선이 외쳤다.

"물!"

어찌나 커다란 목소리인지, 안에 있던 의녀들이 깜짝 놀라 전부 제자리에 멈추었을 정도였다.

"깨끗한 물을 주십시오!"

누군가 물을 대령하자, 운선은 가리개를 머리 뒤로 질끈 묶고는 제 손을 담가 씻었다. 모든 것이 물 흐르듯 매끄러웠다. 깨끗한 면포로 닦아내고, 서하에게 다가가 진맥을 하는 것까지.

그사이 뒤따라 달려온 담은 놀라 제자리에 멈춰 서 있었다. 안이 어지러웠다. 피를 닦아낸 천들이 여기저기 널브러져 있었고, 서하는 창백한 얼굴로 미약한 숨만 간신히 쉬어내고 있었다. 꼭 꺼져가는 등불 같았다.

"죽게 놔둘 줄 알고? 날 살게 해놓고 네가 죽으면 안 되지."

시침을 하던 운선이 이를 악물고 나지막이 중얼거렸다. 감히 중전에게 지껄이는 무도한 말을 들었음에도, 담은 운선을 혼내지 못했다. 팔을 걷어붙인 운선이, 이상하리만치 진짜로 서하를 살려놓을 것 같은 믿음이 있었기 때문이었다.

"정신 차리십시오, 마마."

운선은 시침을 하면서도 연신 서하에게 말을 걸듯 중얼거렸다.

"이제 막 태어난 아기씨를 생각하시고, 밖에서 초조하게 기다리고 계신 전하를 생각하셔서라도……."

"……구우."

미세하게 들려온 목소리에 운선의 어깨가 움찔 튀어 올랐다. 서하가 가늘게 눈을 뜨려 하고 있었다.

"정신이 드십니까? 마마, 마마?"

운선이 다급히 부르자, 서하가 다시 한번 입을 움직였다.

"……대."

"예, 마마."

"대…… 구우운……."

그제야 무슨 말인지를 알아들은 운선은 뒤에서 여전히 멍하니 서 있는 담을 쳐다보며 외쳤다.

"자가, 공주 자가!"

뒤늦게 정신을 차린 담이 황급히 다가왔다.

"왜 그러느냐."

"마마 옆에서 전하에 대한 말씀을 해주십시오."

"뭐?"

"전하 얘기에 반응을 하시는 것 같습니다. 정신을 놓지 않으시도록 계속 말을 걸어주세요. 여기서 또 정신을 잃으시면 정말로 위험합니다!"

얼결에 고개를 끄덕인 담은 얼른 서하의 옆에 앉았다.

"오라버니 아니, 전하께서……."

당황하여 무슨 얘기를 어떻게 하나 머뭇거리고 있을 때였다.

"서하야!"

문 너머에서 커다란 사내 목소리가 들려왔다. 화들짝 놀란 모두의 시선이 닿는 곳에 사람 그림자가 있었다. 차마 누구도 말리지 못했는지, 우가 기어이 내전 문 너머에 서 있었다.

"서하야."

애달프게 내려앉은 목소리가 문틈을 비집고 들어왔다.

"서하야, 서하야."

우는 보이지도 않는 서하를 불렀다. 닿지 않는 손 대신 목소리라도 닿기를 간절히 바라면서.

"……나도 달라지지 않았다."

다른 이들은 무슨 소리인지 몰라도, 서하만은 알아들을 수 있는 말.

"일곱 살 때부터 지금까지, 단 한 번도 달라진 적 없었어."

처음 보았을 때부터 지금까지 변치 않은 마음이, 어쩌면 나날이 더해가기만 하는 마음이 여기도 있다고.

소리 없이 떨어지는 우의 눈물이 외치고 있었다.

"그러니까 옆에 있게 해줘. 네가 그리는 내일에, 내가 있게 해줘."

우는 조심히 문가에 손을 짚었다. 당장이라도 열고 들어가 안아주지 못하는 이 순간을 치열하게 참는 것이 괴로워, 고통스러울 정도로 손에 힘이 들어갔다.

"내일이 되었든, 모레가 되었든, 몇 년 후가 되었든. 네가 되었다 할 때까지…… 안아줄 수 있게 해줘. 제발."

섧은 염원이 방 안을 가득 메우고, 임금의 간절함에 모두 고개를 숙였다.

안에서 우의 말을 듣고만 있던 담은 서하의 늘어진 손을 꼭 부여잡았다. 살면서 우가 이토록 약해진 모습을 본 적이 없었다. 중전이 되기 전 서하를 궁에서 내보내야만 했을 때도 이렇지는 않았다. 적어도 해결책이 있었으니까. 왕위를 내려놓고 서하를 찾아가겠다는 목표가 있었으니까.

하지만 서하가 죽을지도 모르는 해결책 없는 문제 앞에서, 우는 이다지도 나약했다.

"내 오라버니를 위해서라도 제발 일어나줘."

모두의 애타는 간절한 소망이, 조금씩 담의 손을 힘주어 잡는 서하에게 닿고 있었다.

***

꿈을 꾸었다. 열네 살의 꿈을.

우가 이끄는 대로 금유당을 몰래 빠져나가 후원의 높은 산자락에 당도했었다. 어찌나 높은 곳까지 데리고 가던지. 숨이 차고, 다리가 끊어질 것처럼 아픈데 그저 좋아서 따라간 곳에.

자유가 있었다.

궐의 모든 전각이 폭 잠겼을 정도로 산수유꽃이, 매화꽃이 만개한 대지가 눈이 부시게 예뻤다. 옥류천의 청량한 물줄기가, 꽃잎이 떨어져 형형색색으로 물든 연못이 꿈처럼 펼쳐져 있었다.

그리고 떨어질지도 모를 만큼 가파른 산자락의 정점까지 걸어가 마치 금방이라도 날아오를 것처럼 양팔을 활짝 벌리며 선 소년.

〔내가 제일 좋아하는 곳이다. 이렇게 내려다보고 있으면 이곳이 궁 따위가 아니라, 그저 내가 내딛는 땅이고 훨훨 날고 싶은 하늘일 뿐이라는 사실을 일깨워주거든.〕

그 말을 듣는 순간, 숨통이 트였다.

숨을 쉰다는 게 이렇게나 폐부를 황홀하게 울리는 일이었다는 걸 알게 되었다. 어머니와 도망치던 생활을 했을 때나, 궐에 잡혀 온 후로 단 한 번도 느껴보지 못한 홀가분함이라는 게 무엇인지 알게 되었다.

내가 내딛는 땅, 훨훨 날고 싶은 하늘. 그 말이 얼마나 절절하게 행복한 말인지 태어나 처음으로 알게 되었다. 하여 눈물이 흘렀다. 그리고 한없이 순수해 보이는 소년의 뒤로 걸어가 등을 힘껏 끌어안으며 생각했다.

이 소년이…… 나의 자유구나.

"몰랐네. 내가 너의 자유였을 줄은."

그때 우는 끌어안고 있는 자신의 손을 가만가만 어루만져주며, 등을 적시고 있는 뜨거운 눈물의 의미를 마치 다 안다는 듯 말했었다.

〔내가 밖으로 데려다주마. 반드시 데려다줄 것이다. 네가 어디로든 훨훨 날아갈 수 있는 곳으로.〕

"내가 한 말을 지키지 못한 것 같아 늘 마음에 걸렸는데, 결국 지킨 게 되는 건가. 내가 네 자유이니."

목소리가 꼭 현실처럼 가까워서, 서하는 조심히 눈을 떴다. 무슨 이유인지 몰라도 시야가 부옇게 흐렸다. 몇 번을 천천히 깜빡거리며 초점을 맞추려고 하는데, 제 볼을 가만가만 쓰다듬는 손이 너무 익숙했다.

"전하?"

해서 우라는 사실을 모를 수가 없었다.

우는 대답 없이 서하를 지그시 바라보았다. 다행히 시야가 돌아와 우의 반듯한 얼굴이 겨우 다 보일 때쯤.

"……다행이다."

깊이 울리는 목소리로 우가 말했다.

그제야 서하는 자신이 무사함을 실감했다. 우를 안심시킬 수 있는 이 순간이 얼마나 고마운지, 왈칵 터져 흘러나온 눈물이 멈추지를 않았다.

정신이 희미했을 때, 우의 목소리를 놓치지 않으려 애썼다. 일곱 살 때부터 지금까지 단 한 번도 달라지지 않았다는 말이, 네가 그리는 내일에 내가 있게 해달라던 말이.

아득해지는 심장을 다시 움직이게 했다.

"무서웠습니다."

터진 울음이 눈가를 적시고, 그 눈가를 닦아주는 우의 손을 흠뻑 적셨다.

"전하를 다시는 못 보는 줄 알고……."

"응."

"서찰을 쓰면서도……."

얼마나 울었는지.

내일이 끝이 난다면, 같은 말 따위.

얼마나 쓰기 싫었는지.

우는 다 안다는 듯 묵묵히 눈물을 닦아주기만 했다. 서하는 다시는 놓치기 싫은 사람처럼, 그런 우의 손을 꽉 잡았다.

미안해, 우가 속삭였다.

"너를 살리겠다면서 정작 너를 돌보지 못하고 애꿎은 고서에나 매달려서."

"어떤 마음으로 그러셨는지 다 압니다."

"……결국 참지 못하고 화내서."

"그것도 다 압니다."

그래도 미안하다고, 우는 끊임없이 속삭여주었다. 달콤하고 또 애달프게.

"그렇게 미안하시면, 잠깐만 가까이 와주세요."

서하가 손짓하자, 우가 슬쩍 고개를 숙였다.

"응? 이렇게?"

"조금만 더,"

"어디까지……."

말이 끝나기도 전에 서하가 다가온 우의 얼굴을 잡고 쪽, 입을 맞추었다. 아랫입술을 살짝 깨물고, 온기를 탐하고, 살아 있다는 감각을 온몸으로 만끽했다. 생각 같아선 오래도록 붙잡고 싶었지만, 아직 회복이 다 되지 않았는지 힘이 없어진 서하의 뒷머리가 금방 베갯잇으로 떨어졌다.

예상치 못한 전개였던지, 제자리에서 굳어버린 채 움직임이 없던 우가 눈을 가늘게 뜨더니 으름장을 놓듯이 목소리를 울렸다.

"……다신 하지 마."

우가 한숨을 깊게 쉬고는 말을 이었다.

"당장이라도 으스러지게 끌어안고 싶어지니까, 다신 하지 마."

살짝 놀랐던 마음이 순식간에 가라앉은 서하가 훗, 웃었다. 산모는 온몸이 갓난아이처럼 약해져 있는 상태니까 절대로 무리를 주면 안 된다고, 끌어안는 것조차 금지라고 운선이 적어도 스무 번쯤은 강조했다며 우가 쯧 혀를 찼다.

"그래서 언제 끌어안아도 된다는 건지."

불만이 꽤 솔직하게 담긴 어투에 서하가 괜찮다며 안아달라고 하려다 말고 눈을 동그랗게 떴다.

"아이는요?"

조금 날카로워졌던 우의 눈가가 삽시간에 부드럽게 휘어졌다.

"건강해."

널 많이 닮았어, 하는 우의 목소리가 좋았다. 울음소리가 어찌나 우렁찬지 궁 사방에서 다 들린다며 웃는 눈매가 사랑스러워서 저절로 미소가 머금어졌다.

"그래서, 뭐라고 쓰려고 했어?"

갑자기 화제가 바뀌자 서하가 고개를 갸웃했다.

"예?"

"혹여라도 어느 날, 저의 내일이 끝이 난다면…… 그다음."

언제 그랬냐는 듯 다시 우의 눈이 날카로워지고, 또 언제 그랬냐는 듯 서하의 얼굴에서 미소가 사라졌다.

그러고 보니, 우한테 쓴 서찰은 어찌 전해야 할지 두려워 경상 서랍에 고이 모셔두고 아무에게도 알리지 않았었다. 최 상궁도 모르는 사실을.

"그다음에 도대체 무슨 말을 쓰려고 했을까?"

심지어 마지막 말을 도저히 쓸 수가 없어 끝맺지도 못한 서찰을, 도대체 우가 어찌 알고 있을까.

"아니, 그게……."

"어디 한번 말해보거라. 다시는 그런 말 못 하도록 아주 아찔하게 숨막히는 방법으로 입을 막아줄 터이니."

다가오는 우를 피해 서하는 슬그머니 이불을 잡아채서는 단숨에 머리끝까지 뒤집어썼다. 그러고는 이불을 잡아 내리려고 하는 우에게 잘못했다고, 열 번도 넘게 외쳐야 했다.

"기억이 안 납니다! 진짜예요!"

하지만요, 대군.

혹여 말입니다. 혹여라도 어느 날, 저의 내일이 끝이 난다면…….

부디 알아주세요. 제가 얼마나 대군을 연모하였는지. 하여 주어진 시간들이 얼마나 행복했는지.

이 세상의 온 행복을 끌어안고 갔음을, 부디 잊지 말아주세요.

***

매화처녀전

옛날 옛적 충청도 어느 깊은 골짜기에 부모를 일찍 여읜 가엾은 장님 소녀가 살았는데 매화나무가 흐드러지게 심어진 매화나무밭에서 살았으니 사람들은 그 소녀를 매화처녀라고 불렀음이다. 마음씨 고운 매화처녀는 산에서 약초를 캐어 아픈 사람들에게 달여 먹이기도 하고 즙을 내어 바르게 하기도 하였으매, 사람들은 매화 처녀를 신통하게 여기고 아껴주었도다.

어느 해인가 마을에 가뭄이 계속되고 농사가 제대로 되지 않는 터라 사흘 며칠을 굶는 사람들이 허다하였다. 그것을 본 선무당이 큰 재물을 노리매 마을에 장님이 살고 있는가 묻고는 눈이 어두우니 태양의 기운을 받을 수 없어 가뭄이 드는 것이라 처녀를 음해하였더라. 그 말을 철석같이 믿은 사람들이 처녀를 마을에서 쫓아냈도다.

갈 곳 없던 매화처녀는 팔도를 돌며 구걸을 하기도 하고 깊은 산속으로 들어가 나무뿌리를 캐 먹으며 목숨을 연명하였는데, 산중이 매우 험해 미끄러지기도 하고 굴러떨어지기도 하여 꼴이 처참하더라. 그러자 만나는 사람마다 매화처녀를 피하며 불길하다 수군거렸음이다.

어느 날 열매라도 주울 요량으로 산속을 헤매던 매화처녀가 커다란 동굴을 발견하였다. 대수롭지 않게 가려는데 동굴 깊은 곳에서 신음이 울리매 처녀가 큰소리로 "누가 계십니까" 하고 외쳤도다. 그러자 "큰일이 아니니 지나가오" 하는 괴상한 음성이 들리더라.

처녀가 심상치 않다 여겨 "누가 계십니까" 하고 다시 물었더니, 이번에는 "큰일이 아니니 지나가오" 하면서 또 신음이 울리더라.

하는 수 없이 벽을 더듬어 안으로 들어간 처녀가 마침내 소리의 근본을 찾아내매 "어디가 안 좋으십니까" 하고 물었더니, "역시 큰일이 아니니 지나가오" 라고만 하더라. 처녀는 "피 냄새가 나는 것이 다치신 듯하니 제가 고쳐드리이다" 하고는 곧장 밖으로 나가 상처를 낫게 해주는 약초의 냄새를 쫓아 여러 약초들을 뽑아왔노라.

다시 동굴로 돌아온 처녀가 "약을 가져왔으니 상처를 알려주소서" 하매 동굴 천장까지 울리던 괴음성이 말하기를, "내 상처는 아주 커다랗다오" 하였다. 처녀가 다시 대답하기를 "괜찮으니 알려주소서" 하였다.

처녀가 손으로 더듬어 상처를 살피는데, 뜻밖에도 사람의 몸뚱이가 아니라 꼭 커다란 뱀 같더라. 놀란 처녀가 "사람이 아니십니다" 하고 물었더니 음성이 말하기를 "나는 하늘을 관장하는 상제의 용인데 어느 날 상제께서 내게 명하시기를 요사스럽고 사악한 이무기가 사람을 괴롭히고 있느니 너는 세상으로 내려가 이무기를 무찌르고 오너라 하셨다오. 한데 이무기와 싸우다 그만 다치게 된 거라오" 하였다. 가만히 듣고 있던 처녀가 말하기를 "이 약초가 큰 효과가 있을 것이옵니다."

신기하게도 처녀가 발라준 약초가 금방 스며들어 상처가 낫기 시작하매 용이 다시 기운을 차렸더라. 처녀의 고운 마음씨에 크게 감복한 용이 말하기를 "내가 그대에게 큰 은혜를 입었으니 소원이 있다면 한 가지 말해보오" 하였다. 그러자 처녀가 슬퍼하며 "저는 다만 앞을 볼 수 있게 되는 것이 소원입니다" 말하였다.

용이 곧바로 품에서 번쩍이는 구슬 하나를 꺼내더니 처녀에게 건넸노라. 구슬이 빛을 내더니 곧 온데간데없이 사라지고 처녀가 감았던 눈을 뜨자 놀랍게도 앞이 보이는지라. 처녀는 크게 기뻐하며 용에게 절을 하고 하늘에 감사하였다.

한데 여의주는 하늘의 물건인지라 처녀의 눈동자가 비범한 힘을 얻었으니 비룡의 앞날이 보이기 시작하더라. 하필이면 요괴가 비룡을 물어 죽이는 선견이 보이자 처녀가 크게 걱정하며 "요괴 범상치 않으니 부디 존체 보존하오소서" 하고 앞날을 알려주었다.

비룡은 알았다고 하며 처녀에게 최대한 멀리 도망치라 일렀다. 또한 "그대의 눈을 뜨게 하려 여의주를 내어주었으나 선견은 본디 그대의 능력이어서는 아니 된다오. 하여 그대의 운명이 끝이 나면 꼭 돌려받으러 가리니 여의주로 인한 것은 모두 사라지게 될 것이라오" 하였다.

처녀가 도망치는 사이 요괴가 나타나 비룡과 다투기 시작하니 하늘이 어지럽고 땅이 수없이 흔들리더라. 여기저기 부상자가 속출하매 처녀는 사람들을 돌보기 시작하였다. 밤낮으로 약초를 캐며 부상자를 치료하고 있는데 뜻밖에도 거지꼴을 한 사내가 위험한 줄도 모르고 누군가를 열심히 찾아다니고 있음이었다. 처녀가 이상히 여겨 부르자 사내가 처녀를 보고는 매우 반가워하며 눈물을 줄줄 흘리더라.

사연을 들어보니 매화처녀가 살던 마을에서 쫓겨날 때 매우 죄스럽고 염려스러워 팔도를 돌며 처녀를 찾아 헤매고 다녔다는 것이라. 사내가 마을 사람들을 대신해 죄를 빌며 하염없이 고개를 조아리자 그 정성에 탄복한 처녀는 덕분에 눈을 떴으니 모두 하늘의 뜻이라 여긴다며 용서하였다.

사내는 거듭 감사하며 처녀를 돕겠다 청했고 두 사람은 방방곡곡 마을을 돌며 부상자를 치료하고 다녔다. 어느 날인가 원래 살던 마을에 당도하게 되었는데 그 꼴이 가히 가관이라. 매화처녀를 쫓아낸 뒤로 마을에는 비가 한 방울도 오지 않았고 거짓말이 탄로 난 선무당은 한밤중 몰래 도망치다 마른하늘에서 떨어진 벼락을 맞고 재가 되었더라. 매화처녀를 본 마을 사람들이 너도나도 땅에 엎으려 죽을죄를 지었노라 울부짖자 처녀는 널리 용서하고 마을에 남아 모두와 어울려 살았다.

처녀는 사내와 혼례 하였고 두 사람은 계속 병자들을 치료하며 금슬 돈독하게 살았다. 뒤늦게 아이 하나를 가지게 되었는데 산달이 되자 산고가 극심하여 사흘 밤낮이나 사경을 헤매었다. 위태로운 찰나 처녀는 몸에 피가 한 방울도 남지 않고 모두 빠져나가는 것 같은 느낌이 들더라.

처음에는 깜짝 놀랐으나 몸에 있던 여의주가 아이에게 옮겨간 것임을 깨달았음이다. 곧이어 아이 울음소리가 들리자 처녀는 제 운명이 다하였음을 알고 갓난아이를 찾아 품에 안으며 무언가를 끊임없이 속삭이다가 마침내 하늘의 부름을 받아 큰 별이 되었다.

처녀의 아이가 아이를 낳고, 또 그 아이의 아이가 어여쁜 여식을 낳아 장성하였을 즈음 마침내 드리웠던 천지의 암운이 모두 사라졌더라. 매화처녀의 후손인 여인은 맑아진 하늘을 올려다보며 길을 나섰다. 굽이치는 강물을 건너고 암벽으로 둘러싸인 골짜기를 넘고 넘어 도달한 곳에 정말로 동굴 하나가 있음이었다.

여인이 그곳에서 몇 날 며칠을 기다리고 있노라니 지나가던 나그네가 "무얼 하고 있으시오" 하며 말을 청하더라. 여인이 답하기를 "이곳에서 비룡님을 만날 수 있다 하여 기다리고 있습니다" 하였다. 나그네가 "누가 그런 소리를 하였소" 묻자 여인은 매일 밤 잠들기 전 부모님께 전해 들었다고 답하였다.

선조이신 매화처녀께서 별이 되시기 전 신신당부하시기를 천지가 평안해지면 비룡님과 요괴의 싸움이 끝난 것이니 북쪽으로 강 세 개를 건너고 산 네 개째 봉우리에 있는 동굴로 가서 기다리라 하셨으매 그곳에서 네가 할 일을 마치라 일러주셨다고도 하였다.

나그네가 "할 일이란 게 무엇이오" 하고 다시 묻자 여인은 받았던 은혜를 돌려드리는 것이라 하였다. 잠시 여인을 바라보기만 하던 나그네가 곧 말하기를 "비룡에게 여의주를 돌려주면 여의주로 인한 것은 모두 사라지게 된다고 들었다오 혹 낭자의 목숨도 사라지게 될 수 있음인데 그래도 돌려주려 하오" 하였다.

그러자 여인이 지그시 웃으며 "비룡님께서 베푸신 은혜로 너른 세상을 두루 볼 수 있었으니 어찌 감사한 일이 아니겠습니까 다만 부탁이 하나 있는데 들어주실 수 있으오리까" 하였다.

나그네가 "말해보오" 하자 여인이 말하기를 "나그네께서 여의주를 거두시고 나면 부디 제 혼이나마 저 맑은 하늘이 훤히 보이는 곳에 뿌려주십시오" 하였다. 나그네가 깜짝 놀라며 "내가 비룡인지 어찌 아시었소" 묻자 여인이 답하기를 "전 그저 은혜라고 하였을 뿐인데 나그네께서 여의주인 것을 단박에 아셨으니 비룡님이 아니고 뉘시겠습니까" 하였다.

여인은 "어서 제 몸속에 있는 여의주를 거두소서" 하며 손을 내밀었다. 나그네의 모습을 한 비룡이 그 손을 잡자 여인이 눈을 감으며 고요히 웃더라. 비룡이 "어찌 웃으시오" 하자 여인은 답하였다. "여의주를 돌려드리러 왔는데 비룡님을 낭군으로 맞이하게 될 줄은 꿈에도 몰랐으니 어찌 웃음이 나오지 않으리이까" 하였다.

아직 거두지 않은 여의주의 힘 덕분에 비룡과 닿아 선견을 한 것이라. 비룡이 내가 낭군이 되는 것이 혹 싫거든 솔직하게 말해도 좋다고 하자, 여인이 고개를 휘휘 저으며 싫지 않다고 하였다. 그러자 비룡 역시 마주 웃으매 "영광이오" 하였더라.

여의주를 돌려받은 비룡은 여인과 혼인하였고 사내아이 둘을 낳아 금슬 돈독하게 오래오래 살았더라.

금유정에 앉아 서책을 보고 있던 서하는 웃었다. 이걸 뭐라고 해야 좋은 걸까. 가슴에 매화꽃이 수백, 수천 개가 피어난 이 기분을.

"무엇을 읽고 있느냐?"

목소리가 난 곳을 보자, 제 가슴 속에 매화꽃을 가득 피워준 이가 걸어오고 있었다.

"설화를 보고 있었습니다."

"설화?"

"예. 우리 원자가 태어나던 날 연안위께서 주셨던 건데, 제가 산통이 시작되어 그때는 살피지 못했거든요."

수호 녀석이 무슨 설화를, 하는 얼굴로 다가온 우가 서하 옆에 앉아 서책을 슬쩍 들여다보았다.

"여의주를 돌려드리러 왔는데 비룡님을 낭군으로……."

소리 내어 읽던 우가 일순 멈칫했다. 평소에는 볼 수도 없이 당황한 얼굴이 서하에게로 돌아왔다.

"알아보시겠습니까? 전하께서 제목은 붙이지 않으셔서 연안위가 직접 붙였답니다. 매화처녀전, 이라고요. 화공에게 부탁하여 겉면에 그림도 그려주셨습니다. 보세요. 매화꽃입니다."

서책의 겉면을 보여주며 자랑하듯 내밀자, 우는 차마 보지 못하겠는지 고개를 돌리며 손으로 관자놀이를 짚었다.

서하는 웃음이 튀어나올 뻔한 것을 간신히 참았다. 귀까지 빨개진 우가, 태어난 지 이제 겨우 석 달 된 원자처럼 귀여워 콱 깨물어주고 싶었다.

"몰랐습니다. 전하께서 이야기를 짓는 능력이 이리 훌륭하신지."

아이를 낳기 직전 수호가 가져온 서책 한 권.

우가 고서에 나온 매화처녀에 관한 내용을 서책으로 만들어두었는데 부끄러웠는지 태워버리라고 했다며, 그럴 수 없어 박 내관과 둘이 목숨 걸고 불가능한 임무를 수행한 것이라고 수호가 어깨를 들썩거렸더랬다.

매화처녀전은 한석준이 던지고 간 고서의 내용을 이야기로 담은 글이었다. 눈이 보이지 않는 매화처녀가 용에게 여의주를 받고 눈을 뜨게 되면서 용의 앞날도 함께 보게 되었다, 하는 내용.

다만 다른 것은 마지막 부분이었다.

"원래 고서에서는 매화처녀가 여의주를 빼앗기면 죽는다 하였지요."

드물게 쑥스러워 어찌할 바를 모르고 등을 돌리려는 우를, 서하가 뒤에서 꽉 끌어안았다.

매화처녀가 죽는 것이 아니라 용과 혼인하여 오래오래 행복하게 살았다고. 그 이야기를 글로 써서 만들어둔 우의 마음이 어떠했을지, 너무나 잘 알 것 같았다.

이 설화처럼 서하와 행복하게 오래오래 살고 싶다는 우의 소망이, 못 견디게 사랑스러웠다.

"내 차수호 이 자식을……."

이를 바득 가는 우 때문에 서하는 하하 웃고 말았다.

우의 빨개진 얼굴과 귀는 한동안 가라앉지 않았다. 처음으로 보는 우의 당황한 모습이 정말이지 너무 귀엽고 사랑스러워서, 우의 허리를 끌어안은 서하의 손가락이 저도 모르게 꼼지락꼼지락 춤을 추었다.

"어쩔 수 없네요. 저는 전하 곁에서 행복하게 오래오래 사는 게 운명인 것 같으니 순순히 받아들이겠습니다. 그러니 전하께서도 순순히 운명을 받아들이세요. 앞으로 제게 숨도 못 쉬게 사랑받으실 운명 말입니다."

장난기가 가득 담긴 서하의 목소리를 듣고 잠시 멈칫하던 우는 고개를 슬쩍 돌려 하나밖에 없는 자신의 반려를 바라보았다. 반듯한 이마에서 동그란 눈으로, 곧게 뻗은 콧날에서 작고 붉은 입술로 시선을 내린 우가 나지막이 속삭였다.

"얼마든지."

우는 고개를 숙였다. 숨결이 입술 새로 내려앉고, 부드러운 온기가 심장의 안쪽으로 채워질 때까지 입맞춤이 이어졌다.